Tim Parks

Mr Duckworth sammelt den Tod

W0415418

GOLDMANN
Lesen erleben

Buch

Der ehrgeizige Mr Duckworth ist inzwischen über fünfzig und nach dem Ableben seiner Frau Paola verheiratet mit Antonella, der dritten und ältesten der Trevisan-Schwestern. Als Vorstand des Familienimperiums und Kunstsammler frönt er seiner morbiden Vorliebe für Gemälde, auf denen der Tod abgebildet ist. So kann er sich in die Betrachtung von Taten vertiefen, die er selbst niemals wieder verüben möchte. Doch als Duckworth dem Museum der Stadt eine prächtige Ausstellung vorschlägt, um alles, was er über Mord, Totschlag und Ästhetik weiß, mit der Welt zu teilen, werden ihm Hindernisse in den Weg gestellt, die auch in dem sanftesten Größenwahnsinnigen mörderische Instinkte wecken würden.

Tim Parks

wurde 1954 in Manchester geboren, wuchs in London auf und studierte in Cambridge und Harvard. Seine Romane wurden mit zahlreichen Preisen ausgezeichnet, u. a. mit dem Somerset Maugham Award. Neben seiner schriftstellerischen Tätigkeit ist er als Übersetzer tätig (u. a. von Italo Calvino und Alberto Moravia) und unterrichtet Literarisches Übersetzen an der Universität von Mailand. Tim Parks lebt mit seiner Frau und drei Kindern in Verona.

Tim Parks

Mr Duckworth sammelt den Tod

Kriminalroman

Aus dem Englischen
von Ulrike Becker

GOLDMANN

Der Verlag weist ausdrücklich darauf hin, dass im Text enthaltene externe Links vom Verlag nur bis zum Zeitpunkt der Buchveröffentlichung eingesehen werden konnten. Auf spätere Veränderungen hat der Verlag keinerlei Einfluss. Eine Haftung des Verlags ist daher ausgeschlossen.

MIX
Papier aus verantwortungsvollen Quellen
FSC® C014496

Verlagsgruppe Random House FSC® N001967

1. Auflage
Taschenbuchausgabe Juli 2017
Wilhelm Goldmann Verlag, München,
in der Verlagsgruppe Random House GmbH,
Neumarkter Str. 28, 81673 München
Lizenzausgabe mit Genehmigung
des Verlags Antje Kunstmann GmbH, München 2015
Umschlaggestaltung: UNO Werbeagentur, München
nach dem Originalentwurf von lowlypaper, Marion Blomeyer
Umschlagmotiv: Copyright © Getty Images/CSA Images/
Mod Art Collection
mb · Herstellung: kw
Druck und Einband: GGP Media GmbH, Pößneck
Printed in Germany
ISBN: 978-3-442-48493-5
www.goldmann-verlag.de

Besuchen Sie den Goldmann Verlag im Netz

ERSTER TEIL

1

Morris würde zu spät zu der Feier erscheinen. Das war angemessen für jemand so Wichtiges wie ihn. Immerhin fand sie zu seinen Ehren statt. Aber nicht so spät, dass man es als respektlos empfinden könnte; mangelnder Respekt vor denen, die eine Ehrung vornehmen, mindert den Wert der Anerkennung. Er betrachtete sich im Spiegel, während er mit ruhiger Hand eine Tonbridge-College-Krawatte fest um seinen immer noch straffen, stattlichen Nacken legte. Er würde elegant aussehen, ohne unterwürfig zu wirken; weder zu förmlich noch zu leger. Hier kam es auf die Feinheiten an, und seine diesbezügliche Treffsicherheit und Ungezwungenheit gehörte zu den Vorzügen des Älterwerdens. Ungezwungen: das war es. Morris würde ungezwungen wirken, im Einklang mit der Welt, mit sich selbst, seinem narbigen Gesicht, dem schütter werdenden Haar; im Einklang mit seinem Reichtum, seiner Frau, seiner wunderbaren Familie, seinem prächtigen Palazzo und jetzt, endlich, dieser *in extremis* gewährten Auszeichnung. Ende gut, alles gut. Du kannst dich glücklich schätzen, Morris Duckworth, sagte er laut zu sich selbst und setzte ein gewinnendes Lächeln auf. Nein, ein *Gewinner*lächeln; kein quälender Stachel des Unmuts, keine Spur mehr von dem alten Groll. Danke, Mimi, sagte er tonlos zum Spiegel und bewunderte das Strahlen seiner blauen britischen Augen. Danke, danke, danke!

»*Cinque minuti*«, flötete eine Stimme von unten. Es hätte das geliebte tote Mädchen selbst sein können!

»*Con calma!*« rief Morris fröhlich. Schließlich wohnten sie nur einen Steinwurf vom Zentrum der bürgerlichen Macht entfernt. Das einzig Bedauerliche war, dass sie hier nur in Verona waren, in *la misera provincia*; an der Piazza Bra, nicht der Piazza di Spagna. Andererseits, wenn man bedachte, wie dreckig Rom war. Wie chaotisch. Und wie grau, grimmig und grobschlächtig Mailand. Diese adrette kleine Stadt ist dein Schicksal, Morris. Sei froh.

Als er aus dem Badezimmer kam und mit einer schnellen Handbewegung den Blick auf seine Rolex freigab, stellte er fest, dass es tatsächlich Zeit wurde. *Le massime autorità* würde schon warten.

Die höchste Obrigkeit! Auf Morris!

»*Papà!*«, ertönte abermals die Stimme. Die wundervolle, Mimi-beschwörende Flüsterstimme seiner Tochter. Sie war ungeduldig. Dennoch konnte Morris nicht widerstehen und betrat das Kunstzimmer, um noch einen Moment mit seiner neuesten Errungenschaft alleine zu sein.

Der schwere alte Rahmen lehnte an einem Sessel. Morris hatte sich noch nicht entschieden, wo er ihn aufhängen wollte. Er strich mit dem Finger über die Leisten. Wie schnörkellos er war! Die Vergoldung wirkte trüb, sie war eingedunkelt, ohne Zweifel vom Kerzenrauch. Er mochte den Gedanken an düstere alte Interieurs, die durch flackernde Kerzen noch dunkler wirkten. Aber auf dem Bild selbst gingen zwei Frauen eine helle Straße hinunter. Es war im Heiligen Land, vor Jahrtausenden: zwei voluminöse Gestalten, von hinten gesehen, in wallenden Gewändern. Zwischen ihnen trug die rechte Frau einen flachen Korb, den sie mit einer Hand auf ihrer Hüfte fixiert hatte. Er war zum Teil bedeckt, aber das weiße Tuch war verrutscht und entblößte, unbemerkt von den beiden Frauen, die ihres Weges gingen, für das Auge des Betrachters nicht einen Laib Brot oder einen Stapel Wäsche, auch keinen Berg frisch gepflückter Weintrauben, sondern das verzerrte, erstaunt blickende Gesicht eines bärtigen Mannes: General Holofernes! Dem sein assyrischer Kopf abgeschlagen worden war.

»*Papà,* verdammt noch mal!«

Und dann eine tiefere Stimme: »Morries! Du darfst den Bürgermeister nicht warten lassen.«

Morris runzelte die Stirn; warum nur fühlte er sich so sehr zu diesem Bild hingezogen? Zwei Frauen, die einen abgeschlagenen Kopf trugen. Aber die ganze Szene wirkte so ruhig, und das Gebaren der beiden war so entspannt, dass es ebenso gut der morgendliche Einkauf hätte sein können.

»Dad!«

In ihrer Ungeduld verfiel Massimina ins Englische. Morris drehte sich abrupt auf dem Lackleder-Absatz um und ging zu der breiten Treppe. Als er leichtfüßig die Steinstufen hinabsprang und dabei eine frisch gewaschene Hand über die Rundung des glänzenden Marmorgeländers gleiten ließ, präsentierten sich seine beiden Frauen unten in vollem Glanz: Antonella prachtvoll und matronenhaft in sanftem Kastanienbraun; Massimina gertenschlank in Eierschale, alle beide nach bester Trevisan-Tradition mit einer großzügigen Oberweite ausgestattet. Morris lächelte zuerst dem einen, dann dem anderen Gesicht zu, hauchte Küsschen auf die gepuderten Wangen und sah sich in den strahlenden Fenstern der vier nussbraunen Augen gespiegelt. Nur sein Sohn hatte das graue Duckworth-Blau geerbt.

»Wo ist Mauro«, fragte Morris, als er sich von seiner Frau zurückzog. Ihre goldenen Kruzifixe ärgerten ihn noch immer, aber er hatte gelernt, sie gewähren zu lassen. Er war kein Kontrollfreak.

Antonella war schon auf dem Weg zur Tür, wo die alte, bucklige Maddalena den Nerz ihrer Herrin bereithielt. Antonella schob die Arme in die üppigen Ärmel. »Der Kardinal wird auch da sein«, sagte sie, »und Don Lorenzo. Wir sind spät dran.«

»Aber wo ist Mauro? Ohne Mauro können wir nicht gehen.«

Morris verstand nicht, warum seine Frau das Problem nicht ernst nahm. Oder warum das klapprige Hausmädchen nicht, wie extra angewiesen, eine gestärkte weiße Schürze über seinem schwarzen Kleid trug. Schließlich war dies ein Anlass für familiären Stolz.

»Ich glaube, Mausi ist gestern Abend gar nicht nach Hause gekommen«, sagte Massimina.

»Du *glaubst* es?« Morris blieb auf der Schwelle stehen. »Von wo nicht nach Hause gekommen? Hast du ihn denn nicht angerufen?« Der Gedanke, dass ein Sohn von ihm den Spitznamen Mausi trug, gefiel ihm gar nicht.

»Er kommt bestimmt direkt dorthin«, sagte Antonella nachsichtig. Sie stand jetzt auf dem Innenhof, wo Wasser über die steinernen Pobacken eines jungen Merkur spritzte, der scheinbar im Begriff war, aus einer flachen Schale aus porösem Travertin zu entfleuchen. Überall an den umliegenden Wänden rankten am ockerfarbenen Stuck zwischen den grünen Fensterläden Weinreben hinauf, und gleich unterhalb des Daches nutzte eine Sonnenuhr das knackige Winterwetter, um all jene, die solche Uhren noch lesen konnten, darauf aufmerksam zu machen, dass Morris jetzt wirklich zu spät zu der Feier kam, auf der man ihm die Ehrenbürgerschaft und den Schlüssel der Stadt Verona verleihen würde.

»Er wollte zum Spiel.«

»Was?«

»Brescia, Auswärtsspiel. Ich hab ihn angerufen, aber sein Handy ist aus.«

»Er weiß doch, wann die Feier ist, *caro.*« Antonella lief schnell zurück und griff nach dem Arm ihres Mannes. »Wir haben gestern noch darüber gesprochen.« Ihr Verhalten, wenn Morris sich die Zeit genommen hätte, darüber nachzudenken, war eine charmante Mischung aus Sorge und Nachsicht. Sie behandelte ihren Mann wie einen ungezogenen Jungen und lenkte damit erfolgreich vom Benehmen ihres aufmüpfigen Sohnes ab. »Bestimmt ist er schon da, wenn wir ankommen. Wir dürfen den Bürgermeister nicht länger warten lassen. Der Einzige, auf den es heute ankommt, bist schließlich du, Morries.«

Das war ein so angenehmer Gedanke, dass Morris sich bereitwillig mitziehen ließ, durch den großzügigen Torbogen hinaus in das von Designermode dominierte Treiben auf der Via Oberdan. Aber dennoch, er hatte nicht bei einer der teuersten Schulen im guten alten England für seinen Sohn eine zweitägige Beurlaubung erbeten und ihm auch noch einen British-Airways-Flug spendiert, damit der Bengel sich eigenmächtig absetzte und den großen Augenblick seines Vaters versäumte. Aus irgendeinem Grund drängte sich der Begriff »Krönung« auf: Morris würde zum König von Verona gekrönt werden. Er runzelte die Stirn, um den Gedanken zu verscheuchen; man durfte sich so etwas nicht zu Kopf steigen lassen.

»Übrigens, wer hat denn gewonnen?«, fragte Antonella. Morris' Frau strahlte eine gewisse Noblesse aus; sie trug den Nerz zum ersten Mal in diesem Winter.

Massimina hakte sich am anderen Arm ihres Vaters ein. »Brescia, leider«, seufzte sie. »Einziges Tor in der Nachspielzeit.«

Gut aufgehoben zwischen den beiden, auch wenn er es befremdlich fand, dass seine Tochter so groß war, staunte Morris, wie gut seine Frauen über derart triviale Dinge Bescheid wussten. Was genau war eigentlich die Nachspielzeit? Er hatte das nie ganz verstanden. Dad hatte ihn nicht dabeihaben wollen, wenn er ins Stadion an der Loftus Road ging, und sein Sohn hätte sich ohnehin niemals mit einem Mann blicken lassen, der eine grün-weiße Bommelmütze trug.

»Aber wenn er nicht nach Hause gekommen ist«, wandte er

ein, »wo war er dann über Nacht? Und warum hat mir keiner etwas davon gesagt?«

Es blieb keine Zeit für eine Antwort, denn als sie von der Via Oberdan auf die weite Freifläche eines der größten Plätze Italiens hinaustraten, mussten sie feststellen, dass die Piazza Bra im Augenblick alles andere als eine Freifläche war. Ausgerechnet an diesem Vormittag hatte man angefangen, die Stände für den *Mercatino di Santa Lucia* aufzubauen. Verdammt. Vom majestätischen römischen Amphitheater über die ganze Breite des Liston, vorbei an Viktor Emanuel auf dem bronzenen Pferd bis hinüber zur österreichischen Uhr, die schwach beleuchtet über dem Torbogen der Porta Nuova hängt, wimmelte es auf dem gesamten kopfsteingepflasterten *campo* von fahrenden Händlern, *extra-comunitari* und allerlei exotischen Gestalten aus der Poebene, die aus Fertigteilen zahllose Stände für den Verkauf von überteuerten *torroni*, Zuckerwatte und anderen volkstümlichen Süßigkeiten zusammenzimmerten. Es war das Gelobte Land der Zahnärzte, was Morris flüchtig daran denken ließ, dass dies ein weiteres Gebiet war, auf dem sich sein Sohn als teure Investition erwiesen hatte.

Durch die Schwaden von Diesel-Abgasen der Lastwagen, von denen Krimskrams und Weihnachtsschmuck aller nur erdenklichen Art abgeladen wurde, vom Aufbau eines Karussells ganz zu schweigen, wirkte der Palazzo Barbieri, ehrwürdiger Sitz der Veroneser *comune*, auf der anderen Seite des Platzes plötzlich unerreichbar weit weg. Morris wäre beinahe in Panik verfallen. Und wenn sie nun die Veranstaltung absagten? Oder sein verspätetes Eintreffen als absichtliche Brüskierung missdeuteten? Der Verkehr ließ sich kaum als Ausrede benutzen, wenn man nur dreihundert Meter entfernt in einer Fußgängerzone wohnte. Morris ging schneller, zog anfangs noch seine beiden Frauen mit sich, befreite sich dann aber aus ihrem Griff, um zwischen einer Wand aus *panettoni* und deren anzüglich grinsendem Verkäufer hindurchzutauchen. Der Mann war eine von diesen untersetzten, dunkelhäutigen Figuren, die man mit Schwarzmärkten auf der ganzen Welt in Verbindung bringt. Es war eine Schande! Er würde den Bürgermeister darauf ansprechen.

»Da-ad!«, beschwerte sich seine Tochter. »Wieso musst du es immer so eilig haben?« Erst jetzt bemerkte Morris, dass das Mädchen für den Weg über ein Meer aus Kopfsteinpflaster Schuhe mit zehn Zentimeter hohen Absätzen angezogen hatte. Die erste Massimina, die nur halb so groß war wie sie, hätte es besser gewusst. Und er hatte seine erste Liebe für dumm gehalten!

Antonella lachte. »Hier entlang, Mr Nonchalant«, sagte sie und zog ihren Mann nach links, weg von der Menge und in die kleine Straße hinter dem Amphitheater hinein. Hier hatten sie fast sofort freie Bahn, und obwohl der Umweg die Strecke um etwa hundert Meter verlängerte, wurde Morris schnell klar, dass alles gut gehen würde. Gott sei Dank hatte er eine praktisch veranlagte Frau geheiratet! Viel vernünftiger als ihre lieben dahingeschiedenen Schwestern. Trotzdem ging er forschen Schrittes weiter, vorbei an Bettlern und Maroni-Verkäufern, ehe sich womöglich noch etwas anderes zwischen ihn und den längst überfälligen Lohn seiner Bemühungen drängte. Seine Selbstgefälligkeit von vor zehn Minuten kam ihm jetzt vor wie ein Wolkenkuckucksheim, und Morris wusste aus bitterer Erfahrung, dass jeder Versuch, sie wiederzuerlangen, sinnlos war. Um eine derart positive Stimmung zu festigen, brauchte es Wochen der Sorglosigkeit und den Erwerb wichtiger Kunstwerke; oder zumindest einen traumhaften Nachmittag mit Samira.

Während sie auf der einen Seite an einem Café vorbeigingen, das heiße Schokolade mit Schlagsahne anpries, und auf der anderen am Kartenbüro des Amphitheaters, wo die weltweit größte Ausstellung mit Bildern der Geburt Christi versprochen wurde – Werke von den Philippinen bis zu den Färöer Inseln! –, bemühte sich Morris unwillkürlich einen Augenblick lang, zwei scheinbar weit auseinanderliegende, sich aber gleichermaßen aufdrängende Gedankengänge zusammenzubringen: erstens die Erinnerung daran, wie er dreißig Jahre zuvor durch genau diese Straßen getrottet war, als erbärmlicher Sprachlehrer, der mit gesenktem Kopf von einer Privatstunde zur nächsten hastete und nach der Pfeife knauseriger Leute tanzen musste, die reicher und dümmer waren als er selbst (die liebe Massimina gehörte auch dazu, das musste leider gesagt werden); und zweitens die Überlegung, dass sein Sohn zu einem Fußballspiel an einem Winterabend wohl kaum seine Tonbridge-Schuluniform getragen haben dürfte; selbst wenn der Junge also an diesem Vormittag bei der Feierlichkeit auftauchte, nachdem er sich die Nacht über mit irgendwelchen Schlägertypen in einem dubiosen Vorort herumgetrieben hatte, dann würde er mit Sicherheit keine gestreifte Krawatte in Bordeauxrot und Schwarz tragen, die zu seiner eigenen passte. Erst jetzt, während er noch im Schatten des römischen Amphitheaters neben der keuchenden Antonella voranschritt, die sich in ihrem Pelzmantel alle Mühe gab, mit ihm Schritt zu halten, wurde Morris bewusst, wie sehr er sich auf diese kleine Zurschaustellung einer Komplizenschaft zwischen Vater und Sohn gefreut hatte; es war die Art von vielsagendem Detail, von dem er gerne annahm, dass ein modebewusstes Veroneser Publikum es mit einem kleinen Stich des Neids bemerken würde: Stil mochten die Italiener im Überfluss besitzen, aber nicht die nüchterne Gediegenheit einer großen britischen Bildungsanstalt. Was, wenn man es sich recht überlegte, bedeutete, dass der undankbare Junge gar nicht erst zu der Zeremonie zu erscheinen brauchte. Vielleicht sollte ich ihn aus Tonbridge herausnehmen, überlegte Morris, mir die Siebzigtausend im Jahr sparen und den Jungen zwingen, sich als Englischlehrer durchzuschlagen, so wie ich es damals musste. Na bitte! Morris erkannte, dass die beiden Gedankengänge schließlich doch noch einen offensichtlichen und zweckmäßigen Link gefunden hatten – sein verwöhnter Sohn musste dringend auf den Boden der Tatsachen zurückgeholt werden –, und war plötzlich wieder sehr zufrieden: was auch an diesem Vormittag geschehen würde – oder auch an einem beliebigen anderen Vormittag –, er besaß immer noch seinen scharfen Verstand und seine geistige Wendigkeit. Immerhin hatte er, Morris Duckworth, es von der Acton High auf die Cambridge University geschafft – als erster und höchstwahrscheinlich auch letzter Schüler aller Zeiten. Sollte Mauro Muttersöhnchen Duckworth es doch genauso machen!

»Ich habe dich gefragt, ob du eine Rede vorbereitet hast?«, sagte Antonella gerade. »Morries! *Ey, pronto?* Hörst du gar nicht zu?«

Sie waren unten an der großen Treppe angekommen. Vor ihnen erhob sich die Säulenfassade.

»Natürlich«, sagte Morris, dem sogleich auffiel, dass er sie zu Hause vergessen hatte: drei Seiten DIN A4 auf der Fensterbank neben dem Klo. Er hatte sich von Judith und Holofernes ablenken lassen.

Seine Frau strich die Revers seines Jacketts glatt. Wie nebenbei sagte sie: »Pass einfach auf, dass du nichts Dummes sagst.«

Morris war verblüfft.

»Wie damals im Rotary Club.«

Der englische Ehemann spürte eine gefährliche Hitze in seinen Lenden aufsteigen. »Alles wird gut«, sagte er kurz angebunden.

»Ich mein's ja nur gut«, erklärte sie und wischte einen Krümel von seiner Schulter. Aber er wusste, sie lachte ihn aus.

»Ich war betrunken«, beharrte er.

»Ich weiß«, sagte sie lächelnd.

»Der Punsch war zu stark. Man hätte sie wegen Vergiftung ins Zuchthaus stecken sollen.«

»Wir sind spät dran, Morries«, sagte sie ruhig. »Lass uns reingehen.«

Richtig. Aber wo war jetzt seine Tochter? Sohn hin oder her, wenigstens könnten sie doch zu dritt die Treppe zum Rathaus hinaufsteigen. Morris drehte sich um, entdeckte Massimina aber nirgends. Der alberne Veroneser *trenino* fuhr gerade vorbei, ein Zug mit einer knallroten elektrischen Dampflok-Imitation und einem offenen Waggon, in dem stumm dasitzende Touristen herumkutschiert und mit ohrenbetäubender Weihnachtsmusik berieselt wurden. »Hark the Herald.« Wie man auf die Idee kommen konnte, die jahrhundertealte Schlichtheit der historischen Piazzas der Stadt durch eine derart grauenvolle Beleidigung für Auge und Ohr zu verschandeln, war Morris unbegreiflich. Hatte in Italien je jemand »Hark the Herald« gesungen? »Late in time behold him come!« Und siehe, er kommt spät. In der Tat. Gerade als Morris eine flüchtige Erinnerung an seine Weihnachtslieder singende Mutter abschüttelte (er selbst hatte einmal als Solist »Once in Royal« in der St.-Bartholomew-Kirche in Acton gesungen), fuhr der Zug ruckelnd und klingelnd weiter, und dahinter tauchte Massimina auf und überquerte mit einem beeindruckenden Hüftschwung die Straße, wobei sie, wie Morris bemerkte, von drei Flegeln in Motorradkluft, die vor der Tür des Weinlokals an der Ecke standen und rauchten, eingehend beäugt wurde. Das Mädchen war entschieden zu attraktiv, seine Präsenz und Lebendigkeit viel stärker, als ihm guttat. Diese Absätze mussten mindestens vier oder sechs Zentimeter flacher werden. Überzeugt, dass seine Tochter trotz allem noch Jungfrau war, denn wenn nicht, hätte er das sicher mitbekommen, streckte Morris eine Hand aus, wie um sein Kind zu sich heranzuziehen. Sie würden eine gute Figur machen, wenn sie Seite an Seite das Zentrum der Macht betraten. Aber jetzt reckte ihm eine alte Romafrau auf dem Bürgersteig die Hand entgegen – *grazie, grazie* bettelte sie –, sie musste geglaubt haben, der ausgestreckte Arm des wohlhabenden Mannes wolle ihr ein paar Münzen als milde Gabe reichen. Verärgert wollte Morris das alte Weib davonscheuchen, als er hörte, wie seine Frau scharf einatmete. Sie befanden sich genau im Blick eines Dutzends von Würdenträgern und Pressefotografen, die oben an der Treppe unter dem Portikus standen. Morris griff in seine Jackentasche und holte das Fünfzig-Cent-Stück hervor, das man für solche Gelegenheiten stets bei sich haben sollte, denn seine Brieftasche zu zücken war immer ein Fehler.

Die folgende Viertelstunde hätte man sich kaum erfreulicher vorstellen können. An der Tür wurden sie von dem getreuen Don Lorenzo begrüßt, seit vielen Jahren geistlicher Beistand der Familie, der sie in den ersten Empfangssaal führte, um Kardinal Rusconi zu begrüßen, der umwerfend aussah in dem förmlichen Scharlachrot. Morris küsste eine aufgedunsene Hand und stimmte zu, dass Weihnachten bei allem kommerziellen Rummel nie seinen Zauber verlor, während Antonella die Notwendigkeit ansprach, in den ärmeren Vororten das Aufstellen von Krippen finanziell zu unterstützen, weil die Kamele und die Hirten dort ganz wesentlich zur notwendigen feierlichen Stimmung beitragen könnten. Alle hatten Sektgläser in der Hand, und niemandem schien aufgefallen zu sein, wie verspätet sie eingetroffen waren, und Morris war sich nicht sicher, ob er das wunderbar oder ärgerlich finden sollte. Er hätte genauso gut pünktlich kommen können, was auf jeden Fall mehr seiner Natur entsprach, denn dann hätte er sein Gefühl der Überlegenheit gegenüber den Zuspätkommenden auskosten können. Ein Radioreporter bat ihn, noch einmal die Umstände zu erläutern, die zu der heutigen Ehrung geführt hatten, aber unter dem wohlwollenden, wenn auch leicht überheblichen Blick des Prälaten und während er einem Freund aus dem Rotary Club zunickte, beschied Morris dem Schleimer brav, dass es ihm wohl kaum zukam, sein eigenes Loblied zu singen: Der Bürgermeister, sagte er, würde zweifellos in seiner Rede die *motivazione* darlegen. Massimina, bemerkte er aus einem stets wachsamen Augenwinkel, plauderte mit Beppe Bagutta, Sohn des Mannes, der die Messe von Verona leitete, und ein paar andere Dinge auch noch; passable Ergebnisse auf der Kunstakademie waren schön und gut, aber es brauchte doch ein bisschen mehr, wenn das Mädchen der Welt den Duckworth-Stempel aufdrücken wollte. Wichtiger war im Moment jedoch das angenehme Gesäusel gegenseitiger Beglückwünschung, als der asketische Don Lorenzo dem korpulenten Kardinal sagte, wie gut ihm dessen Artikel »Eine zeitgemäße Eucharistie« gefallen habe – er und Antonella hätten ihn gemeinsam gelesen, sagte er –, und der Kardinal tatsächlich geruhte, Morris zu fragen, wie Italien seiner Meinung nach die derzeitige Finanzkrise überwinden könne; vielleicht eine subtile Art, ihm eine Spende zu entlocken. Warum sonst hätte sich ein so bedeutender Mann die Mühe machen sollen, bei einer Feier ohne jede religiöse Bedeutung zu erscheinen? Alte Bekannte und Geschäftsfreunde, Galeriebesitzer und Bauherren winkten Morris zu, aber Morris entschied, dass er sich den größten Gefallen tat, wenn er sich in der Nähe des kirchlichen Rots aufhielt, das, so schoss es ihm plötzlich durch den Kopf, dem des Weihnachtsmannkostüms sehr ähnelte, das Dad immer angezogen hatte, wenn er am Weihnachtsabend Halbliterflaschen mit Teacher's Whisky an befreundete Arbeiter verteilte. Ob Samira hier war? Ein aufregender Gedanke. Er hatte sie nicht eingeladen, aber man konnte nie wissen. Das Mädchen war eindeutig in ihn verknallt. Oder gar die Inspektoren Marangoni und Fendtsteig aus alten Zeiten? Das wäre ebenfalls seltsam aufregend. Aber die aufdringlichen Polizisten dürften längst im Ruhestand sein, überlegte Morris. Das war auch besser so bei all dem DNS-Hokuspokus, dessen man sich neuerdings bediente. Er lächelte dem Kardinal zu, der das Lächeln erwiderte, als wären sie seit Jahren gute Freunde, und dann, gerade als Morris das Durcheinander in seinem Kopf durchwühlte, auf der Suche nach etwas, um das er den Prälaten bitten konnte, bevor dieser ihn um das bat, worum er ihn zu bitten vorhatte, was immer das auch sein mochte, ertönte ein Trompetenstoß, und vier *bersaglieri* mit extravagantem Federschmuck erhoben feierlich vier Flaggen, um damit vor der Tür rechts von ihm zu seinen Ehren ein Spalier zu bilden: Da war die europäische Flagge mit dem Kreis aus verzankten Sternen, Italiens bürokratische Trikolore, der gute alte marktschreierische Union Jack und schließlich, Weiß auf Rot, die Leiter des Cangrande della Scala, des ehemaligen Herzogs von Verona. Morris senkte den Kopf, als er durch diese stolzen Symbole hindurch in die große Sala delgi Arazzi schritt und damit in die Welt der altehrwürdigen Tradition eintrat, nach der er, in seiner äußerst eigenwilligen Duckworth-Manier, immer gestrebt hatte.

Er war daher leicht verärgert, als er beim Betreten des Allerheiligsten feststellen musste, dass der Bürgermeister nicht einmal eine Krawatte trug. »Ich fürchte, wir müssen uns beeilen«, sagte der jüngere Mann und eilte zwischen den eleganten Stühlen hindurch, um Morris die Hand zu schütteln und sie sofort wieder wegzuziehen. Er trug ein weißes Hemd mit offenem Kragen, einen schwarzen Blazer und Jeans, und hätte er nicht die rot-grüne Bürgermeisterschärpe über der Brust getragen, hätte man sich fragen müssen, was er überhaupt in einer so feierlichen Umgebung machte. Um elf Uhr werde eine Delegation arabischer Geschäftsmänner erwartet, erklärte er. Die Araber dürfe man nicht warten lassen. »Unsere neuen Herren, leider Gottes!«

Morris hatte die Lega Nord immer verabscheut und schalt sich selbst, weil er von Veronas Lokalhelden, dem ersten separatistischen Bürgermeister dieser so wunderbar italienischen Stadt, mehr erwartet hatte.

»Wir haben noch auf meinen Sohn gewartet«, sagte er kühl. »Ich fürchte, sein Flug hat Verspätung.«

Sie nahmen an einem glänzenden Tisch Platz, während die etwa siebzig Zuschauer die Stuhlreihen unter Paolo Farinatis riesigem Gemälde *Sieg der Truppen von Verona über Barbarossa* besetzten, das die halbe linke Wand bedeckte, ein großartiges Schlachtgewusel in Öl, mit Leichen, Blut und Heroldskunst und obendrein noch ein paar edlen Gewändern und auf Hochglanz polierten Waffen inmitten von wiehernden Pferden und seidenen Bannern. Ach, hätte man doch einen Palazzo, der groß genug für solchen Glanz war, dachte Morris. Ein ganzer Krieg im eigenen Wohnzimmer! Aber der Bürgermeister sprang bereits mit unangemessener Eile auf und schnappte sich eines der Mikrofone vom Tisch.

»*Buon giorno a tutti!*«, fing er an, noch ehe alle Platz genommen hatten. »Wie Sie wissen, sind wir hier zusammengekommen, um einen Mann zu ehren, der seit vielen Jahren unter uns lebt, der genau genommen *in dem Jahr in unsere Stadt kam, als unser aller geliebter Hellas Verona den Scudetto gewonnen hat.* Sie haben uns Glück gebracht, Miester Dackwört!« Der Bürgermeister blickte lächelnd auf seinen Gast hinab. »Dafür sind wir Ihnen sehr dankbar.«

Diese peinliche und anbiedernde Eröffnung, die sofort einen Beifallssturm auslöste – selbst Antonella und Massimina klatschten begeistert –, entsprach eigentlich nicht der Wahrheit, denn Morris war 1983 nach Verona gekommen, nicht 85. Aber die Leute von der Lega Nord, erinnerte er sich, waren ausnahmslos Hellas-Fans, anmaßend und ungehobelt, die Möchtegern-Banditen der Stadt. Mauro gab sich hoffentlich nicht mit der Lega ab, dachte Morris. Selbst die Kommunisten zogen sich besser an.

»Leider ein Erfolg, den wir so schnell nicht wieder erleben werden«, fügte der Bürgermeister mit gespielter Trauer hinzu, »jedenfalls nicht, wenn die Vorstellung von gestern Abend ein Maßstab ist.«

Das Publikum seufzte.

»Obgleich die Tumulte nach Brescias spätem Tor, wenn ich das hier in Klammern hinzufügen darf, und ich weiß, wovon ich spreche, denn ich war dabei, eindeutig *nicht* von Hellas-Fans ausgingen.«

»*Verissimo!*«, rief jemand von hinten.

Was um alles in der Welt, fragte sich Morris, hatte das alles mit der Ehrung von *cittadino* Duckworth zu tun?

»Eigentlich«, sagte der junge Bürgermeister lachend, »glichen die Tribünen eine Zeit lang unserem alten Gemälde hier.« Er zeigte auf die erhobenen Schwerter, scheuenden Pferde und zertrampelten Leichname in Farinatis *Sieg*. »Obwohl ich persönlich selbstverständlich unbewaffnet war.«

Erneutes Gelächter. Es war zum Aus-der-Haut-Fahren. Aber Morris hatte im Laufe der Jahre gelernt, ruhig zu bleiben, wenn auch nicht direkt gelassen, vor allem wenn er sich im Lichte der Öffentlichkeit aufhielt. Er saß angespannt da, sein Körper schwitzig vor Wut, und tröstete sich mit dem Gedanken, dass er vermutlich der Einzige in diesem Raum war, der je den Mut aufgebracht hatte, im Zorn eine Waffe zu erheben und einen Mann zu töten, oder auch eine Frau (an exakt dem Wochenende, als Verona Meister geworden war, wenn er sich nicht täuschte), und daher auch der Einzige, der das Feuer, das Entsetzen und die wilde Euphorie nachempfinden konnte, die in Farinatis grandiosem Gemälde festgehalten waren. Was war schon ein Handgemenge bei einem gewöhnlichen Fußballspiel im Vergleich zu echtem Mord und Totschlag? Sein Wissen ging tiefer als das ihre, sagte sich Morris, mehrere stählerne Zentimeter tiefer, obwohl er, wenn er es sich recht überlegte, nie ein Messer benutzt hatte.

»Abgesehen von dieser großartigen Leistung«, der Bürgermeister hielt kurz inne – er hatte ein energisches Kinn, eng stehende, fröhliche Augen und käsige Haut –, »der Tatsache, dass Verona, und ich werde niemals müde werden, darauf hinzuweisen, die letzte Provinz-Mannschaft aller Zeiten war, die ITALIENISCHER MEISTER geworden ist« – wieder wartete er, bis der gehorsame Applaus verebbt war –, »abgesehen, wie gesagt, von diesem leider nicht wiederholbaren Husarenstreich« – er wandte den Kopf, um seinem Gast ein selbstgefälliges Lächeln zuzuwerfen –, »waren Miester Dackwörts erste Jahre in Verona keine sehr glücklichen, denn traurigerweise war er peripher in die mörderischen Tragödien verwickelt, die zwei hoch geschätzte, alteingesessene Familien unserer Stadt ereilt haben, die Trevisans aus Quinzano und die Posenatos aus San Felice.«

Wieder gab es Applaus, diesmal jedoch verhalten, denn viele der Anwesenden dürften sich wohl an den gewaltsamen Tod dreier prominenter Bürger erinnert haben, nicht ahnend natürlich, dass es genau diese Anlässe waren, bei denen Morris gezwungen gewesen war, die todbringenden Fähigkeiten zu erwerben, die Paolo Farinati auf dem großartigen Gemälde neben ihnen zelebrierte. Während er an seinem Glas Wasser nippte, begann der Engländer sich langsam zu fragen, ob es wirklich klug gewesen war, diese Einladung anzunehmen, und sah, als er zu Antonella hinüberschaute, dass sie den Kopf gesenkt hielt, vielleicht um ein paar Tränen um ihre toten Schwestern zu vergießen oder gar, so unangebracht es auch schien, um ihren ersten Ehemann, während der Mann zu ihrer Rechten ihr mit erstaunlicher Vertrautheit tröstend auf die Schulter klopfte. Morris war plötzlich auf der Hut. Das war doch nicht etwa Stan Albertini? Stan hatte Verona doch schon vor Jahrzehnten verlassen.

»Hinzu kam noch, Freunde der Familie werden sich erinnern, ein unerfreulicher Zwischenfall mit einem Dobermann, der das rosige Gesicht unseres englischen Freundes ein bisschen, ähm, umgestaltet hat, wie man so schön sagt, sodass er hinfort gezwungen war, sich auf seinen Scharfsinn statt auf seine Schönheit zu verlassen!«

Wie unentschuldbar tollpatschig und unsensibel diese Worte waren! Aber da Morris' alte Narben just in diesem Moment an

Wangen und Schläfen zu stechen und zu brennen angefangen hatten, war der englische Gast (*Gast*, nach dreißig Jahren!) froh über jede angebliche Peinlichkeit, hinter der er sich verstecken konnte. Wenn es einen Menschen gab, der genug Informationen hatte, um ihm den Garaus zu machen, sofern es dem Trottel je in den Sinn kam, eins und eins zusammenzuzählen, dann war es Stan.

»Aber die Engländer sind unverwüstlich«, fuhr der Bürgermeister fort, »wie wir Italiener leidvoll erfahren mussten.« Er sprach ohne Vorlage, hob und senkte immer wieder das Mikrofon und bewegte wie ein Stand-up-Comedian schwungvoll die Schultern hin und her. Sein Publikum fand ihn ganz offensichtlich toll, denn es wurde fleißig gekichert. »Kurzum, es gibt viele gute Gründe für uns, Miester Dackwört heute auszuzeichnen.« Wieder blickte er wohlwollend auf seinen Gast hinunter, als sei der fünfundfünfzigjährige mehrfache Mörder soeben unter einem leuchtenden Kometen in einem Stall geboren worden. »Nach seiner Heirat mit der wunderschönen Antonella Trevisan, eindeutiger Beweis seines ausgezeichneten Geschmacks« – die geschmacklose Bemerkung erntete stürmischen Jubel; wenn es etwas gab, was Antonella nicht besaß, dachte Morris, und nie auch nur im Entferntesten zu besitzen behauptet hatte, dann war es Schönheit; es sei denn, man empfand eine mustergültige Frömmigkeit als schön –, »verwandelte Miester Dackwört das traditionelle alte Weingut der Familie quasi im Alleingang in eine der größten Wirtschaftskräfte unserer Stadt und schaffte Arbeitsplätze für zahlreiche Veronesen und eine noch größere Zahl afrikanischer und slawischer Immigranten, die, das muss gesagt werden, ohne die wertvolle Ressource bezahlter Arbeit sehr wohl zu einer Gefahr für unsere Gemeinschaft hätten werden können.«

Der Bürgermeister hielt inne; er war sich der Tatsache, dass man seine Bemerkung als beleidigend empfinden könnte, ganz offensichtlich nicht bewusst. Diesmal gab es keinen Applaus. »Mit großer Cleverness erschloss er die älteren Weinberge, um an den Hängen oberhalb von Parona ein neues, luxuriöses Wohngebiet zu errichten – Villaggio Casa Mia –, und gab damit vielen unserer jungen Leute die Gelegenheit, ihr erstes Eigenheim zu erwerben. Und gemeinsam mit seiner wunderbaren und sehr veronesischen Ehefrau ist er seit vielen Jahren großzügiger Sponsor der Universität, der schönen Künste und der Kirche, allzeit bereit, zu helfen, wenn ein lohnenswertes Projekt in finanzielle Nöte gerät.«

Wieder hielt der Bürgermeister inne, wieder reagierte die Menge nicht. Aber jetzt schien der Mann die Stille zu genießen, als hätte er genau das erreichen wollen. Er hatte nicht erwähnt, fiel Morris auf, dass Fratelli Trevisan SRL auch regelmäßig alle politischen Parteien, die bei den Wahlen auf mehr als fünf Prozent der Wählerstimmen kamen, unterstützte, ganz zu schweigen von einer bunten Palette kleiner und sogar hoher Beamter in der Zoll- und Steuerbehörde. Erst jetzt kam Morris jedoch die Erkenntnis, dass die Organisation, die er unter der derzeitigen Regierung wirklich hätte sponsern sollen, der Fußballverein Hellas Verona war.

»Der unmittelbare Anlass für unsere Entscheidung, Miester Dackwört diese Ehre zuteilwerden zu lassen« – der Tonfall des Bürgermeisters wurde unvermittelt bedächtig und feierlich, so als wäre die ganze Vorrede über Meisterschaften, mysteriöse Morde und Morris' erstaunliche unternehmerische Fähigkeiten bloß leeres Geplapper gewesen, um das Publikum einzustimmen –, »ist seine großzügige und spontane Reaktion auf den gemeinen Medienangriff, der auf unsere Stadt und insbesondere auf ihre Verwaltung gestartet worden ist.«

Es folgte ein großes Gemurmel und Stühlerücken. Nichts, das hatte Morris sehr wohl verstanden, wurde in Verona ernster genommen als der gute Ruf der Stadt, national wie international. Weitaus wichtiger als die konkrete Realität war das, was die Leute von einem hielten.

»Wie Sie wissen, reichen die Bemühungen, unsere schöne Stadt als einen Pfuhl der Rückständigkeit und des brutalen Autoritarismus hinzustellen, bis in die Zeit des Zweiten Weltkriegs und der Republik von Salò zurück. Dieser völlig unbegründete Vorwurf ist Teil eines schmutzigen Spiels politischer Beeinflussung, mit dem unsere neiderfüllten Rivalen – und ich brauche hier keine Namen zu nennen – uns in diesen schweren Zeiten von der ohnehin sehr spärlich fließenden staatlichen Förderung für die Stadtentwicklung abschneiden wollen.«

Das zustimmende Gemurmel setzte erneut ein.

»Aber wenn dieser Propagandakrieg bisher schon schlimm genug war, so ist er jetzt noch aggressiver geworden, seit die Lega Nord die Regierung der Stadt übernommen und endlich Ordnung in das Chaos und die Vetternwirtschaft gebracht hat, die hier viel zu lange geherrscht haben. Es ist klar, dass selbst unsere angeblichen politischen Verbündeten in Rom und erst recht die unverbesserliche Bande von Exkommunisten, die eben diese Verwaltung bis vor nicht allzu langer Zeit besetzt und missbraucht hat, eine Schmierenkampagne gestartet haben, die inzwischen sogar von der nationalen auf die internationale Presse übergeschwappt ist und in dem verleumderischen Artikel kulminierte, der erst vor einem Monat in einer britischen Zeitung erschienen ist. Ich werde die abscheulichen Anschuldigungen, die darin gemacht wurden, nicht wiederholen. Sie werden niemals meine Lippen besudeln.«

Jetzt brach ein so stürmischer Applaus los, dass der Bürgermeister, der peinlich oft auf seine Armbanduhr schaute, die Arme heben musste, um die Menge zur Ruhe zu bringen. »Stattdessen möchte ich, als einziges und ausreichendes Motiv für die Verleihung des Stadtschlüssels von Verona« – an dieser Stelle nahm der Bürgermeister eine Pergamentrolle und ein offenes marineblaues Kästchen mit einem großen silbernen Schlüssel darin vom Tisch auf –, »den Brief vorlesen, den unser vorzüglicher Freund als Antwort auf diese Anschuldigungen geschrieben und in der gleichen Zeitung veröffentlicht hat. Und ich werde ihn, *amici miei*«, er hob das energische Kinn und grinste, »auf Eengliesch lesen, jawohl, um unsere neidischen Nachbarn – ihr Name wird niemals genannt werden – an den Bildungsstand zu erinnern, der in dieser unserer stolzen Provinz herrscht.«

Morris war entsetzt. Der Mann wollte seinen Brief an *The Telegraph* vorlesen. Auf Englisch! Dabei konnte er noch nicht einmal Duckworth richtig aussprechen! Morris hätte ihm am liebsten das Mikrofon aus der Hand gerissen und den Text selbst vorgelesen, wenn es schon sein musste, obwohl er sich jetzt allmählich fragte, ob der versnobte Schmierfink mit dem Doppelnamen, der diesen üblen Verriss über die traditionsreiche Stadt verfasst hatte – den beleidigenden Artikel mit dem Titel »Verona: Capital of Kitsch«, auf den Morris geantwortet hatte –, womöglich gar nicht so unrecht hatte. Denn endlich ging ihm auf, dass man diese Feier gar nicht inszeniert hatte, um Morris Duckworth als ehrenwerten Bürger der Stadt auszuzeichnen, sondern dass es sich um eine bloße PR-Veranstaltung der Lega Nord handelte. Die Separatisten hatten einen britischen Intellektuellen auf ihrer Seite!

Der Bürgermeister schwenkte einen Zeitungsausschnitt und fing an, mit grauenhaftem italienischem Akzent den englischen Artikel vorzulesen.

»Anleik jor mendeyschuuus korriespondent hu pabliescht VERONA, CAAPIETAL OF KIIITSCH …«

Angefangen hatte alles einige Monate zuvor in Samiras Wohnung. Sie und Morris hatten sich auf die übliche überschwängliche Art auf der Matratze unter dem ockerfarbenen Wandteppich geliebt, und dann, während Samira einen von ihren ausgezeichneten Kräutertees zubereitete – und das Weihrauchstäbchen in der Ecke noch rauchte –, war ihr Bruder aus seinem Zimmer gekommen und hatte von seinen Plänen gesprochen, in London ein Masterstudium der Wirtschaftswissenschaften zu absolvieren. Tarik war ein äußerst höflicher junger Mann und zeigte nichts von der Missbilligung, die man von einem eifersüchtigen, in einer rückwärtsgewandten muslimischen Gemeinschaft aufgewachsenen Bruder hätte befürchten müssen, was allerdings auch daran liegen mochte, dass Morris die nicht gerade geringe Miete der Geschwister bezahlte. Aber wozu zynisch werden? Was zwischen Morris und Samira vor sich ging, hatte nichts mit Bunga Bunga zu tun, es war echte Zuneigung, und natürlich würde das Mädchen jetzt, nachdem Morris ihm ein sechsmonatiges Praktikum in der Abteilung für kulturelles Erbe der Stadtverwaltung besorgt hatte, für ihn weit mehr als den Preis seiner Zweizimmerwohnung in San Zeno wert sein. Nicht zuletzt hatte sie dort Zugang zu den Akten über alle Gemälde in der Provinz, die sich im Kirchenbesitz befanden.

Immer hilfsbereit und um einem Freund einen kostspieligen Fehler zu ersparen, hatte Morris seinen MacAir aus seiner Armani-Aktentasche gezogen und sich mit den beiden jungen Libanesen an den Glastisch gesetzt. Sie hatten die Webseiten einiger Unis aufgerufen, Lehrpläne und Zugangsanforderungen verglichen und überlegt, ob es klüger war, sich gleich zu bewerben, ehe Tarik sein Studium in Verona abgeschlossen hatte, oder zu warten, bis er das italienische Diplom in der Tasche hatte, auch wenn das eventuell ein Jahr Wartezeit bedeutete. »Ich könnte dir einen Job geben«, hatte Morris lächelnd gesagt, »wenn du die Zeit überbrücken musst. Einen cleveren jungen Mann kann ich immer gebrauchen.« Morris wollte Tarik zeigen, dass seine Zuneigung zu Samira sich auch auf ihre Lieben erstreckte, ja geradezu zu ihnen überschwappte. Tarik runzelte die

Stirn und bat den Wohltäter seiner Schwester, ihm noch einmal die mysteriösen Abläufe bei UCAS, der Studienplatzvergabestelle in Großbritannien, zu erklären, denn er sprach zwar ausgezeichnet Italienisch, aber sein Englisch ließ noch zu wünschen übrig, und als Morris hin und her klickte und seine erworbene Expertise in bürokratischen Angelegenheiten genoss, wurde er sich urplötzlich der drei Beinpaare unter der stilvollen gläsernen Tischplatte heftig bewusst: links die wundervoll jungen, zarten Beine von Samira, die ihre honigfarbenen Schenkel in dem schwarzen Morgenrock geistesabwesend öffnete und wieder schloss; seine eigenen kräftigen, standfesten Beine in nüchternem grauen Flanell, und rechts von ihm, in ausgefransten Jeans und mit leger übereinandergelegten nackten braunen Knöcheln, die Beine des gut aussehenden jungen Arabers. »Ich liebe sie beide«, sagte sich Morris unvermittelt im Geiste. »Ich liebe die Schwester *und* den Bruder!« Und ihn durchfuhr dabei ein Schwall von Energie und Erregung, wie er ihn seit mindestens zwanzig Jahren nicht mehr gespürt hatte.

Dann, um Tarik zu zeigen, wo er die Wirtschaftsnachrichten in der englischen Presse lesen konnte, öffnete Morris die Homepage des *Telegraph*, und da war es. »Verona: Capital of Kitsch«, von Boris Anderton-Dodds. Wer war das denn? Es war so außergewöhnlich, eine englische Zeitung aufzumachen und gleich auf einen Artikel über die kleine italienische Stadt zu stoßen, in der sie lebten, dass das Dreiergespann sofort zu lesen begann. Nicolas Sarkozy wolle mit seiner schwangeren Carla in der Stadt von Romeo und Julia Ferien machen. Ein typisches Beispiel für den miserablen Geschmack des französischen Präsidenten. In den letzten Jahren sei der früher so eleganten Stadt im Veneto zur Lösung ihrer wirtschaftlichen Probleme nichts Besseres eingefallen, als Italiens albernes Disneyland der romantischen Schmierenschmonzetten zu werden. Die Touristen würden schon am Flughafen oder am Bahnhof von nervtötenden

Führern abgeholt, die ihnen Liebestouren zu Romeos Haus oder Julias Balkon aufschwatzten, wo Kohorten koreanischer Geschäftsleute sich fotografieren ließen, wie sie die Hände auf die Brüste einer bronzenen Nymphe legten, ehe sie zu Karaoke-Abenden geschleppt würden, auf denen man ihnen *O sole mio* und *Santa Lucia* beibrachte, nicht gerade veronesische Lieder. Aus dem Renaissance-Palazzo, in dem Julia begraben lag – obwohl natürlich niemand wisse, ob es wirklich Julias Grab sei, ebensowenig wie man wisse, ob es wirklich Julias Balkon sei –, sei ein äußerst gefragtes Standesamt geworden, das sentimentalen Trotteln aus allen fünf Kontinenten mit überteuerten Zeremonien und drittklassigem Modeschmuck das Geld aus der Tasche ziehe. Es sei die Globalisierung des Vulgären; wo man auch hinschaue, überall stoße man auf billige Klischees, die Hotels böten »Vollziehungssuiten« (und Bettwäsche!) für Hochzeitspaare, und der Bürgermeister höchstpersönlich diene sich für einen Spezialpreis als Standesbeamter an, um die Kuh bis zum letzten Tropfen zu melken. Und zwar derselbe fremdenfeindliche Lega-Nord-Bürgermeister, der eine rassistische Politik gegen Kebab-Buden betreibe, den Muslimen den Bauplatz für eine Moschee verweigere und faschistische Gesetze erlasse, die das Schlafen auf Parkbänken oder das Essen von Sandwiches auf der Treppe vor öffentlichen Gebäuden verboten, und das in einer Stadt, in der die Kirche sich wohltätig gebe, tatsächlich aber lieber Hunderte von Wohnungen leer stehen lasse (ohne dafür Grundsteuer zu bezahlen), als sie an arme Afrikaner zu vermieten. Jedes Jahr zum Valentinstag würden Liebende auf der ganzen Welt eing eladen, einen Brief an Julia, alias den Stadtrat, zu schreiben, und dem Verfasser, dem die beste Hommage an die Liebe gelinge, winke ein Preis. Und wer entschied über die Preisvergabe?, wollte Boris Anderton-Dodds wissen. Was wussten die städtischen Beamten von der Liebe? Wenn sie auch nur einen Funken Respekt vor dem Mythos der romantischen Liebe besäßen, dann würden sie der Stadt ihre historische Würde zurückgeben und sich darauf besinnen, dass die Eigenschaft, die der Liebe am fernsten lag, die Gier war und die, die ihr am nächsten kam, die Wohltätigkeit. Eine moderne Version von *Romeo und Julia* würde sich nicht um die Montagues und Capulets drehen, auch nicht um die Sarkozys und Brunis; es wäre vielmehr die vereitelte Liebe zwischen dem Sohn eines Lega-Nord-Funktionärs und der Tschador tragenden Tochter eines dunkelhäutigen Kebabverkäufers.

Was für ein bigotter Blödsinn! Morris war sprachlos, dass eine seriöse britische Zeitung, eine, die, das würde er nie vergessen, vor über dreißig Jahren mindestens drei Bewerbungen eines gewissen Morris Arthur Duckworth abgelehnt hatte, sich für eine so schändliche Fehldarstellung hergab. »Aber Verona ist eine tolle Stadt!«, rief er; der Gedanke, dass es durchaus möglich war, dass sein UKIP wählender Vater diesen Unsinn las und sich auf Morris' Kosten darüber amüsierte, war ausgesprochen unerquicklich. Dann bemerkte er, dass seine jungen Freunde lächelten.

»Was gibt es da zu grinsen?«, wollte er wissen.

»Die Stadt ist wirklich rassistisch«, sagte Samira.

»Und ob«, stimmte Tarik zu.

»Was hat das denn damit zu tun? Bloß weil ein Ort rassistisch ist, heißt das noch lange nicht, dass er die Hauptstadt des Kitschs ist. Verona ist vermutlich eine der schönsten Städte der Welt. Die Engländer haben rein gar nichts zu vorzuweisen, das ihr auch nur ansatzweise das Wasser reichen könnte.«

»Das kann ich nicht beurteilen«, sagte Tarik. »Ich finde, der Rassismus-Vorwurf ist das Entscheidende. Wen kümmert es schon, ob man die Stadt kitschig findet oder nicht.«

»*Mich* kümmert es«, fauchte Morris. »Rassismus gibt es überall. Glaubst du etwa, Mailand ist nicht rassistisch? Oder Rom? Glaubst du, London ist nicht rassistisch? Warum gibt es denn die ganzen Aufstände? Die Schwarzen in London machen ständig Terz. Aus gutem Grund. Eine Stadt rassistisch zu nennen bedeutet nur, das Kind beim Namen zu nennen, oder zu sagen, das Gras ist grün. Aber sie *geschmacklos* zu nennen, obwohl sie einer der schönsten Orte auf der Welt ist, das ist purer Neid. Das ist Vandalismus! Stellt euch doch mal vor, wie viele Leute ihren Job verlieren würden, wenn die Briten wegen so eines kriminellen Artikels nicht mehr nach Verona kämen. Denkt mal an die Museen, die man schließen müsste. Die Restaurants und Hotels, die Leuten ohne Papiere oder Genehmigungen Arbeit geben. Albaner, Pakistani, Marokkaner.«

»Also echt, Mo, Schätzchen«, sagte Samira lachend und lehnte ihren Kopf an seine Schulter. »Du nimmst das viel zu ernst.« Morris bemerkte, wie sie ihrem Bruder zuzwinkerte, direkt vor seiner Nase. Buchstäblich.

»Wie werdet ihr beide denn diskriminiert?«, verlangte er zu wissen. »Sagt es mir. Habt ihr Schwierigkeiten, einen Kebab zu kaufen? Nein. Ich würde selbst welche essen, wenn ich nicht Vegetarier wäre. Braucht ihr eine Bank, auf der ihr schlafen könnt?«

»Es gibt keine Moschee, in der wir beten können«, sagte Samira.

»Mein Gott, ihr seid schließlich in einem christlichen Land.«

»Wir haben Probleme, einen *permesso di soggiorno* zu bekommen«, sagte Tarik, »und einen Vermieter zu finden, der an Muslime vermietet.«

»Aber *ich* habe euch die Aufenthaltsgenehmigungen besorgt! Und ich habe euch eine Wohnung gemietet!«

Morris dachte an gewisse junge Immigranten in der Vergangenheit, die für seine Hilfe dankbarer gewesen waren.

»Aber wenn es diese Einwanderungsgesetze nicht gäbe, dann bräuchten wir nicht …« Tarik hielt inne und hielt sich die Hände vors Gesicht.

»Ich werde darauf antworten«, verkündete Morris großkotzig. »Wäre ja noch schöner, wenn die ungeschoren davonkämen!«

Er öffnete Word und fing an zu tippen. Er hatte eine Mordswut auf die Kids, war sich aber zugleich der Tatsache bewusst, dass er die Antwort zumindest teilweise schrieb, um sie zu beeindrucken, um ihnen zu zeigen, dass Morris Duckworth ein Mann war, der sehr wohl den Wald vor lauter Bäumen sehen und dabei auch noch seinen Namen in die Zeitung bringen konnte. Schließlich waren sie noch jung; wie Mauro musste man ihnen noch das eine oder andere beibringen.

»Sehr geehrte Herren«, tippte er.

»Im Gegensatz zu Ihrem verlogenen Korrespondenten und Verfasser des Artikels ›Verona: Hauptstadt des Kitschs‹, lebe ich tatsächlich …«

»Was bedeutet verlogen?«, fragte Samira.

»Jemand, der nur Lügen erzählt. *Mendace.*«

»Ach so.«

Tarik sagte ein paar Worte auf Arabisch, und beide brachen in Lachen aus.

»Und was ist jetzt schon wieder so komisch?« Morris war erbost. Er mochte sie. Mochte sie beide. Er liebte ihre feinen, jungen Züge, die schwarzen Augen und die schlangenweiche Haut. Aber nicht, wenn sie sich zusammentaten und ihn wie einen komischen alten Kauz behandelten.

»Sei nicht so empfindlich, Mo.«

»Aber was habt ihr gesagt?«

»Tarik hat gesagt, du solltest mal nach Tripolis kommen, wenn du echte Schönheit sehen willst.«

Morris glaubte keine Sekunde lang, dass er tatsächlich das gesagt hatte; wie konnte Tripolis eine italienische Stadt auch nur annähernd an Schönheit übertreffen, und warum hätte so eine Bemerkung so viel Gelächter auf seine Kosten erzeugen sollen?

Aber er ließ es auf sich beruhen. Oder vielmehr, er ließ die Wut durch seine Fingerspitzen abfließen:

Im Gegensatz zu dem verlogenen Korrespondenten, der seinen Namen unter Ihren Artikel »Verona: Hauptstadt des Kitschs« gesetzt hat, lebe ich tatsächlich in dieser Stadt, und das schon seit fast drei Jahrzehnten; nun, ich kann Ihren Lesern versichern, dass Verona immer noch eine der schönsten und elegantesten Innenstädte der ganzen Welt besitzt und eine zukunftsorientierte und lebhafte Stadt ist, in der die Legende von Romeo und Julia nur das wohlige Hintergrundgemurmel von einer uralten Romanze darstellt, das dieselben Touristen anlockt, die in London anstehen, um den Dungeon oder den Exekutionsort von Anne Boleyn zu besuchen; offen gesagt erscheint mir Amour, Klischee hin oder her, doch dem blutrünstigen Glamour der angelsächsischen Obszönitäten überlegen zu sein.

Speckchips, Bier trinkende Randalierer, Rassenunruhen, Fußballhooligans, vollgekotzte Straßenecken und stinkende Pissoirs, das sind die Beispiele für den englischen Charme, der dem klugen Reisenden auf den schattigen Piazzas und in den stuckverzierten Straßenzügen dieses Kleinods der Renaissance erspart bleiben. Kein Wunder, dass die romantische Liebe hier glaubwürdig erscheint. Ihr Artikel, das journalistische Äquivalent, wenn ich das sagen darf, zu einem Auftragsmord (denn Mr Anderton-Dodds hat eindeutig nicht mehr als ein verschwommenes Bild seines Opfers gesehen, ehe er abdrückte), stellt Ihre Zeitung in eine Reihe mit den Feinden großer Gefühle, die einst das Leben von zwei jungen Liebenden in die Tragödie getrieben haben. Sie sollten sich schämen! Sie sollten sich schämen, die Arbeitsplätze derer aufs Spiel zu setzen, die in Veronas Tourismusbranche ehrlich schuften und Tausenden Arbeit geben, viele davon

Flüchtlinge aus der Dritten Welt, Menschen, die kaum fassen können, dass sie das Glück haben, in diesem italienischen Paradies zu leben. Alle Macht an Präsident Sarkozy und seine wunderbare italienische Signora, denn sie haben sich den perfekten Ort ausgesucht, um ihre Liebe zu erneuern, ehe für sie die lange Plackerei der Elternschaft beginnt.

Morris Arthur Duckworth
Die Duckworth Foundation
Via Oberdan
Verona

Einfach so! Es war einfach so aus ihm herausgeströmt: Die Duckworth Foundation! Ohne darüber nachzudenken, ohne jede Vorwarnung. Genau das bedeutete es, dachte Morris, kreativ zu sein. Urplötzlich, aus dem Nichts, entstand eine Idee. Er hätte unbedingt Schriftsteller werden sollen, Künstler. Er kopierte den Text aus Word und fügte ihn in das Kommentar-Kästchen unter dem beleidigenden Artikel ein. Dann, noch nicht zufrieden, denn es war wirklich ein äußerst gut geschriebener Brief, mailte er ihn auch noch an die Herausgeber. Zum Teufel mit ihnen. Sie sollten sehen, wer der bessere Polemiker war, Mr Anderton-Dodds (Boris!) oder Morris Arthur Duckworth. Es war Jahre her, dass er etwas mit seinem vollen Namen unterzeichnet hatte; er war immer besorgt gewesen, dass jemand das offensichtliche Akronym sehen würde. Aber diesmal kam es ihm passend vor. Wenn der *Telegraph* einen Mann in Verona brauchte, dann war MAD immer noch besser als BAD.

»Morries!«, hauchte Samira.

Morris war von der Eloquenz seiner Empörung so gefangen gewesen, dass er die wachsende Ungläubigkeit der beiden jungen Leute neben ihm gar nicht bemerkt hatte.

»Ich wusste gar nicht, dass du so romantisch sein kannst!«

Der Engländer lächelte und drehte den Kopf, um seine Freundin auf die dunklen Lippen zu küssen.

»Was ist denn die Duckworth Foundation?« Tarik fragte vorsichtig und mit neu erwachtem Respekt, so hoffte Morris. Der reiche Liebhaber schüttelte eine sehr vielversprechende Erklärung aus dem Ärmel, und vier Tage später erhielt er einen Anruf aus dem Rathaus. Der Stadtrat wünschte, seiner Dankbarkeit Ausdruck zu verleihen.

»... die lanngee Plaaker-ei der Älternschaaft begiint«, schloss der Bürgermeister mit einer schwungvollen Geste. »Morries Artour Dackwört! Se Dackwört Faundayschun!«

Es folgte ein kurzes verwirrtes Schweigen aufseiten der Zuhörer, die nur verstanden hatten, dass sie zustimmen sollten. Niemand schien sicher zu sein, ob die Lesung beendet war oder nicht, bis die Person mit dem schütteren Haar rechts von Antonella den kalifornischen Jubelschrei »Gut gemacht, Morris, alter Junge!« ausstieß und anfing, wie ein Wilder in die Hände zu klatschen. Es war tatsächlich Stan. Morris brach der Schweiß aus, und Schauer liefen ihm über den Rücken. Himmel! Warum? Während die ahnungslosen Italiener brav ihren Beifall spendeten und seine Frau und seine Tochter, wie er feststellte, ihn mit der besorgten Versunkenheit betrachteten, mit der man einen deutlich sichtbaren Schimmelpilz auf einem Bidet-Handtuch anschaut, sprang der neue Ehrenbürger Veronas auf und entwand das Mikrofon unaufgefordert dem Griff des überraschten Bürgermeisters.

»*Grazie, grazie!*«

Vor so vielen Leuten fühlte er sich ein bisschen wackelig auf den Beinen. Die Tonbridge-Krawatte schien sich um seinen Hals zusammenzuziehen. Der Bürgermeister, unschlüssig, ob er sich setzen sollte oder nicht, war so dreist, unverhohlen auf seine Armbanduhr zu klopfen. Morris ging gar nicht darauf ein.

Nutze den Tag. Die Geschicke der Menschen sind Gezeiten unterworfen. Er zögerte, schaute über die wohlfrisierten Köpfe der applaudierenden Oberschicht der Stadt hinweg durch das Fenster auf die Piazza draußen, wo er gerade so den Balkon erblickte, von dem aus Garibaldi vor hundertfünfzig Jahren die Devise »*Roma o morte!*« ausgerufen hatte. Auf seinen Wangen und über dem einen Auge hatten die Narben, die ihm seine jugendliche Schönheit geraubt hatten, ihr Lied zu einem erbitterten Diskant gesteigert. Vielleicht war es auch ein Schlachtruf. Sein Gesicht pulsierte. Einmal mehr musste sich Morris unter den ungünstigsten Umständen ins Gefecht stürzen.

»*Signore e signori.*«

Das Klatschen brach abrupt ab, und ein interessiertes Schweigen senkte sich über die Menge; die meisten kannten Morris als respektablen und stillschweigend unterwürfigen Geschäftsmann, beinahe italienischer als die Italiener selbst in seinem Verständnis von dem, was ausgesprochen werden und was ungesagt bleiben musste, was bezahlt werden musste, ob offen oder unter der Hand, und was es mit unerschütterlicher Gelassenheit zu unterschlagen galt; ein Mann, der innerhalb von zwanzig Jahren aus einer kleinen, familienbetriebenen Winzerei einen riesigen Weinkonzern gemacht hatte und zu einer zentralen Figur der lokalen Unternehmervereinigung und, nicht zu vergessen, im Rotary Club geworden war. Aber jetzt blitzte im Gesicht dieses bedächtigen Mannes ganz kurz Angst auf, etwas Wildes und womöglich gar Bedrohliches hatte sich durch die dunklen Narben und blass glänzenden Augen einen Weg an die Oberfläche gebahnt, während seine seltsam verkrampfte und instabile Haltung die Wachsamkeit eines gejagten Tieres verriet, die einige der Anwesenden vielleicht daran erinnerte, dass dieser Mann einmal des Mordes angeklagt gewesen war.

Aber natürlich haben sich alle Anschuldigungen als haltlos erwiesen, und der Moment ging vorüber. Er richtete sich auf, füllte seine Lungen und lockerte seine Schultern. Sein Gesicht entspannte sich zu einem breiten Lächeln. Reiß dich zusammen! Sprich dein bestes Italienisch. Stan war bloß ein alter Freund, der noch einmal die Stätten seiner Jugend besuchte. Nicht der Mann, der ihn ins Zuchthaus bringen wollte.

»*Signori, grazie*. Um ehrlich zu sein, hatte ich eine lange, wohlwollende Rede vorbereitet, in der ich ein Loblied auf die Stadt Verona singe, eine Stadt, der ich, um es ganz unverblümt zu sagen, alles verdanke, was ich habe. Aber lassen wir das. Sie haben meinen kleinen Brief bereits gehört, rührend vorgetragen von unserem wunderbaren Bürgermeister. Meine Gefühle dürften mehr als deutlich geworden sein, selbst für die wenigen, die mich nicht als Geschäftspartner oder Mitglied einer der vielen Organisationen kennen, denen wir alle angehören. Man hat mir gesagt, dass wir spät dran sind und der Bürgermeister gleich eine Delegation arabischer Geschäftsmänner empfangen muss, und ich möchte auf gar keinen Fall eine Gelegenheit vereiteln, neue Investoren für unsere Stadt zu gewinnen.«

Beifälliges Gemurmel. Morris sah Antonellas erleichtertes Lächeln und genoss den Gedanken, dass er, wenn es wirklich darauf ankam, den Ton immer hundertprozentig traf. Noch dazu in perfektem Italienisch.

»Also möchte ich Ihnen allen einfach danken, dass Sie heute hergekommen sind. Und es ist mir eine besondere Freude, unter Ihnen ein Gesicht zu sehen, das ich seit über zwanzig Jahren nicht gesehen habe. Herzlich willkommen zurück in Verona, Stan Albertini!«

Morris' Edelmut kannte offensichtlich keine Grenzen. Stan stand natürlich auf und verbeugte sich unter Gelächter und Applaus. Es lag an dem beinahe kahlen Kopf des Mannes und dem nicht mehr vorhandenen Spitzbart, fiel Morris nun auf, dass er ihn nicht gleich erkannt hatte.

»Dennoch möchte ich, wenn Sie gestatten, diese Gelegenheit

nutzen, um eine Sache zu erklären. Am Ende meines Briefes hat der Bürgermeister die Unterschrift vorgelesen, Morris Arthur Duckworth, die Duckworth Foundation.«

Der Bürgermeister, der sich im Vertrauen darauf, dass sein Gast sich kurzfassen würde, gesetzt hatte, griff nach den Armlehnen seines Stuhls und erhob sich wieder halb. Morris sprach weiter:

»In dem Moment, als ich diese feige Schmähschrift in der britischen Zeitung las und mir klar wurde, wie viel Verona mir bedeutet, erkannte ich auch, dass ich etwas zurückgeben muss. Dieses Etwas, das weit über irgendeinen Brief hinausgeht, ist die Duckworth Foundation. Ihr Kapital setzt sich zum Teil zusammen aus der beträchtlichen Kunstsammlung, die ich im Laufe der Jahre das Glück hatte aufbauen zu können und die aus circa achtzig Gemälden besteht, die bei meinem Tod als Zeichen meiner Dankbarkeit den städtischen Museen zufallen sollen.«

Während die Menge applaudierte, ging rechts eine Tür auf, und ein älterer Beamter kam eilig herein und drückte sich an der Wand entlang zu dem polierten Tisch, um dem Bürgermeister etwas ins Ohr zu flüstern.

»Um das zu feiern«, fuhr Morris fort in dem Bestreben, in der äußerst kurzen Zeit, die ihm zur Verfügung stand, so viele Pluspunkte wie möglich zu sammeln, »habe ich dem Castelvecchio eine große Sommer-Ausstellung dieser Gemälde zusammen mit anderen alten Meistern aus der ganzen Welt vorgeschlagen, die sich, ich freue mich, das ankündigen zu können, mit dem Thema …«

Hier hielt Morris kurz inne, denn er fragte sich, ob er tatsächlich den Mut haben würde, den Gedanken auszusprechen, der ihm *buchstäblich in diesem Augenblick* in den Sinn gekommen war. Er zögerte. Das war der reine Wahnsinn. Was für eine Schnapsidee! Das Publikum wartete. Der Bürgermeister zappelte ungeduldig. Sollte er? Oder lieber nicht? Im Grunde genommen waren es, egal wie genau Morris plante, immer nur die unvermittelten genialen Eingebungen, die ihn weitergebracht hatten beziehungsweise ihn mit dem unglücklichen Schicksal, seines Vaters Sohn zu sein, ausgesöhnt hatten – hilf dir selbst, so hilft dir Gott, dachte er –, »eine Ausstellung, wie ich schon sagte, mit dem Titel: *Der gemalte Tod: die Kunst des Mordens von Caravaggio bis Damien Hirst*. Eine innovative Ausstellung, *signori e signore*, die die Stadt Verona auf die Landkarte der Postmoderne katapultieren und unsere Kritiker auf Jahre zum Schweigen bringen wird. Ich danke Ihnen, meine Damen und Herren, danke.«

Beim Hinsetzen – mein Gott, er hatte gerade mal zwei Minuten geredet – schaute Morris freundlich lächelnd in die erschrockenen Augen seiner Frau in der ersten Reihe.

Der Bürgermeister war aufgestanden.

»Ich fürchte, wir müssen uns jetzt verabschieden, meine Damen und Herren. Unsere arabische Delegation ist eingetroffen. Es gibt Wichtiges in Sachen Handel und Investitionen zu besprechen. Lassen Sie mich nur noch eines sagen, denn ich habe soeben interessante Neuigkeiten erhalten: Es gibt ein Mitglied der Familie Dackwört, das heute nicht bei uns sein konnte. Ich weiß jetzt, warum. Man hat mich soeben darüber informiert, dass der junge Mauro Dackwört, Sohn von Morries und *ein großer Hellas-Verona-Fan*, zu denen gehört, die gestern Abend unerhörterweise und ohne guten Grund nach dem Spiel gegen Brescia verhaftet worden sind. Ich möchte bei dieser Gelegenheit der Familie Dackwört versichern, dass sie unser aufrichtiges Mitgefühl hat und wir alles Erdenkliche tun werden, um die schnelle Freilassung ihres mutigen Sohnes aus der ungerechtfertigten Haft zu erwirken. Denn auch das ist Teil der unerbittlichen Hasskampagne gegen unsere glückliche Gemeinschaft.«

Damit drehte der junge Bürgermeister sich um und umarmte den erzürnten Engländer, der sich ungelenk von seinem Stuhl erhob, mit echter Herzlichkeit.

2

Mächtige Männer sind immer verwundbar.

»Stimmt doch, Mimi, oder?«

Morris betrachtete Cecil Doughtys *Der Tod des Julius Caesar*. Da sitzt Caesar in seiner weißen Toga, den Lorbeerkranz auf dem Kopf, bereit, über ein wichtiges Anliegen zu beratschlagen, über anderer Leute Leben, Ehefrauen, Hab und Gut zu entscheiden, und ehe er sichs versieht, hat er ein Messer im Rücken. Er tastet nach seinem eigenen Dolch, lässt ihn fallen, kann nicht sehen, dass Cassius direkt hinter ihm die Klinge bereits zum nächsten Streich erhoben hat. Eine Abteilung der Ausstellung, überlegte Morris und tippte eine kurze Notiz in sein iPad, könnte vielleicht *Zum Töten bereit* heißen. Ja. Jan de Brays *Judith und Holofernes*, zum Beispiel, oder Poussins *Abraham und Isaak*. Gentileschis *Jaël und Sisera*. Verschiedene Amnons und Abels. Thomas Becket, David Rizzio. Es gab so viele. Und die Geste war immer die gleiche: Die Hand mit der Waffe ist hoch erhoben, die Spitze einer Klinge bereit, den oberen Bildrahmen zu durchstoßen, das konzentrierte Gesicht des Mörders beschwört den Tötungswillen, und das Opfer liegt ausgestreckt, schläft oder kehrt ihm, wie in Caesars Fall, frohgemut den Rücken, geht wie gewohnt seiner Beschäftigung nach, bis der erste Streich trifft. Morris bewunderte Doughtys Werk vor allem wegen der hellroten Säume an den eleganten weißen Togen der römischen Patrizier, die so wirkten, als habe er das kommende Blutvergießen schon andeuten wollen. Die kultivierte Zivilisation war drauf und dran, in die Barbarei zurückzufallen.

»Du hast mich auch von hinten erschlagen«, murmelte Mimi.

»Ich weiß, Liebes«, antwortete Morris sanft.

»Vermutlich ist es so rücksichtsvoller«, gab Mimi wehmütig zu. »Ich meine, ich bin froh, dass ich es nicht habe kommen sehen.«

»Ich auch«, sagte Morris lächelnd. »Zu schade, dass es überhaupt nötig war.«

»Ich habe mir Camuccinis Caesar angeschaut und gedacht, wie viel schlimmer es sein muss, wenn man Zeit hat, zu begreifen, was geschieht.«

»Das war auch immer mein Gefühl«, stimmte Morris zu.

Sie sprach aus der anderen Ecke des Zimmers. Sie war Lippis Madonna, vor vielen Jahren von Forbes kopiert. Oder vielmehr, Lippis Madonna war Mimi. Ihr Ebenbild. Seit ihrem Tod hatte sie Englisch gelernt, etwas, dass sie lebendig nie geschafft hätte. Dazu noch ein Baby bekommen und ein beeindruckendes Wissen über Kunstgeschichte erworben. In Camuccinis Gemälde, beziehungsweise der ausgezeichneten Kopie, die Morris besaß, begegnet Caesar seinen Mördern in majestätischem Rot und erhebt den nackten Arm, um sich gegen ein Dutzend zustoßende Messer zu verteidigen.

»Er hat mehr gelitten als ich«, seufzte sie.

»Manche Leute finden es allerdings feige«, sinnierte Morris. »Sich von hinten anzuschleichen.«

»Was sein muss, muss sein«, sagte sie.

»Wär's abgetan, so wie's getan, wär's gut, 's wär schnell getan«, zitierte Morris.

Zurzeit waren sie meistens einer Meinung. Sie pflegten einen beruhigend regelmäßigen und vorhersehbaren Austausch, fast wie ein Ehepaar. Obwohl Mimi eindeutig nicht für *Der gemalte Tod* war. Das teilte sie Morris sofort und unumwunden mit, als er den Raum betrat. Nicht so sehr wegen des Risikos, das er einging, wenn er die Aufmerksamkeit auf sein Interesse am Töten lenkte, sondern weil sie das Gefühl hatte, dass dadurch etwas Intimes zwischen ihnen beiden den Blicken der Öffentlichkeit ausgesetzt würde. Sie befürchtete, ihre täglichen Gespräche im Kunstzimmer, wo die Madonna mit Kind über ein Kompendium von Blutbädern wachte, könnten ihre innige Vertrautheit verlieren. »Das hier ist *mein* Zimmer«, erklärte sie ihm. »So habe ich das immer empfunden, Morris. Dass du dieses Zimmer für mich eingerichtet hast.« Sickerts *Camden Town Murder* war ihr Lieblingsbild. Sie mochte die düstere Büßerpose des Mannes, der neben der nackten Mädchenleiche saß, den Kopf gesenkt, wie um anzudeuten, dass der Mord sie letztendlich beide vernichtet hatte.

»Nicht dass ich der Meinung wäre, du seiest vernichtet, Morris«, versicherte ihm die junge Mutter.

Morris stellte sich gerne vor, seine erste, aber nie wirklich ehemalige Freundin sei irgendwie zur Muttergottes geworden. Gab es eine bessere Entschädigung? Er selbst fand Sickerts Bilder ziemlich morbide. Es war doch krank, dachte er, seine Models als ermordete Huren posieren zu lassen, noch dazu aus der untersten Unterschicht und in Slumunterkünften. Die Gemälde hätten von gehobeneren Interieurs mit Sicherheit profitiert. In diesem Fall allerdings kam es nicht infrage, Kopien mit Veränderungen in Auftrag zu geben, da er bereits zwei Originale besaß.

»Weißt du« – es war wichtig, ihr seinen Standpunkt darzulegen –, »ich habe das Gefühl, wenn ich den Menschen etwas zu bieten habe, ich meine, auf dem Gebiet der Kunst, dann ist es eine neue Sicht auf Mord und Verbrechen: warum, wozu, mit welchen Folgen, verstehst du?« Ein Teil der Ausstellung, entschied er, könnte auf jeden Fall *Das Nachspiel* heißen, mit Bildern der gemetzelten Leichen und dem entsetzten Ausdruck des Begreifens auf den Gesichtern der Umstehenden: Botticellis *Die Auffindung des enthaupteten Holofernes* zum Beispiel, wo der Hals des Generals tranchiert ist wie ein Sonntagsbraten, erstaunlich blutleer, wenn man es sich recht überlegte, die Bettwäsche noch sehr weiß, als hätte man den Körper aus der Gefriertruhe geholt, um ihn auszustellen. Es war ein seltsames Bild.

»Und wie gesagt, alles führt immer wieder zur Frage der Verwundbarkeit zurück, Mimi. Alle großen Männer sind verwundbar. Vielleicht ist Verwundbarkeit sogar ein Zeichen von Größe. Es kommt mir mehr und mehr so vor.«

Diesmal schwieg das Mädchen. Morris hätte gerne noch weiter argumentiert, denn diese Überlegungen erschienen ihm interessanter als ihr üblicher Austausch banaler Plänkeleien, aber es gab viel zu tun, und er musste darauf achten, dass diese Gespräche auf eine Verdauungs-Viertelstunde nach den Mahlzeiten beschränkt blieben, denn sonst lief er Gefahr, den ganzen Tag in ihrer Gesellschaft zu vertrödeln, über Gemälde zu reden und über Mord und die Tücken des Berühmtseins. Er beugte sich vor, um Forbes' Pinselführung auf dem großen Botticelli-Bild zu begutachten. Einwandfrei. Es war traurig, dass der alte Mann verschwinden musste. Niemand hatte ihn bisher ersetzen können. Die Schreiberlinge und Kunststudenten, die Morris jetzt engagierte, machten ihre Sache leidlich gut; er konnte ihnen die Bezahlung kaum verwehren. Aber ihre Kopien wirkten irgendwie oberflächlich. Bei Poussins *Kindermord zu Bethlehem* zum Beispiel war es nicht ganz glaubwürdig, dass das Schwert tatsächlich auf das nackte Baby niedergehen würde. Nur Forbes hatte wirklich mit Leib und Seele kopiert.

»Unsere Kinder machen uns verwundbar«, erinnerte ihn Mimi, drückte ihren kleinen Jesus eng an ihre Brust und zeigte mal wieder, wie gut sie seine Gedanken lesen konnte. »Wir leiden unserer Kinder wegen, Morri.«

»Verdammt, ja!« Morris schaute auf seine Armbanduhr. »Mauro!«

Was Kardinal Rusconi von ihm gewollt hatte, waren vergünstigte Bauarbeiten an einer neuen katholischen Schule in dem etwas außerhalb gelegenen Dorf Sant'Anna. Der beleibte Mann im roten Rock mit rotem Umhang, der wie ein kostspieliges, festliches Polstermöbel wirkte, hatte sich Morris in den Weg gestellt, als der sich nach seinem Ruhmesmoment beim Verlassen des Rathauses durch eine Gruppe weiß gewandeter Scheichs zwängte.

»Wie Sie wissen, weist uns die Kurie an, zuallererst und hauptsächlich in die christliche Erziehung zu investieren. Die Zukunft gehört der Jugend.«

Morris wusste in der Tat nur allzu gut, wie solche Dinge liefen. Eine Randgemeinde wurde überredet, für einen ultrakatholischen Abgeordneten zu stimmen, und als Gegenleistung baute die Kirche ihr eine Schule, damit ihre geliebten *bambini* nicht mehr mit den Horden unterernährter muslimischer Migrantenkinder auf die zehn Kilometer entfernte staatliche Schule gehen mussten. Das Problem war nur, dass, war der betreffende Kandidat einmal gewählt, die Bereitstellung der Schule fällig war, oder zumindest der Bau begonnen haben musste, ehe die nächste Wahl anstand, und zwar ungeachtet der Tatsache, dass ein solches Vorhaben gänzlich frei von aller wirtschaftlichen Vernunft oder sozialen Gerechtigkeit war. Aber sie mussten wirklich verzweifelt sein, dachte Morris, wenn sie die Dienste keines Geringeren als eines Kardinals in Anspruch nahmen, um einen ohnehin frommen Unternehmer wie ihn selbst um einen so kleinen Gefallen zu bitten. Vielleicht hatten die endlosen Kinderschänder-Skandale den Geldfluss in die

Kassen der Kurie stark verringert, obwohl das schwer vorstellbar war, denn im Grunde hatte man von solchen Vorgängen doch immer gewusst. Wahrscheinlicher war wohl, dass die Kirche selbst beträchtliche Ausgaben hatte, um das Schweigen der Opfer zu erkaufen. In jedem Fall waren die Zeiten hart. Als Nächstes würden sie gezwungen sein, den Gottlosen eine Moschee zu bauen, nur um ausländische Investoren anzulocken. Obwohl die reichen Scheichs in der Regel nicht sehr besorgt um die Verfügbarkeit von Gebetsmöglichkeiten für ihre immigrierten Brüder zu sein schienen.

Morris, noch erregt von seiner Ankündigung, oder vielmehr Erfindung, ex nihilo, der ersten großen Kunstausstellung der Duckworth Foundation – er selbst würde vielleicht Kurator sein! –, hatte nach kurzem Nachdenken als Gegenleistung den Kardinal, ziemlich bescheiden, wie er fand, gebeten, sich beim Verkauf von Kunstwerken, die zwar im Besitz der Kirche waren, aber nur selten in den Hunderten, ja Tausenden von Kirchen, Heiligtümern, Taufkapellen, Kathedralen, Basiliken, Grabkammern und Ossuarien im Veneto ausgestellt wurden, ein wenig flexibel zu zeigen. Was hatte es für einen Sinn, fragte Morris diesen mächtigen Mann unvermittelt und mit beträchtlicher Leidenschaft, während ihm klar wurde, dass er seit Jahren auf eine Gelegenheit wartete, seine Ansichten in dieser Sache jemandem von Bedeutung mitteilen zu können – was hatte es für einen Sinn, dass die naiven Gemeindepfarrer diese wunderbaren Kunstwerke vor der Welt versteckt hielten, oft genug in feuchten Kellern oder auf schmutzigen Dachböden, wo sie sang- und klanglos und vor allem, Herrgott noch mal, unprofitabel untergingen? Was sprach dagegen, diese Bilder zu verkaufen, ehe sie verrotteten, und mit dem Erlös weitere Schulen zu bauen? Kunst, erklärte Morris, hatte schließlich schon lange nicht mehr die Funktion, die Menschen an den Glauben heranzuführen, oder? Vor allem die barocke Kunst des Veneto, die heutzutage entschieden aus der Mode gekommen war oder gar als absolut grotesk empfunden wurde.

Die beiden Männer standen auf den Stufen des Rathauses und blickten hinunter auf das fieberhafte vorweihnachtliche Treiben auf der Piazza. Morris war ausgesprochen beeindruckt, wie schnell er sich von der Nachricht der Festnahme seines Sohnes erholt und mit welch großer Vernunft er sich entschieden hatte, die Sache und ihre möglicherweise katastrophalen Folgen auf sich beruhen zu lassen, bis das große Ereignis vorbei war. »Und das ausgerechnet in dem Moment, in dem man dem Vater des Bengels den Stadtschlüssel überreicht hat!«, hatte er dem Bürgermeister gegenüber gewitzelt, als der unangenehme Mensch ihn endlich aus der proletarischen Umschlingung entlassen hatte, die Morris an die Bärenumarmungen seines Vaters erinnerte, die ihm die wenigen Male zuteilgeworden waren, als der Mann nicht nur siegreich, sondern auch nüchtern aus der Loftus Road zurückgekehrt war. Einen Augenblick lang war Morris, als er nach seiner Pergamentrolle und dem Schlüssel griff, sogar in Versuchung geraten, den Arm des Bürgermeisters hochzureißen und »Forza Hellas!« zu rufen – das wäre bei den meisten der Anwesenden sicher gut angekommen –, aber schließlich hatte er zu große Angst gehabt, nicht überzeugend zu sein. Wenn es ein Gefühl gab, das Morris nie verstanden hatte, dann war es männliche Kameradschaft. Viel attraktiver war der intelligente und strategische Austausch unter Männern von verhaltener Weisheit, den er früher mit Forbes und ab und zu mit Don Lorenzo gepflegt hatte und der sich jetzt durchaus angenehm und vielversprechend mit Kardinal Rusconi entspann.

»Wird heutzutage noch irgendjemandes Seele gerettet, Kardinal«, beschloss Morris seine Ausführungen, »weil er über San Sebastians Pfeile nachdenkt? Fällt heute noch irgendjemand auf die Knie beim Anblick von Kain, der Abel tötet?«

Der Kardinal schwieg einen Augenblick; seine schwarzen

Brauen wölbten sich über einer Knollennase. Morris kam der Gedanke, dass die kleinen roten Kappen eingeführt wurden, um kahle Stellen zu verbergen.

»Geht es wirklich darum, Signor Duckworth?«, fragte der Kardinal schließlich.

»Nun ja, zumindest ging es einmal darum. Aus welchem Grund wären sonst die vielen Märtyrerbilder entstanden?«

Ein Märtyrer-Raum wäre auch gut.

»Schauen Sie sich unseren Weihnachtsstern an«, sagte der Kardinal leise und wies mit dem glatt rasierten Doppelkinn in Richtung Piazza.

Jedes Jahr im Dezember wurde, finanziert von den Einwohnern der Stadt, ein teures und eindrucksvolles Stahlgerüst auf der Piazza Bra errichtet: Ein großer weißer Stahlträger spross aus der römischen Arena und wölbte sich zuerst aufwärts in den Winterhimmel und verjüngte sich dann steil nach unten bis zu dem Porphyr-Pflaster, um dort explosionsartig zu einem hochstilisierten, geometrisch geformten, etwa fünf Meter hohen Stern zu werden. Kinder in grellbunten Bubble Jackets kletterten auf seine unteren »Strahlen« und rutschten wieder hinunter.

»Schauen Sie ihn sich an«, sagte der Kardinal noch einmal.

»Lieber nicht«, protestierte Morris und dachte einmal mehr, dass Anderton-Dodds gar nicht so unrecht hatte: Veronas Weihnachtskomet war Kitsch in seiner schlimmsten Form.

»Ist dieses fantastische Gebilde wirklich dazu da, den Menschen eine Ahnung vom Geheimnis der Weihnacht zu vermitteln? Empfindet man es wirklich als Einladung, seine Hochmut abzulegen und dem Kind in der Krippe seine Reichtümer darzubringen?«

»Wohl eher ein Fall von Brot und Spielen«, stimmte Morris zu.

»Genau. Es geht darum, die Massen zu unterhalten, sie gut durch die vier Jahreszeiten zu bringen.«

»Auf haarsträubende Weise.«

»Aber wirksam.« Der Kardinal lächelte. »Und das ist, leider, eine Funktion, die unsere alten Gemälde nicht mehr erfüllen. Sie lenken die Aufmerksamkeit der Leute nicht auf sich, während ihre klügeren Artgenossen die Sache voranbringen; deshalb verrotten sie in Kellern und Grüften. Dieses Stahlmonster da kann man wenigstens einschmelzen, wenn es keinen Spaß mehr macht.«

Morris zögerte, unsicher, ob diese merkwürdige Analogie zwischen Kunst und Kitsch hier wirklich sachdienlich war. Aber er mochte Gespräche, die sich langsam entwickelten, wie eine schwierige Schachpartie, auch wenn er im Schachspielen nie besonders gut gewesen war.

»Ein Grund mehr, Kardinal«, er beschloss, den Widerstand des Kardinals zu testen, »mich ein bisschen herumschnüffeln zu lassen, um festzustellen, was tatsächlich in den Kellern und Krypten schlummert. Ich bin nicht daran interessiert, die Werke für den Wiederverkauf zu erwerben, verstehen Sie. Ich brauche kein Geld. Ich möchte sie nur ans Licht der Öffentlichkeit bringen. Vielleicht das eine oder andere Werk für die Ausstellung finden, von der ich sprach: *Der gemalte Tod.*«

»Ah ja, eine äußerst ungewöhnliche Idee.«

Der Kardinal zündete sich in der kühlen Winterluft eine kleine Zigarre an und lächelte selbstgefällig. Offenbar machte es ihm Spaß, unerwartet in eine so heikle Diskussion verwickelt zu werden. Die Leute waren immer positiv überrascht und fühlten sich herausgefordert, das hatte Morris schon öfter bemerkt, wenn er etwas von seinem wahren Ich offenlegte.

»Wie Sie vielleicht wissen«, fuhr der Kardinal fort, »sind inzwischen allerdings alle Werke, die sich im Besitz der Kirche befinden, katalogisiert und in Listen erfasst worden, die beim städtischen Amt für Kulturerbe liegen. Wir können nicht mehr frei über sie bestimmen, Mister Duckworth.«

Morris war so erfreut, seinen Namen ausnahmsweise einmal richtig ausgesprochen zu hören – die Jesuiten hatten anscheinend immer noch gewisse Ansprüche – , dass er fast den Fehler gemacht hätte, das Du anzubieten. Aber es war noch zu früh. Das würde kommen, wenn der Grundstein für die Schule in Sant'Anna gelegt worden war.

»Natürlich bin ich darüber informiert, Eure Eminenz«, antwortete er. »Aber werden denn tatsächlich Inspektionen durchgeführt, um zu überprüfen, ob die Gemälde an Ort und Stelle sind?«

Und selbst wenn solche Inspektionen durchgeführt wurden, dachte Morris, würden die Beamten in der Lage sein, eine gute Kopie vom Original zu unterscheiden? Forbes war immer der Auffassung gewesen, dass dem nicht so war.

Der Kardinal blies Rauch über die Piazza und seufzte. Er war sich nicht sicher. Man musste die Geistlichen »vor Ort« fragen. Er sprach diese Worte so aus, als hätte er selbst sich schon vor langer Zeit über solch irdischen Kontakt erhoben, zusammen mit seinem Zigarrenrauch vielleicht. Morris fand es bedauerlich, dass ein Mann Gottes einem so unkultivierten Laster frönte, aber er hatte gelernt, sich mit seinem Urteil zurückzuhalten.

»Eine Bekannte von mir arbeitet beim Amt für Kulturerbe«, fuhr er leutselig fort.

Wieder zog der Kardinal eine zottige Augenbraue hoch.

»Sie sagt, die Listen, von denen Sie sprachen, seien, wie soll ich sagen, chaotisch.«

»Kann ich mir gut vorstellen.«

»Und angreifbar.«

Der Kardinal ließ sein Zigarillo auf die Stufen fallen und trat darauf. Das war etwas, was der junge Lega-Nord-Bürgermeister explizit verboten hatten, ebenso wie das Essen von Kebabs in der Öffentlichkeit. Eine *vigile* war rund um die Uhr im Einsatz, um Verstöße zu ahnden. Aber nicht im Fall des Kardinals.

»Durchaus möglich«, sagte der Prälat lächelnd.

Dann sagte Morris, er habe einen Bauunternehmer an der Hand, der gerade an einem Möbelhaus in der Nähe von Caprino Veronese arbeitete und in Kürze frei wurde. Das war nicht sehr weit von Sant'Anna. Bestimmt ließe sich da etwas arrangieren. »Um die Sache ins Rollen zu bringen.«

»Das Problem ist nur, sie möchten die Schule gern im kommenden September eröffnen«, erklärte der Kardinal.

»Aha«, sagte Morris und fügte hinzu: »Alle Gemälde, die ich kaufe, würden selbstverständlich nach meinem Ableben ohnehin dem Staat zufallen, es bräuchte also niemand zu fürchten, dass etwas vom nationalen Erbe weggenommen wird. Im Gegenteil, ich würde für die nötigen Restaurierungsarbeiten aufkommen. Für den Staat ist das ein gutes Geschäft. Für die Kirche eine Einnahmequelle.«

Während er sein iPhone aus der Tasche zog, um eine SMS zu lesen, sagte der Kardinal, der Gemeindepfarrer von Sant'Anna würde sich in Kürze melden, um die genauen Pläne und Einzelheiten zu besprechen. »Ich fürchte, ich habe jetzt noch einen Termin.« Er streckte die Hand aus. »Noch einmal herzlichen Glückwunsch, Mr Duckworth, zu Ihrer Ehrenbürgerschaft. Sie sind ein Gewinn für unsere Gemeinschaft.«

»Kardinal Rusconi!«

Der Mann in Rot war unten an der Treppe angekommen, als Antonella, gefolgt von dem gebrechlichen und schrecklich hinkenden Don Lorenzo, aus dem Rathaus gestürmt kam.

»Kardinal Rusconi, bitte warten Sie!«, rief Morris' Frau keuchend. »Ich wollte nur« – jetzt, da er auf sie aufmerksam geworden war, hielt sie inne –, »ja«, sie kam ein paar Schritte näher. »Ich meine, ich habe mich gefragt, ob es nicht möglich wäre, dass Sie, oder jemand anders, ich weiß nicht, vielleicht ein gutes Wort einlegen könnten für unseren Jungen, Mauro. Ich meine, Sie haben ja gehört, er wurde verhaftet. Es muss sich um einen Irrtum handeln. Vielleicht ein Telefonat zur *questura*?!«

Morris war tief enttäuscht; es gehörte sich wirklich nicht, einen Kardinal so unvermittelt anzusprechen, schon gar nicht, ihm aus der Entfernung laut hinterherzurufen, sodass alle es hören konnten. Es brauchte nur das Geringste schiefzugehen, und schon verlor seine liebe Frau jeden Sinn für Anstand. Im Laufen hatte sich ihr Seidenkleid um ihre umfangreichen Oberschenkel gewunden, ihre kastanienbraune Taille wackelte und das große goldene Kruzifix an ihrer Halskette schwang hin und her. Antonella wirkte im Allgemeinen ansehnlich durch ihre Stattlichkeit, durch ihre würdevolle Haltung. Hektisch, aufgelöst und den Tränen nahe, war sie nicht viel besser als ein dickes Schulmädchen, das aus seiner Uniform herausgewachsen ist.

Ein Chauffeur hielt bereits die hintere Tür eines wartenden BMWs auf. Der Kardinal wandte sich um und richtete seinen fragenden Blick zuerst auf die feiste Frau in dem üppigen Pelz und dann auf den schmächtigen Don Lorenzo, der auf der Stufe hinter ihr die klapperdürren Hände rang. Der alte geistige Berater war offensichtlich hin- und hergerissen zwischen der Zuneigung zu einer wohlhabenden Gönnerin und dem Respekt vor seinem eminenten Superior. Ohne ein Wort zu sagen, runzelte der Prälat die Stirn, holte einen weiteren Zigarillo hervor und senkte den Kopf der Flamme seines Feuerzeugs entgegen.

»Bitte nicht!« Morris kam eilig die Treppe herunter.

Antonella blickte entsetzt zu ihm empor, als hätte ihr Mann womöglich dem Kardinal das Rauchen untersagt.

»Der Junge soll auf keinen Fall glauben«, verkündete Morris, »er könne sich benehmen wie ein Rowdy und nicht wie jeder andere dafür bezahlen.«

»Aber er ist im Gefängnis, Morries!«

»In Polizeiarrest«, korrigierte Morris. »Wenn sich herausstellt, dass Mauro tatsächlich unschuldig ist, ja, dann werden wir uns vielleicht an jemanden wenden, der helfen kann. Aber zuerst müssen wir herausfinden, was passiert ist, und den Behörden vertrauen.«

Oberhalb der Schultern seiner Frau sagte Don Lorenzo: »Ich fürchte, Ihr Mann hat recht, Signora Antonella. Wir müssen um Rat beten.«

Seufzend schien Antonella sich wieder zu fassen. »Bitte verzeihen Sie mir, Kardinal. Ich bin einfach so besorgt ... als Mutter.«

Ihre Stimme klang, als sei sie den Tränen nahe, aber als sie wieder zu ihrem Mann hinüberschaute, blitzte es kalt in ihren Augen. Das beunruhigte Morris nicht im Geringsten. Aus dieser Ecke erwartete Morris keinen Ärger.

Morris Duckworth und Antonella Trevisan – italienische Frauen geben nicht unbedingt mit der Heirat ihren Nachnamen auf – führten eine ziemlich wunderbare Ehe. Allerdings war es für beide der zweite Versuch. Tatsächlich waren sie sich, während sie einander wegen des fast gleichzeitigen Verlustes ihrer ersten Angetrauten trösteten, nähergekommen, und diese Nähe wurde legitimiert durch die mit den Umständen dieser seltsamen Tode einhergehende Entdeckung, dass ihre jeweiligen Partner sie schamlos betrogen hatten. Getröstet von dem damals schon altersschwachen Don Lorenzo, hatten Morris und Antonella geschworen, dass ihre gegenseitige Zuneigung immer transparent bleiben und niemals durch solch dunkle Wolken getrübt werden sollte. Morris, der damals in einer tiefen religiösen Krise steckte, hatte mit Antonella morgens, mittags und abends die Bibel gelesen und täglich bei Don Lorenzo die Beichte abgelegt, bis jener dem verstörten jungen Mann versicherte, dass eine derart beharrliche Buße nicht nötig war, wenn die einzige Sünde, die es zu beichten gab, der Groll war, den man hegte, weil man nicht ganz so gut Italienisch sprach, wie man es sich wünschen würde. Morris war nicht überzeugt gewesen. »Manchmal, Padre«, murmelte er, »habe ich das Gefühl, allein das Aufwachen und Atmen ist schon eine Sünde.« Ganz zu schweigen vom Denken, hätte er hinzufügen können, vom tagtäglichen Beherrschen der Auswüchse von Morris Duckworths umtriebigen und zunehmend ungezügelten geistigen Aktivitäten. Wenn er ehrlich war, dachte Morris oft, dann hätte er allen Grund, den ganzen Tag lang nur die reine Tatsache zu beichten, dass er am Leben war. Andererseits gab es nichts, was Morris besser gefiel, als am Leben zu sein, als morgens aufzuwachen, tief Luft zu holen und sich in die verstörenden Träumereien des Tages zu stürzen. Und weil er es so sehr liebte, musste es wohl Sünde sein. Antonella dagegen war heiter und sündenfrei. Darin erinnerte Morris' zweite und, das war ihm sofort klar, »echte« Ehefrau ihn stark an seine Mutter. Ihre stille und absolut verlässliche Hingabe, sei sie geistig oder ehelich, war wunderbar beruhigend nach dem unberechenbaren Verhalten ihrer jüngeren Schwester Paola, seiner ersten Frau, die es fertiggebracht hatte, sich auf dem Beifahrersitz ihres Porsche selbst zu befriedigen und anschließend ihrem am Steuer sitzenden Ehemann mit nach Pheromonen duftenden Fingerspitzen über die frisch rasierte Oberlippe zu streichen, während er gerade in einer unübersichtlichen Kurve einen Traktor überholte. Paola hatte Morris wahnsinnig gemacht und schließlich dafür bezahlt. Wenn ich sie mit Kwame erwischt habe, dachte er und durchlebte noch einmal, wie er es manchmal machte, den Moment, als er in ihrer Doppelhaushälfte die Wendeltreppe hochgestiegen war, über den roten Sofakissen nackte schwarze Schultern und das hochgereckte sexy Kinn seiner Frau auf dem elfenbeinfarbenen Hals erblickte und das verzückte Lächeln sah, das sich über ihre Wangen stahl, während sie schwer atmend dem Paradies entgegenstrebte und ihre Augen – diese verzweifelten, tierischen Augen! – ihren wohlanständigen englischen Ehemann über die Schultern des schwarzen Adonis hinweg anflehten, sie bitte nicht eher zu stören, bis auch der letzte Tropfen Lust aus ihren korrupten Schenkeln gepresst worden war – ja, wenn Morris seine erste Frau beim geräuschvollen Koitus mit seinem damaligen persönlichen Assistenten erwischt hatte, einem undankbaren Immigranten, den er im Geiste reiner christlicher Wohltätigkeit aus der Gosse gerettet hatte, dann weiß der Himmel, mit wem sie ihn sonst noch alles betrogen hatte. Gott allein wusste, mit wie vielen Männern (und Frauen?) welcher sozialen Schicht, welchen Alters oder ethnischen Hintergrunds Morris sich Paolas süße, enge, glitschige Möse geteilt hatte. Er konnte bei diesem Gedanken immer noch erschauern, wenn es gerade passte. Ich hätte ohne Weiteres an Aids sterben können, sagte er sich gerne von Zeit zu Zeit.

War ihm überhaupt etwas anderes übrig geblieben, als diesem Treiben ein Ende zu setzen?

Mit Antonella gab es solche Risiken nicht. Wie Morris' Mutter war sie eine keusche Seele, die Gott über sich selbst stellte und die Sittsamkeit über beide. Von Anfang an war klar gewesen, dass die Freuden ihrer Verbindung in dem Wissen lagen, alles getan zu haben, was die Upright Society je von einem Paar verlangen könnte. Sie wollten das Familiengeschäft ausbauen und den vielen weniger glücklichen Seelen, deren Lebensunterhalt mittlerweile von Fratelli Trevisan abhing, den Arbeitsplatz sichern. Sie wollten alles überschüssige Vermögen für wohltätige Zwecke und untadelige kulturelle Projekte ausgeben und in ihren vollen Terminkalender gelegentliche Pilgerreisen nach Lourdes und Medjugorje einfügen. Sex sollte schicklich sein und ausschließlich der Empfängnis dienen, in deren Anschluss die beiden ihren Nachwuchs in der althergebrachten katholischen Tradition unterweisen und ihm die allerbeste Schulbildung ermöglichen würden, damit er ebenfalls Reichtum anhäufen und für gute Zwecke spenden konnte und niemals einen

Gottesdienst oder eine Beichte verpasste, ebenso wenig wie den jährlichen Ausflug auf den monumentalen Friedhof der Stadt, wo die zahlreichen Toten der Familie Trevisan niemals gezwungen wären, sich aufgrund eines unkorrekten Verhaltens dieser beiden Verwandten in ihren gut ausgestatteten Gräbern umzudrehen.

Wie anders hätte alles kommen können, hatte Morris manchmal in diesen fruchtbaren Jahren mit Antonella überlegt, wenn seine liebe tote Mutter einen Ehemann wie ihn gehabt hätte, einen Mann, der ihre Tugenden bewunderte und förderte, anstatt einen Neandertaler, der immer gröber, betrunkener und gewalttätiger wurde, je mehr ihre Sittsamkeit sich der einer Heiligen anglich. »Ich kenne kein feineres Paar in ganz Verona«, hatte Don Lorenzo eines Abends Mitte der Neunzigerjahre beim Brandy nach dem Essen erklärt, als Morris die niedliche, hyperaktive Massimina auf seinem Knie hopsen ließ und Antonella sich unter dem festen Biss von Baby Mauros Kiefern in ihre Brustwarzen wand. Wenn es also schließlich nur zwei Kinder gegeben hatte, dann war das nicht die Folge eines Ungehorsams gegenüber den Sexualvorschriften der Kirche, sondern lag daran, dass Antonella der Meinung war, zwei kleine Engel seien angesichts der explodierenden Weltbevölkerung mehr als genug; nachdem das entschieden war, sah sie keinen Grund mehr, Morris zwischen ihre umfangreichen Schenkel einzuladen.

Die Ehe war vollkommen. Fast. Morris liebte es, seine Tage mit einer Frau zu verbringen, die unfehlbar freundlich war, aufmerksam, praktisch und fromm, eine Veroneserin der alten Schule, die ruhige und tüchtige Dienstboten geerbt hatte und ihren Haushalt so führte, wie der Haushalt der Trevisans über Generationen hinweg erfolgreich geführt worden war: gewinnbringend, diskret, sogar anmutig. Es war tatsächlich so, als wäre seine geliebte Mutter reicher und jünger aus dem Grabe auferstanden, um die Frau ihres Sohnes zu werden, ohne jedoch ihre bewundernswerte und nur sanft tadelnde Tugendhaftigkeit aufzugeben. Nach seinen turbulenten frühen Jahren in Italien kam ihm diese Heirat wie ein wohlverdientes Ziel vor.

Dennoch, etwas fehlte. Gelegentlich und gegen seine Überzeugung, wie man so schön sagt, träumte Morris von Paolas Exzessen, ihren Sexspielzeugen und ihrem Exhibitionismus, vor allem von dem entschlossenen Finger, den sie so gern tief im Duckworth'schen Fundament versenkte; oder noch lieber, obwohl er sich an diesen Ort kaum traute, von Massiminas jugendlicher Zärtlichkeit, der zerbrechlichen erotischen Liebe, die er in jenem rauschhaften Sommermonat des als gemeinsame Flucht getarnten Kidnappings viel zu kurz genossen hatte.

»Viel zu kurz, Morri«, kam ihr Echo aus dem goldenen Rahmen, »aber ich werde es nie vergessen.«

»Ich auch nicht, liebste Mimi.« Er schüttelte den Kopf. »Ich auch nicht.«

Nicht etwa, dass Morris je darüber nachdachte, Antonella zu verlassen; sie gab ihm die Stabilität und das Ansehen, für die jeder Mann über Leichen gehen würde. Aber nach fünf oder sechs Jahren des Gleichmuts, den seine mütterliche Frau verströmte, merkte Morris allmählich, dass es nur eine Frage der Zeit war, bis die Grenzübertretungen losgingen; er befand sich in der Warteschleife bis zum Ausbruch des rohen Verlangens. Auf der Suche nach einem harmlosen Linderungsmittel, das den unseligen Tag hinauszögern könnte, denn Morris wollte wirklich ein guter Mensch sein, hatte er dann die Idee mit dem Kunstzimmer gehabt. Der Familienpalazzo in der Via Oberdan, den sie von Antonellas erstem Mann, Bobo Posenato, Sohn des gleichnamigen Geflügelmagnaten übernommen hatten, war für ihren bescheidenen Lebensstil viel zu groß, und da Antonella an großen Festen und Einladungen löblicherweise nicht interessiert war, hatte sie nichts gegen Morris' Bitte einzuwenden gehabt, den Ballsaal im ersten Stock in eine private Kunstgalerie umzuwandeln.

»Findest du nicht auch, dass sie Massimina ein bisschen ähnlich sieht«, hatte er sie gefragt, als er Lippis *Madonna mit Kind* über dem großen Kamin aufhängte.

»Unserer Massimina?«

Ihre Tochter war damals vier.

»Deiner Schwester, du Dummerchen!«

Antonella zog die Nase kraus und kniff die Augen zusammen; Massimina war seit acht Jahren tot.

»Nein, kein bisschen.«

»Sie ist ja bloß eifersüchtig«, hatte Mimi ihrem Mörder erklärt, kaum dass sie allein waren, »es ärgert sie, dass du immer noch an mich denkst.«

Wann immer er sich im Kunstzimmer aufhielt, dachte Morris darüber nach, welches Bild als nächstes hinzukommen sollte. Regelmäßig durchforstete er auf seinem MacBook Air, das er dort auf einem kleinen Schreibtisch stehen hatte, das Internet auf der Suche nach spannenden Bildern und checkte die Auktions-Seiten für den Fall, dass etwas Erschwingliches im Original erhältlich war.

»Wir dagegen sind *auf sie* nicht eifersüchtig«, unterbrach ihn Mimi.

»Wir?«

»Wusstest du das nicht, Morri? Paola und ich sprechen wieder miteinander.«

»Aha.«

Morris war überrascht, dass seine erste Frau nicht an einem ganz anderen Ort gelandet war als die geliebte Massimina, aber er spürte, es wäre unklug, Aufklärung zu verlangen. Es gibt Dinge, die den Lebenden verborgen bleiben müssen.

Lippis Madonna brach unvermittelt in ein schallendes, jugendliches Gelächter aus. »Echt komisch, dass du es geschafft hast, letztendlich bei der einzigen von uns drei Schwestern zu landen, die überhaupt keinen Spaß am Sex hat! *Povero Morri.* Was für ein Pech!«

Morris hielt inne. Er hatte gerade überlegt, ob Forbes wohl Lust hätte, Delacroix' *Tod des Sardanapal* zu kopieren. Dieser zotige Sadomaso-Luxus entsprach ganz Paola. Durfte man auch selbst die Grenzen nicht überschreiten, so war doch sicher nichts dabei, sich eine ästhetisierte Grenzüberschreitung zu leisten.

»Und was soll ich deiner Meinung nach dagegen tun?«, hatte er beinahe geistesabwesend gefragt.

»Was fragst du mich«, antwortete das Mädchen schnippisch. »Das ist wohl kaum mein Problem, oder? Hier wo ich bin, bei unserem lieben Herrn Jesus.«

Das war genau die Art von kratzbürstiger, wenig hilfreicher Antwort, die Morris davon überzeugte, dass sein Dialog mit dem toten Mädchen echt war; wenn er ihn sich nur einbilden würde, dann ginge es ausschließlich darum, sein Ego zu befriedigen.

»Ich habe mich entschlossen, ein paar Bilder zu sammeln, damit du etwas zum Anschauen hast«, hatte er ihr mitgeteilt.

»Als ob ich das nicht wüsste«, gab sie zurück.

»Sag mir, was du von dem hier hältst.« Er trug den Laptop dahin, wo sie hing. Der schwelgerische Delacroix prangte in hoher Auflösung auf dem gesamten Bildschirm.

»Das würde Forbes nie hinkriegen«, sagte das Mädchen sofort. »Aber schönes Bild. Da ist echt was los. Sexy!«

Morris seufzte: »Findest du nicht, dass die Nackte hier vorne Paola ein bisschen ähnlich sieht?«

»Überhaupt nicht«, sagte Mimi. »Werd endlich erwachsen, Morri!«

Nachdem die Sammlung größer geworden war, fragte Antonella: »Und warum so viele Mordszenen?«

In ihrer Art lag immer eine mütterliche Verschrobenheit, eine liebevolle, perplexe Bauernschläue, so als hätte sie es mit einem pubertierenden Jugendlichen zu tun, der eine besonders schwierige Phase durchmachte.

»Ich lasse Forbes freie Hand«, sagte Morris, und es klang schicksalsergeben. »Er kopiert, was er will. Es hält ihn vom Trinken ab.«

»*Madonna mia*, das ist wirklich makaber!«, sagte sie an dem Tag, als er *Sardanapal* aufhängte. »Und unanständig dazu. Lass das bloß nicht den armen Don Lorenzo sehen!«

Morris war hocherfreut über das Bild. Sogar Mimi gab zu, dass Forbes sich selbst übertroffen hatte, obwohl Morris etwa zu der Zeit klar wurde, dass seine Beziehung zu dem perversen Alten sehr bald ihr Verfallsdatum erreichen würde.

»Findest du nicht, dass die Nackte da vorne Paola ein bisschen ähnlich sieht?«

»Morries, was um alles in der Welt macht der Mann da mit dem armen Kind?«

»Er ersticht sie, fürchte ich.«

Antonella schüttelte den Kopf. »Ich glaube nicht, dass ich Paola je nackt gesehen habe. Das kann ich nicht beurteilen.«

Das war seltsam, dachte Morris, denn als sie mit ihm verheiratet war, hatte Paola kaum je etwas angehabt, jedenfalls nicht zu Hause.

Don Lorenzo entdeckte die Gemälde natürlich doch, das war unvermeidlich, und immer, wenn Morris eine Neuanschaffung aufhängte, bestand der alte Priester darauf, nach dem abendlichen Bibellesen sein lahmes Bein die Treppe hinaufzuschleppen und sein Urteil abzugeben. Im Winter beleuchtete Morris den weitläufigen Raum gern mit echten Kronleuchtern: es gab vier wunderbar barocke gusseiserne Ungetüme, die jeder achtzehn Kerzen trugen. Es dauerte fast eine Viertelstunde, sie alle anzuzünden, denn man musste jeden einzelnen mit einem System aus Ketten und Flaschenzügen herunter- und wieder hinauflassen, aber der Aufwand lohnte sich: Der Raum wurde durch ihr unberechenbares, rauchiges Flackern noch viel aufregender mit all den erhobenen Messern, Hämmern und breiten Schwertern, die zu erzittern schienen. Wenn er vor *Sardanapal* stand und die bärtigen Sadisten und nackten Konkubinen betrachtete, genoss Morris das seltsam befriedigende Gefühl, zugleich in der Kirche und im Bordell zu sein.

Don Lorenzo blieb vor Bellinis *Die Ermordung von Petrus Martyr* stehen und seufzte: »Ich habe selbst einst vom Märtyrertod geträumt.« Er war Missionar in Burundi gewesen, in den Sechzigerjahren, als man die Christen reihenweise umgebracht hat. »Manchmal denke ich, es wäre einfacher so gewesen.«

»Ich weiß, was Sie meinen«, pflichtete Morris ihm voller Mitgefühl bei. Überrascht stellte er fest, dass er mit einem Mann, den er immer für äußerst gottesfürchtig gehalten hatte, diesen seltsamen, hartnäckig wiederkehrenden Wunsch teilte, vom Leben gänzlich verschont zu werden, sofort ins Nichts einzugehen und für immer von jeglicher Versuchung befreit zu werden.

»Wenn man bedenkt, wie oft dieser alte Sack im Priesterrock zu Besuch kommt, könnte man meinen, er wäre Antos Liebhaber«, sagte Mimi gehässig.

Morris musste aufpassen, dass er nicht laut antwortete, wenn andere dabei waren.

»Vorausgesetzt, er kriegt ihn überhaupt hoch«, fuhr sie fort.

»Manchmal glaube ich, eine gewisse Madonna hat eine ganz schön schmutzige Fantasie«, schalt er sie insgeheim.

Woraufhin das Mädchen so laut lachte, dass Morris kaum verstand, was Don Lorenzo über Thomas Becket sagte.

»Ich dachte gerade«, wiederholte der melancholische Priester, »wie ausgesprochen schade es ist, dass England dem Katholizismus verloren gegangen ist.«

»Sehr richtig«, stimmte Morris zu. »Sehr richtig.«

An dem Morgen, an dem ihm die Ehrenbürgerschaft der Stadt verliehen wurde und er die Pergamentrolle und den silbernen Schlüssel erhielt, erschien es Morris daher ganz normal, den alten Priester in den ersten Stock zu bitten, um das neue *Judith und Holofernes* zu begutachten und gemeinsam den abgeschlagenen Kopf eines Mannes zu betrachten, der von seinem irdischen Wohl und Wehe erlöst worden war.

Antonella hielt ihn auf. Sie war wutentbrannt.

»Was ist mit Mauro?«, wollte sie wissen. »Was ist mit der Schule, wenn sie ihn weiter festhalten? Nicht auszudenken, was ihm dort alles geschehen kann! Was ist, wenn er wieder seine Zahnschmerzen bekommt?«

Da er selbst einige Monate im Gefängnis verbracht hatte, konnte sich Morris ziemlich gut vorstellen, was seinem Sohn widerfahren würde, wenn er tatsächlich dort landete. Aber derzeit, das betonte er jetzt wieder, befand sich sein Sohn noch in Polizeigewahrsam. »Natürlich habe ich den Bürgermeister sofort gebeten, mir für heute Nachmittag einen Besuchstermin zu verschaffen.« Er nahm Don Lorenzo beim Arm und fügte über die Schulter noch hinzu: »Und wie kommst du dazu anzunehmen, dass ich nicht bereits, *ganz diskret*, mit dem Kardinal gesprochen hatte?«

Antonella war besänftigt. »Um wie viel Uhr?«, fragte sie. »Ich mache mich gleich fertig.«

Don Lorenzo hinkte hinter seinem Gastgeber die Treppe hinauf. Der Vormittag habe ihn sehr angestrengt, sagte er. Sein verkrüppelter Knöchel war eine ständige Qual. Dennoch fing er, nachdem er einen Augenblick lang das Gemälde betrachtet hatte, an zu kichern.

»Da träumt ein Mann sein Leben lang von Frauen, und dann werfen die lieben Mädchen seinen Kopf in einen Korb.«

»In der Tat«, stimmte Morris zu. »Ich beneide Sie oft genug um Ihr Zölibatsgelübde, Don Lorenzo.«

Der Priester, inzwischen Mitte achtzig, gab keine Antwort.

Dann fragte Morris: »Ich frage mich, ob Sie vielleicht für einen Augenblick nach unten gehen und meine Signora davon überzeugen könnten, dass es besser ist, wenn ich Mauro alleine besuche. Dem Jungen gehört ordentlich der Kopf gewaschen, und das wird in Anwesenheit seiner Mutter nicht möglich sein.«

Einer Eingebung folgend hielt Morris in San Zeno an, um Samira zu fragen, ob sie mitkommen wollte. Wenn man unangemeldet auftauchte, das hatte er schon oft festgestellt, erhielt man mehr Informationen über jemanden, als wenn man sich telefonisch ankündigte. Man konnte sehen, wie jemand auf die unerwartete Anwesenheit reagierte. Aber das Mädchen war nicht da. »Arbeiten!« Das sagte Tarik über die Sprechanlage.

»Lass mich kurz hochkommen«, bat Morris. Das Zögern des jungen Mannes überraschte ihn nicht. Dennoch war es ein bisschen viel, als der Bruder seiner Freundin sich defensiv in den Türrahmen stellte, als wolle er Morris nicht in die Wohnung lassen, für die er selbst die Miete bezahlte. Morris blieb lächelnd auf dem Treppenabsatz stehen. Schließlich gab Tarik den Weg frei, und er trat ein. Der Duft nach scharf gewürzten Speisen reizte ihn immer.

Tarik wirkte heute missmutig. Er bewegte sich wie eine verschnupfte Katze. Morris brauchte keine Erklärung für so eine Stimmung. Hatte er nicht selbst den größten Teil seiner Zwanzigerjahre in so einer Gemütsverfassung verbracht? Es gab immer gute Gründe, verstimmt zu sein. War er anfangs leicht verärgert gewesen, so überkam ihn jetzt eine Welle der Zuneigung. Er liebte den wilden, glänzend schwarzen Haarschopf des Jungen. Jugend und südländische Kraft. Zu gerne würde er ihm das Haar aus der Stirn streichen. Wenn doch nur Mauro so wäre.

»Ich muss nach Brescia«, erzählte er dem jungen Mann. »Hast du Lust, mich hinzufahren?«

»Ich lerne gerade«, sagte Tarik.

»Ich wollte dir unterwegs ein paar Fragen über den Nahen Osten stellen«, behauptete Morris spontan. »Vor allem über Syrien, und Assyrien. Ich meine, ist das das Gleiche?«

Das sollte den Burschen interessieren.

»Nein, gar nicht, oder jedenfalls nicht ganz. Wozu wollen Sie das wissen?«

»Komm, fahr mich«, sagte Morris. »Mein Sohn ist nämlich verhaftet worden, und ich muss hinfahren und mit der Polizei reden und so. Ich mache mir Sorgen. Hilf mir, mich zu entspannen.«

Diese Methode, mehr Fleisch auf den Grill zu packen, als das Gegenüber auf die Schnelle verdauen konnte, hatte meistens die gewünschte Wirkung. Jeder liebt die Probleme anderer. Tarik drehte sich um und nahm eine leichte Regenjacke von einer Stuhllehne.

»Ist das deine wärmste Jacke?«, erkundigte sich Morris auf der Straße, als er Tarik den Autoschlüssel gab. Der junge Mann bejahte. Morris nickte in der Hoffnung, damit klarzumachen, dass der Fahrer mit einer ordentlichen Winterjacke belohnt werden würde.

Tarik fuhr mit einer gemäßigten Aggressivität, die sowohl Respekt vor Morris' Alfa Romeo bewies als auch Ausdruck seines Könnens und seiner Persönlichkeit war. Sein Haar war wirklich außergewöhnlich. Als dränge die ganze unterdrückte Vitalität des Jungen durch seinen Kopf nach draußen.

»Du brauchst kein Ticket zu ziehen«, sagte Morris selbstgefällig an der Mautstation vor der Auffahrt zur Autostrada. »Wir haben einen Telepass.«

Als die Funkverbindung summte und die Schranke hochging, verzog sich das finstere Gesicht des Arabers zu einem flüchtigen Lächeln. Gibt es irgendjemanden, fragte sich Morris, der Reichtum nicht genießt? Für die Wohlhabenden war es wirklich keine Kunst, andere zu verführen.

»Mein Sohn ist irgendwie verstrickt in gewalttätige Auseinandersetzungen beim Fußball«, sagte er. »Du weißt ja, die Fans von Verona und Brescia sind seit Ewigkeiten verfeindet. Wirklich albern.«

Tarik blieb in der linken Spur und fuhr genau 10 km/h über dem Tempolimit. Die Pianura Padana auf der linken Seite war eine streng geometrische Fläche aus Betonpfählen, die jeweils ein kleines Kruzifix aus dem gedrehten Stamm und den seitlich ausgestreckten Reben der Weinstöcke trugen. Auf der rechten Seite ragten steil die winterlichen, schäbig graugrünen Ausläufer der Alpen auf. Hätte er Eindruck schinden wollen, hätte Morris auf drei umweltfreundliche Wohnsiedlungen dort oben hinweisen können, in denen sein Geld steckte.

»Ich meine, es würde mir besser gefallen, wenn es um politische Gewalt ginge, um echte Prinzipien.« Er zögerte. »Wie beim arabischen Frühling.«

Der Junge behielt seine Meinung für sich; seine nervösen Handgelenke verrieten eine vorsichtige Wachsamkeit.

»Es macht mich traurig, dass er sich wegen etwas so Frivolem verhaften lässt, weißt du. Das Leben ist eine ernste Angelegenheit, und es passiert heutzutage so viel auf der Welt.«

Der Fahrer saß still wie eine Statue. Morris lächelte.

Wie immer gerieten sie kurz vor Sommacampagna in eine Nebelwand. Und wie immer raste der Verkehr trotzdem weiter; jeder Fahrer hängte sich an die Rücklichter des Wagens vor ihm. Abgesehen von diesen roten Punkten waren alle Farben und

Konturen verschwunden; sie befanden sich in einer motorisierten Unterwelt mechanischer Gespenster. Morris spürte, wie die Konzentration des Jungen stieg. Er genoss die Herausforderung.

»Nein, der Grund, warum ich dich nach Assyrien gefragt habe, ist der, dass ich vor Kurzem zwei Gemälde erworben habe, die mit zwei sogenannten assyrischen Führern zu tun haben: Holofernes und Sardanapal.«

Tariks Hände umklammerten das Steuerrad fester.

»Anscheinend hat Letzterer, Sardanapal – bitte entschuldige, ich spreche das wahrscheinlich falsch aus und ich weiß, wie schlimm das für einen Muttersprachler sein kann –, König Sardanapal vielmehr, als ihm klar wurde, dass er im Kampf unterliegen würde, in Ninive war das, glaube ich, beschlossen, sich mit all seinen Konkubinen dem Feuer zu opfern. Was ich mich gefragt habe, war ...«

Der Junge trat plötzlich auf die Bremse, fuhr gefährlich schlingernd auf die mittlere Spur und dann weiter, unter stürmischem Protestgehupe durch die undurchsichtige graue Masse, zwischen zwei schweren Lastwagen hindurch auf die rechte Spur und schließlich auf den unebenen Randstreifen neben den fahrenden Autos, wo der Wagen auf der löchrigen Oberfläche wild auf und ab hüpfte, ehe er schlitternd zum Stehen kam.

»Ich steige aus«, verkündete Tarik. Er öffnete seinen Sicherheitsgurt.

Morris war erstaunt.

Der junge Araber drehte sich zu ihm um. »Das ist ekelhaft«, sagte er. Er war im Begriff, die Tür aufzumachen.

»Tu's nicht«, sagte Morris. »Du wirst dich umbringen.«

Der Wagen schaukelte, als ein Schwerlasttransporter vorbeirauschte. Rechts von ihnen, hinter der Leitplanke, war nichts als dichtes Weiß.

Tarik wandte sich wieder zu ihm um. In seinen Augen blitzte gerechter Zorn.

»So wird der Osten hier immer gezeigt, stimmt's? Dekadent und blutrünstig. Wie ein billiger Horrorfilm, damit der Westen sich überlegen fühlen kann. Eine Jüdin legt den Kopf eines Arabers in einen Korb, und ihr klatscht Beifall.«

Morris war leicht besorgt, dass er wegen dieses unvorhergesehenen Halts zu spät kommen könnte. Nicht so sehr in Brescia bei Mauro, sondern zu seiner Verabredung mit dem Bauunternehmer in Caprino Veronese, die er im Anschluss vereinbart hatte. Aber gleichzeitig interessierte ihn die Sache.

»Sprich weiter.«

»Ihr projiziert eure eigenen krankhaften Perversionen auf einen arabischen Edelmann und weidet euch dann an seinem Niedergang, seinem Selbstmord und seiner Entehrung. Um euch ins Gedächtnis zu rufen«, der Junge schnaubte jetzt verächtlich, »warum ihr nicht den Mut habt, eure eigenen schmutzigen Fantasien auszuleben.«

»Ein interessanter Gedanke«, sagte Morris aufrichtig.

»Ich steige aus«, wiederholte Tarik. Der Wagen schwankte immer noch im Fahrtwind der vorbeirasenden Fahrzeuge. Morris hatte schon immer das Gefühl gehabt, dass sie in Italien bei den Standspuren schummelten; sie waren viel zu schmal.

»Hast du je von Marco Donat Cattin gehört?«, fragte er.

Eine improvisierte Frage, um das Gespräch zurück auf null zu bringen.

Tarik starrte ihn an. Seine Augen waren unglaublich. Flüssiger Teer. Womöglich noch schöner als die seiner Schwester. Sein Haar stand ab wie das Nackenfell einer Katze.

»Donat Cattin war ein Terrorist in den Siebzigerjahren. Und der Sohn eines Ministers der Christdemokraten. Also, er saß seine Zeit im Gefängnis ab, und als man ihn nach Gott weiß wie vielen Jahren entließ, hielt er im Nebel auf dem Randstreifen an, um einem anderen Fahrer zu helfen, der liegen geblieben war. Genau auf diesem Streckenabschnitt, wenn ich mich nicht täusche. Ein vorbeifahrender LKW überfuhr ihn. *Ironia della sorte.*«

»Ich hasse alles, wofür Sie stehen«, sagte der Junge.

»Hmmm«, überlegte Morris. »Warum fährst du nicht weiter bis zu einer Stelle, wo man gefahrlos anhalten kann. Ich kann mir durchaus vorstellen, dass du Probleme mit mir hast. Aber das ist noch lange kein Grund, dein Leben aufs Spiel zu setzen, um mir das zu beweisen. Ganz abgesehen von einem langen Marsch durch eisigen Nebel ohne einen geeigneten Mantel.«

Tarik seufzte, holte einmal tief Luft und fuhr wieder auf die Autobahn.

»Schnall dich an«, erinnerte ihn Morris. Nach ein paar Minuten Fahrt schlug er einen anderen Kurs ein: »Ich habe nachgedacht. Mir ist etwas eingefallen, wobei du mir wirklich helfen könntest, Tarik.«

»Ich will Ihnen nicht helfen.«

»Wäre es nicht interessant, der ganzen Welt zu sagen, was du gerade mir gesagt hast?«

Tarik gab keine Antwort.

»Im Herbst«, sagte Morris, »wird es eine Ausstellung über Morde und Attentate in der Kunst geben.«

Der Junge tat so, als sei er nicht interessiert.

»Wie du zu Recht sagst, sind viele der biblisch inspirierten Gemälde von unschönen Vorurteilen geprägt. Der Kindsmord von Bethlehem. David und Goliath. Sardanapal. Und wie du sagst, sind die Bösen immer die Araber. Und das hat sich bis heute nicht geändert, wir kriechen den Scheichs in den Arsch, damit sie bei uns investieren, verweigern den unter uns lebenden Marokkanern und Libyern aber eine Moschee, in der sie beten können.«

Tariks Unterkiefer bewegte sich, als wolle er jeden Moment ausspucken. Sie fuhren jetzt wieder auf der linken Spur, gefährlich dicht hinter den Rücklichtern vor ihnen. In einem Anflug von Nostalgie dachte Morris an die Zeit, als Kwame ihn durch die Landschaft chauffiert hatte, ohne irgendeine Verkehrsregel oder Vorsichtsmaßnahme zu beachten. Tarik allerdings war konzentriert und wütend, eher überdreht als gelassen. Doch Morris' Erregung war ähnlich stark.

»Meine eigene Haltung«, sagte er und beobachtete den Jungen genau, »ist, dass die Gemälde wunderschön sind, ich meine, wunderbar gemalt, auch wenn ihr Inhalt und ihre Implikationen skandalös sein mögen. Was sagst du dazu? Ich meine, kann ein Kunstwerk wunderschön sein, obwohl es eine hässliche oder inakzeptable Botschaft überbringt?«

Es war unklar, ob Tarik zuhörte oder sich in eine Welt persönlicher Verbitterung zurückgezogen hatte. Morris empfing Wellen von negativer Energie.

»Wir nehmen die nächste Ausfahrt«, sagte er ruhig.

Wenn überhaupt, dann wurden Tariks Kiefermuskeln noch härter. Er hielt den Kopf unnatürlich hoch, sein Hals war steif.

»Wie dem auch sei, mein Plan ist, die Leute mit ein paar Texttafeln zu verblüffen, die direkt in dieses Wespennest stechen, verstehst du? Ich möchte, dass die Leute in diese Ausstellung kommen und denken, he, Moment mal, diese Gemälde sind zwar wunderschön, aber total neben der Spur. Die Leute sollen sich mit dem Problem beschäftigen. Unsere Kultur basiert auf äußerst unschönen Anschauungen.«

Tarik arbeitete sich von einer Spur zur nächsten, um die Ausfahrt zu nehmen, diesmal sehr umsichtig.

»Und da dachte ich, wie wär's, wenn jemand wie du einige der Texttafeln verfassen würde? In deinem eigenen Namen. Verstehst du? Der arabische Blickwinkel sozusagen. ›David und Goliath. Attraktiver jüdischer Junge massakriert hässlichen arabischen Riesen.‹ Das holt die Leute aus ihrer gedankenlosen bürgerlichen Einvernehmlichkeit, die sie bei der Kunstbetrachtung überlicherweise an den Tag legen.«

»Vergessen Sie's«, sagte Tarik. »Ich werde niemals etwas für Sie tun.«

»Beim Kreisverkehr rechts«, wies Morris ihn an.

Während sie in Richtung Zentrum fuhren, schaltete er das Radio ein. Es war wichtig, den Menschen das Gefühl zu geben, dass man ihre Ablehnung respektierte.

Voreingenommene Hörer riefen an, um ihre Meinung zur Anklage Berlusconis wegen Beihilfe zur Prostitution Minderjähriger kundzutun. Der vorherrschende Standpunkt war der, dass es die Öffentlichkeit nichts anging, was ein Mann zu Hause in den eigenen vier Wänden trieb. Ruby sah mindestens wie achtzehn aus und hatte es eindeutig herausgefordert. Eine Frau aus Cagliari rief an und teilte mit, sie selbst hätte auch nichts gegen ein bisschen Bunga Bunga.

Plötzlich brach Morris in Lachen aus. »Sardanapal hat sich wenigstens verbrannt! Darauf können wir bei Berlusca lange warten.«

Ein Seitenblick auf Tarik zeigte ihm das gleiche kleine Lächeln, das seine Lippen umspielt hatte, als die Schranke zur Autostrada hochging. Er würde sich wieder fangen. Morris war aufgekratzt. Innerhalb weniger Tage, nein, weniger Stunden, war das Leben wieder aufregend geworden.

»Herodes war Jude«, sagte Tarik kurz darauf.

»Wie bitte?«

»Herodes war Jude. Ein Jude hat den Kindsmord von Bethlehem angeordnet.«

»Stimmt«, gab Morris zu. »Wie nachlässig von mir.«

Mauro Duckworth hatte einen lockigen roten Haarschopf und ein pummeliges Puttengesicht. Morris hatte keine Ahnung, woher diese fuchsroten Kringellocken stammten. Weder in seiner noch in der Familie Trevisan waren in der Vergangenheit rote Haare oder Locken vorgekommen. Gelegentlich hatte er sich zu der Vorstellung hinreißen lassen, er sei das Opfer eines schrecklichen Betrugs: Im Augenblick ihrer größten Intimität hatte Antonella ihren Schoß einem anderen geöffnet. Aber das passte so wenig zu ihr, dass es nicht glaubwürdig erschien. Und der Junge besaß auf jeden Fall Morris' stahlblaue Augen und den nach innen gekrümmten kleinen Finger. Eine andere Möglichkeit war, dass er selbst nicht der Sohn seines Vaters war, dass seine eigene blonde Mutter den unsäglich groben Leonard Duckworth mit einem aristokratischen Rotschopf betrogen hatte, und er folglich unbewusst Träger von karottenfarbenen Locken-Genen war, die er an Mauro weitergegeben hatte. Das würde alles Mögliche erklären, und es hatte Morris manchmal sehr befriedigt, sich vorzustellen, dass er nicht seines Vaters Sohn und also nicht von dessen Erbgut verdorben war, und noch besser, Träger von zweifellos nobleren Genen, die nötig gewesen wären, um aus einer so frommen Frau wie seiner Mutter eine Ehebrecherin zu machen. Andererseits bedeutete diese Auslegung eine umfassende Korrektur von Morris' Glauben an Mutters Reinheit, während sie seinen Vater in sympathischerem Licht erscheinen ließ: ein Mann, der tief gekränkt ist, weil man ihm ein Kuckucksei ins Nest gelegt hat. Das passte überhaupt nicht ins Bild. Eine weniger missliebige Erklärung könnte sein, dass Antonella nicht die Tochter des dunklen Südländers war, der auf allen Familienfotos der Trevisans auftauchte, seines Zeichens christdemokratischer Bürgermeister des gottverlassenen Kaffs Sanguinetto und zum Zeitpunkt von Morris' Ankunft im *bel paese* schon seit einigen Jahren verstorben. Ja, Antonellas Mutter, die Morris wegen ihres ungerechtfertigten Misstrauens gegenüber allem, was er sagte, nie gemocht hatte, konnte sehr wohl ihren mächtigen Ehemann mit einem geheimnisvollen rothaarigen *Conte* oder gar Monsignor betrogen haben, warum denn nicht? Dann war es Antonella, die diese, sozusagen hintergründigen, roten Gene in sich trug. Das kam Morris weitaus glaubhafter vor. Er hatte schon immer den Eindruck gehabt, die Italiener seien in sexuellen Angelegenheiten furchtbar lax, und während seiner Zeit mit Paola war dieser Verdacht mehr als bestätigt worden. Was man sich dabei allerdings fragte, war, wie viele andere bedauerliche oder gar gefährliche Züge man aufgrund der Maßlosigkeit anderer Leute womöglich sonst noch in sich trug? Wie konnte man sich, was seine Lieben oder auch einen selbst anging, überhaupt je sicher fühlen? Es gab zahlreiche Momente, in denen Morris' eigene zwei Kinder ganz und gar nicht Fleisch von seinem Fleisch zu sein schienen, ebenso wie Morris nie das Gefühl gehabt hatte, Fleisch von seines Vaters Fleisch zu sein, und sich oft genug in seiner eigenen Haut fremd gefühlt hatte. Unter solchen Umständen geriet man leicht in Versuchung, das Leben für ein reines Glücksspiel zu halten, bei dem man im Grunde für nichts verantwortlich gemacht werden konnte; aber Morris wusste, dass dieser Weg in den Wahnsinn führte. Gene hin oder her, seinem Sohn war zum Beispiel eine grobe Fehleinschätzung unterlaufen, als er sich in eine Schlägerei unter Fußballfans verwickeln ließ. Dafür musste er bestraft werden.

Wie sich herausstellte, hatte Mauro ein schlimmes blaues Auge und ein verbundenes Ohr. Ein Handgelenk war eingegipst. Morris spürte, wie Mitleid mit dem Jungen in ihm aufwallte; er wusste noch sehr genau, wie es war, nach einem gewaltsamen Zusammenstoß aufzuwachen und festzustellen, dass das eigene gute Aussehen radikal gefährdet war.

Aber die ersten Worte seines Sohnes waren dazu angetan, jedes Mitgefühl im Keim zu ersticken.

»Ich gehe nicht zurück auf die Schule, Papà.«

Die Polizei hatte Morris fünf Minuten zugestanden. Als besondere Gefälligkeit. Der Bürgermeister hatte also tatsächlich angerufen.

»Das wirst du auch gar nicht können, wenn sie dich ins Gefängnis stecken.«

Mauro sprach im Veroneser Dialekt mit seinem Vater, der das nicht ausstehen konnte; es war die Sprache der Gauner und der Bauern. Morris antwortete in ordentlichem Englisch, mit dem Akzent, den er sich in Cambridge angeeignet hatte und der den Jungs auf dem Tonbridge College ebenfalls beigebracht wurde. Was auch richtig war.

»Ich habe dich auf eine der besten Schulen der Welt geschickt, Mauro, damit du im Leben eine Chance hast. Das hat seinen Preis.«

»Ich komme mir da vor wie ein Fisch auf dem Trockenen, *Dio bon*.«

»Besser auf dem Trockenen als in der Dreckbrühe, in der du dich sonst so heimisch fühlst«, gab Morris zurück und schnitt eine Grimasse.

Mauro lutschte an seiner geschwollenen Lippe. Er musste einen Schlag auf die Stelle erhalten haben, wo der Unterkiefer in den Hals übergeht. Dort befand sich ein Bluterguss, den er immer wieder mit den Fingern, die aus dem Gips hervorschauten, anfasste.

»Wo ist Mamma?«, fragte der Junge. »*Oddio*, hoffentlich regt sie sich nicht so auf.«

»Genug, um heute nicht mitzukommen, so viel steht fest. Aber nicht so sehr, wie wenn sie hört, dass du nicht den Mut aufbringst, die Schule zu Ende zu machen.«

»*Ma porco Dio, Papà*, es hat doch keinen Sinn, Geld für etwas aus dem Fenster zu werfen, das nicht das Richtige für mich ist.«

»Bis du achtzehn bist, entscheide ich, was das Richtige für dich ist. Und es wäre nett, wenn du dir die Blasphemien sparen könntest. Die sind scheußlich und kindisch.«

Ein langes Schweigen trat ein. Die fünf Minuten wurden mit einem Streit vergeudet, den sie genauso gut ein andermal hätten austragen können.

»Übrigens«, fügte Morris hinzu, »heute hätte eigentlich der

Tag sein sollen, an dem deinem Vater die Ehrenbürgerwürde deiner Heimatstadt verliehen wird.«

»Sie haben sie dir nicht gegeben?«

»Natürlich haben sie sie mir gegeben.«

»Wieso sagst du dann ›hätte‹?«

Morris holte tief Luft. »Ich meinte, da heute der Tag ist, an dem und so weiter und so fort, hätte es eigentlich ein Tag ungetrübten Familienstolzes sein sollen.«

Mauro schnitt eine Grimasse. Morris war sich nicht sicher, dass er das Wort »ungetrübt« verstanden hatte. Ganz offensichtlich bereitete es dem Jungen Schmerzen, das Gesicht zu bewegen. »*Dio povero*, meine Zähne bringen mich um.« Er schien einen Augenblick nachzudenken. »Wenn du schon über Stolz reden willst, Papa, dann kann ich dir versichern, dass wir genauso viel ausgeteilt wie eingesteckt haben.«

Morris sagte: »Erzähl mir den Hergang, dann besorg ich uns einen Rechtsanwalt.«

Die Polizei hatte angefangen, erklärte Mauro. Beim Verlassen des Stadions waren er und seine Freunde gezwungen worden, im Gänsemarsch zwischen zwei Reihen von Einsatzschilden hindurchzugehen, und waren dabei systematisch geschlagen worden. »Mit Schlagstöcken, *Dio boia!* Als wäre es ein Fließband und wir die vorbeiziehenden Teile. Sie haben jeden Einzelnen von uns geschlagen, *Dio can*.«

Morris beobachtete seinen Sohn beim Erzählen. Der Siebzehnjährige genoss seine Geschichte. Sein offenes Auge blitzte. Seine gesunde Hand ballte sich auf der Tischplatte zur Faust, als er sich an einen Schlag erinnerte. Die Erkenntnis, dass der eigene Nachwuchs zu einer körperlichen Bedrohung geworden war, fühlte sich seltsam an. Ohne seine zivilisierende Tonbridge-Uniform war der feiste, auf dem Rugby-Feld gestählte Mauro der klassische englische Engel, der zum Bengel geworden war.

»Also haben wir draußen auf sie gewartet«, sagte er mit grimmiger Genugtuung.

»Entschuldige«, Morris setzte sich überrascht gerade hin. »*Ihr* habt auf *sie* gewartet, auf die Polizei?«

»Genau.«

»Um sie anzugreifen? In voller Absicht?«

»Die haben doch angefangen, *porco Dio*!«

»Ihr seid ja verrückt.«

»Wir haben uns an einer Straßenecke auf sie gestürzt.«

Morris schaute ihn ungläubig an. »Und ihr habt euch nicht mit Balaklavas maskiert, oder mit Wollmützen oder Nylonstrümpfen oder was immer der Mob so trägt?«

»Wir haben beschlossen, ihnen von Angesicht zu Angesicht gegenüberzutreten. Wir wussten, dass sie damit nicht rechneten.«

»Jede Wette nicht.«

»Es wäre auch gut gelaufen, wäre nicht im entscheidenden Moment eine Busladung mit Verstärkung eingetroffen. Wir haben uns gut geschlagen.«

Morris seufzte. »Mauro, dir ist klar, dass dieses Gespräch vermutlich aufgezeichnet wird.«

»Dann werden die Richter hören, dass die angefangen haben, stimmt's?«

»*Der* Teil der Aufnahme wird bestimmt nicht vor Gericht abgespielt. Werd erwachsen, mein Lieber.«

Der Junge berührte wieder mit der eingegipsten Hand seine Wange. »Dieser Zahn, *Dio bon*.« Dann schien ihm zum ersten Mal der Gedanke zu kommen: »Meinst du, sie stecken mich wirklich ins Gefängnis?«

»Mit Sicherheit in irgendeine Einrichtung. Du bist ja noch minderjährig. Aber was sollen sie sonst mit dir machen, wenn du zugibst, Polizisten angegriffen zu haben?«

Das Erstaunlichste war, dachte Morris, dass sein Sohn trotz

der unerfreulichen Aussicht, eingesperrt zu werden, ganz zu schweigen von den körperlichen Schmerzen, die er haben musste, offensichtlich sehr mit sich zufrieden war; als zählte für ihn nichts anderes, als nicht aufs Tonbridge College zurückzumüssen.

»Gibt es etwas Bestimmtes, das dir in der Schule zu schaffen macht?«, fragte Morris. »Es wäre absurd, abzubrechen, nur weil ein Lehrer dich auf dem Kieker hat oder so etwas.«

Diesmal versuchte Mauro zu lächeln, aber wieder froren seine Gesichtszüge ein. »Das Einzige, was mir Sorgen macht, ist, dass ich meinen Mathelehrer umbringen könnte.«

»Wie bitte?«

»Er ist total sarkastisch. Ich kriege immer solche Lust, ihm den Hals umzudrehen. Eine Art heiße Welle des Zorns.«

»Mauro, um Himmels willen, man löst doch keine Probleme, indem man Leute umbringt.«

»Deswegen gehe ich ja auch nicht zurück«, sagte der Junge.

Morris versuchte, seine Enttäuschung für einen Moment beiseitezuschieben und sich zu konzentrieren; das Leben seines Sohnes befand sich an einem Wendepunkt; und das Schicksal eines Kindes färbt auch auf den Vater ab; diese Geschichte würde sich auf Morris' Ruf auswirken. Inzwischen beschrieb Mauro, wie man sie geschlagen hatte, sogar noch, als der Kampf beendet war und sie in Handschellen mit dem Gesicht nach unten auf dem Bürgersteig lagen. »Selbst da haben sie uns noch getreten, *Dio boia*, das sind Tiere!«

»Wenn ich es schaffe, dich hier rauszuholen«, unterbrach ihn Morris, »wirst du dann tun, was ich sage? Ich meine, bedingungslos gehorchen?«

Mauro schmollte. »Habe ich denn eine Chance, aus der Sache rauszukommen?«

Wie viel attraktiver Tarik war, dachte Morris unvermittelt. Wie viel kultivierter. Seine spirituellen Kinder waren Samira und Tarik, nicht Massimina und Mauro.

»Als Erstes hörst du auf, die Wahrheit zu sagen. Sie haben dich angegriffen, nicht du sie. Du hast nicht an der Ecke auf sie gewartet. Du …«

»Aber *Papà*…«

»Und in Zukunft trittst du niemandem mehr von Angesicht zu Angesicht gegenüber.«

In diesem Moment steckte ein Polizist den Kopf in die Tür. Die Zeit war um. Ohne ein weiteres Wort stand Morris auf und ging.

3

Morris schlief und war doch wach. Er spürte, wie er in seinem Winterschlafanzug von vielen Händen hochgehoben wurde, die ihn von seinem Bett wegtrugen und auf einen Tisch legten. Wo? Der einzige große Tisch stand im Kunstzimmer. Sie legten ihn ungeschickt ab, und sein Kopf schlug auf. Er hatte das Gefühl, er hätte in diesem Moment aufwachen können, wenn er es versucht hätte. Er hätte die Augen öffnen und die wunderschönen Darstellungen gewaltsamer Tode betrachten können, die an den Wänden hingen. Vielleicht sammle ich diese Bilder, damit ich nicht wieder töten muss; dieser Gedanke zuckte ihm durch den Kopf. Oder vielleicht auch, weil ich zu gerne wieder töten würde, mir aber der Mut fehlt.

Ein Kannibale, der alles will – die Leiche anschauen *und* sie verspeisen.

Morris lächelte, dann hörte er das Kratzen von Stahl auf Stahl, hart und rhythmisch. Jetzt war er auf der Hut. Es gab Gemurmel und Geflüster. Hände ergriffen seine Handgelenke. Mach die Augen auf, Morris! Er konnte nicht. Er versuchte es, aber starke Finger drückten auf sein Gesicht. Die Klinge senkte sich in seinen Hals. Sie schnitt ihm die Luftröhre durch und glitt tief ins Fleisch hinein, bis sie auf den Knochen stieß und anfing zu sägen. Morris spürte jede Bewegung ganz genau. Sein

Kopf wurde hin und her gedreht, während die Klinge an der Wirbelsäule sägte. Ich bin tot!, schrie er. Oh, ich bin tot! Mimi, warum hast du mich nicht gewarnt? Warum hast du mich verlassen? Sein Kopf drehte sich von einer Seite auf die andere, und die Klinge sägte und sägte, bis der Knochen schließlich knackte und brach.

Aaaaaaaaaaaaaaaaaah!

»*Madonna-mia-madre-di-Dio!*«, rief Antonella aus.

Morris lag schweißgebadet da.

»Ich dachte schon, du würdest nie aufwachen. Ich habe dich wie verrückt geschüttelt.«

Vorsichtig bewegte er seinen Kopf. Er war nicht in einen Korb gefallen.

»Du hast geschrien: ›Ich bin tot, ich bin tot!‹«

»O Gott.«

»Und alles mögliche andere Zeug.«

Morris genoss noch die Freude darüber, heil und ganz zu sein.

»Anderes Zeug?«

»Jede Menge anderes Zeug.«

Morris zögerte; lieber nicht genauer nachfragen, entschied er.

»Vermutlich wegen Mauro, der so schlimm zurichtet war.«

Schweigen trat ein. Ihr Bett war das alte, holzgeschnitzte Himmelbett, das früher in der Familienvilla in Quinzano gestanden hatte. Die DNS der Trevisans schien es zu erfordern, dass alle Möbel schwer, dunkel und mindestens hundert Jahre alt waren. Die einzigen ähnlich gearteten Gegenstände, die Morris als Kind gekannt hatte, waren die Eichenholzbänke in der Bartholomäus-Kirche, oder vielleicht noch die glänzenden Särge, wenn er für eine halbe Krone bei Beerdigungen gesungen hatte. Aber er mochte die wächserne Atmosphäre düsteren Wohlstands, die im Haushalt der Trevisans herrschte, und er liebte den Gedanken, dass Massimina auf eben dieser harten Wollmatratze neben ihrer verwitweten Mutter geschlafen hatte, bis zu dem verhängnisvollen Tag, an dem sie mit ihm weggelaufen war. So fühlte er sich seiner ersten Liebe ganz nah, selbst wenn er neben ihrer weitaus vernünftigeren älteren Schwester lag.

»Es klang nicht so, als hätte es etwas mit Mauro zu tun«, sagte Antonella schließlich.

Morris sagte nichts darauf. Am Abend zuvor hatten sie sich gestritten, was selten vorkam. Nachdem er die Polizeiwache in Brescia verlassen hatte – es war ihm wichtig gewesen, noch fünf Minuten höflich mit dem Polizisten zu plaudern, ehe er ging –, hatte Morris Tarik gebeten, ihn nach Caprino Veronese zu fahren. Auf dem Weg hatte er mit Carla Cogni, seiner Rechtsanwältin, gesprochen, einer übergewichtigen, arbeitsbesessenen Frau Mitte vierzig. Wann immer es möglich sei, erklärte Morris Tarik, während er darauf wartete, von Carlas Sekretärin verbunden zu werden, arbeite er lieber mit Frauen zusammen: Sie fänden mehr Gefallen daran, dass er Engländer war, hätten mehr Mitgefühl wegen seiner Narben im Gesicht und wären ganz allgemein leicht zu beeindrucken, ohne gleich konkurrieren zu wollen. »Ach, gäbe es auf der Welt doch nur Frauen, und ich wäre der einzige Mann!«, sagte er lachend. »Ich und du, meine ich natürlich, Tarik.«

Tarik lächelte nicht. Der Nebel war dichter denn je.

»*Carissimo* Signor Duckworth!«, rief die Rechtsanwältin mit weit lauterer Stimme als nötig. Morris musste den Hörer vom Ohr weghalten. »Meine herzlichsten Glückwünsche zu Ihrer Ehrenbürgerschaft. Wir sind alle sehr stolz auf Sie. Wie kann ich Ihnen zu Diensten sein?«

Morris liebte diese förmlichen Floskeln, die er immer noch auf Englisch hörte, selbst wenn sie auf Italienisch gesagt wurden. Wenn man sie wörtlich übersetzte, klangen sie viel altmodischer und würdevoller, und das konnte ihm angesichts der vorliegenden geschmacklosen Situation nur recht sein.

Er fing an zu erklären, worum es ging.

»Nicht gut, darüber am Telefon zu sprechen«, unterbrach sie ihn.

»Ich weiß, ich weiß, Avvocatessa, aber ich fürchte, er hat das alles bereits der Polizei erzählt. Er scheint …«

»Kann schon sein«, sagte die Anwältin. »Aber nichts ist unumkehrbar, Signor Duckworth.« Mit fester Stimme, als seien ihre Worte an jemanden gerichtet, von dem sie wusste, dass er sich hinter dem Aktenschrank versteckte, fügte sie hinzu: »Tatsache ist, wir wissen, dass er nichts Unrechtes getan hat.«

»Natürlich«, stimmte Morris zu. Als er das Telefon wieder in seine Tasche schob, schüttelte er voller Bewunderung den Kopf. Wenn irgendjemand den Jungen da rausholen konnte, dann war es Carla.

Sie fuhren schweigend weiter, bis Tarik unerwartet verkündete: »Ich glaube, ich mag Ihren Sohn.«

Das war eine Überraschung.

»Nicht, wenn du ihn kennen würdest. Er treibt sich mit einem Haufen rassistischer Hellas-Verona-Fans herum, echte Flegel.«

»Das ist doch bloß Phrasendrescherei«, sagte Tarik nachsichtig. »Wenn sie ihre Mannschaft anfeuern, dann brüllen sie: Verona den Veronesen!, und haben das Gefühl, jeder andere ist ihr Feind. Das gehört dazu. In Tripolis machen wir das genauso.« Wie verwirrend! Morris holte tief Luft. Auf der Hinfahrt hatte sich der junge Araber total über sein professionelles Interesse an Judith und Holofernes aufgeregt, einem wunderbar komponierten und brillant ausgeführten Gemälde von der unvergleichlichen Artemisia Gentileschi, und jetzt, auf der Rückfahrt, nahm er auf einmal einen Haufen Flegel in Schutz, die höchstwahrscheinlich schwarze Fußballspieler mit Bananen bewarfen. Unterdessen fiel Morris auf, wie wunderbar teuflisch Tariks Lächeln war. Es hob seine rechte Gesichtshälfte an, ließ die linke jedoch vollkommen ausdruckslos. Die Lippen waren dünn und blieben fest geschlossen, während die Augen nur ganz leicht leuchteten, als wollten sie suggerieren, dass der Junge viel mehr verstand, als gesagt worden war. Einfach großartig.

»Rassist hin oder her, er ist ein Idiot.«

»Sie sagen, die Jungs haben der Polizei aufgelauert und sie ganz offen zum Kampf herausgefordert?«

»So könnte man es ausdrücken.«

Tarik schüttelte seine schwarze Tolle. »Alle Achtung.«

Morris war verärgert. »Aber nicht für einen guten Zweck, Tarik! Aus reinem pubertären Trotz. Er ist nichts als ein bulliger Rüpel mit mehr Kraft als Verstand.«

Tarik schnalzte weiter anerkennend mit der Zunge und nickte immer wieder leicht. Aus Morris' Ärger wurde Verbitterung.

»Wozu bezahlt man ein Vermögen für die Ausbildung eines Kindes, wenn es dann hingeht und sich für zehn Jahre wegsperren lässt? Das zeugt doch von totaler Respektlosigkeit mir und seiner Mutter gegenüber.«

»Die Polizei hat schließlich angefangen, oder?«, wandte Tarik ein. »Die sind die wahren Rassisten.«

Die Verbitterung verwandelte sich in Staunen. Manchmal hatte Morris den Eindruck, er selbst sei der einzige halbwegs gesetzestreue Bürger auf der ganzen Welt.

»Hör mal, ich hätte viel lieber dich als Sohn«, verkündete er unverhohlen. »Stell dir vor, wie leicht du auf die LSE kämst, wenn du aufs Tonbridge College gegangen wärst. Ich glaube kaum, dass *du* dich wegen einer dummen Schlägerei einsperren lassen würdest. Dazu bist du viel zu klug.«

Auf dieses riesige Kompliment und das darin enthaltene Versprechen sagte der Junge nichts.

Das Staunen verhärtete sich zu Pikiertheit.

»Vielleicht rege ich mich so auf, weil ich selbst schon mal im

Gefängnis war. Ich weiß, was es bedeutet, seine Freiheit zu verlieren.«

Als Tarik kein Interesse zeigte, fügte er waghalsig hinzu: »Man hat mich schon mal des Mordes angeklagt, musst du wissen.«

Der Alfa wurde von einem langsamen Lastwagen aufgehalten, der hartnäckig auf der linken Spur blieb. Tarik betätigte seine oder vielmehr Morris' Lichthupe und fragte:

»Wen sollten Sie denn umgebracht haben?«

»Ach, einen Geschäftspartner.«

Morris erwähnte weder, dass Bobo der Mann seiner jetzigen Frau gewesen war, noch, dass sein Tod es ihm ermöglicht hatte, Fratelli Trevisan zu übernehmen.

»Aber man hat Sie nicht für schuldig befunden?«

»Nein, weil ich es nicht getan hatte.«

Der Laster fuhr rechts rüber, und Tarik konnte wieder beschleunigen. »Wer dann?«, fragte er, während er jetzt ohne jede Sicht voranraste.

»Einer der ausländischen Arbeiter«, sagte Morris gleichgültig. »Bobo hat sie ziemlich schlecht behandelt, fürchte ich. Wenn wir schon von Rassismus sprechen! Ich hatte ihn gewarnt.«

Tarik runzelte die Stirn. »Und haben sie den Mann gefasst? Den Mörder?«

»Einen Nigerianer, ja. Nicht direkt gefasst. Man ist ihm auf die Spur gekommen, nachdem er getötet wurde, hingerichtet von rassistischen Brandstiftern, die etwas dagegen hatten, dass er mit einer weißen Frau schlief. Äußerst unangenehm, die ganze Geschichte.«

Morris erwähnte nicht, dass die weiße Frau seine erste Ehefrau gewesen war.

Nach längerem Schweigen bemerkte Tarik: »Wie praktisch.«

Was sollte das denn heißen?

Morris war verärgert, aber gleichzeitig wurde ihm klar, dass er den Jungen immer mehr mochte. Er mochte die gekonnte Ungeduld seiner jungen Hände am Steuer, seine außerordentliche Wachsamkeit, während er im Nebel viel zu schnell fuhr.

Morris fragte: »Hast du noch einmal über die Ausstellung nachgedacht, von der ich gesprochen habe?«

Tarik gab keine Antwort. Er war mit der Autobahnabfahrt beschäftigt. Morris erklärte ihm den Weg, und der Wagen wand sich nach Norden in die Berge über dem Gardasee hinauf.

»Das wäre eine echte Neuheit«, beharrte er, »ein arabischer Blick auf unsere biblischen Kunstwerke. Die Leute wären bestimmt fasziniert.«

Urplötzlich wurde der Nebel dünner, und nach wenigen Metern hatten sie ihn hinter sich gelassen und fuhren durch ein winterliches Zwielicht, umgeben von weißen Steinmauern, tiefschwarzen Zypressen und abblätternden Madonnenschreinen am Straßenrand.

»Wie schön es hier ist!«, rief Morris. Wenn man sich umdrehte, sah man die gesamte norditalienische Tiefebene als ein lichtgraues Meer, aus dem nur hier und da ein Glockenturm oder ein Archipel aus Bürohochhäusern herausragte.

»Ist Italien nicht großartig?«

Der Junge verzog das Gesicht.

»Tu's für Samira«, schlug Morris vor. »Sie wäre stolz auf dich. Du kannst dir damit einen Namen machen, das verspreche ich dir.«

»Nein.«

Sie kamen in Caprino Veronese an, wo Morris Tarik wieder im Auto ließ, während er sich auf die Suche nach dem Bauleiter machte, den er Kardinal Rusconi gegenüber erwähnt hatte. In einer kleinen überheizten Hütte inmitten von Bergen an Baumaterial auf einer augenscheinlich verwaisten Baustelle sprachen sie über die Schule in Sant'Anna und überlegten, wie viel man tun konnte, ohne überhaupt Geld auszugeben. »Für sie ist es politisch sehr wichtig«, sagte Morris, »dass das Fundament gelegt wird. Schicken Sie einen Bagger, den Sie entbehren können, dorthin und schreiben Sie den Einsatz auf die Rechnung für hier.«

Der alte Zuccato war ein wortkarger Mann, der selten mehr als ein Grunzen zur Antwort gab. In Morris' Augen war er eines der weltgrößten Genies im Vergeben von Unteraufträgen; es gab auf Zuccatos Baustellen keine einzige Arbeit, die nicht an irgendeinen aus einer bunten Mischung von Subunternehmern delegiert wurde, meistens Süditaliener, Slawen oder Afrikaner und alle erstaunlich billig. Morris erklärte Tarik das Konzept auf der Heimfahrt nach Verona.

»Zuccato würde sogar seine eigenen Körperfunktionen delegieren, wenn es wirtschaftlich günstig wäre.«

Tarik fand das nicht komisch.

»Oder eine Ausschreibung starten, um seine Frau zu schwängern.«

Das auch nicht.

Also rief Morris die Schwester des Jungen an.

»Sammy.«

»*Tesoro!*«, hauchte sie. »Was für eine schöne Überraschung!«

»*Bellissima*«, säuselte er.

Das würde dem Jungen zeigen, wer der Boss war.

Eine Stunde später, als er den Hof seines Hauses in der Via Oberdan überquerte, war Morris in einer klassisch zwiespältigen Stimmung: auf der einen Seite stand die Tatsache, dass er jetzt Ehrenbürger der Stadt war (die Zeremonie war vielleicht nicht spektakulär gewesen, aber sie hatte zumindest stattgefunden); dann die Idee für die Kunstausstellung (ein verblüffender Beweis seiner Kreativität); und die seltsame neue Intimität mit Samiras Bruder (Morris war sich sicher, dass der Junge es sich noch anders überlegen würde) – all das war positiv und aufregend –, aber auf der anderen Seite stand das große und zweifellos zeitraubende Problem mit Mauro, der, ob es ihm nun gefiel oder nicht, ein Duckworth war und als solcher in der Lage, den Namen der Familie in den Dreck zu ziehen. »Mein Sohn, mein Sohn«, seufzte Morris; gerade als er Merkurs marmornem Hintern wie immer – denn Skulpturen sind zum Anfassen da – einen wehmütigen Klaps gab, ließ ihn eine Stimme im Gehen innehalten, die rief:

»Da kommt ja unser Ehrenbürger! He, Morris, alter Junge!«

Im ersten Stock ging quietschend ein Fenster auf und ein grinsendes Gesicht schaute auf ihn herab: ein sehr jüdisches Gesicht im mittleren Alter, mit Hakennase, spitzem Kinn und zurückgehendem, wenn nicht bereits endgültig zurückgegangenem Haaransatz. Zusammen mit dem Adrenalinschub, der augenblicklich durch Morris' Körper schoss, kam der alarmierende Gedanke, dass der einzige Mensch auf der Welt, der *niemals* in das Kunstzimmer hätte gelassen werden dürfen, Stan Albertini war.

»Ich fasse es nicht«, waren Morris' erste wütende Worte. »Wie könnt ihr euch in aller Ruhe Bilder anschauen, während unser Mauro im Gefängnis sitzt.«

Kaum hatte er das gesagt, da wurde ihm sein Fehler klar. Hatte er selbst nicht heute Morgen nach der Zeremonie Don Lorenzo nach oben geführt, um ihm *Judith und Holofernes* zu zeigen? Hatte er nicht ausdrücklich darauf bestanden, dass er allein mit der Polizei und den Rechtsanwälten sprach, während seine Frau mit allem weitermachte, als wäre nichts geschehen? Und hatte er je zuvor den Ausdruck »unser Mauro« benutzt? Noch nie. Und dann hatte er auch noch explizit die Bilder erwähnt! Das war ungefähr so, als hätte Achilles vor den Stadtmauern von Troja seine Stiefel ausgezogen.

»Wo ist Massimina?«, fuhr er fast panisch fort.

Antonella war verwirrt. »Was hat Mimi denn damit zu tun?«

Erstaunlicherweise schien Stan überhaupt nicht zu bemerken, dass die Menschen um ihn herum gerade eine Art Familienkrise durchmachten; allerdings war der Amerikaner ja bereits bekannt dafür, dass er gern das Offensichtliche übersah. Ihm war weder aufgefallen, dass er Morris an dem Nachmittag, an dem Massimina angeblich entführt worden war, mit ihr zusammen gesehen hatte, noch hatte ihm die Begegnung mit dem Engländer im Bahnhof Stazione Termini genau an dem Tag, an dem jemand dort das Lösegeld abgeholt hatte, je zu denken gegeben. Es schien absolut möglich, dass man sich bis ans Ende aller Tage darauf verlassen konnte, dass Stan selbst den duftendsten aller Braten nicht riechen würde. Andererseits stellte sich die Frage, ob man seine Freiheit von der haarsträubenden Begriffsstutzigkeit eines anderen abhängig machen sollte?

»Wie geht's dir, alter Gauner?« Der unwillkommene Besucher umarmte ihn und schlug ihm auf die Schulter. »Lange nicht gesehen, was?«

Wäre es doch nur dabei geblieben.

»Ich bin nur für einen Monat ungefähr hier, um Ferien zu machen.«

Einen Monat!

»Vorzeitiger Ruhestand«, fuhr Stan fort. Er fuchtelte mit beringten Händen und klatschte sich ab und zu vor Begeisterung selbst Beifall, als hätten seine Gastgeber mehr als genug Zeit für Small Talk, während ihr Sohn in einer Zelle saß und ernsthafter Vergehen bezichtigt wurde.

»Ich hoffe, auch den alten Mike wiederzusehen. Forbes. Weißt du noch?«

Der Mann wollte einfach keine Ruhe geben.

»Tolle Bilder übrigens. Irgendwie Tarantino vor Tarantino. Pulp-Barock. Das mit der Frau, die dem Typen den großen Nagel in den Schädel schlägt, ist am besten. Splatter pur!«

Wenn *ich* einen Hammer hätte …, dachte Morris, und ihm fiel der Song ein: If I had a hammer, I'd hammer in the morning.

»Wir müssen Massimina überreden«, improvisierte er an seine Frau gewandt, »mit Mauro zu sprechen, um ihn zur Vernunft zu bringen. Entschuldige, Stan, du kommst in einem ungünstigen Moment. Die Lage ist nämlich schlimmer, als wir dachten«, sagte er in dringlichem Tonfall zu Antonella. »Wesentlich schlimmer.«

Das sollte reichen, um ihre Aufmerksamkeit auf das Wesentliche zu lenken.

»Ich weiß, ich weiß, meine sind auch nicht besser«, stimmte Stan sofort zu.

Ich würde den ganzen Tag hämmern, dachte Morris. Er fragte sich flüchtig, ob Antonella und der Amerikaner schon einen Aperitivo getrunken hatten? Sie wirkten insgesamt reichlich gelassen.

»Mein Ältester«, plapperte Stan weiter, »hat am Tag vor meiner Abreise seinen Toyota zu Schrott gefahren. Zum Glück ist ihm nichts passiert.«

»Ich bin hier, *Papà.*« Massimina klopfte Morris auf die Schulter. Anscheinend stand sie schon die ganze Zeit hinter ihm. Das große Mädchen lachte über die Geistesabwesenheit seines Vaters. »Wir haben Stan ausgefragt, wie du damals gewesen bist, als du gerade nach Italien gekommen warst.«

Morris verstand die Welt nicht mehr. Wieso machten sie sich keine Sorgen um Mauro?

»Und wie war ich?«, fragte er kühl.

Stan konnte gar nicht mehr aufhören zu kichern. »Kennt ihr diese kleinen Einsiedlerkrebse, die einem in den Finger zwicken, wenn man versucht, sie aus ihrer Schale zu ziehen? Totaler Rückzug. Manche dachten, unser Mo sei völlig neben der Spur.«

»Unser Sohn Mauro«, erklärte Morris jetzt sehr laut, »hat der Polizei gestanden, dass er sie *vorsätzlich* angegriffen hat. Er muss mit bis zu zehn Jahren Gefängnis rechnen. Darüber müssen wir *unverzüglich* sprechen.«

Sie hatten sich in den *salotto* begeben, wo Morris, als alle um den monumentalen, natürlich nicht brennenden Kamin herumsaßen, darauf bestanden hatte, dass man Mauro dazu bringen musste zu lügen. Das war der einzig vernünftige Weg. Ihm war klar, dass er zu viel und zu schnell redete. Die Rechtsanwältin war der gleichen Ansicht, sagte er. Der Junge musste behaupten, er habe sein Geständnis unter massivem Druck abgelegt, nachdem man ihn halb zu Tode geprügelt hatte. Massimina musste ihn davon überzeugen. Das Beste wäre, ihm zu erzählen, seine Mutter sei so schockiert und mitgenommen, dass sie das Bett hüten und Beruhigungsmittel nehmen musste. »Wenn du ihn gesund und munter besuchst«, fügte er schnell hinzu, als seine Frau den Mund aufmachte, um zu protestieren, »dann wird er nie verstehen, welchen Schaden er anrichtet. Der Junge ist völlig weltfremd. Er scheint sogar noch stolz darauf zu sein«, schloss Morris, »zu behaupten, er würde nie so tief sinken zu lügen, was ja gut und schön ist, wenn man nichts zu verbergen hat. Aber Tatsache ist doch, dass es Augenblicke im Leben gibt, wo die Lüge das einzig Wahre ist.«

Morris hielt schließlich inne, um ein Glas Prosecco entgegenzunehmen und es sofort hinunterzustürzen. Das alte Hausmädchen stand wie angewiesen mit Flasche und Eiskübel im Hintergrund, wann immer Gäste im Haus waren. Offensichtlich war es ihr nicht in den Sinn gekommen, dass dies nicht der rechte Moment zum Feiern war, aber da sie das Glas schon eingeschenkt hatte, konnte er es ebenso gut annehmen, dachte sich Morris. Er konnte es mehr als gebrauchen. Allein die Anwesenheit von Stan schien ihn in eine quälende pubertäre Unsicherheit zurückzuwerfen, so als wäre er nicht zu einer wertvollen Stütze der Gesellschaft geworden, sondern für immer ein bunter Hund geblieben, der versuchte, nicht aufzufallen. Während er unter den Blicken der anderen den säuerlichen Wein trank, war ihm bewusst, dass er etwas gesagt hatte, das keinen Sinn ergab, aber genau deshalb eine gewisse Tiefe besaß: *Die Lüge ist das einzig Wahre.* Was mochte das bedeuten? Er neigte den Kopf und leerte sein Glas. Vielleicht ließ sich der Widerspruch durch den Gedanken der Beständigkeit auflösen: Wenn die Beständigkeit edel und rühmlich war, dann war es, hatte man einmal gelogen, wohl auch edel und rühmlich, weiter zu lügen. Wem würde es zum Beispiel nützen, wenn Morris jetzt plötzlich sechs halb vergessene Morde zugab? Oder waren es sieben? Niemandem. Aber Mauro schien gar nicht daran zu denken, zu lügen. Was sollte man mit so einem Jungen bloß anfangen?

Antonella trug eine schwere graue Strickjacke über ihrem langen olivgrünen Kleid. In der Casa Trevisan war es noch nie besonders warm gewesen; es erschien irgendwie sinnlos, zu versuchen, ein so großes Haus zu heizen. Sie trank Tee statt Wein, und Morris bemerkte eine Ruhe und Zurückhaltung an ihr, die den Eindruck erweckte, als sammle sie ihre Kräfte für eine schwierige Aufgabe. Diese Haltung, die er für gewöhnlich bewunderte, kam ihm heute bedrohlich vor. Der gekreuzigte Christus in ihrem Ausschnitt schmollte; er weigerte sich, den Kopf zu heben, um Morris' Blick zu erwidern. Dann lächelte die Hausherrin müde, setzte ihre Tasse ab, wandte sich an Stan, der sich rittlings auf einen der alten Holzstühle gesetzt hatte, und sagte mit einem tiefen Seufzer: »Stell dir vor, Morris hat etwas in dem Sinne tatsächlich vor ein paar Monaten in einer Rede bei einem Dinner des Rotary Clubs gesagt! Er sprach von der Bedeutung des Lügens beim Anhäufen von Wohlstand. Ich bin fast gestorben vor Scham.«

Stan, der sich gefährlich weit über das knarrende geschnitzte Holz der antiken Stuhllehne beugte, lachte rau und schlug sich auf die Oberschenkel: »*Inglese italianizzato, inglese indemoniato*«, deklarierte er.

Morris hatte diesen Spruch schon hundert Mal gehört, wenn auch vermutlich nicht in einem so amerikanisierten Italienisch.

»Warum zum Teufel hast du ihm das erzählt?«, wollte er kurz darauf wissen, als Stan eilig zur Toilette gegangen war. »Das ist erniedrigend.«

Antonella seufzte über ihrer Teetasse. »Weil du solche Sachen wirklich nicht sagen solltest, Morris, vor allem nicht in Gegenwart von Leuten, die nicht zur Familie gehören. Was soll er denn von dir denken? Man kann nie wissen, wem er das gleich weitererzählt.«

»Na, dann sieh zu, dass er verschwindet! Wir haben hier einen familiären Notfall, und er macht es sich gemütlich, als würden wir ein Picknick abhalten!«

»Er ist deinetwegen hier, Morris, nicht meinetwegen. Sieh du zu, dass er verschwindet.«

Morris war überzeugt gewesen, dass es andersherum war. Hatte Stan damals nicht Antonella Englischunterricht gegeben? Waren sie nicht ein Herz und eine Seele gewesen und hatten den ganzen Tag Jim Morrison und die King-James-Bibel übersetzt? Wie dem auch sei, beide Ehegatten wussten genau, dass der Amerikaner, sollte er sich nicht in der Zwischenzeit verändert haben, jeden Wink mit dem Zaunpfahl geflissentlich übersehen würde, ehe sie ihn nicht mit Essen vollgestopft hatten. »Die gute alte Prostata«, grinste Stan fröhlich und knöpfte sich noch die Hose zu, als er wieder ins Zimmer trat. »Hab zwar die OP über mich ergehen lassen, wisst ihr, aber es scheint eher schlimmer als besser geworden zu sein.«

»Sehr interessant«, plichtete ihm Morris bei.

»Nein danke, ich bleibe nicht zum Essen«, sagte Stan jetzt als Antwort auf Antonellas Einladung, »nicht heute, wo ihr so in Sorge um euren Jungen seid. Nur eins noch: Ich habe mich gefragt, ob ihr mir wohl sagen könnt, wo ich den alten Mike aufspüren kann. Forbes. Ich möchte ihn unbedingt wiedersehen.«

Es trat ein Schweigen ein. Wie alle anderen Räume im Palazzo war der *salotto* ebenso geräumig wie karg eingerichtet. Auf einer riesigen *credenza* standen Fotos in glänzenden Silberrahmen; in den dunklen Ecken hingen Familienporträts aus vergangenen Zeiten; alte Bücher und alte Flaschen standen, konsequent ungeöffnet, auf den ihnen zugewiesenen Regalen. Jede einzelne sorgfältig entstaubte Fläche verströmte ein Versprechen, das zu lange und zu gewissenhaft uneingelöst geblieben war, um noch das Risiko der Enttäuschung in sich zu tragen, so wie die Einladung zu einem Ball, der vor etlichen Jahrhunderten hätte stattfinden sollen. Das Feuer in dem großen Kamin, der mit prachtvollen Scheiten bestückt war, blieb für immer unentfacht, und man lief daher nicht Gefahr, nachlegen zu müssen. Für gewöhnlich liebte Morris das alles. Aber jetzt roch er wieder einmal Gefahr; wieder einmal musste er erkennen, dass die Arbeit eines Mörders einfach nie getan ist.

»Forbes ist doch nach England zurückgegangen, oder?«, fragte Massimina. Das Mädchen hatte sich mit der Katze auf dem Sofa ausgestreckt; ihre pinkfarbene Bluse war das einzig Lebendige im Raum, das gegen die allgegenwärtige dekorative Mumifizierung aufbegehrte.

»Ja, so ist es«, sagte Morris und hoffte, sein Gesichtsausdruck würde zeigen, wie beunruhigt er war, wegen seines Sohnes.

»Das ist seltsam, denn er hat mir regelmäßig geschrieben«, sagte Stan und zog in einer Karikatur des Erstaunens seine große Nase kraus. »Mit der Schneckenpost natürlich. Hat sich nie einen Computer angeschafft. Das hätte nicht zu ihm gepasst, nicht wahr? Und dann eines Tages, aus heiterem Himmel, nichts mehr. Schweigen.«

»Tatsächlich?«, fragte Morris. »Ist das wahr?«

Stans Kopf bewegte sich von einer Seite zur anderen, als probe er den Ausdruck seiner Verwunderung. »Ich fürchte ja.«

»Aus heiterem Himmel?«, wiederholte Morris ungläubig. »... nichts?«

»So ist es.«

Morris ließ ein verdutztes Lächeln aufblitzen. »Mein lieber Stan, der berühmte heitere Himmel ist doch gerade dieses Nichts, aus dem unerwartete *Dinge* kommen, die uns überraschen. Blitze zum Beispiel.« Oder Besuche von unwillkommenen Tatzeugen. »Man kann nicht sagen – oder täusche ich mich? –, eines Tages, aus dem Nichts, nichts. Verstehst du?«

»*Per l'amore del cielo, Papà!*«, rief Massimina.

Antonellas Gesichtsausdruck verriet Bestürzung und peinliche Berührtheit. Stan wirkte ehrlich perplex, so als versuche er zu begreifen, was Morris meinte, was er damit über Forbes' Verschwinden sagen wollte. Nach seiner Rückkehr vom Klo hatte der alternde Amerikaner sich nicht hingesetzt, und sein immer noch dünner Körper in den Jeans und dem formlosen Pullover schien sich in den letzten zwanzig oder mehr Jahren kaum verändert zu haben. Sein Kopf, jetzt kahl und bartlos, sah vielleicht ein bisschen kleiner aus als zuvor, aber mit größeren Ohren, quasi als Ausgleich. An dem einen Ohr zog Stan jetzt in seiner Verwirrung.

»Erwischt, Mann«, sagte er schließlich lachend. »Jo, da hast du mich erwischt.«

»Forbes hat doch für dich Bilder kopiert, nicht wahr, Morris?«, versuchte Antonella zu helfen. »Ich weiß noch, dass du gesagt hast, er hätte ein Alkoholproblem.«

»Hab ich das gesagt?«

»Das ist seltsam. Davon hat er in seinen Briefen gar nichts erwähnt.«

Was um alles in der Welt, fragte sich Morris, mochten der alternde schwule Eton-Absolvent und der hippe kalifornische Jude einander wohl zu schreiben gehabt haben? Waren sie etwa mal ein Liebespaar gewesen? Morris hatte Stan immer für einen

Frauenhelden gehalten, aber niemand wusste besser als er, dass man sich niemals auf den äußeren Schein verlassen sollte. Doch selbst wenn sie damals Geliebte waren, was gab es dann fünfzehn Jahre später noch zu schreiben?

Worüber haben sie geschrieben, wenn nicht über mich? fragte sich Morris mit wachsendem Schrecken.

»Onkel Michael hat mir immer beim Zeichnen geholfen, als ich auf der *scuola media* war«, sagte Massimina seufzend.

»Ach ja?« Onkel Michael?

»Er war so süß, und er hatte wirklich ein gutes Auge. Er hat sich über meine Schulter gebeugt und mir die Hand mit dem Stift geführt.«

Hätte die Mutter des Mädchens nur die leiseste Ahnung gehabt, wie gefährlich Forbes Kindern werden konnte, dann hätte sie einen Herzinfarkt bekommen.

»Ich weiß noch, wie er vor fünf Jahren«, begann Morris, so als müsse er sich sehr anstrengen, seine Gedanken von ernsteren Dingen abzulenken, »anfing davon zu sprechen, dass er nach England zurückwollte. Er hatte seine Sommerkurse aufgegeben, weißt du. Es hatte ein paar, hm, na ja, unschöne Vorwürfe gegeben, und er wurde langsam alt. Er bekam Heimweh. Ich glaube, er hoffte auf eine staatliche Rente, mit der er draußen im günstigen Wales gut leben konnte, nicht weit entfernt von seiner Exfrau. Danach habe ich nichts mehr von ihm gehört. Eine Adresse hat er nicht hinterlassen. Ehrlich gesagt fand ich das ein bisschen enttäuschend, nach allem, was ich für ihn getan hatte.«

»Seltsam«, sagte Stan kopfschüttelnd. Das war offenbar das Lieblingswort des Amerikaners. Er sprach es aus, als hätte es drei Silben. Morris hatte es schon immer kriminell gefunden, dass Stan Englisch unterrichten durfte.

Der Amerikaner seufzte. »Tja, dann werde ich wohl mal ein bisschen herumfragen müssen, ob jemand etwas weiß. Mal sehen, ob ich den alten Charmeur nicht doch aufspüren kann.«

Dann umarmten und verabschiedeten sich alle, wobei Stan über die Katze stolperte und sich kleinlaut lächelnd an der Glatze kratzte. Hoffentlich, dachte Morris, gab es unter dem Dach von Santi Apostoli del Soccorso, wo Forbes' Leiche nun schon seit langer Zeit den sprichwörtlichen Kirchenmäusen Gesellschaft leistete, mittlerweile nicht mehr genug aufzuspüren. Eigentlich schade, denn er wäre ein äußerst nützlicher Berater für *Der gemalte Tod* gewesen.

»Ich begreife einfach nicht«, fuhr Morris die anderen an, kaum dass sie allein waren, »warum ihr euch nicht mehr Sorgen darum macht, wie wir Mauro zur Vernunft bringen können.«

Nachdem der Gast gegangen war, hatte Antonella wieder ihren üblichen Platz an dem großen Mahagonitisch eingenommen, mit ihrer Stickerei. Mit gespitzten Lippen und zusammengekniffenen Augen webte sie den goldenen Faden ein, der Saulus von Tarsus auf dem Weg nach Damaskus geblendet hatte. Ihre fertigen, kostbar gerahmten Bibelszenen schmückten das Kirchenfoyer, wo Don Lorenzo Gebetsstunden und Tombolas für wohltätige Zwecke abhielt.

»Die Wahrheit ist doch«, sagte er vorwurfsvoll, »du hast ihn immer verwöhnt, ihn immer glauben lassen, er sei unverwundbar. Und jetzt steckt er in großen Schwierigkeiten.«

Antonella blieb ruhig.

»Also muss ich alles allein machen, ja?« Es verursachte ihm einen kleinen Wonneschauer, seiner Frau gegenüber diesen Ton anzuschlagen. Sie hatten sich seit zehn Jahren nicht gestritten.

»Komm schon, *Papà*«, protestierte Massimina. »Das ist doch kindisch.«

»Und jetzt denkt er, er kann einfach beichten, dass er die Polizei angegriffen hat, und mit ein paar Ave Marias davonkommen.«

»Mausi hat seit Jahren nicht mehr gebeichtet«, kicherte Massimina.

»Ich *verbiete* dir, ihn Mausi zu nennen.«

Antonella lächelte. »Du meine Güte, Morris, wir nennen ihn schon Mausi, seit er zwei ist und sein kleines Näschen immer so niedlich krausgezogen hat.«

Aber Morris starrte seine Tochter an. »Und wen bombardierst du da eigentlich dauernd mit SMS?«

Wie ein junges Fohlen hockte das große, schlanke Mädchen neben dem Sofa, streichelte mit einer Hand die Katze und tippte mit der anderen Texte in sein Handy. In dieser Position ließen ihre tief geschnittenen Jeans eine gute Handbreit ihres geblümten Slips sehen. Ihr unbekümmerter Umgang mit ihrer Sexualität verhieß nichts Gutes.

»Nicht dauernd«, sagte sie.

»Beppe Baguta?«

»Das hättest du wohl gern!«

»Ist doch ein netter Junge.«

»Er ist dreißig, *Papà!* Du willst ja nur, dass ich einen reichen alten Mann nehme.«

»Wenn du lieber arm sein willst, bitte sehr …«

Massimina schob gern beide Hände unter die pelzigen Achseln der Katze und breitete sie wie eine Comicfigur auf dem Teppich aus.

»Ich will lieber Liebe«, sagte sie zur Katze. »Nicht wahr, Muschi?« Sie schob ihre brüskierte Nase in das schwarze Katzenfell. »Süße, süße Liebe!« Sie sprach mit ihrer rauchigsten Stimme.

Morris schüttelte den Kopf. Die Familie wurde ihm in letzter Zeit immer fremder, er kam sich vor wie der ewige Hanswurst, über den alle lachten. Seltsamerweise lachten sie umso mehr über ihn, je erfolgreicher er in geschäftlicher Hinsicht wurde. Vielleicht hatte er irgendetwas nicht verstanden. Normalerweise hätte er an dieser Stelle einfach aufgegeben und sich ins Kunstzimmer zurückgezogen, um mit Madonna Massimina zu plaudern. Sie respektierte ihn. Aber heute Abend war ein Notfall.

»Wieso sprechen wir nicht über Mauro?«, wollte Morris wissen.

»Wie ging es ihm denn?«, erkundigte sich Antonella.

»Ein blaues Auge, ein verletztes Ohr, ein gebrochenes Handgelenk. Zahnschmerzen.«

»*O poverino!*«

»Heftige Zahnschmerzen.«

»*Povero Mausi.*«

Morris war verblüfft. Wo war die Angst geblieben, mit der sie heute Morgen über die ganze Piazza hinweg dem Kardinal hinterhergeschrien hatte?

»Und das ist noch gar nichts angesichts der Vorwürfe, die ihm zur Last gelegt werden. Jemand muss den Jungen davon überzeugen, eine weniger schädliche Erklärung seines Verhaltens abzuliefern.«

Während sie eine SMS schrieb, sagte Massimina: »Sag's ihm, Mamma.«

Morris' Frau legte ihr Stickzeug zur Seite. Ihr Mund war erstaunlich klein und rund für ihr großflächiges, blasses Gesicht, und sie hatte die Angewohnheit, ihn noch kleiner zu machen, indem sie die Lippen zu einer festen kleinen Knospe spitzte, wenn sie sich konzentrierte.

»Hättest du mich zwischendurch mal zu Wort kommen lassen, Morris, dann hätte ich dir die gute Nachricht erzählen können, denn kurz bevor du kamst ...«

Sie hielt inne und betrachtete ihre Stickerei, auf der der vom Licht geblendete Saulus auf der steinigen Straße kniet.

»Ja?«

»Kurz bevor du nach Hause kamst, haben wir einen Anruf bekommen.«

»Von?«

»Das weiß ich eigentlich nicht.«

»Aha.«

»Jedenfalls nicht genau.«

»Und?«

»Ich meine, ich weiß keinen Namen. Aber ich glaube, er kam von der Kurie.«

»Der Kurie? Glaubst du?«

»Ich habe das Gefühl.«

»Und was hat der geheimnisvolle Anrufer von der Kurie gesagt?«

Antonella blickte auf. »Er sagte: Signora Trevisan, machen Sie sich keine Sorgen um Ihren Sohn Mauro. Er ist in Gottes Hand. Er wird bald wieder nach Hause kommen.«

Morris starrte seine Frau an. Sie war ein mustergültiges Mittelklasse-Wesen, eine Frau, die Reinheit als etwas so Normales und Erreichbares erscheinen ließ wie einen langweiligen Sonntag auf dem Sofa. Aber wenn sie solche Sachen sagte, wie sollte man sich dann nicht um ihre Zurechnungsfähigkeit sorgen?

»Ich nehme an, die Nummer war unterdrückt?«, fragte Morris.

»Ja.«

»Wir können also nicht zurückrufen?«

»Das würde ich auch nicht wollen.«

»Und aufgrund dieses, ähm, anonymen Anrufs bist du jetzt ganz entspannt angesichts der Tatsache, dass dein Sohn der Körperverletzung an zehn Polizisten beschuldigt wird. Du hast nicht das Bedürfnis, rechtliche Schritte zu unternehmen, um ihn zu schützen, vor allem vor sich selbst?«

»Ich glaube, der Mann hat die Wahrheit gesagt, als er meinte, der Junge sei in Gottes Hand.«

»Wir sind alle in Gottes Hand!«, sagte Morris barsch. »Und das ist nicht immer der sicherste Ort, oder?« Wenn es etwas gab, das seinen Glauben erschüttern konnte, dann war es der Glaube seiner Frau.

»Ein Grund, warum ich ihm glaube, ist, dass, kurz nachdem er aufgelegt hatte, ein Anruf von Mauro kam.«

Jetzt war Morris beeindruckt.

»Mauro hat angerufen? Du machst Witze. Aus dem Polizeigewahrsam?«

»Er sagte, es ginge ihm schon besser und er rechne damit, morgen oder übermorgen nach Hause zu kommen.«

»Er ist verrückt.«

»Er meinte, das hätte man ihm auf der Polizei gesagt.«

Massimina gähnte. »*Papà,* Mamma hat den ganzen Tag damit verbracht, jeden Priester, den sie kennt, und jede Organisation, der du je Geld gespendet hast, anzurufen. Und anscheinend wurden ihre Gebete erhört.«

»Gebete!« Morris lief auf dem unebenen Parkett des großen *salotto* hin und her. Eines Tages würde er alles herausreißen und einen Axminster-Teppichboden aus dem Teppichkaufhaus verlegen lassen, gäbe es in Italien Teppichkaufhäuser und gäbe es nicht ein obskures Gesetz, welches das Verlegen von Teppichboden in Häusern aus dem 15. Jahrhundert verbot.

»Ich bin also ganz umsonst nach Brescia gefahren«, sagte er. »Dabei habe ich so viel Arbeit zu erledigen. Und den Vormittag habe ich auch vergeudet, mit dieser blöden Feier.«

Morris überkam urplötzlich eine fast selbstmörderische Frustration. Was einer der besten Tage seines Lebens hätte werden sollen, hatte sich vom Erhabenen ins Tragische und jetzt, unweigerlich, auch noch ins Lächerliche gewendet. Italien war ganz einfach ein bescheuertes Land, das war alles.

»Du bist nach Brescia gefahren, um Mauro zu sehen, *caro.* Wie könnte das Zeitverschwendung sein?«

Antonella hatte ihre Stickerei wieder aufgenommen. Sie trug zum Handarbeiten eine Brille, und die Gläser reflektierten das

Licht ihrer Tischlampe. Aus einem Bilderrahmen im Regal neben ihr schaute lächelnd ihre eigene vollbusige Mutter auf sie herab. Ohne aufzublicken, fügte Antonella hinzu: »Es war richtig, dass du alleine hingefahren bist. Mausi hat manchmal den Eindruck, dass nur ich mich um ihn sorge. Es hat ihn bestimmt sehr aufgemuntert, seinen Vater zu sehen.«

»Der Schwachkopf brauchte keine Aufmunterung. Er war total stolz darauf, einen Polizisten angegriffen zu haben. Vielmehr zehn Polizisten.«

»*Papà*, freust du dich denn gar nicht, dass es nicht so schlimm ist wie befürchtet?«, fragte Massimina. »Er wird nicht mal seinen Rückflug verpassen.«

»Er fliegt nicht zurück«, sagte Morris scharf. »Ich nehme ihn aus Tonbridge raus. Ich gebe doch nicht weiter ein Vermögen dafür aus, einen Schläger großzuziehen.«

Es trat ein kurzes Schweigen ein. Schließlich nickte Antonella und sagte: »Das ist sicher eine kluge Entscheidung, Morris.«

Doch das machte Morris nur noch wütender. In Wirklichkeit war Antonella von Anfang an dagegen gewesen, ihren Sohn nach England zu schicken, oder ihn überhaupt Englisch lernen zu lassen. Sie wollte, dass der Junge ein waschechter Veroneser wurde, so typisch wie die düsteren alten Anrichten und pompösen Grabmale. Plötzlich war ihm alles zu viel. Morris lehnte das gemeinsame Abendessen mit seinen Frauen ab und zog sich schmollend zurück, um den Abend im Kunstzimmer zu verbringen, wo er das Internet nach der besten Darstellung von Othello, der Desdemona ins Jenseits befördert, absuchte. Eine chinesische Firma versprach handgemalte Kopien einer ziemlich ausgefallenen Arbeit von Alexandre-Marie Colin in Originalgröße für günstige 250 Dollar. Erst als er ganz sicher war, dass Antonella schon im Bett war und fest schlief, gab Morris Mimi einen Gutenachtkuss und folgte seiner Frau, die er leise schnarchend unter der Bettdecke vorfand, scheinbar sicher eingekuschelt, in Wirklichkeit aber, wie Colins Bild so berückend zeigte, unheimlich verwundbar.

Trotz dieser pikanten Gedanken war Morris augenblicklich eingeschlafen, kaum dass sein Kopf aufs Kissen gefallen war, und genoss den tiefen Schlaf der Gerechten, bis ihn unfairerweise dieser fiese Albtraum weckte, diese Hände, die sich um seinen Körper legten, der harte Tisch unter seinem Rücken und Po, das Geflüster, der kalte Stahl in seinem Hals, das Sägen, und dann seine Stimme, die aufschrie, kurz bevor sein Kopf abgetrennt wurde. Während er den Traum jetzt im kühlen Morgengrauen noch einmal durchging, denn selbst ein Albtraum ließ sich in etwas Angenehmes verwandeln, wenn man ihn Stück für Stück noch einmal durchlebte, wurde ihm unweigerlich klar, dass Antonella, in den aufwühlenden Sekunden, ehe sie ihn geweckt hatte, seinen Ruf nach Mimi gehört haben musste, sein: *Mimi, Mimi, warum hast du mich verlassen?* So oder so ähnlich. Also stellte sich die Frage, sollte er sie darauf ansprechen, irgendeine Geschichte erfinden, um diesen Ausruf zu erklären? Vielleicht könnte er behaupten, er habe geträumt, ihre Tochter hätte ihn enttäuscht? Das schien ziemlich unwahrscheinlich, und vielleicht gefährlicher, als das Ganze auf sich beruhen zu lassen. Was sollte seine Frau schon in so einen Ausruf hineindeuten? Wie könnte sie je darauf kommen, was sich dahinter verbarg? Der Schrecken (und der Triumph!) der Ehe, überlegte Morris, bestand darin, jahraus, jahrein im selben Bett zu liegen, ohne die geringste Ahnung zu haben, was im Kopf des Partners vorging. Und diese Distanz wurde mit der Zeit nicht geringer, sondern größer. Es schien fast unmöglich zu sein, dass zwei Menschen sich so nah und zugleich so fremd sein konnten. Die Gedanken müssten eigentlich ausbrechen und sie überwältigen.

Als spüre sie seine Ängste, schob Antonella unter der Bettdecke einen Fuß zu ihm hinüber, und ihre Zehen berührten sich, dann auch die Knöchel, und die Waden. Ihre linke, seine rechte. Sie suchte nach Geborgenheit, dachte er. Oder sie bot sie an. Wer konnte das wissen? Wenn sie nicht wusste, was in seinem Kopf vorging, dann wusste er ebenso wenig, was in ihrem los war. Wen hatte sie zum Beispiel gestern Nachmittag angerufen, wen *kannte* sie, wer war dieser Mann, der ihr versichert hatte, dass Mauro bald nach Hause käme? Warum hatte sie ihn nicht sofort angerufen? Sollte er tatsächlich glauben, dass sie nicht wusste, wer von der Kurie sie angerufen hatte? Es gab definitiv einen Teil des früheren gesellschaftlichen Lebens seiner Frau, den sie streng unter Verschluss hielt, auch wenn sie das nicht zugeben wollte. »Paranoid wie eh und je«, sagte sie lachend, wann immer Morris sie der Geheimniskrämerei bezichtigte. Als wären Paranoide *zwangsläufig* im Irrtum. Und was war zwischen ihr und Stan gesagt worden, ehe er zurückgekommen war? Ausgerechnet im Kunstzimmer! Wie konnte man solche Sachen je wissen, ohne überall im Haus Mikrofone zu verstecken? War es im Rahmen des Möglichen, dass Antonella die Wahrheit über ihren Mann kannte, vielleicht sogar die ganze Wahrheit – man stelle sich vor! –, sie womöglich schon die ganze Zeit kannte, sich aber dennoch entschieden hatte, bei ihm zu bleiben? Warum? Aus Liebe? Aus Vertrauen? Konnte es etwas so Engelsgleiches tatsächlich geben?

Morris' Augen füllten sich mit Tränen. Er langte über die Bettdecke und verschränkte seine Finger mit ihren.

Mann und Frau lagen eine Zeit lang so da, Fuß an Fuß, Hand in Hand. Dann, nach einer Weile, als ihre Hände in stillschweigendem Einverständnis feucht wurden, machten Morris' Gedanken eine Kehrtwendung, und er grübelte plötzlich über das traurige große Kruzifix über seinem Kopf nach, das sich gerade noch, wenn auch stark perspektivisch verkürzt, in seinem Blickfeld befand. Antonella bestand darauf, dass in jedem Zimmer des Palazzo ein Kruzifix hing, genau genommen in jedem Zimmer jeder Immobilie, die sie besaßen. Alle groß und sehr traurig. Es war eine bemerkenswerte Sammlung. Es hingen Kruzifixe in den Kinderzimmern, den Badezimmern, den Abstellkammern. Obwohl es ihm gegen den Strich ging, hatte Morris sogar im Kunstzimmer eines zugelassen, einen späten Botticelli, in Kopie, bloß um seine Signora glücklich zu machen. Massimina konnte es nicht ausstehen. Verständlicherweise, mit dem Christkind im Arm.

Mehr in seiner Fantasie als real sah Morris das dornengekrönte Haupt oben an der dunklen Wand vor sich, den Ausdruck des Leidens, der Hingabe und der Liebe. *Liebe trotz alledem*, dachte er mit plötzlicher Erregung. Eine seltene Gabe. Es musste eine große Herausforderung sein, ein solches Gefühl zu malen. Eine große Herausforderung, es zu empfinden! Bei Bildern, überlegte Morris jetzt, und insbesondere bei seinen Mordgemälden, war es in den allermeisten Fällen das Verhältnis zwischen Gesichtsausdruck und Handlung, das die Qualität ausmachte, der Ausdruck des Mörders, der zuschlägt, und der Ausdruck des Opfers, das den Schlag empfängt.

Plötzlich, während er in dieser ergreifenden Stille neben seiner Frau lag, wurde Morris mit großer Wucht klar, dass ein Mord der Augenblick war, in dem der Damm nachgab und die Wahrheit über einen geliebten Menschen hervorbrach. Zwei Leute – Kain und Abel, Agamemnon und Klytämnestra, Othello und Desdemona –, die in wachsender Spannung und Distanz zusammengelebt hatten, offenbarten sich schließlich einander. Das Entsetzen auf dem Gesicht des Opfers war nicht nur das Entsetzen eines Todgeweihten, das war gar nichts, sondern das eines Menschen, der plötzlich versteht, was die ganze Zeit über in der Psyche des Geliebten verborgen lag. Ja! Oder Romneys Medea, die ihre Kinder anschaut, und man sieht förmlich, was sie denkt. Sie spielen ganz unschuldig, nackt natürlich, und sie ist voller Zorn, voller Mordlust. Und der Damm bricht auf. Die

Hemmungen schwinden. Wenn ich meinen Mann nicht umbringen kann, dann bringe ich eben *sie* um! Gut! Jeden Augenblick wird sie auf sie losgehen und zuschlagen.

Darum würde es in seiner Ausstellung schlussendlich gehen, wurde Morris klar: um den Augenblick der Wahrheit zwischen zwei Menschen, der schrecklichen Wahrheit, um das Lüften des Schleiers, der unser sündiges Ich vor den anderen verbirgt. Und Morris würde genau dieses Statement abgeben, würde über dieses Thema sprechen, das in höchstem Maße sein ureigenstes Thema war, ohne jedoch seine persönliche Wahrheit preiszugeben.

Gott, wie brillant!

Unvermittelt war Morris Duckworth so mit sich zufrieden, dass er die Hand seiner Frau ganz fest drückte.

»Ach Morries!«, murmelte sie.

»*Carissima*«, sagte er seufzend. Voller Zuneigung schob er sein Gesicht auf gut Glück durch die Dunkelheit zu ihr hinüber und küsste ihr Haar.

»Wie schön«, flüsterte sie. »Wofür um alles in der Welt war das denn?«

4

»Es geht um Veränderung«, sagte Morris.

Der Museumsdirektor hatte Sorge, dass eine Ausstellung, die sich ausschließlich mit Mord und Tod beschäftigte, zu begrenzt erscheinen könnte. Man würde dem Museum schlechten Geschmack vorwerfen. Das Publikum würde ausbleiben. Es wäre schwer, dafür Sponsoren zu finden.

»Keineswegs«, versicherte ihm Morris. Das Projekt wäre innovativ, politisch, psychologisch, anthropologisch, gewagt. »Und die Sponsorengelder stelle *ich* zur Verfügung.«

Das wirkte, als habe ein elektrischer Schock eine bis dahin träge Masse galvanisiert. Unzählige, auf einem Chef-Drehsessel anzüglich ausgebreitete Kilo Speck erschauderten und versteiften sich. Der Direktor richtete sich beinahe zur Gänze auf.

»*Alle*, Signor Duckworth?«

»Wenn nötig ja, Dottor Volpi. Bitte unterschätzen Sie nicht mein Engagement für diese Stadt und für die Kultur im Allgemeinen und auch nicht meinen Wunsch, mich meiner, ähm, Ehrenbürgerschaft würdig zu erweisen.«

Morris lächelte durch die Narben hindurch, die ihn so interessant machten. Samira war an seiner Seite. In dem förmlichen Jackett und dem engen Rock und mit dem Portfolio in der Hand sah sie schick, glanzvoll und sehr arabisch aus.

Volpi nahm seine Brille ab, deren Bügel weniger auf den Ohren zu liegen als vielmehr in die Fleischmassen neben seinen Augen gesteckt worden zu sein schienen.

Übergewicht ist ein Verbrechen, überlegte Morris, eine Beleidigung Gottes, nach dessen Abbild wir alle geschaffen sind.

Volpi hielt seine Brillengläser gegen das Licht der Rundbogenfenster. Der Raum, der für ein Büro viel zu groß war, schaffte es, zugleich vollgestopft und leer zu wirken. Die gerahmten Plakate, die für vorangegangene Ausstellungen warben, und die Stapel alter Anzeigentafeln machten ihn nicht attraktiver. Ein uralter Heizkörper gab klopfende und gurgelnde Geräusche von sich.

»Haben Sie eine Ahnung, Signor Duckworth«, sagte der Direktor seufzend, und seine Stimme mit dem neapolitanischen Akzent wurde langsam und harsch vor Ironie, »was so etwas kostet: Transport und Versicherung von unbezahlbaren Kunstwerken; die Restauration des einen oder anderen Meisterwerks als Gegenleistung für die Leihgabe; die Werbemaßnahmen, um ein ernsthaftes nationales Publikum zu erreichen, von einem internationalen ganz zu schweigen; ja?«

Er setzte seine Brille wieder auf, blickte mit gerunzelter Stirn Samira an und streckte ihr dann über den Schreibtisch hinweg eine Hand entgegen, wobei er gebieterisch eine Augenbraue hochzog. Ohne ein Wort oder ein Lächeln reichte ihm Samira das Portfolio.

Morris blieb ruhig. Haben *Sie* eine Ahnung, *caro* Dottor Völlerei, hätte er leicht antworten können, mit wem Sie es zu tun haben? Weltweiter Weinexport. Große Bauaufträge im ganzen Veneto. Ein Vermögen in Immobilien. Haben Sie auch nur den blassesten Schimmer, hätte er fortfahren können, von der Tiefe und dem Umfang meiner Belesenheit und Bildung? Bitte behandeln Sie einen Mann, der an der besten Universität der Welt englische Literatur studiert und seine dreißig Jahre in Italien damit verbracht hat, jede nur vorstellbare Kunstausstellung zu besuchen, nicht wie einen tumben veronesischen Unternehmer.

So hätte Morris antworten können, mit angemessenem Hochmut und eisiger Überzeugung, und noch vor ein paar Jahren hätte er genau das getan, in einem Anfall der Entrüstung und aus einem gewissen, angeeigneten veronesischen Groll gegenüber nachlässigen Süditalienern heraus, die im Norden wichtige Posten des öffentlichen Dienstes besetzen. Von denen gab es reichlich. Aber Massimina hatte in letzter Zeit hart daran gearbeitet, ihrem irdischen Schützling Geduld beizubringen. Reaktion bedeutet Schwäche, Morri, Feindseligkeit Niederlage. Du musst dich als Freund des Direktors ausgeben. Ihr beide werdet zusammenarbeiten, weißt du. Lass dich nicht provozieren.

Morris hielt den Mund.

Dottor Volpi öffnete die Mappe und blätterte den Inhalt durch. Während er das tat, fing sein rechtes Knie an, rhythmisch auf dem Fußballen auf und ab zu wippen, sodass seine fleischigen Oberschenkel und Hüften unter seiner weiten Kleidung in Wallung gerieten. Er betrachtete ein Bild, sog scharf die Luft ein, grunzte leise und schüttelte den Kopf. Seine rechte Hand kratzte wirr hinter seinem linken Ohr.

Wie widerlich theatralisch, dachte Morris.

Jetzt leckte der Direktor wiederholt seinen Zeigefinger an, um die Seiten schneller umblättern zu können, fast so schnell wie sein Knie zitterte. Das ging ein paar Minuten so, dann hörte das Zittern auf. Volpi holte tief Luft, schloss die Mappe, legte seine beiden pummeligen Hände darauf, schaute wieder zu Samira hoch, starrte sie einen Moment lang an wie eine exotische Blume, die im Winter auf der Fensterbank blüht, und gab ihr dann die Mappe zurück.

»Grazie, Signorina, ähm …?«

»Al Zuwaid. Samira Al Zuwaid.«

»Ah ja, natürlich«, sagte der Direktor mit einem onkelhaft wohlwollenden Lächeln, ehe er sich leicht vom Schreibtisch abstieß, um seinen massigen Körper mitsamt dem Stuhl in Richtung Morris zu drehen.

»Skurril, Signor Duckworth. Äußerst skurril. Ein derartiges Projekt wurde mir noch nie vorgeschlagen.«

Morris lächelte großzügig.

»Skurril, und leider unmöglich.«

Morris hielt sein Lächeln aufrecht.

»Giotto, Botticelli, Caravaggio« – der Direktor schaukelte leicht hin und her, während er die Maler aufzählte –, »Tizian, Poussin, Delacroix« – jeder Name wurde von einem kleinen Kopfschütteln begleitet –, »Bouguereau, Brueghel, Cezanne.« Er seufzte tief. »Warhol, Koons, Hirst.« Er blickte auf: »Plus alle möglichen unbedeutenderen Künstler.«

»Artemisia Gentileschi«, führte Morris an.

»O ja, o ja, die wundervolle Gentileschi, wir haben also Männer *und* Frauen dabei.«

»Männer und Frau.«

»Eine reicht vollkommen aus«, erklärte Volpi. Er runzelte die Stirn, dann fügte er mit verspäteter Liebenswürdigkeit hinzu: »Vor allem, wenn sie so charmant ist wie Signorina El Zaiwud.«

»Al Zuwaid«, korrigierte Samira.

»Oh, ja.« Volpi hüstelte. »Natürlich. *Chiedo scusa.*« Seine Brüste zitterten. »Wo war ich stehen geblieben? Ölgemälde, Radierungen, Skulpturen. Holz, Bronze, Stein.« Wieder schüttelte er den Kopf, als würde ihm das beim Erinnern helfen: »Vasen, Wandteppiche, Elfenbeinschnitzereien … Habe ich etwas ausgelassen?«

»Basreliefs aus Ebenholz.«

»Richtig. Dann: biblische Geschichten, griechische Mythologie, römische Mythologie, Frühgeschichte, Geschichte der Neuzeit. Renaissance, Barock, Manierismus, Romantik. Kolonialismus, Stammeskunst, Totemismus. Impressionismus, Expressionismus, Moderne und Postmoderne.«

Volpi sprach schnell und monoton, als wolle er unterstreichen, wie spielerisch er den wahnwitzigen Umfang von Morris' Entwurf verinnerlicht hatte.

»Jack the Ripper«, soufflierte Morris. »Fotografie.«

»In der Tat. Nichts ist mörderischer als die Fotografie. Königsmord, Elternmord, Muttermord, Brudermord, Uxorizid, Märtyrertod, Exekution, Raubmord, Mord nach Vergewaltigung ...«

»Kindsmord«, trällerte Morris. »Pietro Testas *Kindermord von Bethlehem* ist besonders beeindruckend, finden Sie nicht auch?«

»Ein aufgespießtes Neugeborenes verfehlt sicher nicht seine Wirkung«, gab Volpi zu.

»Aber zurück zu Ihrer Liste, Dottore«, sagte Morris und fragte: »Wie würden Sie Pentheus' Ableben einordnen? Können wir den Bakchen Lynchmord vorwerfen?«

»Idiotenmord?«

»Sehr gut!« Morris lachte. »Die Version von Paul Reid ist schon seltsam, *n'est-ce pas?*«

»Sie sind ein großzügiger Kritiker, Signor Duckworth. Paul Reid ist kein Künstler, den wir je im Castelvecchio gezeigt haben. Oder vorhatten zu zeigen. Also, was noch?« Im Begriff, eine weitere Liste herunterzuleiern, hielt der Direktor jetzt inne und runzelte die Stirn.

»Dolche?«, schlug Morris vor. »Schwerter, Gewehre, Nägel, Hämmer, Steine, Pfeile und, ähm, die bloßen Hände. Der Würgegriff.«

Genau als er das Wort aussprach, ging Morris laut und deutlich ein Gedanke durch den Kopf: Hätte *ich* die Kraft dazu? Könnte ich je jemanden *erwürgen*? Dottor Volpis Hals wäre mit Sicherheit zu dick. Da müsste man schon den Dolch nehmen.

»Danke, Signor Duckworth. Und was das Zusammensammeln dieser, ähm, kuriosen Phantasmagorie betrifft, da hätten wir, mal sehen, ja, den Louvre, die Uffizien, die Nationalgalerie, das Metropolitan, das Rijksmuseum.«

»Prado, Tate, Frick«, fügte Morris hinzu.

»Richtig.«

Der Direktor blähte seine breiten Backen auf und atmete dann hörbar mit geschürzten Lippen aus.

»Das ist zu viel, Signor Duckworth.«

»Für einen Besuch mit Sicherheit«, sagte Morris lächelnd. »Wir lassen sie alle noch einmal wiederkommen. Vielleicht auch zweimal. Welches war übrigens das Bild, bei dem Sie lachen mussten?«

»Habe ich gelacht?«

Einen Ellbogen auf den Schreibtisch gestützt, rieb Volpi jetzt sein Kinn an den eingerollten Fingerspitzen auf und ab, als wolle er testen, wie hart seine Bartstoppeln waren. Der Mann konnte einfach nicht still sitzen.

»Von Stuck«, gab er zu.

»Ach so. Ja. Eins von fünf Holofernes-Bildern, glaube ich.«

»In dem Fall wohl eher Judith«, bemerkte Volpi trocken. »Stuck hat keine Gelegenheit ausgelassen, die Vulva zu malen.«

»Es ist ein gewagtes Gemälde.«

»Für die meisten Besucher wäre ›krank‹ wohl eine passendere Beschreibung.«

»Es versteht sich von selbst, Professor Volpi« – Morris war fest entschlossen, auf dem Ernst der Sache zu beharren –, »dass wir eine Abteilung in der Ausstellung hätten, die Bilder von Männern, die Frauen töten, mit solchen vergleicht, auf denen Frauen Männer töten, zum Beispiel durch eine Hängung an gegenüberliegenden Wänden. Oder paarweise. Bei menschlicher Gewalt geht es nur allzu oft um den Geschlechterkampf, meinen Sie nicht auch?«

Ein gequälter Ausdruck war auf Volpis Gesicht erschienen. Er blieb eine Weile in den Falten um die Augen herum hängen. Morris wartete, bis er im Hinterland der Schläfen und Kiefer verebbt war, dann ergriff er erneut das Wort.

»Ist es nicht zum Beispiel bemerkenswert, Direttore – ich weiß übrigens nie, ob ich Direttore, Dottore oder Professore zu Ihnen sagen soll –, dass die Frauen, egal ob Opfer oder Mörderin, fast immer nackt sind. Das ist Ihnen sicher auch aufgefallen. Als würden sie beim Töten ihre …

»Weiblichen Reize einsetzen«, sagte der Direktor und nickte liebenswürdig Samira zu, die beredt schwieg.

»Und Sie müssen gar nichts zu mir sagen, Signor Duckworth. Gar nichts.«

»Delilah, Salome«, begeisterte sich Morris. Er runzelte die Stirn: »Wenn wir allerdings auch eine Abteilung zum Thema politische Konflikte planen, dann stellt sich die Frage, wo wir den von Stuck einordnen sollen. Was in der Heiligen Schrift ein politischer oder gar religiöser Mord war, ist heute ein Symbol für die Frauenbefreiung.«

»Wohl eher für Misogynie«, widersprach der Direktor.

»Das eine hängt durchaus mit dem anderen zusammen«, bemerkte Morris. Er war immer noch stolz auf sich, weil er Heilige Schrift gesagt hatte statt Bibel. Diesen Schnörkel verdankte er Antonella.

Da fing Volpi ganz plötzlich an, seinen großen Kopf zu schütteln, so wie Hunde manchmal plötzlich aufstehen, um Kälte oder Flusswasser oder einfach den Schmutz abzuschütteln, in dem sie sich gerade gewälzt haben. Seine Wangen schlenkerten hin und her, Brust und Wampe wabbelten. Dann hielt er inne, atmete hörbar ein, schob seinen Rollenstuhl entschlossen vom Schreibtisch weg und schaute Morris direkt an.

»Genug davon. Das ist gänzlich unmöglich. Castelvecchio ist ein ernsthaftes Museum, Signor Duckworth. Es besitzt, wie Sie wissen, einen internationalen Ruf, den es großenteils dem Umbau des Gebäudes in den 1960er Jahren durch Carlo Scarpa verdankt. Die Menschen kommen aus allen Teilen der Welt her, um die avantgardistische Raumaufteilung zu sehen. Abgesehen davon ist es ausgeschlossen, dass eine Institution aus Verona so viele wichtige Museen überreden könnte, ihr Werke bedeutender Maler für eine Ausstellung zu überlassen, die überwiegend als frivol, wenn nicht gar als morbide oder als lediglich spektakulär aufgefasst werden würde.«

Morris löste seine Beine und schlug sie andersherum übereinander. Er schien nachzudenken. »Ich bin mir nicht sicher«, sagte er schließlich äußerst vorsichtig, als wolle er auf keinen Fall beleidigend klingen, »ob das Adverb ›lediglich‹ vor dem Adjektiv ›spektakulär‹ tatsächlich passend ist, Dottor Volpi. Was meinen Sie? Wenn die Leute in ein Museum wie Castelvecchio kommen und ihre zwölf Euro oder so bezahlen, dann erwarten sie doch sicherlich genau das: eine spektakuläre Ausstellung.« Er zögerte kurz: »Verzeihen Sie mir meine Pedanterie, Professore, ich habe meine, ähm, sagen wir mal Karriere, ich hoffe doch, dass man es so nennen kann, einst als bescheidener Sprachlehrer begonnen. Daher nehme ich es mit den Worten recht genau. ›Frivol‹ zum Beispiel. Können wir in einer Zeit, die uns die Ermordung von Osama bin Laden und Saddam Hussein beschert hat, vermutlich auch die von Lady Diana und ein bisschen früher von Mrs Gandhi, John Lennon, Martin Luther King, Aldo Moro, Giovanni Falcone, Präsident Kennedy – und mehr noch, einer Zeit, in der die Menschen besessen sind von Serienkillern, Sektenmorden und Genozid, können wir in einer solchen Zeit das Thema Mord tatsächlich als *frivol* bezeichnen? In meinen Augen steckt in dieser Ausstellung eine wichtige moralische Botschaft: Sobald man in einer stagnierenden und zerstrittenen Gesellschaft, oder auch nur einer Mann-Frau-Beziehung, mit Verhandlungen nicht weiterkommt, zieht jemand ein

Messer oder ein Gewehr, oder noch schlimmer, jemand schnallt sich eine Bombe um den Bauch.«

Beim Wort Bauch geriet Morris leicht ins Zaudern, so aufdringlich präsentierte sich Volpis Exemplar dieser Spezies direkt vor ihm. Man stelle sich vor, daran ein Bombe! Dann, aus Angst, er könnte unwillkürlich grinsen oder dabei erwischt werden, wie er wissende Blicke mit Samira tauschte, sprach er eilig weiter:

»Erst gestern habe ich am Telefon mit meinem alten Freund James Bradburne über dieses Thema gesprochen.«

Das würde den Fettsack schon wachrütteln.

»Er ist Direktor des Strozzi-Museums, wie Sie sicher wissen. James und ich waren zusammen in Cambridge.«

Im Laufe der Jahre hatte Morris gelernt, dass die Italiener bereitwillig zu glauben schienen, dass alle Englisch sprechenden Menschen von auch nur geringstem Rang und Namen auf der gleichen Schule oder Universität gewesen waren. Das hatte zweifellos historische Gründe.

»Ich bin sehr beeindruckt von den Ausstellungen, die er im Palazzo Strozzi organisiert hat, seit er dort das Ruder übernommen hat. Finden Sie nicht auch, ich meine, angesichts der ach so traditionsbewussten alten Florentiner, Sie wissen ja, was die sich einbilden, wirklich ein mutiger Mann; mir hat vor allem *Geld und Schönheit* gefallen, wissen Sie noch, die Botticelli-Sache, Jahrmarkt der Eitelkeiten und so, vielleicht einen Tick zu ambitioniert und sicherlich insgesamt überschätzt, aber durchweg anregend – aber Sie haben da sicherlich Ihre eigenen Ansichten. Und so habe ich mit ihm natürlich auch über mein Vorhaben gesprochen.«

Während er diese neue Information verarbeitete, dachte Morris, musste ein ziemlich aufwendiges Umräumen des geistigen Mobiliars in Direktor Obersnobs voreingenommenem Schädel im Gange sein: Morris war mit dem abenteuerlustigsten Museumsdirektor ganz Europas befreundet. Vor zwei Jahren war es dem Trevisan-Weinhandel gelungen, den Palazzo Strozzi für ein Bankett mit seinem Classico Superiore zu beliefern, und Morris hatte als Gegenleistung für eine Spende von hundert Flaschen eine Einladung zu der Veranstaltung ergattert. Er hatte nicht die leiseste Ahnung, ob Bradburne tatsächlich in Cambridge gewesen war oder nicht, denn er hatte noch nie richtig mit dem Mann gesprochen; alles, was er wusste, war, dass er einen äußerst kräftigen Händedruck hatte und gerne schrill gemusterte Westen trug.

»Wie gesagt, mein Freund James hatte genau den gleichen Einwand, den Sie jetzt vorbringen. Er war der Meinung, es könnte, wie hat er sich noch gleich ausgedrückt, *nobler*, ja, nobler und zudem metaphysisch gesehen interessanter sein, eine Ausstellung zum Thema Tod im Allgemeinen zu gestalten, anstatt sich auf die spezifischere Kategorie des Mordes zu konzentrieren. Er sorgte sich um Fragen des guten Geschmacks. Worauf ich darauf hinwies, dass die meisten Leute eine natürliche und verständliche Abneigung dagegen haben, sich näher mit dem Tod zu beschäftigen, es sei denn, er kommt in der, nun ja, *Verkleidung* eines Melodrams daher, zum Beispiel eines Mordes. Oder auch der politischen Berechnung. Die neue Welle des arabischen Terrorismus schreit geradezu nach einer Auseinandersetzung mit dem Thema der Tötung. Dennoch, um unsere anregende Diskussion zusammenzufassen, hatte ich ihn am Ende mit ins Boot geholt, sogar so weit, dass er sagte, falls es Ihnen und mir nicht gelingen sollte, das Projekt hier in Verona auf die Beine zu stellen, was mir natürlich wesentlich lieber wäre, denn ich bin dieser Stadt tief verbunden, dann würde er sehr gerne selbst einsteigen und die Ausstellung in den Palazzo Strozzi holen.«

Dottor Volpi beobachtete Morris genau.

»Signor Duckworth«, sagte er ruhig, »ich bin mir durchaus der Tatsache bewusst, dass Sie in dieser Angelegenheit mehrere unserer Aufsichtsratsmitglieder auf Ihrer Seite haben, von unserem, ähm, dynamischen Stadtoberhaupt, dem Bürgermeister, ganz zu schweigen.« Er lächelte. »Sie scheinen über langjährige Beziehungen zu etlichen lokalen Machthabern zu verfügen. Sonst würde unser Treffen hier wohl kaum stattfinden, nicht wahr?«

»Präsident Carbone hat sich in der Tat erkundigt«, gab Morris zu, »ob ich mich an der Renovierung Ihres Ostflügels beteiligen könnte.«

Das war nicht gänzlich gelogen. Morris hatte das Ansinnen nur gewissermaßen umgedreht. Er selbst hatte angeboten, die Renovierung zu bezahlen.«

»Dennoch«, fuhr Volpi fort, »liegt das letzte Wort bei allen Ausstellungen, die in dem Museum stattfinden, das ich leite, nach wie vor bei mir.«

»So sollte es auch sein«, stimmte Morris zu. »So sollte es ganz unbedingt sein.«

»Ein seriöses Museum kann nicht zulassen, dass Hinz und Kunz sich eine eigene Ausstellung *erkaufen.*«

»Nein, natürlich nicht, das wäre keineswegs angemessen. Und wissen Sie, Dottor Volpi ...« Morris hielt inne. Es war entscheidend, hier das richtige Wort zu finden.

»Ja?«

»Wissen Sie, ich teile durchaus Ihre, ähm«, er seufzte, »Zurückhaltung, was die, sagen wir mal, kulturellen Qualifikationen der Vertreter der Lega Nord angeht.«

Das war eine ernst gemeinte Einladung zur Komplizenschaft. Zwei Außenseiter, der eine Neapolitaner, der andere Engländer, könnten sich gegen den veronesischen Provinzialismus verbünden. Der Museumsdirektor rührte sich nicht. Er schien nachzudenken, blieb ganz ruhig, als wolle er abwarten, bis ein kurzer Anflug von Unwohlsein oder ein unangenehmer Geruch verflogen war, ehe er fortfuhr.

»Aber angenommen, wir wollten die Idee zu *Der gemalte Tod*

tatsächlich weiterverfolgen. Nur mal angenommen, wohlgemerkt.«

»Ich bin sicher, Sie werden es nicht bereuen.«

»Die erste Frage, die sich stellt, wäre, wer sollte eine solche Ausstellung wohl kuratieren? Ehrlich gesagt fällt mir da angesichts der Bandbreite an Stilen und Epochen und der ganz allgemein sehr unorthodoxen Herangehensweise auf Anhieb niemand ein.«

»Ich selbst«, sagte Morris rundheraus. Das hatte er nicht geplant. Er hatte nicht angenommen, dass diese Gelegenheit sich bieten würde. Aber kaum hatte er es ausgesprochen, wurde ihm klar, dass genau das sein größter Wunsch war: *eine eigene Kunstausstellung zu kuratieren*. Morris Duckworth! Das war ihm wichtiger als sein Geschäftsimperium, das inzwischen hauptsächlich von anderen geführt wurde. Wichtiger als Sex mit Samira. Wichtiger als ein Palazzo in der Via Oberdan. Wichtiger als der reichlich alberne Titel des Ehrenbürgers. Wichtiger, als seinen Sohn aus dem Polizeigewahrsam zu befreien. Morris *musste* einfach diese Ausstellung kuratieren. Sei es nur, weil es wirklich seine war. Diese Ausstellung war er, war sein Leben. Mord. Plötzlich wusste er, dass es hier um etwas furchtbar Wichtiges ging, auch wenn er nicht genau hätte erklären können, was das war.

»Signor Duckworth, der Kurator einer Museumsausstellung muss ein Akademiker mit jahrelanger Erfahrung auf diesem Gebiet und einer nachweisbaren einschlägigen Erfolgsbilanz sein, und genau da liegt mein Problem bei diesem ausgefallenen Thema.«

»Sie meinen, Sie kennen keine akademischen Mörder? Oder mörderischen Akademiker?«

»Sehr geistreich«, sagte der Direktor nickend. Zum ersten Mal kräuselte ein echtes Lächeln einen seiner Mundwinkel. »Mord ist leider keine Qualifikation, die man üblicherweise in seinen Lebenslauf aufnimmt.«

Jetzt verspürte Morris eine unbändige Lust, ihm mitzuteilen: *Sie werden kaum jemanden finden, der auf diesem Gebiet erfahrener ist als ich, Dottor Volpi. Wenn Sie eine Mordsausstellung zum Thema Mord wollen, dann brauchen Sie einen Mann, der wiederholt gemordet hat.* Stattdessen sagte er: »Wenn ich mich recht entsinne, hat James Bradburne damals für die *Geld- und Schönheit*-Ausstellung so einen englischen Schmierfinken als Kurator engagiert, wie hieß er noch gleich, jedenfalls war er ganz und gar kein Kunsthistoriker.«

»Nein!« Jetzt protestierte der Direktor vehement. »Nein, da irren Sie sich gewaltig. Die Ausstellung *Geld und Schönheit*, Signor Duckworth, die in meinen Augen beträchtliche Mängel hatte, ist nichtsdestotrotz faktisch von der hoch angesehenen florentinischen Kunsthistorikerin und Akademikerin Ludovica Sebregondi kuratiert worden, so viel kann ich Ihnen versichern. Ted Parkes hat lediglich ein paar erbärmliche und respektlose Texttafeln beigesteuert. Bradburne hat ihn zweifellos nur als sogenannten Ko-Kurator hinzugeholt, um die Aufmerksamkeit der angelsächsischen Presse zu bekommen, vor der wir leider, leider katzbuckeln müssen, wenn wir ein internationales Publikum anziehen wollen. Auf der PR-Ebene sicher ein kluger Schachzug, aber nicht unbedingt gut für die Ausstellung als solche.«

»Ted Parkes?«

»Pardon, Tom Parkes«, korrigierte sich der Direktor. »Einer der vielen Amerikaner, die leichtes Geld verdienen, indem sie so tun, als wüssten sie alles über Italien, und noch dazu einer, der gerne die Hand beißt, die ihn füttert.«

Morris war von diesem Ausmaß an Feindseligkeit überrascht, obwohl die eigentliche Zielscheibe vermutlich Bradburne war, ein, in Morris Augen, Museumsmann mit echtem Charisma und von daher für Volpi ein beneideter Konkurrent. Oder aber Volpi hatte einfach etwas gegen Amerikaner oder gegen Ausländer im Allgemeinen. Wie dem auch sei, Morris spürte sofort, dass er Volpis Groll parieren musste, wenn er den Mann auf seine Seite ziehen wollte.

»Da haben Sie sicher recht«, stimmte er zu. »Wie der Typ, der in der britischen Presse den Schmähartikel über Verona geschrieben hat, auf den ich geantwortet habe, wie hieß er noch, Anderton-Dodds.«

»Ja, Signor Duckworth, es gibt Dutzende von ihnen. Tobias Joyce ist auch so einer. Der, der *Italien, das schwarze Loch des Südens* geschrieben hat.

»Unlesbar«, stimmte Morris zu, der nur gerüchteweise von dem Wälzer gehört hatte. Wozu über Italien lesen, wenn man Tag für Tag in diesem wundervollen Albtraum lebte?

»Die spielen der Lega Nord doch nur in die Hände«, fuhr Volpi fort und gab sich damit endgültig preis. Morris war hocherfreut.

»Dennoch, Dottor Volpi«, sagte er, »ich schlage vor, wir nehmen uns ein Beispiel an Bradburne. Machen Sie mich zum Pin-up-Kurator, oder von mir aus zum Ko-Kurator, um die ausländische Presse neugierig zu machen, und stellen Sie mich einem Kunsthistoriker von untadeligem Ruf zur Seite, der die Ausstellung ausgezeichnet umsetzen wird. Ihnen zum Beispiel. Es wäre mir eine große Ehre, mit Ihnen zu arbeiten. Ich kann Ihnen gar nicht sagen, wie groß.«

Volpi schien erkannt zu haben, dass er zu viel gesagt hatte. Er rückte seine Körpermasse zurecht.

»Signor Duckworth, man kuratiert keine Ausstellung im eigenen Museum.«

»Verbietet das die Etikette?«

»Eine gewisse Hierarchie und Rollenverteilung sollte doch eingehalten werden, finden Sie nicht auch?« Dottor Volpi runzelte die Stirn. »Habe ich recht, Signorina Wuzid?«

»Zuwaid«, korrigierte sie.

»*Le chiedo scusa.*« Der Blick des Direktors blieb ein bisschen länger als schicklich an der jungen Frau hängen. Samira hielt ihm ohne jede Verlegenheit stand.

»Er heißt Tim Parkes«, sagte sie dann. »Er lebt hier in Verona.«

»Ich bitte um Verzeihung?«

»Tim. Er heißt Tim, nicht Tom oder Ted. Er ist Engländer, nicht Amerikaner.«

»Ach so, Parkes.«

»Ich glaube, wir müssen uns um den Vornamen des Schreiberlings keine Gedanken machen«, wies Morris sie sanft zurecht. Es war ihr erster Fehltritt an diesem Nachmittag. Was sollte es bringen, den Direktor wegen einer solchen Lappalie vorzuführen?

»Signor Duckworth.«

Während er den Namen aussprach, legte der Direktor beide Hände auf seine Schreibtischplatte und stemmte sich mit furchterregender Langsamkeit hoch. Im Stehen wirkte er wesentlich kleiner, oder zumindest nicht so groß, wie man es erwartet hätte, und dadurch noch runder. »Lassen Sie uns folgendermaßen vorgehen. Ich werde Professor Zolla, unseren hausinternen Kunsthistoriker, bitten, die betreffenden ausländischen Museen zu kontaktieren und um die Überlassung, ähm, einiger, ich betone nur einiger, der von Ihnen erwähnten Gemälde zu ersuchen. Nur die Gemälde. Im unwahrscheinlichen Fall, dass wir ausreichend viele positive Antworten erhalten, werde ich der Ausstellung zustimmen, und zwar mit Ihnen und Zolla, der ein ausgezeichneter und akribisch arbeitender Akademiker ist, als Ko-Kuratoren. Wenn wir aber, womit ich rechne, von allen Seiten Absagen erhalten, dann bleibt uns nichts anderes übrig, als das Projekt ad acta zu legen.«

Morris sprang auf, um eine ihm scheinbar entgegengestreckte Hand zu schütteln, die Volpi jetzt allerdings versuchte zurückzuziehen. Vielleicht hatte er sie nur ausgestreckt, um sich am Tisch abzustützen. Ungeachtet dessen ergriff Morris sie, drückte sie und hielt sie fest. »Ich danke Ihnen vielmals«, sagte er herzlich. »Das ist überaus großzügig. Allerdings, Herr Direktor, gibt es eine wichtige Kleinigkeit, über die Sie sich nicht im Klaren sind.«

Der Direktor schwieg abwartend und ließ seinen Blick in Richtung Samira schweifen, die ebenfalls aufgestanden war und sich leicht wand, um den Saum ihres Rocks glatt zu streichen.

»Ich besitze alle Bilder.«

Der Direktor war zu verblüfft, um zu antworten.

»Natürlich sind nur ein halbes Dutzend von ihnen Originale. Aber der Rest sind professionelle Kopien, in Originalgröße und identisch gerahmt.«

Nachdem er die nicht unerhebliche Anstrengung unternommen hatte, auf die Füße zu kommen, ließ sich der Direktor jetzt zurück auf seinen Stuhl fallen. Morris stand über ihm, wie David über dem besiegten Goliath.

»Wo also die Museen nicht bereit sind, uns die Originale zur Verfügung zu stellen«, sagte er fröhlich, »könnten wir, ähm, die Sammlung mit Kopien vervollständigen. Schließlich geht es in der Kunst nur allzu oft ums Kopieren, nicht wahr? Die vielen Kreuzigungsszenen, die Madonnen, jede Menge Holofernes, jede Menge Salomes. Oft gibt es vier, fünf Versionen des gleichen Bildes vom selben Maler. Oder von anderen Künstlern, die dieses imitiert und jenes verändert haben. Wir könnten das innerhalb der Ausstellung thematisieren: Finden Sie die Kopie. Wie im Krimi – wer war's? Das Kopieren ist letztendlich auch eine Art Mord, oder? Das Original wird durch sein Double ausgelöscht. Der erste Wurf wird durch den zweiten ausgelöscht. Das behaupten die Kunstkritiker. Stellen wir sie auf die Probe!«

Er hielt inne und lächelte strahlend. »Ich sage, lassen Sie uns etwas *wirklich* Neues machen, Dottor Volpi. Etwas, das die

Leute aufhorchen lässt, damit sie über uns reden, über Castelvecchio, über die wunderbare Stadt Verona. Die Kunstpresse auf der ganzen Welt wird ausflippen.«

Die Duckworth Foundation würde weltbekannt werden.

»Signor Duckworth«, sagte der Direktor schließlich, »Sie sind wahnsinnig.«

Morris machte eine leichte Verbeugung: »Morris Arthur Duckworth, zu Ihren Diensten«, sagte er, ergriff mit demonstrativer Vertrautheit Samiras Arm und ging ohne ein weiteres Wort.

5

Es bekümmerte Morris, dass er Samira das Kunstzimmer nicht zeigen konnte. Sie saß in der Wohnung in San Zeno rittlings auf ihm und bewegte sich leicht.

»*Caro*«, flüsterte sie. Sie beugte sich gern vor und zog mit einem Finger die Linie seiner Narben nach.

Vom Mund bis zu den Augen sangen die Nerven. »Sammy«, antwortete Morris.

Sie sollte den wunderbaren von Stuck sehen, und natürlich Bonnauds großartige Salome mit dem Kopf von Johannes dem Täufer auf dem goldenen Teller neben sich, der immer noch wie ein Gesprächspartner wirkt.

»Liebster«, seufzte sie. »Ich bin so nah dran.«

Dann würde ihr klar werden, dass Morris viel, viel mehr war als ein langweiliger Geschäftsmann. Oder auch ein freizügiger Liebhaber. Morris war jemand, der sich zwischen den Lebenden und den Toten bewegte, zwischen Erfahrung und Kunst.

»Ich werde dir Gesellschaft leisten«, murmelte er und schob sanft die Hüften vor.

Das Problem war nicht so sehr Antonella oder die Kinder. Es gab immer Zeiten, in denen er sicher sein konnte, dass sie außer Haus waren. Das Hausmädchen war schwieriger, denn Maddalenas Loyalität gegenüber Antonella war grenzenlos. Aber letztendlich hätte Morris auch sie umgehen können. Die echte Hürde war Massimina. Das tote Mädchen hatte ihm deutlich zu verstehen gegeben, dass sie Morris' arabische Geliebte, bei allem Verständnis für seine diesbezüglichen Bedürfnisse, auf keinen Fall in ihrem Reich dulden würde. »Und beim Sex musst du Mimi sagen, wenn du kommst«, beharrte sie ziemlich kokett.

»Es ist fast dreißig Jahre her, *cara*«, hatte er eingewendet.

»Ich bin noch genau so wie damals«, erklärte sie ihm. »Für mich vergehen die Jahre nicht, Morri.«

»Sam-mimi«, keuchte er, »Sam-mimi.«

Das Mädchen fiel nach vorne auf seine Brust, und er umschlang sie mit beiden Armen.

»Was für ein hübscher Kosename«, flüsterte sie.

Morris hatte Samira an der Uni kennengelernt. Als Inhaber einer Firma, die den Studenten etliche Praktikumsplätze anbot, war er am Berufsinformationstag eingeladen worden, ein paar Worte dazu zu sagen, über welche Eigenschaften ein erfolgreicher Bewerber verfügen sollte.

»Über die Bereitschaft, alles zu erledigen, was die Geschäfte der Firma erfordern, egal wie stupide auf der einen oder auch intellektuell anspruchsvoll es auf der anderen Seite erscheinen mag«, sagte er mit großer Geste. »Und über die Fähigkeit, über den Tellerrand zu blicken.«

In Wirklichkeit waren seine Praktikanten hauptsächlich damit beschäftigt, alte Kundenakten durchzutelefonieren, Kaffee zu kochen, Fotokopien zu machen, haufenweise belastende Korrespondenz zu schreddern und sich bei Behörden anzustellen, um die Dokumente mit der offiziellen Version der Geschäftsvorgänge einzureichen oder abzuholen. Das alles für eine sehr geringe oder gar keine Bezahlung, denn diese Kids stammten gewöhnlich aus Familien, die weit mehr besaßen, als Morris in ihrem Alter gehabt hatte. Was sie brauchten, war nicht Geld, sondern Erfahrung. Wenn aber jemand auftauchte, egal ob männlich oder weiblich, der oder die besonders klug und sympathisch war, dann nahm Morris dieses Kind schon mal unter seine Fittiche und ließ es für drei oder auch sechs Monate an seiner Seite arbeiten. Das machte das Leben heiterer und gab ihnen die Möglichkeit, zu sehen, wie hektisch es ganz oben werden konnte. »Danach wirst du nie wieder Karriere machen wollen«, scherzte er gerne.

Solche Arrangements hatten im Laufe der Jahre auch hier und da zu einer kleinen Affäre geführt, von der, davon war Morris überzeugt, durchaus beide Seiten profitierten. Tatsächlich war er ziemlich schockiert darüber gewesen, wie natürlich und sogar normal diese anständigen jungen Katholikinnen die Situation fanden. Wie Fische im Wasser, dachte er manchmal. Wie Morris beim Morden. Er lachte und hätte sich Sorgen um seine Tochter gemacht, wäre Massimina Duckworth nicht ganz offensichtlich aus einem moralisch wesentlich festeren Holz geschnitzt gewesen als die Mädchen, mit denen ihr Vater schlief. Morris hätte ihr ohnehin strengstens verboten, ein so zwielichtiges Praktikum zu absolvieren.

Ließ man alle Skrupel beiseite, hätte man sich keine idealere Situation vorstellen können: Die offizielle Arbeitsbeziehung lieferte das Alibi, wenn er in Begleitung einer charmanten jungen Frau gesehen wurde, während die streng begrenzte zeitliche Dauer des Praktikums jede aufkeimende Vertrautheit mit einem vernünftigen Haltbarkeitsdatum versah. Samira war tatsächlich die erste Mätresse, an der er festgehalten hatte, nachdem ihre Geschäftsbeziehung zu Fratelli Trevisan beendet war. Zum Teil, das spürte Morris, lag das daran, dass sie auch die Letzte in dieser Reihe von Geliebten war. Nach ihr würde es keine jungen Praktikantinnen mehr in seinem Bett geben. Nicht, weil sich der Geschäftsführer von Fratelli Trevisan mit fünfundfünfzig zum Verführen zu alt fühlte, das nicht, aber im Laufe der Zeit war etwas, das anfangs aufregende Alltagsflucht gewesen war, zur

Routine geworden. Morris beherrschte das Spiel allzu gut. Ganz plötzlich musste sich alles in seinem Leben verändern, wurde ihm klar. Eine neue Phase brach an. Die Ausstellung gehörte dazu. Und Samira ebenso.

Jetzt lief sie nur in T-Shirt und Höschen in der Wohnung herum, räumte im Bad auf, machte in der Küche einen von ihren Kräutertees. Was Morris an ihr so anziehend fand, abgesehen von den offensichtlichen körperlichen Reizen, war die Armut der jungen Frau, ihre Fremdheit und ihr gesunder Opportunismus. Sie hatte Morris ausgenommen, so gut sie konnte, ihm die Miete, Kleidung und sogar Schmuck abgeluchst, und er war ihren Forderungen nur zu gerne nachgekommen, denn er wusste, seine Großzügigkeit würde ihn von jeder Verantwortung für sie entbinden. Es war sogar günstig, dass sie diesen reizenden und sehr ernsten jüngeren Bruder hatte, Tarik, der ein Auge auf sie hielt und sie in die Schranken wies, denn es gab Momente, da hatte man durchaus den Eindruck, Samira könnte über die Stränge schlagen.

Sie drehte eine Zigarette mit ein bisschen Gras darin. Morris, der sonst gar nicht rauchte, der tatsächlich glaubte, Rauchen sei, ähnlich wie Übergewicht, eine Schwäche und eine Sünde, gestattete sich dennoch ab und zu ein paar kleine Züge, um ihr Gesellschaft zu leisten.

»Übrigens habe ich noch drei Mordbilder entdeckt, die du dir ansehen solltest«, sagte sie jetzt. Wie sie da kerzengrade am Glastisch saß, hatte sie etwas Pharaonenhaftes an sich, eine sinnliche Strenge, die Morris so sehr mochte, dass er sich manchmal fragte, ob er sich nicht doch in sie verlieben könnte.

»Noch ein Tod des Absalom. Hängt in Conegliano. Ich habe die genauen Angaben im Büro. Dann einen Moses, der den Ägypter tötet. In Ca' di David, glaube ich. Ziemlich selten. Und ein Martyrium des heiligen Bartholomäus. Wo das war, weiß ich nicht mehr. In Illasi vielleicht?«

»Sehr gut.« Morris fand es wunderbar, dass sie trotz des intimen Zwischenspiels weiter an die Arbeit dachte.

»Keine berühmten Maler, glaube ich. Aber die Kataloge sind ein totales Chaos. Bekritzelte Karteikarten, die seit zwanzig Jahren gebündelt im Schrank liegen.«

»Macht nichts. Gib mir die Einzelheiten, und dann fahren wir hin und sehen sie uns an. Wird ein netter Ausflug.«

»Morris!« Sie lächelte und legte den Kopf schief. »Ich lerne wirklich viel von dir. Ich könnte glatt eine Prüfung in christlicher Lebensart ablegen!«

»Sammy. Wie schön! Du könntest Sankt Sammy werden!«

Es gab Zeiten, dachte Morris, da war eine Affäre viel mehr Tugend als Laster.

Aber jetzt runzelte seine junge Geliebte die Stirn.

»Wegen der Anfragen nach den Bildern. Für die Ausstellung.«

»Im Castelvecchio?«

»Woher willst du wissen, dass der Fettsack sich wirklich darum kümmert? Vielleicht wartet er einfach eine Weile und behauptet dann, sie wären alle abgelehnt worden.«

Diese Möglichkeit hatte Morris nicht bedacht, wollte das aber nicht zeigen.

»Ich werde darum bitten, dass man mir als Ko-Kurator die Anfragen weiterleitet.«

»Er konnte dich nämlich nicht ausstehen.«

Aber Morris fühlte sich blendend und war voller Zuversicht.

»Das spielt keine Rolle. Ihm sind die Hände gebunden. Die Regierung plant massive Kürzungen im Kulturhaushalt. Das Museum braucht mein Geld. Und außerdem« – Morris nahm einen tiefen Zug von ihrer Zigarette und strahlte, während ihm schwummerig wurde – »ist es eine großartige Idee für eine Ausstellung. Oder? Die Leute werden in Scharen herbeiströmen.«

Sie lächelte. »Es ist wirklich eine tolle Idee, Morris.«

Er dachte einen Augenblick nach. »Tizians großes Kain-und-Abel-Gemälde muss natürlich gleich am Eingang hängen; es muss das Erste sein, was man beim Betreten der Ausstellung sieht, um gleich die volle Wirkung zu erzielen: der Mord, der die Geschichte ins Rollen brachte.«

»Die Moslems kennen diese Geschichte auch«, sagte sie.

Morris spürte, wie ihm ein Gedanke kam, aber er musste sich anstrengen, um ihn zu formulieren. Das Gras schien seinen Körper leichter gemacht zu haben.

»Der, wenn man es recht betrachtet«, sagte er, »hauptsächlich Gottes Schuld war.«

Samira blies Rauch aus und verzog ihren hübschen Mund zu einer Frage; sie hatte den Gesichtsausdruck einer klugen Studentin, die den charismatischen Professor um eine genauere Erklärung bittet.

»Kain war Bauer, er bestellte die Felder«, überlegte Morris, der selbst kaum wusste, was er meinte. »Abel war Hirte. Wenn ich mich recht entsinne. Beide brachten Gott ein Opfer dar, Kain einen Teil seiner Ernte, Abel ein Lamm. Vegetarier gegen Fleischesser sozusagen. Gott sah Abels Opfer gnädiglich an, Kains jedoch nicht. Das ist das Wort, das die Bibel verwendet. Gnädiglich. Als der Vegetarier Kain wissen wollte, was er falsch gemacht hatte, verriet Gott es ihm nicht. Man könnte denken, es war bloß, weil Kain Bauer war und nicht Schäfer. Ganz einfach. Er hatte kein rotes Fleisch zu bieten. Ich meine, so wie manche arm auf die Welt kommen und manche reich. Oder schwarz und weiß. Die einen finden Gnade vor Gott, die anderen nicht. Kein Wunder, dass der Mann einen Hass hatte.«

Das Mädchen schaute ihn eingehend an.

»So etwas steht natürlich nie auf den Texttafeln.«

Sie nickte.

»Sollte es aber, sollte es wirklich. Wenn man die Geschichte kennt, wirkt das Bild gleich anders. Vielleicht war Kain ja im Recht.«

Sie verschränkte die Arme und saß gerade und reglos am Glastisch, auf den Lippen ein leises Lächeln. Hinter ihr war die Kochnische, in der sie ihre arabischen Suppen und Eintöpfe kochte, und an den Wänden hingen Behänge in den Erd- und Orangetönen, die sie so sehr mochte. Morris kam sich angenehm unkonventionell vor.

»Hat Tarik dir erzählt, dass ich ihn gebeten habe mitzumachen? Ein paar Texttafeln zu verfassen? Ich dachte, es wäre toll, einen arabischen Blickwinkel mit einzubeziehen. Ungewöhnlich.«

Sie schüttelte den Kopf und betrachtete ihn. Es war außergewöhnlich, wie bereitwillig sie jedem seiner Worte lauschte.

»Leider hat er abgelehnt. Ehrlich gesagt wirkte er ein bisschen feindselig.«

Samira lächelte. »Ich werde versuchen, ihn umzustimmen. Es würde ihm guttun. Aber mein kleiner Bruder denkt manchmal, es wäre besser, sich auf nichts einzulassen, verstehst du, mit dem Westen.«

»Das ist wohl kaum möglich, wenn er auf die LSE gehen will.«

»Er glaubt, er kann so etwas wie Wirtschaftswissenschaft lernen, ohne sich kompromittieren zu lassen, und sein Wissen dann unverseucht mit nach Hause nehmen.«

»Das kann ich nachvollziehen«, sagte Morris. »Gefällt ihm eigentlich die Jacke, die ich ihm gekauft habe?«

»Er trägt sie andauernd«, sagte sie lächelnd. »Er liebt Leder. Aber er wird niemals Danke sagen. Dazu ist er zu stolz.«

»Das kenne ich von meinem Sohn«, sagte Morris verständnisvoll. Er saß auf dem Sofa, den Kopf zurückgelehnt, die Arme auf dem Polster ausgestreckt. Sie saßen über eine Minute lang schweigend da. Morris konnte sich nicht erinnern, je mit einer Frau so beisammengesessen zu haben. Es war anders als das

Schweigen, das er manchmal mit Antonella genoss, wenn sie beide einfach ihren Gedanken nachhingen, als sei der andere gar nicht da. Hier dagegen gingen sie beide gewissermaßen aus sich heraus, durch das Dämmerlicht in dem unbeleuchteten abendlichen Raum hindurch aufeinander zu. Samira lächelte und rauchte und schaute ihn vom Tisch aus eingehend an, als wäre etwas sehr Wichtiges im Gange.

»Woran denkst du?«, wollte Morris auf einmal wissen.

Samira beugte sich vor: »Ich dachte gerade an ein Spiel.«

»Ach ja?«

»Wie wär's, wenn die Ausstellungsbesucher einen Mordfall lösen müssten, in den Gemälden Hinweise finden müssten, mit deren Hilfe sich ein Kriminalfall lösen lässt? Wer einen Mord begangen hat oder wo eine Leiche versteckt ist?«

Morris war verblüfft. Er versuchte, seine Gedanken zu sammeln, war aber verwirrt. Gras gehörte eindeutig zu den Lastern. »Das ist genial«, stimmte er zu. »Eine großartige Idee. Das passt zum Erkennen von Kopie und Original.« Er runzelte die Stirn. Warum war er beunruhigt? »Allerdings bezweifle i ch, dass Volpi da mitzieht. Er kommt mir hoffnungslos konservativ vor. Es gibt nichts Schlimmeres als einen Süditaliener im Norden.«

»Über ihn habe ich auch nachgedacht«, kicherte Samira. Ihre Stimme war tiefer, wenn sie lachte. Sie steckte sich noch eine Zigarette an, lehnte sich zurück und strich sich die dunklen Haare aus der Stirn. Beinahe nackt wie sie war, hatte sie etwas triumphierend Frauliches an sich. Sie strotzte vor Lebendigkeit, und sie genoss es.

»Wenn wir ihn festnageln müssen«, sagte sie lächelnd, »wird das kein Problem sein.«

»Festnageln?«

»Na ja, du hast doch gesehen, wie er mich angeschaut hat.«

Morris überlegte. »Nein, eigentlich nicht.«

»Ach komm schon, Mo, das war doch offensichtlich.«

»Ach ja?« Morris gefiel das nicht. Sie schien sich darüber zu amüsieren, dass er es nicht bemerkt hatte.

»Ich meine ja nur, falls nötig, brauchst du nur ein Wort zu sagen, dann kann ich ihn richtig in Schwierigkeiten bringen.«

Morris kapierte nicht ganz, worauf sie hinauswollte.

»Ich meine, wenn er dir tatsächlich Steine in den Weg legt, dann lass ich ihn einfach mal ran. Dann können wir ihn erpressen.«

»Wir können was? Sammy!«

»Nur wenn du mir das Signal gibst, Morris.«

»Ich würde nie zulassen, dass ein anderer Mann dich anfasst«, sagte Morris scharf. Er war verärgert. »Schon gar nicht so ein fettes Ungeheuer wie Volpi. Der würde dich ja erdrücken.«

In seiner Erregung stand Morris auf und ging ans Fenster, das auf die schmale Nebenstraße hinausging, wo es inzwischen in der Dezemberdämmerung zu schneien angefangen hatte. Wie kam es, dass etwas, gerade wenn es so idyllisch erschien, sich urplötzlich als das genaue Gegenteil entpuppte: als faul, verdorben und schmutzig. Nur Massimina hatte ihn in dieser Hinsicht nie enttäuscht. Während er weiter auf die Straße hinausblickte, sagte er leise:

»Wie kannst du an so etwas überhaupt denken? Was würde Tarik dazu sagen? Er würde fuchsteufelswild werden!«

Samira legte belustigt den Kopf schief.

»Mein Bruder ist nicht mein Hüter.«

»Das sollte er aber sein! Und er würde bestimmt nicht wollen, dass seine Schwester ein fettes altes Schwein wie Volpi fickt, das kannst du mir glauben, verdammt noch mal.«

»Tarik will auch nicht, dass ich dich ficke«, sagte sie ungerührt. »Aber es geht ihn nichts an, oder? Ich frage ihn ja auch nicht, wen er fickt, und er ist bestimmt kein Heiliger.«

»Du kannst mich wohl kaum mit Volpi vergleichen!«

»Tue ich auch nicht, aber Tarik würde es tun.« Sie lachte. »Komm schon, Mo, ich bin nicht deine Frau.«

Morris war perplex. Er hasste solche Gespräche.

Samira saß mit übereinandergeschlagenen Beinen da und hielt eine glimmende Zigarette zwischen zwei Fingern. Jetzt war sie diejenige, die selbstsicher und reif wirkte, während er nur ein unsicherer, pubertierender Mann in den besten Jahren war, der an einer Fensterbank herumstand. Morris wandte ihr den Rücken zu und starrte nach draußen, auf die dicken, fallenden Flocken; er wünschte, sie würden ihn verzaubern mit ihrem stillen Weiß, ihn vielleicht in die Kindheit zurückversetzen, als er im rußigen Schnee an der Hand seiner Mutter vor der St.-Bart's-Kirche in der Uxbridge Road »Once in Royal David's City« gesungen hatte. Morris erinnerte sich vage an eine gewisse Verwirrung, die das »Royal Jerusalem« und die Slums von Park Royal in seinem Kopf auslösten. Die Engländer mit ihrer Schwäche für alles Königliche! Alles Mögliche wurde als ›royal‹ bezeichnet.

Mutter hatte ihren letzten Atemzug im Royal Free Hospital getan.

Mutter.

Draußen waren die dunklen Kopfsteine des Pflasters bereits weiß, und die Straßenlaternen waren angegangen. Weiß und rein.

»Tatsache ist doch«, sagte die Stimme hinter seinem Rücken, »dass eine pfiffige junge Frau heutzutage so viel Geld und Aufmerksamkeit bekommen kann, wie sie will, wenn sie es drauf anlegt, oder? Männer werden nie Nein sagen. Und ich finde das auch nicht weiter schlimm. Es ist doch ihre Sache, was sie mit ihrem Körper macht.«

Morris verlagerte seinen Blick und sah das Spiegelbild seiner Konkubine in der schwarz glänzenden Fensterscheibe. Sie beugte sich über ihr Feuerzeug, und die Flamme beleuchtete eine Schönheit, die Caravaggio in Reinform war.

»Was sie allerdings nicht haben kann, ist eine angesehene Stellung. Unabhängigkeit.«

Das war zu viel. Morris drehte sich um. »Aber Sammy, du *hast* doch einen Job! Noch dazu beim Kulturamt, zum Teufel! Die meisten jungen Leute würden dafür über Leichen gehen.«

»Ich habe eine Praktikantenstelle, die mir fünfhundert im Monat für maximal sechs Monate einbringt. Davon kann ich nicht leben.«

»Aber *ich* bezahle deine Miete.«

»Das wird nicht ewig so gehen, stimmt's?«

»O doch«, sagte Morris. Dann wiederholte er: »Doch. Sammy, ich bin ein ernsthafter Mensch. Das musst du doch spüren. Ich bin verrückt nach dir.«

Sie lachte.

»Mo, du hattest reihenweise Praktikantinnen als Geliebte, und deren Miete zahlst du ja auch nicht, oder?«

»Hatte ich nicht!«

»Ich weiß es doch! Wozu willst du es abstreiten? Es spielt keine Rolle. Es macht mir doch auch Spaß.«

Dieses Gespräch war sehr schwierig. Urplötzlich wünschte Morris, er wäre zu Hause in der Via Oberdan, bei Antonella, Don Lorenzo und den Kindern, während Massimina vielleicht etwas Holpriges auf dem Klavier zum Besten gab. *God rest ye merry, gentlemen*. Er würde womöglich ausnahmsweise die Scheite im Kamin anzünden. Womöglich sogar Stan auf einen Weihnachts-Sherry einladen.

»Dein Sohn zum Beispiel«, sagte Samira. »Du erzählst mir ständig, was er für ein fauler, undankbarer Flegel ist, aber trotzdem wird er mit Leichtigkeit einen anständigen Job bekommen, ganz im Gegensatz zu mir.«

Morris verstand nicht ganz, was sie mit dieser Wendung des Gesprächs bezweckte. Sie wusste, dass es ihn quälte, über seinen Sohn zu sprechen.

»Du wirst ihm eine Position in deiner Firma geben.«

»Auf keinen Fall!«, widersprach Morris. »Ich werde ihm einen Praktikumsplatz geben wie allen anderen auch, weiter nichts. Und meiner Tochter genauso. Sie sollen sich aus eigener Kraft nach oben kämpfen, so wie ich.«

Letztendlich, dachte er plötzlich, mussten wir alle, so wie der arme Kain, unsere Opfergaben darbringen und hoffen, dass Gott sie annehmen würde, ohne die geringste Ahnung zu haben, was der wunderliche Kauz tatsächlich am liebsten mochte, Fleisch oder Gemüse.

»Ach Morris!« Mit berückender Impulsivität stand Samira unvermittelt auf und kam zu ihm, um ihn zu umarmen. Sie vergrub ihren Kopf in seiner Brust und hielt ihn ganz fest. »Ich hab das mit Volpi doch nur gesagt, weil ich gesehen habe, wie sehr du dir wünschst, dass diese Ausstellung zustande kommt. Du willst das wirklich unbedingt, oder? Ich habe dich noch nie so aufgeregt erlebt. Da dachte ich, das fette Schwein soll meinem Liebsten nicht im Weg stehen. Das lasse ich nicht zu.«

Über ihre Schulter hinweg sah Morris in der Fensterscheibe sein narbiges Gesicht, das über den bronzenen Kurven ihrer Schultern und der drallen Rundung ihres hübschen Pos in dem elastischen schwarzen Höschen an einem rabenschwarzen Haarschopf lehnte.

»Wie ging noch mal der schöne Kosename, den du mir gegeben hast?«

Sie küsste seinen Nacken.

»Sammimi«, murmelte er und verkündete dann mit überraschend heiserer Stimme: »Wenn jemand sich mir in den Weg stellt, *cara*, dann werde ich ihn töten, und zwar lange bevor er Gelegenheit hat, sich an dir zu vergreifen, das versichere ich dir.«

6

An seine Sprösslinge zu denken war für Morris in der Tat qualvoll. Als er durch die Via Roma und über die Piazza Bra durch den frischen Schnee nach Hause lief, fiel ihm ein, dass er noch Weihnachtsgeschenke kaufen musste. Aber was nur? Was sie verdient hatten, war ein Tritt in den Hintern, alle beide.

Es war Aperitivo-Zeit, und reiche Müßiggänger brachten die Fensterscheiben der teuren, mit Lametta geschmückten Cafés, in denen sich die rot-goldenen Schachteln mit *pandori* und *pannettoni* türmten, zum Beschlagen. Leute mit Geld vergnügten sich dort. Während er die Fröhlichkeit und Wärme drinnen betrachtete, musste Morris daran denken, dass Weihnachten eigentlich ein Fest des Friedens sein sollte; der weiße Schnee fiel hauptsächlich, um die Menschen daran zu erinnern, dass es jetzt angebracht war, eine Flasche aufzumachen und sich nicht als Geizhals zu erweisen. Also sollte er den Kindern trotz allem eine Freude machen, einmal mehr die legendäre Großzügigkeit der Duckworths unter Beweis stellen. Andererseits hatten die beiden »kleingeschriebenen m«, wie er Massimina und Mauro manchmal in Gedanken nannte, bereits alles, und wenn er ihnen etwas schenkte, was sie sich tatsächlich wünschten – ein Computerspiel, was sonst?, für seinen Sohn, eine Graphic Novel für seine Tochter –, dann würden sie nur noch mehr abstumpfen.

Der Engländer blieb an der Stelle stehen, wo die Piazza sich zu einer weihnachtskartenwürdigen Fläche mit verschneiten Zedern und altmodischen Straßenlaternen öffnete, mit dem Liston und seiner die Café-Kultur des 18. Jahrhunderts beschwörenden Frivolität auf der linken und dem verzierten Torbogen der Porta Nuova, der an einen mürrischen österreichischen Greis erinnerte, auf der rechten Seite. Und hinter alledem verlieh der hoch aufragende, majestätisch angestrahlte Komplex der Arena der antiken Vergangenheit eine steinerne Körperlichkeit. Im Vergleich zu dieser Vergangenheit, dachte Morris, ist der gegenwärtige Moment nichts weiter als der Wimpernschlag eines nicht sehenden Auges.

Herumwirbelnde Flocken kitzelten ihn in Nase und Ohren. Er ging langsamer, um alles bewusst zu genießen, und fühlte sich sofort sehr privilegiert, weil er in einer so schönen und vor allem so ehrwürdigen Stadt lebte – *es gibt kein Leben außerhalb der Stadtmauern von Verona!* –, verspürte aber zugleich ein tiefes Bedauern darüber, nie wirklich dazugehören zu können. Er war hier und doch nicht hier. So hatte er es immer empfunden. Inzwischen zwar Ehrenbürger, aber kein richtiger Bürger. Würde *Der gemalte Tod* das zurechtrücken können, ihn endlich ins Zentrum der Veroneser Gesellschaft katapultieren, oder würde die Show nur mit noch größerer Endgültigkeit seinen Status als Resident Alien und gut situierten Mörder zementieren?

Plötzlich hatte Morris das starke Bedürfnis, sich nachsichtig zu zeigen, Abbitte zu leisten, Kriegsbeile zu begraben. Sollte er Mauro vielleicht mit irgendeinem Fußballgeschenk beschwichtigen? Und Massimina ein Abo für eins von diesen fürchterlichen Manga-Heften schenken? Er hatte die ganzen Jahre über so hartnäckig versucht, aus seiner Familie ein Kunstwerk zu machen, dafür zu sorgen, dass seine Kinder zu den wunderbaren Menschen wurden, die sie hätten sein sollen. Unbeirrt und unermüdlich hatte er den lieben Kleinen mit ihrem noch ungeformten Geist den richtigen Weg gewiesen. Sie hatten Klavier- und Tanzstunden erhalten, Judo und Singen gelernt. Sie waren zur Kirche gegangen und im Katechismus unterrichtet worden. Sie hatten Opern, Konzerte und Kunstausstellungen besucht. Sogar das Tonbridge College hatte er ermöglicht, verdammt noch mal. Teurer konnte Bildung nicht werden. Aber nichts war hängen geblieben. Selbst diese flüchtigen Schneeflocken in der Dezemberdämmerung besaßen mehr Haftkraft als die große Kunst, die Morris Duckworth seinen renitenten Kindern nahezubringen versucht hatte.

Morris ging jetzt weiter, mit schnellen, sehr schnellen Schritten. Um Himmels willen, komm runter, ermahnte er sich. Wenn die Kinder nicht ins Bild passten, dann würde er sich eben anderweitig als Künstler verwirklichen. War das nicht immer die Logik des Kunstzimmers gewesen? Und von *Der gemalte Tod*? Morris besaß Genie, und es bahnte sich einen Weg nach draußen. Einem plötzlichen optimistischen Impuls folgend betrat er den luxuriösen Prunk von La Costa, bestellte sich an der Bar einen Negroni und zog sein iPhone hervor.

»L'Arena di Verona«, sagte eine gelangweilt klingende weibliche Stimme.

»Domenico Belpoliti bitte, von der Kulturseite.«

»Pronto?«

»*Salve*, Domenico, *come andiamo*?«

Morris hatte Belpoliti schon öfter Interviews zum Kultursponsoring seiner Firma gegeben.

»*Discretamente*«, antwortete der aufgeblasene junge Mann. »*Discretamente be-ne.*«

»Hören Sie, Domenico, ich dachte, es könnte Sie interessieren – quasi als Vorabinformation, wenn Sie verstehen, schon vor der anstehenden Pressekonferenz –, dass wir, ähm, vermutlich sag ich lieber nicht, wer genau, uns auf Juli geeinigt haben … ja, nächsten Juli, für das große Ausstellungsprojekt … Sie haben noch nicht davon gehört? … im Castelvecchio. Ja … der Titel ist *Der gemalte Tod* … ja, ja, man kann mit Fug und Recht behaupten, dass es die ambitionierteste Show in der Geschichte des Museums sein wird. Auf jeden Fall … Hundert Meisterwerke – plus/minus die eine oder andere Zeichnung –, auf denen man sieht, dass die Menschheit seit Jahrhunderten nicht in der Lage ist, ohne, nun ja, ohne Mord auszukommen … Leider, leider, ja! Genau. Nicht gerade leichte Kost so kurz vor Weihnachten, ich weiß, obwohl man den Kindermord von Bethlehem natürlich nicht vergessen darf, ein kleiner Makel der festlichen Zeit, der gerne ausgeblendet wird. Kennen Sie übrigens Brueghels Version? … Ja, holländische Schlittschuhläufer und so. Kaum zu glauben. Gewissermaßen weiße Weihnacht mit frisch geschlachteten Babys. Das wird auch dabei sein! Sofern die Museumspolitik es zulässt. Wir können uns natürlich nicht für jedes Bild verbürgen … Oh, komplett gesponsert von der Duckworth Foundation, das kann ich mit Stolz verkünden … Ein äußerst zeitgemäßes Thema, wenn man darüber nachdenkt, Terrorismus kommt auch vor, ja, Selbstmordattentate, Völkermord … Viele weltberühmte Museen sind beteiligt … Diesmal werde ich selbst aktiv an der Durchführung mitwirken … Ich glaube, Kurator kann man nicht wirklich sagen, dafür bin ich zu beschäftigt, aber das Konzept ist auf jeden Fall von mir … o ja, zweifellos, ein bemerkenswerter Fortschritt. Ja. Aber Sie wussten doch sicher, dass ich in dieser Richtung als Sammler aktiv bin? … Schon seit vielen Jahren. Nein, keine Selbstmorde. Selbstmord find ich deprimierend … Nun, Sickert zum Beispiel. Kennen Sie die Arbeiten von Walter Sickert? … Manche Leute dachten sogar, er selbst könnte Jack the Ripper sein, bei den vielen Bildern von den Opfern … Das Leben schreibt definitiv die besten Geschichten … Auch eine Gentileschi … *Sisignore*, ein Original, ich habe es hier bei mir in der Via Oberdan. Aber davon gibt es über ein Dutzend Versionen, wissen Sie. Sie konnte einfach nicht aufhören, den armen Holofernes zu köpfen. Das Gesicht von Judith ist angeblich ein Selbstporträt. Rache für eine Vergewaltigung in jungen Jahren, sagt man. Sie kennen ja ihre Geschichte ... Haha, ja, sehr gut, die Frauen, jede Ausrede gut genug. Vorsicht vor den Küchenmessern! ... Ein von Stuck ist auch dabei. Otto Dix. Frey-Moock ... Sie mögen Stuck? Wer mag den nicht ...«

Als der Präsident der Duckworth Foundation schließlich das Telefonat beendete, war er wieder bester Laune. Es würde ein Heidenspaß werden, all das morgen in der Zeitung zu lesen, und noch besser war es, sich vorzustellen, wie Volpi es las.

Und jetzt, dachte Morris und musterte den starken orangefarbenen Drink, der ihn von der schimmernden Granit-Theke der teuersten Bar der Stadt anlächelte, während überall schick bewestete, aufmerksame Kellner bereitstanden und hinter seinem eleganten Barhocker aus Chrom und Leder raschelnd die nach Parfüm duftenden Nerze und Zobel vorbeischwirrten – jetzt, nach einem anständigen Fick mit meiner dunklen Geliebten an diesem klirrend kalten Veroneser Nachmittag, noch ein wohliger Abend mit dem Frauchen daheim in der Luxusvilla. Auf das Leben, Morris A. D.!

Mit einem Schluck war das Cocktailglas geleert.

Don Lorenzo war zum Essen bei ihnen, also tauchte das Fleischproblem auf. Morris war schon vor fast zehn Jahren Vegetarier geworden, nachdem er einen Dokumentarfilm über industrielle Schweinehaltung in Kalifornien gesehen hatte. »Es geht weniger um das Töten an sich«, erklärte er immer – aus irgendeinem Grund mussten Vegetarier ihre Haltung dauernd erklären, während das von Fleischessern nie verlangt wurde –, »sondern darum, dass diese Tiere von Anfang an kein Leben haben. Wenn ich wüsste, dass sie in einem fairen Kampf gestorben sind, dann würde ich sie gern mit Haut und Haaren aufessen.«

Ein paar Monate später war Antonella ebenfalls abstinent geworden, wenn auch »aus rein gesundheitlichen Gründen«, wie sie immer betonte, denn, so dachte sich Morris, die moralische Haltung ihres Mannes zu übernehmen hätte zugleich eine Kritik an anderen bedeutet; an »anderen« wie Don Lorenzo, der immer erklärte, eine Mahlzeit sei keine Mahlzeit ohne ein dickes Stück rotes Fleisch auf dem Teller und einem schweren Rotwein dazu, um es hinunterzuspülen – und das trotz seiner gespenstisch verkrüppelten Erscheinung und seiner generellen Aura asthmatischer Enthaltsamkeit.

Die charmante Nebenwirkung war, dass Mauro und Massimina, die beide seit Jahren keinen Fuß in eine Kirche gesetzt hatten, die Familie eher mit ihrer Anwesenheit beim Abendessen beehrten, wenn der alte Priester zu Gast war, als an allen anderen Tagen. Denn während Morris nicht dazu neigte, seine Essensgewohnheiten anderen aufzuzwingen, und bereitwillig gegessen hätte, was auf den Tisch kam, abzüglich der getöteten Tiere, war Antonella aus härterem Holz geschnitzt: Gesundes Essen – seien es Linsen oder Risotto oder *pasticcio di melanzane* –, erklärte sie, war für jeden gleichermaßen gesund, und *la povera* Maddalena, deren eigene Gesundheit ohnehin angeschlagen war, nur den Fleisch essenden Kindern zuliebe zu zwingen, jeden Tag zwei verschiedene Gerichte zu kochen, wäre noch grausamer, als einem gemästeten Kalb einen Strombolzen in den Kopf zu jagen. Also wurden derartige Grausamkeiten nur noch zu Ehren von Don Lorenzo auf den Tellern im Hause Duckworth geduldet, und nur wenn der hinkende Priester seine Soutane hob und sich mit seinem dürren Hinterteil auf einem der steifen Holzstühle an dem großen Eichentisch niederließ, erschienen auf wundersame Weise auch die Kinder zum Essen. Sonst lümmelten sich die kleingeschriebenen m's, während Morris und Antonella Kichererbsen-Curry oder Reis mit Chorasan verspeisten, höchstwahrscheinlich auf einer Bank um die

Piazza Bra und schlugen ihre Schneidezähne ungeachtet der neuesten Verordnung des Bürgermeisters in einen Kebab.

Don Lorenzo gab sich gern nachsichtig gegenüber den Kindern. Er kannte sie schon von klein auf. Er war stolz darauf, den Kontakt zu seinen Schäfchen zu halten, vor allem zu den abtrünnigen, immer unter der gutwilligen Annahme, dass sie nur abtrünnig waren, weil sie Lämmer waren, die, waren sie erst einmal erwachsen, Schafs genug sein würden, um zu wissen, dass sie in der Herde besser aufgehoben waren. Der alte Priester blinzelte hinter verschmierten Brillengläsern, beugte sich zu Mauro hinüber und verkündete: »Ich bin früher auch gern zu Fußballspielen gegangen, weißt du.«

Morris konnte nicht umhin, sich zu fragen, ob er richtig gehört hatte.

»Als ich noch im Priesterseminar war.«

Antonella lächelte warmherzig.

Mauro, dessen Pausbacken noch blau und grün waren, sein Ohr eingerissen und der rechte Arm in Gips, spießte sich gerade dicke Stücke Rindfleisch, die seine Mutter für ihn zurechtgeschnitten hatte, auf die Gabel. Sie selbst und Morris aßen eine Lauch-Champignon-Quiche.

»Welcher Verein?«, fragte der Junge mit vollem Mund.

»Hab sogar selbst gespielt«, fuhr Don Lorenzo fort. »Rechtsaußen. Wir sind gegen die Franziskaner und die Dominikaner angetreten. Und gegen die neuen Rekruten aus Afrika. Es gab sogar ein Pokalturnier.«

»Haben Sie sich dabei Ihren Fuß verletzt?«, erkundigte sich Massimina. Sie war ebenfalls dabei, in Windeseile ein großzügig bemessenes Steak zu verdrücken. Kaum waren die Teller der beiden leer, das wusste Morris, wären die Kinder wieder verschwunden. Sie hatten die Freuden der Unterhaltung noch nie zu würdigen gewusst und wollten ganz sicher nicht zum Bibellesen und Beten nach dem Dessert und dem Weinbrand bleiben.

»O nein, Mimi, das war später.« Der Priester lächelte das Mädchen an, als würde es noch immer auf seinen Knien sitzen. »Juventus!«, sagte er dann stolz zu Mauro. »Die haben wir immer gesehen, wenn sie in Verona gespielt haben. Ein-, zweimal sind wir sogar nach Turin gefahren.«

»Nicht Hellas?«, sagte Mauro vorwurfsvoll. Seine von Natur aus laute Stimme schien mehr Kraft zu enthalten als der gesamte Körper des Priesters. »Nicht Ihren Heimatverein? Hellas hätten Sie jede Woche sehen können.«

»Juve hat einfach viel besser gespielt«, erinnerte sich Don Lorenzo selbstgefällig. Er schmunzelte. »Ich weiß noch, wie sie Hellas mal fünf Stück reingedrückt haben. Bettega. Causio. Fünf!« Immer noch schmunzelnd, zog der Priester sein rasierklingenscharfes Messer durch ein halbes Pfund zartes Fleisch.

»*Juve merda*«, murmelte der junge Mann kaum hörbar.

Morris sah zu, wie das Blut herausrann.

»Ich muss doch sehr bitten!«, wies ihn Antonella zurecht.

Mauro schluckte, zeigte mit seiner Gabel und sagte trotzig: »Für mich geht es beim Fußball um Zugehörigkeit und Gemeinsinn. Darum, wer man ist. Veroneser. Hier bin ich geboren, hier gehöre ich her. Meine Stadt, meine Leute. Wer nur gewinnen will, ist ein Niemand.«

Morris war beeindruckt: Trotz des Gemetzels auf seinem Teller beanspruchte sein Sohn die moralische Überlegenheit. Und mit welchem Nachdruck!

»Ach, ich war schon immer eher ein *sportivo* als ein *tifoso*«, sagte Don Lorenzo und nickte unbekümmert. Es war unklar, ob er die Empörung im Tonfall des jungen Mannes wahrgenommen hatte oder nicht.

»Einen Gewinner kann man leicht bejubeln«, beschwerte sich Mauro. Er hatte die bedauerliche Angewohnheit, sich beim Essen mit einem Ellbogen auf dem Tisch abzustützen und den Kopf auf der Faust abzulegen. Wie er sich so über sein Essen beugte, spannte sich sein Hellas-Sweatshirt straff über seinem breiten Brustkasten. »Aber es erfordert Leidenschaft«, sagte er vehement, »eine Mannschaft zu unterstützen, die immer verliert.«

Don Lorenzo lachte jetzt ganz offen. »Ich finde, wenn einer sein sauer verdientes Geld ausgibt, um ein Spiel zu sehen, Mausi, dann ist es nur klug, wenn er sichergehen will, dass er für sein Geld auch guten Fußball geboten kriegt.«

»Das sauer verdiente Geld seines Vaters«, bemerkte Morris.

»Du musst bedenken, *caro*«, warf Antonella ein, »dass Don Lorenzo ursprünglich nicht aus Verona stammt, oder?«

»O ja, ich bin quasi ein Fremder hier«, sagte der Priester entschuldigend und hustete. »Bussolengo«, erklärte er.

»Na toll, zehn Kilometer entfernt!«, schnaubte Mauro. »Die Jungs, die mit mir angeklagt sind, kommen alle aus Bussolengo. Das ist einer der stolzesten Hellas-Fanclubs.«

Wieder fiel Morris auf, dass die ganze missliche Affäre das Selbstbewusstsein des Jungen eher angefacht hatte als alles andere. Wenn nicht eine ernste Strafe folgte, nachdem die Richter ihre Entscheidung getroffen hatten, dann nahm der Junge vermutlich Kurs auf ein Leben als Rowdy.

»Das ist wohl so, wie auf der Seite Gottes gegen den Teufel zu kämpfen«, bemerkte Massimina.

In der allgemeinen Verblüffung, die diese seltsame Bemerkung auslöste, war es jetzt Morris, der sagte: »Ich muss doch sehr bitten, Mädchen!«

Massimina leerte ihr Weinglas, schüttelte das lange dunkle Haar und kicherte. »Ich meine, wenn man für Juve ist, dann kann man sicher sein, dass man gewinnt, nicht? Ich wette, alle Priester sind für die. Genau wie sie sich im Kampf Gott gegen Teufel auf die Seite Gottes schlagen, weil der auch immer gewinnt.« Ihre Stimme hatte im Vergleich zu dem dröhnenden Bass ihres Bruders einen silbrig-hellen Klang.

»Die sind doch die Teufel, nicht wir«, protestierte Mauro. »Wir kämpfen nur für unsere Sache.« Er fing an, den Triumphmarsch aus Aida zu summen: »*Forza giallo blù, giallo blù, giallo blù, giallo blùùùùùùùù.*«

Morris war erstaunt, dass Don Lorenzo so wenig betroffen war von der Blasphemie, die er soeben gehört hatte. »Massimina«, sagte er zu seiner Tochter, »ein Christ entscheidet sich nicht für Gott, weil der ein Gewinner ist, sondern weil er gut ist. Das ist nicht so wie mit Juve und Hellas. Man kann nicht sagen, ich bin für den Teufel, weil der näher an mir dran ist.«

»Byron hat es so gemacht.«

»Byron war wohl kaum ein Christ«, argumentierte Morris. Er hatte einen Teil seiner Dissertation in Cambridge über *Childe Herold* verfasst und hasste das Gedicht. Es verklärte den Trotz gegenüber seinem Schöpfer zum Heldentum.

»Dann eben Dante.«

Das hochgewachsene Mädchen wiegte sich auf seinem Stuhl hin und her, hob die rechte Hand mitsamt dem Messer, um sich das lange Haar aus der Stirn zu streichen, das gleich anschließend wieder über seine lachenden Augen und seinen schmollend geschürzten Mund fiel.

»Dante hat *nicht* Partei für den Teufel ergriffen«, sagte Antonella mit überraschender Ernsthaftigkeit. »Du solltest wirklich nicht solchen Unsinn reden, Mimi.«

Morris erkannte sofort die Strategie seiner Frau; um die Spannung zwischen ihrem geliebten Sohn und ihrem geliebten Don Lorenzo zu zerstreuen, stürzte sie sich auf die offenkundige Dummheit ihrer Tochter.

Aber Massimina, von reichlich Fleisch und Wein ermuntert, gab nicht so schnell nach. Auf dem College, erzählte sie, hatten sie ein Projekt, bei dem sie das Inferno neu illustrieren sollten. Mit Computergrafik. Nun, es war offensichtlich, dass Dante im Falle von Paolo und Francesca auf der Seite der Sünder stand, und das hieß, dass er Partei für den Teufel ergriff, der sie zum Sündigen verführt hatte, und gegen Gott, der sie auf ewig bestrafte, obwohl das gar nicht nötig war. »Ich meine«, sagte sie abschließend, »das ist der einzige Teil des Gedichts, in dem echte Gefühle vorkommen. Es ist total traurig, dass sie in die Hölle müssen, bloß weil sie sich geliebt haben.«

»Sie sind in der Hölle gelandet, weil sie Ehebrecher waren«, sagte Antonella kühl.

»Er konnte doch nichts dafür, dass er sich in eine verheiratete Frau verliebt hat, oder? Oder sie sich in ihn.«

Morris war von ihren offensichtlichen Gefühlen überrascht. Konnte es sein, dass seine Tochter, die ihm plötzlich mit ihren schlanken Schultern und dem langen, sehnigen Hals äußerst attraktiv vorkam, eine ehebrecherische Affäre hatte? Mit wem? Mit einem Lehrer?

»Ich kann auch nichts dafür, dass ich in Verona geboren wurde«, tönte Mauro scherzhaft, »und mich in Hellas verliebt habe.«

»Um Himmels willen, Mauro, sei doch nicht so infantil!«, schnappte Morris.

»*Giallo blù, giallo blù, giallo blùùùùù*«, sang der Junge grinsend. Sogar seine Augenwimpern waren rot. Das sind definitiv nicht meine Gene, entschied Morris.

Don Lorenzo lächelte nachsichtig. »*Forza*, Mausi! Dein Temperament gefällt mir!«

»Ein Temperament, das ahnungslose Polizisten angreift!«, erinnerte ihn Morris.

Antonella machte dringliche Zeichen, das Thema zu wechseln.

»Die Behörden provozieren uns absichtlich, damit sie unsere Stadt dämonisieren können«, sagte Mauro. »Das ist alles so gewollt, *Papà*, du hast doch selbst gemerkt, dass sie dauernd versuchen, Verona als Scheißloch darzustellen.«

»Als was?« Antonella war entsetzt, hauptsächlich wegen Don Lorenzo, dachte Morris.

»Du solltest mal mitkommen und es dir mit eigenen Augen anschauen. Wir *müssen* ja geradezu gewalttätig werden.«

»Was für ein Unsinn!«

»Komm schon. Du traust dich ja bloß nicht. Komm zu einem Spiel mit.«

»Ich dachte, du hast Stadionverbot«, zischte Morris scharf.

Der Junge grinste unter seinem roten Haar. »Das lässt sich vielleicht umgehen.«

»Was Dante sagen wollte«, beharrte Massimina, »ist, dass die Welt komplizierter ist als Schwarz-Weiß. Er war eindeutig der Ansicht, dass Gott bei Paolo und Francesca einen Fehler gemacht hat.«

»Aus christlicher Sicht kann Gott keine Fehler machen«, erklärte ihr Morris aufgebracht. »Weil Gott gut ist. Habe ich recht, Pater?«

Nachdem er sein Fleisch vertilgt hatte, lehnte Don Lorenzo sich vom Schlachtfeld zurück und schürfte mit einem Zahnstocher zwischen seinen Backenzähnen.

»Entschuldigung«, sagte er, »unten rechts ist eine Lücke. Wegen der Krone, die man mir dort eingesetzt hat.«

»Ich hab auch so was«, pflichtete Mauro ihm bei. »Zähne sind ätzend.«

»Wer sagt denn, dass ich alles aus christlicher Sicht betrachten muss?«, wollte Massimina wissen und begab sich damit auf gefährliches Terrain.

»Don Lorenzo«, wandte sich Morris an den geistigen Führer der Familie, »können wir je im Recht sein, wenn wir Mitgefühl mit jemandem haben, den Gott zur Hölle geschickt hat? Nachdem Gott geurteilt hat, kommt es uns doch sicherlich nicht mehr zu, eine eigene Meinung zu haben.«

Schon beim Sprechen wurde ihm ein Wechsel in seinem

Tonfall bewusst, ein plötzliches persönliches Interesse, das über die Zurechtweisung seiner Tochter und die Wiederherstellung der häuslichen Ordnung hinausging. Hatte er nicht selbst noch vor einer Stunde eine gewisse Sympathie für Kain empfunden? Einen Vorfahren, der mit Sicherheit in der Hölle schmorte. Dann trat Schweigen ein, während alle warteten, bis der alte Mann drei, vier Tierfasern zwischen seinen Zähnen herausgezogen und sie mithilfe eines weiteren vollen Glases des hauseigenen Classico Superiore hinuntergeschluckt hatte.

»Nun«, Don Lorenzo fing an, sich den Mund abzuwischen, »Dante ist natürlich exkommuniziert und posthum der Ketzerei angeklagt worden; ich glaube, Kardinal Rusconi hat einen sehr gelehrten Aufsatz …«

»Sag ich's doch!« Massimina quietschte vor Freude.

Aber Mauro unterbrach: »Wobei haben Sie sich *dann* den Fuß verletzt?«

»Ich bitte um Verzeihung?«

»Ihren Fuß. Wovon haben Sie einen kaputten Fuß, wenn nicht vom Fußballspielen?«

Manchmal fragte Morris sich, ob die bedenklich oft aus dem Zusammenhang gerissenen Einwürfe seiner Kinder wohl dem Drogenkonsum geschuldet waren.

»Meinen Fuß?« Der Priester hielt inne und lächelte dann vage. »Aber habe ich euch das denn nie erzählt?« Er schaute Antonella an. »Habe ich nie von meinem Fuß erzählt? In all den Jahren.«

»Nein, Padre.«

Don Lorenzo schüttelte den Kopf und klopfte leicht gegen seine trockenen Lippen.

»Wie ungewöhnlich.«

»Also wobei?«

»Erstaunlich.«

Sie warteten. Dante, die Ketzerei und Hellas lagen auf Eis;

Don Lorenzo lächelte matt und entledigte sich der violetten Stola, die er bisher über der Soutane getragen hatte, um sich warm zu halten.

»Na los, erzählen Sie schon«, sagte Massimina ungeduldig. Ihr Teller war leer, und sie wollte aufstehen. Schrieb sie die vielen SMS diesem ehebrecherischen Liebhaber, fragte sich Morris? Dennoch war er überzeugt, dass sie noch Jungfrau war. Spielt mit der Liebe, dachte er.

»Ich werde es erzählen, wenn ihr mir versprecht, nicht zu lachen«, sagte Don Lorenzo schließlich.

»Warum sollten wir?«, wollte Antonella wissen.

»Ihr werdet gleich sehen.« Der Don lächelte geziert. Dann fügte er hinzu: »Aber warum ratet ihr nicht zuerst?«

Sieh an, sieh an, wie gern der alte Leichnam doch im Mittelpunkt steht, dachte Morris. Hallo, bitte alle mal herschauen, bin ich nicht toll einbalsamiert?

»Das würden wir niemals tun«, erklärte Antonella. »Lachen meine ich.«

»Ein Pferd ist draufgetreten«, versuchte es Massimina.

»*Acqua, kalt!*«, rief der alte Priester, als würden sie Topfschlagen spielen.

»Ein Auto ist drübergefahren.«

»*Acqua!*«

»Sie haben einen Polizisten getreten.«

»Also wirklich, Mauro!«

»*Acqua fredissima*«, lachte der alte Priester. »Oder vielmehr«, fügte er spitzbübisch hinzu, »das war nicht die Ursache für den Schaden.«

»Von einem Pitbull gebissen?«, fragte Morris unschuldig.

»*Acqua.*«

»Von einem eifersüchtigen Ehemann angeschossen!« Massimina kicherte schon wieder.

»Kinder, bitte!«

Dieser Classico Superiore war definitiv ein paar Prozent stärker als auf dem Etikett ausgewiesen, dachte Morris. Sie verkauften ihn zu billig.

»Ich gebe euch einen Tipp«, frotzelte Don Lorenzo. »Es ist etwas draufgefallen.«

»Ein Ziegelstein«, sagte Mauro sofort.

»*Acqua.*«

Morris schüttelte den Kopf. »Was sollte an einem Ziegelstein komisch sein?«

Ein paar Minuten lang ließen die Trevisan-Duckworths, oder die Duckworth-Trevisans, sämtliche Fragen von Gut und Böse außer Acht und versuchten zu erraten, was dem Priester vor vielen Jahren auf den Fuß gefallen war und ihn halb zum Krüppel gemacht hatte.

»Eine Mauer«, sagte Massimina.

»*Acqua.*«

»Ein Gebetbuch«, sagte Antonella.

»*Acqua.*«

»Ein Gebetbuch könnte schwerlich solchen Schaden anrichten«, wandte Morris ein.

»Wenn es so groß ist wie das in der Kirche, dann schon!«

»Ein Weihwassersprengel!«

Don Lorenzo grinste und pickte noch einmal zwischen seinen gelben Zähnen herum, während er immer wieder den ergrauten Kopf schüttelte.

»Eine Kiste«, riet Mauro.

»*Fuoco!* Oder vielmehr *fuocherellino*. Was für eine Kiste?«

Aha. Sie waren nah dran.

»Eine Bücherkiste. Mit Bibeln!«

Der Don schüttelte den Kopf und lächelte. Aber die Enthüllung stand unmittelbar bevor, das war deutlich zu spüren. Was konnte eine Kiste enthalten, das schwer genug war, um den Fuß des armen Don Lorenzo zu zertrümmern?

»Eine Kiste mit Wein?«, meinte Antonella. »Hoffentlich kein Trevisan.«

»*Acqua*. Falls sich das nicht zu sehr widerspricht«, sagte Don Lorenzo spitzfindig.

»Mit Whisky?«

»Ich glaube nicht«, bemerkte der Priester bedauernd, »dass ich jemals eine Kiste Whisky in Händen hatte. Oder auch Weinbrand. Leider.«

Antonella verschränkte die Arme. »Wir geben auf.«

»Nein, nein«, riefen beide Kinder.

Alle betrachteten Don Lorenzo, der bemerkenswert selbstzufrieden aussah; wie ein Toter, dachte Morris unwillkürlich, der wollte, dass man erriet, woran er gestorben war. Die Tür ging mit dem üblichen Knarren auf, und Maddalena kam herein, um die Teller abzuräumen. Auch sie schlurfte mittlerweile beträchtlich; auch sie stand mit einem Fuß im Grab. Oder vielmehr, mal mit dem einen, mal mit dem anderen.

»Soll ich die Nachspeise bringen, Signora?«, fragte sie.

Morris hatte einen der Geistesblitze, die ihn zu dem Genie machten, das er ohne Zweifel war, und rief: »Ein Sarg!«

Don Lorenzo schaute ihn verblüfft an.

»Ja«, sagte er.

»Ein Sarg?« Mauro brach in künstliches Gelächter aus.

Morris spürte plötzlich ein kaltes Prickeln wie hunderttausend Nadelstiche an der Innenseite seines Beins. Was um alles in der Welt war komisch an einem Sarg?

»*Ma povero Don Lorenzo!*«, rief Antonella. Sie gab sich große Mühe, nicht zu lachen, was Morris ziemlich liebenswert fand.

»Ich war gerade dabei, Weihrauch über den Sarg zu wedeln, ehe er in den *loculo* gesenkt wurde«, erinnerte sich der Don, »als einer der Träger in Ohnmacht fiel, sein Nebenmann versuchte, ihn aufzufangen, und das Ding genau auf meinen Knöchel krachte.«

Ein kurzes Schweigen trat ein, als alle versuchten, sich die Szene vorzustellen. Ein etwa hundertfünfzig Kilo schwerer glänzender Sarg, der den Fuß des Priesters plättete.

»Wessen denn?«, fragte Morris.

»Ich bitte um Verzeihung?«

»Wessen Sarg war es? Wer lag darin.«

»Ach so.« Don Lorenzo zögerte. »Ich weiß nicht mehr. Ein Gemeindemitglied, glaube ich.«

Er log!, dachte Morris. Zum ersten Mal in den dreißig Jahren, die er den Mann schon kannte, log Don Lorenzo! Morris war sich ganz sicher. Er wusste genau, wer in der Kiste gelegen hatte. Sogar Antonellas spitzer kleiner Mund verriet Erstaunen.

Überaus interessant!

Aber der Moment war schon bald vergessen. Ein halbe Stunde später lasen sie, wie jeden Mittwochabend, einen Text aus der Bibel. Die Kinder waren zu diesem Zeitpunkt natürlich bereits gegangen. Die Gastgeber und ihr geistiger Führer hatten sich auf das Sofa und die Sessel aus schwarzem Leder im *salotto* zurückgezogen. Nachdem er seinen Brandy auf dem niedrigen Mahagonitischchen neben seinem knochigen Knie abgestellt hatte, nahm Don Lorenzo aus Morris' Händen die Familienbibel der Trevisans entgegen, die immer sorgfältig abgestaubt war und immer offen auf dem Regal lag, auf dem auch die Familienfotos ausgestellt waren. Antonella glaubte fest daran, ebenso wie anscheinend ihre Großmutter, dass man eine Bibel niemals zuschlagen sollte. War sie offen, dann verteilte sich ihre fromme Weisheit in der häuslichen Atmosphäre, gleich dem Duft einer erblühten Rose oder einer Schale mit Potpourri.

»Nun«, sagte Don Lorenzo, »was soll es denn heute sein? Ich fürchte, ich habe nicht genug Kraft, um lange zu lesen.«

Das viele Fleisch und der Wein waren harte Arbeit, überlegte Morris.

Sie lasen schon seit fast dreißig Jahren gemeinsam in der Bibel. Anfangs, als junges Paar, das den Verlust seiner Lieben betrauerte, hatten Morris und Antonella spezielle Bibelkurse belegt, um ihre religiöse Bildung zu vertiefen und sich auf die Elternschaft vorzubereiten. Aber dreißig Jahre sind eine lange Zeit, und als Don Lorenzo keine Lektionen mehr zu bieten hatte, hatten sie begonnen, die Heilige Schrift nach dem Zufallsprinzip zu lesen. Das hieß, Don Lorenzo schloss die Augen, das Buch wurde ihm auf die Knie gelegt, offen, ohne dass er wusste, an welcher Stelle oder ob richtig oder falsch herum, und er blätterte mit einer energischen Bewegung einen Schwung Seiten vor oder zurück. Dann, immer noch mit geschlossenen Augen, aber flink und bestimmt, als sei er überzeugt, was auch immer das heilige Buch offenbarte, würde genau die geistige Nahrung sein, die sie brauchten, zeigte der alte Priester mit einem verknöcherten Finger auf eine Stelle des dünnen Bibelpapiers.

Im Laufe der Jahre hatte sich ein zeremonielles Gefühl eingeschlichen. Inzwischen hatten sie alle drei den Eindruck, dass hier Magie oder Prophezeiung im Spiel war. Die einmal in der Woche gelesenen, zufällig ausgewählten Passagen waren zu einer Botschaft geworden, wie ein Horoskop in einer der ernst zu nehmenden Wochenzeitungen. Natürlich waren sie sich der Ketzerei, die darin lag, bewusst. Sie sprachen diese Dinge nicht offen aus. Don Lorenzo las einfach die Verse vor, auf die sein Finger gezeigt hatte, in dem Tonfall, den er für Bibellesungen reserviert hatte, einem bedeutungsvoll bebenden, frömmelnden Singsang, der direkt aus dem Jenseits zu kommen schien, aus dem Grab, aus allen Gräbern der Welt, dachte Morris manchmal, und anschließend senkte der alte Priester den Kopf und sprach zum Abschluss eine Vesper, ehe er den Abend mit einem doppelten Calvados beschloss. Dennoch lief Morris jedes Mal, wenn Don Lorenzo die Augen öffnete und Buch, Kapitel und Vers verkündete, auf dem sein Finger gelandet war, ein feiner Schauder

der Erregung über die Handgelenke und dann die Arme hinauf, so als würde er gleich wichtige Neuigkeiten hinsichtlich der Zukunft erfahren oder gar unwiderrufliche Anweisungen von höchster Stelle erhalten. Jedenfalls war es überaus unheimlich gewesen, als Don Lorenzo knapp achtundvierzig Stunden vor seiner Abrechnung mit Forbes Jeremia 40,15 gelesen hatte: »Und Jochanan, der Sohn Kareachs, sprach insgeheim zu Gedalja in Mizpa und sagte: Lass mich doch hingehen und Ismael, den Sohn Nethanjas, erschlagen, und niemand wird es wissen!«

Morris holte die Bibel und legte sie auf Don Lorenzos magere Oberschenkel. Der alte Priester drehte einen Stoß Seiten um, wedelte mit seiner mumifizierten Hand durch die Luft und ließ sie dann mit unheilvoller Entschiedenheit niedergehen; er drehte die große Bibel um, denn Morris hatte sie ihm falsch herum hingelegt, und verkündete:

»Richter 3,14.«

Morris trat pflichtschuldig zurück und setzte sich neben seine Frau aufs Sofa. Nur wenn das Paar sich gemeinsam aus der Bibel vorlesen ließ, fielen sie wieder aufs Händchenhalten zurück und schauten einander ab und zu in die unergründlichen Augen.

»Und die Kinder Israel«, begann Don Lorenzo, »dienten Eglon, dem König von Moab, achtzehn Jahre.«

Morris fand es immer aufregend, das Wort zu hören: Moab. Oder noch besser: Moabiter. Die Bibel hatte durchaus einige Freuden zu bieten. Er wünschte jetzt, er hätte sich die Mühe gemacht, ein paar Kerzen anzuzünden.

»Da schrien die Söhne Israel zu dem HERRN um Hilfe, und der HERR ließ ihnen einen Retter erstehen: Ehud, den Sohn des Gera, einen Benjaminiter, einen Mann, der Linkshänder war. Und die Söhne Israel sandten durch seine Hand ihren Tribut an Eglon, den König von Moab.«

Massimina war auch Linkshänderin gewesen, erinnerte sich

Morris. Das erklärte vielleicht ihre schlechten Leistungen in der Schule. Oder lieferte ihr zumindest eine Ausrede.

»Und Ehud machte sich ein Schwert, das zwei Schneiden hatte, eine Elle seine Länge; das gürtete er unter seinem Gewand an seine rechte Hüfte.«

Kaum war das Wort Schwert gefallen, spitzte Morris die Ohren. Wie lang war eine Elle, fragte er sich?

»Und er überreichte Eglon, dem König von Moab, den Tribut. Eglon war aber ein sehr fetter Mann.«

»Was war das?« Morris richtete sich abrupt auf.

Es war ungewöhnlich, dass die Lesung unterbrochen wurde. Antonella schreckte aus dem leichten Schlummer auf, in den sie im Begriff war zu fallen.

»Der Tribut? Ich weiß nicht. Weizen? Wein? Was haben sich die Leute damals geschenkt?«

»Nein, am Ende.«

»Ach so … er war ein sehr fetter Mann. Eglon, der König von Moab.«

»Aha. Ein seltsames Detail. Die Bibel spricht sonst nicht über das Aussehen der Leute.«

Don Lorenzo runzelte die Stirn und las weiter:

»Und es geschah, als er mit der Überreichung des Tributs fertig war, da entließ er das Volk, das den Tribut getragen hatte. Er selbst aber kehrte bei den Götterbildern, die bei Gilgal sind, um und sagte: Ein geheimes Wort habe ich an dich, König! Und er sprach: Still! Da gingen alle, die bei ihm standen, von ihm hinaus. Und Ehud kam zu ihm herein, als er gerade in dem kühlen Obergemach saß, das für ihn allein bestimmt war. Und Ehud sagte: Ein Wort Gottes habe ich an dich! Und er stand auf vom Sitz.«

Ein Wort Gottes war gut, dachte Morris, für ein ellenlanges Schwert.

»Da streckte Ehud seine linke Hand aus und nahm das

Schwert von seiner rechten Hüfte und stieß es ihm in den Bauch. Und es drang sogar der Griff hinein nach der Klinge, und das Fett schloss sich um die Klinge, denn er zog das Schwert nicht aus seinem Bauch heraus; und es fuhr hinaus zwischen den Beinen.«

Es fuhr hinaus zwischen den Beinen! Morris war wie elektrisiert. Allerdings, das tat es. Und wie! Der ganze Dreck. In dreißig Jahren Bibellektüre hatte er nichts Treffenderes gehört.

Don Lorenzo las weiter, als leiere er die Seligpreisungen herunter. Ein leises Schnarchen verriet Morris, dass seine Frau tatsächlich eingeschlafen war, obwohl ihre Hand seltsamerweise weiterhin die Hand ihres Mannes mit offensichtlicher Zärtlichkeit drückte.

»Und Ehud ging in die Vorhalle hinaus, aber die Tür des Obergemachs hatte er hinter sich verschlossen und verriegelt. Als er hinausgegangen war, kamen seine Knechte und sahen, und siehe, die Tür des Obergemachs war verriegelt. Da sagten sie: Er bedeckt gewiss nur seine Füße in der kühlen Kammer.«

Bedeckt seine Füße? Was sollte das denn heißen? Morris brannte schon darauf, Eglon bei Google einzugeben und zu sehen, ob es dazu Gemälde gab.

»Und sie warteten übermäßig lange, aber siehe, er öffnete die Tür des Obergemachs nicht. Da nahmen sie den Schlüssel und schlossen auf, und siehe, ihr Herr lag tot am Boden.«

Zweimal hintereinander »siehe« war ziemlich schwach, fand Morris. Trotzdem war es ein aufregender Moment.

»Ehud aber war entkommen, während sie zögerten: Er war über die Götterbilder hinausgelangt und entkam nach Seïra.«

Don Lorenzo hielt inne und sah verwirrt aus.

»Ja, Padre?«, fragte Morris. Wenn sie sich im Bibellesungsmodus befanden, nannte er den Mann gern Padre.

»Ich habe mich nur gerade gefragt, was für Götterbilder das wohl waren«, sagte Don Lorenzo. »Ich meine, wo haben die gestanden?«

»Ach so, ja«, stimmte Morris zu. »Das frage ich mich auch.« Nach kurzem Schweigen, das nur vom leichten Rasseln von Antonellas Atem durchbrochen wurde, fragte er: »Wie deuten Sie eine solche Geschichte, Padre? Ich meine, warum steht sie in der Bibel? Was sollen wir daraus lernen?«

Don Lorenzo wusste die Antwort. Diese Passage kam in allen Bibelkommentaren vor, sagte er. »Ehud ist Linkshänder. Dadurch hat er die Möglichkeit, seinen Dolch am rechten Oberschenkel zu verstecken, wo ihn niemand erwartet, statt am linken, was der Norm entsprach und überprüft worden wäre. Die Moral von der Geschichte ist, dass jeder Mensch, wie anders und unkonventionell er auch sein mag, der Gemeinschaft etwas Besonderes zu geben vermag.«

»Natürlich«, stimmte Morris zu. »Warum bin ich darauf nicht gekommen?«

7

Kaum war die Nachricht in der *Arena* erschienen, rief Morris König Eglon, wie er Dottor Volpi jetzt im Geiste nannte, an, um sich zu entschuldigen. Er hatte mit einem Journalisten, einem alten Freund, ein Glas getrunken und ein bisschen geplaudert, und er hatte geglaubt, das Gespräch sei vertraulich. Es war wirklich eine Frechheit, dass diese Presseleute aus jeder beiläufigen Bemerkung gleich eine Schlagzeile machten. Noch dazu mit so großen Fotos! Als Volpi ohne jede Zurückhaltung seinem Zorn Ausdruck verlieh, stimmte Morris ihm sofort zu, dass es nur klug wäre, unverzüglich ein Dementi zu schicken und darauf zu bestehen, dass es in der nächsten Ausgabe abgedruckt wurde. Er würde das persönlich übernehmen, gleich jetzt. Ehe er das Gespräch beendete, wünschte er Volpi noch Frohe Weihnachten. »Fahren Sie weg, Dottore?« »Morgen, zu meiner Schwester nach Potenzuolo«, erzählte ihm Volpi. »Wie ich Sie beneide!«, schwärmte Morris. »Grüßen Sie den sonnigen Süden von mir.«

»Und möge es Ihnen zwischen den Beinen hinausfahren«, murmelte er, als er das iPhone wieder in seine Tasche schob. Sein derzeitiges Hintergrundbild war ein Holzschnitt von Ford Madox Brown, den er 1881 für Dalziels bebilderte Bibelausgabe gemacht hatte und der Ehud den Rächer mit erhobener rechter

Hand zeigte, scheinbar um irgendeine fromme Aussage zu unterstreichen, während seine linke Hand unter sein fantasievoll gestaltetes antikes Gewand glitt, um den am rechten Oberschenkel versteckten Dolch hervorzuziehen (eine Elle, hatte Morris herausgefunden, maß beeindruckende 50 Zentimeter). Der todgeweihte König Eglon dagegen sah fabelhaft orientalisch aus; mit schwarzem Bart, nackter Brust und dummdreist dreinschauend saß er auf einem Thron aus Rohr, der eine seltsame Ähnlichkeit mit dem Krankenkassen-Rollstuhl hatte, in dem Morris' Vater seit einigen Jahren in einem Altersheim in der Nähe von Willesden Junction langsam, aber sicher verrottete. Wie scharfsinnig von Madox Brown, dachte Morris, erkannt zu haben, dass die Vorbereitungen für einen Mord sich durch überschwängliche Gesten der Frömmigkeit überspielen ließen. Das musste er sich merken.

Nachdem diese kleine Pflicht erledigt war, entwickelte sich das Weihnachtsfest für Morris recht angenehm, obwohl es sich gerade an solchen Feiertagen oft als hektisch und schwierig erwies, sowohl die Ehefrau als auch die Geliebte zufriedenzustellen, von der gemalten Massimina ganz zu schweigen, die an religiösen Festtagen extrem fordernd wurde, ein weiteres Indiz dafür, dass sie eine unabhängige Größe war, nicht bloß eine Stimme in seinem Kopf.

»Ich war schwanger, Mo«, erinnerte sie ihn, als er im Kunstzimmer an Heiligabend die Kerzen anzündete. »Weißt du noch? Es wäre ein Junge geworden.«

Morris erinnerte sich. »Aber kein Christkind, Mimi.«

»Na ja, es war ja auch wohl kaum eine unbefleckte Empfängnis!« Ihr Lachen klang wie entferntes Klingeln. Dann, nachdem sie kurz nachgerechnet hatte: »Eher im April. Ein Stier.«

»Stimmt«, gab Morris zu. »Ein Junge, sagst du?«

»Ja.«

»Woher willst du das wissen?«

»Es gibt Dinge, die wir hier wissen, ihr aber nicht.«

Ein Luftzug im Zimmer brachte das Kerzenlicht der Deckenleuchter zum Flackern, sodass die vielen opulenten Gemälde noch gespenstischer wirkten. Morris hatte heute Abend eine Flasche Portwein mit nach oben genommen. Er schenkte am Tisch in der Mitte des Raumes zwei Gläser ein und ging hinüber, um sie unter Lippis Porträt zum Klingen zu bringen. Ihr Gesicht wirkte sehr lebendig. Ihre Oberlippe zitterte und verzog sich.

»Zu schade«, sagte er. »Ich wette, der Junge wäre tausendmal klüger gewesen als Mauro.«

»Also, ich weiß nicht, Mo. Ich war nicht gerade der hellste Kopf der Familie, nicht wahr? Prost.«

Mimi nahm einen kleinen Schluck und lächelte verschlagen. Sie herzte ihr göttliches Kind ein bisschen zärtlicher als sonst, dachte Morris. Seltsam, dass die unbefleckte Empfängnis eintreten konnte, *nachdem* sie sein Kind auf diese Weise verloren hatte. Er schloss einen Moment die Augen, um ihre Stimme im Ohr und den ausgezeichneten Tawny auf der Zunge zu genießen.

»Auf jeden Fall hätte er besser ausgesehen«, nahm sie fröhlich den Faden wieder auf. »Die roten Haare, die Mauro hat, bringen mich wirklich ins Grübeln.«

Morris schwieg.

»Du kannst jetzt gehen, *caro*«, sagte sie flüsternd. »Ich weiß doch, dass noch andere auf dich warten.«

Diese großzügige Rücksichtnahme, die man bei Frauen so selten antraf, machte es nur noch bedauerlicher, dass Massimina ein solches Ende gefunden hatte. Ganz zu schweigen vom Verlust jenes vielversprechenden Sohnes. Aus der Pflicht entlassen, trank Morris beide Gläser aus und machte sich eilig auf den Weg, um Samira und Tarik ihre Geschenke zu bringen: eine Kiste Trevisan Amarone Reserve für die Feiertage, North-Face-

Handschuhe für Tarik und eine hübsche Robbenfell-Mütze für Sammy. Das Robbenfell widersprach eigentlich seinen vegetarischen Prinzipien, aber zumindest hatte er das Tier nicht gegessen.

Was Morris in der Wohnung in San Zeno am meisten erstaunte, war, dass die muslimischen Geschwister einen Weihnachtsbaum aufgestellt hatten, der fast so groß war wie der bei den Duckworths und unter dessen Zweigen ein beeindruckender Stapel hübsch verpackter Geschenke lag. Er war leicht neidisch, sowohl auf ihren unbeschwerten Eklektizismus als auch auf die kuschelig-intime Atmosphäre. »Ich wünschte wirklich, ich könnte hier bei euch bleiben«, verkündete er unklugerweise. Ich spiele ständig den Wohltäter, dachte er, ohne je wirklich die Füße hochzulegen. Als sie ihm an der Tür einen Abschiedskuss gab, schaute Samira ihrem älteren Liebhaber in die Augen.

»Warum machst du 2012 nicht zu dem Jahr, in dem du von zu Hause weggehst«, sagte sie mit rauchiger Stimme.

Morris war sprachlos.

»Fang ein neues Leben an, mach Ernst«, sagte sie. »Gib das Doppelleben auf. Lass uns zusammenleben.«

Er versuchte, den Vorschlag mit einem Scherz abzuwiegeln. »Ist das dasselbe Mädchen«, fragte er sie, »das mir vor Kurzem noch gesagt hat, es sei nur für ein paar Monate meine Geliebte?«

»Ich biete dir die Chance auf etwas Besseres«, erklärte das arabische Mädchen. In ihrer Stimme lag eine liebevolle Anspannung. »Aber du solltest dich bald entscheiden. Ich werde nicht ewig warten.«

»Nach der Ausstellung im Castelvecchio«, sagte Morris unwillkürlich. »Lass uns eine fantastische Show hinlegen, und dann tun wir den Schritt.«

Woraufhin Samira sehr kühl erwiderte: »Ich liebe dich.«

Morris war verwirrt. Es war lange her, dass er diese Worte

aus dem Mund einer schönen Frau gehört hatte. War das eine positive Entwicklung oder nicht?

In der Via Oberdan stand der schön gewachsene, fünf Ellen hohe Weihnachtsbaum der Familie zwischen dem Kamin und dem Sofa im alten *salotto*. Einen Tick zu bunt geschmückt für Duckworth'sche Verhältnisse, fand Morris. Am ersten Weihnachtstag hatte der Baum, dessen Wurzeln unversehrt in einem Terrakotta-Topf standen, noch etwas von der Frische und dem Mysterium norditalienischer Berghänge, als die Eltern und die beiden Kinder nach einem reichhaltigen Mittagessen mit Nussbraten, Tiramisu und Trevisan Cabernet ihre zwölf Geschenke austauschten. Jeder für jeden und jeder von jedem. Am siebten Tag, Silvester, war die arme Pinie der unabänderlichen Vorliebe der Katze für Lametta und dem grabesähnlichen Licht- und Luftmangel in der Casa Duckworth zum Opfer gefallen und hatte nur noch wenige Nadeln, mit denen sie das neue Jahr begrüßen konnte, ein Jahr, dessen Ende sie ganz offensichtlich nicht erleben würde, während am Dreikönigstag, den Morris selbstverständlich Massimina widmete, und zwar so ausführlich, dass er im Kunstzimmer Weihrauch anzündete und Myrrhe-Seife und goldene Ohrringe kaufte, das traurige Bäumchen kaum mehr war als ein Gerippe, das mit seinen Christbaumkugeln und Lichterketten so grotesk wirkte wie eine vertrocknete Leiche im Brautkleid. *Sic transit* usw. Trotzdem, da war Morris unerbittlich, kam es nicht infrage, dass der Baum aus dem Wohnzimmer entfernt wurde, ehe der Dreikönigstag vorbei war.

»Maddalena verschwendet die Hälfte ihrer Zeit damit, die Nadeln wegzusaugen«, protestierte Antonella.

Diese Zeit war nicht *verschwendet*, erklärte Morris barsch. Was hatte ein Hausmädchen denn sonst zu tun? Es brachte Unglück, den Weihnachtsbaum vor Ablauf des zwölften Tages der Weihnacht aus dem Haus zu schaffen.

»Was hast du nur immer mit der Tradition, *Papà?*«, fragte seine Tochter herausfordernd.

Massimina saß auf dem Boden, den Rücken an das Sofa gelehnt, und zeichnete mit einer Hand, während sie mit der anderen SMS schrieb.

»Messe am Sonntagmorgen, Bibellesen am Mittwochabend, *natale con i tuoi, pasqua con chi vuoi*, Cappuccino um acht, Aperitivo um sechs. Mach dich locker, *Papà*. Du lebst in einem Gefängnis! Sei frei.«

»Regeln sind etwas Schönes«, sagte Morris kurz angebunden. »Als Kunststudentin solltest du das verstehen.«

Es ärgerte ihn, dass seine Tochter in einem engen Rock mit angezogenen Knien dasaß und man ihre Unterhose sehen konnte; aber wenn er darauf hinwies, würde er sich eine Rüge wegen Voyeurismus einhandeln. Was sie zeichnete, war die x-te Traumvorstellung einer Manga-Superheldin in einem tief ausgeschnittenen militaristischen Outfit. Es war deprimierend. Das Mädchen schien sich überhaupt nicht für das echte Leben zu interessieren. Er stellte sich flüchtig ein Porträt seiner Geliebten vor, das seine Tochter gezeichnet hatte. Wie aufregend es wäre, alles miteinander zu vermischen. Hatte ihm Samira nicht ebenfalls befohlen, frei zu sein?

»Du solltest dem Himmel danken, dass du einen so konservativen Vater hast«, sagte Antonella vorwurfsvoll zu dem Mädchen. Die Hälfte ihrer Collegefreunde kam aus zerrütteten Familien und musste ihre Zeit und ihre Loyalität zwischen nutzlosen Eltern aufteilen, die nur an ihre Selbstverwirklichung dachten. »Alles, was dein Vater und ich aufgebaut haben, ist für deine und Mauros Zukunft«, erinnerte sie ihre Tochter.

Es waren Momente wie dieser, in denen Morris mit seiner Wahl der Ehefrau am zufriedensten war. Antonella mochte langweilig sein, aber sie gab ihrem Mann immer das tröstliche Gefühl, dass er alles richtig machte. Aber Massimina hörte gar nicht zu; sie grinste über eine neue SMS. Es war ziemlich beunruhigend, fiel Morris auf, dass das Mädchen in der Lage war, mit der rechten Hand weiterzuzeichnen, während sie mit der linken Nachrichten eintippte. Diese Art von Fähigkeit, sagte er später im Bett zu seiner Frau, in zwei Welten gleichzeitig zu funktionieren, war Anzeichen für eine geteilte Persönlichkeit. Die rechte Hand wusste nicht, was die linke tat.

»Mauro ist viel einfacher gestrickt«, stimmte seine Frau ihm zu.

»Du meinst, er kann nicht gehen und gleichzeitig Kaugummi kauen?« Morris konnte es nicht lassen.

»Sei nicht so gemein!«

»Ich hab den beiden doch etwas Schönes geschenkt.«

»Das stimmt«, gab sie zu: einen Camcorder für Massimina und ein iPad für Mauro. Dann fügte sie hinzu: »Hast du nie daran gedacht, Morris, dass Mausi das in Brescia gemacht hat, um seinen Vater zu beeindrucken?«

»Wie bitte?« Morris setzte sich auf. Bei der Formulierung »seinen Vater« hätte man fast annehmen können, dass dieser Mann nicht Morris war. »Warum sollte ich beeindruckt sein, wenn mein Sohn sich einer Bande von Rowdys anschließt, um einen Polizisten anzugreifen?«

»Er will, dass du ihn wahrnimmst und siehst, dass er Charakter hat und den Mut, etwas zu tun. Du hast ja gehört, wie er mit Don Lorenzo gesprochen hat. Über Stolz und Identität.«

»Das klang für mich nach dem Gerede der Lega Nord«, sagte Morris. »Ich hatte gehofft, er würde stolz darauf sein, eine der besten Schulen der Welt zu besuchen, aber stattdessen gilt seine Zuneigung einer Gruppe von rassistischen Hooligans.«

Sie schwiegen eine ganze Weile, ehe seine Frau leise sagte: »Ich bin froh, dass er zu Hause ist, Morris. Er ist für Schule und Universität nicht gemacht. In dieser Hinsicht erinnert er mich an Massimina. Meine Schwester, meine ich.«

Morris lag ganz still.

»Mama hat einen großen Fehler gemacht, als sie Mimi mit der Schule so unter Druck setzte, obwohl sie nicht dafür geschaffen war. Ich habe oft das Gefühl, dass das auch ein Grund war, warum alles so gekommen ist. Sie muss in schlechte Gesellschaft geraten sein.«

Morris traute sich nicht, irgendetwas zu sagen. Antonella seufzte.

»Findest du nicht auch manchmal, dass Mauro Mimi ein bisschen ähnlich sieht, Morris? Das runde, volle Gesicht und die fleischigen Arme.«

War sie verrückt geworden? Mimi war das sanfteste, anmutigste Wesen auf Erden gewesen. Ihr Sohn war ein Hornochse.

»Morris, ich glaube, das Beste wäre, wenn du Mausi in die Firma einführst. Ihn darauf vorbereitest, sie zu leiten.«

»Was! Er ist erst siebzehn, verdammt noch mal. Er ist noch nicht bereit für die Arbeit.«

Antonella schwieg. Dann sagte sie sehr entschieden: »Du irrst dich, Morris. Ich glaube, Mauro würde aufblühen, wenn du ihm Verantwortung überträgst. Das würde ihn vor Dummheiten bewahren. Du hast keine Ahnung, wie sehr er deine Anerkennung sucht.«

Wie kam es, fragte sich Morris, dass die Leute ihn immer wieder mit ihren absurden Vorschlägen überraschten? Das hier war mehr als lächerlich.

»Die Firma ist nicht deine, vergiss das nicht. Auch nicht meine. Sie ist ein Familiengeschäft, schon seit Generationen. Und sie wird auf Mauro übergehen.«

»Und Massimina?«

»Sie würde sie nicht wollen, Morris. Das weißt du. Sie ist mehr wie du, mehr … künstlerisch interessiert.«

»Aber ich leite sie seit vielen Jahren!«, protestierte er.

»Du hast die Firma wunderbar geführt«, versicherte sie ihm.

»Aber ich hatte immer das Gefühl, dass es dir, nun ja, ein bisschen gegen den Strich geht, stimmt's? Eigentlich wolltest du gar keine Firma leiten. Und du hast sie andauernd verändert, etwas Neues daraus gemacht, sie in diese oder jene Richtung erweitert, als hättest du Angst, dich zu langweilen. Das war immer mein Gefühl.« Sie zögerte. »Und jetzt diese seltsame Kunstausstellung, die du veranstalten willst. Ich meine, das Thema gefällt mir ja überhaupt nicht, es ist zu makaber, aber ich verstehe, dass du etwas Neues brauchst. Wie damals, als du versucht hast, einen Roman zu schreiben. Und einen Film zu drehen. Am Geschäft selbst hast du längst das Interesse verloren.«

»Habe ich *nicht*«, sagte Morris trocken. Aus irgendeinem Grund kam er sich vor wie ein kleiner Junge, der vorgeführt wurde. Und er wollte auch nicht an vergangene Katastrophen erinnert werden. Die Ausstellung hatte nichts mit diesem furchtbaren Roman zu tun.

»Reg dich nicht auf, *amore*. Es ist doch kein Verbrechen, ehrgeizig zu sein. Und es macht sicher keinen Spaß, die Fundamente für irgendwelche Grundschulen zu legen, die nur von einer Handvoll Kinder besucht werden wird, und das auch noch umsonst.«

»Wer hat dir davon erzählt?«, fragte Morris erschrocken.

»Don Lorenzo hat ein Loblied auf dich gesungen«, sagte Antonella. »Anscheinend hat sich Kardinal Rusconi bei ihm bedankt, weil er dich vorgeschlagen hat. Er hat einen Neffen in Sant'Anna, der im Stadtrat sitzt. Du weißt ja, wie besorgt alle sind, wenn es um die Vermischung mit den Moslems geht.«

»Ich versuche, mein Teil beizutragen«, sagte Morris selbstgerecht, »besonders wenn es um die Kirche geht.«

Er war plötzlich sehr gerührt von den Betrachtungen seiner Frau, von dem Gedanken, dass sie ihn genau beobachtet und so eingehend über ihn nachgedacht hatte. Nur allzu oft schenkte die Welt ihm überhaupt keine Beachtung.

»Wenn du Mauro dazuholst, hast du mehr Zeit für das, was dich interessiert.«

»Kann sein.«

»Sonst …«

»Was?«

Sie zögerte. »Ich habe manchmal Angst, dass das Geschäft dich eines Tages so sehr langweilen wird, dass du es, na ja, irgendwie wegwerfen könntest.«

»Was willst du denn damit sagen?« Morris stützte sich auf einen Ellbogen.

Wieder seufzte seine Frau schwer. Ihre Unterhaltung wurde natürlich, wie immer, von dem gekreuzigten Christus und seiner jungfräulichen Mutter bezeugt.

»Ich weiß nicht, ich habe einfach das Gefühl, dass du kein gewöhnlicher Mann bist, Morris. Du wirst dich nicht damit zufriedengeben, alles beim Alten zu lassen.« Sie zögerte. »Das ist einer der Gründe, warum ich dich geheiratet habe, nehme ich an. Weil du etwas Besonderes bist.«

Sie seufzte tief.

»Anto«, hauchte Morris in die Dunkelheit der Dreikönigsnacht, während er sich ins Bett zurücksinken ließ. »Anto, Anto, Anto.«

Es gab Augenblicke, da wäre es wundervoll gewesen, ihr die ganze Wahrheit zu sagen. Sie hätte ihm äußerst nützliche Ratschläge geben können.

8

Am 6. Januar begann Morris bereits damit, den Kirchen, die Samira für ihn herausgesucht hatte, nach und nach Besuche abzustatten. Manchmal nahm er das arabische Mädchen mit oder, wenn sie bei der Arbeit war, seinen Sohn oder seine Tochter, und einmal sogar Tarik. Er ließ sich gern von jemandem, der wesentlich jünger war als er selbst, begleiten, oder auch chauffieren, je nachdem, und obwohl sie sehr verschieden waren, was Intelligenz, Herkunft und Lebenseinstellung anging, waren diese vier jungen Leute, Jungs und Mädchen, in gewisser Weise für Morris alle die gleiche Person. Sie mochten gelegentlich launisch sein und die Muskeln spielen lassen, aber letztendlich akzeptierten sie doch, dass er den Ton angab. Er hatte den Alfa Romeo. Er hatte die Erfahrung und den Erfolg. Vor allem aber hatte er ein Projekt, er wusste, was er wollte und wie er es bekam, während sie noch ungeformt waren, sich über ihr Leben im Unklaren, unsicher, was das Schicksal ihnen bringen würde. Das gefiel Morris. Er fühlte sich väterlich, als freigiebiger Beschützer. Er sah sich gern als ihr Lehrer, der ihnen nicht nur etwas über Kunst beibrachte, sie nicht nur lehrte, wie man mit den Leuten umging – denn es gibt keinen sonderbareren Menschenschlag als die Gemeindepfarrer –, sondern auch das ganze Ethos von Zielstrebigkeit, vom Aufbau eines eigenen Lebens, vom unbeirrten Weitermachen, wie wenig vielversprechend dieses oder jenes kurzfristig erzielte Ergebnis auch sein mochte, welche Hindernisse sich einem auch in den Weg stellten. Tief im Innern war jeder Künstler ein Lehrer, dachte Morris. Und andere anleiten konnte man nur, indem man Vorbild war, nicht durch Erklärungen.

»Ich glaube«, sagte er zu einem korpulenten kleinen Mann Mitte vierzig, »Sie haben ein Martyrium des heiligen Bartholomäus in Ihrer Kirche.«

Der Pastor stand auf der Türschwelle und blinzelte. Vermutlich trug er Kontaktlinsen, dachte Morris. In der einen dicklichen Hand hielt er ein billiges Nokia, in der anderen eine Espressokanne.

»Kommen Sie doch herein.«

Morris hatte heute Mauro bei sich. Widerwillig folgte der Junge seinem Vater hinein. Das Haus war ein hässliches modernes Gebäude mit Plastikjalousien und billigen schwarzen Ziegeln, die die widersprüchlichen Geister von Massenware und Mausoleum beschworen. In der Luft lag die kalte, vergilbte Schalheit alter Socken, die irgendwie zu der glänzenden Soutane des Priesters und dem schlecht gemalten Christusbild über dem uralten Fernseher passte. Ein kleiner Tisch in der Mitte des Zimmers war eine Elle hoch mit locker aufeinandergestapelten Zeitungen bedeckt, auf denen zuoberst die aktuelle Ausgabe der *Gazzetta dello Sport* lag, nach der Mauro sofort griff.

»Ich möchte Sie nicht länger als nötig aufhalten«, sagte Morris zurückhaltend.

Aber der Priester bestand darauf, Kaffee zu machen.

»Ich hatte die Kanne gerade zugeschraubt«, sagte er lächelnd. »Trinken wir gemeinsam.« Immer noch blinzelnd fügte er hinzu: »Kardinal Rusconi, sagten Sie?«

»Wir sammeln Gemälde für eine Ausstellung im Museum des Castelvecchio; vielleicht haben Sie in der *Arena* davon gelesen. Kardinal Rusconi war so gut, mich zu ermutigen, einige weniger bekannte Werke hier im Veneto ausfindig zu machen, natürlich im Verbund mit den Leuten vom Amt für Kulturerbe.«

»Verona oder Chievo?«, fragte der Priester Mauro, der mit gerunzelter Stirn die rosa Seiten durchblätterte.

»Es gibt nur einen Verein in Verona«, antwortete der Junge.

»Forza Hellas«, pflichtete ihm der Geistliche bei.

Er hätte auch *Gott mit uns* sagen können, dachte Morris. Wie konnte es sein, dass er die verbindende Kraft des Fußballs erst erkannt hatte, als sein Sohn in die Pubertät kam?

»Der heilige Bartholomäus, sagten Sie?«

»Sein Martyrium«, verbesserte Morris.

»Bei lebendigem Leibe gehäutet, wenn ich mich recht entsinne.«

»Ja, ganz recht.«

»Aber werden wir das nicht letztendlich alle?«, seufzte der kleine Mann, während er darauf wartete, dass der Espresso blubbernd nach oben stieg. »Werden wir das nicht alle?«

»Nein, Padre«, sagte Morris bestimmt. »Das glaube ich nicht.«

Wenn es etwas gab, das Morris in Italien immer wieder auf die Palme brachte, dann war es diese Angewohnheit der Menschen, sich selbst als jemanden zu sehen, der an ein besonders furchtbares persönliches Kreuz genagelt ist. Das Christentum diente nur dazu, ihnen ein aufgeblasenes Abbild ihrer eigenen unbedeutenden Mühsale und Prüfungen zu liefern, obwohl in Wirklichkeit keiner von ihnen auch nur die leiseste Ahnung hatte, wie schwer es für einen Ausländer war, auch nur einen gequetschten Zeh in die Tür ihrer armseligen, mafiagesteuerten Gesellschaft zu kriegen.

Der Priester blinzelte energisch. Er hatte ein rundes, aber sehr faltiges Gesicht; besonders die Wangen wirkten, als habe man sie kürzlich aufgeblasen und dann die Luft wieder abgelassen. Anscheinend fiel es ihm schwer, seine Augenlider ganz offen zu halten. In seinem Beruf vielleicht durchaus von Vorteil, dachte Morris.

»Nun ja, natürlich nicht im wörtlichen Sinne gehäutet. Das hoffe ich jedenfalls«, sagte er lachend. »Aber finden Sie nicht auch, Dottor …?«

»Duckworth.«

»Finden Sie nicht auch, Dottor Dackwert, dass diese Bilder vom Märtyrertod das Leid, das viele von uns empfinden, gewissermaßen, ähm, symbolisch zum Ausdruck bringen? Das macht sie so interessant.«

Morris hatte für solch sentimentale Ungenauigkeit wirklich keine Zeit, und er wollte, dass sein Sohn, der ganz in die Sportnachrichten vertieft war, seine Haltung verstand und von ihm lernte: »Ich bin sicher, bei lebendigem Leibe gehäutet zu werden, im wörtlichen Sinne«, er hob die Stimme, »bedeutet Leiden in einer völlig anderen Dimension, als sie irgendjemand von uns je erfahren wird, Padre. *Das* macht diese Bilder *für mich* interessant. Dass jemand wegen einer Glaubensfrage einem Menschen derart heftige und absonderliche Schmerzen zugefügt und der andere sie zu erleiden hat.«

Mauro schaute von der *Gazzetta* hoch und fragte geradeheraus, was genau »bei lebendigem Leibe gehäutet« bedeutete. Als der Priester es ihm erklärt hatte, murmelte er: »Ich wünschte, man würde das mit Galliani machen.«

Morris hatte keine Ahnung, wer dieser verhasste Mann sein mochte, aber er war verblüfft, als der Priester, anstatt den Jungen wegen seiner Blutrünstigkeit zurechtzuweisen, sagte: »Ha, ich weiß genau, was Sie meinen!« Sein folgendes leises Lachen vermischte sich fast teuflisch mit dem Gurgeln des aufsteigenden Kaffees.

Als sie dann ihre Espressos zuckerten, erklärte der Priester, dass die Kirche von Santa Chiara in Estasi vor zehn Jahren umgezogen war, kurz bevor er sie übernommen hatte, und zwar aus einem älteren Gebäude, das unbenutzbar geworden war, seit Quellwasser durch den Fußboden trat. Die Kurie hatte noch nicht entschieden, was sie mit dem Haus machen wollte. Wenn das Bild tatsächlich existierte, dann musste es sich dort befinden, nicht in dem neuen Gebäude, das knapp einen Kilometer entfernt lag und in dem es überhaupt keine Bilder gab.

»Es muss existieren«, sagte Morris, »denn es ist im Archiv des Amts für Kulturerbe verzeichnet.«

Der Priester lächelte. »Nicht alles, was geschrieben steht, entspricht der Realität, Dottor Dackwert.«

»Die *Gazetta* ist wirklich das Letzte«, stimmte Mauro zu. »Ich lese sie nur, um mich aufzuregen.«

Die alte Kirche stand am Ufer eines großen, fast viereckigen Mühlteichs,und zu Morris' Erstaunen und aus einem unerklärlichen Grund auch Freude tropfte tatsächlich Quellwasser unter der morschen alten Tür hindurch; es sammelte sich und rann durch eine Rille im Kiesweg in den Teich hinab.

Der Priester kämpfte mit einem rostigen Vorhängeschloss und ließ sie ein. Der feuchte Modergeruch im Innern hätte kaum überwältigender sein können. In der Düsternis schreckte etwas auf, kratzte, huschte weg und verstummte. An der hinteren Wand war das Fresko einer Deposition mit samtigem Schimmel überzogen. Morris atmete tief ein und spürte ein Aufwallen von Rührung. Dies war ein Ort, an dem er sich nur zu gern niedergelassen hätte.

»Hier mieft's mir zu sehr«, sagte sein Sohn. »Ich warte draußen.«

»Wie Sie sehen«, bemerkte der Priester, während sie sich einen Weg durch die Pfützen am Boden bahnten, »ist hier kein heiliger Bartholomäus.«

Tatsächlich waren die Wände hauptsächlich mit ziemlich süßlichen Darstellungen der Leiden Christi freskiert. Aber Morris hatte hinter dem Altar eine Tür entdeckt, die, wie er schnell herausfand, zu einer hölzernen Treppe führte.

»Man hat mich angewiesen, dort nicht hinaufzusteigen«, warnte ihn der Priester. »Es ist nicht sicher.«

Morris zögerte nicht. Die ersten beiden Stufen sahen gefährlich morsch aus, und auf halber Höhe fehlte eine Stufe gänzlich, aber er stieg über die Stellen hinweg und ging eilig nach oben, ehe der Priester ihn davon abhalten konnte.

Oben wurde ihm, während er wartete, bis sich seine Augen an die Dunkelheit gewöhnt hatten, klar, dass er sich auf genau so einem düsteren Dachboden befand wie dem, der ihm vor einigen Jahren dazu gedient hatte, sich Forbes' zu entledigen. Morris war erstaunt gewesen, dass niemand die Leiche gefunden hatte. Während die Tage und Wochen verstrichen und das Verschwinden des alten Narrs von niemandem auch nur ansatzweise bemerkt wurde, hatte er seinem unschätzbaren Glück gedankt und sich fast schon gesegnet gefühlt, entlastet von dem gleichen Schicksal, so schien es, das ihm genau in dem Moment, als der Idiot seine Drohung ausgesprochen hatte, einen schweren Kerzenleuchter in die Hand gelegt hatte. Und jetzt, sechs Jahre später, stand er hier und schaute auf einen anderen dunklen Dachboden, den seit Jahrzehnten niemand durchsucht hatte und dessen Geruch so penetrant war, dass er jede Untat übertüncht hätte.

»Es ist dunkel hier. Ich brauche eine Taschenlampe«, rief er zu dem Priester hinunter.

»Nehmen Sie doch Ihr Handy«, rief der Mann zurück.

Natürlich! Morris schüttelte lachend den Kopf. Wie seltsam, einen Priester als Komplizen zu haben! Er zog sein iPhone hervor, drückte auf eine Taste, und sofort zeigte sich der Raum in einem gleichmäßigen Neonschein; ein langer niedriger Dachboden mit schrägem Dach, voller Spinnweben, staubiger Kartons und vergessenem Kirchenzubehör. Würde der Fußboden halten? Morris wagte sich ein, zwei Schritte vor. Das Holz knirschte und knarrte.

»Alles in Ordnung?«, rief der Priester erneut. »Sie sollten nicht dort oben sein, fürchte ich, Dottor Dackwert. Wir sind nicht versichert.«

Morris hatte einen Stapel Leinwände entdeckt, ganz hinten.

»Ich will mich nur schnell umschauen«, rief er.

Wenn er genau in der Mitte entlanglief, dachte er, dann wäre dort sicher ein stabiler Balken unter den fauligen Brettern. Er hielt sein Telefon, so tief es ging, vor sich und ging mit schnellen Schritten längs durch den Raum. Spinnweben blieben an seinen Lippen hängen, und im Staub links von ihm lag ein toter Vogel, Federn, Knochen und Schnabel. Eine Krähe. Wie war die hier hereingekommen?

Die Bilder waren in dicke Plastikfolie gewickelt. Ein Stapel von fünf Gemälden in schweren alten Rahmen, jedes ungefähr 90 mal 1,20 groß. Morris ging in die Hocke, beleuchtete die Bilder mit dem Telefon und wischte den Staub weg. War das ein Boot? Ja, aber viel zu klein für die drei Männer, die darin standen und ihre Netze einholten, fast wie ein Comic. Der wunderbare Fischzug des Petrus. Hübsch, aber nicht das, was Morris suchte. Obwohl es immer ein guter Rat war, sein Netz auf der anderen Seite auszuwerfen, dachte er. Womöglich eine Aufforderung zur Bisexualität? Lächelnd erhob Morris sich und schleifte unter einiger Anstrengung die schwere Leinwand zur Seite, um sie an die Wand zu lehnen. Die Bodenbretter ächzten. »Alles in Ordnung?«, kam prompt die Nachfrage von unten. Morris ignorierte sie, hockte sich wieder hin und spähte durch einen Schleier grauer Folie. Drei Männer, die nebeneinander gingen. Zwei in braunen Roben, einer in Weiß. Unser Herrgott? Der Weg nach Emmaus? Verdammt.

Auch dieses Bild schob Morris beiseite, hockte sich erneut hin, wischte mit seinem Ärmel den Staub weg und schaute genau hin. Eine kniende Frau, die den nackten Fuß eines sitzenden Mannes umschlang. Maria, Marthas Schwester? Das überteuerte Salbungsöl? Was für ein Gemischtwarenladen die Bibel doch war!

Dann, endlich, stand es vor ihm, in all seiner blutrünstigen Herrlichkeit, oder auch herrlichen Blutrünstigkeit. Wieder hielt Morris das leuchtende Telefon an eine staubig-graue durchsichtige Plane, und Bingo! Das Opfer stand unsicher auf einem Bein, beide Arme über den Kopf gereckt, offenbar in Gefahr, nach hinten überzukippen, während der Tötungsexperte sich mit einem langen Messer über ihn beugte, das bereits von einem Arm die Haut entfernt und eine tiefrot glänzende Anatomielektion zum Thema Bizeps und Trizeps offengelegt hatte. Sankt Bartholomäus, Schutzheiliger der Gerber!

Morris stand auf, überlegte, schob dann Martha, Emmaus und die Fische wieder zu den anderen Bildern. Er machte eine Drehung um hundertachtzig Grad, hielt das Telefon vor sich und folgte seinen eigenen Fußabdrücken zurück zu seinem Ausgangspunkt.

»Leider nichts«, verkündete er kopfschüttelnd, als er unten an der Treppe auf den besorgt blinzelnden Priester traf. Übertrieben vorsichtig übersprang er die unteren beiden morschen Stufen und wischte sich beim Aufrichten klatschend den Staub von den Händen. »Nur tote Mäuse und ein kaputtes Pult«, führte er sichtlich enttäuscht aus. Aus Spaß fügte er noch hinzu: »Nicht mal ein Kerzenleuchter aus Messing.«

»Das überrascht mich nicht«, bemerkte der Priester, als sie wieder ans Tageslicht traten. »Alles, was nur halbwegs wertvoll war, ist mit Sicherheit verkauft worden, um die neue Kirche zu finanzieren.«

»Sie wissen, dass das illegal ist«, erklärte Morris dem Priester unvermittelt förmlich. »Das Gemälde ist als Teil des nationalen Kulturerbes gelistet.« Er zögerte. »Ich fürchte, ich werde das melden müssen.«

Sie waren an der Kirchentür angekommen. Der kleine Mann wandte sich um, berührte Morris am Arm und schaute ihn aus seinen sanften, halb geschlossenen Augen eingehend an: »Ich wäre Ihnen überaus dankbar, Dottor Dackwert, wenn Sie das nicht täten«, sagte er. Er blinzelte. »Warum wollen Sie mir und der Gemeinde Ärger einhandeln?«

Morris seufzte, ein bisschen zu theatralisch vielleicht, und sie schauten ein paar Minuten lang Mauro zu, der Steine auf dem Teich springen ließ, der voller Algen war. Ein rostiges Fahrrad ragte aus der grünen Masse heraus. Der pummelige Junge, der seinen Mantel ausgezogen hatte, sodass man sein lose hängendes Hemd und die fast unterhalb des Pos sitzende Hose sah, gab kleine Grunzer der Freude oder Enttäuschung von sich, je nachdem, wie oft ein Stein sprang.

Der Priester lächelte und blinzelte wohlwollend. »Auffällige Haare hat Ihr Sohn«, bemerkte er. »Sehr ungewöhnlich.«

»Dann will ich Sie nicht länger aufhalten«, verkündete Morris abrupt. »Vielen Dank jedenfalls, Pater, für Ihre Hilfe.«

»Also alles umsonst«, flötete Mauro, als sie ins Auto stiegen. Er schaltete schon wieder seinen Gameboy an.

»Ganz und gar nicht«, entgegnete Morris kühl.

»Na ja, jetzt weißt du wenigstens, dass du nicht wiederzukommen brauchst.«

Morris sagte etwa zwei Minuten lang nichts, während er den Wagen aus dem Dorf heraussteuerte. »Ganz im Gegenteil, ich werde auf jeden Fall wiederkommen.«

»Wieso das?«

Einem plötzlichen Impuls folgend, fuhr Morris nicht in Richtung Zuhause, sondern bog nach rechts von der Hauptstraße ab und fuhr in die Berge von Lessinia hinein.

»Warum willst du wiederkommen«, wiederholte Mauro, »wenn das Bild nicht da ist?«

»Es ist da.«

Mauro war verwirrt. »Du hast doch gesagt, es ist nicht da.«

»Es steht eingepackt auf dem Dachboden, und es ist sogar noch interessanter als erwartet.«

»Und warum hast du das nicht gesagt?«

Morris gab keine Antwort. Es kam ihm so vor, als mache man beim Autofahren ständig die Erfahrung, dass einem jemand im Weg war. Immer gab es irgendein Auto oder einen Lastwagen, der langsamer fuhr, als man selbst fahren wollte. Deshalb ließ er sich lieber von anderen chauffieren, damit er deren Reaktion beobachten konnte, statt selbst reagieren zu müssen.

Mauro richtete sich auf. »Sag schon, *Papà*, warum?« Wunder, oh Wunder, dachte Morris, der Junge hatte sein Computerspiel unterbrochen. Er hupte, beschleunigte, scherte aus, um zu überholen, und bremste dann heftig, als ein *furgoncino* auftauchte.

»*Papà!*«

Morris schüttelte den Kopf. »Ich bin zu alt dafür. Wird Zeit, dass du fahren lernst«, sagte er zu seinem Sohn. »Man kann doch mit siebzehn schon Stunden nehmen, oder?«

»Autofahren interessiert mich nicht«, sagte Mauro.

Das kam unerwartet.

»Ich dachte, alle jungen Leute wollen fahren lernen. Macht, Freiheit, Sex im Auto.«

Mauro lachte. »Du hast keine Ahnung von jungen Leuten, *Papà*.«

Morris weigerte sich, anzubeißen. »Du wirst wohl kaum die Firma leiten können, wenn du keinen Führerschein hast«, bemerkte er.

»Warum nicht? Autos werden sowieso als Transportmittel im Personenverkehr bald veraltet sein.«

Siehe da, der utopistische Fußballrowdy.

»Warum hast du behauptet, das Bild wäre nicht da, obwohl es da war?«

Morris war endlich an zwei nebeneinander fahrenden Vespas vorbeigekommen, auf denen vier Personen mit überfüllten Einkaufstaschen saßen.

»Wenn der Priester nicht weiß, dass es sich in seiner eigenen Kirche befindet, dann wüsste ich nicht, warum ich es ihm sagen sollte.«

»Und wenn er es herausfindet? Dann weiß er, dass du ihn angelogen hast.«

»Er wird es nicht herausfinden.«

»Aber wie …«

»Herrgott noch mal!«, zischte Morris. »Denk doch mal nach!«

Mauro war perplex. Die beiden saßen eine Weile angespannt schweigend da, während der Wagen aus dem Val d'Illasi hinaus bergauf fuhr, vorbei an Tregnago. Dann fragte Morris etwas umgänglicher:

»Weißt du, wo wir hinfahren?«

Jetzt war Mauro an der Reihe, nicht zu antworten. Der Junge war tiefer in den Beifahrersitz gesunken und hatte seine fleischigen Knie an das Armaturenbrett gelehnt.

»Du bist nicht angeschnallt.«

Mauro sagte nichts.

»Es ist verboten, unangeschnallt zu fahren.«

»Aber einen Priester anlügen ist o.k.«, gab sein Sohn zurück. »Was würde Don Lorenzo wohl dazu sagen? Wirst du es ihm beichten?«

Morris war geduldig. Er lächelte sogar über die Frechheit seines Sohnes. Er freute sich inzwischen sehr darauf, wieder nach Montecchio di Sopra zu kommen. Er stieg aufs Gas, während sie die kurvige Straße nach oben fuhren.

»Wann ist noch mal deine Verhandlung?«, fragte er schließlich.

»Am zwanzigsten.«

»Wir werden ja sehen, wer dann lügt«, sagte Morris.

»Ich jedenfalls nicht«, tönte Mauro. »Man kann sich wohl kaum über abgekartete Spiele und Schwalben und Zeitungen, die schreiben, dass ein Spiel sauber war, obwohl es das eindeutig nicht war, beklagen und dann vor Gericht lügen, oder?«

Wie um alles in der Welt, fragte sich Morris, hatte sein Sohn in einem Land wie Italien, noch dazu in der katholischsten aller katholischen Gegenden, dem blutenden Herzen des Veneto, einen derart starken Hang zur Wahrheit entwickeln können? Dann kam er reuevoll zu dem Schluss, dass es wohl die drei Jahre auf dem Tonbridge College gewesen sein mussten. Sein Sohn hatte von der staatlichen englischen Schule das eine Merkmal höherer Erziehung mitgenommen, das ihm zu Hause rein gar nichts nützen würde, vor allem dann nicht, wenn er einmal eine wichtige Position bei Fratelli Trevisan einnehmen sollte.

»Weißt du jetzt, wo wir hinfahren?«, fragte er noch einmal.

»Ehr-lich-gesagt«, sagte Mauro, »nein.«

Er hatte ein Taschenmesser hervorgeholt und säuberte sich die Fingernägel.

»Du kennst doch das Bild, das ich im Kunstzimmer habe, *Isebels Fenstersturz*.«

»Ich bin schon lange nicht mehr dort gewesen.«

»Das mit der Frau, die aus dem Fenster fällt.«

Der Junge gähnte. »Ich erinnere mich vage.«

»Wir fahren zu der Kirche, in der das Original hängt.«

»Wie interessant.«

»Ja, nicht wahr? Wenn du dir das Exemplar zu Hause mal genauer angesehen hättest, dann würde es mich ehrlich gesagt sehr interessieren, ob du das Original von der Kopie unterscheiden könntest.«

»Das Original ist doch in der Kirche.«

»Ist es wirklich dort?«

»Muss ja wohl.«

»Aber stell dir vor, du wärst nicht sicher. Könntest du es durch das Betrachten der Bilder bestimmen?«

»Mein Gott, *Papà*. Wen kümmert das schon! Verbringst du etwa deine Zeit mit solchen Gedanken? Ich dachte, du wärst so was wie ein Geschäftsgenie.«

»Weil du es vielleicht nicht könntest«, fuhr Morris unbeirrt fort. »Du würdest vielleicht sogar glauben« – das Ganze machte ihm jetzt richtig Spaß –, »das Original wäre das Bild, was zu Hause hängt.«

»Ich wünschte, du würdest langsamer fahren«, sagte Mauro unvermittelt. »Bei diesen Kurven fangen meine Zahnschmerzen wieder an.«

Nach kurzem Schweigen fragte er: »Ist es wertvoll?«

»Was?«

»Das Bild. Wie viel ist es wert?«

»Das Original oder die Kopie?«

»Gott. Egal, eins von beiden.«

»Die Dinge haben den Wert, den du ihnen beimisst.«

Mauro dachte darüber kurz nach. Morris war erfreut. Dies war vermutlich das gehaltvollste Gespräch, das sie beide je zustande gebracht hatten. Schließlich sagte der Junge: »Das Geld, das überreicht wird, ist echt.«

»Das Geld ist echt, das stimmt, aber die Wahrnehmung eines *Werts* hängt nicht vom Geld ab. Der Käufer findet vielleicht, dass er zu viel bezahlt hat. Oder er freut sich diebisch, weil er einen guten Handel gemacht hat. Du wolltest wissen, was das Bild *wert* ist.«

»Auf Fußballspieler trifft das nicht zu«, sagte Mauro ernst. »Man kann den Wert eines Stürmers nur an der Anzahl der Tore messen, die er macht, nicht an dem Preis, der für ihn bezahlt wurde.«

»Ich habe nicht von Fußballspielern gesprochen, sondern von einem Gemälde, das dreihundert Jahre alt ist.«

»Und wie viele Torvorlagen er liefert«, überlegte Mauro weiter. »Ich finde, Gomez zum Beispiel ist echt unterbewertet, wenn man bedenkt …«

»Übrigens«, unterbrach ihn Morris, der wollte, dass der Junge verstand, wie wichtig ihm dieser Besuch war, »ist dies das letzte Bild gewesen, das Forbes für mich kopiert hat.«

Er beschleunigte und fuhr in die letzte Haarnadelkurve vor dem Dorf. Mauro presste eine Hand an seine Wange.

»Erinnerst du dich an Forbes?«

»Klar. Ich habe ihn immer im Stadion getroffen.«

»Wie bitte!«

»Der alte Engländer, oder? Der die Sommerschule hatte? Für vornehme Jungs.«

Morris nickte. Er war verblüfft.

»Ja, er hat immer einen Haufen Kiddies mit ins Bentegodi gebracht. Die waren irgendwie benachteiligt oder so. Immigranten. Sie hatten Plätze im untersten Rang, wo die Schulen immer sitzen. Er war mir ehrlich gesagt ein bisschen unheimlich. Und sie ausgerechnet dahin mitzunehmen, bei dem ganzen rassistischen Gesinge und so. Das war schon komisch.«

Mauro schüttelte den Kopf, aber das schien seine Zähne noch mehr zu strapazieren.

Morris kam der Gedanke, dass womöglich ganz Verona ein Doppelleben führte, von dem er keine Ahnung hatte: Tagsüber waren alle bei der Arbeit, abends und am Wochenende im Stadion, und wusste der Himmel, was sie da trieben.

»Was meinst du mit unheimlich?«, fragte er.

»Er hatte immer Süßigkeiten und Bonbons dabei, verstehst du? So gesehen war er eigentlich wie Don Lorenzo.«

»Er war ein sehr guter Maler«, sagte Morris ernst.

Mauro dachte darüber nach. »Nicht, wenn er nur Kopien angefertigt hat.«

Das Auto quälte sich hinter einem Müllwagen den letzten

Anstieg zum Dorf hoch. Wozu wurde man alt, fragte sich Morris, wenn nicht, um sich in Geduld zu üben? In wenigen Augenblicken würde er wieder an dem Ort sein, wo sich alles abgespielt hatte. Er wusste, das würde ihm einen ordentlichen Adrenalinstoß bescheren.

»Das Kopieren erfordert ein besonderes Genie«, sagte er zu seinem Sohn. »Die entschiedene Unterdrückung der eigenen Persönlichkeit. Aber natürlich wissen nur diejenigen, die überhaupt eine Persönlichkeit besitzen, wie wichtig es ist, sie zu beschneiden.«

Das war ganz offensichtlich zu hoch für den Jungen.

»Wenn er so gut war, wieso hat er dann aufgehört?«

»Gute Frage. Sehr gute Frage. Warum hat Forbes aufgehört?«

Während er das mit einem Lächeln sagte, riss Morris das Lenkrad nach rechts um und bremste scharf, sodass er mit einem kleinen Quietschen der schönen neuen Reifen in einer Parklücke vor der Friedhofsmauer zum Stehen kam.

»Mein Gott, *Papà!*«

Morris fragte sich, wie das derselbe Junge sein konnte, der hinter einer Ecke auf schwer bewaffnete Polizisten gewartet hatte.

Die Kirche Santi Apostoli del Soccorso stand unter hohen Zypressen oben auf dem Hügel; auf der einen Seite lag der Friedhof, auf der anderen die *canonica.* Der Priester war, wie sich herausstellte, inzwischen ein anderer als damals, als Morris mit Forbes hierhergekommen war, um die Erlaubnis zu erbitten, im Kirchenschiff eine Staffelei aufbauen und das Gemälde kopieren zu dürfen, an dem sie interessiert waren. Warum, fragte er sich, versetzte die Kurie dauernd ihre Priester? Der lebhafte junge Mann, der die Tür der *canonica* aufmachte, war viel zu eingebildet und legte Allüren an den Tag, die nicht zu seinem Alter passten. Aber das schien mittlerweile für alle unter vierzig zu gelten. Auf gar keinen Fall würde Morris ihn Padre nennen.

»Wie überaus seltsam«, sagte Don Gaetano, nachdem er Morris' Anliegen gehört hatte. »Zuerst kein Einziger in den vier Jahren, die ich jetzt hier bin, und dann gleich zwei in ebenso vielen Tagen.«

»Wie bitte?«

»Zwei Leute in ebenso vielen Tagen, die *Isebels Fenstersturz* sehen wollen. Ich hatte keine Ahnung, dass das Gemälde überhaupt geschätzt wird.«

»Wer?«, wollte Morris wissen.

Der Priester bat sie jetzt ins Haus. Vielleicht wollten sie mit ihm »das Brot brechen«, schlug er vor. Durch eine Tür links neben dem Wohnzimmer drang Dampf, und man hörte, wie jemand mit Pfannen und Töpfen hantierte.

»Ich fand immer, dass es ein sehr seltsames Bild ist«, fuhr der schlaksige Priester fort. »Es wirkt sehr roh für seine Zeit. Vielleicht wurde es ein bisschen zu forsch restauriert. Ich kenne mich da nicht so aus.«

»Wer war noch hier, um es sich anzusehen?«, fragte Morris mit unverhohlener Direktheit.

»Maddalena«, rief der junge Geistliche halb freudig, halb entschuldigend, »wir haben Gäste. Würden Sie bitte für drei decken?«

Noch eine Maddalena. Die waren ein eigenes Volk. Und was für ein einsamer Haufen diese Pfarrer sein mussten, wenn sie jeden zufälligen Besucher gleich zum Kaffeetrinken und Keksebrechen einluden.

»Wir haben vermutlich nur Zeit für einen schnellen Blick, ehe das Essen auf dem Tisch steht.«

Don Gaetano nahm einen schwarzen Mantel von einem Haken und geleitete sie zur Tür hinaus. Mit gesenkter Stimme sagte er: »Die Ärmste regt sich immer furchtbar auf, wenn wir unsere *minestra* nicht kochend heiß verspeisen.«

Wer war wir, fragte sich Morris?

Sie gingen um das Haus herum zum Priestereingang auf der Rückseite der Kirche, und Morris wiederholte seine Frage: »Aber verraten Sie mir doch, wer sonst noch hier war, um das Bild zu sehen.«

»Ein älterer Amerikaner.«

Morris entspannte sich. Stan Albertini konnte man wohl kaum als älteren Mann bezeichnen.

»Das war eine seltsame Geschichte«, fuhr Don Gaetano fort, während er ihnen die Tür aufhielt und dann den Lichtschalter betätigte. »Offenbar hatte er einen Freund, der vor einiger Zeit eine Kopie des Bildes angefertigt hat, sie hatten darüber wohl in Briefen gesprochen, wegen irgendeines technischen Details, und dann haben sie den Kontakt verloren. Er hoffte, ich würde den Mann kennen.«

Plötzlich war es kein bisschen aufregend mehr, hier zu sein. Als wäre er einem heißen Windstoß ausgesetzt, spürte Morris dieselbe akute Angst, die ihn immer überfallen hatte, wenn er fürchtete, seine Mutter könne ihn erwischen, wie er gerade Geld aus ihrem Portemonnaie stahl, oder noch schlimmer mit dem Penis in der Hand kurz vor dem Orgasmus. Seine Brust war so zugeschnürt, dass er fürchtete, ohnmächtig zu werden. Er musste sich mit einer Hand an einer Steinsäule festhalten. Das Leben war wirklich ungerecht. Er hatte jetzt absolut keine Lust mehr, *Isebels Fenstersturz* zu sehen, absolut keine Lust, ein paar Meter unter Forbes' sterblichen Überresten zu stehen. Bestimmt würde die Decke anfangen zu bröckeln, dachte er, und der verfaulte alte Leichnam würde herunterfallen, um mit einem knöchernen Finger auf ihn zu zeigen.

Diesmal kam Mauro mit. Ob er die Reaktion seines Vaters auf die Geschichte des Pfarrers bemerkt hatte? Würde er nicht überrascht sein, dass sein Vater nicht erwähnte, dass er den Mann, der hierhergekommen war, um das Gemälde zu kopieren, ebenfalls kannte? Morris kam sich vor wie in einem Kartenhaus, gerade in dem Moment, als jemand die entscheidende Karte umstößt.

»Ich bestehe auf echten Kerzen«, gestand Don Gaetano, als sie das kühle, luftige Kirchenschiff betraten. »Es ist doch so, dass viele Menschen zum Beten eine gewisse Aura brauchen, meinen Sie nicht auch? So wie ein gutes Buch einen guten Einband braucht, könnte man sagen.«

Was zum Teufel faselte er da?

Sie erreichten die kleine Seitenkapelle rechts hinten, und da war *Isebels Fenstersturz*, an genau der Stelle, wo Morris sie wieder aufgehängt hatte, ehe er an jenem Wintermorgen vor fünf oder waren es sechs Jahren die Kirche verlassen hatte: eine Frau in einem knallblauen Kleid, die mit dem Kopf zuerst aus einem oberen Stockwerk in eine Gruppe bewaffneter Reiter unten auf der Straße stürzt.

»Ein ungewöhnliches Objekt für eine kleine Kirche wie die unsere«, bemerkte Don Gaetano. »Sehen Sie, was ich mit allzu forscher Restaurierung meinte? Teile von dem Bild sehen so aus, als wären sie erst gestern gemalt worden.«

»Du musst mir wesentlich mehr zahlen, alter Freund«, hatte Forbes gesagt, »wenn du die Leinwände austauschen willst. *Satis superque*, wenn du verstehst, was ich meine.«

Morris verstand nicht.

»Genug«, hatte der Eton-Absolvent mit schiefem Grinsen gesagt, »und *mehr* als genug. *Superque!* Hübsches Wort.«

Er stand da, mit dem Pinsel in der Hand und dem Künstlerbarett auf dem Kopf, und wirkte viel, viel zu zufrieden mit sich.

Morris hatte ihm das Doppelte angeboten. Das reichte Forbes immer noch nicht.

»Aber du brauchst doch gar nicht so viel Geld«, hatte Morris beharrt. »Ich habe dir ein Haus gekauft. Ich habe dir ein regelmäßiges Einkommen garantiert. Etwa nicht?«

»*Decet verecundum esse adolescentem*.«

Es konnte einen zur Weißglut bringen, aber es war auch toll, wie mühelos Forbes diese Sprüche aus dem Ärmel schüttelte. Morris hatte gewartet.

»Dem jungen Mann geziemt es, bescheiden zu sein.«

»Michael«, Morris gab sich redliche Mühe, dem perversen Alten seinen Respekt zu zeigen. »Ich meinte doch nur, dass ich dich von allen materiellen Sorgen befreit habe. Wozu brauchst du denn so viel Geld?«

Forbes hatte langsam geantwortet, so als spräche er mit jemandem, der Schwierigkeiten hatte, das Offensichtliche zu sehen: »Morris, in meinem Alter ist es, ähm, nicht mehr ganz so leicht, zu bekommen, was man, ähm, will. Aber ich kann dir versichern, dass ich es tatsächlich immer noch will. So ist das Leben.«

Das Schwein.

Dann sagte Forbes beiläufig: »Ich weiß so einiges über dich, alter Freund. Und ich glaube, du weißt das. Nicht wahr? Zum Beispiel, was tatsächlich mit dem jungen Posenato passiert ist.«

Das war der Moment, als der Kerzenleuchter in seine Hand gesprungen war. Was hätte man sonst tun sollen? Sich sein Leben lang von einem unersättlichen, geständigen Päderasten erpressen lassen? Und jetzt erblickte Morris ihn wieder, 45 Zentimeter klobiges Messing, an der gleichen Stelle, wo er ihn damals zurückgelassen hatte, auf der weißen Altardecke in dieser stillen Seitenkapelle. Natürlich hatte er ihn abgewaschen. Er hatte seine glänzenden Rundungen mit äußerster Sorgfalt gewaschen. Er hatte alles gewaschen und abgetrocknet. Vor allem den Fußboden. Auf der Toilette hinter der Sakristei gab es ein großes Waschbecken. Er hatte Zinkeimer gefüllt. Aber mit den heutigen Möglichkeiten ließe sich bestimmt mit Leichtigkeit noch der eine oder andere DNS-Fetzen finden, wenn jemand auf die Idee kam, danach zu suchen.

Der Pfarrer erzählte Mauro die Geschichte von Königin Isebel. Sie hatte dem Volk Israel erlaubt, fremde Götter anzubeten, insbesondere Baal.

»Und zur Strafe hat man sie runtergeschubst?«, fragte Mauro grinsend.

»Genau. Anscheinend wusste sie, dass es so kommen würde, und hat sich zu dem Anlass hübsch gemacht. Daher das schicke Kleid auf dem Bild.«

Morris kämpfte, um *compos mentis* zu bleiben. Manchmal sprudelte die Realität mit solch chemischer Wucht, dass einem nichts anderes übrig zu bleiben schien, als sich entweder unter die bereits sirrende Klinge der Guillotine zu legen oder sich eine Kalaschnikow zu schnappen und jede einzelne Seele in Sichtweite auszulöschen. Kurz bildete er sich ein, das Kratzen knochiger Finger und Zehen zu hören, die versuchten, sich aus dem Mörtel und Mauerwerk über seinem Kopf zu befreien.

»Letztes Jahr ist ein Typ aus den oberen Rängen nach unten gestürzt«, bemerkte Mauro. »Aus Neapel. Man vermutet, dass er gestoßen wurde. Anscheinend war er mit einigen Napoli-Fans mitten in die Hellas-Kurve gegangen. Total verrückt.«

Ach, ließe sich doch ein ähnliches Schicksal für Stan Albertini arrangieren!

»Sehen Sie, was ich meine? Der Pinselstrich wirkt irgendwie zu frisch für ein Werk aus dem 17. Jahrhundert.« Don Gaetano beugte sich über den Altar, um sich das Bild genauer anzusehen. »Ihr amerikanischer Freund fand das auch.«

Freund? Wie schafften es diese Idioten, nicht eins und eins zusammenzuzählen? Stan musste sich doch an die fadere und staubigere Isebel in Morris' Kunstzimmer erinnern.

Morris ging zu dem jungen Pfarrer. In seinem Körper pulsierte es gefährlich heiß. »Das ist typisch, fürchte ich«, sagte er. Es kostete ihn eine immense Anstrengung, ruhig zu bleiben, oder doch wenigstens den Eindruck zu erwecken, dass sein Zorn mit dem angeblich schlechten Zustand des Gemäldes zu tun hatte. »Genau die Art von invasiver Restaurationstechnik, die in den Neunzigern so beliebt war.«

Dennoch, als er jetzt über die marmorne Altarplatte hinweg die Leinwand betrachtete und mit der Wange fast den Kerzenleuchter berührte, konnte Morris sich des Eindrucks nicht erwehren, dass Forbes das Original tatsächlich verbessert hatte, indem er dessen barocke Weichzeichnung schärfer und dringlicher gemacht hatte, fast hyperreal. Man hatte förmlich das Gefühl, die todgeweihte Frau schreien zu hören. Nein, das bessere Bild war definitiv dieses hier in der Kirche Santi Apostoli del Soccorso, nicht das im Kunstzimmer in der Via Oberdan. Welche Ironie!

»Himmel, wir müssen uns beeilen«, rief Don Gaetano aus, und seine Soutane raschelte heftig. »Sonst macht Maddalena Hackfleisch aus uns.« Er lachte laut, als wäre das ein besonders toller Witz gewesen.

Morris blieb auf der Veranda kurz stehen, um Samira eine SMS zu schicken. »Bitte ruf mich in zehn Minuten an.« Er stellte den Klingelton auf laut und folgte dann eilig den anderen.

Der Anruf kam, als Don Gaetano gerade sein lateinisches Tischgebet beendete und Morris sich eine steif gestärkte Serviette unter das Kinn schob. Sammy kannte inzwischen das Prozedere und legte auf, sobald Morris rangegangen war.

»*Pronto*?« Morris runzelte die Stirn. »*O santo cielo!*« Er stand unvermittelt auf und ging hinaus auf die Veranda, wo er leise und eindringlich sprach, ehe er zurückging und erklärte, in der Abfüllhalle habe es einen Unfall gegeben, ein Mann sei schwer verletzt worden, und sie müssten unverzüglich gehen.

Die alte *perpetua* war stocksauer.

9

Mehr als einmal schon hatte Morris, in den besonders heftigen Phasen seines Lebens, sich selbst als Jongleur gesehen. Jetzt, als er an einem klaren, kalten Februarmorgen zur Karnevalszeit die Piazza Bra überquerte, fiel ihm ein Straßenkünstler auf, der jonglierte. Angezogen wie ein Sträfling stand der Mann auf einem Feld aus Kopfsteinen, vor ihm römische Ruinen, hinter ihm österreichischer Prunk, und fing mit großen Gummibällen an, zu denen auch ein noch größerer, offensichtlich hohler Ball gehörte, der mit einer langen roten Plastikkette an seinem Fuß befestigt war und den er mit regelmäßigen Kniebewegungen steuerte. Das war amüsant, aber nichts Besonderes, bis sein Gehilfe, der bis dahin so getan hatte, als sei er einer der Zuschauer, die sich mittlerweile versammelt hatten, anfing, alle möglichen abwegigen Gegenstände aus einem großen Rucksack zu ziehen und dem Jongleur zuzuwerfen: zuerst ein Messer, dann eine Pistole, dann ein Meißel, jetzt eine Fackel, die er vorher noch entfachte, und schließlich, Wunder über furchtbares Wunder, eine kleine elektrische Kettensäge, die der Mann tatsächlich einschaltete, ehe er sie, unter allgemeinem erschrockenen Aufstöhnen, seinem Freund zuwarf.

Morris war gefesselt. Seine Vorahnung einer drohenden Katastrophe war derart stark, dass er wegschauen musste. Es kam ihm seltsam vor, dass die vielen Zuschauer, von denen etliche als Scheichs, Päpste oder anzüglich grinsende Berlusconis kostümiert waren, den Anblick eines Mannes genießen konnten, der, bloß um ein bisschen Kleingeld zu verdienen, so beängstigende Risiken einging. Wie abgebrüht! Jeden Moment würde das Blut spritzen, Kleidungsstücke würden Feuer fangen und die Luft wäre von Verzweiflung und Schmerz erfüllt. Aber als er sich schließlich traute, wieder hinzuschauen, lachte der Jongleur beschwingt und war der Mittelpunkt einer gebannten Aufmerksamkeit, die er offensichtlich in vollen Zügen genoss. Jedes Mal, wenn ihm etwas Neues zugeworfen wurde, ließ er einen der Gummibälle in eine große Tasche neben seinen Füßen gleiten, bis zum Schluss nur noch die beängstigenden Gegenstände und der größere Ball am Ende der Kette um seine sicheren Hände und seinen rhythmisch zuckenden Fuß kreisten, während er mit leicht amüsiertem Lächeln nach oben schaute, um zu beobachten, wie die Geschosse über seinen Kopf flogen.

Wie lange konnte das noch so weitergehen? Morris stellte fest, dass ihm der Schweiß ausgebrochen war. Und wie sollte sich der Mann je wieder aus diesem Sklavendasein befreien, das ihn zwang, all diese gefährlichen Sachen in der Luft zu halten? Vor allem die heulende Kettensäge. Die Menge hatte angefangen zu klatschen. Kleine Kinder, die als Pinguine und Feen verkleidet waren, gingen gefährlich nah heran. Man musste sich doch wundern, dass die Polizei solche riskanten Vorführungen auf einem öffentlichen Platz gestattete. Schließlich holte der Gehilfe, der selbst als Polizist verkleidet war, eine Handgranate aus seiner Tasche, zog mit den Zähnen den Stift heraus und warf sie in hohem Bogen in die Luft. Da flog sie. Sie wirkte entsetzlich echt. Der Jongleur fing sie, scheinbar ohne hinzuschauen auf, schenkte ihr beim zweiten Mal nur einen flüchtigen Blick, wirkte nur ganz kurz interessiert, bis er plötzlich kapierte und in gespieltem Entsetzen Mund und Augen weit aufriss. Die Granate *rauchte*! Innerhalb von zwei verzweifelten Sekunden virtuoser Geschicklichkeit fing er mit den Zähnen das Messer, lenkte die surrende Säge so, dass sie die Plastikkette, an der seine Sträflingskugel hing, durchtrennte, und schoss, plötzlich frei, die Fackel in der einen, die Pistole in der anderen Hand, mit Platzpatronen in die Menge, während er vor der Granate zurückwich, die genau in seine Requisitentasche fiel, wo sie mit einem lauten Knall einen Konfettiregen und eine Wolke orangefarbenen Rauch in die Luft schickte.

Ausgesprochen erleichtert von diesem unschuldigen Ende, bahnte sich Morris energisch einen Weg durch klatschende Zwerge, Schneewittchen und kichernde Harlekine, um einen Hundert-Euro-Schein in die umgedrehte Mütze des Polizisten zu legen. Der Jongleur, der neben seinem Freund stand, schaute die Gabe staunend an. Ihre Blicke trafen sich: Befreiungskünstler und mehrfacher Mörder. Dieser Mann ist wie ich, dachte Morris. Ich wünschte, ich hätte auch solche Verve. Ich wünschte, ich könnte auch jede Waffe, die man mir zuwirft, so gut verwerten.

Im Grunde genommen war in Morris' Leben derzeit nur allzu viel los. Das ging so weit, dass sein üblicherweise hektischer Job als Leiter einer großen Firma ihm wie eine einfache Gummiball-Übung vorkam, verglichen mit den neuen und dringenden Angelegenheiten, um die er sich zu kümmern hatte. Die offizielle Anklage beim ersten Gerichtstermin seines Sohnes hatte ihn erschreckt; sie wollten Mauro für mindestens fünf Jahre in eine Anstalt für jugendliche Straftäter stecken. Das würde dem Ruf der Familie ernsthaften Schaden zufügen. Es würde Morris' Einfluss in der Stadt schmälern. Und das Tonbridge College bestand darauf, dass die Duckworths die Studiengebühren für das ganze Jahr entrichteten, obwohl sie den Jungen von der Schule genommen hatten. Morris weigerte sich. Sollten sie doch rechtliche Schritte einleiten, wenn sie wollten, aber er würde den Teufel tun und mit seinem Geld eine privilegierte Schicht unterstützen, die ihn immer konsequent ausgeschlossen hatte.

In Sant'Anna hatte Zuccatos drittklassiger, betrunkener moldawischer Subunternehmer seinen Bulldozer rückwärts in ein Kriegsdenkmal gesetzt, für das der Stadtrat jetzt Schadensersatz verlangte, und zwar von Morris. Und Kardinal Rusconi hatte mit keinem Wort seine Dankbarkeit zum Ausdruck gebracht, was alles zusammen Rechtfertigung genug war, dachte Morris, falls überhaupt eine Rechtfertigung nötig war, um das Martyrium des heiligen Bartholomäus *scorticato* ohne Gegenleistung aus San Briccio abzuholen. Er brauchte bloß die nötige Zeit und den richtigen Komplizen. Samira vielleicht? Mit jeder Woche schien die Zuneigung des Mädchens zu wachsen, aber sie stellte auch immer mehr Forderungen. Sie verlangte, dass er mit ihr ganz offen Theatervorstellungen, Konzerte, Restaurants und Kinos besuchte. In Verona war das gefährlich. Morris fuhr mit ihr nach Mailand und Bologna. Das kostete Zeit. Auch ihr Bruder ging mehr aus sich heraus, er schien sich damit abgefunden zu haben, dass Morris fester Bestandteil ihres libyschen Lebens geworden war, und hatte ihn sogar eingeladen, in Tripolis Urlaub zu machen. »Vielleicht trittst du eines Tages zum Islam über«, sagte er zu Morris' Beunruhigung. »Ich glaube, diese Religion würde besser zu dir passen.«

Massimina (Morris' Tochter) wurde mehr und mehr von ihrem nie endenden SMS-Austausch absorbiert, der Morris allmählich um ihre Ausbildung und ihre geistige Gesundheit fürchten ließ, während Massimina (der Schutzengel des Mörders) sich ständig beschwerte, das Kunstzimmer sei zu kalt für ihr armes Baby, und Morris mache einen furchtbaren Fehler mit diesem Ausstellungsprojekt im Castelvecchio. »Das ist der Anfang vom Ende«, sagte sie immer wieder, »dem Ende unseres gemeinsamen Lebens, Mo.«

Auf Antonellas herzliche Einladung hin war Stan Albertini in drei Wochen dreimal zum Essen gekommen, hatte besorgt von seinem alten Freund Mike und dessen mysteriösem Verschwinden gesprochen und darum gebeten, die Bilder sehen zu dürfen, die Forbes für Morris kopiert hatte, so als könnten sie wertvolle Hinweise liefern. Taten sie das? Konnte das sein? Hatte Forbes womöglich alles, was er über Morris wusste, auf die Rückseite einer Leinwand geschrieben? Oder zwischen Leinwand und Rahmen? An einem der Abende war auch Mauro beim Essen dabei gewesen, und Morris hatte befürchtet, der Junge könnte ihren Besuch bei *Isebels Fenstersturz* erwähnen. In der Zwischenzeit hatte er das Gemälde aus dem Kunstzimmer entfernt und den leeren Platz mit einem eindeutig unter pari liegenden *Tarquinio und Lucrezia* gefüllt. Früher oder später würden ihn die vielen Sorgen krank machen. Um allem die Krone aufzusetzen, hatte Don Lorenzo zwischen zwei saftigen Bratenhappen noch erwähnt, dass Forbes bei ihm die Beichte abgelegt hatte – und zwar zum ersten Mal seit zehn Jahren –, kurz bevor er so unerwartet wegging, aber natürlich würde er, Don Lorenzo, niemals das Beichtgeheimnis verletzen und preisgeben, was bei diesem Anlass gesprochen worden war. Morris machte sich im Geiste eine Notiz, dass er herausfinden musste, wer in dem Sarg lag, der Don Lorenzos Fuß zertrümmert hatte

Vor allem war da noch Volpi. Als er nach Weihnachten aus Neapel zurückkam, musste Volpi klar geworden sein, nahm Morris an, dass die *Arena* keine Berichtigung des Interviews über die kommende (oder auch nicht kommende) Ausstellung gedruckt hatte. In den kulturellen (um es großzügig zu formulieren) Kreisen der Stadt sprach man über nichts anderes mehr. Es wurde immer schwieriger für das Museum, sich aus dem Projekt zurückzuziehen. Wie würde König Eglon wohl reagieren? Morris war erstaunt gewesen, dass der Mann rein gar nichts unternahm. Er hatte mit einem hitzigen, aber folgenlosen Streit gerechnet, der die Sache aus der Welt geschafft und die Luft gereinigt hätte. Aber dazu kam es nicht. Stattdessen machte Volpi sich rar, überließ es einer Sekretärin, den Kontakt zwischen Morris und Professor Zolla, dem hauseigenen Kunsthistoriker, herzustellen, der die Leihgabe-Anfragen herausschickte und Ko-Kurator der Ausstellung sein würde, sofern sie zustande kam. Das hätte vielversprechend sein können, aber Morris konnte sich nicht vorstellen, dass der Direktor nicht zurückschlug, und je länger er damit wartete, desto mehr fürchtete Morris, der Schlag könnte sich als vernichtend erweisen.

Als er sich vor seinem ersten Treffen mit Zolla dem Castelvecchio näherte, kam Morris das Gebäude mit den rostroten Brüstungen und extravaganten Zinnen, dem mittelalterlichen Festungsgraben, der Zugbrücke und dem mächtigen Torbogen geradezu fantastisch vor: Es war ein Schloss wie aus dem Märchen, dachte er, ein Ort, an dem ihm eine entscheidende Mut- oder Charakterprobe bevorstehen könnte, womöglich in einem Kampf auf Leben und Tod mit König Eglon. Er lächelte, spürte aber zugleich, wie es ihm kalt den Rücken hinunterlief. Das Letzte, was er wollte, war, noch einmal zu töten. Egal ob Volpi oder Stan. Im Grunde genommen hatte er nie töten *wollen.* Dennoch, das Castelvecchio, das spürte er, diese Ausstellung im Castelvecchio, *Der gemalte Tod*, würde am Ende darüber entscheiden, wie man Morris in Erinnerung behalten würde: als einen unbedeutenden, exzentrischen Sammler, der mehr Kopien als Originale besaß, oder als eine treibende Kraft der Reflexion und der Erneuerung der europäischen Kunstszene!

Wenn er doch nur mit Sicherheit wüsste, dass die Ausstellung zustande kommen würde.

Professor Angelo Zolla entpuppte sich sowohl als Rätsel wie als Enttäuschung. Er war jünger, als Morris erwartet hatte, womöglich noch unter vierzig, hatte ein beeindruckendes, gut ausgestattetes, übertrieben aufgeräumtes Büro für sich allein, durch dessen offene Tür er, wenn er wollte, ein Auge auf das halbe Dutzend Museumsangestellte haben konnte, die für Management und Marketing zuständig waren. So schlank, wie der Direktor der Institution fett war, so sehr Veroneser wie Volpi Neapolitaner, musste der junge Professor, so dachte Morris anfänglich, dem älteren, mächtigeren Mann zumindest latent feindselig gegenüberstehen. In dem Versuch, ihn als Komplizen zu gewinnen, hatte der Engländer ein paar beiläufige, abwertende Bemerkungen über Leute aus dem Süden fallen lassen und Zolla mit Komplimenten über seine schicken silbergrauen Anzüge, pastellfarbenen Hemden, Krawatten im Rotary-Look und seinen wohlgeformten Körper überschüttet. Zolla lächelte höflich durch einen Dauerdunst aus Deo und Aftershave und schien sich darüber zu freuen, zeigte sich aber taub gegenüber jeglicher impliziter Kritik an seinem Chef. Weil er sie nicht bemerkt hatte, fragte sich Morris, oder weil er sie bewusst ignorierte? Schwer zu sagen, ob der Mann strohdumm oder ausgesprochen clever war. Morris fühlte sich verwundbar, wie alle großen Männer.

Was die Ausstellung anging, war der Kunsthistoriker jedoch begeistert. »Unser Beppe spielt gern den ewigen Pessimisten«, versicherte er dem Engländer, der sich besorgt gezeigt hatte, dass Volpi nicht gänzlich überzeugt sein könnte.

»Ich bitte um Entschuldigung?«, fragte Morris. »Unser Beppe?«

»*Il direttore*«, sagte Zolla lachend. »Giuseppe Volpi. Keine Angst. Ich werde ihn schon umstimmen. Er ist im Grunde ein wunderbarer Mensch.«

Auch das hätte ermutigend sein sollen, aber Morris spürte, dass etwas nicht stimmte. Es war offensichtlich, dass Zolla wirklich Lust hatte, diese Ausstellung zu kuratieren. Beim Studium seines Lebenslaufs auf der Website des Museums war Morris schnell klar geworden, dass er bisher in erster Linie den Handlanger für andere Kuratoren gespielt hatte, die benötigten Werke zusammengestellt und angefordert sowie die Kataloge betreut und herausgebracht hatte. Selbst kuratorische Verantwortung zu tragen wäre demnach für ihn ein wichtiger Karriereschritt. Das konnte nur gut sein. Andererseits aber schien Zolla nicht zu verstehen, was Morris mit der Ausstellung beabsichtigte und warum er sie überhaupt vorgeschlagen hatte. Erfahrener Kunsthistoriker ja oder nein (aber wie sonst hätte er schon in so jungen Jahren Professor werden können?), Zolla schien nur eine Grundformel für Ausstellungen zu kennen: akribische Zuordnung und überschwängliche Rhetorik: Man stellte eine Reihe von Bildern nach Künstler, Schule oder Chronologie zusammen und erklärte sie dann zu grandiosen Werken. Mission erfüllt. »Eine Ausstellung, welche die hochrangigsten Darstellungen des gewaltsamen Todes versammelt«, war alles, was er als Beschreibung in seinem Brief zu bieten hatte, mit dem er bei so hehren Institutionen wie dem Louvre, dem Met und der National Gallery um die entsprechenden Leihgaben bat. Würden sich diese ernsthaften Museen von ihren großartigen Kunstwerken trennen, um ein so banales Projekt in einem Provinznest wie Verona zu unterstützen? Dazu brauchte es schon ein bisschen mehr.

In den folgenden Wochen und Monaten versuchte Morris alles, redete und redete, erläuterte seine Ideen, Pläne und Theorien, die Psychologie der Ausstellung, wie er sie sich vorstellte, legte die implizite Kulturkritik dar, die Institutionalisierung der Gewalt, die Ästhetisierung des Schreckens, und Zolla hatte sich alles höflich und scheinbar geduldig angehört, es aber letztendlich doch nicht verstanden. Nicht, dass er Morris' Argumenten widersprochen hätte; er äußerte nur sehr selten Protest. Aber er schien einfach nicht zu sehen, wie einschneidend das Thema Mord mit den Abgründen der kollektiven Psyche und der Organisation der zeitgenössischen Gesellschaft zusammenhing. Vor allem wollte er nichts davon hören, noch eine zweite E-Mail mit einer genaueren Beschreibung ihrer beziehungsweise Morris' Pläne für die Ausstellung zu versenden.

»Das sind viel beschäftigte Leute, Morris«, sagte er und schüttelte den Kopf. Irgendwie hatten sie sich von Anfang an beim Vornamen genannt, was in Italien sehr ungewöhnlich war, ohne jedoch wirklich vertraut miteinander zu sein. Zolla sagte oft ein paar Worte auf Schuljungen-Englisch und wartete dann lächelnd auf Morris' Komplimente. »Wir wollen doch nicht zu hart ihre Geduld prüfen, nicht wahr?«

»Wie wäre es mit widersprüchlichen Stimmen auf den Texttafeln?«, sagte Morris. »Wir könnten zu einigen der Schlüsselgemälde gegensätzliche Meinungen zur Diskussion stellen. ›Wurde Kain verleumdet?‹ Oder: ›Um die Geschichte in Gang zu bringen, muss ein guter Mensch sterben.‹ Damit würden wir die Leute zwingen, die Bilder ganz neu zu betrachten. Schließlich wollen wir sie zum Nachdenken anregen.«

Zolla saß sehr gerade hinter seinem glänzenden Schreibtisch. Er war immer perfekt gekleidet. Seine Papiere waren ordentlich sortiert. Sein PC hatte einen gestochen scharfen, staubfreien Bildschirm. Seine Nägel waren sehr gepflegt, seine Manschetten blütenrein.

»Das könnte verwirrend sein, Morris«, sagte er schließlich. Es war sicher am besten, die Texttafeln schlicht zu halten: Name des Künstlers, Datum, Besitzergeschichte des Werkes und ein kurzer Kommentar zu dem, was das Bild auszeichnete, damit die Leute wussten, dass sie etwas Hochwertiges vor sich hatten. Für weitergehende Informationen – wie Schule, Stil, Pinseltechnik, Umstände der Entstehung – gab es den Audio-Guide und den Katalog, für den er bereits eine Liste von hoch angesehenen Autoren angefangen hatte. Das Verständnis des Publikums würde natürlich erleichtert, wenn die Leinwände streng chronologisch angeordnet wären.

»Sie haben vergessen, nach Caravaggios *Opferung Isaaks* zu fragen«, beklagte sich Morris.

Zolla war stets freundlich, zuversichtlich, wohlwollend, deodoriert.

»Da Isaak nicht wirklich getötet wird«, erklärte er in sorgfältig gewähltem Englisch, »habe ich entschieden, dass dieses Bild nicht Teil der Ausstellung sein wird.« Dann fiel er wieder ins Italienische. »Ich fürchte, man würde uns einen methodologischen Fehler vorwerfen, Morris. Sie können sich nicht vorstellen, wie erpicht die Kunsthistoriker darauf sind, wie sagt man das auf Englisch, in der Wunde zu stochern. Das ist eine mörderische Bande.«

Er lächelte über seinen kleinen Witz.

In Morris' Augen hätte das dramatische Bild eines bärtigen alten Mannes, der seinem Kind ein Messer an die nackte Kehle hält, kaum besser zum Thema passen können. Unklugerweise ließ er nicht locker: »Aber es geht darum, dass hier ein Mord kurz bevorsteht. Die Tatsache, dass die ganze scheußliche Szene durch Jehova selbst angestiftet wurde, spricht Bände, meinen Sie nicht auch, Angelo?«

Zolla nickte weise: »Wir müssen in dieser Hinsicht ein bisschen vorsichtig sein, Morris. Verona ist eine sehr katholische Stadt.«

Zum ersten Mal empfand Morris eine gewisse Sympathie für die Hellas-Verona-Fans und ihre blasphemischen Schlachtrufe. Als er Zollas Büro verließ, wurde ihm zum ersten Mal bewusst, dass die festen Mitarbeiter immer mit stummem Lächeln den Kopf hoben und ihm nachblickten. Irgendetwas fanden sie amüsant.

Und wenn er zufällig Volpi begegnete, während der zum Beispiel gerade auf einen Stock gestützt über den Flur ging oder einen wichtigen Besucher durch das Museum führte, dann bedachte auch er Morris mit einem Lächeln, das vermuten ließ, dass er mehr wusste als derjenige, dem das Lächeln galt. Was mochte das sein?

»Sie haben ja heute die reizende Signorina Al Wazid gar nicht dabei, Signor Duckworth«, bemerkte Volpi; seine Kinne lagen wie ein assyrischer Kissenstapel auf dem Schlüsselbein.

»Miss Al Zuwaid ist bei der Arbeit. Im Amt für Kulturerbe.«

»Ach so, natürlich. Gute Leute dort, wirklich.« Die Wamme des dicken Mannes war ständig feucht. Er atmete schwer.

Was sollte das »natürlich« denn heißen, fragte sich Morris. Er erinnerte sich dunkel, das Mädchen als seine Assistentin vorgestellt zu haben.

Volpi fuhr mit dem Aufzug nach unten, obwohl es nur ein Stockwerk war. Aus Höflichkeit fuhr Morris mit, obgleich der Raum so eng war, dass er sich flach gegen die Metallwand pressen musste, um einen Kontakt mit dem grotesken Bauch des Mannes zu vermeiden. »Und es drang sogar der Griff hinein«, kam ihm in den Sinn. »Drang hinein« klang gut, fand er.

»Sie hat einen Bruder, nicht wahr?«

Jetzt war Morris erschrocken; schon wieder ein gefährliches Objekt, das seinem jonglierenden Geist zugeworfen wurde.

»Oh, keine Angst, Signor Duckworth, ich habe die beiden bloß auf der Piazza getroffen, und die hübsche Dame war so, ähm, freundlich, mich dem jungen Mann vorzustellen. Ein hübsches Paar, die beiden.«

Paar war ein seltsames Wort, dachte Morris, für Bruder und Schwester. Während er nicht genau wusste, ob Zolla überhaupt über irgendwelche Gehirnzellen verfügte, war er jedoch ganz sicher, dass Volpi zu viele besaß.

»Ihre Sorge um die beiden ehrt sie«, fuhr Volpi freundlich fort, als die Fahrstuhltüren aufgingen. Er kratzte sich hinter dem Ohr und atmete hörbar ein, ehe er seinen massigen Körper in den Flur hinauswuchtete.

Morris beschloss, rein gar nichts darauf zu antworten, so zu tun, als interessiere ihn das überhaupt nicht. Es war richtig gewesen, Samira nicht mehr mitzunehmen. Der Wüstling hatte eindeutig ein Auge auf sie geworfen.

Um zur Straße zu gelangen, mussten sie jetzt durch das Erdgeschoss der Dauerausstellung des Museums gehen. Zunächst kam ein Raum mit mittelalterlichen Skulpturen und anderen Bildhauerarbeiten, dann einige zweitklassige Gemälde aus dem 17. Jahrhundert, dann die Ausstellung der sogenannten *armi bianche*.

»Kennen Sie die Geschichte über das Gewölbe der Heiligen?«, erkundigte sich Volpi. Er nahm seine Brille ab und putzte sie mit dem Taschentuch.

Morris nickte. Er hatte keinen blassen Schimmer.

»Geköpft zu werden war vermutlich geradezu eine Erleichterung, nachdem man meilenweit mit Nägeln in den Füßen gelaufen ist.«

»Zweifellos«, antwortete Morris aufs Geratewohl.

Volpi seufzte und schüttelte dann plötzlich heftig Kopf und Wangen. Das war offenbar ein Tick von ihm, der instinktive Drang des Geistes, interpretierte Morris, einen Berg von Speck abzuschütteln.

»Und wissen Sie eigentlich, warum sie *armi bianche* genannt wurden?«

Der Direktor watschelte zwischen einer Reihe von Vitrinen hindurch, in denen kurze scharfe Schwerter, lange Stilettos und gefährlich spitze Piken zur Schau gestellt waren.

Morris zögerte.

Volpi zog die schweren Augenbrauen hoch.

»Keine Ahnung«, sagte Morris, möglicherweise in aggressivem Ton.

»Ich auch nicht«, sagte Volpi lachend. »Aber es mutet seltsam an, etwas, das eigentlich geschaffen ist, um dreckig zu werden, weiß zu nennen, oder?«

Morris versuchte zu lachen. Konnte der Mann Gedanken lesen? Kannte er die Geschichte von König Eglon? Es fuhr hinaus zwischen den Beinen ... Morris hatte diesen Mord auf Zollas Anfrageliste gesetzt. Es gab ein Gemälde in Budapest. Und natürlich den Holzschnitt von Madox Brown.

Sie blieben kurz an einer der Vitrinen stehen und betrachteten die Waffen. Wenn man so viele Schwerter, Messer, Speere und Spieße fein säuberlich aufgereiht und nach Typ und Periode sortiert nebeneinander sah, dann wirkten sie ziemlich harmlos, dachte Morris. Geradezu langweilig. Aber sobald man ein Exemplar in die Hand nahm, überlegte er, und die Finger um den soliden Griff schloss, das Gewicht der Waffe und ihren Zweck spürte, mit dem Finger über die scharfe Klinge strich, die tödliche Spitze berührte, dann fing das Herz an zu klopfen und das Blut an zu rauschen, daran bestand kein Zweifel. Morris lief ein Schauer über den Rücken.

»Vielleicht, Signor Duckworth«, die Stimme des fetten Mannes klang wie Ölblasen im Schlamm, »könnten wir ein paar von den, ähm, fieseren Dolchen in die Ausstellung einbeziehen, was meinen Sie? Und als Zugabe noch ein paar Piken. Vielleicht auch einen Speer. Damit die Leute einen Eindruck davon bekommen, was es heißt, diese Dinge zu benutzen. Ich wüsste eigentlich nicht, was dagegen spricht, die Möglichkeit zu schaffen, dass man das eine oder andere Exemplar auch anfassen und in die Hand nehmen darf, um zu spüren, wie es sich anfühlt. Heutzutage wird das immer häufiger bei Ausstellungen gemacht. Zum Beispiel neben dem Gemälde mit dem Kindsmord von Bethlehem ...«

Morris holte tief Luft.

»Sie kennen sicher die Studien darüber, wie sich die Rezeption von Bildern verändert, wenn die Betrachter Zugang zu den Objekten haben, die darauf dargestellt sind?«

Kannte Morris nicht. Aber wie dumm, dachte er plötzlich,

sich so viele Sorgen zu machen; es war offensichtlich so, dass Volpi endlich erkannt hatte, was für eine brillante Idee diese Ausstellung war. Er war jetzt mit im Boot und brachte seine Expertise ein.

»Das ist ein interessanter Gedanke«, sagte er vorsichtig: »Die Mordwaffe neben jedem Bild, ja. Obwohl ich vorschlagen würde, zunächst Professor Zollas Meinung dazu einzuholen. Angelo hat sehr genaue Vorstellungen davon, was angebracht ist und was nicht.«

Volpi drehte sich ziemlich abrupt um. Sein Bauch wackelte.

»Ich hätte fragen sollen, wie kommen Sie denn mit unserem Professor zurecht?«

»Sehr gut«, sagte Morris neutral. Da der Museumsdirektor jetzt die Ausstellung befürwortete, erschien es ihm plötzlich umso wichtiger, den Museen, die über die Werke verfügten, eine überzeugende Beschreibung des Projektes zu schicken.

»Sie wissen doch hoffentlich zu schätzen, was für einen glänzenden Mitstreiter ich da für Sie gefunden habe, oder?«

»Ich bin äußerst beeindruckt«, sagte er, »von Professor Zollas detaillierten Kenntnissen.«

Volpi lachte. »Angelo denkt sehr ungewöhnlich. Er hat mir von Ihrem Vorschlag erzählt, kontroverse Kommentare zu den Bildern einzuführen. Ich glaube, das könnte gut funktionieren.«

»Oh, vielen Dank, Angelo schien etwas besorgt, dass …«

»Ich habe ihn beruhigt.«

Das war zu schön, um wahr zu sein.

Volpi drehte seinen Bauch jetzt zu Morris und streckte eine wulstige Hand aus.

»Ich würde so weit gehen, Signor Duckworth, zu sagen, dass die Idee, diesen jungen Araber einzubeziehen, wie heißt er noch gleich, Signorina Al Zidows Bruder, sowohl provokativ als auch, ich benutze das Wort nur ungern, aber hier trifft es zu, brillant ist. Ja, provokativ und brillant. Wirklich ein angenehmer junger Mann. Äußerst charmant. *Complimenti.* Wir werden das natürlich sehr genau durchdenken müssen. Verona ist, wie Sie wissen, eine äußerst bigotte und provinzielle Stadt. Alles, was man als Angriff auf den katholischen Glauben, oder als Plädoyer für den muslimischen, verstehen könnte, würde ohne weitere Nachfrage in Grund und Boden verdammt und boykottiert werden. Andererseits könnte das genau die Art von Idee sein, die diese Ausstellung weltbekannt macht. Einheimischer Immigrant erhält den Auftrag, eine internationale Kunstausstellung zu untertiteln. Was könnte politisch korrekter sein?«

Morris war leicht schwindelig. Träumte er? Normalerweise konnte er es nicht ausstehen, wenn die verschiedenen Teile seines Lebens sich trafen, ohne dass er dabei war, um sicherzustellen, dass sie sich nicht gegen ihn verschworen. Woher wusste Volpi, dass er Tarik gefragt hatte? Auf der anderen Seite wäre es kleinlich, sich zu beschweren, wo doch gerade alles so gut lief.

»Du hast für mich interveniert, nicht wahr?«, sagte er später im kerzenbeleuchteten Kunstzimmer zu Massimina. Er hatte sich gefragt, ob es wohl zu spät war, noch um Goyas *Saturn frisst seine Kinder* oder *Kannibalen bereiten ihr Opfer vor* zu bitten. Goya war etwas Besonderes.

»Nicht mehr als sonst«, sagte sie. »Ich schließe dich immer in meine Gebete ein, Morris.«

»Übrigens, hast du eine Ahnung, was mit Mimi los ist«, fragte er und meinte seine Tochter.

»Aber natürlich.«

»Und?«

»Ich finde, du solltest sie direkt fragen, Morris.«

»Aber …«

»Ich wünschte, ich hätte einen Vater gehabt, als ich anfing, mich mit Jungs zu verabreden«, unterbrach sie ihn hitzig. »Dann wäre ich vielleicht nicht hier an der Wand gelandet. Frag sie. Bevor es zu spät ist.«

War sie nur so melodramatisch, um seine Angst zu schüren? Zuzutrauen wäre es ihr.

»Was ist eigentlich mit Massimina los?«, fragte Morris am darauffolgenden Nachmittag seine Frau. »Sie ist immer zu Hause und sie macht nichts anderes, als SMS zu verschicken.«

»Vielleicht ist sie verliebt.«

Antonella zupfte ein paar verblühte Blüten von einem Strauß Lilien, der im *salotto* auf dem Tisch stand. »Sind die nicht schön?«

»Verliebte sind normalerweise glücklich und voller Energie.«

»Du brauchst einfach immer etwas, worüber du dir Sorgen machen kannst, Morris, *caro*«, sagte seine Frau lächelnd. »Apropos, wie macht sich denn Mausi so?«

Morris nahm Mauro seit ungefähr einem Monat täglich mit ins Büro. Die Firma befand sich im siebten Stock eines Bürogebäudes in der Nähe der Autostrada-Ausfahrt Verona Sud.

»Alle lieben ihn. Egal, neben wen ich ihn setze, irgendwann sprechen sie unweigerlich den ganzen Tag über Hellas Verona.«

Antonella lächelte nachsichtig.

»Es war nett von Stan, die mitzubringen«, sagte sie, das Thema wechselnd. »Blumen sind zurzeit sehr teuer.«

Morris zuckte nur leicht. Da Stan auf seiner ausgedehnten Ferienreise voller Veroneser Nostalgie nicht viel zu tun hatte, schwirrte er mittlerweile wie eine müde Schmeißfliege im Palazzo Duckworth herum, eine von der Art, die sich in staubigen Ecken lautstark zu Tode brummt. Mit viel Fantasie stellte sich Morris das Geräusch vor, das von einem von Sickerts *Camden Town Murders* ausging. Summ summ summ, um die Leichen in den armseligen Zimmern herum. Gab es nicht eine Tontechnik, erinnerte er sich vage, die für Museen entwickelt wurde, mit der man für jede Ausstellung bestimmte Geräusche auslösen und platzieren konnte? So konnte man Kinder wimmern, Frauen kreischen und Heilige stöhnen lassen. Den Tod lebendig machen.

»Stan ist mit den Jahren lockerer geworden«, stimmte Morris zu. »Lad ihn doch heute Abend ein, er ist immer ein angenehmer Gast.«

»Er ist für ein paar Tage nach England gefahren.«

Wie schade!

»Um Forbes' Exfrau zu besuchen, falls er sie ausfindig machen kann.«

Verdammt. Eine virtuelle Hand griff aus Morris' erschrockenem Geist in die Luft, um ein weiteres bedrohliches Geschoss zu fangen. Früher oder später würde eins davon direkt vor seiner Nase explodieren.

»Weißt du, ich hatte keine Ahnung, dass die beiden so gut befreundet waren.«

Antonella runzelte die Stirn: »Anscheinend hatte Stan ihm eine ganze Menge Geld geliehen.«

Das war es also! So viel zum Thema Freundschaft. Sofort kam Morris der Gedanke, dass der Amerikaner sich vielleicht kaufen ließ. Wenn ihm doch nur einfiele, wie er ihm das einfühlsam vorschlagen könnte. Ihn mit dem Geld, das er zurückhaben wollte, wegschicken könnte. Wie viel mochte es wohl sein?

Bei Samira gab Morris Tarik eine Liste mit den Gemälden, zu denen er Begleittexte benötigen würde. Samson und Delilah. Sardanapal. Absalom. Judith und Holofernes. Jaël und Sisera. König Eglon. Der Tod von Agag. Der Levite und seine Konkubine. Othello und Desdemona. Und der heilige Bartholomäus.

Am Tisch gingen sie gemeinsam eine PowerPoint-Präsentation durch. Samira saß dicht neben Morris und streichelte geistesabwesend seinen linken Oberschenkel, während Tarik rechts von ihm das Kinn in die Hände gelegt und die Ellbogen auf den Tisch gestützt hatte und sich kopfschüttelnd die blutigen Bilder anschaute, die eins nach dem anderen vor ihnen aufgingen.

»Lies einfach nach, was passiert ist«, sagte Morris zu ihm. »Auf Wikipedia findest du die Hintergrundinformationen. Und dann schreib auf, was du darüber denkst. Höchstens 500 Zeichen, Leerzeichen inklusive. Das sind sechs, sieben Zeilen. Anschließend lektoriere ich die Texte.«

»Warum *Der Levite und seine Konkubine*«, wollte Tarik wissen. »Kommen da auch Araber vor?«

»Ich dachte, du willst vielleicht kommentieren, dass diese, hmm, beschämende Geschichte, die sich ausschließlich innerhalb der jüdischen Gemeinschaft abspielt, so wenig bebildert worden ist, während ein Triumph über ihre arabischen Feinde, Judith, die Holofernes enthauptet, zum Beispiel, endlos oft gefeiert und reproduziert worden ist.«

»Wie ging die Geschichte?«, fragte Samira.

Der Holzschnitt, den sie betrachteten, zeigt einen Mann, der eine ziemlich prächtige Axt über der Leiche einer Frau schwenkt, die bereits in sechs oder sieben unglückselige Stücke geteilt ist.

Morris erzählte es ihr.

»Die arme Konkubine«, hauchte das Mädchen. Sie nahm ihren Kopf von Morris' Schulter. »Erst wird sie von einer ganzen Horde vergewaltigt, dann lässt man sie krepieren, und dann wird sie auch noch in Stücke gehackt. Ich hoffe, das soll keine Warnung sein.«

»Um Himmels willen!«, rief Morris erschrocken.

»Sie hat sich geopfert, um ihren Mann zu retten«, sagte Tarik und schnalzte offensichtlich beeindruckt mit den Lippen.

»Nicht freiwillig«, stellte Morris klar. »Der Levite hat sie einfach auf die Straße gestoßen, um die Ganoven zufriedenzustellen, die eigentlich hinter ihm her waren.«

»Typisch«, beklagte sich Samira, »ein Mann hat genug von seiner Frau und wirft sie den Haien zum Fraß vor.«

»Aber Liebes ...«

»Interessant«, sagte Tarik, »dass die Gauner zuerst ihn vergewaltigen wollten und sich dann stattdessen seine Hure vorgenommen haben.«

Ganz recht. Das war ein Detail, wie man es nie von der Kanzel einer englischen Kirche zu hören bekam. Aber die Bibel war in diesem Punkt explizit. Sie hatten den Hintern des Leviten gewollt.

Der junge Araber verzog den Mund zu diesem umwerfenden Lächeln, das nur die Hälfte seines Gesichts erstrahlen ließ. »Vielleicht sah unser Levite besonders gut aus.«

»Mit Sicherheit!«, sagte Samira.

Mit einem Gefühl des Unwohlseins erinnerte sich Morris an die Zeit, als er selbst das Objekt sexuellen Interesses von Männern war. Forbes zum Beispiel. Er wäre nie darauf gekommen, wenn ihn Massimina nicht gewarnt hätte.

»Ganz und gar nicht«, sagte er entschieden. »Es war, weil sie Probleme mit ihm hatten.«

»Probleme!« Tarik lachte böse. »Was denn für Probleme?«

»Darüber steht nichts in der Bibel.«

»Sind sie damals mit Problemen immer so umgegangen? Indem sie ihre Gegner zum Analsex zwangen?«

»Keine Ahnung.« Morris spürte, wie etwas Heißes in ihm hochstieg, durch den Unterleib bis in den Bauch, so als ginge es von der Sitzfläche seines Stuhls aus. »Wie auch immer«, fuhr er eilig fort, »nachdem der Levite die Leiche zerstückelt und die zwölf Teile der Konkubine an die zwölf Stämme Israels geschickt hatte – seht ihr die Boten mit den Körben, in denen sie die Stücke transportieren sollen? –, da kamen sie überein, dass ihr Tod gerächt werden musste, und in der darauffolgenden Schlacht kamen Tausende von Menschen ums Leben.«

»Jesus!«, rief Samira.

»Nein«, sagte Tarik lachend, »das war *vor* Christus.«

Morris wurde der Junge allmählich unsympathisch.

»Keine schlechte Lektion!« Samira schüttelte immer noch den Kopf.

»Wie soll ich all das plus meine Meinung dazu in 500 Zeichen unterbringen?«, wollte Tarik wissen.

»Wenn du keine Lust dazu hast, dann kann ich auch jemand anders beauftragen«, sagte Morris kühl.

»Ganz einfach«, säuselte Samira, »sie wollten *ihn* ficken, er sagt ihnen, sie sollen *sie* ficken, und am Ende sind alle im Arsch!«

Tarik lachte laut. Dabei fiel seine linke Hand achtlos auf Morris' rechten Oberschenkel hinunter. Morris schaute hin und sah durch die gläserne Tischplatte, wie die starken Finger des Jungen kurz über Samiras Hand strichen. Die Hitze in seinen Eingeweiden wurde stärker. Er schob seinen Stuhl zurück und richtete sich auf.

»Übrigens«, verkündete er, »habt ihr am Sonntagvormittag schon etwas vor? Ich wollte euch bitten, mir beim Transport eines Bildes zu helfen.«

10

Er konnte wirklich nicht länger warten. Zwischen einem Treffen mit amerikanischen Käufern und einem anderen mit tunesischen Zulieferern – es war wichtig, die beiden fein säuberlich voneinander zu trennen – hatte Morris das Büro verlassen, um seine jetzt vernünftig gerahmte Ehrenbürger-Urkunde vom *corniciaio* abzuholen und dann im Eisenwarenladen am Corso Milano etwas zu erstehen, mit dem man ein dickes Vorhängeschloss knacken konnte. »Eine Garage auf einem unserer Grundstücke auf dem Lande«, erklärte er ungeniert. »Leider habe ich den Schlüssel zum Vorhängeschloss verloren.«

Dann, als er den Laden wieder verließ und wie so oft, wenn er einen schweren Gegenstand in der Hand hielt, darüber nachdachte, dass man mit diesem Bolzenschneider definitiv töten könnte, oder auch Finger abschneiden, falls man zu so etwas neigte, verspürte er den überwältigenden Wunsch, *die Sache mit den Leihgabe-Anfragen ein für alle Mal zu klären*. Wozu gärte sein Geist, wozu dachte er unablässig über die verschiedenen Bilder nach, über ihre Anordnung, die Texttafeln, die Gesamtwirkung auf das Publikum, wenn die Ausstellung gar nicht erst zustande kam? Wozu sollte er den heiligen Bartholomäus entwenden, wenn der gehäutete Heilige gar nicht ausgestellt würde? Statt Zeit damit zu verschwenden, die hundert Meter zum Büro zurückzulaufen, um seinen Alfa zu nehmen, trat Morris auf die Straße und winkte ein Taxi heran.

»*Castelvecchio, per favore.*«

Auf dem Rücksitz wurde Morris erneut von Empörung überwältigt, weil so ein Wurm wie Zolla sich Kunsthistoriker nennen durfte. Dieser Pedant wollte einfach nicht akzeptieren, dass auf den Gemälden, die Morris ausgesucht hatte, das Leben pulsierte und der Tod schwer wog. Sie waren das Wahre und Echte. Stattdessen faselte Zolla von Chronologie und gerahmter Geschichte und von dieser oder jener Schule. Und die Konsequenz war, dass der Louvre bereits Nein gesagt hatte. Andere Museen hatten weitere Informationen erbeten. Und Zolla hatte geantwortet, indem er ihnen, wie er Morris versicherte, »alle Einzelheiten über die Klimabedingungen, die Luftfeuchtigkeit und Temperatur im Museum sowie die Reise- und Versicherungsdetails« mitgeteilt hatte. Herrgott noch mal! Dabei war das, was ein seriöser Museumsdirektor hören wollte, davon war Morris überzeugt, ein zwingender Grund, warum er seine unbezahlbaren Kulturgüter an diese ungewöhnliche und abgelegene Ausstellung verleihen sollte! Tatsache war, Morris musste das klären, und zwar *jetzt gleich*! Das Leben findet im Jetzt statt.

»Grazie«, sagte er zum Taxifahrer, gab ein großzügiges Trinkgeld und ignorierte die Dankbarkeit des Mannes. Er musste diesen Direktoren erklären, warum sie eines Tages stolz sein würden, zu einer *bahnbrechenden Ausstellung* beigetragen zu haben, die auf explosive und erhellende Weise formale Schönheit mit der Hässlichkeit des Mordes verband. Sonst wäre Holofernes ganz umsonst getötet worden. Johannes der Täufer sinnlos geköpft. Jesus für nichts und wieder nichts ans Kreuz geschlagen.

Morris marschierte in das Museum, versicherte dem Aufseher an der Tür, dass er nicht die Absicht hatte, die Schlösser der Vitrinen aufzubrechen und die Schwerter und Dolche zu stehlen, gab sein Päckchen und den Bolzenschneider an der Garderobe ab und ging eilig durch die Dauerausstellung und weiter nach oben in den Bürotrakt.

Zollas Sekretärin wirkte nervös.

»Haben Sie einen Termin, Signor Duckworth?«

Sie hielt ihn vor Zollas Tür auf, die, anders als sonst, geschlossen war.

Freundlich, aber außer Atem erklärte Morris, ihm sei etwas eingefallen, das es zwingend erforderlich mache, dass er sofort mit Professor Zolla sprach. Es stehe einiges auf dem Spiel, sagte er. Er ging am Schreibtisch der jungen Frau vorbei.

»Er ist nicht da«, sagte die Sekretärin und trat einen Schritt zur Seite, um sich ihm in den Weg zu stellen. Sie war eine muntere, mollige Frau mit dunklen Augen und einer zurückhaltenden Art, aber das strahlende Lächeln, das sie plötzlich aufsetzte, wirkte seltsam und abgründig. Morris blieb stehen und starrte sie an. Die Sekretärin lächelte gleichsam *entschieden*. Morris hob fragend seine rechte, vernarbte Braue. Die Sekretärin lächelte noch angestrengter, als wolle sie Morris anflehen zu verstehen, ihm aber gleichzeitig die Information, die ihm das ermöglichen würde, vorenthalten. Ihr Problem war vermutlich, dachte Morris, dass Zolla in seinem Büro war, sie aber angewiesen hatte zu sagen, er sei nicht da. In ihrer naiven Diensteifrigkeit hatte sie nicht verstanden, dass eine solche Anweisung wohl kaum auf einen so wichtigen Besucher wie ihn zutreffen konnte. Wieder machte er Anstalten, zur Bürotür zu gehen. Wieder stellte sie sich ihm in den Weg.

Morris seufzte.

»Es tut mir leid, aber ich habe nie gefragt, wie Sie heißen.«

»Tosi.« Sie legte den Kopf schief. Ihre Brüste waren ausladend mütterlich.

»Ich meinte, mit Vornamen.«

»Mariella.«

»Wie hübsch«, sagte Morris liebenswürdig.

»Grazie.«

»Dann werde ich warten.« Er schaute sich nach einem freien Stuhl um.

Das große Mädchen war damit nicht zufrieden. »Ich fürchte, er wird so schnell nicht wiederkommen.«

Morris überlegte kurz.

»O.k., wie wär's damit: Ich gehe für eine halbe Stunde nach unten ins Museum. Ich muss ein paar Wände ausmessen. Falls Sie in der Zwischenzeit Gelegenheit haben, mit dem Professor zu sprechen, würden Sie ihm bitte ausrichten, dass ich dringend mit ihm reden muss?«

»Ich werde sehen, was ich tun kann, Signor Duckworth.«

»Morris«, sagte Morris.

Die Sekretärin lächelte weiter, war aber zu klug, um ihn beim Vornamen zu nennen. Ihr Lächeln signalisierte jetzt Macht und offensichtliche Erleichterung, und als Morris durch das Büro schritt, um nach unten zu gehen, war ihm sehr bewusst, dass alle, ja, alle fünf Angestellten, die dort arbeiteten, das gleiche Lächeln auf ihren fleißigen, pflichtbewussten und total scheinheiligen Gesichtern hatten.

Unten im Museum musste er prüfen, ob die Tür, die zu den Lagerräumen im Untergeschoss führte, normalerweise abgeschlossen oder offen war. Er ging am *arch of saints* und der Reihe steinerner Trecento-Fürsten und Ritter vorbei bis zu der Doppeltür ganz hinten, an der ein Schild mit der Aufschrift »*L'ingresso e severamente vietato ai non autorizzati*« hing. Morris lächelte. Er fand es nach wie vor großartig, dass die Italiener nie damit zufrieden waren, etwas zu verbieten. Es musste *streng* verboten werden. Was es umso aufregender machte, einfach die Klinke herunterzudrücken, um zu sehen ob … ja, sie ging auf. Na bitte. Aber jetzt konnte er sie wohl kaum einfach wieder zumachen. Wie verdächtig würde das denn aussehen? Er schlüpfte hindurch, schloss die Tür hinter sich und stand im Stockdunkeln.

Verdammt. Morris stand einen Augenblick lang ganz still und bemerkte sofort, dass die Luftqualität hier anders war als in den Ausstellungsräumen. Es roch nasskalt. Die Luftfeuchtigkeit wurde nicht reguliert. Kein geeigneter Ort, um Sachen zu lagern. Er fuhr mit der Hand links und rechts vom Türrahmen über rauen Putz und entdeckte einen Schalter, der eine nach unten führende Treppe beleuchtete. Wer A sagt, muss auch B sagen. Morris stieg hinunter und fand einen großen, halbdunklen staubigen Raum vor, der mit in schwere Plastikplane gehüllten Figuren vollgestellt war, Skulpturen vermutlich, und entlang der rechten Wand standen etliche Leinwände, einige verpackt, andere ungeschützt. Morris bahnte sich einen Weg dorthin. Unter einer dicken Staubschicht hockte ein recht reizvoller steinerner Greif. Ob diese Dinge wertvoll waren? Morris hatte sich oft gefragt, ob die Lagerräume von Museen nicht der ideale Ort für Kunstschieber waren, um, mithilfe einiger interner Absprachen vor Ort, gestohlene Kunstwerke zu verstecken, bis sich ein Käufer gefunden hatte. Die Polizei würde wohl kaum in den riesigen Lagern des Victoria & Albert nach geraubten Gemälden suchen. Es könnte interessant sein, herauszufinden, was sich unter all diesen Folien verbarg. Natürlich war es nichts als ein Vorurteil, anzunehmen, dass Volpi, nur weil er aus Neapel stammte, etwas Derartiges im Schilde führte. Dennoch, wieso haben wir schließlich Vorurteile? Doch nur, weil sie sich in der Realität meistens bestätigen.

Morris runzelte die Stirn. Beim weiteren Umschauen im Raum entdeckte er eine Reihe von Metallschränken. Er prüfte die Türen. Vorhängeschloss. Vorhängeschloss. Offen! Im Schrank lag ein Dutzend Schwerter und Dolche einfach übereinander. Morris blieb stehen. Sehr interessant. Er starrte in den Schrank. Die Lichtverhältnisse waren nicht sehr gut. Es gab nur entlang der mittleren Wölbung der niedrigen Decke ein paar Neonröhren. Aber das hier waren eindeutig antike Stücke, vermutlich der Rest der Sammlung, die in der Dauerausstellung im Erdgeschoss gezeigt wurde. Seltsam, dass sie nicht einmal beschriftet waren. Er nahm ein Schwert in die Hand. Der Griff war ein bisschen zu schmal für seine Hand. Aber die Waffe war angenehm schwer. »Ein Schwert, das zwei Schneiden hatte, eine Elle seine Länge.« Morris lächelte. »Das gürtete er unter seinem Gewand an seine rechte Hüfte.« Morris stand auf, machte seinen Mantel auf und versuchte, sich das Ding unter den Gürtel zu schieben. Verdammt, war das scharf! Die Spitze erwischte seinen Daumen und hinterließ einen fiesen Schnitt. Morris lutschte an der Wunde, damit das Blut seine Kleidung nicht beschmutzte. Wie ärgerlich! Er legte das Messer wieder in den Schrank. Da lag etwas, das in ein Tuch gewickelt war. Er wickelte es mit einer Hand aus – es war ein winziges Stilett – und steckte seinen Daumen in das Tuch, das sich anfühlte, als hätte es jahrelang Staub gefangen.

Gedankenverloren hockte er sich vor den Schrank. Die Waffen wirkten reichlich armselig, so willkürlich aufgeschichtet in einem alten Schrank in diesem düsteren, feuchtkalten Raum. Wie ein Haufen Krimskrams, der nicht mehr gebraucht wurde; aber dennoch allzeit bereit, das wusste er nur allzu gut, wie ein Geist aus der Flasche zu erscheinen und in willige Hände zu springen, um irgendein furchtbares Schicksal zu besiegeln. Waffen rufen nach willigen Händen. Daran bestand kein Zweifel. Morris schmunzelte, als er genüsslich an den Moment dachte, wenn plötzlich alle Unentschiedenheit hinter einem liegt, die Finger sich um den Messergriff schließen, man gleich zustechen wird, und – den Letzten beißen die Hunde.

Auch so ein schöner Spruch.

Dann wurde er wütend auf sich. Wozu um alles in der Welt verschwendete er so viel Zeit damit, sich am Anblick rostiger Schwerter zu weiden? Der Impuls, der ihn vor etwa einer Stunde zum Museum getrieben hatte, kehrte mit neuer Kraft zurück; er musste sofort wieder nach oben und Zolla, der sich ganz bestimmt in seinem Büro versteckte – vermutlich masturbierte oder eine Freundin zu Besuch hatte –, ganz einfach dazu zwingen, einen Brief zu schreiben, der seine Ausstellung doch noch retten könnte. *Nur darauf kam es an.* Mach es jetzt sofort.

Morris rannte die Treppe wieder nach oben, stürzte durch die streng verbotene Tür aus dem Lagerraum hinaus und hätte dabei fast einen dösenden Aufseher umgeworfen, der sich ausgerechnet diese ruhige Ecke ausgesucht hatte, um schläfrig die nächste besoldete Stunde zu vertreiben. Ohne sich zu entschuldigen, eilte er direkt weiter ins Obergeschoss und lief bereits, die verletzte Hand in die Jacketttasche geschoben, zwischen den Schreibtischen der Büroangestellten hindurch, deren Gesichter sich bei seinem Auftauchen erneut zu einem Lächeln verzogen. Zollas Tür stand jetzt offen, aber die Sekretärin erhob sich wieder und schüttelte den Kopf. Sie hatte zu viel Lidstrich aufgelegt, dachte Morris. Es sah vulgär aus.

»Ich fürchte, der Professor ist noch unterwegs.«

»Dann warte ich in seinem Büro, wenn Sie nichts dagegen haben, Mariella.«

»Ich glaube kaum, dass er heute Vormittag noch einmal wiederkommt.«

Ihre Nägel waren in leuchtendem Türkis lackiert.

»Das Risiko gehe ich ein«, sagte Morris.

Er schritt entschieden voran in Zollas Büro. Hinter ihm, so war sein Eindruck, waren alle drauf und dran, in Gelächter auszubrechen. Das Sechs-Schwerter-Massaker, murmelte er als Überschrift vor sich hin: Als sich die Schließzeit näherte, schrieb der *Corriere della Serra*, fand der Hausmeister des Museums das gesamte Verwaltungspersonal aufgespießt und blutüberströmt auf ihren Drehstühlen vor.

Morris ließ sich auf den Sessel in der Ecke fallen. Der Computer war an, stellte er fest. Zollas Deo lag in der Luft. Wie weit konnte der Mann weg sein?

Die Sekretärin war ihm gefolgt und stand hilflos in der Tür.

»Sie sollten wirklich nicht darauf bestehen, Signor Duckworth«, sagte sie.

»Morris«, sagte Morris lächelnd. »Sie können Morris zu mir sagen.« Aus dem Wandregal neben sich nahm er einen alten Katalog mit dem Titel *L'onore delle armi*. Eine Ausstellung von 2004. *Die Ehre der Waffen. Die Sammlung des Castelvecchio.*

Da ihn die junge Frau beobachtete, konnte er die linke Hand mit dem blutigen Tuch nicht aus der Tasche ziehen. Er spürte immer noch, wie es im Daumen pulsierte. Es gelang ihm trotzdem, den Katalog auf sein Knie zu legen und nach und nach durchzublättern, indem er den größten Teil der Seiten mit der rechten Hand festhielt. Es gab Bilder von Speeren und Schilden aus dem Kongo. Italiens Kolonialkriege. Ein türkischer Säbel. Gewehre und Bajonette von 1917.

»Die Porträtreihe«, las er auf einer Seite, »von bewaffneten Edelmännern am Ende des 16. und Anfang des 17. Jahrhunderts enthält auch Exponate der Familien Sagramoso und Pompei aus Verona. Das schönste Porträt, das von Francesco Sagramoso, angefertigt von Felice Brusasorci, ist zugleich das einzige einer zeitgenössischen Persönlichkeit.«

Die Sekretärin stand immer noch in der Tür.

»Hat Professor Zolla das geschrieben?«, fragte Morris unschuldig.

»Ja«, sagte sie. »Er kümmert sich immer um die Kataloge.«

Morris blickte auf und sah, dass sie wusste, was er dachte: der Text war furchtbar.

»Reichlich viel Zeug über Ehre und Ehrenmänner«, sagte er lachend, »aber kein Hinweis darauf, was diese fiesen kleinen Biester im Innern eines Menschen anrichten konnten.«

Die Sekretärin sagte nichts dazu.

Morris blätterte geruhsam den Katalog durch. Die Frau rührte sich nicht vom Fleck.

»Heißt das, diese ganzen Waffen werden hier im Museum aufbewahrt?«

»Nicht alle«, sagte sie. »Aber viele davon. Wir haben alles Mögliche in den Lagerräumen.«

Morris legte den Katalog beiseite.

»Erzählen Sie mir davon«, sagte er.

»Oh.« Sie runzelte die Stirn. »Das weiß ich wirklich nicht auswendig. Es gibt natürlich eine Inventarliste. Wir könnten zwei oder drei Dauerausstellungen haben, wenn wir genug Platz hätten.«

»Eine Inventarliste? Wenn Sie die auf Excel oder so haben, könnten Sie sie mir mailen?«

Die Sekretärin sah jetzt ratlos aus.

Morris setzte sein tröstlichstes Lächeln auf.

»*Cara* Mariella, Sie brauchen wirklich nicht wie eine ängstliche Dogge über mich zu wachen. Als Ko-Kurator einer kommenden Ausstellung und dazu wichtiger Sponsor des Museums habe ich etwas Dringendes mit dem Professor zu regeln. Wenn Sie also nichts dagegen haben, dann werde ich einfach hier sitzen und Kataloge lesen, bis der Professor wiederkommt.«

Die Frau seufzte, wobei sich ihre üppigen Brüste fast cartoonartig hoben. Kaum hatte sie sich abgewandt und war wieder in den offenen großen Raum gegangen, sprang Morris auf und ging zu Zollas Computer. Der Bildschirmschoner war Donatellos David. Billig. Morris zog die linke Hand aus der Tasche, schüttelte das Tuch ab, saugte einmal kräftig an seinem Daumen und öffnete dann das Suchfenster unten rechts auf dem Bildschirm, wo er »Passwörter« eingab. Eine lange Liste von Dokumenten ging auf. Morris schaute sich die Dateinamen an. *Spasso alla spiaggia. Il direitto e la privacy. Le leggi suntuarie nel 400 fiorentina …*

Zu viele. Und sein Daumen blutete immer noch. Wie albern!

Noch einmal kräftig gesaugt, dann ging Morris wieder zu

dem Suchfenster und gab »skype E-Mail username banca biblioteca codice fiscale pin login« ein. Wieder erschienen etliche Namen. Aber dieses Mal dominierte *Le leggi sunuarie nel 400*. Morris klickte die Datei an, und Bingo! Da waren sie, Zollas Passwörter, fein säuberlich aufgelistet. So viel zur Kleiderordnung im 15. Jahrhundert. Wie dumm von ihm zu glauben, er hätte die Datei versteckt, indem er ihr einen schrulligen Namen gab. Morris markierte und kopierte alles, schloss die Datei, wechselte zum Explorer, in dem Zollas E-Mail bereits geöffnet war, adressierte eine Nachricht an seine eigene Mailadresse, MAD@duckworth.com, fügte Zollas Passwörter ein, schickte die Mail ab und löschte sie dann zuerst aus *Posta inviata* und dann aus *Posta eliminata*. Er öffnete den Ordner *Documenti recenti*, um *Le leggi suntuarie* daraus zu entfernen. Fertig? Ja. Jedenfalls fiel ihm sonst nichts ein. Alles in knapp einer Minute. Er hätte wirklich ein Profiganove sein können. Morris ging im E-Mail-Fenster wieder auf *Posta in arrivo* und bemerkte, dass die neueste Nachricht von Volpi stammte. Eingegangen vor fünfundzwanzig Minuten, aber bereits gelesen. Er bewegte den Cursor darauf, und eine Vorschau erschien. »Gioletto, bring deinen süßen Arsch sofort in mein Büro!«

Gioletto? Süßen Arsch!

»Signor Duckworth!«

Die Sekretärin war wieder da.

»Ich hinterlasse Angelo nur eine Nachricht, Mariella«, sagte Morris lächelnd. »Ich fürchte, ich muss jetzt gehen. Sonst verpasse ich einen Termin.«

»Bitte hinterlassen Sie alle Nachrichten bei mir, Signor Duckworth.«

Als er nach unten schaute, erblickte Morris einen frischen Blutstropfen auf der weißen Tastatur. So viel zum Thema Profiganove. Aber wer hatte schon eine weiße Tastatur? Er seufzte, nahm das Tuch, wischte die Leertaste damit ab, wickelte es wieder um seinen Daumen, steckte die Hand in die Tasche und ging direkt auf die mollige Frau an der Tür zu.

»Was soll ich dem Professor ausrichten?«, beharrte sie.

»Sagen Sie ihm einfach, er soll mich anrufen, sobald er kann.«

Kaum war Morris an der Reihe von Schreibtischen vorbei – und diesmal machte er sich nicht die Mühe, zu schauen, ob die Leute grinsten oder nicht –, bog er nach rechts ab statt nach links und ging den Flur hinunter in Richtung Volpis Büro.

»Signor Duckworth! *Per favore!*«

Die Sekretärin kam hinter ihm her, im Laufschritt. Er hörte das Klappern ihrer hohen Absätze auf dem Steinfußboden.

»Dottor Volpi ist ebenfalls unterwegs, Signor Duckworth!«

Aber Morris war schon an der Tür. Er klopfte und drückte. Sie ging auf.

Einen Augenblick lang schien es so, als habe die Sekretärin die Wahrheit gesagt. Der riesige Schreibtisch am Ende des Zimmers und vor allem der gepolsterte Drehstuhl waren nicht besetzt. Offenbar hatte Volpi Gioletto zu sich ins Büro gerufen, und die beiden waren zum Mittagessen gegangen.

Dann hörte Morris, wie jemand Luft holte. Mehr noch. Es war ein Schluchzen. Unwillkürlich trat er ins Zimmer und sah Zolla, der rechts von ihm *mit dem Rücken an der Wand auf dem Boden saß*. Der sorgfältig frisierte Kopf des Mannes lag in seinen Händen, und er zitterte am ganzen Körper. Morris starrte ihn an. Zolla wirkte total fertig. Was um alles in der Welt machte er da auf dem Fußboden? Auf einer alten Infotafel, die neben ihm an der Wand lehnte, stand rot auf schwarz: »Anhänger der Bianchi machten ihre Pilgerreisen barfuß, schliefen auf Stroh, verzichteten auf Fleisch und geißelten sich selbst, während sie um ›Gnade und Frieden‹ baten.« Warum Morris sich die Zeit nahm, dieses seltsame Relikt einer längst vergessenen Ausstellung zu lesen, und sogar versuchte, es zu verstehen, hätte er nicht sagen können. Aber der unglückliche, schluchzende Mann im schicken Anzug und die alte Infotafel mit dem seltsamen Text waren für Morris aus irgendeinem Grund wie ein einziges Bild. Wer waren die Bianchi? Warum haben sie sich gegeißelt? Und vor allem, warum befand Zolla sich in diesem Zustand?

Morris zögerte. Hinter sich hörte er, wie die Absätze der Sekretärin abrupt zum Halt kamen, als machte die Tatsache, dass Morris die Tür geöffnet hatte, jede weitere Intervention überflüssig. Er befand sich jetzt eindeutig im Herzen dessen, was dem ewigen Lächeln des Büropersonals vom Castelvecchio zugrunde lag. Aber was mochte das sein?

»Signor Duckworth«, erkundigte sich eine barsche Stimme, »hat Ihre gute Mutter Ihnen nicht beigebracht, vor dem Betreten eines Raumes anzuklopfen *und* auf ein Herein zu warten?«

Morris fuhr herum und erblickte zu seiner Linken Volpi, der mit dem Rücken zum Raum vor dem vergitterten Fenster stand und hinausschaute. Der dicke Mann stand so still, dass Morris' Blick gar nicht dorthin gewandert war. Aber woher wusste er, dass es Morris war, wenn er aus dem Fenster schaute?

»Bitte haben Sie die Freundlichkeit, sofort zu gehen«, sagte der Direktor. Immer noch ohne sich umzudrehen, fügte er trocken hinzu: »Es sei denn, Sie wollen so enden wie die Opfer in Ihrer lächerlichen Ausstellung.«

Woraufhin jemand irgendwo anders im Zimmer lachte. Es war ein ziemlich ungewöhnliches Lachen, das ihm aber zugleich, dachte Morris später, irgendwie bekannt vorkam. Doch da er bereits dabei war, sich zurückzuziehen und die Tür zu schließen, hatte er keine Gelegenheit, herauszufinden, wer diese Person war.

11

Da er nicht mit seinem Auto gekommen war, ging Morris zu Fuß zurück in die Via Oberdan. Er war verwirrt und fühlte sich wacklig auf den Beinen. Immerhin hatte er die Adressen der richtigen Ansprechpartner in den verschiedenen Museen. Und er wusste jetzt Dinge, von denen andere nicht wollen würden, dass er darüber sprach. So etwas war in Italien im Allgemeinen sehr nützlich. Als Nächstes würden sie ihm anbieten mitzumachen, was für einen perversen Blödsinn sie auch trieben. Womöglich war dieser Vormittag ertragreicher gewesen als angenommen. Als er von der Via Roma auf die Piazza Bra einbog, bemerkte er plötzlich, dass jemand seinen Namen rief.

»Morris!«

Jemand mit einem amerikanischen Akzent.

»He, Morris, Kumpel.«

»Stan, wie schön dich zu treffen.«

»Du wirst es nicht glauben, Morris.«

Der Kalifornier war außer Atem. Er hatte einen kleinen Rucksack bei sich.

»Ich komme direkt vom Flughafen.«

Morris verkrampfte sich. In seinem Kopf klingelten sämtliche Gefechtsstationen.

»Ich wollte zu dir.«

»Zu Fuß?«, fragte Morris.

»Mit dem Bus«, erklärte Stan. Er atmete schwer.

»Du wirst nicht glauben, was ich herausgefunden habe. Über Forbes. Wir müssen zur Polizei gehen.«

»Erzähl es mir«, sagte Morris. Er nahm den Amerikaner beim Arm. »Komm, wir gehen etwas trinken.« Als er auf die blauen Tische des La Costa zuging, redete Stan bereits wie ein Wasserfall, und das wesentlich lauter als gut war. Morris überlegte fieberhaft, wie eine angemessen ahnungslose Reaktion aussehen müsste.

»*Due prosecchi*«, sagte er, als der Kellner vorbeikam. Es war Viertel nach eins.

»Unglaubliche Namen haben die in Wales«, sagte Stan jetzt. »Pwllgwyngyll. Oder so ähnlich. Die alte Schrulle war ungefähr hundert. Seine Frau. Wie sich herausstellte, war sie wesentlich älter als Mikey. Über zwanzig Jahre. Fall von Muttersyndrom, nehme ich an. Jedenfalls war sie ziemlich gaga. Hab so gut wie nichts aus ihr rausgekriegt. Sie schien gar nicht zu wissen, wovon ich spreche.« Stan beugte sich über den Tisch. »Gerade als ich gehen wollte, kam dann zum Glück die Tochter.«

Zum Glück, ja. Morris schaute sich um, um zu sehen, ob die Getränke bald kamen. »Forbes hat mir gegenüber nie erwähnt, dass er eine Tochter hat«, sagte er vorsichtig.

»Nette Frau. In unserem Alter.« Stan grinste. »Trinkt ein bisschen viel, fürchte ich. Hat mich gleich in den Pub geschleppt. Sie meinte, es gäbe Dinge, die sie nicht vor ihrer Mutter sagen könne.«

»Die gaga war.«

»Richtig.«

Wie war es möglich, dachte Morris, dass er sich bei all seinen anderen Sorgen jetzt auch noch hiermit befassen musste.

»Und, was hast du erfahren?«

Die Proseccos kamen. Morris nahm einen Schluck und schaute Stan über den Rand seines Glases hinweg an. Dabei fiel ihm auf, wie dünn der Hals seines alten Bekannten war, wie knollig seine Stirn. Kein sehr gut aussehender Zeitgenosse.

»Psychologisch gesehen ist das die schrägste Geschichte, die man je gehört hat.« Stan nahm eine Handvoll von den Erdnüssen, die der Kellner gebracht hatte.

»Ich bin ganz Ohr«, versicherte ihm Morris.

»Also erst mal, obwohl er seit über zwanzig Jahren nicht in Pwllwynirgendwas gewesen ist, hat Forbes jeden Tag, oder vielmehr jeden Abend, ungefähr eine Stunde lang mit seiner alten Dame telefoniert. *Eine Stunde! Jeden* Tag!«

»Erstaunlich«, sagte Morris ruhig. Das erklärte immerhin, wo ein Teil des vielen Geldes geblieben war. Eine Stunde täglich von Verona nach Pwllgwyngyll jahraus, jahrein, da dürfte eine ansehnliche Rechnung zusammengekommen sein.

»Warte, bis du gehört hast warum«, sagte Stan grinsend, nahm noch ein paar Erdnüsse und einen Schluck Wein.

»Warum?«, fragte Morris gehorsam.

»Um zu beichten«, sagte Stan kauend. »Um zu beichten und sich vergeben zu lassen.«

»Was denn zu beichten?« Morris machte sich auf alles gefasst.

»Die Tochter sagte, ihr Vater war eine wandelnde Zeitbombe, so wie er sich benommen hat. Sie meinte, alle haben es gewusst.«

»Hat die Tochter auch einen Namen«, erkundigte sich Morris.

»Molly.«

»Weißt du das genau?«

»Hat sie gesagt.«

»Ich kann mir nicht vorstellen, dass Forbes seine Tochter

Molly nennen würde. Da hätte man doch mindestens mit Lukrezia oder Kleopatra gerechnet.«

Stan kratzte sich das schüttere Haar und schüttelte den Kopf. Es war faszinierend, wie leicht er sich ablenken ließ.

»Sonderbar«, stimmte der Amerikaner schließlich zu, aufs Geratewohl, dachte Morris. »Die Sache ist die, Mo, Forbes stand anscheinend auf Jungs. Kannst du dir das vorstellen? Noch dazu auf kleine Jungs. Er hatte sogar schon Ärger deswegen. Jedenfalls beichtete er diese Sachen jeden Tag seiner Frau, ich meine, seine Bedürfnisse, wenn du verstehst, und sie … sie …« Stan fehlten die Worte.

»Sie vergab ihm. Vergeben-vergab-vergeben.« Morris lächelte leicht.

»Also …«

»Vielleicht kann man in Amerika auch vergebte sagen …

»Also …« Stan stockte erneut.

»Wie auch immer«, unterbrach ihn Morris, »ja, ich wusste, dass Forbes dieses Laster hatte. Deshalb habe ich versucht, ihn mit den Gemäldekopien auszulasten.«

»Du wusstest davon?«

»Ja.«

»Und hast nichts gesagt?«

»Ich wollte einen Freund nicht ins Gefängnis bringen. Ich wollte ihn aus allem Ärger raushalten.«

Stan schüttelte den Kopf. »Aber überleg doch mal, wie viel Schaden ein Typ wie er anrichten könnte.«

»Je älter ich werde, Stan, desto mehr habe ich den Eindruck, dass es im Leben immer um Schadensbegrenzung geht. Die Menschen müssen lernen, auf sich aufzupassen.«

Morris schaute dem Amerikaner direkt in die Augen. Stan blieb unbeirrt.

»Aber hör dir Folgendes an. Anscheinend, zumindest sagt Molly das, hat er auch noch für einen Typen gearbeitet, von dem er wusste, dass er kriminell ist. Jemand hat ihm Geld gegeben, bloß damit er nicht redet. Angeblich lag ihm das auf dem Gewissen, aber er brauchte das Geld. Jedenfalls war sie, die Tochter, überzeugt, dass ihm etwas Schlimmes zugestoßen sein muss, denn warum hätte er sonst von einem Tag auf den anderen aufgehört anzurufen? Er brauchte diese Telefongespräche und das Gefühl, dass seine Frau ihm vergeben hatte.«

Morris runzelte die Stirn. »Vielleicht hat er einen anderen Beichtvater gefunden. Bei dem kein teures Telefonat nötig war.«

Stan hatte sein Glas bereits geleert. Er schüttelte den Kopf. »Er wurde abgeknallt, Mann. Kann gar nicht anders sein. Eine zwanzig Jahre alte Gewohnheit ändert man nicht so mir nichts, dir nichts. Die Tochter glaubt, es war vielleicht einer von den Jungs, hinter denen er her war. Oder dieser Typ, über den er Bescheid wusste.«

Morris seufzte. »Wer mag das wohl sein.«

»Vielleicht erklärt das, warum er so viel mit Priestern zu tun hatte«, sagte Stan. »Womöglich war es sogar ein Priester. Der Kriminelle, meine ich. Er wusste von einem Priester, dass er noch mehr auf dieses pädophile Zeug stand als er selbst. Jedenfalls müssen wir zur Polizei gehen.«

»Meinst du wirklich, dass die das interessieren wird?«, fragte Morris.

Stan war überrascht. »Wir sprechen hier von einem Verschwinden. Wahrscheinlich sogar von einem Mord.«

Morris nippte an seinem Prosecco. Er hatte noch mehr als ein halbes Glas. »Das ist mindestens fünf Jahre her, Stan. In diesem Land passiert jeden Tag alles Mögliche. Und Michael war nicht mal Italiener. Warum sollten sie sich für ihn interessieren.«

»Ich finde, wir sind es ihm schuldig, es wenigstens zu melden«, sagte Stan. »Ein Mann verschwindet, und es gibt nicht mal jemanden, der es meldet.«

Sie hatten ausgetrunken. Morris schwieg.

»Ich bin übrigens rausgefahren, um mir das letzte Bild anzusehen, das er kopiert hat. Die Isebel. Die du in deinem Raum hängen hast.«

»Ach ja«, sagte Morris lächelnd. »Tatsächlich? Wie interessant.«

»Schon beeindruckend, wie er es geschafft hat, es sogar älter aussehen zu lassen, als es ist. Er hatte technisch echt was drauf. Das Bild in der Kirche sieht neu aus im Vergleich. Wurde restauriert, sagt der Pfarrer.«

»Michael war sehr begabt.« Morris kam der Gedanke, dass Stan, sofern er ihn davon abhalten konnte, zur Polizei zu gehen, tatsächlich niemals zwei und zwei zusammenzählen würde.

»Die nächste Questura ist am Fluss, hinter der Ponte Nuovo, oder?«

»Ja, das stimmt«, sagte Morris. »Wenn du willst, erledige ich das für dich. Deine Zeit hier ist schließlich fast um, oder? Da willst du sicher nicht in ausgedehnte rechtliche Angelegenheiten verwickelt werden.«

Stan saugte an seiner Lippe. »Nein, ich gehe lieber selbst. Ich habe Fotos und so. Und ein paar Briefe, die seine Tochter mir gegeben hat.«

»Die kann ich mitnehmen«, sagte Morris.

Zum ersten Mal warf Stan ihm einen eigenartigen Blick zu. »Mach dir keinen Kopf, Mann«, sagte er. »Du hast genug zu tun. Und ich bin jetzt sowieso drin. So was ist mir noch nie passiert.«

Morris verlangsamte das Tempo seiner Antworten, um jeden Eindruck zu vermeiden, dass er ein schnell denkender Mensch war. Er hob eine Hand, um dem Kellner zu signalisieren, er möge die Rechnung bringen, und schlug dann schweren Herzens vor: »Gehen wir zusammen. Ich hole den Wagen.«

»Aber es ist doch gar nicht weit.« Stan zögerte. »Aber nett von dir. Mein Italienisch ist ziemlich eingerostet.«

Als der Kellner kam, fügte der Amerikaner hinzu: »Ich fürchte, ich habe kein Geld dabei.«

War das je anders gewesen, dachte Morris. Und war es nicht unglaublich, dass er vor dreißig Jahren mit Massimina genau in diesem Cafè saß, als Stan sie gesehen hatte? Womöglich gar am selben Tisch? An dem Tag, an dem sie beschlossen hatte, mit ihm wegzulaufen, dem Tag, an dem alles angefangen hatte. Es war so, als ob etwas, das schon vor langer Zeit hätte geschehen sollen, jetzt endlich eintrat.

»Wenn ich es mir recht überlege«, sagte Morris nachdenklich, »werden wir auf der Polizei bestimmt mehr Glück haben, wenn wir da hinfahren, wo er zuletzt gewohnt hat. Als er die Isebel gemalt hat. Da oben werden sie auf der Wache weit weniger zu tun haben.«

Stan zögerte.

»Dann könnten wir uns sogar das Bild noch einmal ansehen. Vielleicht fragen, ob der Pfarrer etwas weiß.«

»Da ist was dran«, sagte Stan. »Er war gerade beim Essen, als ich dort war. Wollte nicht mittendrin aufstehen.«

Morris blieb also ungefähr eine Stunde, um eine Entscheidung zu treffen. Zuerst eine kurze Taxifahrt, um das Auto zu holen, dann eine vierzigminütige Fahrt durch die Stadt und hinauf in die Berge. Am Steuer erzählte er Stan von seiner Sorge um seine Tochter. Sie schien gar nicht mehr zur Uni zu gehen und schrieb nur noch SMS. Es war so enttäuschend, zuzuschauen, wie ein junger Mensch sein Leben vergeudete.

»Keine Angst«, sagte Stan wohl zum dritten Mal innerhalb einer Stunde. »Jugendliche sind einfach so. Du solltest gelassen bleiben. Ich kann gern mal mit ihr reden, wenn du willst.«

»Du nimmst alles so leicht«, sagte Morris dankbar.

»Nicht die Sache mit Forbes«, gab Stan zu. »Ich glaube wirklich, ihm ist etwas Schreckliches zugestoßen.«

Es war fast, als würde der Mann geradezu darum bitten,

dachte Morris. Er fand es faszinierend, wie manche Leute ihn verdächtigten, wenn er rein gar nichts getan hatte, während der arme Stan geradezu genetisch unfähig zu sein schien, Misstrauen zu hegen. Das Problem wurde erst akut, wenn die Polizei feststellte, dass *noch* eine Person, die Morris Duckworth nahegestanden hatte, unter rätselhaften Umständen verschwunden war. Irgendwann musste das Glück ihn ja verlassen. Stan beschwerte sich inzwischen darüber, wie teuer alles in Italien geworden war. Morris nickte wissend.

»Letztendlich«, unterbrach er ihn schließlich, »war die Kirche der Ort, an dem Forbes nie anzutreffen war.«

»Er hatte seine Mietwohnung«, sagte Stan.

»Natürlich.«

»Ich bin letzte Woche da gewesen.«

»Wirklich?«

»Liegt doch nahe, es dort zu versuchen. Natürlich wohnt jetzt jemand anders dort. Die Wohnung wird von einer Agentur vermietet, und natürlich hat das gesamte Personal inzwischen gewechselt. Aus den Akten geht hervor, dass sie jemanden vorbeigeschickt haben, nachdem er ein paar Monate keine Miete bezahlt hatte, und dabei feststellten, dass alle seine Sachen weg waren. Dann haben sie die Wohnung an jemand anderen vermietet.«

»Na bitte«, sagte Morris. »Also hat er die Fliege gemacht. Vermutlich sitzt er trocken und warm irgendwo in China oder so. Ich weiß, dass er Anfragen hatte, anderswo zu unterrichten. Einen guten Lateinlehrer zu finden ist heutzutage nicht so einfach. Eine aussterbende Art«, fügte Morris hinzu und ließ sich den Ausdruck auf der Zunge zergehen.

»Woher willst du wissen, dass er seine Wohnung selbst ausgeräumt hat?«, fragte Stan. »Was, wenn er umgebracht wurde und der Mörder alles weggeschafft hat, um den Eindruck zu erwecken, er habe sich aus dem Staub gemacht.«

Das gab den Ausschlag. Morris fuhr weiter, nach oben in die Berge, zu der Kirche, in der er erst vor Kurzem mit seinem Sohn gewesen war. Santi Apostoli del Soccorso. Er parkte im Schatten an der Friedhofsmauer. Was er brauchte, dachte er, war eine bescheidene Portion Glück. Wer besuchte schon an einem Mittwochnachmittag eine Kirche? Niemand. Zugleich fragte er sich, ob er das tatsächlich durchziehen konnte. Er hatte so sehr dafür gebetet, dass dieser Kelch an ihm vorübergehen möge.

»Komm, wir schauen uns zuerst noch einmal das Bild an«, sagte er. »Der Pfarrer macht sicher gerade Siesta. Ich habe mal einen Roman gelesen«, fuhr er fort, »in dem ein Maler auf der Rückseite einer Bildleinwand eine Botschaft hinterlassen hat.«

»Wir können es wohl kaum umdrehen und nachsehen«, lachte Stan. »Sonst denken sie noch, wir wollten es stehlen.«

»Forbes hat mir mal erzählt, dass man auf den Dachböden von Kirchen erstaunliche Sachen findet. Vielleicht sollten wir mal nachsehen, ob die Kirche einen Dachboden hat. Womöglich hat es ihn da oben erwischt.«

»Das hab ich schon überprüft«, sagte Stan.

Morris stolperte und wäre beinahe zu Fall gekommen.

»Aus reiner Neugier. Aber da oben ist nichts als Schutt.«

»Schutt?«

»Reste von irgendwelchen Bauarbeiten, die offenbar keiner runtertragen und wegwerfen wollte. Säcke voller Zement und so.«

Sie waren an der Kirche angekommen.

»Und wenn er darunter liegt?«

Stan pfiff durch die Zähne. »Ganz schön schlau, Ducky! Aber man wird ihn wohl kaum in der Kirche umgebracht haben, oder? Höchstwahrscheinlich hatte es mit irgendeinem Techtelmechtel zu tun oder so was.«

Das Gute war, dachte Morris, als er die Tür aufstieß, dass er erst vor Kurzem hier gewesen war und wusste, dass alles da war, wo es hingehörte. Und so war es auch. Ein paar Minuten lang standen sie nebeneinander und betrachteten Isebel, die sich aus dem Fenster stürzte.

»Es lag daran, dass sie Ausländerin war, weißt du«, sagte Morris. »Anscheinend haben sie ihr deshalb misstraut.«

»Typisch«, sagte Stan lachend. »Man fragt sich aber doch, ob sie einen Sturz aus dem zweiten Stock nicht hätte überleben können. Meinst du nicht auch?«

»Apropos«, Morris erlaubte sich ausnahmsweise eine aus dem Zusammenhang gerissene Bemerkung: »Lass uns nach oben gehen und uns diesen Schutt mal genauer ansehen.«

Als er den Vorschlag aussprach, traute Morris kaum seiner eigenen Stimme. Alles kam ihm so offensichtlich vor, so einfach. Wie konnte Stan nicht kapieren, was ihm bevorstand? Morris ging bedächtig auf den Altar zu. »Wir können uns mit einem der Kerzenleuchter den Weg leuchten.«

Don Gaetano war sich treu geblieben und hatte echte Wachskerzen in die großen Messingständer gesteckt. Morris trug das schwere Ding zu der kleinen Reihe von Votivkerzen im Kirchenschiff hinüber und hielt es an eine Flamme. Der dicke Rauch stieg in Ringen von dem weißen Fleisch des Wachses auf.

»Ganz schön pompös!«, sagte Stan lachend.

Der Mann war ein Trottel, dachte Morris. Ein echter Trottel. Er hatte nichts Besseres verdient. Hinterher würde er selbst eine Votivkerze anzünden und um Vergebung bitten.

Stan zeigte ihm die Tür hinter der Kanzel und ging voran, einen kurzen Flur entlang und dann eine steile Steintreppe nach oben, wo im Halbdunkel eine kleine Eisentür zu erkennen war, die noch genauso knarrte wie vor fünf Jahren. Als wäre ein Schalter umgelegt worden, spürte Morris, wie sein Körper vor Vorfreude prickelte.

»Ich vermute, es muss in seiner Wohnung passiert sein«, sagte Stan jetzt.

Morris war zu aufgeregt, um zu antworten. Der niedrige Dachboden wurde von Lichtstrahlen erleuchtet, die durch die Ziegel drangen. Die Luft war erstaunlich frisch; offenbar entwich jeglicher Geruch hier nach oben statt nach unten. Dennoch würde es besser sein, die Leiche zu verpacken. An der Wand lagen Plastiksäcke.

»Ich nehme an, das Problem wird sein, dass im Laufe der Jahre alle Spuren verwischt wurden, da dort inzwischen andere Leute eingezogen sind.«

Stan ging vorwärts und untersuchte den Schutthaufen in der Mitte des Dachbodens.

»Hier könnte vermutlich tatsächlich jemand drunterliegen.«

Jetzt!

Morris hob den Arm und er war froh, froh, wieder morden zu können. Froh, wieder in seinem Element zu sein. Komme, was da wolle.

Er hob den schweren Kerzenleuchter, wurde aber urplötzlich von dem Drang überwältigt, sich zu übergeben. Kain, Judith, Brutus, sie alle tauchten vor seinem inneren Auge auf. Er hatte ein schreckliches Gefühl von Déjà-vu. Hatte er diese Bilder nicht gerade deshalb gesammelt, um nie wieder morden zu müssen?

Tu's!

Wild entschlossen hob Morris ruckartig den Arm, und der große Leuchter mit der dicken brennenden Kerze darin stieß gegen die Decke des Dachbodens. Das hatte er nicht bedacht. Die Kerze fiel aus dem schweren Messingständer, noch ehe er Letzteren auf den lichten Schimmer von Stan Albertinis kahler Stelle am Oberkopf niedergehen lassen konnte. Das Licht wechselte dramatisch, die Kerze flackerte im Fallen und flammte dann auf dem Boden erneut auf, weil der Docht in der Horizontalen wieder eine ausreichende Wachsmenge zur Verfügung hatte. Der Raum drehte sich vor Morris' Augen, er nahm nur noch einen Strudel aus Schatten und Feuer wahr. Stan schwenkte herum. »He, pass auf! Du steckst noch alles in Brand.« Beide Männer gingen zu Boden, Stan, um nach der Kerze zu greifen, Morris, weil er in Ohnmacht fiel. Er war bewusstlos.

ZWEITER TEIL

12

All'avvocatessa Carla Cogni

Carissima Carla,

Sie haben mich gebeten, Ihnen einen vollständigen Bericht meiner Aktivitäten in dem Monat, der meiner Festnahme und Inhaftierung vorausgegangen ist, zu übersenden. Ich werde mein Bestes tun und hoffe nur, Sie nehmen es mir nicht übel, wenn ich hier und da abschweife. In der Einzelhaft ist man in der Tat sehr einsam, und ohne Telefon oder Internet kann ich die Zeit ebenso gut auf diese Weise verbringen. Andererseits könnte das, was als Abschweifung erscheint, letztendlich den Schlüssel zur Lösung des Falles enthalten, wer weiß; bis heute bin ich ebenso bestürzt und ratlos wie alle anderen hinsichtlich der Frage, wer einen so seltsam brutalen und dennoch auf merkwürdige Art schönen Mord, so habe ich es empfunden, als ich die Leiche entdeckte, begangen haben könnte.

Ein Monat vor meiner Verhaftung bringt mich zurück zum wievielten? zweiundzwanzigsten März? Ich habe meinen Kalender nicht hier, es kann also sein, dass ich mich um ein paar Tage vertue. Soll ich Ihnen erzählen, wie ich meine Ehrenbürgerurkunde rahmen ließ und sie gerade zu Hause an die Wand hängen wollte, als mir auffiel, dass sie »imprenditore« falsch geschrieben hatten, mit doppeltem ›t‹, ›imprendittore‹? Meine Tochter und ich waren gerade dabei, das Ding über dem Piano an die Wand zu nageln, und sie lachte nur und meinte, wahrscheinlich wollten sie mich wegen meines Akzentes veräppeln, weil ich das mit den Doppelbuchstaben immer falsch mache, entweder die vorhandenen beim Sprechen nicht berücksichtige oder welche einführe, wo gar keine hingehören. Ich finde, das stimmt überhaupt nicht. Ich habe mir immer die größte Mühe gegeben beim Aussprechen der Doppellaute, welche die Engländer leider in ihrer allgemeinen linguistischen Nachlässigkeit ignorieren und einfach wie einen Einzelbuchstaben aussprechen. Und nein, Carla, das ist keine der Abschweifungen, vor denen ich Sie gewarnt habe. Ich schweife überhaupt nicht ab. Ich erwähne das Thema Sprache, weil mir schon oft der Gedanke gekommen ist, dass ich immer der Erste bin, der eines Verbrechens verdächtigt wird, weil ich Ausländer bin, weil ich einen Akzent habe, oder noch schlimmer, weil ich nur einen ganz leichten Akzent habe. Wir haben in den letzten Jahren alle gesehen, wie leicht es für die Polizei ist, Schwarze, Araber und Slawen zu beschuldigen, sobald auf der Straße irgendein Gewaltverbrechen passiert, oder sogar eine vollkommen unbedarfte Amerikanerin wie Amanda Knox, und wie froh die Öffentlichkeit ist, wenn sie annehmen darf, dass für jede hässliche Untat, die auf italienischem Boden geschieht, ein Ausländer verantwortlich ist. Sie sollten sich wirklich einmal die Frage stellen, ob das nicht eine Rolle spielt bei der Art und Weise, wie man mich behandelt. Ein Mord ereignet sich in einer relativ geschlossenen Gemeinschaft – einem staatlichen Museum –, in der es nur einen einzigen Ausländer gibt, noch dazu einen Ausländer, der sich mehr als jeder andere als einer von uns getarnt hat, der unsere Anerkennung für seine Erfolge gefordert hat, der ein wichtiger Wohltäter aller möglichen öffentlichen Institutionen geworden ist und sich, so könnte man sagen, als genau die Art von Kulturmensch profiliert hat, die unser eigenes Land in unseren Augen hervorbringen müsste, wenn wir unsere Kinder nur ordentlich ausbilden würden. Verdammt sei er! Er beschämt uns. Natürlich ist er schuldig! Ich sollte erwähnen, dass Dottor Volpi gleich bei unserem ersten Treffen seine Abneigung gegen Ausländer, und vor allem gegen die angelsächsischen (er schien unfähig, zwischen Amerikanern und Engländern zu unterscheiden), nur allzu deutlich gemacht hat, indem er in höchstem Maße abfällig über einen angesehenen britischen Romanautor sprach, der eine renommierte Kunstausstellung in Florenz kuratiert hat, und darüber hinaus kurzerhand alle Ausländer kritisierte, die in irgendeinem Zusammenhang über Italien schreiben, ganz so, als wären sie alle Terroristen, die man unverzüglich des Landes verweisen sollte. Das, Carla, ist der kulturelle Kontext, mit dem sich Morris Duckworth in Italien schon immer hat abfinden müssen. Ich werde das noch ein bisschen weiter ausführen, wenn wir auf den Prozess gegen meinen Sohn zu sprechen kommen. Jetzt jedoch habe ich meine Pause für ein paar sportliche Übungen auf dem Gefängnishof. Nur fünfzehn Minuten und ganz alleine. Im Regen, wie es aussieht. Ich habe keine Ahnung, warum man mich von den anderen Gefangenen fernhalten muss. Vielleicht glaubt man, ich werde auf diese Weise schneller einknicken. Das italienische Rechtssystem wendet mehr Zeit dafür auf, die Leute zu einem Geständnis zu bewegen, als dafür, eine fundierte Anklage gegen sie aufzubauen. Das ist vermutlich billiger und einfacher. Mehr dazu nach meiner Pause. Ich werde ein bisschen Regen über meine Wangen laufen lassen und mir vorstellen, die Tropfen wären Tränen. In Wirklichkeit bin ich über das Weinen hinaus. Die Welt ist einfach zu absurd. Ich bin wahrscheinlich der einzige Mensch, der zwei Mal fälschlich des Mordes beschuldigt wurde. Vielleicht – ich habe noch einmal zum Stift gegriffen, um einen letzten Satz zu schreiben – sah man sich gezwungen, einen Weg zu finden, mich erneut zum Ausländer zu stempeln, nachdem man mir die Ehrenbürgerschaft verliehen hatte. Nachdem man mir den Stadtschlüssel überreicht hatte, musste man mich hinter Schloss und Riegel bringen. Mein Höhenflug diente nur dazu, mich umso tiefer fallen zu lassen.

An den Bürgermeister von Verona,

Egregio sindaco, onorevaole Dottor Lunardi,

Verzeihen Sie mir bitte, dass ich Ihnen so aus heiterem Himmel schreibe, wenn es auch nicht der wunderbare blaue Himmel Gottes ist, sondern das tiefe geistige Indigo dieser erdrückenden Gefängniszelle. Ich habe viel Zeit zu meiner Verfügung.

Bitte verzeihen Sie auch die armselige Qualität dieses Briefpapiers und des Kugelschreibers. Das ist alles, was ich habe.

Ich schreibe hauptsächlich, um Ihnen zu danken, für die Ehre, die Sie mir zuteilwerden ließen, als Sie mir den Schlüssel (!) zu der schönen Stadt Verona verliehen haben, für die Fürsorglichkeit, die Sie bewiesen haben, indem Sie zur Gerichtsverhandlung meines Sohnes erschienen sind, und ganz allgemein dafür, dass Sie in den letzten fünf Jahren die Stadt so gut geführt haben, die Arbeit von Geschäftsleuten wie mir selbst erleichtert haben, die ohne den Ausbau einer effizienten Infrastruktur und Ihre Abneigung gegen den Amtsschimmel unter noch wesentlich höherem Druck stünden als ohnehin schon.

Und auch Glückwünsche sind angebracht, glaube ich, und ich äußere sie ausgesprochen gerne. Es ist schwer für mich, in der Einzelhaft Nachrichten zu erhalten, aber ein Aufseher war so freundlich, mir zu bestätigen, dass Sie tatsächlich wieder gewählt worden sind, und zwar gleich im ersten Wahlgang. Ehrlich gesagt hätte es mich auch sehr überrascht, wenn es nicht so gewesen wäre; nichtsdestotrotz war ich erleichtert zu hören, dass im Palazzo Barbieri weiterhin ein Mann von Ihrer Statur und Weisheit regiert, und ich kann Ihnen nur meine allerwärmsten Empfehlungen senden. Ihr Erfolg ist hochverdient.

Natürlich werde ich nicht verleugnen, dass ich Ihnen als Bittsteller schreibe, und ich möchte gleich voranstellen, dass mir bewusst ist, dass mein Gesuch vielleicht nicht erfüllt werden wird oder nicht erfüllt werden kann. Wie Sie wissen, werde ich des Mordes angeklagt. Die Ungerechtigkeit meiner Verhaftung kommt mir so offensichtlich vor, dass ich Mühe habe, mich in jemanden hineinzuversetzen, der sich verteidigen muss. Ich schreibe somit ganz einfach, um Sie darum zu bitten, meinem Fall, während Sie sich auf Ihre zweite Amtszeit vorbereiten, ein kleines bisschen Aufmerksamkeit zu schenken, wohl wissend, dass Ihre Zeit und Energie äußerst knapp bemessen sind. Was mir an meiner Inhaftierung den größten Kummer bereitet, sind nicht die physischen Einschränkungen und die geistige Einsamkeit, beides ertrage ich hoffentlich mit der gebotenen Würde, sondern die Tatsache, dass ich dadurch nicht in der Lage bin, meiner Frau beizustehen, nachdem unsere Tochter von zu Hause weggegangen ist und nur eine kurze Notiz und keinen Hinweis auf ihren Aufenthaltsort hinterlassen hat. Wenn die Polizei bei der Suche nach ihr ähnlich inkompetent vorgeht wie bei der Aufklärung dieses Mordes, dann steht zu befürchten, dass wir sie nie wiedersehen werden. Hinzu kommt die schlichte Tatsache, dass ich mich, sobald ich auf freiem Fuß bin, daranmachen kann, den wahren Mörder zu suchen und meinen Namen reinzuwaschen. Für jeglichen Einfluss, den Sie geltend machen können, um die Behörden dazu zu bringen, mich gegen Kaution freizulassen, wäre ich ausgesprochen dankbar.

Ihr ergebener Diener,

Morris Duckworth (ein entehrter Ehrenbürger)

Carla, da bin ich wieder. Draußen gießt es in Strömen. So viel zum Thema Frühling. Wo war ich stehengeblieben? Es ist so, dass ich im letzten Monat stark in Anspruch genommen wurde von einem Problem, das mit meiner Tochter zusammenhing. Sie erinnern sich an Massimina? Ich glaube, ich habe sie vor vielen

Jahren einmal mitgebracht, als wir uns gegen die groteske Anschuldigung zur Wehr setzen mussten, unser Cabernet sei mit Methanol gepanscht. Wissen Sie noch? Damals war sie eine süße, kicherige Zehnjährige mit Locken und Schleifen im Haar. Heute ist sie eine junge Erwachsene, die an der Kunsthochschule studiert. Ich war sehr gespalten, ob ich ihr das erlauben soll. Nicht, dass sie kein Talent hätte. Es gibt eindeutig einen kreativen Zug in der Duckworth'schen Psyche (außer bei meinem Sohn, fürchte ich). Aber ich war besorgt, sie könnte ebenso wie ich die Enttäuschung erleben, auf ein Künstlerleben zuzusteuern, nur um dann davon ausgeschlossen zu werden, keinen Zugang zu dieser Welt zu erhalten und schließlich gezwungen zu sein, alle Kreativität der eher prosaischen Welt der Weinherstellung und dem provinziellen Immobiliengeschäft zu widmen. Ich sage das, damit Sie verstehen, wie wichtig diese Kunstausstellung im Castelvecchio für mich ist. Zweifellos wird die Anklage behaupten, Duckworth habe gemordet, weil er sich diesem Herzensprojekt, welches das Opfer ihm wegzunehmen drohte, tief, ja geradezu krankhaft verbunden fühlte.

Wie dem auch sei, seit ungefähr Februar wuchs meine Sorge, weil Massimina, die normalerweise sehr lebhaft ist und viel ausgeht, Clubs und Discos besucht und sich mit Freunden trifft, plötzlich nur noch zu Hause blieb, sich launisch auf diesen oder jenen Sessel pflanzte, der Katze eine übertriebene, fast morbide Aufmerksamkeit schenkte oder sich einfach auf dem Teppich zusammenrollte und pausenlos SMS schrieb. Antonella nahm an, sie müsse verliebt sein. Das Mädchen ist immerhin zwanzig und einigermaßen hübsch, wie Jane Austen es ausgedrückt hätte. Sie besitzt die träge Fohlenhaftigkeit eines Teenagers, irgendwo zwischen Unschuld und Femme fatale, und zeigt immer zu viel Bauch und Dekolleté. Ich weiß, wir Männer dürfen solche Dinge eigentlich nicht wahrnehmen, aber es ist sehr schwer, sich nicht um seine Tochter zu sorgen, wenn sie den männlichen

Freunden ihrer Eltern allzu bereitwillig ihre Unterwäsche oder gar ihre Brustwarzen präsentiert. Einmal war ein Freund von uns, Stan Albertini, bei uns zum Abendessen zu Gast, und Massimina erschien im Bademantel, ließ sich aufs Sofa fallen und war so in ihre SMS-Korrespondenz vertieft, dass sie gar nicht bemerkte, wie viel sie von sich preisgab, oben und unten, in diesem Fall ohne Unterwäsche. Stan ist Mitte fünfzig, aber man sieht auf den ersten Blick, was für ein frustrierter alter Bock er ist. Die Polizei hätte womöglich tatsächlich einen Mord, dessen sie mich beschuldigen könnte, falls Stan es je wagen sollte, meine Tochter anzurühren.

Ich sagte zu Antonella, wenn es Liebe ist, dann scheint es allerdings eine unglückliche und ungesunde Liebe zu sein, und wir sollten alles tun, um sie zu warnen oder ihr zu helfen. Ich fing an, das Kind ein bisschen genauer über sein Studium und seine Dozenten auszufragen, und brachte schließlich im Laufe eines der äußerst zähen Gespräche, die man mit seinen Kindern im Teenager-Alter so führt, in Erfahrung, dass es ziemlich angetan von seinem Kunstgeschichtsprofessor war, der, wie sich bei genauerer Nachfrage herausstellte, niemand anderer war als Professor Zolla.

Das ist doch seltsam, nicht wahr? Ich meine, dass ich seit ein paar Monaten mit einem Mann zu tun hatte, ohne zu wissen, dass er zugleich der Kunstgeschichtsprofessor meiner Tochter war. Ich frage mich oft, wie viele Verbindungen es in unserem Leben gibt, von denen wir nichts wissen, die aber unsere Lage komplett verändern könnten, wenn wir von ihnen erführen. Was wäre zum Beispiel, wenn sich herausstellte, dass der eigene Partner, der Bruder oder die Schwester oder sogar man selbst, ohne es zu wissen, der biologische Abkömmling (wovon der rechtliche Vater natürlich nichts weiß) einer hohen Persönlichkeit ist, eines Kardinals etwa, oder eines Politikers oder Wirtschaftsbosses – die Sorte von Handlung, wie Dickens sie sich gerne ausgedacht hat –, und dieser berühmte Mann aus sicherer Entfernung ein wachsames und schützendes Auge auf die Familie hat; dann würde man die Welt vermutlich als ziemlich gut und großzügig empfinden, denn tendenziell würde alles recht glatt laufen, weil dieser Mann unermüdlich für einen die Strippen zöge. Alternativ könnte man sich einen unversöhnlichen Feind vorstellen, von dem man nichts weiß, eine mächtige öffentliche Figur, die einem übelwill aus Gründen, die außerhalb des eigenen Horizontes liegen oder womöglich lange vor der eigenen Geburt zu suchen sind. In meinem Fall würde das so einiges erklären.

Aber zurück zu Massimina und Zolla. Ich hatte Mühe zu verstehen, wie ein lebhaftes Mädchen wie meine Tochter sich zu einem so langweiligen, bürokratieverliebten akademischen Anzugträger hingezogen fühlen konnte. Um das Terrain zu sondieren, gab ich ihr zu verstehen, dass ihr Kunstgeschichtsprofessor, mein Ko-Kurator, ein absoluter Niemand ohne jede Fantasie war, und erzählte ihr zum Beweis von seiner Entscheidung, Caravaggios *Opferung Isaaks* nicht für unsere Mordausstellung anzufragen, nur weil »Abraham die Tötung nicht vollzogen hat«. Eine so kleinliche Buchstabentreue ist kaum zu glauben, oder? Sie schien unbeeindruckt von meiner Entrüstung und bemerkte, sie sei froh, dass das Bild nicht gezeigt werden würde, denn die Geschichte von Abraham und Isaak sei zu obszön für Worte. Zolla, sagte sie, war wenigstens immer bescheiden und nett und hielt sich selbst nicht für Gott. Im Gegensatz zu einem gewissen *celebre impredit-tor-re.*

Ich war erstaunt. Unter dem Vorwand, mir Sorgen um das wahre Ausmaß ihrer künstlerischen Begabung zu machen (natürlich bin ich tatsächlich sehr besorgt), fragte ich Zolla ganz direkt, was er von meiner Tochter hielt und wie er ihre Leistungen und Perspektiven einschätzte. Das war etwa eine Woche, nachdem ich den Mann schluchzend auf dem Fußboden von Dottor Volpis Büro vorgefunden hatte, und zwei Wochen vor der übereilten und unklugen Ankündigung Volpis, dass meine weitere Mitwirkung an einer Ausstellung, die ich selbst ersonnen und konzipiert hatte, nicht mehr erwünscht sei. Aber ich greife vor. Auf die Frage (nach meiner Tochter) gab Zolla wenig überzeugend vor, das Mädchen nicht zu kennen, gar nicht gewusst zu haben, dass ich eine Tochter habe, und sich nicht erinnern zu können, eine Massimina Duckworth in seinem Kurs zu haben.

»Es sind über fünfzig Studenten im Grundkurs Kunstgeschichte«, sagte er.

Meiner Ansicht nach ist es jedoch unmöglich, Massimina nicht wahrzunehmen, ganz egal, wie viele Studenten in einem Kurs sind. So wie sie sich kleidet, müssen ihre beiden äußerst üppigen Brüste einfach jedem männlichen Betrachter ins Auge stechen. »Sie spricht in den höchsten Tönen von Ihnen«, erzählte ich ihm. »Ich könnte mir fast vorstellen, dass sie ein bisschen in Sie verknallt ist.« Er lächelte, mit Grübchen und falscher Bescheidenheit, und sagte, so erstaunlich es einem auch vorkommen mochte, aber es sei mindestens die Hälfte der Studenten in ihn verknallt, was so unwahrscheinlich ist, dass ich es ohne Kommentar stehen ließ. Der Mann ist eine Amöbe. Wie auch immer, an dieser Stelle hielt ich es für unausweichlich – denn es war jetzt schon über einen Monat her, dass meine Tochter jegliche Aktivitäten außer dem SMS-Schreiben eingestellt hatte –, mir Zugang zu ihrem Handy zu verschaffen.

Und das tat ich. Ich nahm sie mit, zwang sie mitzukommen, sollte ich sagen, und sei es nur, damit sie mal aus dem Haus kam, um in einem abgelegenen Dorf namens Gorgusello (in der Nähe von Sant'Anna) ein Jüngstes Gericht anzuschauen. Ich hatte mir überlegt, dass ein solches Bild ein guter Abschluss für *Der gemalte Tod* wäre, auch um den Besuchern etwas zum Nachdenken mit auf den Weg zu geben, denn die Trennung der Gerechten von den Verdammten ist natürlich etwas, das sich beim Thema Mord schnell aufdrängt.

Ich überredete sie zu fahren, denn sie hat letztes Jahr den Führerschein gemacht und braucht Übung, und beim Fahren musste sie natürlich das SMS-Schreiben unterbrechen und ihr Telefon wegstecken, in ihre Handtasche. Da die Tasche während der Fahrt zwischen uns stand und sie sich auf die Straße konzentrieren musste, fiel es mir nicht schwer, eine Hand in ihre Tasche zu schieben, das Telefon herauszuziehen und in meine Jackentasche gleiten zu lassen. Was tun wir nicht alles aus Liebe! Vermutlich erzähle ich Ihnen das alles, Carla, damit Sie verstehen, wie beschäftigt ich mit meiner Familie war, wie absolut unwahrscheinlich es ist, dass ich die Zeit, ganz zu schweigen von der erforderlichen psychischen Kraft, gefunden hätte, um einen Mord zu begehen (macht sich eigentlich irgendjemand klar, was für harte Arbeit das sein muss?). Wir stiegen aus, um in die kleine Kirche zu gehen, die im Grunde kaum mehr als eine Scheune ist, aber im Besitz dieses extravaganten, drei mal vier Meter großen Gemäldes, auf dem feurige Dämonen den guten Bürgern und Kaufleuten und, ja, auch Priestern des frühen 16. Jahrhunderts mit Gabeln in die Hinterteile pieken, als Massimina plötzlich aufschreit, weil ihr Telefon weg ist. Ich sagte zu ihr, es müsse wohl im Auto zwischen die Sitze gerutscht sein, und schon macht sie auf dem Absatz kehrt und rennt los, um es zu suchen. Endlich hatte ich Gelegenheit, mir die Nachrichten anzusehen.

Aber es waren keine da. Sie muss jede einzelne gleich nach dem Eintreffen löschen. Wer macht schon so was? Aber als ich das Ding gerade wieder in die Tasche stecken wollte, kam eine SMS an. Ich wusste, wenn ich sie öffnete und auf dem Telefon lasse, dann würde sie merken, dass etwas nicht stimmte. Aber ich hatte keine Zeit, lange zu überlegen. Ich öffnete die Nachricht. Der Name des Absenders war Gio. Der Text lautete: »Ahhhhhhhh, du fehlst mir so!« Ich las ihn und löschte ihn, erleichtert, dass es sich um die Art von inhaltsfreiem Erguss handelte, die keine

Antwort erforderte oder auch nur verdiente. Ich hatte Glück gehabt.

Aber der Name, Gio?

Ich hatte das Telefon schon wieder eingesteckt, als mir einfiel, dass Dottor Volpi Angelo Zolla manchmal Gioletto nannte (aus Zuneigung? An-gioletto? Oder ironisch? Weil er so ein Dandy war? Ich weiß es nicht). Gio steht normalerweise natürlich für Giovanni, oder auch Giovanna, aber es bestand die entfernte Möglichkeit, dass Angelo sich gerne Gioletto nennen ließ. Es war erforderlich, die Nummer zu überprüfen und festzustellen, ob sie mit Zollas Handynummer übereinstimmte. Aber in meiner Angst, erwischt zu werden, hatte ich sowohl Nachricht als auch Nummer gelöscht. Ich hätte vielleicht die Anrufliste checken können, aber Massimina kam schon wieder in die Kirche, ganz panisch, weil sie ihr Telefon nicht gefunden hatte. Ich warf dem Teufel, der gerade seinen heißen Schlund aufriss, um an ein paar von der Syphilis entstellten Frauen zu knabbern, einen letzten Blick zu und ging eilig zum Auto, wo ich nach hektischem, besorgtem Suchen schließlich das Telefon unter ein paar Karten im Handschuhfach hervorzog. Widerwillig gab Massimina schließlich zu, dass sie es wohl selbst dort hingelegt haben musste. »Wer sollte es sonst gewesen sein?«, neckte ich sie, und dann ließ ich mich von ihr nach Sant'Anna zurückfahren.

Ich erwähne Sant'Anna, weil ich dort, wie Sie wissen, einen meiner Subunternehmer beauftragt hatte, einen seiner Subunternehmer zu beauftragen, das Fundament für eine Fertigbau-Schule auszuheben, die die Christlich-Demokratische Union den Wählern versprochen hatte, um an der Macht zu bleiben. Und jetzt musste ich nach Sant'Anna, weil dort nicht nur ein Kriegsdenkmal beschädigt worden war, sondern man auch noch einen unterirdischen Bach entdeckt hatte, der direkt durch die Baustelle floss, sodass wir die Möglichkeiten und Kosten für eine Umleitung des Wasserlaufes prüfen oder aber die Verlegung des gesamten Projekts ein paar Hundert Meter höher erwägen müssen, was bedeuten würde, alles, was wir bereits ausgehoben haben, wieder aufzufüllen und ganz von vorne zu beginnen.

Ich habe den Priester, einen ziemlich tollen Mann, groß, streng, mürrisch, ein echter Mann Gottes, darauf hingewiesen, dass das Denkmal (einer von diesen billigen Zementblöcken mit Badezimmermosaik aus den Fünfzigerjahren) so hässlich war, dass man mir, oder vielmehr dem dösigen Bulldozerfahrer, eigentlich dankbar sein sollte für diese wunderbare Gelegenheit, es durch ein neues zu ersetzen. Aber ich erwähne das alles hier nur, weil mir, als ich in die ausgehobene Baugrube schaute, die nach den Frühjahrsregenfällen mit schlammigem Wasser gefüllt war, der Gedanke kam, dass dies für einen Mörder der ideale Ort war, um eine Leiche verschwinden zu lassen. Sie wäre vier Meter tief begraben, und niemand würde den geringsten Verdacht schöpfen. Warum ich an so etwas gedacht habe, vermag ich nicht zu sagen. Vielleicht eine Art Vorahnung. Wie dem auch sei, jedenfalls muss die Polizei verrückt sein, wenn sie glaubt, dass ein Mann mit meinen zahlreichen Möglichkeiten einen Kollegen auf eine so zwielichtige Weise wie in diesem Fall töten und dann noch nicht einmal die Leiche ordentlich verschwinden lassen würde. Nur ein Versager ersticht in einem leeren Gebäude einen Mann mit dem Messer und nimmt dann die Beine in die Hand. Versteht die Polizei nicht, dass es, wenn jemand mit meinem Vermögen, meinem Wissen und meinem erwiesenen Organisationstalent beschlossen hätte, einen Mord zu begehen, keine Spur von einer Leiche und absolut keine sonstigen Hinweise gäbe, denen man nachgehen könnte? Etwas mehr Respekt bitte!

So viel zu Sant'Anna. Ich habe dem Priester vorgeschlagen, wenn er ein neues Denkmal möchte, könnte meine Tochter, die

Künstlerin war, vielleicht eins für ihn entwerfen, das etwas mehr der Art und Weise entsprach, wie die jungen Leute von heute diese Dinge betrachteten. Als wir wieder zum Auto gingen, sagte Mimi: »Du musst total verrückt sein, *Papà*«, und zwang mich zu fahren, weil sie ein paar Nachrichten versenden musste.

»An wen denn?«, fragte ich.

Sie machte sich nicht mal die Mühe, mir zu sagen, dass mich das nichts anginge.

Dann, etwa fünf Autominuten von Sant'Anna weg, ruft sie plötzlich: »Stopp, halt sofort an.«

»Und warum?«

Sie lächelte mich so strahlend an, als habe sie soeben eine gute Nachricht erhalten.

»Wo wir schon mal hier draußen sind«, sagte sie, »wäre es doch blöd, wenn wir nicht wenigstens einen Spaziergang machten, oder, Dad?« Urplötzlich war sie voller Wärme und Herzlichkeit.

Wir gingen einen kleinen Weg rechts von der Straße entlang, von dem aus man über das Valpolicella bis zu den Klippen von Rivoli sehen konnte. Wunderschön. Ich war gerade dabei, Napoleons vernichtende Taktik in der Schlacht von Rivoli zu erklären – es gibt ein wunderbar melodramatisches Gemälde von Philippoteaux dazu – und die Überlegung anzustellen, dass die Franzosen, das musste man ihnen lassen, die Einigung und Regierung Italiens vermutlich besser hingekriegt hätten, als es den Italienern gelungen war, als sie mich fragte: »*Papà,* sag mal, warum bist du eigentlich damals nach Italien gekommen?«

Ihre Stimme klang verträumt und freundlich. Ich spürte eine ganz neue Offenheit. Was für eine Nachricht hatte sie bekommen?

Ich zögerte. Du wirst dich sicher auch schon gefragt haben, warum ich nach Italien gekommen bin, Carla, warum überhaupt jemand hierherkommt. Die Wahrheit ist, es war die schicksalhafteste Entscheidung meines Lebens. Wäre ich in Acton, London, geblieben, dann kann ich mir kaum vorstellen, dass man mich je des Mordes im Affekt bezichtigt hätte.

»Ich wollte unbedingt weg«, sagte ich.

»Aber warum?«

Wir waren jetzt auf einem Weg entlang des Berghangs, links von uns eine weiße Steinmauer und rechts der dramatische Abfall des Hangs nach unten, wo der Fluss die Schlucht von Rivoli durchquert.

»In England kam mir alles so engstirnig vor, angefangen mit meinem Vater.«

»Es hatte nichts mit einem Mädchen zu tun?«

»Vor dem ich weglaufen wollte, meinst du?«

»*Papà!*«, sagte sie lachend. »Nein, ich meine, du bist nicht weggelaufen, um mit einem Mädchen zusammen sein zu können?«

»Himmel, nein.«

»Ich überlege mir auch, ob ich weggehen soll«, sagte sie. »Aus Italien, meine ich.« Es klang ziemlich feierlich.

Ich dachte darüber nach. Der Grund für diese Unterhaltung bestand darin, dass sie vorhatte, mir zu sagen, dass sie Italien wegen eines Jungen oder zusammen mit ihm oder einem Mann verlassen wollte und nach einem ähnlichen Vorfall in meiner eigenen Vergangenheit suchte, der meine mögliche Kritik an einem solchen Plan abmildern könnte.

»Hoffentlich nicht, ehe du dein Studium beendet hast«, sagte ich unschuldig.

Sie antwortete eine Weile nicht. Und hier kommt einer der Gründe, warum ich Ihnen das erzähle. Über die Mauer zu unserer Linken hingen Äste, und das Sonnenlicht fiel durch die Blätter. Immer wieder hatte ich Spinnweben im Gesicht. Dann fiel mir im Wechsel von Sonnenlicht und Schatten auf, dass es gar keine Spinnweben waren. An den Fäden hingen winzige Würmchen. Es waren Raupen, kleine grüne Raupen, die auf Augenhöhe baumelten wie gehängte Verbrecher. Ähnlich wie zuvor, als ich in die Baugrube geblickt hatte, überkam mich auch hier eine Vorahnung, die mich erschaudern ließ.

Massimina hatte die Tierchen ebenfalls bemerkt. »Das machen sie, um einem Räuber zu entkommen«, sagte sie. »Das sind Mottenbabys. Sie lassen sich vom Baum fallen, wenn irgendetwas sie fressen will, und baumeln dann an einem Faden.«

Das Leben ist in der Tat einfallsreich.

Massimina, die putzmunter gewesen war, wurde unvermittelt traurig. »Das würde ich eigentlich auch gern können«, sagte sie. »Eine Weile einfach irgendwo baumeln.«

Der Stimmungswechsel überraschte mich. »Ich dachte, du wolltest mir sagen, dass du dich verliebt hast und drauf und dran bist, mit einem attraktiven Jungen davonzulaufen.«

Sie dachte über diese Worte länger nach, als nötig schien.

»Hast du je eine seltsame Liebe erlebt, Dad?«, fragte sie.

Gleich würde ich die Wahrheit erfahren, dachte ich.

»Wie du weißt«, erklärte ich ihr, »war ich früher mit der jüngeren Schwester deiner Mutter verheiratet, und einige Zeit danach habe ich dann deine liebe Mutter geheiratet. Das ist so ungefähr alles, was mich betrifft.«

»Sonst gab es niemanden?«

»Zwei Mal reicht«, sagte ich.

»Aber warst du nicht auch der Freund von Massimina, Mamas jüngster Schwester?«

»Nur kurz«, sagte ich.

Sie schwieg einen Moment. »Ist das nicht ein bisschen komisch, drei Schwestern aus der gleichen Familie?«

»Ganz und gar nicht«, erklärte ich. »Du kennst doch sicher Svevo. Zeno hat ebenfalls drei Schwestern geliebt.«

»Warum hast du mich nach ihr benannt? Wolltest du, dass ich wie sie werde?«

»Das war Antonellas Idee. Um die Erinnerung an ihre Schwester lebendig zu halten.«

Sie brach plötzlich in Gelächter aus. »Und wenn es einen Bruder gegeben hätte?«

Was sagen Sie dazu, Carla? Es hat mich umgehauen. Ich wusste überhaupt nicht, was ich davon halten sollte. Im Grunde frage ich mich jetzt, ob es nicht reine Zeitverschwendung ist, Ihnen das alles zu erzählen. Ich sollte zu den harten Fakten zurückkehren. Trotzdem habe ich das Gefühl, hier besteht ein Zusammenhang, hier gibt es etwas, das wichtig ist, oder gar bedrohlich. Aber vielleicht nagt nur die Einzelhaft an meinen Nerven.

»Sich zu drei Schwestern hingezogen zu fühlen«, sagte ich auf gut Glück, »ist nicht so seltsam, wie sich in jemanden zu verlieben, der doppelt so alt ist wie man selbst.«

Sie wandte sich abrupt zu mir um, und ich dachte, jetzt hab ich sie, es stimmt also!

»Ist dir das passiert?«, wollte sie wissen.

Ich seufzte. »Bei Männern ist es normalerweise jemand halb so Altes wie sie.«

Sie überlegte ganz offensichtlich, ob sie mir die Wahrheit sagen sollte oder nicht. »Du meinst, wie bei Forbes und seinen kleinen Jungs?«, sagte sie.

Wieder war ich verblüfft. »Um sich einen Mann mit einer halb so alten Geliebten vorzustellen, braucht man wohl kaum einen perversen alten Sack wie Forbes zu bemühen, oder?«

Sie kicherte. »Ach, Forbes war ganz okay. Vielleicht hat es den Jungs ja gefallen.«

»Forbes war böse«, sagte ich. Eine Verteidigung der Pädophilie kann ich nicht tolerieren.

Sie biss sich auf die Lippen. »Komm, wir gehen zurück, Dad«, sagte sie. »Ich habe zu Hause noch einiges zu tun.«

Im Auto setzte sie ihre Kopfhörer auf und schrieb die ganze Fahrt über Nachrichten. Ich fuhr schweigend und war mir ganz sicher, dass ich recht hatte. Sie hatte eine Affäre mit einem älteren Mann. Höchstwahrscheinlich mit Zolla. Meine Aufgabe war nun, sicherzustellen, dass sie auf Kurs blieb und ihr Studium ohne allzu große Ablenkung beendete.

An Seine Eminenz, Kardinal Rusconi

Lieber Kardinal Rusconi,
verzeihen Sie mir, Eminenz, wenn ich ein wenig Platz in Ihrem Briefkasten und einen Augenblick Ihrer wertvollen Zeit in Anspruch nehme. Mir ist durchaus bewusst, dass ein Kirchenvater, dem man die Sorge für eine so große und bedürftige Gemeinde anvertraut hat, stark beansprucht ist.

Ich hatte Sie schon vor dieser kleinen persönlichen Katastrophe (Sie werden zweifellos von meiner absurden Verhaftung wegen eines Verbrechens gehört haben, das ich nicht mal im Traum begehen würde) kontaktieren wollen. Es ist so, dass das Bauprojekt in Sant'Anna auf ernstliche Schwierigkeiten gestoßen ist. Ich weiß nicht, ob man Sie darüber informiert hat, dass ein Wasserlauf entdeckt wurde, der in etwa zwei Meter Tiefe quer über das Grundstück verläuft. Ich muss sagen, es kommt mir merkwürdig vor, dass der Architekt von dieser geologischen Gegebenheit nichts gewusst hat.

Ich bin selbstverständlich bereit, noch eine Baugrube an anderer Stelle ausheben zu lassen, aber dazu benötigen wir klare Anweisungen. Ich werde mein Bestes tun, die anfallenden Kosten durch Fratelli Trevisan zu decken, bin aber angesichts der gegenwärtigen Finanzkrise nicht ganz sicher, ob das vollständig möglich sein wird.

Darf ich in der Zwischenzeit so anmaßend sein und Sie um zwei Gefallen bitten? Ich mache das nur, weil ich weiß, was für ein großzügiger Mensch Sie sind, und weil ich wirklich in einer Notlage bin. Erstens ist mein geistiger Führer, Don Lorenzo, wie

Sie wissen, ernsthaft erkrankt, sodass ich niemanden habe, an den ich mich in dieser schweren Zeit wenden kann. Meine Frage ist, wie kann ich meiner Verbitterung und meinem Groll Herr werden, Euer Eminenz? Welche Gebete empfehlen Sie mir, welche Kapitel der Bibel soll ich lesen? Ich laufe Gefahr, in das tiefe Loch des Zorns zu fallen. Ich fürchte um meine Seele.

Zweitens wäre ich äußerst dankbar, wenn Sie sich persönlich um meine Frau kümmern könnten. Ich bin mir nicht sicher, ob Sie davon wissen, aber meine Familie ist noch von einer weiteren Katastrophe heimgesucht worden, dem Verschwinden meiner zwanzigjährigen Tochter. Das sind extrem schwierige Umstände, und ich sorge mich um die geistige Gesundheit meiner Frau.

Was meine rechtliche Lage betrifft, so bitte ich um nichts, denn ich weiß, dass jede Hilfe bei der Gewährung einer Freilassung auf Kaution jenseits der Möglichkeiten der Kirche liegt.

Mir bleibt nur zu sagen, dass ich froh bin, Ihnen begegnet zu sein, Euer Eminenz, als ich im Zenit meiner Karriere stand, und ich kann nur um Verzeihung bitten, wenn ich mich jetzt aus meinem Nadir an Sie wende.

Das demütigste Mitglied Ihrer Gemeinde,
Morris Duckworth

Carla. Womit soll ich fortfahren? (Ich habe eben eine ziemlich beschwerliche Toilettenpause eingelegt. Keine Angst, ich werde Sie nicht mit einer Beschreibung der hiesigen sanitären Anlagen belästigen, die einen an das Jüngste Gericht in Gorgusello erinnern.) Wie auch immer, langsam, aber sicher gewinnen Sie hoffentlich eine Vorstellung von meiner geistigen Verfassung in den Wochen, die dem Mord unmittelbar vorausgingen. Da wir uns dem schicksalhaften Tag nähern, werde ich Ihnen alle nötigen Details über das Bild des heiligen Bartholomäus und die Anwesenheit der beiden jungen Libyer liefern und auch genau erzählen, wie es dazu kam, dass ich den Leichnam entdeckte.

Aber zuerst müssen wir uns ein bisschen Zeit für die Beerdigung meines Vaters und natürlich für die Gerichtsverhandlung meines Sohnes nehmen. Noch einmal, das Bild, das ich vermitteln möchte, ist das eines Mannes, der so von Pflichten und Sorgen vereinnahmt war, dass er ganz einfach keine Zeit und kein Interesse gehabt hätte, ein solch primitives und sinnloses Verbrechen zu begehen. Warum übrigens wurde das Messer so tief hineingebohrt und auch noch im Körper stecken gelassen? Soweit ich mich entsinne, kam ein derartiges Vorgehen in keiner der Kriminalgeschichten, ob wahr oder fiktiv, die ich in meinen fünfundfünfzig Lebensjahren gelesen habe, vor. Stellen Sie sich nur die Brutalität vor, die ein solcher Stoß erfordert! Ich glaube kaum, dass ich dazu fähig wäre.

Ich fasse noch einmal zusammen. Anfang März hatte ich, wie ich Ihnen bei unserer Unterredung bereits gesagt habe, im Castelvecchio die seltsame Begegnung mit Volpi, Zolla und einer dritten, unerkannten Person, die, gewissermaßen aus dem Off, ausgesprochen böse gelacht hat. Was immer sich damals in jenem Raum abgespielt hat, ist von entscheidender Bedeutung in diesem Mordfall, davon bin ich nach wie vor überzeugt. Aber als ich die Polizei darauf hinwies, hat man mir keine Beachtung geschenkt. Sie hatten ihr Urteil bereits anhand ihrer zwei, drei »Beweise« gefällt – die Fingerabdrücke, das Timing, mein Eindringen in den Keller, die Blutspuren auf Zollas Tastatur und so weiter. Alles reine Zufälle, die sich mit einer gänzlich anderen Geschichte als der morbiden Interpretation, die sich die Polizei zurechtgelegt hat, ohne Weiteres erklären lassen.

Kurz nach dem Vorfall in Volpis Büro schrieb ich also in meiner Verzweiflung über die Art und Weise, wie Zolla die Organisation der Ausstellung anging, E-Mails an alle vorgesehenen Leihgeber, in denen ich sowohl allgemeine Überlegungen zum philosophischen Hintergrund als auch die Bedeutung jedes einzelnen Objekts für das thematische Mosaik des Ganzen erläuterte. Das waren drei Tage intensiver kreativer Arbeit, die jedoch unverzüglich durch die ersten positiven Antworten belohnt wurde. Es kamen Zusagen von der National Gallery, der Frick Collection und dem Met. Ich war hocherfreut und sah mich bestätigt, so sehr, das muss ich zugeben, dass ich nicht mehr an die Szene in Volpis Büro dachte, auch nicht an das seltsame Benehmen meiner Tochter, und sogar anfing, in die allgemeine heitere Zuversicht im Hinblick auf Mauros Prozess einzustimmen, als ich – ich glaube, es war am Sonntagnachmittag – die Nachricht erhielt, dass mein Vater gestorben war und ich zur Beerdigung nach London reisen musste. Das bedeutete, ich würde den ersten Vormittag der Verhandlung verpassen. Als ich dann auf dem Weg zur Beerdigung im Taxi von Gatwick in die Innenstadt saß und die Nachrichten auf meinem iPhone checkte, um festzustellen, ob meine Frau mir eine E-Mail zum Verlauf der Anhörung geschickt hatte, fand ich eine Mail von Volpi vor. Ganze vier Zeilen.

»Signor Duckworth, aufgrund Ihres unaufrichtigen und illoyalen Verhaltens und Ihrer fehlenden Bereitschaft, sich bei der Arbeit an die gängigen Museumsrichtlinien zu halten, wurde entschieden, dass Sie ab sofort nicht mehr an der Organisation der Ausstellung *Der gemalte Tod* beteiligt sein werden. Diese Entscheidung ist endgültig.

Dottor Giuseppe Volpi, Direktor«

Sie können sich meinen Stresslevel vorstellen. Ich wurde hinausgeworfen, weil ich die Initiative ergriffen und die Ausstellung überhaupt möglich gemacht hatte! Sie schämten sich ganz offensichtlich ihrer Ineffizienz. Vielleicht hatte Volpi nie geglaubt, dass Zolla in der Lage sein würde, seriöse Museen dazu zu bringen, ihm die Gemälde zur Verfügung zu stellen. Er hatte mich nur bei Laune halten wollen. Und jetzt trafen plötzlich die Zusagen ein, und die Ausstellung musste tatsächlich stattfinden.

Noch ein Wort zu meinem Vater und der Beerdigung. Ich fasse mich kurz. Meine früheste Erinnerung ist das Bild von einem kleinen, drahtigen, gewalttätigen Mann, der meine Mutter schlägt. Ich erinnere mich an ihre Blässe, ihre stille Tapferkeit, ihre Gebete. Er stank: nach Schnaps, nach Arbeitskleidung, nach, verzeihen Sie mir die Grobheit, Furzen. Mutter hingegen hatte die Aura einer verwelkenden Blume. Sie manipulierte mich mit einem furchtbaren Pathos, das ins Unendliche gesteigert wurde und für immer an mir haften blieb, als sie – ich war damals fünfzehn – von einem Autofahrer getötet wurde, der nach einem Herzanfall die Kontrolle über seinen Jaguar verlor und sie an der Hauswand der Barclays Bank zerquetschte. Man erlaubte mir nicht, ihre Leiche zu sehen. Dad heiratete ruckzuck wieder, eine Frau, die über zwanzig Jahre jünger war als er und nur fünf Jahre älter als ich. Ich nahm alle Sachen von Mum an mich, sogar ihre Unterwäsche und ihr Parfüm, und vergötterte sie jahrelang. Später, als ich in Verona ein erfolgreicher Geschäftsmann geworden war, lud ich Dad zu uns in die Via Oberdan ein. Da hatte ihn seine zweite Frau bereits verlassen, was ihn aber nicht sonderlich zu stören schien. Er sagte, Italien sei ihm zu heiß und das Bier zu schlecht. Er band ein Taschentuch um seinen Kopf und trug Sandalen mit Socken. Das Einzige, was ihm Spaß machte, war, mit Mauro ins Stadion zu gehen. Innerhalb von ein paar Wochen gelang es ihm so, meinem Sohn den Fluch seiner Gewalttätigkeit und seine unerklärliche Vorliebe für den Pöbel mitzugeben. Ich hätte mich gänzlich von dem Mann lossagen sollen. Aber so etwas fällt mir schwer. Ich rede sogar noch mit den Toten. Ich bot ihm an, ihm eine hübsche Wohnung in Chelsea zu kaufen, aber er lehnte ab und ging aus eigener Initiative in ein Altersheim in Willesden. Wenn ich ihn dort besuchte, was ich gewissenhaft jedes Mal tat, wenn ich in Großbritannien war, um Kunden unseres Weinhandels zu treffen, machte er sich unweigerlich über meine Kleidung und meine

Narben lustig und bestand darauf, mir ein Glas Johnnie Walkers Red Label (ich hasse Red Label) aus einer Flasche einzuschenken, die er zwischen seiner Bettwäsche versteckte.

Ich hatte erwartet, der Einzige auf der Beerdigung zu sein, aber stattdessen war die Kirche gerammelt voll. Jede Menge schäbig gekleidete, übel riechende Alte schüttelten mir die Hand und sprachen mit krächzenden Stimmen davon, was für ein wunderbarer, liebenswürdiger Mann mein Vater gewesen war, dass er immer nur gut von mir gesprochen und Verständnis dafür gezeigt hatte, dass ich ihn nicht besuchte, weil ich doch ein wichtiger, viel beschäftigter Mann sei. Davon glaubte ich kein Wort. Mit ihren Stöcken und Gehhilfen stiegen sie schwankend die Stufen zur Kanzel hinauf und hielten überschwängliche Reden über diesen besonderen Mann, der die Katzen im Altersheim so sehr geliebt hatte, dass er der heilige Franz von Assisi hätte gewesen sein können. Und wie patriotisch er war! Er wäre höchstpersönlich nach Afghanistan gezogen, auf Krücken, wenn man ihn gelassen hätte. Einer erzählte eine Gute-Samariter-Geschichte darüber, wie Dad immer für ihn *The Big Issue* gekauft hatte. Jeden Samstagmorgen hatten sie sich an der Ecke Acton Vale getroffen, selbst bei Sturm und Regen, hatten Toto gespielt und Teachers aus Dads tollem Flachmann getrunken. Er war die Seele der Gemeinschaft gewesen.

Dann fragte mich der Vikar aus heiterem Himmel, ob ich noch ein paar Worte sagen wollte, ehe wir den Leichnam den Flammen übergaben. Es ist schwer, Sehnsucht nach der italienischen Priesterschaft zu verspüren, aber ein anglikanischer Geistlicher kann sie auslösen. Der Mann hatte eben jene gebeugte, dünnnasige Scheinheiligkeit an sich, die bis zum Abwinken in Soaps und Sitcoms karikiert wird. Als ich oben auf der Treppe angekommen war und mich der Gemeinde zuwandte, wusste ich nicht, was ich sagen sollte. Normalerweise fällt mir in solchen Situationen immer etwas ein, ich bin ja daran gewöhnt, bei Aufsichtsratssitzungen oder Diners des Rotary Clubs zu reden, aber bei diesen Anlässen, die in Verona oder Mailand stattfinden, spreche ich natürlich Italienisch. Urplötzlich traf mich vor diesem englischen Publikum die Erkenntnis, dass mein Lebensmittelpunkt inzwischen Italien ist und meine wahre Sprache, so viel Kopfzerbrechen sie mir auch immer noch bereiten mag, Italienisch. Worte von Glanz und Gloria wollen mir in meiner Muttersprache einfach nicht einfallen. Ich machte den Mund auf, und nichts kam heraus. Von unten schaute mich das Rentnergesindel erwartungsvoll an. Sargfutter, dachte ich und betrachtete die faltigen Gesichter, die grauen Haare, grauen Augen und grauen Zähne. Ich versuchte zu sprechen, konnte aber nicht. Mir wurde klar, dass ich, falls die Worte doch kamen, von Mutter sprechen würde. Du hast sie umgebracht, dachte ich. Du Schwein. Du Dreckskerl. Du hast meine arme Mutter schon lange vor dem Autofahrer getötet. Sarah Ann Duckworth, geborene Winchester, ist tot und vergessen von jeder Menschenseele außer von ihrem ergebenen Sohn Morris. Ich bin der Sohn meiner Mutter. Höchstwahrscheinlich bist du gar nicht mein Vater. Ich wollte nie, dass du mein Vater bist. Ich …

Ich machte den Mund auf und wieder zu. Die Versammlung von Hexen und alten Knackern unter mir wurde langsam unruhig. Der Geistliche nahm mich beim Arm und sagte: »Mr Duckworth, das ist ein schwieriger Moment und wir haben Verständnis dafür, wenn Ihnen nicht danach ist.« Dann brüllte ich einfach los. »Dad! Daaaaaad!« Mein Schrei ließ einem das Blut in den Adern gefrieren. Die Steinwände warfen das Echo zurück. Ich spürte die Vibration in der Luft, und meine Brust zitterte. »Daaaad!« Als ich die Stufen hinunterstolperte und mich dem glänzenden Sarg näherte, fing mich ein Dutzend Arme auf. Die Frauen weinten. Die Männer krächzten: »Gut gemacht, Junge.« Überwältigt von dem mir entgegenströmenden Mundgeruch fiel ich in Ohnmacht.

Ist das die Sorte Mann, die fähig ist, ein Messer in einem anderen Menschen zu versenken? Ein Mann, der bei einer Beerdigung ohnmächtig wird?

An Mauro Duckworth

Lieber Mauro,
Du bist zu jung für die Aufgaben, die ich auf Deine unerfahrenen Schultern laden werde, aber falls Du trotz meines oft überheblichen Verhaltens Dir gegenüber ein bisschen Zuneigung für Deinen stark gealterten und missverstandenen Vater hegst, wärst Du dann so gut, Folgendes für mich zu tun?

1) *Zuerst und vor allem kümmere Dich bitte um Deine Mutter. Sie ist eine starke Frau, aber dies ist wirklich eine schwere Zeit für sie. Falls Du irgendwelche Anzeichen bemerken solltest, die darauf hinweisen, dass sie nicht zurechtkommt, setz Dich bitte unverzüglich mit Dr. Bagnoli in Verbindung, der ihr bereits in der Vergangenheit Beruhigungsmittel verschrieben hat.*
2) *Unterhalte bitte einen täglichen Kontakt zu Alvise Bersi, der die Geschäfte von Fratelli Trevisan führen wird. Normalerweise würde ich Deine Mutter darum bitten, aber sie wird zu sehr in Sorge um Massimina sein, um sich um die Firma zu kümmern. Ich weiß, dass es Dir unmöglich sein wird, die vielen laufenden Projekte gänzlich zu erfassen, aber versuche einzuschätzen, ob während meiner Abwesenheit irgendetwas Ungehöriges vor sich geht. Wenn die Katze aus dem Haus ist, tanzen die Mäuse auf dem Tisch.*
3) *Vor allem aber brauche ich Deine Hilfe hinsichtlich meiner rechtlichen Lage. Das Einzige, was meiner Inhaftierung ein rasches Ende setzen könnte, ist das Auffinden des wahren Mörders. Ich bin davon überzeugt, dass Professor Zolla, ein Kunsthistoriker, der im Castelvecchio arbeitet, und zwei junge*

Libyer (»Freunde« des Ermordeten), Samira und Tarik Al Zuwaid, wohnhaft in der Via Dietro San Zeno 21, Apartment Nr 5, mehr über den Mord wissen, als sie der Polizei gesagt haben. Vielleicht kannst Du mit Deinen vielen Hellas-Freunden ein Auge auf die beiden Libyer haben. Da Zolla zugleich Massiminas Kunstgeschichtsprofessor ist, er sie kannte und sie sich mir gegenüber in einem Gespräch dazu bekannt hat, in ihn verknallt zu sein, wäre es gut möglich, dass er Informationen über ihren Aufenthaltsort hat. Ich überlasse es Dir, wie Du vorgehen willst.

Nun, Mauro, das ist die Lage. Du wirst gezwungen, sehr schnell erwachsen zu werden. Ich kann nur beten, dass Du jetzt den gleichen Mut und die gleiche Klugheit an den Tag legen wirst wie im Zeugenstand bei Deiner Gerichtsverhandlung. Ich bitte Dich außerdem, Augen und Ohren vor den haarsträubenden Anschuldigungen und Spekulationen zu verschließen, die zweifellos in der Presse über mich verbreitet werden. Ich versichere Dir, sie entbehren jeder Grundlage.

Dein viel geschmähter Vater,
Morris

Tut mir leid, aber ich habe heute Nachmittag abgebrochen, Carla. Aus purer Niedergeschlagenheit. Manchmal übermannt mich das Bedürfnis, mich einfach zu wie vielen Jahren auch immer verurteilen zu lassen und fertig. Aber genug des Selbstmitleids. Weiter im Text. Am Morgen nach der Beerdigung, als ich nach Italien zurückflog, war ich entschlossen, mein Verhältnis zu meinen Kindern zu verbessern und Antonella mehr Aufmerksamkeit zu schenken. Komme, was da wolle, dachte ich, Mauro muss vor dem Gefängnis bewahrt werden und seine Chance bei Fratelli Trevisan bekommen. Ich würde nicht zulassen, dass die Familie, für die ich die ganzen Jahre geschuftet habe, auseinanderbrach. Was die E-Mail von Volpi anging, beschloss ich, sie zu ignorieren und weiterzumachen wie bisher. Das Museum brauchte meine Sponsorengelder. Das Kuratorium hatte einstimmig seine Unterstützung des Projektes *Der gemalte Tod* angekündigt. Ich würde Volpi mit einem Lächeln begegnen und so tun, als hätte er mit seiner Mail nicht die Atmosphäre verpestet.

Wo wir gerade davon sprechen, Carla – ich weiß, Sie werden mir verzeihen –, das Essen hier ist, zumindest für die Vegetarier unter uns, wirklich furchtbar. Ich bekomme nichts außer Bohnen. Roh, gekocht, gebacken, gebraten. Kein Wunder, dass ich unter Winden leide. Können Sie mir da irgendwie helfen? Reagiert das Gefängnissystem auf Beschwerden von Anwälten?

Ich kam gerade rechtzeitig aus England zurück, um das Kreuzverhör meines Sohnes durch die Staatsanwaltschaft mitzuerleben. Wie Sie sich vorstellen können, war eine große Überraschung für mich die Anwesenheit des Bürgermeisters. Er trug Jeans und einen alten Pullover und wirkte eher wie ein Angeklagter, nicht wie das Oberhaupt unserer Stadt; wirklich eine großzügige Geste seinerseits, offensichtlich mit dem Ziel, politischen Druck auf den Richter auszuüben und seine Bereitschaft zu demonstrieren, einen Bürger von Verona gegen die brutale Polizei von Brescia zu verteidigen.

Ich setzte mich auf meinen Platz zwischen Massimina und Antonella und griff nach der Hand meiner Frau, um ihr Beistand zu spenden, aber sie wirkte vollkommen entspannt und plauderte mit Don Lorenzo (der auf der anderen Seite neben ihr saß) über das Blumengesteck für den Sonntagsgottesdienst.

»Mauro Dackvert, geben Sie zu«, begann der Staatsanwalt, »dass Sie am Abend des Soundsovielten an der Ecke Sowieso und Soundso in Brescia gemeinsam mit usw. usf. die sechs Polizeibeamten xy usw. angegriffen haben?«

Mein Sohn gab ein emphatisches Nein von sich. Ich war begeistert. Hat er sich also doch entschlossen, zu lügen, dachte ich. Er hat eine Chance! Als allerdings der Staatsanwalt daraufhin die ursprüngliche Aussage des Jungen verlas, in der er gestanden hatte, »die Polizei absichtlich und vorsätzlich angegriffen« zu haben, und ihn fragte, ob dieses »Nein« bedeutete, dass er das Geständnis zurückzog, antwortete mein Sohn:

»Ganz und gar nicht, aber Sie haben das Wort ›angegriffen‹ aus dem Zusammenhang gerissen. Sie vergessen, dass wir Jungs, alle siebzehn Jahre alt, zuvor von über zwanzig schwer bewaffneten erwachsenen Männern angegriffen wurden. Wenn Sie Ihre Frage umformulieren und von einem ›Gegenangriff‹ sprechen, werde ich mit Ja antworten.«

Ich muss sagen, so verrückt das war, ich war beeindruckt. Vielleicht hatte Tonbridge doch etwas bewirkt.

»Ein Gegenangriff wird von den Vereinten Nationen als legitime Form der Verteidigung betrachtet«, fügte Mauro noch hinzu.

Wie Sie sich vorstellen können, war der Staatsanwalt ziemlich verdattert. Er hatte gedacht, er würde es mit einem Schwachkopf zu tun haben, hatte nicht mit dem Duckworth'schen Gen(ie) gerechnet. Der Bürgermeister klatschte sogar laut. Ich hatte gar nicht gewusst, dass Klatschen im Gerichtssaal erlaubt ist.

»Stimmt es, dass Sie und die anderen Rowdys mit Stöcken bewaffnet waren?«

Mauro schien einen Augenblick nachzudenken. Er hatte sein Jackett ausgezogen, vermutlich weil er schwitzte, und man sah seine breiten Schultern und den bulligen Nacken. Er sagte kühl: »Ich bin kein Rowdy, und ich gebe mich auch nicht mit Rowdys ab.«

Jetzt hat er wirklich beschlossen zu lügen, dachte ich.

»Stimmt es, dass Sie und … bla bla bla … mit Stöcken bewaffnet waren?«

Der Junge lächelte jetzt tatsächlich. »Ich frage mich, ob das Gericht weiß, dass die Bestimmungen hinsichtlich der Fahnenstangen, die in Fußballstadien mitgebracht werden, besagen, dass diese nicht länger als einen Meter sein dürfen und aus flexiblem Kunststoff sein müssen und nicht mehr als achtzig Gramm wiegen dürfen.«

»Mauro Dackwert, bitte beschränken Sie sich auf die Beantwortung der Frage. Waren Sie und ihre Freunde mit Stöcken bewaffnet oder nicht?«

»Es tut mir leid, aber in diesem Fall brauche ich eine Definition des Begriffs Stock. Das Wort ›bewaffnet‹ fasse ich zunächst einmal als ironisch gemeint auf. Etwa wie ›mit einer Zahnbürste bewaffnet‹.«

An einigen Stellen im Saal wurde gelacht. Der Anwalt erhob Einspruch bei den drei vorsitzenden Richtern, einem Mann und zwei Frauen. Sie gaben statt. Der Richter in der Mitte, ein älterer Herr in roter Robe, sagte schließlich: »Avvocato Falletti, ich glaube, wir haben festgestellt, dass die Angeklagten flexible Kunststoffstangen mit einem Gewicht von achtzig Gramm zum Fahnenschwenken bei sich hatten. Ob wir diese als Stöcke bezeichnen wollen oder nicht, tut hier nichts zur Sache.«

»Grazie, Signor Giudice.« Der Staatsanwalt räusperte sich. Er wirkte nicht so verärgert, wie man angesichts dieses Mangels an richterlicher Unterstützung hätte annehmen können. »Trifft es zu«, fuhr er fort, »dass Sie und Ihre sogenannten Hellas-Verona-Brigaden – ich hoffe, Sie werden nicht bestreiten, dass Sie Mitglied der ›Brigaden‹ sind, Signor Jackvert – einen tiefen Hass auf die Polizei hegen?«

»Ich bin stolz darauf, Hellas-Fan zu sein«, sagte Mauro sehr ernst. »Es gibt keine formale Mitgliedschaft bei den Brigaden, aber wir sind eine enge Gemeinschaft mit einem strengen Ehrenkodex. Wir hassen die Polizei nicht. Aber wir behalten uns das Recht vor, uns gegen jede Diskriminierung und Gewalt, aus welcher Ecke sie auch kommen mag, mit einem Gegenangriff zu verteidigen.«

»Alé!«, rief der Bürgermeister laut.

»Vor allem von Brescia, Bergamo und Vicenza«, fügte Mauro hinzu.

»Alé!«, wiederholte der Bürgermeister.

Allgemein zustimmendes Gemurmel im Saal. Aber was ich dachte, war dies: Wenn mein Sohn zu solcher Hellsichtigkeit und Artikulation fähig war, und dazu zu solch effektivem Timing und gar Ironie, warum hatte er sich nie die Mühe gemacht, diese Qualitäten in meiner Anwesenheit zu zeigen? Warum war er nicht der »Debating Society« in Tonbridge beigetreten? Antonella lächelte still. Es war so, als schaue sie zu, wie sich etwas genau so entwickelt, wie sie es erwartet hatte. Massimina blickte auf, schüttelte den Kopf und wandte sich dann wieder ihrer SMS-Korrespondenz zu.

Aber jetzt hatte ich einen Teil der Befragung verpasst.

»Hätten wir ernsthaften Schaden anrichten wollen«, sagte Mauro gerade, »dann hätten wir uns mit Steinen oder Flaschen bewaffnen können, meinen Sie nicht? Unser Plan war nur, ihnen zu zeigen, dass sie uns mit ihren Schlagstöcken, mit denen sie uns geschlagen haben, als wir das Stadion verließen, nicht eingeschüchtert hatten. Zwei unserer Freunde mussten ins Krankenhaus eingeliefert werden. Wir hatten das Gefühl, wir würden sie verraten, wenn wir das unkommentiert so stehen ließen.«

Die Geschichte war schwer zu schlucken, aber der Junge besaß einen gewissen plumpen, jugendlichen Charme. Ich persönlich fand, dass der Staatsanwalt nicht besonders kompetent war. Er machte immer wieder lange Pausen zwischen den Fragen und las in seinen Notizen, als sähe er sie zum ersten Mal. In einer dieser peinlichen Pausen fiel mir auf, dass der erste vorsitzende Richter – ich nehme an, der in der Mitte ist der, der das Sagen hat – rote Haare hatte. Nicht feuerrot wie Mauro. Eher kupferrot. Aber ebenfalls lockig. Ich wandte mich zu Antonella um und stellte fest, dass sie mit glänzenden Augen zuschaute. Von ihrem Platz aus lagen Mauro im Zeugenstand und der Richter auf dem Podest allerdings auf der gleichen Sichtachse, sodass es unmöglich war zu sagen, wen sie anschaute, den Jungen oder den Mann, die beide rothaarig waren.

Aber genug davon, jetzt stehle ich Ihnen wirklich die Zeit. Je mehr ich schreibe, desto klarer erkenne ich, dass ich paranoid bin, ganz und gar paranoid. Es war vermutlich von vornherein klar, dass die kleinen Rowdys mit einer Verwarnung davonkommen würden. Die Wahlen standen unmittelbar bevor, und der Bürgermeister musste einen xenophobischen Konsens nutzen, um Verona als eine Stadt hinzustellen, die von bösartigen, neidischen Nachbarn bedroht wurde. Daher auch meine Ehrenbürgerschaft. Die Anklage dieser dummen Kinder passte ausgezeichnet in seine Pläne. Zwei der jungen Rowdys entpuppten sich als die Söhne eines führenden Bankers und eines Chef-Urologen (ein nützlicher Mann für die alternde Elite). Warum sollten die Richter sich unbeliebt machen? Vermutlich bestand nie ein Zweifel daran, dass die jungen Rowdys freigesprochen würden, und mit Sicherheit auch keine Notwendigkeit für eine wie auch immer geartete Jesuitenverschwörung, um die Gefängnistore zu öffnen. Was nicht heißt, dass es keine Jesuitenverschwörung gegeben hat. Der einzige Nachteil an dem Freispruch war, dass mein Sohn dadurch zu einem Leben außerhalb des Gesetzes ermutigt wurde. Nach Rücksprache mit Antonella beschloss ich, sofort zu handeln und ihn in die Firma einzuführen, sei es auch nur, damit er nicht mehr auf dumme Gedanken kommt. Ich drängte ihn, eine Vollzeitstelle als Arbeiter in unserem Abfüllbetrieb anzunehmen und mir nach einem Monat zehn kostenlose Maßnahmen vorzuschlagen, wie sich die Produktivität erhöhen ließe.

Aber ich langweile Sie, und Sie sind begierig, von den Ereignissen zu hören, die zur Entdeckung der Leiche führten.

An Signora Antonella Trevisan

Carissima Anto, mio amore,
mein Herz blutet. Erst jetzt, da ich so lange von Dir getrennt bin, cara, erkenne ich, wie sehr ich mich sonst auf Deine Kameradschaft und Deine Weisheit verlasse. Verzeih mir, wenn ich in den letzten Jahren kein besonders aufmerksamer Ehemann gewesen bin. Es geht doch nichts über eine Zeit des erzwungenen Schweigens und Alleinseins, um einem die eigenen zahlreichen Unzulänglichkeiten bewusst zu machen. Was die rechtliche Situation betrifft, so habe ich durchaus eine Ahnung, wer den Mord begangen haben könnte, aber solange ich im Gefängnis sitze, was kann ich da machen? Paradoxerweise kriege ich den Gedanken nicht aus dem Kopf, dass all dies geschehen ist, weil wir zu lange zu gut gewesen sind. Weißt Du, was ich meine? Wir haben die Götter gleichsam durch unsere Untadeligkeit herausgefordert. Vielleicht hätte eine kleine Verfehlung hier und da uns diese schwere Prüfung erspart. Es ist ein seltsamer Gedanke. Aber das sind die Auswirkungen der Einzelhaft.

Gibt es denn gar nichts Neues von Massimina? Sobald die Untersuchungsrichter es gestatten, komm mich bitte gleich besuchen. Ich vermisse Deine Augen und das tröstliche Schnurren Deiner Stimme.

Bitte grüß Stan von mir. Hoffentlich leistet er Dir in dieser schweren Zeit Beistand. Ist er mit seiner Suche nach Forbes weitergekommen? Ich bin gespannt auf neue Nachrichten.

Un abbraccio appassionato
Dein Morris

P. S. Wieder Probleme mit Verstopfung und Hämorriden. Das Essen ist furchtbar, und ich kriege nicht genug Bewegung. Ich werde mich beraten lassen wegen einer Klage auf Schmerzensgeld, wenn sie mich rauslassen.

Also, Carla, hier kommt das chaotische Finale.

Nachdem die Gerichtsverhandlung vorbei war und ich ein paar Tage bei Fratelli Trevisan und auf diversen Baustellen verbracht hatte, suchte ich Zolla auf, um mit ihm zu besprechen, wie es mit den Anfragen für die Leihgaben voranging. Den Mienen der Büroangestellten im Museum nach zu urteilen hatten sie keine Ahnung davon, dass meine Rolle sich in irgendeiner Weise verändert hatte. Ich wurde zu Zolla vorgelassen, er stand auf, schüttelte mir die Hand und kondolierte mir zum tragischen Verlust meines Vaters. Ich erkundigte mich, wie es um die Leihgaben bestellt war, und er sagte, die Zusagen kämen inzwischen »reichlich und schneller«. Von der E-Mail, die mir Volpi geschrieben hatte, schien er gar nichts zu wissen.

Wir setzten uns und besprachen, welche Bilder wo gehängt werden und wie die Räume aufgeteilt und gestaltet werden sollten. Die Wände könnte man vielleicht in einem schimmernden Schwarz auskleiden, meinte ich, um die eindrucksvollen roten Blutpigmente zur Geltung zu bringen. Oder wir könnten die Wände der verschiedenen Abteilungen unterschiedlich gestalten, je nach dem vorherrschenden Thema des Raums, Brudermord, Kindermord, Frauenmord. Ich muss sagen, ich fand es äußerst aufregend, die Ausstellung endlich richtig zu planen. Ich fragte ihn, ob ich ein Gemälde, das wir einbeziehen wollten, aus einer Kirche in San Briccio abholen und im Lagerraum des Museums unterbringen könnte, weil die Aufbewahrung in San Briccio gelinde gesagt primitiv war, und er sagte, warum nicht. (Das ist ein wichtiges Detail, Carla!)

Als ich gerade gehen wollte, sagte Zolla: »Wegen Ihrer Tochter.«

Nun, ich muss sagen, dass die Kombination aus der Beerdigung meines Vaters und Mauros Gerichtsverhandlung dazu geführt hatte, dass ich, was Massimina angeht, den Blick für das Wesentliche verloren hatte.

»Es ist nämlich so, dass sie seit Weihnachten nicht mehr zu den Seminaren erschienen ist. Ich wollte nur sichergehen, dass Ihnen das bewusst ist.«

Er sprach, als wolle er sich entschuldigen.

»Natürlich war mir bewusst, dass sie neuerdings so gut wie immer zu Hause ist«, sagte ich, »obwohl sie über ihr iPhone in ständiger Verbindung mit der Welt zu stehen scheint.« Ich versuchte, die Bemerkung so zugespitzt wie möglich zu formulieren.

»Das ist eine echte Plage«, pflichtete Zolla mir bei. »Die Studenten schreiben auch während des Unterrichts dauernd Nachrichten.«

»Haben Sie eine Ahnung, warum sie nicht mehr zum Unterricht erscheint?«, fragte ich ihn. »Vor allem, weil sie so, ähm, so begeistert von Ihnen erzählt hat.«

Zolla schüttelte den Kopf. »Diese jungen Leute sind unberechenbar. Ständig mit ihrem Liebesleben und so weiter beschäftigt.«

»Und so weiter?« Was meinte er damit.

»Sie verlieben sich«, seufzte er. »Und dann entlieben sie sich wieder. Und vielleicht verkraften sie es nicht und verzagen völlig.«

War das ein Geständnis?

Dann fügte er hinzu: »Sagen Sie ihr doch, sie soll in meine Sprechstunde kommen, dann können wir darüber sprechen. Dienstags um 16.30 Uhr. Vielleicht kann ich ja helfen.«

»Vielen Dank«, sagte ich. »Das werde ich tun.«

Wollte der Mann mich jetzt als Mittler benutzen, um eine Affäre zu kitten, aus der sie sich klugerweise zurückgezogen hatte, wenn auch auf Kosten ihres Studiums? Ich beschloss, Massimina direkt darauf anzusprechen. Aber als ich zum Essen nach Hause kam, stellte sich heraus, dass wir einen Gast hatten, Stan Albertini.

Ich muss Ihnen kurz mein Verhältnis zu Stan erklären. Stan war quasi inoffiziell der Anführer einer Gruppe »alternativer«, Englisch sprechender Hippies im Verona der 1980er Jahre, der Zeit, als ich hier ankam und kurz Massimina Trevisan den Hof machte, ehe sie auf tragische Weise verschwand. Später, als ich mit Paola Trevisan verheiratet war, gab er Antonella und ihrem damaligen Ehemann, der leider verstorben ist, Englischunterricht. Stan hat sich damals auch mit einem Mann namens Michael Forbes angefreundet, einem Eton-Abgänger, dem ich bei der Gründung einer Sommerschule für englische Schüler im Valpolicella behilflich war. Forbes war ein guter Amateurmaler, und nachdem man ihm die Schule geschlossen hatte, hielt ich ihn finanziell über Wasser, indem ich ihn beauftragte, für mich Gemälde zu kopieren. Vor ungefähr sechs Jahren ging Forbes dann weg, ohne eine Kontaktadresse zu hinterlassen. Es stellte sich jedoch heraus, dass Stan, der schon längst in die USA zurückgekehrt war, regelmäßigen Briefkontakt mit Forbes unterhalten hatte und, da er vorzeitig in Pension gegangen war, kurz vor Weihnachten wieder nach Italien gekommen war, auch, wie es schien, um Forbes aufzusuchen. Er war so bestürzt darüber, ihn nicht anzutreffen, vor allem weil er ihm eine beträchtliche Geldsumme geliehen hatte, dass er darauf bestand, ihn bei der Polizei als vermisst zu melden.

Verzeihen Sie mir, Carla, aber es fällt mir wieder einmal schwer, meinen Bericht kurz und bündig zu halten. Ein Problem ist, dass ich auf Papier arbeiten muss. Hätte ich meinen Computer zur Verfügung, könnte ich ein paar Korrekturen und Kürzungen vornehmen. Stattdessen bin ich dazu verdammt, in diese Schulhefte zu schreiben. Aber egal. Tatsache ist, an dem Abend, als ich mir vorgenommen hatte, mit Massimina zu reden, kam Stan vorbei und klagte darüber, dass die Polizei in dem Monat, der verstrichen war, seit er Forbes' Verschwinden gemeldet hatte – welch Überraschung –, rein gar nichts unternommen hatte. Er wollte uns fragen, ob wir nicht jemanden kannten, der da ein bisschen seine Beziehungen spielen lassen könnte.

Besuch zum Essen bedeutete, dass es Fleisch gab, was wiederum bedeutete, dass die Kinder zugegen waren. Mauro und Massimina essen zu gerne Steak, und beide schienen sich sehr zu freuen, Stan zu sehen. Sie sind noch zu jung, um zu erkennen, wie oberflächlich er ist. Er pflegt einen entspannten kalifornischen Stil und macht jede Menge harmlose kleine Witze in seinem grässlichen Italienisch, die meist irgendwelche sexuellen Anspielungen enthalten. Die beiden lieben das. Mir ist aufgefallen, dass sie ihn nie korrigieren, so wie sie es mit mir machen. Er trank zu viel und erzählte uns, er sei überzeugt, die Polizei wisse mehr, als sie zugeben wolle, würde aber nichts unternehmen, weil Forbes, gemeinsam mit mehreren Geistlichen, in eine Affäre um die sexuelle Belästigung kleiner Jungen verwickelt war.

»Italien ist ein Wespennest«, verkündete er. »Ich bin froh, dass ich nicht hier geblieben bin.«

»Das Land ist sicher nichts für schwache Nerven«, sagte ich. Ich verstand nicht, warum er die Sache so vehement verfolgte. Ich hatte ihm schon gesagt, wenn er deswegen knapp bei Kasse sei, wäre ich bereit, ihm auszuhelfen.

Antonella sagte gerade, man könne sich nur zu gut vorstellen, dass alle Priester pädophil waren, als kein Geringerer als unser geistiger Berater Don Lorenzo hereingehumpelt kam. Als er hörte, worüber wir sprachen, schien er sofort sehr besorgt zu sein; er wurde richtiggehend weiß im Gesicht. Wir mussten ihm aufs Sofa helfen und einen guten Portwein herbeischaffen. Schließlich brachte er heraus, dass es angesichts der Beichte, die er Forbes kurz vor dessen Verschwinden abgenommen hatte, nur richtig gewesen war, zur Polizei zu gehen. »Obwohl die Annahme«, fügte er hinzu, »es habe etwas mit Priestern zu tun, falsch ist.«

Was mich betrifft, so finde ich, wenn die Beichte geheim ist, dann sollte sie es zu hundert Prozent sein und bleiben, ohne dass der Beichtvater links und rechts mit Hinweisen und Winken um sich wirft. Ich weiß nicht warum – und auch hier werden Sie gleich verstehen, wieso ich Ihnen das erzähle –, aber in dem Moment, als ich hörte, wie Don Lorenzo sagte, es sei richtig von Stan gewesen, zur Polizei zu gehen, hatte ich die glasklare Vorahnung, dass ich sehr bald wegen Mordes verhaftet werden würde. Verrückt, oder? Aber wann immer etwas schiefgeht, habe ich unweigerlich das Gefühl, man wird mit dem Finger auf mich zeigen. Das hat Italien aus mir gemacht, Carla. Es muss ein Syndrom sein.

Wie auch immer, ich war von all den Unannehmlichkeiten so gelähmt und ehrlich gesagt auch darüber entsetzt, wie hitzig meine Kinder über diese furchtbar geschmacklosen Dinge plauderten, so als wären sie nichts als pure Unterhaltung, dass ich vollkommen vergaß, Massimina wegen Zolla zu befragen, und als es mir wieder einfiel, hatte unsere kalifornische Katastrophe sie und Mauro bereits überredet, in irgendeine angesagte Bar mit Livemusik zu gehen, die er ausgerechnet in dem traurigen Vorort Chievo entdeckt hatte – Stan war schon immer in der Musikszene unterwegs gewesen, Sie wissen schon – Blumen, Liebe, Gras und Partnerwechsel (womöglich hatte er mit Forbes mehr gemeinsam, als er zugibt). Als die lärmende Truppe weg war, weiß ich noch, wie Antonella Don Lorenzo, der immer noch sehr beunruhigt zu sein schien, vorschwärmte, wie schön es war, Mimi endlich wieder so gut gelaunt zu sehen; sie musste den alten Stan öfter einladen, sagte sie. Er hatte das Mädchen richtig aufgeheitert.

An Stanley Albertini

Mein lieber Stan,
ich hoffe, dieses Schreiben erreicht Dich. Ich erinnere mich, wie Antonella erwähnt hat, dass Du im Hotel Piccolo wohnst. Im schlimmsten Fall kommt der Brief zurück.

Ist das Leben nicht seltsam? Wieder einmal hat man mich wegen Mordes verhaftet. Ich frage mich, ob ich verdammt bin oder ob ein böser Geist in meiner Umgebung umgeht, der Verbrechen verübt und es dann so hinbiegt, dass ich den Kopf dafür hinhalten muss. Ich wollte nur fragen: Du scheinst dich in letzter Zeit sehr gut mit Massimina verstanden zu haben. Ich weiß, dass Du ein paar Mal mit ihr und Mauro ausgegangen bist. Es könnte wohl nicht sein, dass Dir, wenn Du ganz genau nachdenkst, irgendein Hinweis darauf einfällt, wo sie sein könnte? Ich weiß eigentlich nicht, warum ich Dir das schreibe, denn bestimmt hat dich Antonella bereits gefragt, aber da sieht man es mal wieder. Muss wohl eine Art Kontrollsucht sein.

Wie lange willst Du diesmal in Verona bleiben? Vielleicht bist Du auch schon wieder abgereist. Hat die Polizei inzwischen etwas über Forbes herausgefunden? Ich möchte Dir nochmals danken, dass Du Dich um mich gekümmert hast, nachdem ich an jenem Morgen auf dem Kirchendachboden ohnmächtig geworden bin. Ein wahrer apostolo del soccorso! Weißt Du, ich habe immer noch keine Ahnung, wie ich die Treppe hinuntergekommen bin. Meine Erinnerung daran ist komplett ausgelöscht. Sehr seltsam. Die französischen Touristen müssen uns für Gespenster gehalten haben.

Lass mich wissen, was es bei Dir Neues gibt, wenn Du kannst. Hier ist es leider ziemlich einsam.

Dein alter Kumpel,
Morris

Wie auch immer, Carla, ein Merkmal der letzten Monate ist, dass es mir nicht einmal vergönnt war, mich an einer heißen Kartoffel richtig zu verbrennen, ehe mir die nächste zugeworfen wurde. In einem Augenblick war ich beschwingt vor Freude über die Fortschritte mit der Ausstellung, im nächsten in großer Sorge um meine Tochter und gleich darauf verunsichert durch wirres Gerede von Polizei und verschwundenen Kinderschändern. Kurzum, zwei Tage später hatte ich gerade ein sehr ergiebiges Gespräch mit Zolla über die lokalen Gemälde, die wir neben den internationalen Meisterwerken einbeziehen wollten, um die Ausstellung quasi in Verona zu verwurzeln, zu Ende gebracht, als Mariella, Zollas sehr nette Sekretärin, mir mitteilt, dass Volpi mich in sein Büro bittet. Ich war froh darüber. Es wurde Zeit, den alten Zwist ein für alle Mal beizulegen.

Hier kommt also die entscheidende Unterredung, auf welche, oder vielmehr (das ist wichtig) auf Volpis *Vorabnotizen* zu welcher, meine polizeilichen Ankläger einen Großteil ihrer Vorwürfe stützen. Wie Sie sehen werden, entsprechen diese Notizen in keiner Weise dem, was sich tatsächlich zwischen uns abgespielt hat.

Es stimmt, dass Volpi mir gleich zu Beginn mitteilte, er wünsche, dass ich umgehend das Gebäude verlasse und nicht mehr wiederkomme. Seine Intention war also tatsächlich die in den Notizen dargelegte. Ich allerdings dachte gar nicht daran zu gehen, sondern nahm unaufgefordert auf einem schicken Drehstuhl Platz und schaute ihn über seinen lächerlich großen Schreibtisch hinweg an.

Was um alles in der Welt war denn los?, wollte ich wissen.

Volpi setzte, wie es seine Art ist, seine obszöne Körpermasse und eine gewisse unkoordinierte Unmäßigkeit ein, um mich einzuschüchtern, indem er sich breitbeinig auf seinem Sessel zurücklehnte und seinen mächtigen Bauch in die Höhe reckte.

Nach einem peinlichen Schweigen wies ich darauf hin, dass der Erfolg des Museums zumindest kurzfristig nicht unwesentlich von der Duckworth Foundation abhing. Für die Ausstellung mussten vier Gemälde restauriert werden; Arbeit, die ich versprochen hatte zu bezahlen.

Volpi hatte eine merkwürdige Art, mit seinen Lippen zu spielen, als würde ihm das beim Nachdenken helfen, und dazu auf die seltsamste Weise zu prusten und zu schnaufen. Plötzlich hievte er sich hoch, legte seine dicken Ellbogen auf den Schreibtisch und machte mir ein Angebot. Mein Name, sagte er, würde als Ko-Kurator und Sponsor der Ausstellung genannt werden, ich würde diese Anerkennung bekommen. Als Gegenleistung müsse ich mich aber verpflichten, mich in die praktische Umsetzung der Veranstaltung nicht weiter einzumischen und mich bis zur Eröffnung vom Castelvecchio fernzuhalten. Er wies mich darauf hin, dass ich nie in aller Form gebeten worden war, die Ausstellung zu kuratieren, und auch keinen Vertrag darüber hatte.

Ich wusste nicht, wie ich auf diese Provokation reagieren sollte. Um Zeit zu schinden, erklärte ich, dass die Ausstellung auch eine Reihe von Werken aus meiner Privatsammlung enthalte und dass ich gerne mitentscheiden würde, wie sie gehängt wurden. Ein Gentileschi, zwei Sickerts und eine anonyme barocke Darstellung von Isebels Fenstersturz. Wenn es keinen Vertrag gab, sagte ich, dann lag das daran, dass ich großzügigerweise auf ein Honorar verzichtet hatte. Ich zögerte. Er schuldete mir zumindest eine Erklärung für seine außergewöhnliche Feindseligkeit mir gegenüber.

»In einem Computer unserer Institution herumzuschnüffeln ist nicht akzeptabel«, sagte er unverblümt. »Sie sind Gift, Duckworth. Sie haben hinter unserem Rücken in unserem Namen an wichtige Repräsentanten ausländischer Museen geschrieben.«

Wie sich herausstellte, hatte Zolla sich beschwert, weil ich angeblich unrechtmäßig in sein E-Mail-Account eingedrungen war, um mir die Adressen der Leute zu verschaffen, die für die Leihgaben der von uns angefragten Bilder zuständig waren. Selbstverständlich konnte ich diese wahnsinnige Anschuldigung sofort widerlegen. Ich erklärte ihm, dass mich seit Langem eine Freundschaft mit einem Mitarbeiter des Fitzwilliam, einem Museum in Cambridge, verband, und dieser Mann hatte mir eine Rundmail weitergeleitet, die Zolla an alle beteiligten Museen verschickt hatte; er, der Freund im Fitzwilliam, wollte wissen, ob es sich dabei um die Ausstellung handelte, von der ich gesprochen hatte, als ich kürzlich in Cambridge war, um meine Alma Mater zu besuchen. Es ist richtig, dass ich mir, nachdem ich die Adressen auf diesem Weg erhalten hatte, die Freiheit genommen hatte, einige Zusatzinformationen an die Rechte-Abteilungen der verschiedenen Museen zu versenden, allerdings erst nach einer langen Diskussion mit Zolla. »Bei allem Respekt, Dottore«, schloss ich, »aber mir scheint, unser Angelo ist ein bisschen«, ich zögerte, »manchmal ein bisschen ...«

Volpi hob eine seiner raupenartigen Augenbrauen. »Ein bisschen?«

Ich sagte nichts.

»Impulsiv?«, schlug er vor.

»Ich wünschte nur, er hätte zuerst mit mir über die Sache gesprochen, statt sich gleich bei Ihnen zu beschweren. Mir gegenüber hat er so getan, als sei alles in bester Ordnung. Offen gesagt verstehe ich das nicht. Es scheint ihm an Vertrauen zu mangeln und an Aufrichtigkeit. Vielleicht sollten wir ihn jetzt dazubitten.«

Daraufhin beugte sich Volpi über den Schreibtisch und fragte mich, während er erneut seine Lippen schnalzen ließ, warum Zolla wohl damals schluchzend in seinem Büro gesessen hätte.

Ich sagte ihm, ich hätte nicht die leiseste Ahnung und würde mich nicht mit Dingen beschäftigen, die mich nichts angingen. Mein Interesse galt einzig und allein der Ausstellung.

Er schaute mich mit zusammengekniffenen Augen an. »Signor Duckworth«, fing er an, aber ich unterbrach ihn ganz unwillkürlich und sagte, was mich an diesem Tag tatsächlich interessiert hätte, war das Schild an der Wand, das mir vorher nie aufgefallen war, über die Bianchi, die sich auf ihren Pilgerreisen selbst geißelten.

Volpi schnaubte und lehnte sich zurück. Das Schild war noch da, auf der rechten Seite, wenn man zur Tür hereinkam; wir drehten uns beide kurz, um es anzuschauen.

»Was genau haben diese Bianchi gemacht?«, fragte ich.

Jetzt lachte er. »Mäuse«, sagte er, »haben ebenfalls ein großes Talent, die Richtung zu wechseln, wenn sie gejagt werden, Signor Duckworth.«

Als ich mich weigerte, auf eine so alberne Provokation zu antworten, sagte er: »Die Bianchi waren eine religiöse Bruderschaft. Auf ihren Pilgerreisen zogen sie sich ihre Stolen vom Rücken, sodass sie von den Taillenkordeln herabhingen, und peitschten sich wiederholt mit« – er zögerte, lächelte, zog dann eine Schublade auf und holte mit sichtlichem Vergnügen etwas hervor, was aussah wie ein etwa fünfzig Zentimeter langer schwarzer Stock mit einem halben Dutzend stacheliger Lederriemen an einem Ende – »einem solchen Instrument.« Er blickte zur Decke und hob mit einem breiten Lächeln abrupt die Hand, sodass die Riemen auf seinen Rücken fielen, wo sie vermutlich auf sein feuchtes Hemd trafen.

»Ah«, seufzte er.

Ich wusste ehrlich gesagt nicht, was ich sagen sollte. Die Peitsche war entweder ein Museumsstück, in welchem Fall sie in seinem Schreibtisch nichts zu suchen hatte, oder etwas Modernes von der Sorte, so kann ich nur annehmen, wie man es in einschlägigen Läden zum Zwecke der Steigerung der erotischen Lust erwerben kann. Warum zeigte Volpi mir das? Sollte das irgendwie eine Einladung sein?

»Faszinierend«, pflichtete ich ihm schließlich bei. Um meine Verlegenheit zu überspielen, bemerkte ich, es sei doch interessant, dass die offizielle Kirche diese Art von Selbstbestrafung gänzlich abgeschafft hatte.

»Da wäre ich mir nicht so sicher«, sagte er trocken. Dann wollte er plötzlich wissen: »Signor Duckworth, warum sind Sie ohne meine Erlaubnis in den Lagerräumen des Museums gewesen? Woher soll ich wissen, dass Sie nicht vorhaben, ähm, Ihre private Kunstsammlung mit Stücken aus unserer zu ergänzen? Schließlich bin ich dem Kuratorium dieses Museums Rechenschaft schuldig.«

Auch das zeigte wieder einen außergewöhnlichen Mangel an Vertrauen, den ich nur der Tatsache zuschreiben konnte, dass der Mann in Neapel aufgewachsen war. Ich erklärte ihm, dass ich, wie mit Zolla abgesprochen, demnächst für die Ausstellung ein Gemälde des heiligen Bartholomäus (der gehäutet wurde) aus einer Kirche im Dorf San Briccio abholen würde. Und genau um zu vermeiden, dass der Verdacht aufkam, ich wolle das Bild für mich selbst haben, hatte ich mit Zolla abgemacht, dass es hier im Museum gelagert werden sollte. »Mir war nicht klar, dass ich eine Erlaubnis brauchte, um die Gegebenheiten dort unten zu begutachten«, schloss ich.

Volpi schaute mich an. Im Nachhinein hätte mir klar werden sollen, dass in den Lagerräumen etwas vor sich ging, von dem er fürchtete, ich hätte es entdeckt. Warum sonst war er bereit, mich als Ko-Kurator anzuerkennen, solange ich mich *vom Castelvecchio fernhielt*?

»Wir mir scheint, ist die Kommunikation zwischen Ihnen und Zolla nicht ganz so, wie man erwarten könnte«, warf ich ein.

Er antwortete nicht. Also sagte ich, ich bräuchte Hilfe mit dem heiligen Bartholomäus. Hier wird es ein kleines bisschen kompliziert, und wieder bitte ich Sie um Nachsicht. Ich war von der jungen Libyerin Samira Al Zuwaid, die derzeit im Archiv des Amtes für Kulturerbe arbeitet, auf die Existenz des Gemäldes und seine mögliche Eignung für diese Ausstellung hingewiesen worden. Der Vollständigkeit halber sollte ich erwähnen, dass ich Signorina Al Zuwaid kannte, weil sie zuvor ein Praktikum bei Fratelli Trevisan absolviert hatte. Wie Sie wissen, Carla, habe ich schon immer den Grundsatz verfolgt, nach Möglichkeit Immigranten zu beschäftigen, denn mit ihnen verbindet mich hier in Italien ein gemeinsames, dornenreiches Schicksal. Die Gerüchte, ich hätte mit Signorina Al Zuwaid eine Affäre unterhalten, sind jedoch lächerlich und schaden ihr mehr als mir. Auf ihren Vorschlag hin fuhr ich also – zusammen mit meinem Sohn (falls jemand sich die Mühe machen will, diese Fakten nachzuprüfen) – hin, um mir dieses und ein paar andere Gemälde anzusehen. Der Priester in San Briccio gab jedoch vor, nichts von dem Gemälde zu wissen, und es ist nur meiner Hartnäckigkeit zu verdanken, dass ich es schließlich, ohne Wissen des Priesters, in einer nicht mehr benutzten Kirche entdeckte. All das hatte ich Zolla erklärt, und jetzt erklärte ich es noch einmal Volpi und bat ihn um Rat. Mein Plan, sagte ich, war, ein Team zu entsenden, welches das Gemälde, möglichst ohne ein Wort zu dem Pfarrer, abholen sollte, denn höchstwahrscheinlich versteckte die Kirche es mit der Intention, es zu verkaufen – eines der weitverbreiteten, wenn auch nicht allzu schändlichen Laster der Priesterschaft.

Volpi wies völlig zu Recht darauf hin, dass dies nicht über den regulären Transportdienst des Museums laufen könne, denn dort würde man vorab die vollständigen Unterlagen verlangen, was dem Priester alle Zeit der Welt verschaffen würde, um den heiligen Bartholomäus mit Haut und Knochen für immer verschwinden zu lassen. Er fragte, wie viele Leute nötig wären, um das Bild zu bergen. Ich sagte, drei. Es galt, eine enge Holztreppe mit morschen Stufen zu überwinden. Das Bild musste an einem Seil hinabgelassen werden; einer musste oben das Seil führen, zwei das Gemälde unten entgegennehmen.

»Machen Sie es selbst«, sagte er.

Ich war erstaunt.

»Natürlich werden Sie jemanden vom Amt für Kulturerbe mitnehmen«, sagte er, »aber es muss jemand sein, der maximale Geheimhaltung garantieren kann.« Er hob das Gesicht zur Decke und strich sich nachdenklich mit den Fingerspitzen über sein Doppelkinn. Ich hatte den Eindruck, es machte ihm Spaß, über solche kleinen Probleme nachzudenken, und ich muss sagen, zum ersten Mal empfand ich eine gewisse Sympathie für ihn. »Da Miss Al Zuwaid schon von dem Bild weiß«, entschied er dann, »könnte sie vielleicht mitfahren.«

»Es sind drei Personen nötig«, erinnerte ich ihn. »Mindestens zwei Männer.«

»Nehmen Sie doch ihren Bruder mit«, sagte er sofort.

Mir ist klar, dass diese Unterhaltung im Nachhinein kaum glaubwürdig erscheint. Warum hat Volpi nicht jemanden vom Museum vorgeschlagen, jemanden mit der nötigen Expertise? Schwere alte Bilder zu bewegen kann heikel sein. Was diesen Bruder von Signorina Al Zuwaid angeht, Tarik heißt er, so wusste ich, dass es ihn gibt, denn einerseits hatte seine Schwester ihn mal erwähnt, als sie bei uns Praktikantin war, aber auch weil Volpi vor Kurzem, als ich davon sprach, einen Muslimen oder zumindest einen Araber hinzuzuholen, um ein paar der biblischen Gemälde, die wir ausstellen wollten, zu kommentieren, vorgeschlagen hatte, dafür Tarik anzufragen. Wie es kommt, dass ein Museumsdirektor zwei libysche Immigranten kennt, kann ich nicht sagen, und damals habe ich auch nicht darüber nachgedacht. Ich nahm an, dass er durch seine beruflichen Beziehungen zum Amt für Kulturerbe unweigerlich auch ab und zu mit Signorina Al Zuwaid zu tun hatte. Wie dem auch sei, als er sagte: »Nehmen Sie doch ihren Bruder mit«, war ich so erfreut, dass wir über diese Diskussion wieder einen gemeinsamen Nenner gefunden hatten und er nicht mehr davon sprach, unsere Beziehung zu beenden, dass ich sofort zustimmte.

Und so waren wir also wieder am Ausgangspunkt unseres Gesprächs angekommen. Als ich Volpis Büro betrat, war ich mit einem Mann konfrontiert worden, der entschlossen war, mich loszuwerden (wie seine vorab gemachten Notizen beweisen); und jetzt ging ich in dem Bewusstsein, dass ich ein Bild sichern würde, von dem wir beide glaubten, dass es in Gefahr war, und das im Lagerraum unter dem Museum verwahrt werden sollte, bis es von dort aus so bald wie möglich zu einem Restaurator gebracht werden konnte. Und mehr noch, ich hatte sehr stark den Eindruck, dass Volpi jetzt vorhatte, mich in die Geheimnisse des Museums einzuweihen, statt mich außen vor zu lassen. Die Machtverhältnisse hatten sich geändert, und jetzt war ich der Privilegierte und nicht mehr Zolla, der mein wahrer Feind war und der, wie Volpi erkannt hatte, die Unwahrheit über mich gesagt hatte.

»Wie schnell können Sie das Bild holen, was meinen Sie?«, fragte er. »Die Restaurierung sollte sofort bestellt werden. Es ist außerdem wichtig zu wissen, wann Sie in den Lagerraum müssen, damit jemand das Bild dort in Empfang nehmen kann.«

Wir besprachen alles. Ich fühlte mich beschwingt. Er überlegte und kam zu dem vernünftigen Schluss, dass die einzige Zeit, wo der Priester mit Sicherheit nicht unerwartet auftauchen würde, die war, wenn er in der neuen Kirche im Dorf die Messe las. Ich schlug deshalb vor, das Bild am kommenden Sonntagvormittag abzuholen.

»Sie und ich sollten einmal gemeinsam die Lagerräume erkunden, Signor Duckworth«, sagte Volpi und reichte mir die

Hand, als ich aufstand, um zu gehen. Damals war ich absolut sicher, dass er es ehrlich meinte.

An Professor Zolla

Lieber Angelo,
wie geht es Ihnen und all meinen Freunden im Castelvecchio? Es muss schwer sein, unter diesen erschütternden Umständen weiterzumachen wie bisher.

Sicher wissen Sie von meiner Verhaftung. Ich darf hier weder Zeitung lesen noch fernsehen, aber zweifellos wird überall wild über mich spekuliert. Ich habe, wie Sie mir mit Sicherheit zustimmen, die Tat nicht begangen. Vielmehr schreibe ich Ihnen diesen Brief, um Sie von ganzem Herzen zu bitten, alles in Ihrer Macht Stehende zu tun, um den Verantwortlichen zu finden. Ich habe mich gefragt, ob nicht die beiden Libyer, Samira und Tarik Al Zuwaid, etwas damit zu tun haben könnten. Sie schienen sehr skeptisch zu sein, Castelvecchio zu betreten, als wir an jenem Vormittag das Gemälde vom heiligen Bartholomäus brachten; sie meinten, sie hätten ›eine lange Nacht‹ gehabt, und sprachen plötzlich von einer Verabredung zum Mittagessen, die sie nicht verpassen durften.

Sind Sie inzwischen mit den Vorbereitungen für die Ausstellung vorangekommen? Ich hoffe, sie wurde nicht abgesagt. Ich kann mir vorstellen, dass man als erste Reaktion unter solchen Umständen sagt, eine Ausstellung zum Thema Mord, auf keinen Fall. Aber wie Sie wissen, ist Kunst nie so relevant, wie wenn sie der Realität nahekommt. Haben Sie sich den heiligen Bartholomäus schon einmal angesehen? Was halten Sie davon? Qualität? Zustand? Notwendiger Restaurierungsumfang? Falls Sie in irgendeiner Sache Zweifel haben, ich habe jeden Aspekt der Ausstellung sehr klar im Kopf. Wenn mich hier zwischen diesen engen Mauern die Gedanken zu erdrücken drohen, dann lasse ich meinen Geist durch die Ausstellungsräume wandern und sich wundern angesichts all dieser fantastischen Bilder, und ich sehe auch die Erregung der Besucher aus aller Welt vor mir, die erkennen, wie gut sich die alten Meister auf die Vermählung von Horror und Spektakel verstanden haben.

Mit den allerbesten Grüßen,
Morris

So viel also zur Lage im Castelvecchio, Carla. Und jetzt, Stunde für Stunde, der verhängnisvolle Sonntag, der 29. April.

Antonella und ich sind früh aufgestanden, um kurz nach sechs, sie, um eine Stunde im stillen Gebet zu verbringen, ich, um im Kunstzimmer zu meditieren, wo ich gerne mit meinen Bildern kommuniziere und über die vielen stürmischen Momente des Lebens nachdenke, die sie auf so erhabene Art und Weise zum Ausdruck bringen. Anschließend kleideten wir uns für die Messe an und brachen dann, natürlich wie gewohnt unter Einhaltung der eucharistischen Fastenregel, auf, um über die Piazza Bra zur San-Nicolò-Kirche zu spazieren. Es war inzwischen zwanzig vor acht, und es ist schwer, den Charme der Piazza zu dieser Stunde zu beschreiben; die Luft war noch frisch, aber nicht zu kühl, der Morgen beglückend ruhig und dennoch gefüllt mit luftiger Verheißung, die schmucken Kopfsteine und stuckverzierten Hauswände wirkten wie aus einer anderen Zeit, aber zugleich sehr lebendig und präsent und warfen das Klacken der Schritte, junge und alte, forsche und schleppende, das Klingeln der Fahrräder und das Geklapper des Frühstücksgeschirrs in einem Dutzend hübscher Cafés wie ein Echo zurück. Verzeihen Sie mir diese hochtrabende Sprache, Carla, aber ich meine, wäre ich tatsächlich in der Lage gewesen, das alles wahrzunehmen, wenn ich soeben einen brutalen Mord begangen hätte? Ich glaube kaum.

Arm in Arm betraten meine Frau und ich die Kirche, wo zu unserer Verwunderung und Bestürzung Don Lorenzo nicht anwesend war. Wir gehen seit beinahe dreißig Jahren in die San Nicolò, und dies war, soweit ich weiß, das erste Mal, dass sich Don Lorenzo verspätete. Die wenigen guten Leute, die zur Frühmesse kommen, saßen betend da, aber als er weiter nicht erschien, fingen sie an, flüsternd ihre Besorgnis zum Ausdruck zu bringen. Erst nach einer halben Stunde etwa erschien seine *perpetua* und erklärte, der gute Don sei in den frühen Morgenstunden nach einem Zusammenbruch ins Krankenhaus eingeliefert worden.

Nachdem wir also die Kirche verlassen mussten, ohne am Abendmahl teilgenommen zu haben, nahm meine Frau ein Taxi, um so schnell wie möglich den kranken Mann zu besuchen. Ich versprach, am Nachmittag hinzugehen, nachdem ich meine Mission in San Briccio erledigt hatte. Es war also etwa neun Uhr, als ich in der Wohnung der Al Zuwaids in San Zeno eintraf. Da es noch früh war, nahm ich ihr Angebot, noch einen Kaffee zu trinken, an; sie waren spät ins Bett gekommen, sagten sie, was für junge Leute vermutlich ganz normal ist, und waren eben erst aufgestanden. Sie waren noch nicht einmal fertig angezogen.

Nachdem wir die Logistik unseres Auftrags noch einmal durchgesprochen hatten, verließen wir gegen zehn Uhr die Wohnung. Wir fuhren zum Hauptsitz von Trevisan in der ZAI, wo ich den Alfa Romeo gegen einen Lieferwagen der Firma tauschte; dann fuhr uns Tarik nach San Briccio. Als wir im Dorf ankamen, erkannte man gleich an den vielen Autos, die vor der neuen Kirche parkten und nur eine Spur der Hauptstraße frei ließen, dass die Messe im Gange war.

Ein paar Minuten später parkten wir unsererseits, oder versuchten es zumindest, auf dem kleinen Platz vor der nicht mehr benutzten und entweihten Kirche von Santa Chiara in Estasi, und hier wurden wir mit einem unerwarteten Problem konfrontiert. Leider vergesse ich immer die Vorliebe der Italiener für sonntägliche Sportereignisse. Nicht nur hatte sich eine Gruppe Radfahrer vor der Kirche versammelt und stellte ihre glänzenden Räder und peinlich elastischen Outfits zur Schau, es hatte sich auch noch ein weiterer, größerer Mob zum jährlichen Palo-della-Cuccagna-Wettbewerb im *laghetto* eingefunden. Sie hatten den Pfahl, oder vielmehr den Baumstamm, der gut sechs Meter lang war, bereits aufgerichtet, mit hässlicher orangefarbener Seife bedeckt und in der Mitte des verdreckten Teichs in wer weiß was für glitschigen Schlamm gerammt. Die Muskelprotze aus dem Dorf waren schon dabei, sich bis auf die Tattoos auszuziehen, um hinauszuschwimmen, hochzuklettern und sich den Lorbeerkranz von der Spitze zu holen. Das hätte natürlich alles großen Spaß gemacht – aus einer ohrenbetäubend laut gestellten Tonanlage kamen ironische Ansagen im lokalen Dialekt, und in der Luft lag Würstchenduft –, wenn es nicht bedeutet hätte, dass wir fünfzig Meter entfernt parken und uns dann unter Einsatz echter Muskelkraft durch die Menge bis zur Kirchentür vorkämpfen mussten, wo ein kleiner Bach glucksend über die uralten Steinplatten rann. Da wir jedoch nichts Falsches taten und auf die dringliche und explizite Anweisung eines örtlichen Museumsdirektors handelten, entschied ich, unseren Auftrag trotzdem auszuführen.

Wir hatten einen Bolzenschneider dabei, und ich bat Tarik, das Vorhängeschloss aufzubrechen, was er mit beunruhigender Kompetenz tat, ohne auch nur das geringste Interesse der Menge zu erregen, die dicht gedrängt zwischen Kirche und See stand. Mit dem Rücken zu uns beobachteten die Leute gebannt, wie die ersten armen Trottel versuchten, den Pfahl zu erklimmen. Angesichts der vielen Schreie, Flüche, Platscher, Ahs und Ohs und lautstarken Sprüche über die Gänsehaut hübsch zitternder Mädchen, wenn sie ins Wasser fielen, wurde uns klar, dass man uns vermutlich eher bemerkt hätte, wenn der Platz leer gewesen wäre. Drinnen schalteten wir unsere Taschenlampen ein und verriegelten die Tür.

In dem Augenblick bekam ich einen Anruf von meinem Sohn, der mir mitteilte, Massimina sei am Abend zuvor nicht nach Hause gekommen. Was sollte ich dazu sagen? Schließlich ist es heutzutage nichts Ungewöhnliches, wenn ein zwanzigjähriges Mädchen an einem Samstagabend nicht zu Hause übernachtet. Aber wie ich bereits erklärt habe, hatte Massimina den ganzen Monat über kaum das Haus verlassen und schlug sich offensichtlich, nun ja, wenn nicht mit einer Depression, dann doch mit einem heftigen inneren Konflikt herum. Am überraschendsten aber war, dass ihr einfältiger Bruder sich um den Verbleib seiner älteren Schwester ernsthaft zu sorgen schien, gerade so, als wüsste er mehr als ich. Ich beschloss, wenn Massimina bei meiner Rückkehr nicht zu Hause war, mir Zollas Adresse zu besorgen (er wohnte anscheinend mit seiner Mutter *und* seiner Großmutter zusammen) und direkt hinzufahren, um eine Erklärung zu verlangen.

Ich war ein Stück beiseitegetreten, um mit meinem Sohn zu sprechen, und ließ meine Taschenlampe träge über eine Kreuzabnahme wandern, deren Ausführung viel zu wünschen übrig ließ. Als ich mich den anderen wieder zuwandte, schwebte das tote, gequälte Gesicht Christi keinen Meter vor mir hell erleuchtet in der Luft. Mein Herz setzte aus, und mir muss die Kinnlade heruntergefallen sein, denn Samira brach augenblicklich in Gelächter aus. Es war Tarik, der mit der Taschenlampe sein Gesicht anstrahlte. Die Ähnlichkeit mit den semitischen Zügen auf dem hässlichen alten Bild war bemerkenswert. Erfreut, weil sie mich reingelegt hatten, ließen die beiden die Lichtstrahlen ihrer Lampen umherwandern, machten sich über die christlichen Bilder an den Wänden lustig und kicherten auf äußerst unangenehme Art miteinander. Aus irgendeinem privaten

Grund, der mit ihrem späten Ausbleiben am Abend zuvor zu tun hatte, waren sie bester Laune. Ich fürchtete, wenn wir unseren Auftrag nicht mit etwas mehr Sorgfalt angingen, konnten wir Schwierigkeiten bekommen.

Hinter dem Altar in der Santa Chiari ist eine kleine Sakristei, von der eine morsche Holztreppe auf einen niedrigen Dachboden führt. Tarik und ich stiegen mit einem langen Seil vorsichtig die Stufen hinauf. Die Gemälde, insgesamt vier, standen an der hinteren Wand. Da ich bei meinem ersten Besuch den heiligen Bartholomäus ganz nach hinten gestellt hatte, mussten wir jetzt zuerst die anderen Leinwände beiseiteschieben. Ehrlich gesagt hätte ich beinahe die Beherrschung verloren, weil Tarik es nicht lassen konnte, abschätzige Bemerkungen über die religiösen Bilder zu machen, die durch die dicke Plastikfolie halbwegs zu erkennen waren. *Der wunderbare Fischzug* ist seiner Meinung nach eine Kapitalistenfantasie von der Ausbeutung der natürlichen Ressourcen jenseits aller Nachhaltigkeit. *Der Weg nach Emmaus* handelt von schwulen Dreiern, *Maria salbt Jesus die Füße* war der reine Fetischismus. Als wir zu Bartholomäus kamen, fragte ich ihn ziemlich erbost, was ein Klugscheißer wie er zu einem Mann zu sagen hatte, der bereit war, für seinen Glauben unfassbare Schmerzen zu ertragen. »Unfassbar!«, sagte er lachend. »Das trifft es, Boss.« Dieses »Boss«, dachte ich, war ganz besonders fehl am Platze.

»Sie wissen aber schon, wer ihm das angetan hat, oder?«, fragte ich scharf.

»Keine Ahnung«, sagte er.

»Die Araber. Er wurde von ungläubigen Arabern bei lebendigem Leibe gehäutet.«

Unsere Taschenlampen beleuchteten immer noch die Plastikfolie, sodass das rohe Fleisch auf der Brust des Heiligen einem Stück Bratenfleisch in Zellophan ähnelte. Tarik seufzte. »Packen wir's an«, sagte er. Aber als wir das Bild umdrehten, bemerkte er sachlich, es sei doch gut, dass ich so begeistert von Märtyrern sei, denn ich würde bestimmt in naher Zukunft noch eine Menge von ihnen zu sehen bekommen.

Natürlich fragte ich ihn, was zum Teufel das heißen sollte.

»Der Westen ist durch und durch korrupt«, sagte er. »Die Leute hier haben den Tod verdient.«

Ich fragte, wen er damit genau meinte.

»Leute wie Sie«, antwortete er kühl.

»Hören Sie«, sagte ich, »ich weiß nicht, was Ihr Problem ist, junger Mann, denn hier in Verona sind alle ausgesprochen nett zu Ihnen.«

Wir schoben Bartholomäus jetzt in der Noppenfolie über die Holzplanken; die Taschenlampen hatten wir oben auf den Rahmen gelegt.

»Sogar Volpi spricht in den höchsten Tönen von Ihnen«, fügte ich hinzu.

»Volpi gehört auch dazu«, sagte Tarik barsch. »Und Zolla. Sie werden kriegen, was sie verdienen.«

»Gehört wozu?«

»Zu den Sexschweinen.«

Ich fragte ihn, worum in Gottes Namen es ihm ging, aber er lachte nur, und als ich wissen wollte, woher er Zolla kannte, sagte er, jeder, der Volpi kannte, kannte zwangsläufig auch Zolla.

Ich sagte, ich wüsste nicht, wovon er sprach. Er sagte, wenn das stimmte, dann wäre ich noch autistischer, als er angenommen hatte.

»Sie planen wohl einen neuen Dschihad, was?«, erkundigte ich mich, während wir oben an der Treppe das Seil um den Rahmen schlangen.

»Nur, den alten zu Ende zu bringen«, sagte er grimmig. »Machen Sie sich auf ein Massaker gefasst.«

Da ich mich ohnehin nicht sehr wohlfühlte, riss ich mich zusammen und dachte, das einzig Wichtige war jetzt, das geschundene Fleisch des Bartholomäus heil die Treppe hinunterzukriegen und ins Museum zu bringen. Ich ließ Tarik oben zurück, stieg die verfaulten Stufen zu Samira hinab, und wir machten uns bereit, um das Bild in Empfang zu nehmen, während Tarik es am Seil ganz langsam herunterließ. Alles verlief reibungslos. Wir trugen das Bild bis ins Kirchenportal, entriegelten die Tür und zwängten uns nach draußen in die Menge. Es hatte angefangen zu regnen, und die Leute schoben ihre Schirme hin und her, um einen Blick auf die Idioten zu werfen, deren Anstrengungen mittlerweile dazu geführt hatten, dass die unteren zwei Meter des Pfahls seifenfrei waren. Die Radler waren zum Glück aufgebrochen, um ihre Synthetik-Hosen auf schwitzigen Sätteln dem Härtetest zu unterziehen. Mit einiger Mühe hievten wir den Märtyrer in den Wagen, wo ich ein Dutzend Schichten Schaumgummi ausgelegt hatte, auf denen der gequälte Leib ruhen sollte.

»Ins Castelvecchio«, sagte ich.

Schweigen trat ein. Nach einer Weile sagte Samira: »Ich dachte, wir bringen es zu Ihnen nach Hause.«

Ich lachte. »Wenn wir das täten, könnte man ja denken, ich wolle es stehlen.«

Etwas später sagte Tarik: »Das Problem ist, wir können den Lieferwagen schlecht vor dem Museum abstellen, wo er die ganzen Buslinien auf der Via Cavour lahmlegen würde.«

Ich sagte, ich würde vorher anrufen. Das Museum war sonntags für Besucher geöffnet, und einer der Aufseher würde die Lieferanteneinfahrt an der Flussseite des Gebäudes für uns aufmachen. Ich hatte natürlich den Direktor informiert, und wir wurden erwartet.

»Wo wollen Sie es denn genau hinbringen?«, wollte Samira wissen.

»Es gibt einen Lagerraum im Keller«, sagte ich, obwohl Samira das natürlich wissen musste bei ihrem Job. Wie auch immer, erst in den letzten Tagen habe ich angefangen, über die vielen Fragen nachzugrübeln, die die Libyer mir auf der Fahrt von der Kirche zum Museum gestellt haben. Sie wirkten übertrieben besorgt. Und Tarik schien eine extrem feindselige Haltung Volpi gegenüber zu haben.

Irgendwann sagte Tarik dann zu Samira: »Das Problem ist, wir werden zu spät kommen zum Treffen mit … « und nannte einen Namen, den ich vergessen habe. Anscheinend waren sie mit einem Onkel zum Essen verabredet, der kürzlich aus Libyen hergekommen war.

Ich hatte mich inzwischen etwas entspannt. »Dann machen wir es doch so«, sagte ich: »Wir bringen das Bild zum Lastenaufzug, und dann übernehme ich. Wenn ihr spät dran seid für euer Treffen, könnt ihr gerne den Lieferwagen nehmen.«

Als wir nach Verona hineinfuhren, rief ich im Museum an. Bei unserer Ankunft war die Schranke vor der Anlieferbucht bereits offen und die große Doppeltür unverschlossen. Wir schoben das Bild über den Flur bis in den Lastenaufzug und verabschiedeten uns. Natürlich habe ich die beiden seitdem nicht mehr gesehen, aber alles, was ich sagen kann, ist, als wir auseinandergingen, hatte Tarik einen seltsamen Gesichtsausdruck: Es sah aus, als trüge er auf der einen Gesichtshälfte ein finsteres, machiavellisches Grinsen und auf der anderen eine Maske kindlicher Unschuld. Samira dagegen wirkte ganz natürlich, sie schien bereits in Gedanken beim Treffen mit dem Onkel zu sein, der, wie sie im Wagen erzählt hatte, irgendeinen Ärger politischer Art mit den neuen Machthabern im Land hatte. Aber Frauen können sich ja, wie allseits bekannt ist, wesentlich besser verstellen als Männer, vermutlich weil sie durch ihr Geschlecht so stark bevorzugt sind.

Liebe Samira,

zweifellos haben Sie von dem absurden Schicksal gehört, das mir widerfahren ist. Ich schreibe Ihnen aus dem Gefängnis, wo all meine Post streng überwacht wird. Ich schreibe Ihnen nur, um Sie aufgrund Ihrer Position im Amt für Kulturerbe zu bitten, auf alles zu achten, was mit Castelvecchio und dem schrecklichen Mord zu tun hat. Tatsächlich ist mir zu Ohren gekommen, dass die Lagerräume des Museums als Depot für einen groß angelegten illegalen Kunsthandel benutzt wurden, der auch mit dem unendlichen Bedarf der Camorra an Geldwaschanlagen zusammenhing. Sollte das der Fall sein, dann wurde der Mord vermutlich von einem Auftragskiller aus den Kreisen des organisierten Verbrechens begangen. Mir ist durchaus bewusst, wie unwahrscheinlich es ist, dass Sie über sachdienliche Informationen verfügen, aber meine derzeitige Lage zwingt mich dazu, nach jedem Strohhalm zu greifen.

Mit den allerbesten Wünschen und in tiefer Dankbarkeit für unsere bisherige Zusammenarbeit und Freundschaft,

Ihr ergebener
Morris Duckworth

Immer noch ohne einem Mitglied des Museumspersonals begegnet zu sein, fuhr ich mit dem Aufzug nach unten zu den Lagerräumen, schob das Gemälde hinaus auf den Korridor und lehnte es an die nächstgelegene Wand, wie ich es mit Volpi und Zolla abgesprochen hatte. Meine Aufgabe war erledigt, und hätte ich nur einen Funken Vernunft besessen, wäre ich sofort gegangen. Schließlich bestand das Problem, dass meine Tochter am Abend zuvor nicht nach Hause gekommen war, ein Umstand, der durchaus Anlass zur Sorge gab, wenn es auch damals noch kein Grund zur Panik zu sein schien. Andererseits war ich freudig erregt darüber, das Bild sichergestellt zu haben, und dachte, es wäre schön, wenigstens einen kurzen Blick darauf zu werfen, um festzustellen, ob es nach der Restaurierung verwendbar sein würde oder nicht. Dann kam mir der Gedanke, dass Volpi oder Zolla, falls sie zufällig im Büro waren, es sicher auch gerne sehen würden. Sie wussten ja, dass ich das Gemälde herbringen wollte. Genau genommen war ich erstaunt, dass sie nicht wie besprochen dafür gesorgt hatten, dass mir ein Mitarbeiter zur Verfügung stand. Jedenfalls bestand die beste Strategie für eine harmonische Zusammenarbeit mit den beiden darin, an unsere gemeinsame Begeisterung für die Kunst zu appellieren.

Statt also mit dem Aufzug zum Lieferanteneingang zurückzufahren, ging ich durch den Lagerraum bis zu einer Treppe, die nach oben zum Museum und in den Bürotrakt führt. Sofort hatte ich den Eindruck, wenn ich nicht sogar sicher war, dass seit meinem letzten Besuch dort unten vor ein paar Wochen einige Gegenstände bewegt worden waren. Besonders eine kleine Bronzeplastik, die damals aufrecht gestanden hatte, lag jetzt auf der Seite und versperrte beinahe den Durchgang zwischen den gelagerten Objekten. Das kam mir komisch vor, denn man konnte so etwas kaum umstoßen, ohne es zu merken, und warum sollte jemand sich in dem Fall nicht die sehr kleine Mühe machen, es wieder aufzurichten?

Das Lager im Castelvecchio ist im Grunde genommen ein Labyrinth; es dehnt sich in alle Richtungen in die alten Bollwerke und Verliese hinein aus, überall sind Türen, die in Räume führen, deren Größe von der eines Schranks bis hin zu der einer ganzen Wohnung rangiert. Ich gelangte zur Treppe und ging nach oben ins Museum. Die Tür war offen, und wieder einmal wunderte ich mich über die lockeren Sicherheitsmaßnahmen im Gebäude. Jetzt nickte mir eine Mitarbeiterin zu, eine ältere Dame, die mich vom Sehen kennt. Der Raum mit den Plastiken war mit Asiaten gefüllt, die verstohlen Dinge fotografierten, die sie nicht verstanden. Ich lief eilig nach oben zu den Büros, um nachzusehen, ob Zolla oder Volpi zufällig da waren. In Klammern sei hier angemerkt, dass die Polizei diesen Teil meiner Geschichte besonders unglaubwürdig fand. Sie konnten sich nicht vorstellen, dass ich annahm, die Leute würden am Sonntag ins Büro gehen. Ich konnte nur zu meiner Schande gestehen, dass ich oft genug am Tag des Herrn arbeiten gehe. Vor- *und* nachmittags. Nach der Kirche natürlich.

Alle Türen standen offen, aber es war niemand da. Ich ging durch das Großraumbüro zu Zollas Büro. Ich weiß, die Polizei behauptet, ich hätte seinen Computer angemacht, aber das stimmt nicht. Allerdings habe ich einen Blick auf die Papiere auf seinem Schreibtisch geworfen, unter denen auch Versicherungsunterlagen für den Transport von Tizians *Kain und Abel* waren. Das freute mich ungemein.

Dann ging ich über den Flur am Ende des Großraumbüros zu Volpis Büro. Diese Tür war geschlossen. Angesichts dessen, was bei meinem vorherigen Besuch geschehen war, klopfte ich an und wartete. Ich klopfte noch einmal. Nichts. Warum, wollte die Polizei wissen, war ich dann eingetreten? Und als ich festgestellt hatte, dass niemand im Zimmer war, warum ging ich dann zu Volpis Schreibtisch hinüber? Die Antwort, zumindest was das Eintreten betrifft, ist einfach. Aus Gewohnheit. Man klopft, man betätigt die Klinke, man tritt ein. Ich will mich nicht entschuldigen. Es war kein Schlafzimmer. Ich öffnete die Tür und sah sofort, dass das Büro durchwühlt worden war. Es stimmt nicht, dass ich es selbst durchwühlt habe. Warum sollte ich das tun? Wonach hätte ich gesucht haben sollen? Mein Interesse am Castelvecchio betraf einzig und allein die Organisation der Ausstellung *Der gemalte Tod*. Manchmal denke ich, die Polizei weigert sich einfach, mitzudenken, aber das habe ich auch schon im Falle Amanda Knox gedacht, den ich sehr genau verfolgt habe. Sie freuen sich über jede schrille Lösung, die ihnen in den Sinn kommt, und arrangieren dann die Fakten drum herum, damit sie nicht enttäuscht werden.

Beim Anblick des chaotischen Raumes ging ich natürlich zum Schreibtisch hinüber, um nach einer Erklärung zu suchen. Dort fand ich allerdings nur verstreute Unterlagen. Ein leiser Summton machte mich darauf aufmerksam, dass der Computer lief, obwohl der Bildschirm dunkel war. Ich ging um den Schreibtisch herum und drückte auf die Leertaste. Nach den üblichen ein bis zwei Sekunden ging der Bildschirm an. Eine Videoplattform war offen. Ich schaute das Bild an, verstand aber zuerst nicht, was ich sah. Es dauerte vielleicht dreißig Sekunden, bis ich erkannte, dass es die Nahaufnahme eines Anus war. Ich meine, aus zwei, drei Zentimeter Entfernung. Ich war angewidert, griff aber aus irgendeinem Grund nach der Maus und klickte auf Replay. Ich brauche wohl kaum auszuführen, was ich dann sah. Die Polizei hat das Video als Beweisstück beschlagnahmt. Nach ein paar Sekunden hielt ich den Film an, und dann, als ich mich vom Schreibtisch entfernte, um zur Tür zurückzugehen, fielen mir die blassen Fußabdrücke auf dem Steinboden auf.

Wie Sie wissen, hatte ich Blut an den Schuhen.

Man sagt Fußabdrücke, aber in Wirklichkeit waren es kaum sichtbare Flecken, die ich nur deshalb mit meinen Schuhen in Verbindung brachte, weil sie in regelmäßigen Abständen quer durch das Zimmer auftauchten. In relativ großen Abständen allerdings, denn wie sich herausstellte, war nur mein rechter Fuß davon betroffen. Anfangs war mir nicht klar, dass es Blut war. Ich dachte, ich hätte Schmutz an den Schuhsohlen, vielleicht von dem nassen Kiesweg vor der Kirche. Es war also ganz natürlich, dass mein erster Gedanke war, die Flecken wegzuwischen, um das Büro des Museumsdirektors nicht zu besudeln. Auf dem Schreibtisch stand eine Schachtel Papiertücher, und ich ging in die Hocke. Beim dritten oder vierten Abdruck dachte ich zum ersten Mal, dass es Blut sein musste, ein bisschen braun, aber definitiv Blut. Man roch es. Ja. An dieser Stelle säuberte ich einfach meinen Schuh, wie gesagt nur den rechten, und ging mit wachsender Unruhe den Weg zurück, den ich gekommen war – durch das Großraumbüro, in Zollas Büro und dann wieder nach unten und durch die Ausstellungsräume des Museums.

Zweifelsohne werden Sie wollen, dass ich meine Überlegungen und meine Handlungen in diesem Moment erkläre, aber ehrlich gesagt kann ich das nicht. Einerseits wollte ich einfach hinter mir sauber machen, so wie jeder, der sich schuldig fühlt, weil er Unordnung gestiftet hat. So bin ich erzogen worden. Andererseits war mir bewusst, dass dieses Blut irgendwo herkommen musste. Ein weiteres Problem war, dass ich schlecht nach unten gehen und den Museumsboden wischen konnte, während die ganzen Asiaten heimlich ihre Kameras zückten und die Aufseher so taten, als würden sie keinen Regelverstoß bemerken. Unentschieden rührte ich mich ein paar Minuten lang gar nicht. Dann, als wolle ich dem Problem ausweichen – aber wer weiß schon, warum wir so handeln wie wir handeln? –, zog ich mein Handy hervor und rief meinen Sohn an.

»Ich habe eine Nachricht gefunden«, sagte Mauro.

»Ach ja?«

»Da steht nur: Liebe Mamma, lieber *Papà,* ich gehe für eine Weile weg, macht Euch keine Sorgen um mich, Mimi.«

Ich wusste nicht, was ich sagen sollte.

»Dann geht's ihr wohl gut.« Er wirkte unsicher.

Schließlich fragte ich: »Was sagt deine Mutter dazu?«

»Ich hab es ihr noch nicht gezeigt.«

»Aber warum denn nicht?«

Meine Frau, sagte er, oder vielmehr, seine Mutter, war sehr besorgt um Don Lorenzo. Der Priester lag im Koma. Mauro wollte nicht alles noch schlimmer machen.

»Ich komme, so schnell ich kann, nach Hause«, versprach ich.

In dem Moment hatte ich es sehr eilig, nach Hause zu kommen, wo mich meine Familie brauchte. Ich beschloss, die Quelle des Bluts zu ermitteln, sicherzustellen, dass es nichts Ernstes war, und dann sofort zu gehen. Der Gedanke an Mord, oder überhaupt an irgendein Verbrechen, war mir immer noch nicht gekommen. Ich machte mir mehr Sorgen darum, den Boden verschmutzt zu haben oder beschuldigt zu werden, ich hätte versucht, in die Computer einzudringen, während niemand im Büro war. Als ich auf Mariellas Schreibtisch eine Packung Kleenex-Feuchttücher entdeckte, wischte ich schnell und sehr notdürftig zuerst im Büro und dann im Flur alle Abdrücke weg. Was das betrifft, ist es ganz einfach lächerlich, dass mich die Polizei beschuldigt, den Mord begangen und anschließend versucht zu haben, die Spuren zu verwischen, als ob mir, nachdem ich einen Mann mit dem Messer attackiert und einen äußerst gewaltsamen Tod hatte sterben lassen, nicht klar gewesen wäre, dass die moderne Forensik es mit ein paar Kleenex-Feuchttüchern mehr als aufnehmen kann. Im Grunde ist die Tatsache, dass ich mich so benahm, wie es für jemanden, der nur ein bisschen Dreck von der Straße hereingebracht hat, vollkommen natürlich war, ein schlagender Beweis dafür, dass ich zu diesem Zeitpunkt noch nichts von dem Mord wusste.

Zugleich fiel mir ein, dass die andere Massimina, Antonellas jüngere Schwester, bei ihrem verhängnisvollen Weggang von zu Hause vor vielen Jahren ebenfalls die Nachricht hinterlassen hatte, sie würde für eine Weile weggehen und man solle sich keine Sorgen um sie machen. Beim Gedanken daran veränderte sich meine Stimmung drastisch. Von da an war ich, gelinde gesagt, rasend vor Sorge um meine Tochter.

Als ich aus dem Fahrstuhl stieg und wieder ins Museum ging, hatte ich keine Geduld mehr zum Wegwischen der Abdrücke, bahnte mir einen Weg durch die Touristen, stieß die Tür zum Keller auf und ging hinunter in den Lagerraum. Als ich überall Licht machte, sah ich gleich, dass der ganze Fußboden mit Blutflecken übersät war. Ich musste blind gewesen sein, sie beim ersten Mal nicht zu sehen. Die Flecken wurden dunkler, je näher ich der hinteren Wand des Raumes kam. Ich folgte ihnen und entdeckte eine Tür, die mir zuvor nie aufgefallen war, vielleicht weil sie sich hinter ein paar hässlichen Statuen aus dem 12. oder 13. Jahrhundert befand. Als ich die Tür, in der, wie ich bemerkte, ein großer Schlüssel *von innen* steckte, aufmachte, stand ich in einem Flur, von dem zu beiden Seiten weitere Türen abgingen. Wieder war es nur allzu deutlich, woher das Blut kam, denn die Klinke der zweiten Tür auf der rechten Seite war dick mit etwas Rotem beschmiert. Ich war so erpicht darauf, das Geheimnis zu lüften, dass ich meine eigene nackte Hand auf die Klinke legte und die Tür aufmachte.

Da lag er.

Sie kennen die Fotos, Carla, daher brauche ich nicht zu beschreiben, welches Bild sich mir bot. Was ich aber erklären muss, scheint mir, ist meine Reaktion. Ich würde gerne behaupten, ich wäre total verwirrt gewesen, und in gewisser Weise war ich das auch. Aber gleichzeitig war ich *kein bisschen* verwirrt: Ich meine, ich wusste ganz genau, wo ich war; es war eine Szene, die mir bekannt vorkam.

Wie soll ich das erklären?

Sie müssen bedenken, dass ich seit zwanzig Jahren Gemälde sammle, auf denen Mordszenen dargestellt sind. Darauf habe ich mich spezialisiert, so wie manche Philatelisten Briefmarken mit Blumen darauf sammeln oder mit Raubtieren oder berühmten Gebäuden. Und natürlich hatte ich über diese Darstellungen tödlicher Gewalt in den letzten Monaten, als ich die Bilder für die Ausstellung aussuchte, noch wesentlich intensiver nachgedacht als sonst. Eine der biblischen Mordszenen, die selten gemalt wurde, aber ausgesprochen kurios ist, ist der Mord, der vielmehr ein politisches Attentat war, an dem Moabiterkönig Eglon durch den jüdischen Helden Ehud. Es existiert ein

Holzschnitt der Szene von Ford Madox Brown aus dem 19. Jahrhundert, der in Dalziels illustrierter Bibel (erschienen in den 1880er Jahren) abgedruckt ist und von dem ich erst im Monat zuvor ein Exemplar bei einer Internet-Auktion ersteigert hatte, das ich dem Museum für die Ausstellung überlassen wollte. Das ist relevant, weil König Eglon ausgesprochen dick war und die Bibel von dem langen Messer spricht, dass Ehud so tief in seinem Bauch versenkte, dass es nicht mehr zu sehen war. Madox Browns Holzschnitt zeigt Eglon, der in seinem orientalischen Putz auf einem edlen Thron sitzt, kurz bevor Ehud zusticht.

Was soll ich sagen? Ich spürte plötzlich eine außergewöhnliche Hitze im Unterleib, als hätten meine Eingeweide Feuer gefangen. Es war der Thron, der mich am meisten schockierte. Wofür war dieser Raum hergerichtet worden, mit seinen antiken Kommoden und Tischen, der vergoldeten Chaiselongue, den Plüschvorhängen, den prachtvollen und obszönen Wandteppichen, den bizarren orientalischen Symbolen und seltsamen Instrumenten (ich erkannte sofort die Peitsche wieder, die Volpi mir in seinem Büro gezeigt hatte, sowie verschiedene Waffen aus der Sammlung des Museums)? Das muss der Raum sein, von dem Volpi fürchtete, dass ich ihn entdecken könnte, dachte ich, als er sein Missfallen über meinen Besuch im Lager zum Ausdruck brachte. Und da saß er, auf seinem Thron, oder doch auf einem riesigen Regency-Sessel, nackt bis auf das rote Schultertuch, und mit der klaffenden Wunde im Unterleib. Ich ging einen Schritt auf ihn zu und bemerkte den Geruch. Es stank im ganzen Raum. Denn aus seinem Bauch war nicht nur Blut gekommen, sondern auch Kot. Ich machte den Fehler, noch einen Schritt näher zu treten, und sah die Gedärme und die Spitze des Griffs, die tief im Wabbelspeck steckte. Sofort wurde mir speiübel, und ich musste mich tatsächlich übergeben. Ich kotzte auf den roten Teppich, der schon dick mit Blut verschmiert war (würde ein Mörder das tun?). Als ich mir dann mit dem letzten Feuchttuch den Mund abwischen wollte, bemerkte ich die klebrige rote Schmiere an meiner Hand. Von der Türklinke. Da erkannte ich mit schrecklicher Klarheit, dass man mich dieses Mordes, den ich nicht begangen hatte, anklagen würde.

Das ist wohl auch der Grund, warum ich nicht sofort die Polizei rief. Ich war sicher, sie würden mich auf der Stelle verhaften. Das war ein Fehler, aber ich dachte nicht klar. Ich geriet in Panik. Warum hatte Volpi ein so brutales Ende gefunden? Wer hatte diese furchtbare Tat begangen? Warum ähnelte sie so stark einem Holzschnitt, den ich kürzlich erworben und von dem ich eine Kopie sowohl an Zolla als auch an Volpi gemailt hatte, allerdings auch, wenn ich es mir recht überlege, an Tarik, den Araber, der einige Texttafeln für die Ausstellung verfassen sollte? Man kann Tausende von Bildern anschauen, Thriller lesen und Horrorfilme sehen, aber die Wirklichkeit ist anders, sie hat eine unvergleichlich größere Schlagkraft. Aber die Tatsache, dass dieser echte Leichnam aus einem dieser Bilder zu stammen schien, oder auf seltsame Art gar das Bild selbst hätte sein können, machte alles irgendwie noch schlimmer, zugleich wirklich und unwirklich. Das Schrecklichste war, dass Volpis kleine Augen geöffnet waren und verblüfft schauten; der Kopf war nach hinten gefallen, auf den Lippen lag der seltsame Ausdruck von Fassungslosigkeit und Lust. Ich konnte den Blick gar nicht von ihm abwenden. Das Blut musste durch den nackten Körper nach unten gesackt sein, denn seine fetten Füße auf der vergoldeten Fußstütze waren dunkelblau wie Blutergüsse. Der Farbeffekt war kurios. Instinktiv zog ich mein Handy aus der Tasche und machte ein paar Aufnahmen. Was habe ich mir bloß dabei gedacht? Dann erinnerte mich die Präsenz des Todes an meine Tochter. Ich drehte mich um, verließ den Raum, lief den Flur entlang, fuhr mit dem Lastenaufzug zur Hintertür und ging mit blutiger Hand nach Hause in die Via Oberdan.

Antonella lag mit einem parfümierten Seidenschal über dem Gesicht auf dem Sofa. Nachdem ich mir die Hände gewaschen und ein Glas Wasser getrunken hatte, um den Geschmack nach Erbrochenem im Mund zu vertreiben, zog ich mir einen Sessel heran und setzte mich respektvoll schweigend neben sie.

»Der arme Don Lorenzo«, murmelte sie. Sie streckte einen Arm aus und griff nach meiner Hand, und wir saßen, beziehungsweise ich saß und sie lag, schweigend da.

»Er ist anscheinend noch spät ausgegangen, um einen sterbenden Patienten zu besuchen. Er war zu alt für derartige Pflichten. Als er zurückkam, wurde er ohnmächtig und stieß sich den Kopf. Wer weiß, ob er je wieder aufwacht? Ich hoffe, er fliegt direkt ins Paradies. Ich weiß, dass er große Angst vor dem Fegefeuer hatte. Ach, armer Lorenzo.«

Ich konnte mich des Gefühls nicht erwehren, dass sie ein bisschen überreagierte, denn es handelte sich hier um einen Mann, der mit Sicherheit alt genug und fromm genug war, um seinem Schöpfer gelassen gegenüberzutreten. Dennoch spürte ich die gleiche Schwierigkeit wie mein Sohn, was die Mitteilung von Massiminas Verschwinden anging. Ich drückte meiner Frau die Hand und machte mich auf die Suche nach meinem Sohn, aber er war nirgends zu finden. Dann fiel mir ein, dass es Sonntagnachmittag war. Er musste auf die Polizeiwache gegangen sein, um sich zu melden, wie man es ihm auferlegt hatte, wann immer im Stadion ein Fußballspiel stattfand; um zu beweisen, dass er sein Hausverbot einhielt. Und danach würde er zweifellos direkt ins Stadion gehen, um die zweite Hälfte des Spiels noch mitzubekommen.

Ich ging in die Küche und fand einen Topf mit Linsen, Ingwer und Gemüse auf dem Herd vor. Ich wärmte mir ein paar Bissen davon auf, spülte das karge Mahl mit einem Glas Cabernet herunter und zog mich ins Kunstzimmer zurück. Dort saß ich über drei Stunden, betrachtete meine Bilder und dachte über das nach, was ich im Castelvecchio gesehen hatte. Ich konnte mir einfach keinen Reim darauf machen. Aber nur allzu bald klopfte natürlich die Polizei an die Tür. Knapp eine Stunde später saß ich schon in einer Zelle.

Das ist alles, Carla. Ich bin erschöpft. Ich habe bis in die frühen Morgenstunden geschrieben. Alle zehn Minuten schaut der Wärter herein, um sicherzugehen, dass ich nicht versuche, mich umzubringen. Sie machen ihre Sache gut. Tagsüber habe ich eine Madonna gezeichnet. Ich bete zu ihr, dass Massimina gefunden werden möge. Jetzt also noch ein letzter Appell an den Allmächtigen, und dann schlafen.

13

Die Toten wurden zu Verbündeten. Wirklich. Es war ähnlich wie beim Fangenspielen, wo das Opfer, sobald es berührt und gefangen war, zum eigenen Team dazustieß und dann mithalf, die anderen zu jagen. Im Laufe der Jahre war es Morris zur Gewohnheit geworden, seine Toten um Hilfe anzurufen. Massimina natürlich am häufigsten; ihre geisterhafte, süß duftende Erscheinung war immer an seiner Seite. Und auch Paola; Morris' erste, wildere Ehefrau hatte ihn bereitwillig mit jeder Menge nützlicher Tipps versorgt, wann immer er eine junge Praktikantin verführen wollte, und als noch wertvoller hatte sich ihre Erfahrung erwiesen, wenn es zu gegebener Zeit darum ging, diese Affären wieder zu beenden. Der genitale Giacomo, jener laszive Fotograf, der in einem Zwei-Sterne-Hotel in Rimini mit einem Kissen erstickt worden war, hatte schon etliche Male, als Morris in der ungnädigen Düsternis mittelalterlicher Kirchenschiffe Kunstwerke fotografieren wollte, großzügig sein Know-how weitergegeben, indem er seinem Mörder mit krächzender Stimme und in seinem knirschenden Veroneser Dialekt Blendeneinstellungen in die gespitzten Ohren flüsterte. Antonellas lieber toter Ehemann, der früher so entschieden feindselige Bobo Posenato, war seit seiner Beerdigung wesentlich sanftmütiger geworden und verriet Morris alle möglichen Avantgarde-Strategien zur

Maximierung des Firmenprofits, und sogar zur maximalen Ausschlachtung der Ehefrau, die Morris von ihm übernommen hatte. Jahre später, als der unausweichliche Showdown mit Forbes sich abzeichnete, war der Ghanaer Kwame hilfsbereit zurückgekehrt, um seinen ehemaligen Arbeitgeber über das volle Ausmaß von Forbes' pädophilen Aktivitäten zu informieren, was Morris das Gefühl gab, dass nur der Gerechtigkeit Genüge getan würde, wenn er den Mann um die Ecke brachte. Selbst Forbes hatte nach ein paar Jahren auf dem Dachboden von Santi Apostoli del Soccorso seine Garstigkeit abgelegt und ließ Morris gelegentlich wissen, welche Gemälde sich gut und welche nicht so gut zum Kopieren eigneten und welchen Priestern er trauen konnte, wenn er Werke kaufte, die eigentlich nicht zum Verkauf stehen sollten. Alles in allem, überlegte Morris, während er sich in seiner Gefängniszelle über seinen Schreibblock beugte, hatte er sich da für seine reiferen Jahre ein ganz nettes Team zusammengestellt. Da kam eine Menge Talent und Erfahrung zusammen. »Wenn *ihr* mich nicht mit vereinten Kräften aus dem Gefängnis rauskriegt«, murmelte er, »dann möchte ich wirklich wissen, wer sonst.«

Morris zeichnete neuerdings. Man hatte ihm einen Block ohne Linien gegeben. Anfangs machte er das zum Zeitvertreib, aber schon bald wurde es zu einer Art Beschwörung: sorgfältig und flink erweckte er mit seinem Bleistift die Toten zum Leben. Dann unterbrach er kurz seine Bemühungen, dachte an seine erste Inhaftierung vor über zwanzig Jahren und staunte über die heftige geistige Krise, die er in jenen Wochen und Monaten durchgemacht hatte, die qualvollen religiösen Bilder, die er damals heraufbeschworen hatte. Dieses Mal war er dagegen absolut ruhig. Er steuerte durch die langen Stunden im Gefängnis, wie ein sicheres, ausgeglichen beladenes Schiff durch den weiten Ozean steuert, ohne Eile, unbehelligt von Wetter und Wellen, voller Zuversicht, seine Fracht sicher in den Hafen zu bringen.

Vielleicht hing es damit zusammen, dass er unschuldig war, dachte er. Das musste schließlich etwas gelten. Selbst die gelegentlichen *interrogazione* brachten ihn kaum aus der Fassung. Sie hatten den Fall einer Frau übertragen, Untersuchungsrichterin Ilde Grimaldi. Gar nicht mal unsympathisch, die Dame, hatte Morris gedacht, als er ihr zum ersten Mal am Tisch gegenübersaß, obwohl er nicht umhinkonnte, ihren langweiligen Tweedrock und die kantigen Hüften zu bemerken. So gelassen, wie der Anlass es zuließ, hatte er beschlossen, nicht auf der Anwesenheit seines Anwalts zu bestehen; das würde hoffentlich signalisieren, dass er ein reines Gewissen hatte.

Was die Polizei am meisten interessierte, waren seine Aktivitäten am Abend vor dem Mord. Beziehungsweise der Mordnacht. Vermutlich hatten sie inzwischen den Zeitpunkt des Todes ermittelt. Morris erklärte, er habe den Samstagabend zu Hause verbracht, zum großen Teil in seinem Kunstzimmer. Seine Frau war früh zu Bett gegangen und hatte ihn kaum wahrgenommen, als er sich zu ihr legte.

»Ich weiß, dass das kein perfektes Alibi ist«, gab er zu, »doch ich fürchte, in den meisten Ehen ist das durchaus der übliche Sachverhalt.«

»Ich bin nicht hier, um die Perlen Ihrer Weisheit einzusammeln, Signor Duckworth«, sagte die ältere Frau trocken und hüstelte, während sie maschinengeschriebene Seiten durchblätterte. »Sie waren also nicht«, fuhr sie schließlich, ohne aufzublicken, fort, »der Mann mittleren Alters, der in jener Nacht gegen zwei Uhr dreißig auf der Via Roma gesehen wurde und vom Castelvecchio in Richtung Piazza Bra ging, hm?«

Morris war entschlossen, auf solche Köder nicht anzubeißen. »Wohl kaum«, bemerkte er, und erst nach einer Pause: »Mann im mittleren Alter ist nicht gerade eine sehr aussagekräftige Beschreibung.«

Avvocata Grimaldi studierte das Blatt, das vor ihr lag. »Schütteres Haar … blond, trug eine Tweedjacke.« Sie blickte auf. »Hm, Signor Duckworth?«

Morris hatte es schon immer missfallen, wenn Leute aus Faulheit mit unartikulierten Fragewörtern um sich warfen. Er machte sich nicht die Mühe, seine Verneinung zu wiederholen. Die Untersuchungsrichterin seufzte:

»Schwankender Gang«, las sie weiter aus der Zeugenaussage, »womöglich betrunken oder sonst irgendwie benommen. Stützte sich ab und zu mit einer Hand an der Hauswand ab.« Sie blickte auf. »Hm?«

Morris schenkte ihr sein freundlichstes Lächeln. »Narben?«, erkundigte er sich. »Muttermale? Kornblumenblaue Augen? Nelke im Revers?« Er wartete kurz und fügte dann, gerade als die Richterin den Mund öffnete, um etwas zu sagen, noch »Hm?« hinzu. Sie runzelte die Stirn, schien aber nicht begriffen zu haben.

»Ich vertrage Alkohol ziemlich gut«, sagte Morris. »Alle meine Bekannten werden das bestätigen.«

Die Befragung zog sich fast eine Stunde lang hin; der Schwerpunkt verlagerte sich auf das Verhältnis des Verdächtigen zu Volpi. Grimaldi wollte nicht glauben, dass Morris ihr alles gesagt hatte, was sie wissen musste. Morris bemerkte, dass sie schlechte Zähne hatte und offensichtlich Raucherin war.

»Halten Sie mich«, sagte er an einer Stelle, »für jemanden, der mit dem guten Dottor Volpi gerne nackt zu tun gehabt hätte, so wie anscheinend der Mörder?«

Grimaldi sprang sofort an und fragte, woher Morris wisse, dass der Leichnam nicht erst *nach* der Tötung ausgezogen und so hingesetzt worden war?«

Morris überlegte. »Ich würde annehmen, dass es schwierig genug ist, Leute umzubringen, ohne ihnen die Unterwäsche auszuziehen. Warum sollte jemand das tun?«

»Sind Sie Freimaurer, Signor Duckworth?«

Morris runzelte die Stirn. »Meines Wissens legen die Freimaurer ein Verschwiegenheitsgelübde ab. Sie werden meiner Aussage also kaum vertrauen, wenn ich Nein sage.«

»Heutzutage nicht mehr«, sagte die Richterin.

»Ich bitte um Verzeihung?«

»Heutzutage nehmen sie es mit der Verschwiegenheit nicht mehr so genau«, wiederholte Grimaldi.

»Offenbar wissen Sie mehr über diese Leute als ich«, sagte Morris süßlich und fügte hinzu: »Aber um zum Leichnam zurückzukommen: Wenn er nach dem Tod entkleidet wurde, dann wären dazu doch vermutlich mindestens zwei Personen, oder vielmehr zwei Freimaurer, nötig gewesen.«

Der größere der beiden Polizisten, die an der Tür standen, lächelte.

Unvermittelt fragte die Untersuchungsrichterin, warum Morris nicht sofort die Polizei gerufen hatte, als er die Leiche entdeckte. Morris erklärte noch einmal, dass er sich, seit er vor vielen Jahren des Mordes angeklagt gewesen war, unsicher und verwundbar fühlte, was die Polizei und das Rechtswesen betraf. Er hatte ganz einfach Angst davor, überhaupt mit der Polizei in Berührung zu kommen.

»Als ich Volpi entdeckte, traute ich meinen Augen nicht, Dottoressa.« Morris war jetzt vollkommen offen und ehrlich. »Und kaum hatte ich den Raum wieder verlassen, konnte ich kaum glauben, dass ich ihn tatsächlich so gesehen hatte. Da ging ich schnell wieder hinein und machte Fotos, um mir selbst zu beweisen, dass die Leiche wirklich da war. Um mich davon zu überzeugen, dass die Technik sie auch wahrnahm. Und auch dann wünschte ich noch, es wäre nicht wahr. Ich hatte wohl Angst, man würde mich irgendwie dafür verantwortlich machen. So bin ich, Dottoressa, Verzeihung, Avvocata. Die Annalen der Kriminalgeschichte sind voll von konfusen Menschen, die sich schuldig fühlen an Verbrechen, die sie nicht begangen haben. Aber logisch betrachtet müsste ich, wenn ich es am Abend vorher getan hätte und dann um zwei oder drei Uhr morgens, ähm, wie war das, schwankend nach Hause gegangen wäre, geradezu vollends verrückt sein, ein Bild abzuholen, es ins Museum zu bringen und dann, nur zehn Stunden später, überall blutige Fußspuren zu hinterlassen und mich dabei zu allem Überfluss auch noch von Touristen und Aufsehern beobachten zu lassen. Hm?«

Die grimmige Grimaldi gab zurück, dass, wenn Morris das Recht beanspruchte, sich irrational verhalten zu haben, als er das Verbrechen nicht gleich meldete, sie wohl kaum beweisen musste, dass sein Besuch am folgenden Morgen rational gewesen war. »Oder? Hm?«

Morris lächelte. »Da ist was dran«, gab er zu.

»Sie könnten zurückgekehrt sein, um wichtige Beweise vom Tatort zu entfernen«, fuhr Grimaldi fort. »Sie könnten das Bild hingebracht haben, um eine Ausrede zu liefern, warum Ihre Fingerabdrücke unten im Lager sind, hm?«

Die beiden sahen sich über eine schlichte Tischplatte hinweg an.

»Signor Duckworth«, sagte Grimaldi, »ich teile Ihnen nur ungern mit, dass Ihre Fingerabdrücke auf einem Messer im Schrank des Lagerraums gefunden wurden, einem Messer, das dem im Bauch des Opfers zum Verwechseln ähnlich sieht.«

Morris wartete. Schließlich sagte er: »Avvocata Grimaldi, ich dachte, Sie würden mir noch eine ordentlich formulierte Frage stellen, aber für derartigen Luxus ist das Leben offenbar zu kurz. Also, Sie haben meine Fingerabdrücke auf allen möglichen Messern unten im Lager gefunden, weil ich sie vor ein paar Wochen alle durchgesehen habe. Es war genau dieser Besuch der Lagerräume, der zu dem Missverständnis mit Volpi geführt hat, der, wie mir jetzt klar wird, durchaus nicht befürchtete, dass ich etwas stehlen würde, sondern dass ich diesen seltsam ausgestatteten Raum entdecken könnte, in dem er und seine Kumpane zweifellos alle möglichen unanständigen Sachen mit ihren Peitschen und Geißeln angestellt haben. Alles Freimaurer, wenn nicht Schlimmeres. Die Freimaurer sind schließlich nicht der einzige Geheimbund. Italien ist voll davon.«

»Das gesamte Personal im Castelvecchio wusste von dem Raum, Signor Duckworth.« Grimaldi machte eine Pause, blätterte eine Seite um und las vor: »Die unterirdische Räumlichkeit .... die auf dem Gebäudegrundriss als interrato 7b verzeichnet ist ... ähm ... beherbergt einen Teil der Ausstellung ... von 1993 ... eine Nachbildung des Dekors im Gerichtshof von Cangrande della Scala, Signore von Verona im frühen 14. Jahrhundert. Warum tun Sie so, als hätten Sie das nicht gewusst, Signor Duckworth?« Sie hielt inne und blickte auf. »Hm?«

Ruhig wies Morris darauf hin, dass er *nicht* zum Personal des Castelvecchio gehörte. »Und ehrlich gesagt, Avvocata, hat mich die mittelalterliche Bildhauerkunst noch nie auch nur im Geringsten interessiert. Das ist nicht die Sorte von Ausstellung, die ich je besuchen würde.« Er schwieg kurz. »Aber wie dem auch sei, selbst wenn alle von dem Raum wussten, erklärt das noch lange nicht, warum Dottor Volpi sich dort unten in so ausgefallener Entkleidung aufgehalten hat, oder?« Er öffnete den Mund zu einem Hm, entschied sich dann aber dagegen.

Ilde Grimaldi nahm ihre Unterlagen und fing an, die Blätter mit schnellen harten Schlägen auf die Tischplatte zu einem ordentlichen Stapel zusammenzustauchen.

»Signor Duckworth, wir glauben, dass Sie diesen schmachvollen Mord begangen haben, gemeinsam mit Ihrer Mätresse Samira Al Zuwaid. Wir glauben, dass Sie dazu ein Messer aus dem Fundus des Museums benutzt haben. Wir glauben, das Motiv hatte mit Meinungsverschiedenheiten über die geplante Ausstellung *Der gemalte Tod* zu tun, oder vielleicht auch mit einem Versuch Ihrerseits, Volpi wegen seiner homosexuellen

Beziehung zu dem Kunsthistoriker Angelo Zolla zu erpressen.«

Morris seufzte tief. »Avvocata«, sagte er, »wenn Sie auf der albernen Geschichte bestehen, ich hätte eine Mätresse, die nicht mal halb so alt ist wie ich, dann steigt mir das langsam zu Kopf. Soll ich daraus schließen, dass die junge Dame im Gefängnis sitzt?«

Aber die Richterin war aufgestanden, und Morris stellte mit Genugtuung fest, dass sie noch kleiner und feister war, als er angenommen hatte. Ohne den Verdächtigen auch nur anzuschauen, drehte sie sich um und verließ den Raum. Morris schüttelte den Kopf und schüttelte ihn eine Stunde später erneut, als er Massiminas Gesicht auf das qualitativ doch recht minderwertige Papier skizzierte, das man ihm zur Verfügung gestellt hatte. »Eine ausgesprochen unhöfliche Geste«, murmelte er. »Vor allem, wenn eigentlich die Unschuldsvermutung gilt, solange man nicht verurteilt ist.«

»Niemand hat so gute Manieren wie du«, versicherte ihm das tote Mädchen; ihr Flüstern fühlte sich wie eine Liebkosung an.

»Es kostet so wenig Mühe«, überlegte Morris. Er lag auf einen Ellbogen gestützt auf seinem Bett. Die verträumte Ruhe, die er empfand, während so viel wertvolle Zeit verrann, war seltsam. Fast drei Wochen schon. Drei Wochen Einzelhaft. Vielleicht war es eine Frage des Alters, dachte er, vielleicht sank mit den Jahren die Gehirntemperatur, und der Puls wurde ruhiger. Er blätterte die Seiten des Zeichenblocks um, arbeitete zuerst an diesem kleinen Porträt, dann an jenem, verglich sie miteinander, studierte sie eingehend. Ohne sich wirklich dazu entschlossen zu haben, hatte er den Plan umgesetzt, all die geliebten Gesichter genau im Augenblick der Erkenntnis, des gegenseitigen Realisierens zu beschwören, im Moment des letzten Atemzugs vor dem Todesstreich, in dem jedes seiner Opfer für immer und ewig ein Teil seines Lebens geworden war. Er betrachtete sie so, wie sie in jenem Moment waren, ihrem lebendigsten Moment, kurz vor dem Tod. Und sie schauten ihn auch an: Giacomo und seine einfältige englische Freundin Sandra, Massimina, Bobo, Paola, Kwame, Forbes, eine Zeichnung nach der anderen. Sie wussten, dass sie jetzt zum Duckworth-Team gehörten, zur Duckworth Foundation sogar. Sie erfreuten sich an ihrem gemeinsamen Schicksal, sie lächelten ihn von dem billigen Papier und den stumpfen Bleistiftstrichen an. Sie waren glücklich miteinander. Erstaunlich, wunderte sich Morris, wie klar er sie sehen konnte.

»Du hast dich übrigens überhaupt nicht verändert«, flüsterte er Mimi zu. Er hatte ihren Blick ganz genau getroffen.

»Ich möchte für dich schön bleiben, Morris.«

»Ich wünschte, du würdest mich weiterhin Morries nennen. Das hat mir sehr gefallen.«

»Blödsinn, schön bleiben ist das eine, aber dumm bleiben etwas anderes.« Sie zögerte. »Hier oben sprechen alle Englisch. Es ist die Lingua franca.«

»Naiv, *cara*, du warst naiv, nicht dumm.«

»Ach Morries«, sagte sie nachgiebig. »Mo-rries. *Baci*, *baci*.«

Er schmunzelte. Ein paar Minuten später sinnierte er: »Volpi könnte ich niemals so zeichnen.«

Massimina schwieg.

»Trotz der Tatsache, dass er aussah wie ein Readymade.«

Er zeichnete gerade ihre Lippen, aber sie wollten ihm nicht beipflichten.

»Das liegt vermutlich daran, dass ich es nicht war«, fügte er hinzu.

Sie sagte immer noch nichts.

»Auch wenn ich in gewisser Hinsicht wünschte, ich wäre es gewesen. Er hatte es verdient. Und die Inszenierung war perfekt. Ich meine, wenn das Museum nur einen Funken Geschäftssinn hätte, würden sie ihn ausstopfen und zur Ausstellung hinzufügen.«

Mit dem Bleistift zwischen den Lippen und dem kleinen Zeichenblock auf den Knien saß Morris auf seiner Pritsche. Vom Flur waren Stimmen und ständiges Türenschlagen zu hören. Schließlich hörte er das Mädchen direkt neben sich ziemlich schwer seufzen.

»Bist du sicher, Morris?«

»Was meinst du?«

»Dass du es nicht warst?«

Morris lachte. »Das solltest du doch wissen, Mimi, da wo du bist.«

Er fügte hinzu: »Ich meine, wenn ich es bei dem armen alten Stan unter den allergünstigsten Umständen schon nicht hingekriegt habe, ist es wohl höchst unwahrscheinlich, dass mir ein solches Meisterwerk gelungen ist.«

Wieder ein langes Schweigen.

»Wie lange, glaubst du, können sie mich hierbehalten?«, fragte er Bobo, »ohne eine Anhörung oder eine offizielle Anklage, ohne Besuch, ohne Nachrichten, ohne alles?«

»Unbegrenzt«, lautete Bobos entmutigende Meinung.

Morris betrachtete seine Zeichnung. Bei Bobo bestand die Schwierigkeit darin, eine Himmelfahrtsnase mit Kinnlosigkeit zu kombinieren und dem Ganzen dann noch einen ausreichend griesgrämigen und mürrischen Ausdruck zu verleihen.

»Die Behörden können machen, was sie wollen. Das weißt du genau.«

»Vermutlich könnte ich verlangen, mit dem britischen Konsul zu sprechen«, überlegte Morris.

»Wenn du das tust, werden sie es dir heimzahlen.«

»Du hast recht. Ich möchte ihnen lieber keinen Anlass geben, mich als Außenseiter zu behandeln.«

Paola kicherte: »*Povero* Mo, immer gleich paranoid.«

Morris blickte zu ihr hinüber, um ihr lachendes Gesicht zu betrachten. Bei Paola ging es darum, Ebenmäßigkeit und Zierlichkeit darzustellen, aber ohne Mimis Pathos. Paola war ein Pin-up-Girl.

»Für dich gibt's immer nur die und uns«, spottete sie. »Oder vielmehr, die und den armen Mo. Du hättest den dummen Stan für nichts und wieder nichts umgebracht. Du siehst ja, es spielt keine Rolle, dass er zur Polizei gegangen ist.«

»Hätte lustig sein können, ein bisschen Gesellschaft zu kriegen«, mischte sich Forbes ein. »Obwohl der arme Stan es vermutlich nicht so sehr verdient hatte wie Volpi.«

»Es geht nicht ums *Verdienthaben*«, warf Mimi mit schriller Stimme ein. »Sondern ums *Auserwähltsein*. Wenn du das nicht kapiert hast, Michael, dann hast du wirklich keine Ahnung.«

Massimina wurde unruhig, sobald einer der anderen sich in den Mittelpunkt rückte.

»Das mag wohl sein, *carissima*«, sagte Forbes von oben herab. »Ich wollte nur anmerken, dass Morris in diesem Fall keinen Grund hat, sich schuldig zu fühlen. Volpi war ein widerwärtig übergewichtiger und eingebildeter Mann, der seine Machtposition als Museumsdirektor eindeutig ausgenutzt hat, um Prinzessin Zolla, seinen inkompetenten *amante*, in eine gehobene Stellung zu hieven, der er nicht gewachsen war, nur damit die beiden ungestört zwischen den Antiquitäten rumbumsen konnten.«

»Habt ihr das Video gesehen, das er sich gerade angeschaut hatte?« Giacomo lachte böse.

»Mhmmm«, Paola lächelte affektiert. »Peitschen!«

Morris konzentrierte sich darauf, das Grübchen in ihr Lächeln einzuzeichnen

»*Minatur innocentibus qui parcit nocentibus.*«

»Wie bitte?«, fragte Bobo.

»Wer den Schuldigen schont, bedroht den Unschuldigen«, intonierte Forbes.

»Schon gut«, gab Morris zu und betonte die spitze Nase des

alten Eton-Absolventen. »Nur, dass ich es tatsächlich nicht getan habe, Leute. Wirklich nicht.«

Wieder trat ein gespenstisches Schweigen ein.

»Ihr wünschtet alle, ich hätte es getan!«, sagte Morris empört. »Statt mir zu helfen, den wahren Täter zu finden. Eigentlich solltet ihr auf meiner Seite sein!«

»Zolla, Boss«, schlug Kwame vor. Morris rieb mit dem Daumen über die schwarzen Wangen, um sie zum Glänzen zu bringen. »Es muss Zolla gewesen sein. Eine rasende Klemmschwuchtel. Ich wette, die Tränen im Büro kamen daher, dass Volpi gedroht hat, ihn vor seiner eigenen Mamma zu outen. Oder der fette Freak hatte einen neuen Bumsfreund gefunden. Also steckt Zolla ihm die Klinge rein.«

»Erinnert mich an Jabba den Hutten«, kicherte Sandra wenig hilfreich.

»Was ist mit dem anderen Typen im Raum«, sinnierte Paola. »Der mit dem finsteren, sexy klingenden Lachen. Der könnte es auch gewesen sein.«

Morris schaute von seinem Bleistift auf.

»Wenn ich es gewesen wäre, dann wäre er jetzt doch wohl hier, oder? Einer von uns. Ich würde ihn zeichnen.«

»Zu früh«, murmelte Paola. Forbes stimmte zu. »Zu früh, Morris. Der Tod braucht eine Weile für die Umwandlung.«

Morris legte sich aufs Bett und schloss die Augen. Eine Zeit lang sagte niemand etwas. Aber selbst wenn sie still waren, wusste er, dass die Toten alle da waren, unter seinen Augenlidern. Dann fiel es ihm wieder ein.

»Weiß jemand, wo Massimina ist?«

Sie würden wissen, dass er seine Tochter meinte. Immer wenn er versuchte, ihr Gesicht zu zeichnen, weigerte sie sich zu erscheinen. Oder vielmehr, er zeichnete jedes Mal die alte Mas-simina, nicht die lebende. Aber was, wenn Massimina tot war? Morris setzte sich auf.

»Weiß denn keiner von euch, wo sie ist?«

Während er das sagte, ging das Guckloch in der Tür schnell auf und zu, und dann drehte sich ein Schlüssel im Schloss.

»Na, sprechen wir mit uns selbst?«, fragte der Aufseher.

»Da niemand zum zweiten Frühstück vorbeigeschaut hat«, sagte Morris lächelnd.

Kurz darauf aß er lauwarme Polenta. Sie hatten ein bisschen billigen Frischkäse darüber schmelzen lassen, der geronnen war und aussah wie feuchte Haut. Es gab natürlich verrückte Mörder, die ihre Opfer aufaßen. Er hatte darüber gelesen. Es gab sogar Möchtegern-Opfer, die im Internet Leute suchten, die sie essen wollten. Man stelle sich vor! Volpi zum Beispiel. Iss mich! War das der Grund, warum die Leiche nackt war? Als Vorbereitung auf das königliche Mahl? Morris schob seinen Teller weg.

Darunter auf dem Tablett lag ein Zettel.

Zuerst dachte er, es müsse eine Extraserviette sein. Aber nein, es war Notizpapier, es hatte Linien. Und jemand hatte etwas darauf geschrieben.

Morris zögerte. Sollte er es lesen?

»Was um alles in der Welt spricht dagegen?«, fragte Mimi.

Die Schritte des Aufsehers kamen zurück; Morris schob den Zettel in seine Gesäßtasche. Die Tür ging auf; scheinbar in Eile nahm der Aufseher das Tablett, ohne den Augenkontakt zu suchen. Er muss wissen, dass der Zettel dort lag, dachte Morris. Vielleicht rechnete er damit, dass der Gefangene eine Antwort geschrieben hatte. Jedenfalls war der Aufseher jetzt verschwunden; gleich darauf kamen zwei weitere, um ihn zum Verdauungsspaziergang abzuholen, obwohl er viel lieber ein Nickerchen gemacht hätte.

Zuerst kam der kurze Flur der Einzelzellen, dann der längere für die regulären Gefangenen, die an ihren Türen rütteln und ihn im Vorbeigehen beschimpfen konnten.

»Hey, Inglesio, kannst du nicht noch ein paar mehr Typen aus dem Süden für uns umbringen?«

»Warst es leid, zu warten, bis der alte Fettsack ihn hochkriegt, was?«

Diesen Leuten wurden die Zeitungen und Klatschblätter ganz offensichtlich nicht vorenthalten. Aber Morris lernte allmählich, den Gang entlang der Korridore zwischen seinen unerschütterlichen Wachen zu genießen. Er konzentrierte sich darauf, aufrecht zu gehen, den Kopf hoch erhoben, die Brust herausgestreckt. Er verlangsamte sogar ein bisschen seinen Schritt, damit die Tiere in ihren überfüllten Zellen seine abgeschiedene, einsame Würde wahrnehmen konnten. Dann wurde eine Tür aufgeschlossen, und er durfte sich fünfzehn Minuten lang frei auf dem Hof bewegen, wenn auch unter Beobachtung von zwei Aufsehern, die an der Wand lehnten und rauchten.

Morris ging mit forschen Schritten, erst im Uhrzeigersinn, dann gegen den Uhrzeigersinn, dann lief er Achten. Von wem sollte die Nachricht am liebsten sein, überlegte er? Antonella, Mauro, Samira, Tarik? Oder sogar Zolla. Oder Stan. Stan, den er nicht hatte umbringen können. Und was sollte darin stehen? »Ich liebe dich.« »Wir werden um Punkt sechs Uhr früh ein Loch in deine Zellenwand sprengen.« »Der Name des Mörders lautet …«

Morris runzelte die Stirn. Was genau war an jenem Samstagnachmittag und -abend geschehen? Mit Samira? Mit ihnen beiden? Es sah Morris kaum ähnlich, die Kontrolle zu verlieren, aber bei dieser Gelegenheit passierte ihm das ganz offensichtlich. War er irgendwann wieder in Ohnmacht gefallen? Bei dem Vorfall mit Stan hatte er fast eine Stunde seiner Erinnerung eingebüßt, wie es schien. Aber eine Stunde war etwas anderes als zwölf. Nicht zum ersten Mal dachte er daran, dass das arabische Paar ihn womöglich unter Drogen gesetzt hatte. Aber wenn es so war, dann wusste er weder wo noch wie. Er erinnerte sich nicht daran, etwas gegessen oder getrunken zu haben. Woran konnte er sich überhaupt erinnern? Wie seltsam es war, dass Samira in Gegenwart ihres Bruders angefangen hatte, mit ihm zu schlafen. Das war tatsächlich seltsam, aber damals war es ihm gar nicht so vorgekommen. Warum nicht? War das etwas, was er sich in seiner Fantasie bereits ausgemalt hatte?

Morris schüttelte den Kopf. Wenn er *das* gewollt hatte, dann war es ihm jedenfalls nie bewusst gewesen. Oder vielmehr, die Tatsache, dass er bewusst wahrnahm, wie gut aussehend ein junger Mann war, wie wohlgeformt seine Arme und Beine, wie attraktiv und locker seine Bewegungen und seine Haltung, wie intelligent und glühend sein Blick, war noch lange nicht dasselbe, wie ihn zu begehren. Oder doch?

Und danach?

Morris konnte sich an nichts erinnern!

Dann war Morris plötzlich so verwirrt, so unglücklich, so ungeduldig, dass er den Fetzen Papier, trotz der beiden Wärter, die ihn von der Wand aus beobachteten, einfach aus seiner Tasche zog, auseinanderfaltete und stehen blieb, um die krakelige Handschrift zu entziffern.

»Dottor Duckworth, wir können Ihnen einiges erzählen, das Ihnen bei Ihrer Verteidigung helfen kann. Wir sind Ihnen alle äußerst dankbar für das, was Sie getan haben. M.«

Morris steckte die Notiz wieder in seine Tasche und ging weiter. M. musste Mariella sein, dachte er. Die einzigen anderen M, die er kannte, waren Mauro und Massimina. Aber warum sollte Zollas Sekretärin sich so viel Mühe machen – war sie mit einem Gefängniswärter verheiratet? –, eine Mühe, die noch nicht mal zu seinem Vorteil war, denn sie schien die allgemeine Auffassung zu teilen, dass er der Täter war? Und die Informationen, über die sie verfügte, hatte sie ihm gar nicht mitgeteilt. Es war eine Falle.

Oder konnte es sein, fragte sich Morris dann, dass er etwas anderes getan hatte, wofür sie – die Leute im Büro – dankbar waren? So dankbar, dass sie ihre Dankbarkeit zum Ausdruck bringen wollten, indem sie ihm bei seiner Verteidigung behilflich waren? Aber was? Tatsache war, mit einer zwölfstündigen Erinnerungslücke ergab nichts einen Sinn. Wie können solche Dinge passieren? Wie sollte Morris diese Lücke schließen? Durch Hypnose? Bestimmt nicht bei einem Gefängnisarzt. Hatte er womöglich etwas so Schlimmes getan, dass sein Gehirn es ausgeblendet hatte? Irgendein Riesenpsychoding? Aber was konnte schlimmer sein als die sieben Morde, die Morris Arthur Duckworth in der Vergangenheit bereits begangen hatte?

14

Zurück in der Zelle, versammelte Morris erneut seine Helfer und fragte sie, ob er womöglich reingelegt werden sollte. Konnte der Zettel irgendein ausgefeilter italienischer Trick sein, um ihm im Tausch gegen ein Geständnis mildernde Umstände zu gewähren?

Während er auf der Seite liegend auf eine Antwort wartete, blätterte er Seite für Seite seines Zeichenblocks durch: Da waren Kwame und Paola in enger Umarmung, eine große schwarze Hand auf einer noch größeren Brust. Da war Bobo, der von seiner geöffneten Schreibtischschublade aufblickte, während seine Finger einen Erpresserbrief hervorzogen, den Morris Jahre zuvor versandt hatte. Da war Forbes vor seiner Staffelei, sein Pinsel schwebte über der aus dem Fenster stürzenden Isebel. Dann sagte endlich jemand etwas.

»Diese Untersuchungsrichterin, wie heißt sie noch?« Es war Paolas Stimme.

»Grimaldi.« Morris drehte sich auf den Rücken und hielt den Block vor sich in die Luft.

»Richtig. Sie hat dir nicht gesagt, dass die anderen schon gestanden haben, oder?«

»Welche anderen?«

»Die arabische Schlampe«, sagte Massimina gelangweilt.

»Aber …«

»Das wäre der übliche Trick, nicht wahr? Sie behaupten, deine Komplizen haben gestanden, damit du einknickst und die Wahrheit sagst.«

»Aber ich war es doch nicht!« Morris runzelte die Stirn. Er zögerte. »Sind Samira und Tarik darin verwickelt? Wisst ihr etwas?«

Wieder dieses Schweigen.

»Geh das Wochenende noch mal genau durch«, sagte Paola kühl.

»Muss das sein?«, stöhnte Morris.

Die Toten warteten. Morris seufzte.

»Also, am Samstagmorgen hatte ich zum x-ten Mal Streit mit Massimina. Ich wollte nicht, dass sie sich den ganzen Tag in ihrem Zimmer einschloss, ich sagte, sie solle ihrer Mutter helfen, die dabei war, die Wintersachen mit Mottenschutz zu versehen und die Sommersachen herauszuholen. Sie knallte mir die Tür vor der Nase zu und meinte, wenn ich sie nicht in Ruhe ließe, dann würde sie ihrer Mutter ein paar Dinge erzählen, die sie über mich wusste.«

»Wie nett«, sagte Kwame.

»Was meint ihr wohl, warum ich es immer vorgezogen habe, alleine zu leben?«, fragte Forbes.

»Dann habe ich ein bisschen Zeit im Kunstzimmer verbracht, habe die Bilder in der virtuellen Ausstellung, die ich auf dem Mac eingerichtet habe, hin und her geschoben. Die größte Schwierigkeit besteht darin, die intellektuelle oder thematische Anordnung mit ästhetischen Gesichtspunkten in Einklang zu bringen, die dem Raum und den Lichtverhältnissen gerecht werden. Zum Beispiel passt in meinen Augen Gentileschis Holofernes gut zu jedem der Poussins, aber thematisch haben die Bilder nichts gemeinsam.«

Diese interessante Überlegung stieß auf totales Schweigen.

»Erzähl uns von dem Nachmittag«, sagte Forbes.

»Mittagessen ungefähr um eins, halb zwei, glaube ich, jedenfalls esse ich samstags immer um die Zeit zu Mittag.«

Morris Duckworths Rechtsberatungsteam wartete.

»Dann ein Nickerchen mit Antonella. Sie hat neuerdings öfter Probleme mit ihrem Knie und …«

»Morris!«, schnappte Paola. »Komm zur Sache! Gegen fünf Uhr bist du losgegangen, um deine dunkelhäutige kleine Hure zu besuchen.«

»Vorher bin ich noch bei Trevisan-Weine vorbeigegangen, um sicherzustellen, dass am nächsten Morgen ein Lieferwagen verfügbar sein würde. Um den heiligen Bartholomäus abzuholen. Ich nahm mir auch ein bisschen Zeit, um Mauros Bericht mit den Vorschlägen, wie man die Arbeit im Abfüllbetrieb in Quinzano beschleunigen kann, zu lesen. Ich war ehrlich überrascht, wie pragmatisch und klarsichtig er war, vor allem der Teil über die muslimischen Arbeiter, denen man gestatten sollte …«

»Morris, bitte!«, protestierte Forbes.

»Es reicht nicht, dass er uns umgebracht hat«, bemerkte Paola trocken, »jetzt muss er uns auch noch zu Tode langweilen.«

»Na schön. Also, danach bin ich zu Samira gefahren.«

Es trat ein kurzes Schweigen ein.

»Hat sie dich erwartet?«

»Nein.«

»Warum bist du dann hingegangen? Warum hast du nicht vorher angerufen?« Paola leitete die Befragung.

»Ich überrasche sie gern.«

»Du spielst gern den Chef. Du überprüfst gern, was sie treibt. Das ist krank.«

»Um ehrlich zu sein«, gab Morris zu, »wollte ich genauer herausfinden, was die beiden für eine Beziehung zu Volpi hatten. Es beunruhigte mich, dass er sie so gut kannte. Ich mag es nicht, wenn Leute, die ich kenne, sich untereinander kennen.«

Schweigen. Seltsam, dachte Morris, wie unregelmäßig die Toten ihn befragten, ein Schwall, dann zogen sie sich wieder zurück, als wären sie an einem Ort, zu dem ihm kein Zutritt gestattet war.

»Jedenfalls habe ich geklingelt, und sie haben sofort aufgemacht.«

»Ohne zu fragen, wer da ist?«

Das war Morris nicht aufgefallen. »Stimmt. Ihr habt recht. Als hätten sie mich erwartet. Hatten sie aber nicht, denn dann waren sie überrascht.«

»Sag die Wahrheit, Morris.«

»Sie waren beide nackt.«

»Ah.« Die enge Gefängniszelle vibrierte vor Seufzern.

»Tarik hat nackt aufgemacht?«

»Splitternackt.«

»Und du hast dich nicht gefragt, wen sie erwartet haben könnten, wenn nicht dich?«

»Sie waren high. Vielleicht hatten sie niemanden erwartet. Jedenfalls ist sonst niemand gekommen.«

»High wovon?«

»Sie haben mir was zu rauchen angeboten.«

»Hast du nicht gesagt, du wolltest das nicht mehr machen?«, fragte Mimi.

»Das Fleisch ist schwach«, gab Morris zu.

»Und der Geist nicht existent«, fügte Paola hinzu.

»Vielleicht haben sie der betreffenden Person eine SMS geschickt, dass sie nicht kommen soll«, gab Bobo zu bedenken. »Erinnerst du dich, ob sie eine Nachricht geschrieben haben?«

»Das weiß ich nicht mehr.«

»Boss«, warf Kwame fröhlich ein, »warum beschreiben Sie

nicht einfach alles ganz genau, und wir lehnen uns zurück und hören es uns an.«

Morris seufzte tief. Er hatte keine Lust dazu, aber früher oder später würde er das durchgehen müssen. Mit geschlossenen Augen auf der schmalen Pritsche liegend, fing er an, mit monotoner Murmelstimme die Geschichte zu erzählen. Also … als er ankam, hatte er sofort gesehen, dass es in der Wohnung nicht so aussah wie sonst. Alle Fenster standen weit offen. Es war der erste warme Frühlingsabend. Milde Luft wehte in das rauchige Zimmer. Die bunten Kissen, die Samira gern auf dem Bett und auf dem Sofa hatte, waren im Wohnzimmer auf dem Fußboden verteilt, zusammen mit abgelegten Kleidungsstücken, Yogamatten, Schüsseln, Tellern, Gläsern und Spielkarten. Ein halb aufgegessener Kuchen hatte auf dem Tisch gestanden. Überall waren Gläser und Flaschen. Es lief Musik über YouTube. Moderne arabische Musik, hell, festlich und repetierend. Auf einem Stuhl stand ein Laptop. Auf dem Bildschirm tanzten arabische Babes in Jeans, und Jugendliche mit Hängebacken umschmeichelten das Mikrofon. Tarik, der sonst so mürrisch und zurückhaltend war, hatte laut gelacht, als Morris in der Tür erschien. »Willkommen in Ninive, Miester Duckworth«, hatte er gerufen. »Wollen Sie Sardanapal spielen?«

»Ach Morries.« Mimi schüttelte den Kopf.

»Macht mich lebensmüde«, murmelte Paola.

»Und ich dachte nur, ach was soll's!«, erzählte ihnen Morris.

»Richtig so«, stimmte Kwame zu.

»Nickerchen mit Antonella hatten auf mich eine ähnliche Wirkung«, gab Bobo zu.

Wie auch immer, er hatte die beiden gefragt, was es denn zu feiern gäbe.

»Wir haben eine gute Nachricht erhalten«, hatte Samira lachend gesagt.

»Aus Libyen«, hatte Tarik schnell hinzugefügt.

Ihr Lieblingsonkel hatte anscheinend eine komplizierte Verhandlung in Benghazi zu seinen Gunsten entschieden.

»Und dafür mussten sie sich nackt ausziehen?«, erkundigte sich Giacomo.

Morris erinnerte sich, dass ihm die Geschichte damals ziemlich improvisiert vorgekommen war: irgendwas über eine Fehde im Suk zwischen unterschiedlichen Anbietern lebensnotwendiger Güter. Sie hatten die ganze Zeit gelacht. Inzwischen lag er in Unterhosen auf einem orangefarbenen Kissen und zog an einem fetten Joint, etwas, das er geschworen hatte nie wieder zu tun.

»Was hast du dir dabei gedacht?«, wollte Mimi wissen. »Was ist, wenn sie Drogendealer sind oder so etwas? Oder wenn es bei der ganzen libyschen Geschichte um Schwarzhandel geht? Hier in Italien.«

»Waffen«, mutmaßte Bobo.

»Gemälde«, meinte Forbes.

»Prostituierte«, steuerte Paola bei.

Jetzt war Morris an der Reihe zu schweigen. Schließlich murmelte er: »Von dem Moment an, als Stan zur Polizei gegangen ist, hatte ich das Gefühl, dass meine Zeit abläuft. Dann lag an jenem Abend der Frühling in der Luft, und Samira sah so gut aus.«

»Lügner«, sagte Paola. »Du hattest sie schon hundert Mal nackt gesehen.«

Auf dem Rücken auf der Pritsche verzog sich Morris' Stirn zu einem schmerzhaften Runzeln.

»Es war wegen des Jungen.«

Man hörte, wie scharf die Luft eingesogen wurde.

»Du hast Tarik zum ersten Mal nackt gesehen.«

»Das stimmt«, gab Morris zu. »Meistens war er ziemlich unfreundlich. Ruppig. Und jetzt plötzlich … ganz anders … das war neu für mich. Ich weiß auch nicht.« Er zögerte. »Nachdem ich beschlossen hatte, Stan doch nicht umzubringen, kam ich mir irgendwie tugendhaft vor. Als verdiente ich eine Belohnung.«

»Beschlossen?«

Seine Freunde schienen nicht sehr beeindruckt zu sein.

»Das lag nur an der niedrigen Decke«, sagte Bobo trocken.

»Ist der Araber gut bestückt?«, wollte Forbes wissen.

»Also ich muss doch bitten!«, jammerte Mimi.

Dann zog sich Morris eine Decke übers Gesicht, legte darunter wie zum Trost einen Arm auf seinen Bauch und erzählte seinen sieben alten Freunden in schonungslosen Einzelheiten, wie sich alles abgespielt hatte. Von dem Moment, als ihm mit geschlossenen Augen aufgefallen war, dass die Lippen, die seinen Mund küssten, eine ungewohnte bärtige Rauheit besaßen; dem Moment, als er zwischen den beiden jungen Körpern in der Dusche kniete, während das Wasser über ihre Haut strömte, und dann dem wunderschönen Moment, als sie im Kreis, die Schultern geschlossen, die Hände gegenseitig auf den Pobacken, zum trägen Wehklagen besinnlicher arabischer Musik getanzt hatten. Dazu der Duft von Marihuana und Sandelholz. Bis, etwa zwei Stunden später, oder vielleicht noch länger, jede Erinnerung abbrach.

»Wow!«, hauchte jemand.

»Morris hat getanzt!«, kicherte Sandra.

»Du machst mich fix und fertig«, säuselte Forbes schwelgerisch.

Dann verpuffte die Frivolität, und in der winzigen Zelle trat ein langes Schweigen ein. Es war ganz ähnlich wie am Ende der Kommunion in St. Barnabus, wenn alle Christi Leib und Blut empfangen hatten und zur inneren Einkehr in ihren Kirchenbänken knieten.

Schließlich sagte Paola sanft: »Lieber Mo, manchmal habe ich das Gefühl, du musst für uns alle mitleben.«

Morris akzeptierte diese Interpretation. Dann bemerkte er: »Aber das wird mir wohl kaum bei meiner Verteidigung helfen.«

Es entstand eine allgemeine Unruhe, wenn nicht gar eine gewisse Verlegenheit.

»Nun«, sagte Sandra nachdenklich. »Nachdem du jetzt den Anstand besessen hast, uns zu erzählen, was an dem Abend tatsächlich geschehen ist, frage ich dich: Hast du je von TGA gehört?«

»TG was?« Morris setzte sich auf.

»Temporäre Globale Amnesie«, sagte das englische Mädchen. »Ich habe in einer Zeitschrift darüber gelesen. Es gab einen berühmten Fall. Natürlich in Amerika. Anscheinend passiert das Leuten zwischen fünfzig und sechzig; man hat dabei einen sechs- bis vierundzwanzigstündigen kompletten Gedächtnisverlust. Er wird ausgelöst durch ein überwältigendes Erlebnis. Oft sexueller Natur.«

Morris war jetzt hellwach. Und ja, ganz vage, ganz entfernt erinnerte er sich, dass er davon ebenfalls gelesen hatte. Es kam ihm bekannt vor.

»Ich habe also wilden Sex und verliere dann für ein paar Stunden mein Gedächtnis? Ausgerechnet dann, wenn der Mord passiert?«

»Ich habe nur den Artikel gelesen«, sagte Sandra. »Ich bin keine Expertin.«

»Aber was würde das bedeuten?«, fragte Morris. »Dass ich Sachen getan haben könnte, von denen ich nichts weiß?«

»Keine Ahnung. Du musst ein bisschen recherchieren. Im Internet.«

Was natürlich in einer Gefängniszelle unmöglich war. Das Problem bestand darin, dass Morris es sofort wissen musste. Wie sonst sollte er sich ein Alibi schustern?

»Vielleicht enthält das, was am nächsten Morgen geschehen ist, ein paar Hinweise«, schlug Bobo vor.

»In welcher Hinsicht?«

»Vielleicht haben Samira und Tarik irgendwelche Andeutungen darüber gemacht, was am Abend zuvor passiert ist, als ihr das Bild geholt habt.«

Morris war nicht überzeugt. Das hätte er mitbekommen.

»Zu dem Zeitpunkt wussten Sie aber noch nicht, dass der alte Fettsack aufgespießt worden war, Boss«, gab Kwame zu bedenken. »Sie haben nicht nach Hinweisen gesucht.«

»Geh alles noch mal durch«, riet ihm Paola.

»Aber es war genau so wie in meinem Bericht für Carla.«

»Nicht ganz«, sagte Mimi streng.

»Na schön. Am frühen Morgen weckte mich Antonella im Kunstzimmer und fragte mich, wann ich nach Hause gekommen war. Da stellte ich fest, dass ich mich an nichts erinnern konnte.«

»Und hast du deiner Frau das gesagt?«

»Natürlich nicht! Ich war verwirrt, und ich hatte ein schlechtes Gewissen wegen dem, was am Nachmittag geschehen war.«

»Was bist du doch für ein nutzloser Heuchler«, sagte Paola mit einer Verachtung, deren Tiefe Morris sowohl erniedrigend als auch erregend fand.

»Dann gingen wir in die Kirche, nur um festzustellen, dass Don Lorenzo …«

»Könnte er etwas damit zu tun haben?«

»Wer?«

»Der Priester.«

Das war wieder Sandra. Morris war ziemlich erstaunt über das Ausmaß ihrer Beteiligung.

»Immerhin war er mitten in der Nacht unterwegs, und dann hatte er einen Herzanfall, als er nach Hause kam. Wieso?«

»Weil er einen Besuch an einem Sterbebett gemacht hat«, sagte Morris.

»Genau, an Volpis!«, beharrte Sandra.

»Wohl kaum ein Sterbe*bett*!«, witzelte Kwame.

»Er ist ein seltsamer Priester, wenn ihr mich fragt«, sagte Sandra. »Wie haben sie deinen Mauro eigentlich aus dem Knast gekriegt, Morris? Und wessen Sarg ist Don Lorenzo auf den Fuß gefallen, dessen Namen er nicht verraten will?«

Morris war ratlos.

»Ich bin von einem Priester belästigt worden«, sagte Sandra jetzt. »Da war ich erst zwölf. Das war nach einer Chorprobe in …«

»Um Himmels willen, Sandy«, fiel ihr Giacomo ins Wort.

»Anto fuhr sofort ins Krankenhaus«, nahm Morris den Faden wieder auf, »während ich mich wieder auf den Weg nach San Zeno machte.«

»Und …?« Paola übernahm das Fragen.

Und Morris hatte mehrmals klingeln müssen, ehe der Türöffner ertönte. Die beiden waren noch nicht richtig aufgestanden. Das war ärgerlich, denn er hatte um Pünktlichkeit gebeten.

»Die Eskapaden des Vorabends wurden nicht erwähnt?«

»Überhaupt nicht. Zumindest am Anfang nicht.«

Beim Frühstück – Morris hatte den Libyern frisches Gebäck aus dem Café unten auf der Piazza mitgebracht – hatte Samira unerwartet gesagt, ihre Beziehung befinde sich an einem Scheideweg. Entweder war er, Morris, Manns genug, seine Familie zu verlassen und eine anständige Frau aus ihr zu machen, oder sie könnten sich nicht mehr sehen. Es war für sie zu schmerzhaft, sich tiefer in eine Beziehung zu verstricken, die eines Tages einfach enden würde.

»Eine anständige Frau.« Mimi war empört. »Dass ich nicht lache.«

»Natürlich habe ich nicht vor, meine Familie zu verlassen«, versicherte Morris seinen sieben Helfern. Ihm war immer klar gewesen, dass die Duckworth'schen Geister ausgesprochen konservativ waren.

»Aber jetzt genug von meiner Beziehung zu Samira, denn die hat wohl kaum etwas mit dem Mord an Volpi zu tun.«

»Sie könnte sehr wohl so einiges damit zu tun haben«, sagte Bobo, »und mit Sicherheit hat sie viel damit zu tun, wie die beiden Kids reagiert haben, als sie von der Polizei befragt wurden.«

»Zum Beispiel«, machte Paola weiter, »hast du Carla in deinem Bericht nicht erzählt, dass sie sich in der Kirche in San Briccio nicht nur über die Bilder lustig gemacht haben, sondern auch über dich.«

Morris sagte nichts.

»Genauer gesagt über deine sexuelle Leistungsfähigkeit«, sagte Paola. »Beziehungsweise den Mangel an derselben.«

»Darüber, wie du dich abgerackert hast«, sagte Mimi leise.

»Hat deine schöne Maid nicht gesagt«, warf Forbes schmunzelnd ein, »ich zitiere: ›Ich dachte schon, bei Methusalem würde jeden Moment die Sicherung durchbrennen.‹«

Morris rang um Geduld. »Ich wüsste nicht, was das mit Volpis Tod zu tun haben soll.«

»Warum hast du den beiden nicht gesagt, dass du dich an nichts erinnern kannst?«, wollte Paola wissen. »Das wäre vielleicht ein ehrlicherer Umgang mit der Situation gewesen. Hört mal, ihr beiden, was ist gestern Abend mit mir passiert? Ich weiß es nicht mehr. Vielleicht hätten sie es dir gesagt. Vielleicht hättest du dann jetzt ein Alibi. Oder wüsstest wenigstens, dass du es gewesen bist.«

Er hatte nicht gefragt, weil er unsicher war, bekannte Morris, er hatte Angst gehabt, wie ein Alzheimer-Patient zu wirken. Angst, es könnte Alzheimer sein. Schließlich war er schon einmal in Ohnmacht gefallen und hatte eine Stunde vergessen. »Aber was ich auch getan habe in der Zeit, an die ich mich nicht erinnere, es war eindeutig nichts mit den beiden, sonst hätten sie doch etwas davon erwähnt, oder?«

»Du glaubst also«, fasste Paola zusammen, »dass du, falls du

Volpi tatsächlich in der Zeit deiner Gedächtnislücke umgebracht hast, es nicht mit den Arabern gemeinsam getan hast, denn sonst wäre am Sonntagvormittag alles anders gewesen, weil sie es sicherlich irgendwie erwähnt hätten.«

»Richtig!«, sagte Morris.

»Wenn sie es also waren«, fuhr Paola fort, »dann haben sie es in deiner Abwesenheit getan.«

»Richtig«, stimmte Morris erneut zu.

»Es sei denn, sie wussten, dass du in einem Ausnahmezustand warst und dich an nichts würdest erinnern können.«

»Schwer vorstellbar.« Morris schüttelte den Kopf. »Aber es ist viel wahrscheinlicher, dass es jemand ganz anderes war, jemand, von dem ich nichts weiß und der mit Sammi und Tarik rein gar nichts zu tun hat.«

Schweigen.

»Ich meine, wegen dieser erstklassigen Inszenierung, der Nachstellung der Eglon-Episode, die angeblich so belastend ist, weil ich erst vor Kurzem den Holzschnitt erworben hatte und so.«

»Ja?«

Morris zögerte: »Nun, ich mag vielleicht wärmstens dafür plädiert haben, das Bild in der Ausstellung zu verwenden, aber wenn ich in der Vergangenheit gemordet habe, dann habe ich nie auch nur im Entferntesten so krankes Zeug gemacht, oder? Ich meine, ich habe getötet, weil es sein musste, und habe dann zugesehen, dass ich wegkam. Ohne obskure Botschaften oder perverse Inszenierungen.«

Eine peinliche Stille trat ein.

»Ein Mord wie dieser wäre also etwas ganz Neues für mich, nicht wahr? Ich meine, in gewisser Hinsicht könnte ich stolz darauf sein. Ich wünschte fast, ich hätte es getan. Aber angesichts meines Auftritts mit Stan erscheint es nicht sehr wahrscheinlich, dass ich ...«

Weiter Stille.

Schließlich sagte Mimi mit leiser Stimme: »Ich wünschte, du hättest mir gegenüber ein bisschen mehr Respekt gezeigt, Morris. Mich in Müllbeutel zu stopfen! Und noch dazu meinen Po heraushängen zu lassen.«

»Und mich hast du in den Kofferraum eines Autos gesteckt«, erinnerte ihn Bobo.

»Mich unter einem Schutthaufen begraben«, beklagte sich Forbes.

»Mich in Flammen aufgehen lassen«, seufzte Kwame.

»Na schön, ich war in Eile, aber ich meine, genau darum habe ich mir keine Mühe mit einer großartigen symbolischen Präsentation gemacht, nicht? Das passt nicht zu mir. Ist nicht meine Handschrift. Ich töte nur, wenn es sein muss, und dann haue ich schnell ab.«

»Du hast dich im Laufe der Jahre ziemlich verändert«, gab Paola zu bedenken. »Du hast eine Leidenschaft für die Kunst entwickelt.«

»Und du warst high von Gras und Gruppensex«, fügte Mimi hinzu.

»Leider Gottes, Morris«, bemerkte Bobo bissig, »weiß die Polizei nicht, dass du als eine ganz andere Art von Mörder bekannt bist, nicht wahr? Ich meine, Grimaldi wird wohl kaum argumentieren: ›Nein, Morris Duckworth kommt hier als Täter nicht infrage; wenn unser Ehrenbürger tötet, dann zieht er seinem Opfer einfach eins über, verschnürt die Leiche, lässt sie im nächstbesten Loch verschwinden und macht, dass er wegkommt.‹«

Allgemeines Gekicher.

Morris war gereizt, dann erschöpft. Es war schon aufregend, aber irgendwann wurde es zu viel. Er gähnte. Seine Rechtsberater plapperten weiter. Sie besprachen die Aussichten, dunkle Geheimnisse aus Volpis Leben aufzudecken. »Es ist kein Zufall, dass er nackt im Keller des Museums endete.« Morris war zu schläfrig, um ihnen zu folgen. Sie fragten sich, was Zolla wohl für ein Alibi hatte. Sie fragen sich besorgt, ob die Araber der Polizei von ihrer intimen Beziehung zu Morris erzählen würden oder ob Morris zu Recht vermutete, dass sie in dieser Hinsicht ihrer Omertà Folge leisten würden. Hatte Morris mal daran gedacht, dass sie womöglich *nicht* Bruder und Schwester waren? Dass sie Mitglieder des libyschen Geheimdienstes sein könnten? Und konnte es sein, dass Volpi als Neapolitaner ein *camorrista* gewesen war? Was wäre, wenn die Polizei jetzt doch eine Verbindung zu Forbes' Verschwinden herstellte? Bobo klagte darüber, wie schade es war, dass die Toten keinen Zugang zum Netz hatten, um die Ursachen und Folgen Temporärer Amnesie zu recherchieren. War das etwas, das bei Mördern öfter vorkam? Hatten diese Ohnmachtsanfälle, unter denen Morris neuerdings litt, etwas mit dem Blutdruck zu tun? Das Letzte, was Morris hörte, ehe er in einen tiefen Schlaf fiel, war Kwames Stimme, die die sehr vernünftige Überlegung anstellte, dass es letztendlich keine große Rolle spielte, wer Volpi tatsächlich umgebracht hatte; sie sollten sich vielmehr ausschließlich darauf konzentrieren, ein glaubwürdiges Alibi zu konstruieren, das die Beweislast auf die Schultern der anderen legte. »Gib den Schwarzen Peter weiter, Boss. Schieb ihn jemand anderem zu.«

15

Morris schaute vom Fenster aus zu. Die beiden Polizisten, die hinter einem Umzugswagen auf der Lauer lagen, hatten mal wieder ein Auto herausgewinkt, das verbotenerweise von der stark befahrenen Viale Venezia, der Hauptfernstraße zwischen Verona und Venedig, nach links in die Via Quattro Stagioni abgebogen war. Es folgten die üblichen wütenden Gestikulationen, zweifellos um die Überzeugung kundzutun, dass es gar keinen Grund gab, an dieser Stelle das Linksabbiegen zu verbieten, dass die Polizei die Straße absperren sollte, wenn sie die Regel tatsächlich durchsetzen wollte, dass sie das nur deshalb nicht taten, weil sie Bußgelder von denen kassieren wollten, die verständlicherweise dort abbogen, um sich und der Umwelt mehr als einen Kilometer sinnlosen Umweg zu ersparen. Und so weiter. Morris bewunderte die Geduld der Polizisten, die diese Vorwürfe geflissentlich ignorierten und ungerührt ihre Strafzettel ausfüllten. Er war immer, dachte er, auf der Seite von Recht und Gesetz und bürgerlichem Gehorsam gewesen. Er hatte noch nie einen Strafzettel wegen eines Verkehrsvergehens erhalten.

Doch all seine Bemühungen hatten nicht verhindern können, was aus Morris geworden war: ein einsamer Mann Mitte fünfzig, seiner Stellung und seines Lebenszweckes beraubt, der mit leerem Blick durch die schmierige Fensterscheibe einer winzigen Einzimmerwohnung in einem langweiligen Vorort einer unbedeutenden norditalienischen Stadt schaute.

Ein entmachteter Mann, murmelte Morris vor sich hin. Der jede Autorität verloren hat. Dem man auch noch die wegweisende Ausstellung weggenommen hat, die er hätte kuratieren sollen. Ein Mann, der all seinen Besitz verloren hat. Prospero ohne seine Zauberfibeln. Ohne jede Zuneigung. Ein Mann, den selbst die Toten verlassen haben. Seine undankbaren Toten. Den selbst Mimi verlassen hat. Sie und die anderen sprachen nicht mehr mit ihm.

Morris Duckworth hatte gestanden. Der Staatsanwalt war zufrieden, weil der Fall erledigt war; jetzt konnte man Hausarrest gewähren. An einem unangenehm heißen Junitag hatte Morris festgestellt, dass vor den Gefängnistoren niemand auf ihn wartete. Wie konnte das sein? Nicht einmal die Presse. Zumindest eine gewisse traurige Berühmtheit hätte man doch erwartet. Er war gezwungen, noch einmal umzukehren und die Aufseher zu bitten, ihm ein Taxi zu rufen. Dann stellte er sich im diesigen Sonnenschein an die Straße und wartete. In den Gräben quakten die Frösche. Das Wort »ungehobelt« kam ihm in den Sinn. Aufsässig, renitent, widerspenstig.

Morris runzelte die Stirn. Warum war niemand hier? Warum gab es neben der hohen Gefängnismauer nicht mal einen Bürgersteig? In den Spalten im Asphalt wuchs Gras. Diese Landstraße hatte nicht einmal eine weiße Mittellinie. Vielleicht hätte er wirklich in England bleiben sollen; dort bekam man trotz aller Nachteile wenigstens ein Minimum an Dienstleistungen für seine Steuern geboten. Gerade als das Taxi von links heranfuhr, sah Morris seinen eigenen Alfa Romeo von rechts kommen. »Nicht für mich«, sagte er zum Taxifahrer und schaute sich kurz um. »Wahrscheinlich jemand, der drinnen wartet.«

»*Ciao, Papà.*«

Es war Mauro. Der große Junge saß auf dem Rücksitz; er ließ sich von einem Inder chauffieren, den Morris nicht kannte, zweifellos jemand, den er vom Boden der Abfüllfabrik aufgelesen hatte. In Jeans. Der Mann stieg aus und stellte Morris' Koffer in den Kofferraum.

»Er sollte Uniform tragen«, bemerkte Morris.

Mauro hob fragend eine Augenbraue, sagte aber nichts. In der peinlichen Stille während der Fahrt wurde Morris sehr klar, dass sich zwischen ihnen etwas Entscheidendes verändert hatte. Es war, als wäre er in ein Zimmer zurückgekommen, in dem die Möbel umgestellt worden waren.

»Wie laufen die Geschäfte?«, fragte er.

Mauro runzelte die Stirn. Er dachte nach. Seine Antwort war wohlüberlegt. Die Krise verringerte den Profit. Die Engländer kauften weniger Wein und waren extrem preis- und qualitätsbewusst geworden. Im Baugeschäft verweigerten die Banken den Unternehmern die Kredite. »Das ganze Land kommt allmählich zum Stillstand«, schloss Duckworth junior. »Wir befinden uns in einer schweren Rezession.«

Morris versuchte, zuzuhören, aber plötzlich erschien ihm das alles nicht mehr wichtig. Das Imperium, das er aufgebaut hatte, entglitt ihm ohnehin allmählich; was damit geschah, wenn er endgültig hinter Gittern saß, spielte kaum eine Rolle.

»Und Hellas?«

»Geht gerade in die Endspielreihe für die Serie A.«

»Das klingt aufregend.«

Mauro zuckte die dicken Schultern unter dem schicken Leinenjackett. Sein Haar war sauber gescheitelt, wodurch es ein bisschen weniger flammend rot wirkte, als sein Vater es in Erinnerung hatte. »Zurzeit habe ich kaum Zeit, um an Fußball zu denken.«

Da wird man zu Unrecht eingesperrt, dachte Morris, und siehe da, der eigene Sohn wird plötzlich erwachsen, während man weg ist. Der junge Mann trug eine dezente Krawatte, und er sprach Italienisch, nicht den üblichen Dialekt. Morris war stolz, auf bittere Art.

»Und Massimina? Gibt es was Neues?«

»Erzähl ich dir, wenn wir da sind.«

Offenbar gab es Dinge, die nicht in Anwesenheit des Fahrers gesagt werden konnten. Apropos Fahrer, Morris bemerkte gerade, dass der Mann falsch fuhr. Er beugte sich vor und tippte ihm auf die Schulter.

»Sie hätten die Via Montorio nehmen sollen«, sagte er. »Hier rum dauert es ewig.«

Der Inder drehte sich halb nach hinten, um eine Bestätigung zu erhalten. Sein Gesicht hatte unschöne Pockennarben, dachte Morris. Er hatte einen Goldzahn.

»Alles okay«, sagte Mauro zu ihm, »fahren Sie weiter wie besprochen.«

Nachdem er nach Süden zur Verona-Vicenza Statale gefahren war, bog der Wagen jetzt nach Westen in Richtung Innenstadt ab.

»Wir fahren nicht nach Hause, Dad.«

Und so erfuhr Morris, dass seine fromme Ehefrau nicht geneigt war, diese Rolle weiterhin zu spielen. Tatsächlich hatte sie in seiner Abwesenheit einiges in Bewegung gesetzt, um zu behaupten, dass sie nie wirklich Mann und Frau gewesen waren; Antonella hatte ein Gesuch bei der Sacra Rota eingereicht, um die zweiundzwanzigjährige Ehe der Duckworths annullieren zu lassen.

»Einfach so!«

Morris war entsetzt. Er konnte es nicht begreifen. Und ebenso entsetzt über das erdrückende Zimmer, in dem Mauro ihm schließlich alles erklärte: bloße vier mal drei Meter, mit Sofa, Tisch, zwei Stühlen und einer spärlichen Küchenausrüstung. Das Schlafzimmer war noch kleiner und mit einem Einzelbett ausgestattet, das Bad mini. Da Antonella alleinige Eigentümerin des Palazzo in der Via Oberdan war, hatte sie anscheinend das Recht, ihn auszusperren. Jedenfalls beanspruchte sie dieses Recht, ob sie es nun besaß oder nicht. Morris würde die Monate bis zu seiner Verhandlung hier verbringen müssen. Es gab keine Klimaanlage.

»Aber ihr muss doch klar sein, dass mein Geständnis rein strategischer Natur war!«, protestierte Morris. »Hat Carla ihr das nicht gesagt?«

»Welche Carla?«

Mauro hatte eine Espressokanne gefunden und machte Kaffee. Als er einen Schrank öffnete, sah Morris, dass er mit Grundnahrungsmitteln bestückt war. Reis. Pasta. Salz.

»Die Rechtsanwältin. Carla Cogni. Sie müssen doch im Kontakt sein.«

»Mamma hat ihren eigenen Rechtsbeistand. Ich glaube nicht, dass sie sich für deine Verteidigung interessiert.«

»Aber nur weil ich gestanden habe? Ihr muss doch klar sein, dass dies meine einzige Chance war, für eine Weile aus dem Gefängnis herauszukommen, um den wahren Mörder zu finden? Die Tat kann gar nicht so passiert sein, wie ich sie gestanden habe. Gib mir mal dein Telefon, dann kann ich das schnell klären.«

Mauro stand mit dem Rücken zu dem Kocher, wo das Gas zischte. Morris fiel eine neue Wichtigkeit in der Haltung des Jungen auf.

»Es hat nichts mit deinem Geständnis zu tun«, sagte er ruhig. »Sie hat die Entscheidung schon vor Wochen getroffen.«

Morris ließ sich auf einen Stuhl fallen, der knackte. Es war erdrückend stickig hier drinnen. Aus irgendeinem Grund schweiften seine Gedanken zurück zu seiner ersten Begegnung mit der Familie Trevisan vor vielen Jahren, als Massimina ihn mit nach Hause genommen und er die Wahrheit über sich selbst und seine Karriere nur einen Tick beschönigt hatte, um von ihrer hyperkritischen Mutter akzeptiert zu werden. Sie hatte seine Geschichte sofort überprüft und ihm verboten, seine Geliebte weiterhin zu treffen. Da hatte alles angefangen, sein ganzes Leid, mit ihrem kleinlichen, ungerechtfertigten Misstrauen. Hätten sie ihm nur ein Körnchen Vertrauen entgegengebracht, auch nur einen Hauch, dann hätte rein gar nichts passieren müssen. Und jetzt verriet die Frau, von der er geglaubt hatte, er habe sie überzeugt, die Frau, die er für seine treue Partnerin gehalten hatte, ihn auf die gleiche Art und Weise; sie zog Morris Duckworth den Boden unter den Füßen weg, ignorierte die viele Arbeit, die er investiert hatte, um aus einem zweitklassigen Weinhandel ein bedeutendes Bauunternehmen zu machen, und erklärte all ihre gemeinsamen Jahre für null und nichtig. Sie schneidet mir den Kopf ab, so wie Judith Holofernes geköpft hat, dachte Morris. Hatte er deshalb diese schrecklichen Träume gehabt?

Mauro betrachtete seinen unglücklichen Vater.

»Anscheinend hat Don Lorenzo etwas zu ihr gesagt.«

»Don Lorenzo?« Morris sprang auf. »Komm, wir gehen in ein Café und reden dort. Ich halt es hier nicht aus. Ich ersticke. Da war es im Gefängnis ja kühler.«

Mauro rührte sich nicht. »Du stehst unter Hausarrest, *Papà*. Du kannst nicht ausgehen.«

Das hatte Morris ganz vergessen. Die Abmachung war, eine halbe Stunde frische Luft am Vormittag und noch eine gegen Abend. Zu allen anderen Zeiten konnte die Polizei nach Belieben überprüfen, ob der Beschuldigte zu Hause war. Wenn er gegen die Regeln verstieß, schickten sie ihn zurück in die Zelle.

Mauro schenkte den Kaffee ein. Morris war entsetzt über die schlechte Qualität der Espressotassen. Wenn diese Wohnung extra für ihn eingerichtet worden war, dann wohl kaum mit der Intention, ihn so unterzubringen, wie er es gewohnt war.

»Ich dachte, Don Lorenzo wäre inzwischen in eine bessere Welt hinübergegangen«, sagte er.

»Er ist tot, falls du das meinst, ja. Aber bevor er starb, hat er im Koma noch ein paar Sachen gesagt.«

»Im Koma redet man nicht«, wandte Morris ein. »Sonst wäre es ja kein Koma, nicht?«

Mauro zog eine Augenbraue hoch. »Du bist echt komisch, Dad«, sagte er. »Du scheinst dich nie auf das Wesentliche zu konzentrieren.«

Als er das hörte, wurde Morris plötzlich klar, dass er in den drei Monaten im Gefängnis aus der Übung gekommen war, was den harschen Ton häuslicher Gespräche betraf.

»Was auch immer sein Zustand gewesen sein mag«, fuhr Mauro fort, »Don Lorenzo hat Sachen gesagt, die Mamma so tief getroffen haben, dass sie beschlossen hat, sich an die Sacra Rota zu wenden.«

»Was für Sachen?«

»Sie wollte es mir nicht sagen. Sie meinte, so etwas sollte kein Sohn je über seinen Vater hören.«

»Lass mich sie anrufen«, sagte Morris. »Hast du mir mein Telefon mitgebracht?«

Mauro runzelte die Stirn. »*Papà*, du darfst nicht mit der Außenwelt kommunizieren. Du stehst unter Arrest.«

Wie schon bei der ganzen dummen Geschichte mit Mauros Anklage wegen Rowdytums staunte Morris über die Buchstabentreue des Jungen, wenn es um Regeln und Gesetze ging. Die Polizei wusste genau, dass sie einen Mann nicht daran hindern konnte, in seinem eigenen Zuhause ein Handy zu benutzen oder ein paar E-Mails zu schreiben. Der Zweck des Hausarrests bestand vermutlich darin, die Anrufe des Beschuldigten abzuhören, um weitere Beweise zu sammeln.

»Ich sollte doch zumindest erfahren dürfen, was ich angeblich falsch gemacht habe.«

Mauro trank seinen Kaffee aus und schaute auf die Uhr.

»Du wolltest wissen, was mit Massimina ist.«

»Ja. Natürlich.« Aber während er sich fügte, fragte sich Morris, wie viele Schläge ein Mann einstecken konnte, ohne verrückt zu werden. Im *König Lear* kam eine Rede zu diesem Thema vor. Noch ein Vater, der eine Tochter verloren hatte und von allen verraten worden war.

»Ich habe gemacht, worum du mich in deinem Brief gebeten hast«, sagte Mauro. Er stand jetzt am Fenster und hatte seinem Vater den Rücken zugewandt. »Ich bin zu Zolla gegangen. Und habe ein paar Wochen lang jemanden bezahlt, der deinen arabischen Freunden gefolgt ist.«

»Nicht meine Freunde«, sagte Morris schnell. »Sag schon, geht es Mimi gut?«

»Na ja, wir haben eine Postkarte bekommen. Ihre Handschrift, von ihr unterschrieben. Vor ungefähr zehn Tagen.«

»Gott sei Dank. Was schreibt sie denn?«

Mauro dreht sich um und schüttelte den Kopf. »*Sto bene.*«

»Das ist alles? *Sto bene*?«

»Ja.«

»Könnte schlimmer sein«, sagte Morris. »Wo wurde sie abgeschickt? Was war auf dem Bild?«

Mauro zögerte. »San Diego«, sagte er.

Nachdem sein Sohn gegangen war, stand Morris stundenlang am Fenster. Er war wie betäubt. Selbst diese eingeschränkte Freiheit kam ihm seltsam vor. Andererseits musste er sich selbst etwas kochen, wenn er essen wollte, und das hatte er seit Jahrzehnten nicht mehr gemacht. Nicht, dass er hungrig gewesen wäre. Er fühlte sich benommen. Als das Polizeiauto auf der anderen Straßenseite hielt, hatte er gedacht, sie seien gekommen, um ihn zu überwachen, und dann musste er lächeln, als sie anfingen, illegale Abbieger anzuhalten. Es sei denn, sie waren doch seinetwegen da, und dieser Verkehrseinsatz war nur Tarnung, oder etwas, womit sie sich die Zeit vertrieben, während sie in Wirklichkeit vor der Mietskaserne Wache schoben. Die sprichwörtlichen zwei Fliegen mit einer Klappe. Angesichts der finanziellen Lage der Polizei wäre es eine ausgezeichnete Idee, im Zuge einer Überwachung ein paar Bußgeldbescheide zu verteilen.

Seine Wohnung gehörte zu einem großen Wohnblock. Sie lag im ersten Stock, direkt über dem Hauseingang, aber über ihm waren noch weitere fünf Stockwerke und sowohl rechts als auch links eine ganze Reihe von Fenstern. Es war eine chinesische Mauer der sozialen Eintönigkeit, schmucklos, würdelos, die Art von Umgebung, in der sein Vater hätte wohnen können, aber nicht Morris. Die Polizei hatte jetzt einen BMW der Spitzenklasse gestoppt, und ein uniformierter Mann stieg aus und protestierte, wobei er auf den Rücksitz des schnittigen schwarzen Wagens zeigte. Morris verstand nicht. Ein Polizist bückte sich, um ins Auto zu schauen, und zog sich dann, plötzlich sehr respektvoll, zurück. Der Wagen kam Morris vage bekannt vor. Nein! Als er davonbrauste, erspähte Morris etwas Lilafarbenes auf dem Rücksitz. Ein Nummernschild des Vatikans. Er schüttelte den Kopf. Was für ein Land! Als ein alter Cinquecento mit einem Hellas-Wimpel auf dem Dach die gleiche verbotene Abzweigung nahm, wurden die beiden Polizisten richtig böse. Der junge Mann musste Hände und Stirn auf das Autodach legen. Sie filzten ihn. Sie hockten sich hin, um die Reifen zu überprüfen. Einer von ihnen stieg ins Auto und leerte das Handschuhfach aus. Morris hätte zu gerne seinen Sohn angerufen, um ihm von dieser Bestätigung seiner Meinung über die Vorurteile der Polizei zu berichten, aber er hatte kein Telefon und leider auch keinen Computer. Ihm blieb nichts anderes übrig, als aus dem Fenster zu schauen und darüber nachzudenken, wie seltsam es war, dass Kardinal Rusconi in die Via Quattro Stagioni eingebogen war.

Und wie überaus seltsam noch dazu, dass Massimina mit Stan Albertini durchgebrannt war. Konnte das wirklich wahr sein? Und wer war dann der Gio, der ihr die Du-fehlst-mir-so-Nachricht auf ihr Handy geschickt hatte? Mauro hatte ihm erzählt, dass Stan fast einen Monat nach Morris' Verhaftung immer noch nicht in die Staaten zurückgekehrt war. Im Gegenteil, er war ständig in der Via Oberdan zu Gast gewesen. Was hatte Massimina also in der Zwischenzeit gemacht? Sich einen Reisepass und ein Visum besorgt? Wo hatte sie gewohnt? In Stans Hotel? Wie groß war der Altersunterschied zwischen den beiden? Fünfunddreißig Jahre? Es war unfassbar! Ich hätte ihn wirklich umbringen sollen, dachte Morris. Ich hätte es tun sollen. Und dennoch, wenn es etwas gab, das ihm ab und zu Trost bereitete, dann war es die Tatsache, dass er Stan nicht getötet hatte. Warum, wusste er nicht. Vielleicht mochte er Stan insgeheim oder fühlte sich ihm tief im Innern irgendwie verbunden. Wie auch immer, ein Stan, der an einem pazifischen Surferstrand die langen Beine seiner Tochter umschlang, war immerhin kein Stan, der sich vor Gericht an gewisse Momente im Bahnhof Roma Termini vor über zwanzig Jahren erinnern würde.

Die Nachrichten, die Mauro seinem Vater von Samira und Tarik überbracht hatte, waren ebenfalls verwirrend. Das Mädchen arbeitete weiterhin im Büro für Kulturerbe. Ihr Vertrag musste verlängert worden sein. Aber der Junge verließ nur selten die Wohnung, die sich die beiden teilten. Und wenn, dann um sich in einem schwarzen SUV mit arabischem Kennzeichen wegfahren zu lassen, der jedes Mal zur Autostrada in Verona Sud fuhr und dort in Richtung Westen davonraste. Wie es schien, kam der Junge in den frühen Morgenstunden zurück, immer chauffiert von demselben korpulenten Araber, einem Mann Mitte fünfzig.

»Weißt du, es stand einiges in der Zeitung über einen Waffen-gegen-Öl-Deal mit der neuen libyschen Regierung.«

»Und?«

»Angeblich ist eine Bedingung, dass die Muslime hier mehr Moscheen eröffnen dürfen.«

Morris runzelte die Stirn. »Und?«

Mauro hatte mit den Schultern gezuckt. »Vermutlich fällt mir neuerdings einfach das Wort ›libysch‹ auf. Die Kirche hat sich beschwert. Und die Lega Nord. Die sind wütend.«

»Ach komm!«, unterbrach ihn Morris. »Was war mit Zolla?«

Mauro schüttelte den Kopf. »Echt widerlich, der Typ!« Er war zu dem Mann ins Büro im Castelvecchio gegangen. »Hat der einen Stock im Arsch?« Zolla hatte gesagt, er verstehe nicht, warum überhaupt jemand komme, um mit ihm darüber zu reden. »Und falls du denkst, er könnte den Mord begangen haben«, fügte Mauro hinzu, »dann bezweifle ich sehr, dass er für so was den Mumm gehabt hätte.«

»Ich dagegen schon?«, sagte Morris trocken.

»Mit Sicherheit eher als der.«

»Das nehme ich als Kompliment.«

»Nimm es, wie du willst.«

Einen Augenblick lang schauten sich Vater und Sohn ganz offen an.

»Du glaubst, dass ich es war«, sagte Morris.

Mauro seufzte und legte zugleich die Stirn in Falten. »Ehrlich gesagt, *Papà*, weiß ich nicht mehr, was ich glauben soll.« Er zögerte. »Die Leute sagen so vieles über dich.«

»Glaubst du ihnen?«

»Ob ich ihnen glaube oder nicht, spielt doch keine Rolle, oder? Ich muss jetzt gehen, ich habe noch Termine.« Der Junge lächelte seinen Vater an. »Ein letzter Besuch beim Zahnarzt. Ich lasse mir endlich die Zähne machen.«

Um fünf ging Morris einkaufen. Er konnte immer noch nicht fassen, wie vollkommen verlassen er war. Mauro hatte ihm eine

Debitkarte und ein bisschen Kleingeld dagelassen, das war alles. Er ging in der warmen Abendluft eine triste Straße entlang: erbärmliche Wohnblöcke aus den Siebzigerjahren, staubiger Asphalt, unordentliche Balkone, stämmige Frauen mit zu vielen Einkaufstaschen, Rentner, die schwankend auf uralten Fahrrädern fuhren. Wer bin ich eigentlich ohne mein schönes Haus, fragte er sich, ohne meine Frau, ohne das Kunstzimmer?

»Mimi?«, fragte er laut. Neben einem grauen Tor stand eine bröckelnde Madonnenfigur. Aber er hatte schon vorher gewusst, dass sie nicht antworten würde. Es war, als sei Morris unvermittelt aus seinem eigenen Leben geworfen worden, seiner eigenen, selbst erzählten Geschichte. Alle Toten hatten ihn verlassen. Die Polizei machte sich nicht mal mehr die Mühe, ihn in eine Zelle zu sperren. Er war ein totaler Niemand. Leer. Ausgelaugt.

Im Supermarkt stellte er fest, dass er keine Ahnung hatte, was er kaufen sollte. Eine Pastasoße. Im Schrank waren *penne* gewesen. Eine Flasche Wein. Plötzlich starrte er das vertraute Trevisan-Etikett an. Classico Superiore. Nein. Er würde die Marke boykottieren. Er wählte einen teuren Grignolino aus dem Piemont. Mauro hatte ihm nicht gesagt, zu welchem Konto die Debitkarte gehörte, er hatte ihm nur den PIN gegeben. Hatten sie nach dem Gesetz das Recht, ihn aus dem Haus und der Firma, die er aufgebaut hatte, rauszuwerfen? Morris hatte das seltsame Gefühl, wenn er jetzt einfach wegging, die Straße entlang, weg aus diesem unbedeutenden Vorort, weg aus Verona, weg von seiner italienischen Vergangenheit, dann würde ihn niemand aufhalten. Wenn er einfach nach Norden über die Alpen marschierte, konnte er vielleicht diese dreißig verrückten Jahre, sein italienisches Erwachsenenleben, hinter sich lassen. Er konnte in einem Bett in East Croydon aufwachen und feststellen, dass alles nur ein böser Traum gewesen war und er noch genug Zeit hatte, den 8.12 Uhr ab Victoria Station zu nehmen und einen normalen Arbeitstag bei der Zentrale für Milchwirtschaft zu verbringen.

Planlos füllte Morris seinen Einkaufswagen. An der Kasse fragte ihn das Mädchen, ob er eine Treuekarte hatte.

»Treue?«, wiederholte Morris.

»Haben Sie nötig Tasche?«, fragte das Mädchen, angeblich auf Englisch.

»*Sì, grazie*«, antwortete Morris.

Als er wieder in der Wohnung war, hatte er nicht genug Energie, um etwas zu kochen. Er vermisste die Wärter, die Gefängnisroutine. Er dachte kurz daran, zu zeichnen, aber er fand weder Bleistift noch Papier. Warum gab es hier nicht mal einen Fernseher? Oder ein Radio? Ratlos setzte er sich an den Tisch. Die Idee, ganz allein herauszufinden, wer einen zwei Monate zurückliegenden Mord begangen hatte, erschien ihm jetzt lächerlich. Noch dazu, weil er sich als der erste Detektiv der Geschichte erweisen könnte, dessen Ermittlungen ergaben, dass er selbst der Täter war. Aber wenn er gar nichts tun konnte, warum hatte er dann gestanden? Wozu? Das hier ist echt, es passiert wirklich, sagte er sich immer wieder. Er war versucht, noch einmal auszugehen und jemanden zu besuchen, Samira vielleicht, nur um zu sehen, ob man ihn tatsächlich unterwegs verhaften und wieder ins Gefängnis bringen würde.

Nachdem er einen Topf mit Nudeln aufgesetzt hatte, vergaß er sie und starrte aus dem Fenster. Vierzig Minuten später waren sie Brei. Er warf sie in den Müll. Im Zimmer war es unerträglich heiß. Schließlich entdeckte er in einer Küchenschublade einen Magic Marker. Er setzte sich aufs Bett und malte auf der weißen Wand. Die Wohnung war erst kürzlich gestrichen worden. Unwillkürlich zeichnete er einen Thron mit einem fetten Mann darauf. Dieser Auftritt hat mein Leben beendet, dachte Morris. Dann fiel ihm etwas ein: Hätte Don Lorenzo an jenem Abend nicht die berühmte Stelle aus dem Buch der Richter vorgelesen – die Geschichte von Eglon und Ehud –, wäre der Mord dann ein paar Wochen später wohl genau so passiert? Obwohl er überzeugt war, es nicht getan zu haben, konnte Morris sich doch des Gefühls nicht erwehren, es müsse da einen Zusammenhang geben. Als hätte er es doch getan, aber im Traum. Apropos Traum, was für schreckliche Wahrheiten, oder auch Fiktionen, hatte Don Lorenzo in seinem Todesschlummer seiner Frau ins Ohr geflüstert? Träge zeichnete Morris ein paar Linien ein, um die vier, fünf Bauchfalten des ermordeten Königs zu markieren, dann noch ein schwarzes Loch als Wunde. Mit erhobenem Magic Marker versuchte er sich die Umgebung des Opfers im Augenblick des Mordes vorzustellen. Waren noch andere Personen im Raum gewesen? »Ich bin am Samstag kurz vor der Schließung ins Museum gegangen«, hatte er Grimaldi erzählt. »Ich hoffte, ein oder zwei Kunstgegenstände zu finden, die ich für meine eigene Sammlung entwenden könnte. Besonders ein Messer. Volpi hat mich dabei überrascht. Warum er da war, weiß ich nicht.« Morris hatte den dicken Mann bis in den Raum mit dem Thron verfolgt und erstochen. Dann hatte er ihn ausgezogen und ihn mit fetischistischen Gegenständen umgeben, damit es wie eine Art Ritual aussah.

»Wie haben Sie die Leiche auf den Stuhl bekommen?«, hatte Grimaldi gefragt. »Hm?«

»Mit großer Mühe«, hatte Morris geantwortet.

»Warum haben Sie die Kleider weggeworfen?«

»Aus reinem Instinkt.«

»Und wohin?«

»In den Fluss.«

»Warum sind Sie am nächsten Morgen noch einmal hingegangen?«

»Die Abholung des heiligen Bartholomäus war bereits geplant. Ich habe die beiden Araber absichtlich weggeschickt, weil ich nach oben in die Büros gehen und Volpis Computer durchsuchen wollte. Leider habe ich nicht bemerkt, dass ich in das Blut getreten war.«

Was für eine bescheuerte Geschichte! Dennoch dachte Morris inzwischen, er könnte irgendwie dabei gewesen sein, als es passierte. Es gab sogar Momente, Ahnungen, da hatte er das Gefühl, sich allmählich zu erinnern. Ein Messer, die Bewegung der Hand. Sehr seltsam.

Er starrte seine Zeichnung an der Wand über dem Bett an und fragte sich erneut, wer die anderen Leute im Raum waren. Es war, als versuche er, sich ein ganzes Bild mithilfe eines Fragmentes zu erschließen. Erinnere dich daran, wie der Thron stand, als du ihn gefunden hast, sagte er sich. Erinnere dich an die Position der Teppiche und Kissen auf den Fotos, die du gemacht hast. Zeichne, forderte sich Morris plötzlich selbst auf. Zeichne einfach, verdammt noch mal. Vertrau deiner Eingebung, dem Künstler in dir. Beiläufig zog er einen vertikalen Strich, und sofort wurde daraus ein Rücken, der steife Rücken eines Mannes. Der kniete. Zolla! Da waren seine Knie, seine nackten Füße. Das Treffen fand statt, um Zolla zu bestrafen! Ja. Um ihn auszupeitschen. Dieser Gedanke kam Morris in den Sinn. Bin ich Hellseher? Auch ohne meine undankbaren Toten? Er sah Zolla, kein Zweifel. Schnell zeichnete er ihn ein, bettelnd zu Volpis Füßen. Er hatte etwas um den Hals. Was? Eine Art Halfter? Morris zeichnete es ein. Woran war es befestigt? An der Decke? An einem Eisenring in der Wand? Nein. An Volpis Hand! Wie Pozzo und Lucky in *Godot*. Der Fettwanst und der elegante Vierzigjährige. Der Dominante und der Unterwürfige. Sie hatten ein Spiel gespielt, und dann war etwas schiefgegangen. Vielleicht wegen der dritten Person in Volpis Büro damals, der, die gelacht hatte. Ich kannte dieses Lachen, dachte Morris. Er schüttelte den Kopf, zeichnete einen Strich, dann noch einen. Seine Hand wurde definitiv von einer externen Macht geführt, dachte er im Dunkeln hinter geschlossenen Lidern. Er fügte vier, fünf sichere Striche hinzu. Ein Schnörkel hier, ein Schnörkel da. Er hielt inne, immer noch mit geschlossenen Augen. Wenn ich die Augen aufmache, werde ich wissen, wer der Mörder ist. Ich werde den Mörder gezeichnet haben! Er war sich ganz sicher. Er war definitiv ein Hellseher. Er sprach ein kurzes Gebet. Als er die Augen öffnete, war das Bild völlig verpfuscht. Morris ging zurück in die Küche/das Wohnzimmer, öffnete den Grignolino und leerte schnell hintereinander zwei Gläser.

16

»Dottor Duckworth. Dottor Duckworth.«

Morris war klar, dass er träumen musste. Er war allein in der Wohnung. Er lag im Bett. Die Tür war abgeschlossen.

»Dottor Duckworth!«

Es war eine eindringliche Flüsterstimme. Morris spürte, wie eine Hand an seinem Schlafanzugärmel zog. Wollten sie ihm schon wieder den Kopf abschneiden?

»Wachen Sie auf! *Per favore.*«

»Ich bin wach.«

Das war eine seltsame Aussage, wenn man wusste, dass man träumte.

»Hier ist Mariella.« Der Name wurde geflüstert.

Morris flüsterte zurück: »Ach ja, tatsächlich?«

»Aus dem Castelvecchio.«

»Ich weiß, Mariella mit den magischen Brüsten.«

Vielleicht würde es ein erotischer Traum werden.

»Dottor Duckworth, *per l'amore di Dio*, wachen Sie auf!«

Nach einem heftigen Ziehen an seinem Ärmel setzte sich Morris abrupt auf und stieß mit der Gestalt zusammen, die sich über ihn beugte.

»Um Himmels willen!«

»Schschsch, Dottor Duckworth, die Wohnung wird abgehört.«

»Mariella!«

Die Frau war da. Leibhaftig. In vollem Umfang.

»Ich habe einen Schlüssel. Folgen Sie mir. Machen Sie kein Licht. Kümmern Sie sich nicht um Ihre Kleidung. Folgen Sie mir einfach.«

Er wurde befreit, dachte Morris. Fantastisch. Aber warum?

Immer noch die Hand an seinem Ärmel, führte ihn die Frau durch die kleine Wohnung zur Vordertür, die nur angelehnt war, und dann hinaus in den Hausflur. Im Schloss steckte ein Schlüssel, und ganz vorsichtig zog sie die Tür zu und drehte dabei langsam den Schlüssel um, damit nichts klickte. Morris trug nur Schlafanzugoberteil und Unterhose, aber die Nacht war warm.

»Wir können nicht mit dem Fahrstuhl fahren«, warnte sie ihn.

»Es ist doch nur eine Treppe«, sagte Morris.

»Nein, wir gehen nach oben.«

Eine Flucht übers Dach? Morris befand sich so weit außerhalb der Realität, dass ihm alles möglich schien.

Sie stiegen die Treppe hinauf, ein Stockwerk nach dem anderen. Auf jedem Absatz stand ein kleines Fenster offen, das die feuchte Luft der Veroneser Sommernacht hereinließ. Die Steinstufen fühlten sich unter seinen nackten Füßen kühl an. Die Frau vor ihm trug einen weiten grauen Trainingsanzug. Ihr Po wirkte angenehm beweglich.

»Wie spät ist es?«

»Drei Uhr morgens.«

Im sechsten Stock war am Ende des Korridors eine Tür angelehnt. Mariella schlüpfte hindurch und zog ihn hinter sich her. Sofort spürte er die Klimaanlage, eine angenehme Frische und ein leises Summen. Kurz darauf ging das Licht an, und als er noch blinzelte, legte sie ihm bereits einen Morgenmantel um.

»Sind wir auf der Flucht?«, fragte er. Der Mantel war schwarz und glänzte seidig.

Sie lächelte genauso spöttisch wie in Zollas Büro. »Jemand möchte mit Ihnen sprechen. Kommen Sie hier herein.«

Die Wohnung war wesentlich größer als seine, sie erstreckte sich über eine der oberen Ecken des Gebäudes. Morris wurde durch einen Flur geführt, vorbei an dunklen Türen mit ziemlich hübschen Messingklinken, und dann in ein geräumiges Wohnzimmer mit flauschigen Teppichen, blauen Sofas und einer ganzen Schar Fotos in silbernen Rahmen auf niedrigen Kommoden. Doppelte Balkontüren gingen auf eine Dachterrasse hinaus; man spürte das Glitzern der Stadt unten.

»Möchten Sie etwas trinken, während Sie warten?«

»Warten worauf?«

»Auf die Person, die mit Ihnen sprechen möchte.«

»Möchte *ich* auch mit *ihr* sprechen?«, fragte Morris.

»Ich glaube schon«, sagte Mariella. Sie lächelte ununterbrochen, so als wäre er ein armer Ahnungsloser, der nichts kapierte.

Konnte es Zolla sein? Oder Stan?

»Ich nehme einen Scotch, wenn Sie haben. Ohne Eis, ohne Wasser.«

Was sie ihm brachte, war ein Jack Daniel's. Morris ließ das auf sich beruhen. Er mochte der ewig Ahnungslose sein, aber den Unterschied zwischen Scotch und Rye kannte er. Als sie sich ihm entgegenbeugte, um ihm den Drink zu reichen, verspürte Morris ein großes Verlangen, sie zu berühren. Wie oft würde er wohl noch Sex haben, wenn man ihn wegen des Mordes an Volpi verurteilte?

Mariella entfernte sich.

»Sie waren das, die mir die Nachricht ins Gefängnis geschickt hat, nicht?«

Sie schaute sich noch einmal um, lächelte und ging dann aus dem Zimmer.

Morris wartete. Der Jack Daniel's war enttäuschend, aber besser als gar nichts. Wie seltsam, dass man ihn in eine Wohnung *im selben Haus* gebracht hatte. Und dass sie einen Schlüssel zu seiner Wohnung besaß. Wer hatte eigentlich seine Unterkunft ausgesucht? Sein Sohn? Antonella? Auf wessen Rat hin?

Er schaute sich um, um festzustellen, ob sich aus der Einrichtung etwas schließen ließ. Das Zimmer wirkte sehr bewohnt. Zeitungen, Obst, leere Kaffeetassen, ein Stapel Bücher, eine Damenstrickjacke über der Sessellehne, ein sehr schlechtes Bild im kubistischen Stil. Wenn man es Stil nennen wollte. Morris stand auf und ging zur Terrassentür. Draußen standen zwei Liegestühle, die üblichen Grünpflanzen, und hinter dem Geländer lagen die Straßen und Wohnblocks des östlichen Teils der Stadt, mit Tausenden und Abertausenden von Menschen, die ruhig atmend in ihren Betten lagen oder hinter den sanft erleuchteten Armaturenbrettern ihrer Autos saßen und auf ihren verschlungenen Wegen durch die schlafende Metropole fuhren. Gab es in dieser Welt noch einen Platz für Morris?

»Doctor Duckworth, *benvenuto*!«

Die Stimme war rau, vertraut und redete offenbar um einen Gegenstand herum, der sich im Mund befand. Morris drehte sich um und sah einen kahl werdenden Kopf, der über eine Flamme gebeugt war. Kardinal Rusconi, in einem knallroten Morgenrock, steckte sich gerade eine dünne Zigarre an.

»Vermutlich sind Sie überrascht, mich hier zu sehen.«

Morris gab sich in der Tat große Mühe, sein Erstaunen zu überspielen.

»Euer Eminenz«, sagte er leise und ging um das Sofa herum, um dem Kardinal die Hand zu schütteln. »Freut mich sehr.«

Plump wie Christmas-Pudding bestand Rusconi darauf, Morris in eine kurze Umarmung zu ziehen. Wange an Wange. Zigarrenrauch verpestete die Luft. Dann setzte sich Morris auf das Sofa, schlug die Beine übereinander, zog sich den Morgenrock über die Knie und wartete. Rusconi blieb in seinen Hausschuhen stehen. Er trank etwas aus einem Brandyglas. Bei jedem Schluck kräuselten sich seine dicken Augenbrauen, und die Knollennase lief rot an. Zwischen den Aufschlägen seines Morgenmantels war Brusthaar zu sehen. Er schlurfte durchs Zimmer, führte Morris die Krampfadern an seinen Knöcheln vor, streifte nachdenklich in einem Aschenbecher die Zigarre ab und kam dann zurück.

»Auf Ihre Gesundheit«, sagte er und hob sein Glas.

»Auf Euer Eminenz«, antwortete Morris.

»Und auf die, die nicht bei uns sein können«, fuhr Rusconi fort. »Lorenzo, und natürlich der arme Giuseppe.«

Morris brauchte einen Moment, bis ihm aufging, dass der Kardinal vermutlich Don Lorenzo und Giuseppe Volpi meinte.

»Ja«, stimmte er zu, »auf Lorenzo und Giuseppe«, aber er hatte noch Schwierigkeiten, die Implikationen eines solchen Trinkspruchs zu begreifen. Wenn Rusconi glaubte, er habe Volpi umgebracht, würde er ihn dann auffordern, mit ihm auf dessen Andenken zu trinken? Vielleicht schon.

Nachdem er sein Brandyglas geleert hatte, watschelte der Kardinal erneut durchs Zimmer, dieses Mal, um einen Dekanter von einer entfernten Anrichte zu holen. Er wirkte ausgesprochen zu Hause in diesem Raum, und zudem völlig daran gewöhnt, um drei Uhr morgens auf den Beinen zu sein.

»Sie werden sich natürlich fragen, Doctor Duckworth, warum wir Sie hierhergebracht haben.«

Beim Sprechen trank Rusconi immer wieder zwischendurch, zog an der Zigarre und stieß zufrieden den Rauch aus. »Aber ehe wir uns in die Einzelheiten vertiefen, möchte ich Ihnen zunächst meinen Dank, oder vielmehr den Dank aller Beteiligten, für Ihre bewundernswerte Verschwiegenheit aussprechen. Es muss sehr verlockend für Sie gewesen sein, während Ihrer langen Zeit in Einzelhaft die Wahrheit über das, was geschehen ist, zu sagen, ein paar Namen zu nennen und sich dadurch ein paar Vorteile zu verschaffen. Sie haben sich entschieden, das nicht zu tun. Diese ehrenwerte, ähm, Zurückhaltung Ihrerseits wird selbstverständlich belohnt werden.«

Morris saß ganz still und wünschte erneut, man hätte ihm etwas Besseres als Jack Daniel's zu trinken gegeben. Er holte tief Luft, als wollte er etwas sagen, habe sich dann aber dagegen entschieden.

Der Prälat ging mit gesenktem Kopf auf und ab, als sei er ganz in Gedanken versunken. Mariella steckte den Kopf durch die Tür, die auf den Flur hinausging, und fragte, ob »die Männer« noch etwas brauchten; wenn nicht, würde sie sich wieder ins Bett legen, bis es Zeit war, Dottor Duckworth nach unten zu bringen. »Aber natürlich, *cara*«, sagte der Kardinal.

Waren sie ein Liebespaar, fragte sich Morris. Oder war sie vielleicht seine Nichte? Nahm der Kardinal an, dass Morris wusste, in welcher Beziehung sie zueinander standen? Wenn sie kompromittierend war, warum hatte der Kirchenmann dann keine Angst, sie offenzulegen?

»Dottor Duckworth«, die Stimme des Kardinals war samtig belegt, »ich bin sicher, Sie wollen nicht, dass ich noch einmal auf die unglückseligen Ereignisse an jenem Abend eingehe, durch die uns unsere, ähm, Freunde genommen wurden. Zweifellos erwarten Sie von mir, dass ich Sie für Ihre, nun, wie soll ich mich ausdrücken, ›unbeherrschten‹ Handlungen in dieser unheilvollen Nacht tadele.« Der Kardinal runzelte die Stirn und schüttelte den Kopf. »Und das sollte ich vielleicht auch tun. Nein, ich sollte es *mit Sicherheit* tun.« Er lächelte. »Andererseits und obwohl es sich von selbst versteht, dass ich niemals, ähm, jemandem den Tod wünschen würde, und schon gar nicht einem so, ähm, kultivierten und klugen Mann wie Professor Volpi, gibt es nichtsdestotrotz … nun ja, gibt es nichtsdestotrotz gute Gründe anzunehmen, dass dabei Gottes Hand im Spiel war.« Er hielt inne und schaute Morris direkt in die Augen. »Volpi hatte den Bogen eindeutig überspannt.«

»Allerdings«, stimmte Morris zu.

»Das, ähm, Ergebnis ließe sich sogar als ein Erhören unserer Gebete beschreiben.«

»Gottes Wege sind unergründlich«, bestätigte Morris.

»Ich fand es auch äußerst rührend, dass Sie darauf bestanden haben, dass Don Lorenzo dem alten Scheusal die letzte Beichte abnimmt.« Der Kardinal runzelte die Stirn, schmunzelte, schüttelte den Kopf. »Wie viele Männer hätten sich in einem derartigen Chaos noch Sorgen um die Letzte Ölung gemacht?« Wieder hielt der Kardinal inne und lief auf und ab. »Dennoch, abgesehen von dem Verlust zweier so unterschiedlicher Männer auf so unterschiedliche Weise hat dieser Abend uns ausgesprochen viele und noch dazu sehr, ähm, unangenehme Nachwirkungen beschert, und ich hoffe, dass Sie uns damit jetzt behilflich sein können, was sich selbstverständlich sehr zu Ihrem Vorteil auswirken wird.«

Solange ich nichts sage, kann ich auch nichts falsch machen, dachte Morris. Er brauchte noch etwas zu trinken. Statt zu fragen, raffte er seinen Morgenmantel, stand auf und ging hinüber zu dem Sideboard, wo Kardinal Rusconi den Dekanter gefunden hatte. Zwischen einer Reihe von üblen *digestivi* und *amari* stand ein ziemlich verstaubter Oban; die Flasche hatte das unangerührte Aussehen eines verfehlten Weihnachtsgeschenks. Morris hatte keine Skrupel, das Siegel zu brechen und sich großzügig einzuschenken.

Der Kardinal wartete. Als er das Glas an die Lippen hob, bemerkte Morris ein Foto, das eine jüngere, noch lebensfrohere und üppigere Mariella im Badeanzug zeigte, neben einem dickbäuchigen Mann, der nicht der Kardinal war, aber mit Sicherheit gut dreißig Jahre älter als sie. War die Dame etwa ein Golddigger?

Mit dem vollen Glas kehrte Morris zu seinem Platz zurück, setzte sich, nippte, konzentrierte sich. Aber jetzt schien der Kardinal Schwierigkeiten zu haben, fortzufahren. Der Mann drehte sich zwei-, dreimal um sich selbst und färbte die Luft mit seinem Zigarrenrauch blau. Was Morris, auch in Anbetracht ihrer beiden Morgenmäntel, einer satinschwarz, einer taftrot, plötzlich an die fragwürdigen Illustrationen einer Kinderbuch-Ausgabe von *Der Wind in den Weiden* erinnerte, die den Dachs und den Maulwurf im Schlafanzug zeigten. »Oberschichtschwuchteln«, lautete der unvermeidliche Kommentar seines Vaters zu allen Büchern, die ihm seine Mutter vorlas.

»Haben Sie noch Fragen, bevor ich fortfahre«, fragte der Kardinal unvermittelt. Beunruhigenderweise nahm er seine Nase zwischen Zeigefinger und Daumen und drückte sie einmal heftig, so als könnte sie platzen wie eine Eiterblase.

Morris zögerte. Einer plötzlichen Eingebung folgend riskierte er: »Nun, da ich jetzt die Gelegenheit habe, persönlich mit Ihnen zu sprechen, Euer Eminenz, möchte ich *Ihnen* danken für das, was Sie für meinen Sohn getan haben. Ich wollte das schon in meinem Brief aus dem Gefängnis erwähnen, aber ich dachte, es könnte, ähm, unpassend sein, so schwarz auf weiß.«

Rusconi ließ seine Nase los und lächelte. »Aber nein, aber nein. Mit D'Alessio als vorsitzendem Richter war es keine große Herausforderung, nicht wahr?«

»D'Alessio war der Richter mit den roten Haaren?«, erkundigte sich Morris.

»Genau.« Der Kardinal schmunzelte. »Ich glaube, der gute Mausi«, fügte er hinzu, »macht sich inzwischen ausgezeichnet bei Fratelli Trevisan.«

»Das stimmt«, pflichtete Morris ihm bei und fügte auf gut Glück hinzu: »Obwohl ich fürchte, an der Lage in Sant'Anna wird er nicht viel ändern können.«

»Im Gegenteil!«, sagte der Kardinal lachend. »Hat er Ihnen das nicht erzählt? Der lästige kleine Styx wurde, wie sagt man da, ›kanalisiert‹, in ein Rohr geleitet; das Fundament ist inzwischen gelegt, und die Schule sollte noch vor dem nächsten Winter stehen.«

Morris war schockiert. Es war unmöglich, einen lebhaften unterirdischen Wasserlauf, der durch stark verwitterten Sandstein sickerte, so leicht einzudämmen. Von wem ließ Mauro sich beraten?

»Aber wirklich liebenswürdig von Ihnen, Dottor Duckworth«, räumte der Kardinal ein, »dass Sie sich in Ihrer Lage noch Gedanken um meine kleinen Projekte machen.«

Morris nickte. Plötzlich spürte er, wie sich seine Augen passenderweise mit Tränen füllten.

»Wie Sie sich vorstellen können, bin ich sehr bestürzt wegen Antonella.«

Der Kardinal ließ es zu, dass ein schmerzlicher Ausdruck seinen Blick umwölkte. »Das ist es auch, zumindest zum Teil, worüber ich mit Ihnen sprechen wollte.«

Wieder war Morris überrascht. »Meinen Sie, Sie können mir helfen, die Entscheidung meiner Frau rückgängig zu machen?« Er zauderte. »Ich wäre Ihnen außerordentlich dankbar.«

Der Kardinal, nahm Morris jetzt an, wäre sicherlich beeindruckt von einem Mann, der sich mehr um das Scheitern seiner Ehe sorgt als um eine drohende lebenslange Freiheitsstrafe. Aber diesmal war die Miene des Kirchenmannes äußerst ernst.

»Dottor Duckworth«, seufzte er. Er kniff sich erneut in die Nase. »Oder darf ich Morris zu Ihnen sagen?«

»Gern«, sagte Morris.

»Dottore, ähm, pardon, Morris.« Plötzlich ließ sich der Kardinal auf den Sessel gegenüber von Morris sinken und beugte sich dem Engländer entgegen. »Ich muss Ihnen sagen, Morris, dass wir schon seit einiger Zeit von gewissen, ähm, Überresten, ja, unter dem Dach von Santi Apostoli del Soccorso in dem abgelegenen Dorf, ähm, wie heißt der Ort noch gleich, Montecchio di Sopra wissen. In der Kirche mit dem so, wie soll ich sagen, bemerkenswert *gut erhaltenen* Gemälde des Fenstersturzes der Isebel.«

Der Kardinal lehnte sich zurück. Morris betrachtete ihn. Was für eine peinliche Angewohnheit dieses Nasedrücken war, dachte er.

»Und es hat auch nicht lange gedauert«, fuhr der Kardinal fort, »diese Überreste mit dem Bild in Verbindung zu bringen, und dann mit der zweiten existierenden, wie soll ich es nennen, Kopie?, des gleichen Motivs im Hause der lieben Freunde von Don Lorenzo in der Via Oberdan.«

Wie pathetisch er um den heißen Brei herumredete. Gleichgültig bemerkte Morris: »Hört sich an, als hätte jemand mit Stan Albertini gesprochen.«

»Aber nein, aber nein!«, rief der Kardinal. »Wir wissen, wie gesagt, schon, ähm, seit mehreren Jahren von diesen Überresten. Der junge Albertini hat da eher gestört. Das Letzte, was wir gebrauchen können, ist, dass die Polizei anfängt, unter unseren Kirchendächern herumzustöbern.« Der Kardinal lachte. »Da hätte es mit den gelüfteten Geheimnissen gar kein Ende mehr genommen!«

»Und warum wurde nichts unternommen?«, fragte Morris höflich.

Wie um alles in der Welt konnte der Kardinal Stan als jung bezeichnen?

Der Kirchenmann schüttelte den Kopf. »Solche Dinge erfordern viel Besinnung und Beten. Man muss die Frage stellen, was wirklich den Interessen der Kirche und auf der größeren Ebene dem Glauben dient oder auch, darf ich es wagen, das Wort zu benutzen, der Menschheit. Das Verhalten des, ähm, Toten war teilweise recht ungebührlich, nicht wahr?, wenn nicht gar kriminell, und dieses Verhalten erfolgte, so fürchte ich, in etlichen Fällen mit der stillschweigenden Duldung, wenn nicht gar mehr als nur Duldung, von Geistlichen.« Der Kardinal seufzte. »Wie könnte ich das leugnen? Das Fleisch ist, wie wir wissen, schwach. Sprichwörtlich. Selbst wenn es in feinste Amtstracht gehüllt ist. So hat Gott der Herr uns geschaffen. Aber war es tatsächlich im Interesse von irgendjemandem, diese schmutzigen Details ans Tageslicht zu befördern? Es hat schon mehr als genug Gerede gegeben, finden Sie nicht auch, mein lieber Morris, über geistliche Pädophilie, ich meine, genug, dass die Leute auf der Hut sind. Ein weiterer Fall würde da keinen Erkenntnisgewinn mehr bringen. Hinzu kam die nicht unerhebliche, ähm, ja, die nicht unerhebliche Tatsache, dass es sich bei der Person, die, ähm, sagen wir mal, für das Vorhandensein besagter Überreste *verantwortlich* war, zugleich um den Ehemann einer lieben Freundin von uns und vor allem um einen äußerst zuverlässigen und großzügigen, ja sogar *sehr* großzügigen Wohltäter und Förderer christlicher Anliegen handelte.«

An dieser Stelle zog der Kardinal seine buschigen Augenbrauen verschwörerisch hoch. »Don Lorenzo hat immer eisern die Ansicht vertreten, dass eine solche Großzügigkeit selten zu finden ist und keinesfalls leichtfertig einem, ähm, wie soll ich sagen, naiven und fundamentalistischen Verständnis von Recht und Anstand geopfert werden sollte. Was glauben Sie, wie viele Menschen im Laufe der Jahre von Ihrer Wohltätigkeit profitiert haben, Dottor … ähm, Morris. Unzählige, unzählige Männer und Frauen. Nun, sie verdanken diese Wohltätigkeit zum Teil unserer Nachsicht und unserem Schweigen.«

Hier kam Morris stark in Versuchung, den schleimigen Heuchler zu fragen, wen genau er meinte, wenn er immer wieder von ›wir‹, ›uns‹, ›unser‹ und ›unsere‹ sprach – die Kirche? Einen Haufen Freimaurer? Eine Bande sadomasochistischer Perverser? – Aber er wusste, das durfte er nicht. Der Kardinal war offenbar in dem Glauben, dass Antonella ihm weit mehr über ihre Kontakte zur Geistlichkeit und ihre fröhlichen Zusammenkünfte erzählt hatte, als tatsächlich der Fall war. Morris musste ihn in diesem Irrglauben lassen.

»Warum hat man dann nichts unternommen, als ich verhaftet wurde?«, fragte er geradeheraus. Und fügte, um das Maß vollzumachen, noch hinzu: »Und was ist mit den jungen Arabern?« Er trank seinen Oban aus und schaute dem Kardinal direkt in die Augen. Früher oder später würde, wenn auch nur durch Rückschlüsse, irgendeine Wahrheit zutage treten.

»*Junge* Araber?« Der Kardinal wirkte verdutzt, aber aufmerksam. »Ich fürchte, ich kenne nur die, ähm, ein, zwei älteren.«

»Sie wissen also nichts von Volpis Kontakten zu libyschen Kunstschiebern?«

»Dottor Duckworth, ich glaube nicht, dass wir …«

»Morris.«

Der Kardinal hielt inne, dachte nach, schien es sich anders zu überlegen. »Es gab sicherlich alle möglichen … Aspekte, ja, Aspekte an Beppes, ähm, Umgang mit der Welt, die … untragbar geworden waren. Sonst wäre es nicht …«

»Warum hat man mir nicht geholfen?«, wiederholte Morris. »Es ist eine Schande.«

Der Kardinal ließ sich nicht aus der Ruhe bringen: »Wir helfen Ihnen ja, *caro* Morris, ganz bestimmt. Und noch viel mehr Hilfe wäre gekommen, wenn ein gewisses hochrangiges Individuum uns nicht erhebliche Hindernisse in den Weg gelegt hätte, indem es wiederholt gegen Sie ausgesagt und den Ermittlern ein sehr überzeugendes Motiv geliefert hat, offenbar ohne sich darüber im Klaren zu sein, welche Konsequenzen es hätte, wenn Sie wirklich auspackten und erzählten, was an jenem Abend geschehen ist. Manche Leute verlieren in solchen Situationen leider den Kopf. Sie verdrängen die Wahrheit, und wir anderen müssen es dann ausbaden. Dazu mehr in Kürze.«

Der Kardinal lächelte. Seine Zähne, bemerkte Morris, als der Mann in seine Zigarre biss, wirkten ungesund und grau.

»Aber Sie müssen zugeben, wenn jemand in einen Keller eindringt, obwohl er weiß, dass sich dort ein frisch geschlachteter Leichnam befindet, sich in dessen Blut die Füße schmutzig macht, dieses Blut anschließend durch kilometerlange Treppenhäuser und Korridore spazieren führt, auf jeder sichtbaren Oberfläche seine Fingerabdrücke hinterlässt, sich wachsamen Museumswärtern und Horden von Touristen zeigt und sich zu allem Überfluss auch noch mit Fotos von besagtem Leichnam auf seinem Handy verhaften lässt, und das trotz der Tatsache, dass er sich nicht die Mühe gemacht hat, die Polizei zu benachrichtigen, nun ja, dann bleibt selbst unserem *Dio omnipotente* nicht mehr viel, was er tun kann, um zu helfen, oder?«

Der Kardinal zog als rhetorisches Fragezeichen die Augenbrauen hoch und seufzte tief.

»Warum haben Sie das getan, Morris? Ehrlich gesagt fanden wir Ihr Benehmen sowohl am fraglichen Abend als auch am folgenden Morgen ausgesprochen bestürzend.«

Morris ignorierte die Frage. »Selbst dann nicht, wenn dieser Jemand gar nicht der Schlächter wäre?«, fragte er sachlich. Er war stolz, dass er endlich die Frage formuliert hatte, noch dazu so wunderbar unverbindlich.

Der Kardinal schüttelte daraufhin den Kopf und fand es notwendig, erneut seine Nase zu quetschen. Er wirkte gereizt. »*Caro* Morris, nach den Videobildern, die ich gesehen habe, lässt sich Ihre, ähm, Mitwirkung an der Sache schwerlich leugnen. Auch wenn ich nicht recht weiß, wie es eigentlich dazu kam, dass Sie dabei waren. Ich hatte nur im Voraus den Vorschlag gehört, Sie einzuweihen. Dennoch, was die Polizei angeht, die haben ihren Mörder. Und es ist nicht leicht, wie ich bereits erläutert habe, wenn wir es mit jemandem zu tun haben, der, ähm, gegen uns arbeitet, oder vielmehr gegen Sie.«

Morris wünschte sehnlichst, der Mann würde sich ein bisschen deutlicher ausdrücken. Videobilder! Jetzt erhob sich der Kardinal, um erneut die Gläser zu füllen. Dabei fiel kurz sein roter Morgenmantel auseinander und entblößte für Morris' Augen die pelzigsten Oberschenkelinnenseiten, die man sich nur vorstellen konnte, und dazwischen eingekeilt ein gedrungenes dunkelbraunes Gemächt. Der Engländer war angewidert.

»Um aber auf Ihre Frage von vorhin zurückzukommen«, fuhr der Kardinal fort, »die Tatsache, dass wir Ihnen, nachdem man Sie verhaftet hatte, nicht mehr helfen konnten, stand, fürchte ich, mit den recht drastischen Entscheidungen, die Ihre Gemahlin getroffen hat, durchaus im Zusammenhang. Sie müssen wissen, dass das, ähm, Geheimnis von Santi Apostoli nicht das einzige war, was der arme Don Lorenzo im Delirium seines Sterbebettes der guten Frau offenbart hat. Daher hatten wir kurz die Befürchtung, es könnte sich als vollkommen sinnlos erweisen, Ihnen zu helfen, falls Ihre, ähm, ausgesprochen reichhaltige Vergangenheit an die Öffentlichkeit gelänge.«

Morris rührte sich nicht. Letztendlich, Scheiß drauf, dachte er. Sollten sie ihn doch bis ans Ende seiner Tage in eine winzige Zelle sperren. Es wäre eine Erleichterung.

»Morris« – der Kardinal hatte sich wieder hingesetzt –, »Morris, ich weiß, dass ihr Engländer nicht viel vom italienischen Intellekt haltet, aber Sie werden wohl kaum annehmen, dass es innerhalb der Elite dieser Stadt nicht ein, zwei Leute gibt, die, ähm, Kenntnis von Ihrer Vergangenheit haben. Nachrichten verbreiten sich nun mal, und natürlich haben wir Kleriker den Vorteil der Beichte, nicht wahr? Die Dinge kommen ans Licht. Darin liegt zum großen Teil unsere Macht begründet. Nein, nein« – er hob eine Hand, um abzuwehren, was er für einen empörten Einwand von Morris hielt, während der Engländer in Wirklichkeit nur prusten musste, weil er ein Schlückchen des Oban in den falschen Hals bekommen hatte –, »bitte, lassen Sie mich erklären. Es gibt Zeiten, da wird ein Mann mit einem, ich glaube, wir können mit Fug und Recht sagen, qualvollen Lebenslauf zu einem extrem wertvollen und produktiven Mitbürger, und zwar gerade wegen dieser Qualen. Mord macht einen Menschen ernst, nicht wahr? Jedenfalls eine bestimmte Sorte von Mensch. Er macht ihn nachdenklich, bedächtig. Im Bewusstsein der Schwere seines, ähm, Fehlverhaltens erkennt der Mann das Glück, das es ihm erlaubt, sein Leben in Freiheit fortzusetzen, und wenn er dann im Laufe der Jahre mit weltlichem Erfolg gesegnet wird, dann kann er zu einem wichtigen Wohltäter der Gemeinschaft werden. Er hat das Gefühl, er sollte etwas von dem zurückgeben, was er genommen hat, sozusagen. So ist es in Ihrem Fall gewesen, Morris, und diejenigen von uns, die jahrelang dafür gesorgt haben, dass diese, ähm, Spirale der Tugend sich entfalten konnte, anstatt brutal darauf aus zu sein, Sie auf Kosten der Allgemeinheit lebenslang hinter Gitter zu bringen, diejenigen von uns, wie gesagt, hier in Verona, die der Meinung waren, Nachsicht sei im Interesse des Gemeinwohls, sehen sich jetzt gerechtfertigt, Morris, in Anbetracht all dessen, was Sie im Laufe der Jahre für diese Stadt getan haben. Ich weiß, dass Don Lorenzo auf seine Rolle an Ihrer, ähm, *Rehabilitation* und deren glücklichen Auswirkungen ganz besonders stolz war. Bei der letzten Schätzung beliefen sich, wenn ich mich recht entsinne, die Beiträge für wohltätige Zwecke aus dem Trevisan-Vermögen auf mehrere Hunderttausend Euro. Daher waren wir, nach vielen Gebeten und Erkundungen des Herzens, oh ja, nach etlichen auf alternden Knien verbrachten Abenden, alle der Auffassung, dass das, was wir taten, für die Gemeinschaft von großem Nutzen war und den Zielen unserer Bruderschaft voll und ganz entsprach. Aber leider hat der arme Don Lorenzo, vielleicht unter dem Einfluss starker moderner Medikamente oder vielleicht unter der Last seiner Schuldgefühle hinsichtlich des Schicksals unseres armen Beppe, ich meine

Volpi, am Ende doch etwas verlauten lassen. Und gleichzeitig wurden Sie verhaftet, wie es aussah, wegen des x-ten Verbrechens.« Der Kardinal seufzte. »Kurzum, wir hatten das Gefühl, es könnte klug sein, ein, zwei Monate abzuwarten, ehe wir Ihnen zu Hilfe kommen.«

»Ich bin entsetzt«, sagte Morris rundheraus.

»Das kann ich mir vorstellen. Es muss sehr schwer sein, sich damit abzufinden, dass jemand, der uns nahesteht, die ganze Wahrheit unseres Herzens kennt.« Der Kardinal schien sich zu schütteln.

»Ich meinte«, korrigierte ihn Morris kühl, »entsetzt darüber, dass Sie glauben, ich sei je für irgendjemandes Tod verantwortlich gewesen.« Das war eine Lüge. Was Morris tatsächlich empörend fand, war, dass diese Schleimer ihn seine Freiheit hatten erkaufen lassen. Er war ein Goldesel für sie gewesen.

»Na na«, sagte der Kardinal lachend. »In dieser Wohnung sind keine Wanzen, Morris. Hier können wir ganz offen miteinander sprechen. Möchten Sie übrigens eine Zigarre? Ich hätte Ihnen eine anbieten sollen.«

»Ich vermute«, sagte Morris, während er das Angebot, einem Laster zu frönen, das ebenso hässlich wie schädlich war, mit einer Handbewegung wegwischte, »dass es jetzt, da ich keine Kontrolle über das Vermögen der Trevisans mehr besitze, auch keinen Grund mehr gibt, mich armen Sünder vor dem Gefängnis zu bewahren.«

Der Kardinal hatte den Kopf über sein Feuerzeug gebeugt. Er blickte auf, atmete eine Qualmwolke aus und schien nachzudenken. »Geld ist nicht alles«, sagte er schließlich. »Tatsächlich werden gute Taten oft mehr geschätzt als Geld.«

Morris wartete.

»Das bringt uns, wie Sie sich zweifellos gedacht haben«, sagte der Kardinal seufzend, »zum eigentlichen Anlass unseres nächtlichen Treffens. Worum wir Sie bitten möchten …«

Morris hatte eine Offenbarung.

»*Sie* waren an dem Vormittag noch im Raum.«

»Ich bitte um Verzeihung?«

»Ihr Lachen eben. Das habe ich schon einmal gehört. Sie waren in Volpis Büro, als Zolla schluchzend auf dem Boden saß und ich hereingeplatzt bin.«

»In der Tat, ja.« Der Kardinal sah verdutzt aus. »Ich dachte, das wussten Sie.«

»Oh.« Morris hatte mal wieder nur sein Unwissen gezeigt. »Und was halten Sie wirklich von diesen Treffen?«, wollte er wissen.

»Von welchen Treffen?«

»Vom Geißeln. Was halten Sie von diesem ganzen Geißeln?«

Der Kardinal rauchte. Er hatte eine Art, seine Zigarre in der Luft zu halten wie einen Stift, mit dem er sogleich einen äußerst klugen Gedanken notieren oder auch ein überaus wichtiges Dokument unterzeichnen wollte.

»Morris, ich verstehe Ihr Bedürfnis, zu diskutieren, aber ich fürchte, wir haben nicht die ganze Nacht Zeit. Ich möchte lieber nicht, dass die Polizei von unserem Treffen hier erfährt. Was das Geißeln betrifft, was soll ich dazu sagen? Man muss unterscheiden zwischen der alten *confraternità* selbst, ihrer Plenarsitzung, und ein, zwei grotesken Ablegern und Nachahmungen aus eher privatem Interesse. Die *confraternità* trifft sich, soweit ich weiß, schon seit dem 14. Jahrhundert einmal im Monat, und traditionsgemäß widmen sich die Mitglieder vor der eigentlichen Sitzung einem allgemeinen *mea culpa*. Müssen wir dieses Thema unbedingt besprechen? Man ist selten gut beraten, ein uraltes Ritual zu verändern, so seltsam es in der modernen Welt auch erscheinen mag. Aller Wahrscheinlichkeit nach war das, was Volpi, Zolla und seine arabischen Freunde getrieben haben, etwas ganz anderes. Was mich stört, ist die Anwesenheit dieser drei oder vier regulären Mitglieder, von denen ich niemals vermutet hätte, dass sie sich in derart inakzeptable Aktivitäten hineinziehen lassen würden. Obwohl Don Lorenzo, der Ärmste, dafür bezahlt hat. In der Tat ist die Bruderschaft Ihnen, Morris, in gewisser Weise zu Dank verpflichtet dafür, dass Sie durch Ihre außergewöhnliche, ähm, Unbesonnenheit oder was auch immer es war, das Sie in dem unglückseligen Moment getrieben hat, zugleich die Machenschaften dieser schändlichen Splittergruppe ans Licht gebracht haben, auch wenn es gänzlich unabsichtlich geschah. Es besteht kein Zweifel, dass Volpi sich die Autorität der Bruderschaft für Handlungen zunutze machen wollte, die weit über, ähm, sein Aufgabengebiet und sogar«, räumte der Prälat ein, »über die zugegebenermaßen beträchtliche Bandbreite seiner Libido hinausgingen.«

Morris hatte jetzt genug. Er leerte sein zweites Glas Oban und stellte es mit lautem Klacken auf dem Couchtisch ab. »Kommen wir zu Ihrer Predigt über gute Taten«, sagte er, »ehe der Tag anbricht. Was muss ich tun, um wieder ein freier Mann zu sein?«

17

Als er von seinem morgendlichen Ausflug zum Supermarkt zurückkam, standen sie schon da, in einer Plastiktüte vor seiner Tür. Ein Laptop und ein Telefon. Am Nachmittag würden hoffentlich die Bilder eintreffen, wie bestellt: Lippis *Madonna*, exzellent kopiert von Forbes; Gentileschis *Judith und Holofernes*. Das würde Mimi hoffentlich motivieren, wieder mit ihm zu r eden. »Ich kann ohne sie nicht denken«, hatte Morris dem Kardinal erklärt.

Nachdem er sich einen ansehnlichen Kürbis gekauft hatte, schaute er als Erstes online ein Rezept für Kürbissuppe nach. Eine Zwiebel, eine Kartoffel, ein halber Apfel, ein kleiner Kürbis, Gemüsebrühe, schwarzer Pfeffer, Kokosmilch, Currypulver. Kokosmilch hatte er vergessen, aber zum Teufel damit. Morris arbeitete systematisch; den Kürbis zerkleinerte er mit einem Brotmesser. In der Küche fehlte noch einiges an Utensilien. Das Wetter war wieder warm, obwohl ein Gewitter in der Luft lag. Während er schnitt, versuchte er, alles zu verarbeiten, was gestern Nacht gesagt und vorgeschlagen worden war. Im Wesentlichen sah es so aus, dass er zum Sklaven seiner Schuld geworden war: Seine früheren Verbrechen waren eine Art Dispokredit, den er in Anspruch genommen hatte, und jetzt wurden die Schulden fällig, und es gab nur zwei Wege, sie zu begleichen:

entweder ins Gefängnis gehen oder die »Arbeit« machen, die sie von ihm verlangten. Gefängnis bedeutete leider lebenslänglich, und der Job, den er für sie erledigen sollte, war … außerhalb meiner Möglichkeiten, dachte Morris. Weit außerhalb. Sie hatten Morris' Psyche überhaupt nicht verstanden.

Die Zwiebel brachte seine Augen zum Überlaufen. Aber in Wirklichkeit war er jenseits von Tränen. Es war zu grotesk. »Woher soll ich wissen«, hatte er den Kardinal gefragt, »dass Sie mich, nachdem ich getan habe, was Sie verlangen – angenommen ich tue es –, nicht *trotzdem* ins Gefängnis bringen, und zwar *auch noch dafür*. Und woher soll ich wissen, dass Sie mich später nicht noch einmal bitten, etwas so Furchtbares zu tun, oder für den Rest meines Lebens immer wieder alle möglichen furcht baren Dinge zu tun, da ich wohl kaum in der Position sein werde, Nein zu sagen?«

»Ich gebe Ihnen mein Wort«, hatte der Kardinal geantwortet, »als Mann Gottes.« Er sprach mit einer Zigarre im Mundwinkel und fügte noch hinzu: »Sie haben gar keine andere Wahl, Morris, verstehen Sie? Und ich fürchte, dieser, ähm, Eingriff ist für uns absolut notwendig geworden. In der Zwischenzeit werden wir unser Bestes tun, Ihre liebe Gattin davon zu überzeugen, dass Don Lorenzo in seiner Todespein von Dingen fantasiert hat, die er unmöglich wissen konnte, und dass Sie noch derselbe alte unschuldige, viel geschmähte Engländer sind, für den sie Sie immer gehalten hat.«

Im Grunde boten sie an, den Goggelmoggel wieder zusammenzuflicken, solange er ein braver Junge war und die rote Königin tötete. Schönes Wunderland.

Trotz allem war es gar nicht so übel, dachte Morris, sich in einem kleinen proletarischen *appartamentino* eine Kürbissuppe zu kochen. Man musste im Hier und Jetzt leben, Vergangenheit und Zukunft vergessen. Die Farbe des Kürbisfleischs war besonders schön: ein festes, blasses Orange. Freude bereitete ihm auch die Präzision des kleinen Sparschälers, den er angeschafft hatte. Die feinen Streifen, die man damit von einer knubbeligen Kartoffel abschälen konnte, erinnerten ihn wieder an den armen heiligen Bartholomäus. Zu schade, dass er sich das Bild nicht genauer angesehen hatte.

Später, als das Gemüse köchelte, öffnete er Word und versuchte, die Erkenntnisse aus dem nächtlichen Gespräch aufzuschreiben. Er war eindeutig dabei gewesen, als die Tat begangen wurde, und höchstwahrscheinlich hatte er sie selbst begangen. Es gab eine Videoaufzeichnung, obwohl der Kardinal, der, wie es schien, nicht dabei gewesen war, sich hinsichtlich dessen, was darauf genau zu sehen war, nur sehr vage ausgedrückt hatte, zweifellos weil er annahm, dass Morris es genau wusste. Allerdings, dass dieses Video nicht der Polizei übergeben wurde, konnte nur daran liegen, dass es noch andere Personen zeigte, die mit derartigen Vorkommnissen nicht in Verbindung gebracht werden durften. Zum Beispiel Don Lorenzo. Dieses hässliche Drama war ohne Zweifel die Ursache seines Schlaganfalls gewesen. Und natürlich Zolla, obwohl der Kardinal das nicht ausdrücklich gesagt hatte. Der Kardinal war das Oberhaupt einer Bruderschaft und als solches bemüht, die Angelegenheit im Sinne anderer Anwesender, die eben jener Bruderschaft angehörten, in Ordnung zu bringen. Morris hatte über die Tradition der Bruderschaften gelesen, in einem von diesen reißerischen, als Weihnachtsgeschenk beliebten Büchern über die Geschichte der glanzvollen Medici. Mal wieder von diesem Schreiberling Parker. Oder Parkes. *Die Kohle der Medici*, oder ein ähnlich haarsträubender Titel. Reiche Männer, Politiker und Priester trafen sich im Geheimen, weit außerhalb von jeglichem offiziellen oder institutionellen Rahmen, rechtfertigten und vergaben sich mit ein paar Pro-forma-Peitschenhieben, frommen Vaterunsern und ekelhaften Erklärungen des Gotteswillens und gingen dann dazu über, die Reichtümer der Stadt unter sich aufzuteilen. Die

Diktatur der katholischen Bourgeoisie. Gelegentlich uferten solche Zusammenkünfte zweifellos zu fröhlichen *festini* im Bunga-Bunga-Stil aus. Was gibt's Neues unter der Sonne?

Morris biss in einen Brotkanten und kaute, während er der Suppe beim Köcheln zusah. Don Lorenzo, dachte er. Hatte der Mann nicht einmal im Kunstzimmer eine Bemerkung gemacht, die darauf hinwies, dass seine Haltung gegenüber den Frauen und dem Zölibat nicht ganz so rein war, wie sie hätte sein sollen? Morris wusste es nicht mehr genau. Antonella musste doch mit Sicherheit von diesem Rotary der Rotarys gewusst haben, diesem Allerheiligsten der alternden Patrizier, die gemeinsam ihre Brust entblößen, um die Freuden der Peitsche zu erfahren. Dürfte nicht ihr Vater als Bürgermeister von Sanguinetto ebenfalls Mitglied gewesen sein? Könnte es nicht sogar so sein, dass ihr gesamtes Eheleben nur eine Inszenierung war, basierend auf Morris' Naivität; dass seine Frau sich beständig über die charmante Ahnungslosigkeit ihres Mannes lustig gemacht hatte? Dieses Gespräch darüber, wie Don Lorenzo sich den Fuß verletzt hatte, zum Beispiel; konnte das nicht ein ausgefeilter privater Witz zwischen den beiden gewesen sein? Antonella hatte von Anfang an gewusst, dass es ein Sarg war, der den Fuß des Priesters zertrümmert hatte, und mehr noch, sie wusste, *wessen* Sarg es war. *Der ihres Vaters? War Don Lorenzo etwa der Liebhaber ihrer Mutter gewesen? Vielleicht Antonellas leiblicher Vater?* Morris rührte heftig um. Jedenfalls kann man sich Antonellas Wut vorstellen, als sich herausstellte, dass Don Lorenzo Geheimnisse *vor ihr* gehabt hat, Geheimnisse, die er *mit Morris teilte*, womit ihre gesamte Ehe zum Gespött wurde. Kein Wunder, dass sie ihn nicht mehr sehen wollte.

Morris reduzierte die Hitze und legte den Deckel auf den Topf. Man kam sich tugendhaft vor, dachte er, wenn man Gemüse kochte, ganz anders als zum Beispiel beim Grillen eines Steaks oder beim Braten eines Lamms. Vielleicht war er letztendlich deshalb zum Vegetarier geworden. Man baute mithilfe der Linsen, der Hirse und des Hummus eine Art moralisches Kapital auf, das man dann umsichtig investieren konnte. Aber wie viele Jahre Kürbissuppe und Linsen waren wohl nötig, ehe man einen Auftragsmord, wie er jetzt von ihm verlangt wurde, wieder ausgeglichen hatte?

Doch zurück zum Tod von König Eglon. Warum war Morris eigentlich dort gewesen? War er in die Sache hineingeplatzt? Gegen Mitternacht? Im Castelvecchio? Wohl kaum. Oder hatte man ihn eingeladen? Wenn ja, warum? Um ihm ein Angebot zu unterbreiten? Der Kardinal hatte Vorschläge gehört, ihn einzuweihen. Sie dürfen bei der Ausstellung mitwirken, Signor Duckworth, wenn Sie uns bei unseren dunklen Geschäften mit … den älteren Arabern, hatte der Kardinal gesagt, behilflich sind. War damit die arabische Handelsdelegation gemeint? Nichts war unmöglich. Aber dann hatte Volpi ihn provoziert. Warum? Morris hatte zurückgeschlagen. Mit dem ellenlangen Messer. Oder war das Teil irgendeines Initiationsritus? Dieses Mal war er nicht ohnmächtig geworden. Aber er hatte sein Gedächtnis verloren. Oder vielleicht war er *doch* ohnmächtig geworden. Vielleicht würde das Video, falls er es je in die Hände bekam, zeigen, wie Morris ohnmächtig nach hinten fällt, während das ganze Geschmier aus Volpis klaffender Wunde fließt. Wie er in Ohnmacht fällt und mit dem Kopf aufschlägt. Das würde einiges erklären. Seinen schwankenden Gang, als er in den frühen Morgenstunden die Via Roma entlangging. Zum Beispiel.

Morris rührte in der dicken Suppe. In der Spekulation, dachte er, lag eine große Schönheit, eine wunderbare Vorläufigkeit. Wie diesen siedenden Topf hatte man alles vor sich, alles war möglich. Das war eindeutig besser als Wahrheit und nackte Tatsachen. Er pikste in ein Kartoffelstück. Dann kehrte er zu seinem Computer zurück und öffnete Google. Wie hatte Sandra diese Störung genannt? Temporäre Globale Amnesie. Aber warum hatten die Toten ihn verlassen? Einen Tag lang waren sie da gewesen. Es hatte beinahe zu viele Gespräche gegeben. Dann war er plötzlich allein. Hatte er etwas gesagt, was sie verärgert haben könnte? Er wüsste nicht was. Sein Geständnis? Während er sich setzte und kurz lauschte, in der Hoffnung, Mimis Flüsterstimme zu hören, aber nur Stille wahrnahm, dachte Morris unwillkürlich darüber nach, dass dies für die meisten Menschen der traurige Normalzustand war: in einem monotonen Bewusstsein zu leben, ohne Stimmen. Hoffentlich würden die Bilder sie zurückbringen. Vielleicht bestand ein Zweck der Kunst darin, die Kommunikation mit den Toten zu erleichtern.

»Die *Transiente Globale Amnesie (TGA)*«, fing der Eintrag bei Wikipedia an – transient klang so viel besser als temporär! – »oder *amnestische Episode* ist eine neurologische Erkrankung, die gehäuft im höheren Lebensalter auftritt und zu einer vorübergehenden Störung des Gedächtnisses führt.«

Es gab das also wirklich!

Aber Sandras Theorie über seine sexuellen Heldentaten war damit vom Tisch. Entscheidend bei der TGA war, dass der Betroffene *das Ereignis, das die TGA ausgelöst hat, vergisst.* Es konnte also nicht der wilde Dreier mit Samira und Tarik gewesen sein, an den sich Morris nur allzu gut erinnern konnte. Was zu der Gedächtnislücke geführt hatte, musste also die später stattgefundene Gewalt gewesen sein. »Es kommt zu einer bis zu 24 Stunden dauernden Störung der Merkfähigkeit mit entsprechender Orientierungsstörung zu Zeit, Situation und Ort … Die Symptomatik tritt abrupt auf und bildet sich allmählich und vollständig nach einigen Stunden zurück. Sie hinterlässt lediglich eine Gedächtnislücke für die Zeit der Gedächtnisstörung.«

Ein Geruch nach Verbranntem holte Morris zurück an den Herd. So viel zum Thema Amnesie! Er drehte die Flamme aus und ließ den Topf zum Abkühlen stehen. Wieder vor dem Bildschirm las er bei Wiki etwas über die Vermutung, die Ursache des Gedächtnisverlustes könne ein winziger Schlaganfall sein; ein kleines Blutgefäß in einer ganz bestimmten Gehirnregion platzte. Nun, wenn er schon beim Versuch, Stan den Schädel einzuschlagen, in Ohnmacht fiel, dann war es gut möglich, dass ihm Schlimmeres widerfahren war, nachdem er den Dolch in König Eglons Fleisch versenkt hatte.

Aber plötzlich fiel Morris ein, dass er noch gar nicht nach Informationen zu der Ausstellung gesucht hatte. Herrgott noch mal! »Der gemalte Tod, Castelvecchio, Verona« gab er ein. Und was für ein Bild erschien? Ein Poussin? Ein Caravaggio? Ein Tizian? Nein. Ein Foto von Professore A. Zolla. »Kurator einer gewagten, innovativen Ausstellung, die auf der ganzen Welt Furore macht.«

Morris schäumte vor Wut. Er presse die Zähne aufeinander. Mit grimmiger Genauigkeit ging er jeden einzelnen Text und Teaser durch, jedes Zitat von berühmten Schriftstellern zum Thema Mord, die Liste der Meisterwerke, die gezeigt werden sollten. Es war alles *sein* Werk, alles Teil des Pakets, das *er* zusammengestellt hatte, um die versnobten Museen in Paris und New York dazu zu überreden, ihre verdammten Meisterwerke herzugeben. Doch nirgends wurde ein anderer Name als der von Zolla erwähnt.

Morris starrte das Foto an, das Gesicht über der blassrosa Krawatte, den übertrieben sauber gestutzten Schnurrbart, der dem einfältigen Lächeln eine Art künstliche Viriliät verlieh. Zolla war beim letzten Mal, als sie die Ausstellung besprochen hatten, so freundlich gewesen. Heuchler. Er lässt sich auf eine Stelle hieven, die seine Fähigkeiten bei Weitem übersteigt – mithilfe der uralten Freimaurerei der Schwulen –, und kickt dann die Leiter weg, die ihn dorthin gebracht hat. Volpi wird getötet, Morris wird der Tötung angeklagt. Vielleicht hatte man ihn *aufgehetzt*. Ihm das Messer in die Hand gelegt. Ihn gefilmt. Reingelegt. Wie auch immer, für Zolla war es perfekt, denn er heimste jetzt alle Lorbeeren für eine der außergewöhnlichsten Kunstausstellungen der letzten Jahre ein.

Morris verschob den Cursor auf das kleine Kreuz oben rechts von Zollas vergrößertem Bild und klickte. Weg. Wenn man es sich recht überlegte, wurde ihm klar, brauchte er eigentlich gar nicht zu verstehen, was sich in jener Nacht zwischen ihm und Volpi abgespielt hatte. Es war etwas Seltsames vor sich gegangen. Dinge waren passiert. Man war schließlich in Italien. Alles, was er jetzt tun musste, war, das Angebot des Kardinals anzunehmen, zu tun, was von ihm verlangt wurde, und so seine Jungfräulichkeitsbescheinigung zurückzugewinnen. Denk an die Zukunft, Morris, lass die Vergangenheit ruhen. In dieser Welt galt: Jeder für sich, und den Letzten beißen die Hunde, und das würde, wenn es nach Morris ging, Zolla sein.

Schließlich war Mauro derjenige, der gegen drei Uhr mit den Gemälden eintraf. Was für ein seltsamer Kommunikationsweg, dachte Morris, durch einen Kardinal zu meinem Sohn. Zweifellos via Antonella. Die Kopie von Lippis kleiner Madonna war schnell ausgepackt, aber die andere Leinwand war leider nicht Artemisias *Judith und Holofernes*. »Sie haben vor etwa zehn Tagen ein paar Stücke abgeholt für die Ausstellung im Castelvecchio«, erklärte Mauro. Er hatte stattdessen Forbes' Kopie von Sardanopal mitgebracht. »Ich dachte, das könnte dich aufheitern«, sagte der Junge.

Der indische Fahrer mit dem Goldzahn war wieder dabei und half, indem er das große Bild hinter dem Sofa an die Wand lehnte. Hier war kaum genug Platz, um es aufzuhängen. Morris wartete, bis er weg war, ehe er seinem Sohn mitteilte, dass alle Gemälde im Kunstzimmer in seinem, Morris' Namen gekauft worden waren und seine schriftliche Erlaubnis erforderlich war, um sie irgendwohin zu verleihen.

»Du hast zu viel für Kultursponsoring ausgegeben«, überlegte Mauro. »Ich kürze das.«

Morris starrte ihn an, wollte protestieren, merkte dann aber, dass es ihm egal war. Stattdessen sagte er: »Und bitte mach deiner lieben Mutter klar, dass ich an der Annullierung unserer Ehe in keinster Weise mitwirken werde. Was Gott zusammengefügt hat, soll der Mensch nicht scheiden. Jedenfalls nicht, ehe wir ausführlich über den Grund gesprochen haben.«

»Unehrlichkeit«, sagte Mauro.

»Wie bitte?«

»Sie sagt, du hast ihr zum Zeitpunkt der Eheschließung ein paar wichtige Tatsachen über dich verschwiegen. Sie meinte, wenn du dich vor Gericht darüber streiten willst, kann sie gerne jede Menge Beweise beibringen.«

»Gericht! Die paar alten Priester?« Aber Morris entschied sich, die Aufmerksamkeit zu verlagern. »Gibt es etwas Neues von Massimina?«

»Nein.«

»Sie aktualisiert nicht mal ihre Facebook-Seite oder so?«

»Ich hab schon eine Weile nicht mehr geguckt«, gab Mauro zu. »Ich meine, da wir jetzt wissen, dass es ihr gut geht, sollten wir ihr Leben ihr überlassen, oder?«

»Ist deine Mutter nicht wütend, weil sie mit einem fünfunddreißig Jahre älteren Mann weggelaufen ist? Ein Mann, der vorgegeben hat, ihr Freund zu sein? So viel zum Thema Unehrlichkeit!«

Mauro stand an der Tür. Er wurde immer attraktiver. Seine Nase wurde dünner; die jugendliche Pummeligkeit verging allmählich.

»Mamma meinte, es spräche einiges für ältere Männer.«

»Ach ja? Was soll das denn heißen?«

Mauro zuckte die Achseln. »Eigentlich bin ich nicht so sicher, dass sie mit Stan zusammen ist.«

»Wie bitte? Warum ist sie sonst nach San Diego gegangen?«

»Vielleicht hat Stan ihr nur den Weggang ermöglicht …«

Noch vor ein paar Monaten wäre Morris hocherfreut gewesen, dass sein Sohn ein Wort wie Weggang benutzte.

»Wie meinst du das?«

Adrett gekleidet in einen nachtblauen Leinenanzug, schien der junge Mann eine Autorität zu besitzen, die seinem Alter voraus war.

»Sie wollte weg.«

»Wollen wir das nicht alle?«

»Sie war nicht glücklich.«

Morris wurde von dem ernsthaften Ton des Jungen auf den Boden zurückgeholt.

»Ich dachte, sie wäre dir egal.«

Mauro zuckte die Achseln. »Ich hatte selbst genug Probleme.« Er zögerte. »Sie hatte eine Freundin, Dad. *Un'amica.*«

»Aha. *Un'amica*?«

»Ich glaube, sie sind zusammen weggegangen.«

»Nicht *un amico*?«

»Nein.«

Morris holte tief Luft. Eine »seltsame Liebe« hatte das Mädchen gesagt.

»Giovanna, nicht wahr?«

Der Junge runzelte die Stirn. »Woher …«

»Und du weißt schon lange davon?«

»Sie dachte, sie würde nur kritisiert werden, wenn du und Mamma davon erführen. Stan hat ihr gesagt, in San Diego wäre es leichter.«

»Du wusstest die ganze Zeit, dass es ihr gut geht, und hast mir nichts davon gesagt!«

»Du warst im Gefängnis, *Papà.* Seit dem Morgen, an dem es passiert ist. Übrigens glaubt Mamma immer noch, dass sie mit Stan zusammen ist. Ich habe es ihr noch nicht gesagt.«

»Und sie ist nicht wütend?«

»Sie ist wütend auf dich«, sagte Mauro.

Sobald sein Sohn weg war, ging Morris wieder an den Computer und eröffnete ein E-Mail-Konto: holofernes@hotmail.com. Sein eigenes würde mit Sicherheit überwacht. Er wollte an Zolla schreiben. Natürlich konnte es sein, dass die Polizei auch die E-Mails des Professors überprüfte, aber was soll's.

Lieber Angelo,
endlich steht mir ein Computer zur Verfügung. Aber keine Angst, ich werde Sie nicht mit Geschichten aus meinem wechselvollen Leben belästigen. Zweifellos wird sich das Missverständnis bald aufklären. Ich wollte Ihnen nur zu den Webseiten über die Ausstellung gratulieren. Sieht aus, als würde alles bestens laufen. Nur noch einen Monat! Sie müssen stolz und aufgeregt sein. Ich war sehr beeindruckt von der Anzahl wichtiger Gemälde, die Sie schließlich akquirieren konnten. Wenn ich doch nur dabei sein könnte, wenn sie eintreffen!

Eine Frage habe ich aber, oder vielmehr, ich möchte Ihnen ein Angebot machen. Sind die Bildtexte alle fertig? Ich habe viel Zeit und kann gerne ein paar für Sie schreiben. Geben Sie mir Bescheid.

Hochachtungsvoll und mit den besten Wünschen
Morris

18

Morris starrte in die Dunkelheit. Einen Augenblick lang hatte er gehofft, er sei von einer Stimme aufgewacht, oder einer Berührung. Vielleicht war Mariella da. Oder Mimi hatte endlich wieder gesprochen. Er hatte sie an die Wand gegenüber gehängt. Aber stattdessen musste er nur pinkeln. Als er wieder im Bett war, lag er wach. Er wartete auf den Schlaf, wusste aber, dass er nicht kommen würde. Er spürte das an der Dunkelheit. Die Luft war nach einem Sommergewitter erfrischt und mit einer gewissen Dringlichkeit aufgeladen. Er war sich seines Daseins intensiv bewusst, spürte seine Anwesenheit, spürte, dass er aus Fleisch und Blut war, ein heikler, verwundbarer Morris in einer Welt, in der alles schiefgegangen war. Seine Frau hatte ihn verlassen. Seine wunderschöne Tochter war lesbisch. Sein Sohn verachtete ihn, mal angenommen, Mauro *war* sein Sohn. Die großartige Kunstausstellung, die seinem Leben einen Sinn hätte geben sollen, wurde zum Triumph eines Mannes, den er nicht leiden konnte. »Caro Morris«, hatte Zolla umgehend auf seine Mail geantwortet, »vielen Dank für Ihr großzügiges Angebot. Da ich selbst aufgrund des Ablebens des armen Giuseppe zu viele Verpflichtungen habe, habe ich unseren ortsansässigen englischen Schriftsteller Timoty Parkes gebeten, die Bildtexte zu schreiben. Ich hoffe sehr, dass Sie in der Lage sein werden, zu kommen und den Erfolg mitzuerleben! Mit freundlichen Grüßen, Angelo Zolla.«

Zum Teufel mit Parkes! Seltsam, dachte Morris, dass er und sein widerwärtiger Landsmann sich in so vielen gemeinsamen Jahren in der kleinen Stadt Verona nicht ein einziges Mal begegnet waren. Parksie der Fromme hat alles, dachte Morris: Geld, Ruhm, Freiheit; und ich nichts. Er lebt ein privilegiertes Leben, während ich von den Furien gejagt werde. Ich habe eine grandiose Idee, und er kriegt dafür die Anerkennung, obwohl der einzige Unterschied zwischen uns beiden darin besteht, dass ich einst gezwungen war, jemanden zu töten. Gebrandmarkt wie Kain. Parkes' Opfer war von Gott gnädiglich angesehen worden. Er war zweifellos Fleischesser. Das von Duckworth, dem Vegetarier, hingegen nicht. Plötzlich hatte Morris das Gefühl, es sei im Grunde Parkes' Schuld, dass er so leiden musste, so als gäbe es nur zwei Rollen, die ein Engländer in Verona spielen konnte, und indem er die eine für sich beansprucht hatte, die Rolle des Vielgepriesenen, die Rolle des Hochgeachteten, die Rolle des Künstlers, hatte Parkes Morris zu einem Leben in Niedertracht und Schurkerei verdammt.

Vielleicht eine Stunde lang lag Morris auf dem Bett und häufte so viel Brennstoff wie möglich auf den Scheiterhaufen seines Elends. Das Fenster stand offen, und die frische Nachtluft wehte Schwaden von Sauerstoff in die Glut seines Unglücks. Tatsache war, in der Via Oberdan hatte Morris Duckworth mit seiner wunderbaren Kunstsammlung, seiner unbescholtenen Frau, zwei rebellischen Kindern, einer dunkelhäutigen Geliebten, einem mürrischen Hausmädchen, ganz zu schweigen von seiner Stellung als Leiter einer der führenden Firmen der Stadt eine Identität besessen. Keine einfache: Natürlich hatte er eine Lüge gelebt, eine Vielzahl von Lügen; aber er wusste, welche Lügen das waren, worauf sie hinausliefen und wie er ihnen Richtung und Sinn verleihen konnte. Im Grunde genommen waren es die Lügen, die Notwendigkeit, sowohl das eine als auch das andere sein zu müssen, sowohl der aufrechte Vorstand eines wohlhabenden Haushalts als auch der promiskuitive mehrfache Mörder, die Morris am ehesten ein Gefühl von Selbst gegeben hatten. Aber hier in der Via Quattro Stagioni – sowohl seiner Pflichten als auch seiner Verderbtheit beraubt – war er verloren. Das Leben besaß keine Beständigkeit, außer der seines alternden Körpers, der an dieses öde, proletarische Ufer gespült worden war. Er war Treibgut nach einem Schiffbruch. Es gab nichts, woran sein Geist sich heften oder worauf er aufbauen konnte. Keine Ehefrau, keine Arbeit, keine Geliebte, kein Projekt, es sei denn, man zählte die Pistole mit, die man ihm in die Hand legen wollte. Er würde zum Auftragskiller werden. Kain hatte wenigstens für sich selbst gemordet.

Morris rebellierte. »Mimi!« Seine ganze Seele brüllte vor Kummer.

Lippis Madonna war im Dunkeln gerade so erkennbar. Wunderschön, heiter, fromm.

»Mimi, Mimi, Mimi!«

Warum wollte sie nicht sprechen?

Morris setzte sich auf. »Wenn du nichts sagst, rufe ich Sammy an«, drohte er. Entfernte Blitze flackerten über das Bild. Die Madonna rührte sich nicht. Es kam ihm so vor, als bestünde ein direkter Zusammenhang zwischen dem Antrag seiner Frau auf Annullierung ihrer Ehe und dem Abbruch der Beziehung zu ihrer lange verstorbenen Schwester. Es gab entweder beides oder keins von beiden.

»Ich werde sie nicht nur anrufen, sondern ich werde mich ihr *für immer* zuwenden«, beharrte Morris. »Ich werde dich und Antonella wegen Sammy verlassen! Ich werde ein neues Leben anfangen.«

Nichts.

Dies war also die berühmte dunkle Nacht der Seele, dachte

Morris. Nein, auch das war nur Illusion, zu edel und transformativ, um echt zu sein. In Wirklichkeit war es nur eine ganz gewöhnliche dunkle Nacht.

Samira also. Morris schaltete sein neues Telefon ein, aber natürlich war die Nummer des Mädchens nicht darin. Wo konnte er sie finden? Im Netz? Ein hübsches Mädchen wie Samira würde nicht so dumm sein, seine Nummer auf einer Chatline bekannt zu geben.

Wie also?

Dann fiel Morris ein, dass es so etwas wie die Online-Kontenverwaltung für Handys gab. Bestimmt hatte er sich da irgendwann mal angemeldet. Nackt ging er zurück ins Wohnzimmer an den Laptop. Während er darauf wartete, dass Windows hochgefahren wurde, wanderte sein Blick zu dem Durcheinander aus Körpern und Betttüchern in Delacroix/Forbes' *Sardanapal*, den Juwelen, den Waffen und geschnitzten Elefanten, dem tänzelnden Pferd, den schwarzen Sklaven und weißen Brüsten. Überall wohlfrisiertes Haar und nackte Hintern, eine opulente Kopflosigkeit aus Drama, Sex und Tod. Weiter hinten im Bild, oberhalb des Treibens, lag in einem weißen Nachtgewand auf seinem Bett ausgestreckt und im Begriff, die Karaffe Wein zu genießen, die ein junger Sklave auf einem Weidentablett brachte, der bärtige assyrische König und beobachtete die Orgie, etwa so, wie sich ein heutiger Schlafloser im Bett einen Pornofilm anschauen würde. Seine treuen Diener brachten seine süßen Konkubinen um, ehe die fremden Soldaten hereingestürmt kamen. Das ist der Unterschied zwischen diesem Schreiberling Parkes und mir, dachte Morris. Er guckt sich alles auf dem Bildschirm an, mit der Fernbedienung in der Hand, während er seinen von Grub Street gesponserten Wein schlürft; aber ich bin der Mann der Tat, der Mann, der einer schönen Frau einen Dolch in den Hals rammt, der auf Befehl mordet, ehe er selbst gemetzelt wird. Morris erschauderte vor Aufregung und Angst. »Parkes ist bloß ein frustrierter Zuschauer«, murmelte er. »Ich bin derjenige, der wirklich weiß, wovon er spricht.«

Und jetzt war Morris auf der Vodafone-Website. Er gab seine alte Telefonnummer als Benutzernamen ein. Passwort?

massimina

Nein.

ma22imina

Nein.

ma223m4na

Nein.

animissam

Ja! Willkommen bei Vodafone, Morris Duckworth. Es dauerte eine Weile, bis er herausgefunden hatte, wie er eine Anrufliste aufrufen konnte, aber schließlich hatte er es: *Dettaglio costi e traffico*. Er rief den Monat April auf, seine letzten Tage in Freiheit. Er würde ihre Nummer sofort erkennen, dachte er. Sie endete auf 33.

Hab ich dich!

Morris gab Samiras Nummer in sein neues Telefon ein. Wie es wohl sein würde, mit ihr zu sprechen? Hatte sie ihn ebenfalls verraten? Aber jetzt kam ihm noch ein anderer Gedanke. Warum schaute er sich nicht die Verbindungen des verhängnisvollen Samstagabends vom 28. April an? Er ging zurück zum Bildschirm und scrollte nach unten. Es waren mehrere Anrufe im Laufe des Nachmittags gemacht worden. Arbeit, kein Zweifel. Es wurden nur die Nummern gelistet, keine Namen. Dann eine längere Pause nach sechs, als das Telefon aus war. Das ergab Sinn. Dann, ja, um halb elf ein eingehender Anruf für Morris. Er erkannte die Nummer nicht. Wie interessant. Und gegen elf noch ein Anruf, von einer anderen Nummer. Auch unbekannt. Aber wie viele Nummern konnte man heutzutage schon noch auswendig? Dann nur noch ein weiterer Anruf, um halb zwei Uhr morgens. Das war spät. Die Nummer kam ihm allerdings bekannt vor. Morris blickte hoch zu den Assyrern, die in Öl ihr Gelage feierten. Denk nach! Er schaute wieder auf die Nummer und es fiel ihm ein. Massimina. Als sie in ihr anderes Leben aufbrach, hatte seine Tochter ihn angerufen. Verdammt. Wie lieb. Das Gespräch hatte drei Minuten gedauert. Was hatte Morris zu ihr gesagt, und was sie zu ihm? Hatte dieses Gespräch einen Einfluss auf das, was passiert war? Hat sie ihm von ihrer Entscheidung erzählt? War es möglich, dass Massimina ihm etwas über seine eigenen Aktivitäten an diesem Abend sagen konnte?

Morris starrte die Anrufliste an. Warum hatte die Polizei ihn nicht danach gefragt? Was dachten sie sich nur? Zwei Anrufe kurz vor und einer womöglich kurz nach dem Mord. Drei Leute, die ihm vielleicht sagen könnten, wo er zur fraglichen Zeit war. Angenommen, er hatte ihnen im Verlauf des Gesprächs wahrheitsgemäß mitgeteilt, wo er sich aufhielt. Seine Tochter dürfte ihr italienisches Telefon inzwischen weggeworfen haben, aber warum rief er die anderen Nummern nicht gleich mal an? Was hatte er zu verlieren?

Er wählte die erste. *Numero inesistente*, sagte die Tonbandstimme. Er überprüfte, ob er richtig gewählt hatte, und wählte noch einmal. *Numero inesistente.* Er rief die zweite Nummer an. *Il numero da Lei chiamato è inesistente.* Es war zum Verrücktwerden. Und noch einmal, *inesistente.* Zwei Nummern, von denen aus man ihn angerufen hatte, erst vor zwei Monaten, und jetzt war bei beiden die Leitung … tot.

Don Lorenzo und Volpi?

Morris wählte Samiras Nummer, entschied sich dann aber um und drückte schnell die rote Taste. Er hatte nicht den Nerv für ein Gespräch, das womöglich ein schlechtes Ende nehmen würde. Lieber eine SMS.

Liebe Sammy, liebst du mich noch? Ich habe meine Frau verlassen. Ich gehöre ganz dir. Komm zu mir in die Via

Quattro Stagioni 18, Aufgang b, #4. Lass dich nicht sehen, und nicht klingeln. Ich stehe unter Hausarrest. Geh durch die Tiefgarage ins Haus, wenn ein Auto hineinfährt, und KLOPFE LEISE an meine Tür. NICHT KLINGELN.

Eine Stunde später traf sie ein, obwohl sie anscheinend schon fünfzehn Minuten lang geklopft hatte, leise, ehe Morris aufgewacht war. Er war verblüfft, wie schnell sie gekommen war, und sehr beeindruckt, weil sie geduldig genug gewesen war, um nicht zu klingeln.

»Die Wohnung ist verwanzt«, flüsterte er.

»Mein süßer paranoider Schatz«, gurrte sie.

So viel zu den Regeln bei Hausarrest, dachte Morris.

Kaum war sie da und er sah, roch und berührte sie, waren alle Zweifel verflogen. Samira war sein Mädchen. Auch sie verlangte keine Erklärung. Als hätte es nicht zwei Monate Funkstille gegeben, und keine Anklage wegen Mordes. Oder vielleicht war es gerade das, was diesen Augenblick so aufregend machte. Schweigend gingen sie zum Bett und liebten sich. Wieder einmal wechselte Morris wesentlich schneller, als er es je für möglich gehalten hätte, von Verzweiflung zu Verzückung. Hinterher saßen sie auf dem Einzelbett, tranken Bier und unterhielten sich flüsternd.

»Du gehörst also mir«, sagte sie lächelnd. »Jetzt hast du es versprochen. Ich habe es schriftlich.«

»Ich stehe unter Arrest«, erinnerte Morris sie. »Ich bin des Mordes angeklagt. Und wenn ich meine Frau verlasse, werde ich einen Großteil meines Vermögens verlieren.«

Sie schüttelte ihr schwarzes Haar. »Morris, du hast nie geglaubt, dass ich dich liebe, oder?« Sie hatte eine tolle Art, ihre strahlenden Augen in liebevollem Spott zusammenzukneifen. »Du hast immer geglaubt, es geht mir nur um dein Geld.«

»Reine Bescheidenheit«, sagte Morris vorsichtig. »Du bist

viel zu schön, um einen narbigen alten Mann wie mich zu lieben, Sammy.«

»Du kommst mir gar nicht alt vor«, murmelte sie. Sie fuhr mit der Zungenspitze über seine Wange, an seiner Narbe entlang. »Du bist eher wie ein ungezogener kleiner Junge, der sich dauernd Ärger einhandelt.«

Das war alles zu schön, um wahr zu sein.

»Sag mir die Wahrheit über dich und Tarik«, bat er. »Sag mir, wo ihr hingefahren seid, als ihr an dem Vormittag das Museum verlassen habt. Die Geschichte mit dem Onkel war natürlich Quatsch. Du wusstest etwas von Volpi, nicht wahr?«

Sie lehnte sich zurück. »Morris! Du willst wirklich nicht glücklich sein, oder?«

»Ich muss es wissen«, sagte er. »Vor allem nach dem, was am Abend zuvor mit Tarik passiert ist.«

Die Araberin schmunzelte. »Du warst fantastisch.«

Morris war verwirrt. »Komm schon, sag es mir. Ihr seid gar nicht Bruder und Schwester, nicht wahr?«

Sie schüttelte den Kopf. »Ich hoffe, hier sind tatsächlich Wanzen, sonst werden wir uns ziemlich albern vorkommen, weil wir die ganze Nacht geflüstert haben.«

»Definitiv sind hier welche.«

»Woher willst du das wissen?«

Morris beschloss, ihr von Mariellas Besuch und, entsprechend zensiert, der Unterredung mit dem Kardinal zu erzählen. »Ich traue ihnen nicht«, schloss er ein paar Minuten später, »aber ich glaube ihnen. Falls du den Unterschied verstehst.«

»Italien!« Samira runzelte die Stirn. »In diesem Land hat sich seit Cesare Borgia nicht das Geringste verändert.«

Nicht umsonst, erkannte Morris da, hatte er sich eine Ausländerin zur Gefährtin gewählt. Mit den Italienern war er fertig. Oder war das alles hier ein Traum? Vor achtundvierzig Stunden saß er noch in Einzelhaft.

»Kneif mich«, forderte er sie auf.

Sie griff mit manikürten Fingernägeln unter seinen Hodensack. Morris kicherte.

»Schschsch.«

»Okay, Liebestest!«, verkündete er.

Samira beugte sich vor, um die Spitze ihrer Hakennase an seine Nase zu legen. »Muss ich durchs Feuer gehen?« Sie kicherte. »Oder nur, mhmm, einen Liter Sperma schlucken?«

»Ich werde dir die Wahrheit sagen über den Abend, an dem Volpi ermordet wurde. Jedenfalls meine Wahrheit.«

Samira rückte ein Stück ab, zog das Laken über ihre Taille und wurde sehr aufmerksam.

»Ich habe keine Ahnung, was geschehen ist«, sagte er.

Sie schmollte. »Zieh mich nicht auf!«

»Tu ich nicht. Die Wahrheit, die ich dir sage, besteht darin, dass ich mein Gedächtnis verloren habe.«

»Verarsch mich nicht, Morris.«

Dann gab Morris Duckworth endlich einem Bedürfnis nach, das seit vielen Wochen immer stärker geworden war. Er zeigte sich dem Mädchen in seiner ganzen Verwundbarkeit. Er erzählte ihr von der Gedächtnislücke zwischen ihrem Dreier am Samstagabend und dem Aufwachen am Sonntagmorgen. Er erklärte, dass er zwei Wochen zuvor schon einmal das Gedächtnis verloren hatte, nachdem er in Anwesenheit seines amerikanischen Freundes Stan in Ohnmacht gefallen war. Aber das hier war drastisch. Fast zwölf Stunden. Morris gab zu, dass er sogar vermutet hatte, Tarik könne für den Mord verantwortlich sein.

»Das ist nicht dein Ernst.«

»Doch.«

Schließlich erzählte er ihr noch, was der Kardinal ihm gestern Abend angeboten hatte. Um ihm aus der Patsche zu helfen.

»Kannst du dir das vorstellen? Dass ich jemanden umbringe?«

Samira zögerte nicht. »Und ob«, sagte sie lächelnd. »Du bist ein besonderer Mensch, Morris. Deshalb liebe ich dich.«

Als sie ihn erneut in ihre weichen, starken Arme zog, wurde Morris klar, dass die Nacht langsam alt wurde. Das Mädchen sollte lieber gehen. Andererseits konnte es sehr gut sein, dass die Wohnung gar nicht überwacht wurde. Die Polizei hatte ihm einfach seinen Pass abgenommen und ihn hier bis zur Verhandlung geparkt. Für sie war der Fall geklärt und abgeschlossen.

Zwanzig Minuten später, nachdem Samira dem Bidet einen Besuch abgestattet und auf dem Rückweg aus der Küche noch ein Bier geholt hatte, war sie in einer ganz anderen Stimmung. Nüchtern und sachlich.

»Tarik ist ein früherer Freund von mir«, sagte sie, als sei das immer klar gewesen. »Ich habe ihn als meinen Bruder ausgegeben, damit du nichts dagegen hast, dass er mit in der Wohnung wohnt. Er wusste nicht wohin.«

»Aber …«

»Du glaubst doch wohl nicht, dass ich mich auf einen Dreier mit meinem eigenen Bruder einlassen würde, oder?«

Morris erinnerte sich an einen Bertolucci-Film, in dem so etwas tatsächlich vorkam, beschloss aber, es nicht zu erwähnen.

»Ich gebe zu, dass wir einander manchmal getröstet haben. So was passiert, wenn der Mann immer weg ist *und* verheiratet ist *und* Kinder hat *und* eine große Firma leitet *und* eine Kunstausstellung *und* sich für Gott hält. Schschscht!« Sie legte einen Finger auf seine Lippen. »Aber ich habe immer gewusst, dass du derjenige bist, den ich wirklich liebe, und Tarik hat das akzeptiert. Schließlich hat er seinen Dschihad, an den er denken muss. Er ist viel zu ernst.«

»Wie habt ihr beide Volpi kennengelernt?«, fragte Morris.

Das Mädchen seufzte. Vor dem Fenster wurde der leicht bewölkte Himmel heller.

»Als ich Tarik von unserem Besuch im Castelvecchio erzählt habe, hatte er anscheinend schon von Volpi gehört. Er sagte, er wolle ihn kennenlernen.«

»Warum?«

»Er dachte, er könnte sich ein bisschen leichtes Geld verdienen. Und ihn Freunden vorstellen.«

Morris starrte sie an.

Samira wurde deutlich: »Tarik verfolgt eine ziemlich unangenehme Strategie, um seinen Lebensunterhalt zu bestreiten. Das ist ein Grund, warum ich ihn verlassen habe. Ich schätze, er hat erkannt, dass Volpi ein Sexschwein war.«

Morris war schockiert. »Ich dachte immer, er wäre ein mustergültiger Muslim in einer bösen westlichen Welt.«

Sie runzelte die Stirn. »Was du bei Tarik verstehen musst, ist, je mehr er sich erniedrigt, desto heiliger wird ihm der Islam. Er hat jede Menge seltsamer Freunde unter den Imams und den Perversen. Eines Tages wird er die einen benutzen, um die anderen büßen zu lassen.«

»Büßen?«

»Er malt sich manchmal aus, sie alle zu erschießen.«

»Warum wart ihr an dem Abend nackt, als ich ankam?«, fragte Morris.

»Es war warm!«, sagte sie lachend. »Tarik hat jemanden erwartet. Er hatte mich gebeten, ihm zu helfen, in Stimmung zu kommen. Und das Gras hat natürlich auch eine Rolle gespielt.«

»War dieser Jemand Volpi?«

»Nein, nicht Volpi.«

Es entstand eine Pause. Das Tageslicht kroch verstohlen über ihren braunen Körper. Sie sollte längst gegangen sein.

»Ich fand es toll, als wir alle drei miteinander geschlafen

haben. Du solltest dich nicht aufregen. Solche Sachen passieren eben manchmal.«

»Du hast dich am nächsten Morgen über mich lustig gemacht.«

»Es macht Spaß, sich über dich lustig zu machen!«

Morris war entschlossen, ruhig zu bleiben. »Bitte«, bat er, »erzähl mir alles, was du von dem Abend noch weißt. Nach dem Dreier. Wann habe ich eure Wohnung verlassen? Seid ihr beide an dem Abend ins Castelvecchio gegangen?«

»Du lieber Himmel, Morris. Warum sollten wir?«

»Erzähl mir einfach, was du von dem Abend noch weißt.«

»Was ist das Letzte, woran du dich erinnern kannst?«

»Wir haben uns zu dritt geliebt, dann bin ich eingeschlafen. Als Nächstes bin ich auf meinem Sofa zu Hause aufgewacht.«

Sie seufzte. »Während du geschlafen hast, ist Tariks ›Freund‹ gekommen. Der Typ, den er treffen wollte, als du kamst. Wir hatten Sorge, dass er dich sehen könnte, deshalb hat Tarik sich angezogen, ihn an der Tür abgefangen und ist ausgegangen.«

»Es war nicht Volpi?«

»Hab ich doch gesagt! Dann, nach etwa einer halben Stunde …«

»Weißt du wirklich nicht, wer es war? Hast du ihn nicht gesehen?«

Samira runzelte die Stirn. »Groß, schlank, vielleicht Anfang vierzig. Anzugträger. Ah, Schnurrbart, sah verlegen aus. Ich dachte, Tarik hat Glück gehabt.«

»Aha.«

Sie legte den Kopf schief. »Weißt du, wer das ist?«

»Vielleicht. Aber du sagtest gerade, nach etwa einer halben Stunde …«

»Haben wir noch einmal miteinander geschlafen …«

»Unmöglich!«

»Das war das Koks, Morris. Ich habe dir ein bisschen Koks gegeben. Eigentlich eine ganze Menge. Du warst wild.«

Oh, diese strenge Moslemjugend. Morris schüttelte den Kopf.

»Wie auch immer, dann sind wir zum Essen ausgegangen. In die Trattoria an der Piazza San Zeno. Du hast immer wieder gesagt, dass du nach der Ausstellung definitiv deine Frau verlassen würdest. Und ich habe gesagt, warum nicht davor, und du hast gesagt, weil du keinen Skandal vor der Ausstellung willst, und ich habe gesagt, dass das nur eine Ausrede ist und dass du nach der Ausstellung einen neuen Grund finden würdest, um es zu verschieben. Es war ein schöner Abend, und die Leute schauten uns an, und zum ersten Mal schien es dir nichts auszumachen. Vermutlich wegen dem Koks. Vielleicht kann Koks eine Amnesie auslösen. Ich glaube mich zu erinnern, dass wir zwei im Badezimmer noch eine Line gesnifft haben, und dann …«

»Habe ich einen Anruf erhalten.«

»Du erinnerst dich ja doch!«

»Ich habe meine Vodafone-Verbindungsliste gelesen. Habe ich gesagt, von wem er war?«

Sie runzelte die Stirn und versuchte sich zu erinnern. »Ja, hast du. Du hast komische Geschichten von einem alten Priester erzählt, von dem du glaubtest, er wäre der Liebhaber deiner Frau. Wir haben uns totgelacht.«

»Der Liebhaber der Mutter meiner Frau doch wohl eher.«

»Du hast gesagt, von deiner Frau, eindeutig.«

Morris war perplex. »Und dann?«

»Nach dem Anruf hast du gesagt, du müsstest gehen«, fuhr sie fort. »Angeblich wollte er dich dringend treffen. Wegen irgendeinem Bild, das jemand malen sollte.«

»Ein Bild!« Wann hatte Don Lorenzo Morris je wegen eines Bildes angerufen? Das konnte nicht stimmen. »Nicht wegen irgendeines Clubs?«

»Nicht dass ich wüsste. Ich habe dich gefragt, ob ich mitkommen kann, und du hast Nein gesagt, und wir haben uns gestritten deswegen.«

»Wie spät war es da?«

»Du bist vermutlich so gegen elf gegangen«, sagte Samira. »Ehrlich gesagt war ich stinksauer.«

19

Die Polizei kam um acht Uhr. Als Morris sie hereinließ, hatte Samira ihre Sachen zusammengesammelt und saß unten im Schlafzimmerschrank, dem einzigen Versteck in der winzigen Wohnung.

»Wie geht es uns heute Morgen, Miester Dackwert?«, fragte der ältere der beiden. »Ich habe geschlafen«, sagte Morris, um zu erklären, warum es so lange gedauert hat. Er drehte sich um und ließ das Telefon vom Tisch in die Tasche seines Morgenmantels gleiten. »Ich kann Ihnen gar nicht sagen, wie froh ich bin, aus dem Gefängnis heraus zu sein!«

»*Complimenti*«, sagte der Beamte und zog seine Hosen ein Stückchen höher. Er war gut gebaut, schwerfällig und gab sich übertrieben ungezwungen, dachte Morris.

Der jüngere war diensteifriger und schaute sich im Zimmer um.

»Sie wissen hoffentlich, Signor Dackwert, dass Sie keine E-Mail und keine Chatlines benutzen dürfen«, bemerkte er und zeigte auf den Laptop.

»*Naturalmente*«, sagte Morris. »Ich habe gegen mich selbst Schach gespielt.«

»Wir brauchen die IP-Adresse«, sagte der Polizist.

Morris fragte, ob er ihnen einen Kaffee anbieten durfte.

Der jüngere Mann, der einen seltsam ernsten, intellektuellen Gesichtsausdruck hatte, machte jetzt die Tür zum Rest der Wohnung auf.

»Schauen Sie sich gern überall um«, rief Morris leichthin.

»Ja, ich hätte gern einen Kaffee«, sagte der ältere Mann. Er setzte sich aufs Sofa und reckte den Hals, um sich Sardanapal anzusehen, der noch auf dem Fußboden stand. »Ganz schön was los da«, bemerkte er.

»Eine assyrische Variante des Hausarrests«, sagte Morris lachend.

Während er den Espresso vorbereitete, fing er an, dem Beamten die Geschichte zu erzählen. Der andere Mann öffnete noch eine Tür. Die zum Schlafzimmer?

»Vom Feind umzingelt, beschloss er, eine letzte Orgie zu feiern.«

»Klingt nach Berlusconi«, sagte der Beamte und lachte.

»Mit oder ohne Milch?«, rief Morris dem anderen zu. Während er sprach, fiel ihm Samiras Handtasche auf dem niedrigen Tisch an der Tür ins Auge.

»Soll ich auch Milch aufsetzen?«, wiederholte Morris unschuldig seine Frage.

Man hörte, wie Möbel gerückt wurden, oder vielleicht ein Fenster aufgemacht.

Dieses Mal antwortete der ältere. »Nicht für mich.«

»Kekse?«, rief Morris.

»Wir hatten erwartet«, sagte der Beamte, »dass Sie in Ihrer Stellung, Signore, in einer, ähm, weniger bescheidenen Bleibe unterkommen würden.«

Was machte der andere Polizist bloß so lange?

»Im Gegensatz zum assyrischen König«, sagte Morris unbekümmert, »gehört das Familiendomizil nicht mir, sondern meiner Frau; sie hat meine Abwesenheit genutzt, um die Trennung einzuleiten.«

»Sehr weise«, sagte der Beamte irritierenderweise. Hatte er verstanden, worum es ging? »Niki!«, rief er, »Niki, komm her und sieh dir dieses verrückte Bild an.«

Keine Antwort.

Nicht nachschauen gehen, befahl sich Morris. Er wusch die Kaffeetassen im Spülbecken ab. Und nicht versuchen, die Handtasche verschwinden zu lassen. Auch nicht die Zigaretten. Samira hatte eine Schachtel Diana neben dem Computer auf dem Tisch liegen lassen. Ob sie wussten, dass er nicht rauchte? Und seit wann rauchten Männer Diana?

Gerade als der Kaffee brodelnd hochkam, hörte man die Toilettenspülung. Morris atmete tief ein und genoss die Erleichterung, obwohl er es ärgerlich fand, dass der Mann nicht vorher gefragt hatte.

»Zigarette?« Er kam plötzlich zu dem Ergebnis, dass es von Vorteil sein könnte, wenn sie ihn für effeminiert hielten.

»Danke, ich rauche lieber meine eigenen, wenn Sie nichts dagegen haben.«

Der jüngere Mann kam zurück und wirkte etwas entspannter. Morris bot an, die IP-Adresse herauszufinden, während die beiden rauchten und sich über das Gemälde amüsierten.

»Die möcht ich mal ficken«, bemerkte einer über die Paola-Doppelgängerin mit dem Messer an der Kehle. Der jüngere Polizist machte eine Geste, als greife er in eine Handvoll Arsch. Keiner von beiden schien es komisch zu finden, dass Morris ihnen eine Untertasse als Aschenbecher gebracht hatte.

»*Centonovantenove, trecentosessantadue, zeroventisette*«, trällerte er. »Ich werde es Ihnen aufschreiben.«

Kaum waren sie weg, zog er sich wieder aus und öffnete die Schranktür nur einen Spalt, sodass Samira Blick als Erstes auf …

»Mhmmmm, Schwanz«, sagte sie lachend.

Nachdem das gerade noch mal gut gegangen war, beschloss Morris, ruhiger zu werden. Es musste sein. Tag für Tag surfte er stundenlang im Internet. Was gab es sonst zu tun? Er war überrascht, wie wenig die Zeitungen über den Mord geschrieben hatten. Die italienische Presse haute bei solch makabren Dramen normalerweise schwer auf den Putz. Tatsache war, dass der Fall mit Morris' Verhaftung allgemein als gelöst angesehen wurde; es habe einen bitteren Kampf um das Sagen im Museum gegeben, schrieben die Journalisten, und dazu eine tiefe persönliche Feindschaft. Der Leichnam sei in einer Stellung zurückgelassen worden, die an eine Radierung erinnere, die sich im Besitz des Engländers befinde. Morris Duckworth sei für seine skurrilen psychischen Macken bekannt, und man rechne damit, dass er ein psychiatrisches Gutachten verlangen und auf verminderte Schuldfähigkeit plädieren würde.

Was für ein unglaublicher Schwachsinn! Morris schüttelte den Kopf. Skurrile psychische Macken! Zum Beispiel? Eine erfolgreiche Firma zu leiten? Konnte es sein, fragte er sich, dass die gesamte italienische Presse zensiert und kontrolliert wurde? Um jede Erwähnung der *confraternità* zu vermeiden?

Wesentlich begieriger las er alles, was er über *Der gemalte Tod* finden konnte. Auf der Website des Castelvecchio stand eine vollständige Liste aller Gemälde, die zur Ausstellung gehörten. Morris downloadete Fotos der Gemälde und setzte eine PowerPoint-Präsentation auf. Was für Texte wären wohl am wirksamsten, überlegte er. »Erste Menschen, erster Mord«, tippte er neben Tizians *Kain und Abel.*

»Nicht jeder kann Gott gefallen, und es ist hart, wenn der eigene Bruder zum Favoriten des Allmächtigen wird. Erschlag ihn! Tizian fügt einen stürmischen Himmel hinzu und zeigt uns die Tat aus einem niedrigen Blickwinkel. Blutig und brutal, aber ästhetisch hochinteressant. Jetzt kann Gott Kain verstoßen, die

Welt hat ihren ersten Flüchtling und die Geschichte kommt ins Rollen.«

Morris gefiel das. 378 Zeichen. Kurz und bündig und provokativ. Auf einer kleinen Tafel daneben könnten die technischen Einzelheiten stehen. Er rief *Judith und Holofernes* auf und schrieb. »Tod schick gemacht! Hier haben wir es mit zwei Waffen zu tun, der weiblichen Schönheit und dem Schwert. Schmuckbehangen und geschminkt schlägt Judith mit Gottes Segen zu. Holofernes hat es verdient, denn er will die Kinder Israels vernichten und eine brave Frau verführen. Artemisia Gentileschi, die selbst als Teenagerin vergewaltigt wurde, hat diesen Mord immer und immer wieder mit wachsender Begeisterung gemalt. Wir sehen es gern, wenn eine Frau einen gerechten Mord begeht.«

Morris passte hier und da noch ein Wort an und formulierte ein paar Kleinigkeiten um. 470 Zeichen. Vielleicht noch ein bisschen lang. Ließ es sich noch um ein, zwei Wörter kürzen? Das war ein ausgesprochen angenehmer Zeitvertreib.

Als Nächstes war Sickert dran. Die Camden Town Murders sollten definitiv als Gegenüberstellung zu Judith gehängt werden, dachte er. Es war faszinierend, wie der Pointillismus des Malers sich mit der Atmosphäre von Niederlage und Trauer verzahnte, ganz anders als Gentileschis tödlich ausgeprägter Pinselstrich.

»Wer war's!« So musste es anfangen. »Der Ripper sitzt neben seinem nackten Opfer, den Kopf gesenkt, Gesicht und Identität verborgen, ein Mann, der von seiner eigenen kranken Libido besiegt wurde. Die Frau ist nicht schön, außer in ihrem gemalten Tod. Wenn Sickert selbst kurz als Mörder verdächtigt wurde, dann deshalb, weil wir alle die Verbindung zwischen dem kriminellen und dem künstlerischen Impuls spüren. Beide machen aus einer Frau nichts als ein regloses Objekt.«

434 Zeichen.

Plötzlich ausgesprochen zufrieden mit sich und wild entschlossen, die Ausstellung, *seine* Ausstellung, auf alle Fälle zu besuchen, öffnete Morris Parkes' Website. Er klickte auf die Kontaktseite und mailte ihm ein halbes Dutzend Texte. »Lieber Mr Parkes«, schrieb er. »Professor Zolla hat mich darüber informiert, dass Sie die Texttafeln für die Ausstellung *Der gemalte Tod* verfassen werden. Da die Idee zu dieser Ausstellung von mir stammt und ich ursprünglich die Texte selbst verfassen sollte, dachte ich, Sie möchten die, die ich bereits vorbereitet hatte, vielleicht lesen. Sollten Sie einige davon verwenden oder sich hier und da ein paar Rosinen herauspicken wollen, so habe ich nichts dagegen. Mit Hochachtung und freundlichen Grüßen, Ihr Mit-Veroneser und Landsmann Morris Arthur Duckworth.«

Fairer konnte man nicht sein, dachte Morris, und er kam zu dem Schluss, dass man den Kindsmord von Bethlehem mit den vielen Amokläufen in amerikanischen Schulen vergleichen sollte. Kinder en masse zu töten war ganz offensichtlich eine archetypische Fantasie. Etwas, das ich mir nie habe zuschulden kommen lassen, überlegte er und hatte gerade angefangen zu schreiben, als bereits eine Antwort von Parkes eintraf.

»Lieber Morris (wenn ich so frei sein darf),

wie schön, von Ihnen zu hören. Selbstverständlich habe ich Ihre Karriere jahrelang mit Interesse verfolgt und mit Bedauern vernommen, dass Sie kürzlich erneut mit dem Gesetz in Konflikt geraten sind. Es wäre ein trauriger Tag für die englische Gemeinschaft in Verona, wenn man Sie tatsächlich für schuldig im Sinne der Anklage befinden würde. Was die Texttafeln betrifft, so werde ich sie mit Sicherheit im Hinterkopf behalten, obwohl ich den Vergleich zwischen Mörder und Künstler im Falle von Sickert etwas weit hergeholt finde. Sicher, die Frau ist tot und wird gemalt, aber sie wurde nicht von Stift und Pinsel getötet. Jedenfalls vielen Dank für die Texte. Ihr Freund Zolla hat mir eine unmögliche Deadline gesetzt, daher werde ich einige davon sicher gut gebrauchen können. Wenn ich mich irgendwie erkenntlich zeigen kann, lassen Sie es mich wissen. Und *buona fortuna*!«

Gut gebrauchen können! Morris hatte Briefschreiber, die sich erdreisteten, einen unter dem Deckmantel eines »wenn ich so frei sein darf« mit dem Vornamen anzusprechen und dann nicht mal mit ihrem eigenen unterschrieben, noch nie gemocht. Er antwortete: »Vielen Dank für diese schnelle Antwort, Mr Parkes. Der Pinsel tötet vielleicht nicht, aber er balsamiert auf jeden Fall den Leichnam ein. Können Sie sich irgendwie erkenntlich zeigen? Finden Sie heraus, wer Doktor Volpi tatsächlich umgebracht hat!«

Am selben Nachmittag kam Carla Cogni, Morris' Anwältin, in Begleitung zweier Polizisten vorbei. Die mollige Fünfundvierzigjährige im eng anliegenden Rock tat wahnsinnig viel mit ihren Händen – sie machte sich Notizen, zündete sich Zigaretten an, schrieb SMS und hantierte mit zwei Brillen, die sie um den Hals trug und ständig wechselte, je nachdem, was sie mit ihren harten, glänzenden Augen gerade anschauen musste.

»Die gute Nachricht«, teilte sie ihm sogleich mit, »ist, dass wir einen frühen Verhandlungstermin bekommen haben. 10. Juli.«

Der zehnte! Das war nur vierundzwanzig Stunden nach der Eröffnung von *Der gemalte Tod*. Morris verstand nicht ganz, was an diesem plötzlichen Tempo so positiv war. Er fing gerade an, den Hausarrest zu genießen.

»Die Ergebnisse aus der Gerichtsmedizin sind auch gut«, sagte sie, während sie ihre Papiere durchblätterte und mit einem Bleistift spielte. »Ich will Sie nicht mit Einzelheiten über Blutgerinnung und Hämatome langweilen, aber wie es aussieht, war der Tote bereits entkleidet und saß auf dem Sessel, als er erstochen wurde. Es wird klar sein, dass Ihr Geständnis erfunden war.«

»Dieser Teil davon«, erwiderte Morris.

»Natürlich rechnen wir damit, dass Ihre Frau aussagt, dass Sie den fraglichen Samstagabend mit ihr auf dem Sofa verbracht haben. Und hoffentlich auch die Kinder und das Hausmädchen. Ich gehe davon aus, dass es da kein Problem geben wird? Aussagen von Familienmitgliedern werden nicht sehr hoch bewertet, aber wenn wir sie nicht bekommen, könnte das schädlich sein.«

Carla schaute ihren Klienten blind durch ihre Lesebrille an, wodurch ihre glänzenden Augen ziemlich grotesk wirkten, dachte Morris. Tatsächlich hatte er mittlerweile das Gefühl, dass das alles nicht mehr wichtig war. Wenn er nicht tat, was der Kardinal & Co. verlangten, würde man ihn schuldig sprechen. Und wenn er es tat, würde es nicht mehr nötig sein, sich zu verteidigen. Die Anklage würde sich in Luft auflösen. So wie bei seinem Sohn.

»Antonella hat mich rausgeworfen«, erinnerte er sie.

»Ein Ehekrach ist wohl kaum ein Grund für sie, einen Meineid zu leisten«, sagte die Anwältin lächelnd. »Schließlich ist es auch nicht in ihrem Interesse, dass der Vater ihrer Kinder des Mordes für schuldig befunden wird.«

»Sie weigert sich, mich zu treffen«, beharrte Morris. »Ich weiß nicht, was sie aussagen wird. Und ich kann mich ehrlich nicht erinnern, ob ich an dem Abend die Kinder oder das Hausmädchen gesehen habe.«

»Aber da Sie tatsächlich an jenem Abend bei ihr zu Hause waren, wird sie das sicherlich auch aussagen, unter Eid. Oder?«

»Vermutlich schon«, stimmte Morris zu und sagte dann noch: »Carla, sehen Sie, ich bin ziemlich deprimiert. Es erscheint mir alles so hoffnungslos. Ich bin reingelegt worden, das ist die Wahrheit. Es ist alles ein abgekartetes Spiel. Niemand, der mich kennt, würde jemals glauben, dass ich zu so einer Tat fähig bin.«

Carla lachte. »Genau das werden wir vor Gericht auch sagen. Und man wird uns glauben. Man macht sich nicht die Mühe, jemanden unter so seltsamen Umständen zu töten, wenn man damit nicht eine besondere Botschaft an seine Feinde übermitteln will. Diese Art von Mord hat nichts zu tun mit einer persönlichen Meinungsverschiedenheit über das Kuratieren einer Ausstellung. Sie hat vielmehr mit Freimaurerei zu tun, oder mit dem organisierten Verbrechen, oder mit beidem. Irgendwo hat irgendjemand das Ganze als eine verschlüsselte Nachricht verstanden.«

»Dafür haben wir keine Beweise.«

»Es ist nicht unsere Aufgabe, Beweise beizubringen, sondern ihre. Wir zeigen nur, dass Sie ein einzelner Engländer sind, der mit all dieser italienischen Gaunerei nie etwas zu tun hatte.« Carla schmunzelte: »Was die Beweislage angeht, wissen wir allerdings inzwischen, dass Volpi eine Stelle in Reggio Calabria verlassen hat, weil er beschuldigt wurde, einen jungen männlichen Mitarbeiter belästigt zu haben, und eine weitere in Bari, weil zwei Kunstwerke, für die er verantwortlich war, verschwunden sind. Er ist in Cagliari von der Universität geflogen, weil er Examensfragen verkauft hat, und aus dem Museum in Crotone, weil er bei der Vergabe des Auftrags für die Alarmanlage ein Schmiergeld genommen hat.«

»Und?«

»Und trotzdem hat er die Stelle als Leiter des Castelvecchio bekommen. Was sagt uns das?«

Morris starrte sie an. »Dass sie dort ein lausiges Auswahlverfahren haben.«

Die Anwältin lachte herzlich. »Wir wissen auch, dass er seinen letzten Urlaub mit Zolla verbracht hat, in ein und derselben Suite in einem Hotel in Benghazi.«

»Benghazi!«

»Ja.«

»Aber warum sollte irgendwer Urlaub in Benghazi machen wollen?«

»Diese Frage, Morris, brauchen wir uns wirklich nicht zu stellen. Hauptsache, wir können jetzt zweifelsfrei beweisen, dass er eine intime Beziehung zu Zolla hatte, die eindeutig umgeschlagen war, wenn Zolla weinend auf dem Boden in Volpis Büro gesessen hat. Der jüngere Mann fühlte sich gedemütigt. Er hatte ein Mordmotiv.«

Morris schüttelte den Kopf. »Carla, ich bin in Ihren Händen«, sagte er. »Ich habe Ihnen alles gesagt, was ich weiß. Alles Weitere liegt bei Ihnen.«

Die Anwältin sammelte ihre Papiere ein und erhob sich. »Wir werden Ihren Namen reinwaschen, Signor Duckworth«, versicherte sie ihm. »Glauben Sie mir, Sie werden den Gerichtssaal als freier Mann verlassen.«

Gegen sieben Uhr an diesem Abend, als er gerade ein Risotto mit Radicchio aß und sich im Radio die Abendnachrichten anhörte und dabei Fotos von VIPs in Bademode auf der Homepage des *Corriere della Sera* durchsah, wurde ein Zettel unter der Tür hindurchgeschoben.

»Bitte kommen Sie nach Mitternacht in den sechsten Stock; dort wird Ihre Anwesenheit gewünscht.«

20

Morris wartete auf Samiras Klopfen und sagte ihr, sie müsse für eine Weile allein bleiben. Er war nach oben gerufen worden. Er war spät dran. Das Mädchen wurde nachdenklich.

»Vergiss nicht, Morris, wenn du es wirklich willst, dann bin ich bei dir«, sagte sie. »Ich werde dir jede Hilfe geben, die du brauchst.«

Morris war gerührt. Als er die Treppe hinaufstieg, fiel ihm sein wiederkehrender Holofernes-Traum ein. Würde Samira ihn verraten, so wie Antonella es getan hatte? Seine Frau hatte die Halsschlagader durchtrennt, und jetzt gab er seiner Mätresse die Gelegenheit, ihm den Kopf abzuhacken. Nicht gerade ein Bild, das er gerne sehen würde.

Mariella öffnete in einem hellblauen Schlafanzug die Tür; sie trug keinen BH, und ihr Haar hing ihr lose auf die Schultern.

»Sie sind verspätet, Dottor Duckworth.«

»Auf der Einladung stand: nach Mitternacht.«

Es war Viertel nach eins. Morris spielte den verlegenen älteren Mann. »Ich bin kurz eingeschlafen.«

Im Wohnzimmer saßen zwei Männer in einer Qualmwolke und spielten Karten.

»*Buona sera*«, sagte der Bürgermeister.

Morris zeigte nicht mal einen Funken Überraschung. So viel hatte er aus den Ereignissen der letzten Zeit doch gelernt. Das Zimmer sah aus, wie er es in Erinnerung hatte, gedämpftes Licht, ordentlich aufgereihte und abgestaubte Fotos und die düster glänzenden Möbel. Man hatte in den Wohnungen gut situierter Veroneser immer das Gefühl, als würde gleich die Messe gelesen.

»Machen Sie doch Dottor Duckworth einen Drink«, sagte eine heisere, heilige Stimme. In seinem roten Morgenmantel studierte Kardinal Rusconi das Blatt in seiner Hand. »Bitte verzeihen Sie, wenn wir unser kleines Spiel noch beenden«, sagte er, ohne aufzublicken.

»Schon verziehen«, sagte Morris bereitwillig und zog sich einen Sessel heran. Der Bürgermeister grinste den Neuankömmling jetzt direkter an. In Jeans und T-Shirt mit V-Ausschnitt, das kantige Kinn unrasiert, hätte er ein Arbeiter auf einer von Morris' Baustellen sein können. Vor allem die Schuhe des Mannes waren die Sorte Mokassins, die nach Morris' Empfinden genau die falschen Signale aussendeten. Als er Jack Daniel's schmeckte, sagte er sofort zu Mariella: »*Chiedo scusa*, aber ich hätte wirklich lieber einen Scotch.«

»Natürlich«, sagte sie.

Morris hatte keine Ahnung, welches Spiel die beiden Männer da spielten; sie waren über einen niedrigen Glastisch gebeugt, spielten Karten aus und nahmen neue von einem Stapel, und dabei murmelten sie ab und zu den Wert der Karte, die sie gerade aufdeckten. Es war kindisch. Während er es sich in einem tiefen Sessel bequem machte, fragte er kühl: »Eine Sache würde mich doch sehr interessieren, Euer Eminenz, und zwar wie Don Lorenzo zu seinem kranken Bein gekommen ist. Ich wollte ihn immer danach fragen, habe es aber immer wieder vergessen.«

Der Bürgermeister warf Morris einen fragenden Blick aus

Augen zu, die enger standen, als es sich für Augen gehört. Aber der Kardinal schmunzelte bereits.

»Wie seltsam, dass Sie das fragen, Doktor Duckworth. Das ist schon so lange her. Aber nicht so leicht zu vergessen. Wir waren auf der Beerdigung einer berühmten Persönlichkeit aus dem Ort – das war noch in meiner Zeit als Bischof. Don Lorenzo war einer der Sargträger. Er ging an der rechten hinteren Ecke. Das weiß ich noch, weil ich direkt hinter ihm ging. Er stolperte, oder vielmehr, man ließ ihn stolpern, wie er mir hinterher anvertraute, und der Sarg krachte auf seinen Fuß nieder. Wir waren gerade auf den oberen Treppenabsatz von San Zeno hinausgetreten, und ich weiß noch, wie ich dachte, Glück gehabt, dass die Kiste nicht aufgegangen und der Leichnam hinunter auf die Piazza gerutscht ist. Erst später wurde deutlich, wie schwer der arme Don Lorenzo verletzt worden war. Er musste monatelang einen Gips tragen.«

Der Kardinal spielte weiter, während er sprach, schmunzelte fortwährend, und wie immer glühte eine Zigarre in seinem Mundwinkel. Nachdem Morris einen Augenblick über die Unterschiede zu der Version nachgedacht hatte, die er ein paar Monate zuvor gehört hatte, fragte er: »Und wer war nun diese berühmte Persönlichkeit?«

Der Kardinal zögerte. »Ein ganz wunderbarer Mann.«

Morris wartete.

»Ein Bürgermeister.«

»Von Verona?«, erkundigte sich der derzeitige Bürgermeister.

»Von Bussolengo«, antwortete der Kardinal und spielte seine vorletzte Karte aus. »Ein ziemlich extravaganter Mann. Nicht ohne Fehler, leider, aber sicher nichts, was der Allmächtige nicht verziehen hätte.«

»Sie haben uns seinen Namen noch nicht verraten.«

»D'Alessio, ein Charismatiker, wie er im Buche steht. Gigi D'Alessio.«

»Der Vater des Richters also?«, fragte Morris sofort.

»Sein Onkel.«

»Den D'Alessios gehört die Hälfte des Landes zwischen Bussolengo und dem Gardasee«, sagte der Bürgermeister respektvoll. »Aber das weiß Morris sicher. Ich darf Sie doch Morris nennen, oder? Bitte sagen Sie Roberto zu mir.«

»Um ehrlich zu sein, hat mich der Kardinal letztes Mal, als ich hier war, auch Morris genannt.«

»Das stimmt«, erinnerte sich Rusconi.

»Soweit ich weiß«, bemerkte Morris, »heißt die größte Grundbesitzerin in der Gegend Malesani.«

»Das ist die Ehefrau des Großvaters, glaube ich. Es erschien günstiger, den Besitz auf ihren Namen laufen zu lassen. Aber die eigentlichen Eigentümer sind die D'Alessios.«

»Und warum sollte jemand in einem solchen Moment einem armen Priester ein Bein stellen?«

Der Kardinal legte seine letzte Karte ab und schaute triumphierend den Bürgermeister an, der bedauernd den Kopf schüttelte. Der Kirchenmann richtete sich auf und wandte sich Morris zu. Sein Tonfall wurde jetzt geschäftsmäßiger: »Das war eine lange, komplizierte Geschichte, Morris. Ich war nie ganz sicher, dass ich sie so richtig verstanden hatte, und ich glaube kaum, dass wir jetzt die Zeit haben, genauer darauf einzugehen. Wir dürfen unserem Bürgermeister nicht zu viel von seinem Schönheitsschlaf rauben.«

»D'Alessio war der Liebhaber von Signora Trevisan, meiner verstorbenen Schwiegermutter«, riet Morris selbstbewusst. »Ich nehme an, Signora Trevisans Freund Don Lorenzo hatte versucht zu intervenieren. Was ich nicht verstehe, ist, wer auf der Beerdigung ein Interesse gehabt hätte, Don Lorenzo wegen einer solchen Mediation stolpern zu lassen.«

»*Santo cielo.*« Der Kardinal seufzte tief. »Ich fürchte sehr, Sie sind da, wie sagt man noch gleich in England, auf dem falschen

Holzweg, Morris. Tatsächlich ist es so, dass der gute Don, der vielleicht nicht ganz so gut war, wie manche in der Stadt geglaubt haben, denn wir alle haben unsere kleinen Fehler und Schwächen« – hier zwinkerte er Morris mit gleichzeitig gerunzelter Stirn zu, so als wolle er signalisieren, dass der Bürgermeister nicht in andere heikle Wahrheiten über den toten Priester eingeweiht werden sollte –, »nun, der gute Don war der Ehefrau von D'Alessio recht, ähm, nahegekommen; es ging sogar das Gerücht, dass diese, ja, diese Intimität der Grund war, warum der Bürgermeister, dieser extravagante Mann, der sein eigenes Charisma so sehr liebte und ein sehr eitler Mann war, ein so frühes Ende gefunden hatte. Und sein Neffe, das heißt unser derzeitiger Richter D'Alessio, war derjenige, der die linke Ecke des Sarges trug und in der Position gewesen wäre, Don Lorenzo ein Bein zu stellen, und wenn er ihm denn ein Bein gestellt hat, dann zweifellos weil er der Meinung war, dass der Priester auf der Beerdigung eines Mannes, dem er Hörner aufgesetzt hatte, nichts zu suchen hatte, schon gar nicht als Sargträger. Der liebe D'Alessio hatte seinen Onkel aus mir unerfindlichen Gründen sehr gern. Vielleicht können Sie ihn selbst danach fragen. Wie auch immer, meine persönliche Meinung zu diesen Dingen ist, dass das Verhältnis eines Mannes zu einer Frau die brüderlichen Instinkte echter Männerfreundschaft niemals zerstören sollte. Ist es nicht so, *cara*?« Er drehte sich wieder zu Mariella um und lächelte salbungsvoll. Sie saß ein Stückchen entfernt auf einem Stuhl am Esstisch, strickte an etwas, das wie ein sehr kleiner Pullover aussah, und nahm seine gelegentlichen Aufmerksamkeitsbekundungen mit kleinen Zuckungen ihrer geschürzten Lippen entgegen.

»So, jetzt wissen Sie Bescheid.«

Morris starrte unwillkürlich die weichen, beringten Finger des Kardinals an, zwischen denen die an Hundekot erinnernde Zigarre steckte, deren Rauch jede Unterhaltung in den Gestank abgestandener Noblesse hüllte. Italien, dachte er, hielt ihn mal wieder gründlich zum Narren.

»Allerdings frage ich mich«, fuhr der Kardinal fort, »warum Sie so interessiert sind an Ereignissen, die über dreißig Jahre zurückliegen.«

»Ich glaube«, sagte Morris sachlich und wischte ein paar eingebildete Krümel von seinem Knie, »dass mein Sohn sein rotes Haar der Familie D'Alessio verdankt.«

»*Davvero!*« Der Kardinal verzog theatralisch den Mund. »Wie spannend. Und um das zu bestätigen, haben Sie mich nach Don Lorenzos Knöchel gefragt?«

»Ich glaube, dass diese beiden Umstände miteinander zusammenhängen.«

»Sie kennen sich gut aus, Morris.«

»Aber nie gut genug, wie es scheint.«

»Dennoch, ich begreife nicht ganz, warum Sie dieses Thema *ausgerechnet jetzt* ansprechen.«

Morris zögerte. »Weil ich fürchte, Euer Eminenz, dass ich nicht mehr viel Gelegenheit haben werde, Ihr beträchtliches Wissen anzuzapfen.«

»*Per favore!* Ganz im Gegenteil«, versicherte ihm der Kardinal. »Sobald wir Ihren kleinen legalen Schluckauf überwunden haben, werden wir beide reichlich Zeit haben, um über alle möglichen Dinge zu plaudern. Und wenn ich Sie Morris nennen soll, dann sagen Sie doch bitte Paolo zu mir.«

»Gehen wir also ein bisschen näher ans Eingemachte, Paolo«, sagte Morris unvermittelt. »Warum hat Professor Zolla damals in Volpis Büro geweint?«

»Ah, das ist eine gute Frage!« Der Kirchenmann stand auf und ging zum Sideboard, um sein Glas nachzufüllen. »Das war ein äußerst geschmackloser Vorfall.«

Aber der Bürgermeister schaute jetzt auf seine Armbanduhr.

»Paolo, vielleicht sollten wir langsam …«

»Aber natürlich«, räumte der Kardinal ein. »Wir können das später besprechen, Morris. Heute Abend sind wir hier zusammengekommen, weil unser Bürgermeister Ihnen ein Angebot machen möchte.«

Der Lega-Nord-Mann wandte sich Morris zu, rieb sich die breiten Hände und rückte seinen Unterkiefer in eine männlich verfestigte Position.

»Morris, wir würden Ihnen und Fratelli Trevisan Enterprises gerne die Projektleitung für den Bau eines Autotunnels unter dem Torricelli übertragen. Sie haben sicher schon von dem Plan gehört: Der Tunnel soll den Ost- und den Westteil der Stadt verbinden und unter den Bergen nördlich des Flusses hindurchführen, um so mit einem Schlag den gesamten Verkehrsstau zu beseitigen, der die urbane Entwicklung unserer Stadt schon so lange behindert. Einer der Gründe für Ihre Ernennung zum Ehrenbürger war, Ihr öffentliches Image für dieses Angebot aufzubauen. Ich will ganz offen sein: Wir sind der Meinung, dass Ihre Firma, die im Besitz beträchtlicher Landstücke oberhalb der Verlaufslinie des Tunnel ist, sich in einer guten Position befindet, einen Großteil des Widerstands der Mittelschicht gegen dieses Vorhaben zu zerstreuen. Die Grabungen werden zum Beispiel auch unter dem alten Trevisan-Anwesen in Quinzano hindurchführen, und die Tatsache, dass Sie in dieser Hinsicht keine Bedenken haben und sogar am Bau des Tunnels beteiligt sind, wird die anderen Landbesitzer beruhigen.«

Der Bürgermeister machte eine Pause.

»Wir planen, das Projekt innerhalb der nächsten Wochen offiziell auszuschreiben und den Auftrag zum Herbst zu vergeben. Ich brauche nicht zu erwähnen, dass wir es hier mit dem größten öffentlichen Bauvorhaben in Verona zu tun haben, seit Mussolini in den Zwanzigerjahren die Uferbefestigung bauen ließ. Dies ist eine Riesenchance; wir haben uns die Entscheidung daher nicht leicht gemacht. Aber wir haben verfolgt, Morris, wie Sie in den letzten dreißig Jahren gearbeitet haben, und wir glauben, dass Sie mehr als jeder andere ortsansässige Unternehmer über die erforderliche Kompetenz und das psychische Durchhaltevermögen verfügen, um ein solches Projekt zu einem guten Abschluss zu bringen. Ihre Effizienz, Ihre Langzeitstrategie und Ihre absolute Diskretion haben uns sehr beeindruckt, von ihrem immensen wohltätigen Engagement für die Belange unserer Stadt ganz zu schweigen.«

Morris konnte es kaum glauben. Wäre doch dieses Angebot nur drei Monate früher gekommen! Das war ein ganz außergewöhnlicher Vertrauensbeweis. Er seufzte tief und blickte mit unverhohlenem Staunen von dem einen Mann zum anderen.

»*Caro, carissimo* Roberto«, sagte er schließlich. »Ich fühle mich geehrt, sehr geehrt sogar. Aber ich muss Sie daran erinnern, meine Herren, dass ich derzeit wegen Mordes unter Arrest stehe. Nicht wahr? Meine Verhandlung wurde für den 10. Juli anberaumt. Wie kann ich mich unter diesen Umständen um ein wichtiges öffentliches Bauvorhaben bewerben? Ich müsste unverzüglich mit den Verhandlungen beginnen, um ein Konsortium von Firmen zusammenzustellen, die über die nötige Erfahrung für eine solche Aufgabe verfügen. Ich sollte auch nicht verschweigen, dass ich, da meine Frau die Annullierung unserer Ehe beantragt hat, nicht einmal mehr sicher bin, wie meine legale Position bei Fratelli Trevisan eigentlich aussieht.«

Als der Bürgermeister das Gesicht zu einem Lächeln verzog, fiel Morris auf, dass die Winkel seines riesigen Mundes tatsächlich weiter auseinanderstanden als seine äußeren Augenwinkel.

»Was habe ich Ihnen gesagt?«, sagte er zum Kardinal.

»Und ich habe Ihnen zugestimmt.«

Der Bürgermeister lächelte Morris an. »Paolo und ich haben eine kleine Wette abgeschlossen, was Ihre Reaktion auf dieses

Angebot betrifft, denn wir wissen ja, was für ein korrekter Mensch Sie sind. Und wir haben uns nicht getäuscht.«

»Mag schon sein«, fing Morris an, »aber …«

Der Bürgermeister hob eine Hand. »Morris, mein Freund, was Ihre Probleme mit dem Gesetz betrifft, so hat mir der Kardinal versichert, dass Sie beide eine Vereinbarung getroffen haben, die zu deren schneller Lösung führen wird. Sprechen wir also nicht mehr darüber. Was das Konsortium angeht, das stellen wir derzeit bereits zusammen. Keine Sorge. Wir denken da an ganz ausgezeichnete Ingenieure. Ihre Aufgabe wird sein, das Team anzuführen. Wenn wir einem Veroneser dieses Privileg geben, dann führt das nur zu Neid und endlosen internen Machtkämpfen.«

Morris starrte ihn an. »Wenn es nur darum geht, Fratelli Trevisan zu benutzen«, sagte er, »so hat mein Sohn Mauro dort zurzeit das Ruder übernommen und …«

»Ha!« Der Bürgermeister lachte herzlich. »Ihr Sohn ist ein ausgezeichneter Hellas-Fan, Morris; aber ich fürchte, für ein Projekt dieser Größenordnung fehlt ihm doch die Reife.«

Der Kardinal hustete. »Wenn Sie gestatten, Morris: Was Ihre Stellung innerhalb der Firma und so weiter betrifft, werden Sie sicherlich bald gute Nachrichten von Ihrer lieben Antonella erhalten. Ich habe persönlich viele Stunden des Gebets und der Bibellektüre mit ihr verbracht und ihr klargemacht, dass Sie beide immerhin über zwanzig Jahre glücklich zusammengelebt haben, was wohl kaum möglich gewesen wäre, wenn Sie ein Monster wären. Jedenfalls ist sie inzwischen davon überzeugt, dass die, ähm, wilden Anschuldigungen gegen Sie, sowohl die aktuellen wie die vergangenen, der reinste Unsinn sind.«

»Ich bin Ihnen sehr dankbar«, sagte Morris demütig, in dem Bewusstsein, dass der Kardinal ihn damit warnte, dass der andere Mann nichts von diesem Aspekt der Gesamtsituation wusste.

Der Bürgermeister schaute auf die Uhr und sprang auf. »Wo wir gerade von Ehefrauen sprechen, meine dürfte langsam misstrauisch werden!« Er lächelte Mariella zu. »Vielen Dank für Ihre Gastfreundschaft, Mari, Sie sind einfach toll und unser Kardinal ein echter Glückspilz!« Kurz darauf war der erste Mann der Stadt verschwunden, und zurück blieb Kardinal Rusconi, der nicht von seinem Sessel aufgestanden war und Morris über sein Glas hinweg selbstzufrieden anlächelte.

»Freuen Sie sich?«, fragte der Kirchenmann.

»Ich weiß gar nicht, was ich sagen soll«, sagte Morris.

»Ich habe den Bürgermeister heute Abend hierher eingeladen«, fuhr der Kardinal fort, »um Ihnen zu zeigen, dass wir unseren Teil der Vereinbarung einhalten. Sie können uns vertrauen. Wir sind bereit, Sie ins Zentrum der Veroneser Gesellschaft zu rücken, dafür zu sorgen, dass Sie wieder in Ihren Palazzo in der Via Oberdan ziehen können, wo Sie hingehören, an die Seite Ihrer wunderbaren Frau, die diese unselige Geschichte leider unnötig stark mitgenommen hat. Alles, was Sie dafür tun müssen, Morris« – an dieser Stelle griff der Kardinal tief in seinen Morgenrock –, »ist, das hier zu benutzen.«

Er zog etwas aus der Tasche und legte es auf den gläsernen Couchtisch neben die Drinks und die Spielkarten. Es war eine kleine Handfeuerwaffe. Aus der anderen Tasche zog er etwas, das wie ein kleiner, etwa 15 Zentimeter langer Zylinder aussah. Den legte er neben die Waffe.

»Ich glaube, diese Kombination ergibt die leiseste Handfeuerwaffe, die derzeit erhältlich ist.«

Morris wartete einige Augenblicke, ehe er fragte: »Und auf wen soll ich sie richten?«

Der Kardinal drückte seine Nasenspitze zusammen. »Morris, bei unserem letzten Treffen haben Sie gesagt, Sie würden sehr gerne die Kunstausstellung sehen, an deren Entstehung Sie mitgewirkt haben. *Der gemalte Tod.*«

Morris wartete.

»Die Eröffnung ist am 9. Juli, nicht wahr?«

Morris sagte weder Ja noch Nein.

»In der Ausstellung, und ich muss sagen, das ist eine ziemlich geniale Idee von Professor Zolla, wird es einen verdunkelten Raum geben, in dem die Besucher ihre Beteiligung an einem Mord simulieren können. Sie können historische Waffen in die Hand nehmen und mit Hologrammen interagieren. Sie können Video-Rekonstruktionen berühmter Morde anschauen und so tun, als seien sie dabei gewesen.«

Morris verschwendete keine Zeit damit, den Kardinal darüber zu informieren, dass das eigentlich seine Idee gewesen war.

»Am Eröffnungsnachmittag werden Sie mit diesem, ähm, Instrument in besagtem dunklen Raum sein.« Er wedelte mit einer Hand über der Pistole. »Wir werden Sie am Morgen der Eröffnung heimlich ins Museum einschleusen. Sie werden reichlich Zeit haben, sich in aller Ruhe die Ausstellung anzusehen. Direkt vor Beginn der Veranstaltung, und erst dann, werden wir Ihnen anzeigen, wer das, ähm, Objekt Ihrer Aufmerksamkeit ist. Nach Zollas Eröffnungsrede wird es eine geführte Tour durch die Ausstellung geben. Sie werden warten, bis Ihr Zielobjekt den dunklen Raum betritt, dann erledigen Sie Ihre Aufgabe, die nur einen Augenblick dauern wird, und verlassen auf schnellstem Wege die Ausstellung. Das Durcheinander im Raum wird dafür sorgen, dass Sie nicht bemerkt werden. Wir werden Sie ungesehen wieder nach Hause in die Via Oberdan bringen, wo Ihre Frau Sie willkommen heißen wird, und dann wird alles so sein, wie es war, ehe dieser Albtraum begonnen hat. Bei der Eröffnung der Gerichtsverhandlung am nächsten Tag wird Beweismaterial auftauchen, das darauf hinweist, dass der Mann, den Sie im Museum getötet haben, Volpis Mörder war. Es wird sehr gute Gründe geben, das anzunehmen, und man wird die Anklage gegen Sie fallen lassen. Ist alles klar?«

So klar wie Morast nur sein kann, dachte Morris. Er seufzte tief. »Und jetzt erzählen Sie mir bitte«, sagte er, »warum Zolla an dem Vormittag auf dem Fußboden von Volpis Büro gesessen hat.«

21

VOR *KAIN UND ABEL* STAND Morris und weinte. Wie gut Tizian den Akt des Tötens erfasst hatte: auf der einen Seite Unschuld und Arglosigkeit, auf der anderen plötzliche, rohe, vernichtende Gewalt. Morris sah jetzt, da er im diesigen Licht der sommerlichen Morgendämmerung den Pinselstrich des Meisters eingehend betrachtete, wie schön die ungewöhnliche Perspektive des Gemäldes diese hässliche Wahrheit unterstrich: Durch den Blick von unten, beinahe von unterhalb des schwankenden Abel, wurde der über ihm aufragende Kain zu einem Wirbelwind aus wütenden Schlägen verkürzt, und der Killer verschmolz mit dem stürmischen Himmel, das Opfer mit dem steinigen Erdboden. Mord krachte auf die dunkle Erde nieder, aus einem noch dunkleren Himmel, so unwiderstehlich und unerklärlich wie ein Donnerschlag.

Wie sollte man davon nicht beeindruckt sein! Wie sollten die Tränen nicht fließen, vor allem bei einem Mann wie Morris, der diese Erfahrungen selbst durchlebt hatte? Wenn man die Ausstellung betrat, ging man zunächst durch einen kleinen Gang aus modernen Projektionen, auf denen viel zu viel Einleitungstext stand – Danksagungen, Kurator, Sponsoren, Themen, Technisches –, und dann war das grandiose Gemälde plötzlich da, hing nicht seitlich an einer Wand, sondern stand direkt vor einem, fast zu nah, auf einem eigenen Ständer, ein visueller Schlag, der dem Schlag Kains entsprach. Morris war hocherfreut. Wenn er weinte, dann ebenso sehr vor Freude wie vor Entsetzen, ebenso sehr aus Dankbarkeit wie aus Reue. Sie hatten sogar seinen Bildtext genommen, Wort für perfektes Wort. Es war zu schön, um wahr zu sein. Natürlich abgesehen von der Tatsache, dass der Text Tim Parkes zugeschrieben wurde. Das ist mein Schicksal, murmelte Morris. Talentiert, aber immer unter ferner liefen. Doch noch war das Spiel nicht aus.

Wie hatte Zolla die anderen Stücke gehängt? Hatte krude Chronologie den Ausschlag gegeben? Allein im Museum, ließ Morris Tizian hinter sich und ging weiter in den ersten Raum: Hier hingen links drei weitere Kain und Abels auf schwarzem Hintergrund, während sich rechts drei David und Goliaths von cremigem Weiß abhoben. *Von Gott verabscheute Morde*, stand auf einem roten Banner auf dem schwarzen Grund, *Von Gott gebilligte Morde* auf einem zweiten Banner auf dem weißen Grund.

Nicht schlecht, dachte Morris, gar nicht schlecht! Er schätzte diese Polarität. Sogar seine eigenen armseligen Morde, überlegte er, ließen sich leicht in verabscheuenswürdig und bewundernswert einteilen. Die unschuldige junge Massimina zu töten war unverzeihlich; aber was die Auslöschung von Forbes anging, da war er ebenso sehr ein Instrument des Gotteszorns gewesen wie der junge David mit seiner Schleuder.

Und der Mord, den er heute begehen sollte?

Heute wusste Morris nicht einmal, wen er umbringen sollte und aus welchem Grund.

Mariella hatte ihn um fünf Uhr geweckt. Morris hatte sich seinen schicksten schwarzen Anzug und die Tonbridge-Krawatte bereits auf dem Sofa zurechtgelegt. Es erschien ihm irgendwie passend, sich für diesen Anlass genauso zu kleiden wie für die Zeremonie, die ihm die Ehrenbürgerschaft eingebracht hatte.

Gemeinsam gingen sie die Treppe hinunter in die Tiefgarage. Morris versteckte sich auf dem Rücksitz von Mariellas Fiat Punto unter einer Decke, bis sie an der Überwachungskamera vorbei waren, die den Eingang zum Gebäude überblickte.

»Kommt mir verrückt vor, so früh zur Arbeit zu gehen«, bemerkte sie, als er die Decke abschüttelte und sich hinsetzte. Die Straßen waren leer, die Ampeln blinkten gelb. Die Dämmerung hatte dem Himmel gerade den ersten Grauschimmer verliehen, aber Morris war hellwach. Dieser Tag würde sein Leben bestimmen, oder das, was davon noch übrig war.

»Sie waren in der Nacht, als alles passiert ist, nicht dabei«, bemerkte er, so nebenbei.

»Frauen werden wohl kaum eingeladen«, stellte Mariella fest.

Morris täuschte ein Gähnen vor. »Aber als Zollas Sekretärin dürften Sie wohl an den Vorbereitungen beteiligt gewesen sein, nehme ich an.«

»Eigentlich nicht.« Sie verzog den Mund zu einem schiefen Lächeln. Schließlich sagte sie: »Ich fürchte, Sie werden sich einen Kaffee aus dem Automaten im Büro ziehen müssen, Doktor Duckworth. Es wäre nicht gut, wenn Sie sich in einem Café blicken ließen.«

»Wie auch immer, ich habe mich nur gefragt, ob Sie das Video gesehen haben.«

Sie zögerte. »Sie meinen, was Professor Zolla mit seinem Handy gefilmt hat?«

Morris sagte nichts. Was hätte er sonst meinen sollen?

»Ja.«

»Und, was halten Sie davon?«

Mariella zögerte erneut. »Ziemlich langweilig. Ich meine, der ganze Initiationsritus.« Sie lachte. »Sie werden mich für naiv halten, Doktor Duckworth, oder vielleicht auch für vermessen, aber mir kamen diese feierlichen Männerverbindungen schon immer ziemlich kindisch vor. Die albernen Symbole, die Nacktheit. Ich staune, dass man sich selbst so ernst nehmen kann.«

Bemerkenswert, dachte Morris, man fragte die Leute nach Fakten, und sogleich waren sie eifrig dabei, auf irgendeine Weise ihre moralische und intellektuelle Überlegenheit darzulegen.

»Sie sahen ehrlich gesagt aus wie ein Fisch auf dem Trockenen.« Sie lachte halb.

»Wirklich?«

»Ich meine, es war offensichtlich, dass man Sie im letzten Moment dazugeholt hatte. Sie wirkten ganz verwirrt, geradezu benebelt.«

»Und warum, glauben Sie, hat man das getan?«

Mariella runzelte die Stirn. »Das wissen Sie sicher besser, als ich es je vermuten könnte.«

»Ich möchte nur gerne wissen, was Sie sich dabei gedacht haben.«

»Nun ja, ich weiß, dass einer der arabischen Kontakte des Direktors den Eindruck hatte, Sie könnten ihnen beim Bau einer Moschee behilflich sein. Anscheinend haben die Araber Grundbesitz oberhalb des Torricelli.«

Über dem geplanten Tunnel, dachte Morris.

»Dann hatte ich auch den Eindruck, Don Lorenzo wollte, dass Sie und Volpi sich versöhnen. Er war wirklich ein großartiger alter Mann. Und so halb habe ich mich gefragt, ob es nicht Ihre Frau war, die ihn gebeten hatte, das zu arrangieren, denn natürlich verfügt sie über etliche Kontakte zu den Mitgliedern der Bruderschaft.«

»Das stimmt«, pflichtete Morris ihr bei.

Mariella zögerte. »Aber ich glaube auch, dass der Direktor Professor Zolla irgendwie bestrafen wollte. Indem er Ihnen mehr Beachtung schenkte.«

»Aha.«

Morris hatte das Gefühl, als taue der vereiste Klumpen seiner Ahnungslosigkeit langsam auf. Aber zu langsam.

»Ich wüsste allerdings zu gerne«, sagte er versuchsweise, »was an dem Vormittag, als ich Zolla völlig fertig bei Volpi auf dem Fußboden vorgefunden habe, eigentlich passiert war.«

Ein tiefer Seufzer hob die Bluse der jungen Dame.

»Doktor Duckworth, wäre es nicht besser, wenn Sie sich auf die heutige Aufgabe konzentrierten? Wenn alles gut geht, werden Sie in achtundvierzig Stunden ein freier Mann sein.«

»Ganz im Gegenteil, ich brauche ein bisschen Ablenkung. Warum erzählen Sie es mir nicht? Was ist denn schon dabei?«

Ganz unvermittelt fing sie an zu reden: »Doktor Duckworth, unser Museumsdirektor war im Laufe der Jahre etwas, nun ja, peinlich geworden. Das hatten Sie sicher bereits mitbekommen. Paolo, Kardinal Rusconi, war zu ihm gegangen, um mit ihm zu reden. Während ihres Treffens ließ Angelo etwas über gewisse Interessen ihrerseits verlauten, ich glaube im Nahen Osten. Das war der ausschlaggebende Moment für Paolo. Volpi wurde wütend, nannte Zolla einen Schwachkopf und sagte, er hätte ihn niemals aus der Gosse ziehen sollen.«

Das war eine vollkommen andere Version als die, die Morris von Kardinal Rusconi gehört hatte.

»Es hatte also nichts zu tun mit einem Kampf um einen jüngeren Mann?«

Da musste Mariella tatsächlich lachen. »Darüber wüsste ich mit Sicherheit nicht Bescheid.«

Morris glaubte ihr kein Wort.

»Und der Mord?« Er schätzte, er hatte noch fünf Minuten, um etwas Maßgebliches aus ihr herauszubekommen.

Der Punto steckte hinter einem leeren Bus fest.

»Es ging alles sehr schnell. Und dann hat Professor Zolla ja sein Telefon fallen lassen, deshalb gibt es im entscheidenden Moment nur Ton.«

»Schreie?«

»Genau. Mehr von Angelo als vom Direktor. Er hatte einen seiner hysterischen Anfälle. Man hört auch, wie die anderen sich aus dem Staub machen.«

»Sie haben aber nicht gesehen, wie die Klinge ins Fleisch drang.«

»Nein, Gott sei Dank nicht.«

»Oder wie ich in Ohnmacht gefallen bin.«

»Nein. Sie sind ohnmächtig geworden?«

»Ich glaube ja.«

Nach einer Weile fragte Morris: »Und fanden Sie, dass mein Handeln in irgendeiner Weise – gerechtfertigt war?«

»Wie das?«

»Ich meine, da Volpi mich provoziert hat und so weiter.«

Mariella schaute in den Rückspiegel, und ihre Blicke trafen sich.

»Tut mir leid, aber ich hatte nicht den Eindruck, dass Sie provoziert worden sind. Sie knieten vor ihm – das ist wirklich ein albernes Ritual –, und im nächsten Moment zogen Sie wie aus dem Nichts das Messer. Dann ging das Bild weg.«

Morris' Mund war trocken. Während sie es beschrieb, sah er alles vor sich, aber ohne sich daran zu erinnern.

»Und was glauben Sie, warum ich es getan habe?«

Mariella zögerte. »Möchten Sie das wirklich wissen?«

»Oh ja.«

Sie holte tief Luft. »Weil Sie wahnsinnig sind, Doktor Duckworth.«

Die Frau brachte den Wagen zum Halten. Sie waren noch etwa hundert Meter vom Museum entfernt. »Hier sind keine Kameras«, erklärte sie. »Gehen Sie nicht zum Haupteingang. Gehen Sie durch den Park, dahin, wo an dem Torbogen gebaut wird. Dort ist ein Loch im Zaun, durch das Sie zum Lieferanteneingang kommen. Der Code für den Türöffner ist 83381.

83381. Sie wurden informiert, wie man die Alarmanlage deaktiviert?«

»Ja.«

Die Frau lächelte. »Genießen Sie die Ausstellung, Doktor Duckworth. Ich weiß, wie wichtig Sie Ihnen ist.«

Das war sie in der Tat. Obwohl Caravaggios David, überlegte Morris jetzt, definitiv schwul war, oder zumindest das Objekt homosexuellen Begehrens; diese entblößte Schulter und die hübsche Brustwarze auf seinem jugendlichen Torso, die Art, wie das köpfende Schwert gehalten wurde, sodass seine Spitze im eigenen, suggestiv angeschwollenen Schritt des Jungen zu verschwinden schien. Parkes hatte hier eine Chance verpasst, dachte Morris, die in der Renaissancekunst so häufig anzutreffende skandalöse Homoerotik anzusprechen. Ganz zu schweigen von der Verbindung dieser ganzen Erotik mit Momenten der Gewalt und des Tötens. Donatellos David war ein weiteres Beispiel; immer brachte die jüngere, attraktivere Person selbstgefällig einen alten, ergrauten Kopf in ihren Besitz.

Eine Weile versuchte Morris, während er das wunderbare Gemälde und das große Privileg, ganz alleine hier sein zu dürfen, genoss, die Bedeutung der Homosexualität und ihrer ständigen Nähe zur Kunst und zur Religion zu verstehen. Es gelang ihm nicht. Er erinnerte sich an Tarik an dem Abend in San Zeno. Warum war das so aufregend gewesen, fast wie eine Offenbarung? Und wie konnte der Junge aus dieser außergewöhnlichen Intimität heraus direkt weiterziehen zu Zolla und Volpi und zweifellos noch einem Haufen anderer verderbter, unbedeutender Männer, die ihm einfach nur Geld gaben? War es das, was seine Wut auf den dicken Mann geschürt hatte? Vor drei Tagen hatte Morris endlich seine Tochter auf einem Handy in San Diego erreicht.

»*Papà. Che bello!*«

Sie hatte ehrlich erfreut geklungen, so als frage sie sich, warum ihr Vater sich erst jetzt bei ihr meldete. Er fragte, ob es ihr gut gehe. Als hätten sie sich verabredet, erwähnte keiner von beiden seine Verhaftung.

»Tut mir leid, wenn ich neulich nachts am Telefon ein bisschen komisch war«, sagte er.

»Nein, du warst toll!«, protestierte sie. »Ich hatte erwartet, dass du grantig sein würdest, nachdem ich dich geweckt hatte, um dir dann auch noch so schwer verdauliche Neuigkeiten mitzuteilen. Aber das kam mir immer noch besser vor, als wenn du dir Sorgen machen müsstest.«

»Ich weiß nicht mehr«, sagte er versuchsweise, »ob ich dir eigentlich erzählt habe, was an dem Abend passiert ist.«

»Du warst total glücklich«, sagte sie lachend. »Du hast etwas von deinem Eintritt in einen wichtigen Club erzählt, und von großer Kunst.«

Morris wusste nicht, was er davon halten sollte.

»Und es macht dir wirklich nichts aus, dass ich hier bin?«, fragte sie. »Mit einer Freundin?«

»Ich bin nur froh, dass es nicht Stan ist«, hatte Morris ihr gesagt.

Volles Tageslicht fiel jetzt durch die vergitterten Fenster des Kastells. Man hatte Morris gesagt, er könne bis kurz vor acht in der Ausstellung bleiben, dann musste er sich ins Kellergeschoss zurückziehen, bis man ihn nach oben rief, um ihm den Namen mitzuteilen und ihm die Pistole zu übergeben. Er ließ Kain und David, Abel und Goliath zurück und ging weiter in einen Raum, in dem die Mörder ausschließlich Frauen waren. Ausgezeichnet! Kaum war Morris von der Bildfläche verschwunden, hatte Professor Zolla offenbar keine Skrupel gehabt, alle seine Vorschläge zu übernehmen. Hier hackte Judith auf Holofernes' Hals herum, Jaël platzierte ihren riesigen Nagel an Siseras schlafender Schläfe, Bonnauds Salome saß in nackter Pracht auf der seidenen Bettdecke, neben sich den abgetrennten, erstaunt blickenden Kopf des Täufers.

Was man hier hätte kommentieren sollen, dachte Morris beim Lesen eines langweiligen Textes, der nur Salomes Geschichte zusammenfasste, war natürlich die Schale. Warum hatte das tanzende Mädchen sich das Haupt des Propheten *auf einer Schale* erbeten? Alle Künstler hatten das aufgenommen, von Andrea del Sarto bis hin zu Frey-Moock. Goldene Schalen, silberne Schalen, Schalen aus dunkelblauem Glas. Parkes verlor darüber kein Wort. Es musste, erkannte Morris, wohl mit dem Bedürfnis zu tun haben, die Aufmerksamkeit vom Akt an sich, vom hässlichen Abschlagen des Kopfes, abzulenken und auf die ästhetische Präsentation zu verlagern; das Haupt wurde so zur Skulptur, zu einem Kunstwerk, von einer glänzenden Schale gerahmt, ja sogar mit einem Heiligenschein versehen, und dadurch wurde die unangenehme Geschichte der Tötung ausgelöscht. Wie bei einem gut begossenen Tier auf einer schimmernden Servierplatte wurde aus Schlachterei Schönheit. Wer sollte das missbilligen?

Morris gratulierte sich gerade zu diesen treffenden Überlegungen, als ihm Samiras Bericht über sein Telefonat mit Don Lorenzo nur zwei Stunden vor Volpis Tod einfiel. Warum hatten sie ihn an jenem Abend eingeladen? Und warum hatte das Treffen so schnell in Volpis Ermordung gegipfelt? War es das Kokain? Und heute? Was, wenn er dieses Mal endgültig sein Gedächtnis verlor? Er war zu alt zum Töten, ihm fehlte die psychische Kraft. Das war in der Kirche mit Stan deutlich geworden. Morris schüttelte den Kopf. Volpi musste ihn provoziert haben. Wann hatte er je jemanden ohne jede Provokation oder Bedrohung umgebracht?

Er stand da und starrte Tizians Version an, in der die traurige Sittsamkeit von Salomes Mädchengesicht und der Gleichmut der still geschlossenen Augen des Täufers das hässliche Ereignis sowohl schön als auch unvermeidlich oder gar *erstrebenswert* erscheinen lassen. Und endlich kam ihm ein neuer Gedanke. Eine beinahe überzeugende Erklärung. Könnte es nicht sein, dass die schrille nächtliche Inszenierung in dem alten Museum, der grandiose Thron, die nackte Fettleibigkeit des herausgeputzten Mannes, kurzum die verblüffende Ähnlichkeit mit dem biblischen Holzschnitt der Geschichte von Eglon und Ehud, Morris gleichsam aufgefordert hatte, *das Bild zu vollenden*? Er hatte das Tableau erkannt, sich vielmehr selbst darin befunden, und hatte sich in seinem Delirium geradezu *genötigt* gefühlt, zuzustechen. Statt seine mörderischen Instinkte zu sublimieren, hatte die Kunst ihm die Hand geführt.

Und die ausgefeilte Art der Hinrichtung hatte gar nichts mit kodierten Botschaften zwischen Mafiabanden zu tun. Es ging um Malerei.

War so etwas möglich?

Morris ließ Salome zurück und ging weiter in einen Raum mit Märtyrern. Der heilige Bartholomäus war schön sauber gemacht worden. Seine geschundenen Muskeln glänzten wie … nun ja, wie frische Farbe, so als wäre es der purpurrote Pinsel des Künstlers gewesen, der die bleiche Haut abgeschält hat. Masaccio und Caravaggio haben den heiligen Petrus kopfüber gekreuzigt. Vasari hat den heiligen Stephanus gesteinigt. Mantegna den heiligen Sebastian mit Pfeilen zerschossen. Sie haben es genossen, wurde Morris klar. Er machte sich jetzt nicht mehr die Mühe, die Texttafeln zu lesen. Die Werke waren überwältigend. Die alten Meister liebten es, Tod und Gewalt zu malen. Unter dem Deckmantel der Frömmigkeit und des Pathos schwelgten sie in Brutalität. Und wir genießen es, die Bilder zu betrachten. Das war schon immer so. In gewisser Hinsicht haben wir alle in unserer Fantasie tausend Mal gemordet. Was spielte es schon für eine Rolle, wer tatsächlich den Dolch in Volpis Fleisch gestoßen hatte, und warum? So etwas kommt vor. Die Kunst *verlangt* es.

Im nächsten Raum versuchten sich Maler aller Schulen und Jahrhunderte am Kindermord. Das war meine Idee!, dachte

Morris, schockiert von der grausigen Wirkung. Diese Originale waren so viel kraftvoller als jede Kopie. Giottos Haufen toter weißer Babys strahlte förmlich. Pietro Testas mörderisches Schwert durchstach glänzend den Nabel eines Säuglings. Morris schüttelte den Kopf. Und wenn nun irgendein Irrer die Ausstellung besuchte und dann direkt in den nächsten Kindergarten spazierte, um ein paar *bambini* in Stücke zu hacken? Ein privates Kunstzimmer war das eine, aber diese geballte negative Energie hier würde einem riesigen internationalen Publikum zugänglich gemacht werden. Es würde sicher Menschen darunter geben, die nicht bei so klarem Verstand waren wie Morris und womöglich nicht damit umgehen konnten.

Warum um alles in der Welt wollte ich das hier unbedingt, fragte er sich.

Desorientiert schaute Morris auf seine Armbanduhr. 7.45 Uhr. Links von ihm befand sich der für die Interaktion reservierte Raum. Noch eine Idee, an der er seine Freude gehabt hatte. Eine Reihe von Nischen lud dazu ein, nachgestellte Mordszenen zu betrachten – Julius Caesar, Thomas Becket –, scharfe Waffen in die Hand zu nehmen und Archivaufnahmen von berühmten Attentaten anzuschauen, z.B. Kennedy und Martin Luther King. Würden die Leute der Gewalt überdrüssig werden, fragte sich Morris, oder würde es ihnen einen Kick geben? Konnte es sein, dass jemand zu dem Schluss kam, er habe nicht gelebt, ehe er nicht getötet hatte?

Urplötzlich wollte er nichts mehr davon wissen. Er ließ die Hälfte der Ausstellung unerforscht, machte kehrt, lief eilig den Weg, den er gekommen war, zurück und öffnete die Tür zu den Lagerräumen im Keller, wo er warten musste, bis man ihn rief. Warum habe ich mich darauf eingelassen?, fragte er sich. Damit ich in ein sinnloses Leben mit einer Frau zurückkehren kann, die ich nicht wirklich liebe, einer Frau, die mich nicht liebt? Damit ich einen ehrenvollen Platz in einer unehrenhaften Welt einnehmen kann, Reichtum anhäufen darf, den ich nicht richtig genießen kann, weil ich nicht frei bin und es nie war seit dem Moment, als ich zum ersten Mal getötet habe? Fast dreißig Jahre lang, sagte sich Morris, während er vorsichtig die steile Steintreppe zum Lager hinunterstieg, habe ich unter stillschweigender Duldung gelebt, bin auf Schritt und Tritt überwacht worden von der katholischen Kirche, die meine freiwilligen Bußgelder kassiert und auf den Tag gewartet hat, an dem meine »besonderen Fähigkeiten« sich zu ihrem Vorteil nutzen lassen würden. Don Lorenzo war mein *Aufseher,* erkannte Morris.

Und wenn Don Lorenzo, weit entfernt vom Plan einer Versöhnung, Morris vielmehr aufgestachelt hatte, Volpi zu erste-chen? Oder auch Zolla? Auch so ließe sich das von Mariella bestätigte Fehlen einer Provokation erklären. Und wenn Tarik bei seinen widerlichen Umarmungen mit Zolla den Mann da-rüber informiert hatte, dass Morris so voller Gras und Koks war, dass er jedes Verbrechen begehen würde, um das man ihn bat? Gib ihm einfach ein Messer in die Hand und schaffe das pas-sende Szenario.

»Das Ergebnis könnte man fast als das Erhören unserer Gebete betrachten«, hatte der Kardinal gesagt. »Volpi hatte den Bogen überspannt.« »Irgendwas mit einem Bild, das jemand für ihn malen sollte«, hatte Samira gesagt. Das König-Eglon-Tableau? Wenn Morris doch nur diese berühmte Videoaufnahme in die Hände bekäme.

Unten im Keller war alles noch beklemmend ähnlich wie vor einigen Monaten, als er sich dort umgesehen hatte; die gleichen verhüllten Gemälde und Skulpturen, die gleichen alten Metallschränke, manche offen, manche verschlossen, das gleiche harte, hässliche Licht der Neonröhren. Morris ging durch den feuchten, schalen Raum und hob hier eine Plastikplane, da ein dreckiges Tuch hoch. Er hatte nicht den Eindruck, dass hier unten eine gründliche Durchsuchung stattgefunden hatte. Selbst die mittelalterlichen Dolche lagen noch in den Schränken. Wieder nahm Morris einen in die Hand, passte aber diesmal auf, dass er nicht die Spitze berührte. Die Waffenindustrie des Trecento, dachte er. Plötzlich musste er lachen, als ihm sein gewalttätiger Sohn einfiel, der einen Polizisten mit einem achtzig Gramm schweren Plastikstock angegriffen hatte. Wie drollig!

Die Tür zu dem Durchgang, die er an jenem verhängnisvollen Vormittag entdeckt hatte, war zu. Aber nicht abgeschlossen. Morris ging hindurch. Es gab keine polizeilichen Siegel, die den Zutritt zum Tatort verwehrten. Konnte es sein, dass sogar die Polizei nur so tat als ob? Sie hatten entschieden (oder ihnen war beschieden worden), dass Morris der Mörder war, und damit basta. Morgen würde man ihnen bescheiden, dass er es doch nicht war. Nachdem Morris den vereinbarten Schuldigen beseitigt hatte. Nichts war bequemer, als einen Toten eines alten Verbrechens zu bezichtigen.

Er fand einen Lichtschalter und betätigte ihn. Die verschiedenen Polstermöbel – Lehnstühle und Chaiselongues – waren mit Staubschutzüberzügen bedeckt. Das Blut auf dem Steinboden war aufgewischt worden. Die Teppiche lagen aufgerollt an der hinteren Wand. Hier war der fette Volpi dem Tod begegnet. Morris fiel es immer noch schwer zu glauben, dass er dafür verantwortlich war. Erst haben Sie vor ihm gekniet. Ein Initiationsritus. Dann haben Sie plötzlich das Messer gezogen. Hatte Mariella gesagt. Du hast dich so gefreut, in den Club aufgenommen worden zu sein, *Papà!* Große Kunst geschaffen zu haben. Massimina. Hatte er sich ebenfalls ausziehen müssen, fragte sich Morris? Oder nur seinen Rücken frei machen, um ein paar Schläge mit der Geißel zu empfangen? Wann hatte er sich den Dolch unter den Gürtel geschoben? Oder hatte Don Lorenzo ihn ihm gegeben? Oder Zolla? Nach dem vielen Koks, dachte Morris, hätte ich ihn ohne Weiteres umgebracht. Vermutlich war es ein Heidenspaß. Und eine Erleichterung, nach der Schlappe mit Stan festzustellen, dass er noch in der Lage war, ein Messer zu schwingen. Das Alter hatte ihn nicht gänzlich abgestumpft.

Zu schade, dass er sich nicht erinnern und den Augenblick noch einmal genießen konnte.

Morris lief eine Weile bei dem riesigen Sessel hin und her, auf dem Volpi gesessen hatte. Nackt. Tot. Vielleicht würde er einen verräterischen Hinweis finden. Ein Gegenstand würde auf dem Boden aufblitzen. Er würde ihn wiedererkennen, und sein Gedächtnis würde zurückkehren. Er würde sich an alles erinnern. Er würde wissen, was er getan hatte und warum, und daher auch, was er als Nächstes zu tun hatte.

Wie dämlich! Selbst wenn er die ganze Zeit über bei klarem Verstand gewesen wäre, erkannte Morris, selbst wenn ihm jedes kleinste Detail im Gedächtnis geblieben wäre oder ihm jetzt alles wieder einfiele, würde er es immer noch nicht *verstehen*. Letztendlich war das, was in jener rätselhaften Nacht geschehen war, nur Ausdruck eines grundlegenden Unverständnisses, das ihn als englischen Exilanten seit Jahrzehnten umtrieb. Morris hatte noch nie verstanden, wer er war oder mit wem er sein Leben verbracht hatte. Und Italien hatte er schon gar nicht verstanden.

»Aber ich *will* es gar nicht verstehen!« Plötzlich brüllte er die Worte vor lauter Frust und Trotz laut heraus. »Ich will nichts verstehen. Ich will *raus* hier!«

Mit diesem Gedanken kam eine Welle starker Gefühle. Morris fing an zu weinen. Er wollte raus; raus aus seiner Ehe, seiner Familie, seiner Arbeit, seinem *Leben*. Raus aus Italien. Aus einer Kultur, die ihn zu einem hässlichen, hilflosen Killer gemacht hatte. Er wollte nicht ein Vermögen verdienen, indem er einen Tunnel unter dem Torricelli baute oder Moscheen auf Grundstücken, die ihren Wert verloren hatten. Er wollte sich nicht für alle Zeiten in diesem provinziellen katholischen Netz verfangen.

»*ICH WILL RAUS!*«

Ruhig Blut, murmelte Morris. Reiß dich zusammen!

»Doktor Duckworth.« Eine Stimme rief leise von oben. Es war Mariella. Morris durchquerte erneut den Lagerraum und ging die Treppe hinauf.

»Ehe Sie das Paket aufmachen, ziehen Sie bitte die Handschuhe an.«

Sie befanden sich in Volpis Büro. Morris war schon über eine Stunde hier. Mariella hatte ihm zwei Becher Kaffee und eine ausgezeichnete Brioche aus einer *pasticceria* in der Via Roma geholt. Es war seltsam, so als wäre er derjenige, der in Kürze hingerichtet werden sollte und jetzt seine Henkersmahlzeit einnahm, und nicht der Henker. Aber Morris hatte die Rollen schon immer für austauschbar gehalten. Er war durch den Raum gegangen und hatte versucht, sich vor Augen zu führen, wie es an dem Vormittag, an dem er den heiligen Bartholomäus ins Lager gebracht hatte und dann auf gut Glück nach oben ins Büro gegangen war, ausgesehen hatte. Überall hatte Unordnung geherrscht, aber das Bild war nicht stimmig gewesen, fiel ihm jetzt auf. Wenn man tatsächlich etwas suchte, dann brauchte man wohl kaum Stühle umzukippen und Papiere auf dem Boden zu verstreuen. Hätte Volpi wirklich ein Pornovideo auf seinem PC laufen lassen? Sicher nicht. Zolla hatte es geöffnet, um den Mann zu diskreditieren. Ihn zu töten war nicht genug. Sein Ruf musste ruiniert werden. Damit die Schuldigen sich weniger schuldig fühlen konnten.

Beiläufig schaltete Morris den Computer ein, aber er forderte ein Passwort. Er stand auf und wanderte erneut im Raum herum, schaute sich alte Schilder und Poster an, die an den Wänden lehnten. Ein Werbeplakat für eine Ausstellung über de Chirico. Das war ein echter Spinner gewesen: römische Tempel, Ohrensessel, Schneiderpuppen. Und hier war das Schild, das er hinter Zolla gesehen hatte, als der Mann an jenem Vormittag zusammengesunken auf dem Fußboden gehockt hatte: »Anhänger der Bianchi machten ihre Pilgerreisen barfuß, schliefen auf Stroh, verzichteten auf Fleisch und geißelten sich selbst, während sie um ›Gnade und Frieden‹ baten.« Das musste eine Texttafel für ein Altarbild des Quattrocento sein. Volpi war in den Norden gekommen, sinnierte Morris, hatte sich in die örtliche religiös-politisch-freimaurerische Bruderschaft eingeschlichen und sein Insiderwissen dann zugunsten alter Freunde in Neapel oder sogar Benghazi verwendet. Die arabische Delegation des Bürgermeisters. Aber das klang wie einer der tausend verschwörungsbegeisterten Artikel, die die Seiten angeblich seriöser Organe des Enthüllungsjournalismus füllten. Viel wahrscheinlicher war, dass er den kleinen Lustknaben Zolla einfach gern herumkommandierte.

Wenn man vom Teufel spricht. Ohne Vorwarnung ging die Tür auf, und der Kardinal und Zolla standen im Zimmer.

»Mein lieber Morris, guter Mann«, rief der Kardinal. »Ich wusste doch, dass Sie uns nicht im Stich lassen würden.«

Weiß im Gesicht, im blauen Nadelstreifenanzug, unter dem Arm einen großen gefütterten Umschlag, wirkte Zolla verstört. Der Kunstgeschichtsprofessor legte sein Päckchen auf den Tisch und ging steif durch den Raum bis ans Fenster, ohne Morris auch nur anzuschauen.

»*Buon giorno*, Angelo«, sagte Morris. Nichts bereitete ihm mehr Vergnügen als die Unsicherheit eines anderen.

Zolla kehrte ihnen weiter den Rücken zu. Er schaute nach draußen auf den Fluss. Der Kardinal, in prachtvollem Rot, aber mit einer eher vulgären Goldkette um den Hals, kniff die Augen zusammen und verzog das Gesicht, als wolle er Morris ihrer beider Überlegenheit gegenüber dem jüngeren Mann bestätigen.

»Ehe Sie das Päckchen öffnen«, warnte der Geistliche, »müssen Sie Handschuhe anziehen. Es liegen welche in der obersten linken Schublade.«

Die Stimme des Kardinals verströmte eine ruhige Autorität. Morris öffnete die Schublade und fand ein Paar weiße Baumwollhandschuhe. Erstaunlicherweise lag die Peitsche, die Volpi ihm einmal gezeigt hatte, der gleiche Lederstab mit Riemen, den er auch am Tatort gesehen hatte, jetzt wieder mit einer Sammlung von Tackern, Scheren und Stiften hier in der Schublade. Sollte sie nicht vielmehr als Beweisstück bei der Polizei sein?

Der Kardinal beobachtete ihn genau und steckte sich mit zusammengekniffenen Augen eine Zigarre an. Morris zog die Handschuhe über und stellte fest, dass sie viel zu groß waren. Die Fingerspitzen blieben leer, so wie die Hütchen von Kondomen. Aus irgendeinem Grund hatte sich Zolla den Schnurrbart abrasiert. Er sah nackt aus.

»Setzen Sie sich, Morris, öffnen Sie den Umschlag und lesen Sie sich in Ruhe alles durch«, sagte der Kardinal.

Morris setzte sich. Aber Volpis Drehstuhl war riesig. Er schien nach hinten zu fallen, in etwas Tiefes, Weiches hinein. Beim Öffnen des Umschlags sagte er:

»Übrigens, Angelo, ich finde es wunderbar, wie Sie die Ausstellung aufgebaut haben. Wirklich, meinen Glückwunsch.«

Zolla drehte sich nicht um. Durch die feine Wolle seines hochwertigen Anzugs strahlte sein Rücken eine unglückliche Anspannung aus.

»Es war toll, einige von meinen Ideen dort noch wiederzufinden. Vielen Dank dafür.«

Zolla holte tief Luft. Er hatte zu viel Gel im Haar.

»Vor allem die Bildtexte.«

»Die Bildtexte stammen alle von dem Schriftsteller Tim Parkes«, sagte der Kurator der Ausstellung barsch.

»Ich habe Parkes ein paar Entwürfe von mir zugemailt«, sagte Morris. »Zum Beispiel den für das Eröffnungsbild von Kain und Abel. Er war dafür äußerst dankbar.«

Rusconi unterbrach sie: »Meine Herren, ich weiß, wir haben noch eine halbe Stunde, aber Morris muss sich jetzt die Unterlagen ansehen. Er hat einen Auftrag zu erledigen.«

Der Kardinal raffte seine Röcke und setzte sich auf den Stuhl auf der gegenüberliegenden Seite des Schreibtisches. Während er seinen englischen Attentäter betrachtete, schien er um den feuchten Zigarrenstummel herum lautlose Wörter zu formen. Ein Rosenkranzgebet, fragte sich Morris. Er griff in den unversiegelten Umschlag und zog zuerst die Pistole, dann drei Blätter Papier heraus. Die Pistole war bereits mit dem Schalldämpfer versehen. Sie fühlte sich völlig gewöhnlich an, wie ein Küchenutensil. Jetzt gar nicht mehr nervös, legte Morris die Waffe auf den Schreibtisch und faltete dann die Papiere auf. Auf dem ersten fand sich ein gedrucktes Programm des Veranstaltungsablaufs, der mit einer Präsentation von *Der gemalte Tod* für die Presse und den »Freundeskreis« des Museums begann. »Das Haus öffnet um zehn Uhr. Begrüßungsrede des Kurators, 10.30 Uhr Drinks und Führung durch die Ausstellung, elf bis zwölf. Anschließend Mittagessen.«

»Haben Sie eine schöne Rede vorbereitet, Angelo?«, fragte Morris kühl. »Mariella hat mir erzählt, Sie wollen sich dabei auf Video aufnehmen lassen.«

Plötzlich drehte Zolla sich um. »Warum müssen wir uns mit diesem Ungeheuer abgeben?«, wollte er wissen. Sein Gesicht war weiß. Er atmete so, als wäre er gerade fünf Stockwerke hochgerannt. »Er hat uns schon einmal ein himmelschreiendes Fiasko beschert. Wie um Gottes willen sollen wir ihm da vertrauen?«

Der Kardinal räusperte sich, zog eine dicke Augenbraue hoch, sagte aber nichts.

»Apropos himmelschreiend«, sagte Morris leichthin. »Die Texttafel, die Parkes für Gentileschis Holofernes benutzt hat, ist von mir. ›Tod schick gemacht‹. Gefällt sie Ihnen?« Er wandte sich dem zweiten Blatt zu und las seinen eigenen Zeitplan.

»10.25 Uhr Position im interaktiven Raum einnehmen.

11.05 Uhr Pistole entsichern.

11.15 Uhr circa. Ihr Zielobjekt wird als einer der Ersten den Raum betreten. Er wird sich mit dem Kardinal unterhalten, der ihn zum Hologramm von John Lennon, der im Central Park West das Dakota-Gebäude betritt, führt. Sobald Sie das Zielobjekt zweifelsfrei identifiziert haben, gehen Sie durch das Hologramm auf ihn zu, setzen ihm die Pistole aufs Herz und schießen vier Mal. Es sind vier Kugeln in der Pistole. Bitte feuern Sie alle ab.«

Faszinierend, dachte Morris, dass sie »bitte« sagen.

»Lennon wurde in den Kopf geschossen«, bemerkte er. Er musste sich sehr beherrschen, um nicht sofort auf dem dritten Blatt nachzusehen, wer sein Zielobjekt war.

»Bitte folgen Sie den Anweisungen und schießen Sie auf das Herz«, sagte der Kardinal sachlich. »Ihr Mann wird glauben, Sie gehörten zur Ausstellung. Nach dem ersten Schuss werde ich ihn festhalten, damit er nicht fällt, und Sie werden schnell nacheinander die anderen drei Schüsse abfeuern.«

Morris schüttelte den Kopf. »Soll ich vorher noch ein bestimmtes Gebet sprechen, vielleicht so gegen 11.10 Uhr? Der Herr ist mein Hirte? oder: Nun, Herr, entlässt du deinen Knecht in Frieden?«

Der Kardinal rauchte und lächelte. »Es kann nicht schaden, den Herrn zu bitten, Ihre Hand zu führen, Morris. Wir haben diese Entscheidung nicht leichtfertig getroffen. Sie dürfen sich als Abgesandten verstehen.«

»Halt!«, brüllte Zolla. »Schluss mit diesem Unsinn. Ich lasse das in meinem Museum nicht zu!«

Der Kardinal seufzte. Sein furchiges Gesicht blieb unbewegt.

»Kalte Füße gekriegt?«, erkundigte sich Morris und schaute zu Zolla hoch. Er faltete das letzte Blatt auseinander und erblickte vier Fotos von einem Araber in mittleren Jahren, untersetzt und ernst aussehend. Das war eine Erleichterung. Er hatte gefürchtet, sein Opfer könne jemand sein, den er kannte, jemand, der ihn erkennen würde, wenn er abdrückte.

»Oder möchten Sie lieber selbst schießen?«

Zolla war außer sich. »Ich bestehe darauf, dass dieser Wahnsinn sofort beendet wird.« Er hatte angefangen, mit seltsam ruckartigen Schritten hin und her zu gehen.

Rusconi rauchte und betrachtete den jüngeren Mann eingehend.

»Es wird der Ausstellung schaden. Es wird den Ruf der Stadt ruinieren. Es wird eine Katastrophe sein.«

»Es wird unsere Haut retten«, sagte der Kardinal kühl. »Es wird die beiden Morde miteinander in Verbindung bringen und als etwas etablieren, das außerhalb unserer Bruderschaft liegt.«

Morris sah zu. Er würde nicht einmal versuchen, das zu verstehen, entschied er.

»ICH WERDE DAS NICHT ZULASSEN«, schrie Zolla. »Das hier ist *mein* Museum. *Meine* Ausstellung. *Mein* Tag. Es muss eine andere Lösung geben.«

Der Kardinal sah auf seine Armbanduhr. Es war vierzehn Minuten nach zehn. Morris betrachtete den Araber auf den Fotos. Er hatte einen seltsam ovalen Kopf, Pausbacken, sehr glatte Haut und kleine schwarze Augen hinter dicken Brillengläsern. Auf allen vier Bildern trug er eine schmale grüne Krawatte. Ein Mann im ersten Stadium der Reife, dachte Morris, Mitte bis Ende vierzig, intelligent, engagiert, vielleicht sogar leidenschaftlich. Der Attentäter entwickelte langsam eine Sympathie für sein Zielobjekt.

Zolla versuchte zu argumentieren, aber er atmete schwer.

»Wir sind nicht der Geheimdienst. Wieso erledigen wir dann deren Arbeit?«

Der Kardinal lächelte. »Sie kennen die Antwort nur allzu gut, Angelo. Jetzt, da Giuseppe nicht mehr unter uns weilt, gibt es keinen Grund, warum unser Opfer nicht sein ganzes Wissen gegen …«

»Sie können mir das nicht antun«, kreischte Zolla. »Vor allem werden Sie nicht Duckworth damit beauftragen. Er ist ein Wahnsinniger. Und ein Stümper dazu. Ein Mörder, der ohnmächtig wird und nach Hause gebracht werden muss, verdammt noch mal. Wir werden alle im Gefängnis landen.«

Zolla zitterte. Morris fand es faszinierend, wie alles auf einmal ans Licht kam.

»Erklären Sie dem Kardinal, Angelo«, sagte er ruhig, »wie Sie mir vor dem Ritual das Messer in die Hand gegeben haben.«

»Wie bitte?«

»Erklären Sie ihm, dass Ihr kleiner Fickfreund Tarik, der Araberjunge, Ihnen gesagt hat, dass ich high bin. Dass ich alles tun würde.«

Zolla starrte ihn nur an.

»Ich habe gesehen, wie Sie früher an jenem Abend mit ihm zusammen seine Wohnung in San Zeno verlassen haben. Um zu einer Ihrer kleinen Sessions zu gehen.«

»Das ist gelogen!«, rief Zolla.

Der Kardinal hörte interessiert zu.

»Sie wollten Volpis Tod. Er hat sie Tag für Tag gedemütigt. Er wollte Tarik nicht mit Ihnen teilen. Und Sie wussten, dass der Kardinal ihn auch gern tot sehen wollte. Sie haben mir das Messer in die Hand gelegt, weil jemand Ihnen erzählt hatte, dass ich früher schon gemordet hatte. Ich war bis unter die Haarwurzeln voll mit Kokain, Angelo. Aber ich erinnere mich ganz genau.«

»Der Mann faselt verleumderischen Unsinn, das sind alles

nur Verleumdungen«, schnaubte Zolla. Aber seine Hand auf dem Schreibtisch zitterte.

»Wir machen die Ausstellung zusammen, haben Sie gesagt. Sie und ich, ohne dass Beppe uns stört.«

»Das ist frei erfunden!«

Die Stimme des Kardinals fuhr ruhig und sachlich dazwischen. »Angelo, wir haben jetzt keine Zeit für solche Zankereien. Was unser heutiges Vorhaben angeht, so bin ich über-zeugt, dass wir das Richtige tun und dass dies der günstigste Zeitpunkt dafür ist. Hinterher werden fünf Zeugen den Mörder als einen jungen Araber beschreiben. Der Mord wird als Teil einer Fehde zwischen den Moderaten und den Dschihadisten gewertet werden.«

Der Kardinal hielt inne und paffte. Er schaute auf seine Zigarre hinunter, dann hoch zu Zolla, dessen Lippen bebten wie bei einem panischen Jugendlichen.

»Wir sollten uns auch Ihre Lage klarmachen, Angelo. Sie verdanken Ihre Karriere Volpis Verliebtheit. Sie sind in diverse seiner unerfreulichen Aktivitäten verwickelt. Sie sind uns das hier schuldig, und auch der Stadt Verona, die weder Moscheen noch Waffengeld braucht.«

Zolla ballte die Fäuste. »Ich habe auch meine Veröffentlichungen, wie jeder andere Professor. Alle in angesehenen Fachzeitschriften.«

»Gesponsert und bearbeitet von Volpi«, sagte der Kardinal schmunzelnd.

Schweigen trat ein. Die Minuten verrannen. Die Pistole lag auf dem Schreibtisch. Morris betrachtete die Abzugssicherung und dachte, dass sie eigentlich nur aussah wie der Schiebeschalter seiner Modelleisenbahn, die er als Kind besessen hatte.

»Tu's«, sagte eine Stimme.

Morris zuckte zusammen.

»Ich sagte, tu es, Morrie.«

Sie war wieder da!

Mit offenkundiger Kaltblütigkeit fragte Morris Zolla: »Was genau wollen Sie eigentlich in Ihrer Eröffnungsrede sagen, Angelo?«

Der Kunstgeschichtler, der stand, während die anderen beiden saßen, wirkte fehl am Platz und verwundbar.

»Tu's«, wiederholte das Mädchen.

»Falls es Sie tröstet, Angelo«, sagte Morris lächelnd, »ich kann mir keine bessere Werbung für diese spezielle Ausstellung vorstellen als einen Mord am Eröffnungstag. Die Medien werden begeistert sein.«

Morris war plötzlich sehr zuversichtlich.

Zolla wandte sich zum Kardinal um. »Er hat sich schon beim letzten Mal verrückt aufgeführt, warum sollte es diesmal anders sein?«

»*Coraggio!*« Mimi lachte leise. Morris hatte das Gefühl, aus dem Boden stiege Hitze durch seine Fußsohlen nach oben. Oberschenkel und Po glühten.

»Wenn ich es recht verstehe«, sagte der Kardinal ruhig, »war Duckworth an jenem unglückseligen Samstagabend bereits betrunken und womöglich gedopt, als man ihn kontaktiert hat. Heute ist er nüchtern und vorbereitet, und wenn er seine Aufgabe nicht wie vorgesehen erfüllt, wird er den Rest seines Lebens wegen Mordes im Gefängnis sitzen.«

»Tu es«, wiederholte das Mädchen. Erst sagte sie wochenlang gar nichts, und jetzt, wo er nachdenken musste, unterbrach sie ihn dauernd.

»Ich töte in der Tat besser, wenn ich *compos mentis* bin«, stimmte Morris fröhlich zu. »Obwohl, wenn ich es mir genau überlege, dann würde ich zu gerne dieses berühmte Video von meinem Eglon-Tableau sehen.«

Beide Männer wirkten verblüfft.

»Wie der gute Kardinal schon sagte, war ich an dem Abend

in einem Ausnahmezustand. Es würde mich interessieren, wie ich aussah.«

»Sie sind widerlich«, sagte Zolla.

»Hinterher«, sagte der Kardinal. »Professor Zolla wird Ihnen das Video zeigen, sobald sich eine Gelegenheit ergibt.«

»Sie werden es dir nie zeigen«, rief Mimi. »Sie legen dich doch nur wieder rein.«

Morris fühlte sich extrem klarsichtig, und er war extrem aufgeregt.

»Sagen Sie mir bitte, wer genau dieser Typ ist, den ich umbringen werde. Damit ich einen Grund habe, den Abzug zu drücken.«

Der Kardinal runzelte die Stirn, schaute seine Zigarre an und stauchte sie in einem Aschenbecher auf dem Schreibtisch aus.

»Es wird Zeit«, sagte er. »Sie müssen mir einfach vertrauen, Morris.«

»Ich werde nicht töten, wenn Sie es mir nicht sagen.«

»Er ist offiziell ein libyscher Diplomat«, sagte Zolla unvermittelt. »Aber in Wirklichkeit versorgt er alle möglichen unangenehmen Leute mit gefährlichen Gütern.«

»Mit Volpis Hilfe, nehme ich an?«

Offensichtlich verärgert, dass Zolla diese Information preisgegeben hatte, schüttelte der Kardinal den Kopf. »So einfach ist es nicht, Morris. Bitte versuchen Sie nicht, es ausgerechnet jetzt zu verstehen. Ich versichere Ihnen, binnen einer Woche wird Ihr Ruf wiederhergestellt und Sie werden mit Ihrer geliebten Gattin vereint sein, die übrigens heute Vormittag ebenfalls zur Ausstellungseröffnung erscheinen wird.«

»Sie hasst dich!«, flüsterte Mimi.

Wieder schaute der Kardinal auf die Uhr. »Angelo, wir müssen jetzt los. Die Leute warten schon. Und bitte reißen Sie sich zusammen. In Ihrem eigenen Interesse. Wollten Sie das Video nicht Ihrer Mutter zukommen lassen? Sie wollen sie doch sicher nicht enttäuschen. Morris?« Der Kardinal wandte sich um und schaute den Engländer an. »Stecken Sie die Papiere bitte in die Tasche. Sie dürfen nicht gefunden werden. Sie werden genug Zeit haben, die Anweisungen noch einmal durchzulesen. Sobald Sie Ihre Aufgabe erfüllt haben, verlassen Sie das Gebäude durch den Notausgang im Interaktionsraum, gleich hinter dem Martin-Luther-King-Exponat. Mariella wird dort warten, um Sie hinauszuführen. Prägen Sie sich den Weg genau ein.«

Der Kirchenmann stand auf und schüttelte die Röcke seiner Soutane aus. »Ich bringe Sie jetzt hin.«

»Jetzt«, flüsterte Mimi.

Morris nahm mit einer behandschuhten Hand die Pistole, stand auf und ging um den Schreibtisch herum. Nur Zolla schien unfähig, sich zu rühren. Er hatte zwei Zettel aus seiner Tasche gezogen und versuchte zu lesen; seine Lippen bewegten sich zu den Worten. Morris ging auf ihn zu, während der Kardinal bereits auf dem Weg zur Tür war.

»Bereit für die große Rede?«

Zolla konnte nicht antworten.

»Es muss aufregend sein, sich vorzustellen, dass Ihre Mutter sehen wird, wie Sie eine wichtige internationale Ausstellung eröffnen.«

Der Kunstexperte zitterte.

»Sie werden mich doch zumindest als Sponsor erwähnen, oder?«

Morris trat näher an ihn heran.

Zolla fing an zu stottern. »*Id-d-diota! B-buffone!*«

»Jetzt, Morries!«

»*Ing-glese di merda.*« Zollas Gesicht verzog sich zu einem panischen Schnauben. »*Inc-capace!*«

Das gab den Ausschlag. Während Morris die linke Hand senkte, um den Sicherungshebel auf der linken Seite der Pistole zu lösen, hob er zugleich die rechte, setzte Zolla den Lauf auf die Brust und drückte ab.

»*Sei splendido!*«

Das Geräusch war nicht mehr als ein kurzes Ploppen. Zolla schrie nicht einmal auf. Ehe er zu Boden gesunken war, lief Morris schon eilig auf den beleibten, rot gekleideten Kardinal zu und wedelte mit der Waffe. Keine Spur von Ohnmacht. Endlich hatte er sie überrascht!

Entsetzt hob der große Geistliche die Hände ans Gesicht, so als könnten ihn Haut und Knochen schützen.

»*Per l'amore di Dio!*«, protestierte er.

In dem Moment, in diesem intensiven sinnestäuschenden Moment, kam Morris der Gedanke, dass er, wenn er wollte, jetzt wie in einem Kinofilm den Kardinal zwingen könnte, ihm alle möglichen interessanten Dinge zu verraten: was wirklich im Museum von Castelvecchio vor sich ging, was es mit der Bruderschaft wirklich auf sich hatte, wer der Araber auf dem Foto wirklich war, was in der Nacht, als Volpi starb, wirklich geschehen war. Und so weiter. All das wäre der Kardinal mit vorgehaltener Pistole gezwungen gewesen zu enthüllen. Vor allem, da die Pistole noch heiß war.

»Tu's nicht«, sagte Mimi.

Morris Duckworth zögerte.

»Verschwende keine Zeit, Morries. Mach nicht diesen Fehler.«

Sie hatte recht.

»Drehen Sie sich um, Paolo, *per favore*«, sagte Morris, »und führen Sie mich dorthin, wo ich meinen Auftrag erledigen soll.« Er lächelte beruhigend. »Sie können die Eröffnungsrede halten. Ich bin sicher, Sie werden es besser machen als unser Professor. Kommen Sie, wir gehen.«

Langsam ließ der Kardinal die Hände sinken. Sein Gesicht, sogar seine Nase war plötzlich weiß geworden, aber auf seinen Lippen lag ein ganz vages Lächeln, ein Lächeln tiefer Erkenntnis, wie bei einem Mann, der endlich die Bestätigung erhalten hatte, dass er jemand ganz Besonderem begegnet war: Morris

Arthur Duckworth. Dies war ein Moment, den man malen sollte, dachte Morris. Ein Motiv, wie es kein zweites gab.

»Wie Sie wollen«, stammelte der Kirchenmann. »Ich bin sicher, wir werden das hier, ähm, irgendwie ausbügeln können. Ja. Das Wichtigste ist Al Zuwaid.«

Dieser Name!

Der Kardinal drehte sich um und öffnete die Tür. Unterdessen hob Morris die Pistole, sodass sie von unterhalb des rechten Ohrs nach oben zeigte, und schoss. Die rote Säule der Selbstgerechtigkeit stürzte ein. Morris rannte zurück zu Zolla, richtete die Pistole auf eines seiner Augen und feuerte sie erneut ab. Das war wirklich viel leichter, als die Leute mit Kerzenleuchtern zu erschlagen. Die ideale Waffe für den reiferen Mann. Hätte er damals eine Pistole gehabt, wäre Stan geliefert gewesen. Dann zurück zum Kardinal. Hier musste eine Kugel reichen. Morris hockte sich hin, griff nach der rechten Hand des Mannes, öffnete die Finger und schob die Pistole hinein. Unheimlicherweise schlossen sich die Finger ganz von alleine um den Griff.

»Genauso wie damals, als du jung warst«, hauchte Mimi.

»*Signori e singore*, herzlich willkommen zu *Der gemalte Tod*!«

Drei Minuten später, als er im Konferenzraum aufs Podium stieg und zum Mikrofon ging, war Morris nicht einmal außer Atem. Wie viel Zeit hatte er? Nicht viel.

»Wie Professor Zolla Ihnen gleich erläutern wird, ist dies wohl die weitaus ambitionierteste Kunstausstellung, die dieses wunderbare Museum seiner loyalen Bürgerschaft je geboten hat, und vermutlich die innovativste in ganz Italien in diesem Jahr. Wenn nicht in ganz Europa. Daher ist es mir eine ganz besondere Ehre, als einer der Sponsoren des Projekts im Namen der Duckworth Foundation heute hier vor Ihnen zu stehen, um Ihnen, wie soll ich es ausdrücken, *signori e signore*, sagen wir mal, um Sie vorzubereiten auf das, was Sie gleich sehen werden.

Denn diese Ausstellung ist nichts für Zartbesaitete oder Leute mit schwachen Nerven. Sie ist hochexplosiv.«

Schon während er sprach und dabei kühn in die Menge schaute – und der Raum war proppenvoll mit Journalisten, Kunsthistorikern und lokalen Würdenträgern –, schon während dieser Worte entdeckte Morris fein versprühte rote Punkte auf seinem Ärmel, der auf dem Rednerpult lag.

»Scher dich nicht darum«, murmelte Mimi. »Rede einfach weiter.«

»Einige von Ihnen werden sich sicher gefragt haben, ob es nicht reichlich morbide ist, dem Publikum nicht weniger als einhundert meisterliche Darstellungen von Mord und gewaltsamem Tod vorzusetzen. Glauben Sie mir, als ich die Ausstellung zum ersten Mal in ihrer Ganzheit gesehen habe, war ich überwältigt, ja fassungslos.«

Plötzlich traf ihn ein Blick aus der ersten Reihe. Mariella. Auch ein paar andere Anwesende wirkten überrascht, Morris auf dem Podium zu sehen, aber ihr stand das Entsetzen ins Gesicht geschrieben. Sie schien kurz davor zu sein, aufzuspringen und hinauszurennen. Andererseits saß rechts neben ihr James Bradburne, der distinguierte Leiter des Strozzi-Museums in Florenz, und zu ihrer Linken die nicht weniger distinguierte Kunsthistorikerin der Uffizi, Cristina Acidini. Beide hörten Morris mit großer Aufmerksamkeit zu. Hinten im Raum zeichnete ein halbes Dutzend Fernsehkameras jedes seiner Worte für Nachrichtensendungen in aller Welt auf, von dem Video für Zollas Mutter ganz zu schweigen; und aus dem Parkett unterhalb des Podiums blitzten die Kameras der Pressefotografen. Ein Gespür für den Moment kann einen leicht einschüchtern, das wusste Morris; niemand möchte etwas Übereiltes tun und sich vor laufenden Kameras lächerlich machen. Mit charmanter Freundlichkeit lächelte Morris der Frau ins Gesicht, als wolle er sagen, alles unter Kontrolle, *cara*.

»So ist es auch, Morries. So ist es. Außer ...«

»Wie dem auch sei, ehe wir diese Entscheidung kritisch hinterfragen, lassen Sie uns einiger der berühmten Künstler gedenken, die uns diese Darstellungen beschert haben.«

Morris hielt kurz inne und warf sich in die Brust. Der leichte Druck der Tonbridge-Krawatte um seinen Hals war seltsam erregend.

»Giotto, Botticelli, Bellini« – Zolla hätte seine Notizen gebraucht, um sich an die Namen zu erinnern –, »Masaccio, Caravaggio, Goya, Poussin, Tizian« – der Kunsthistoriker war ein Niemand –, »Tiepolo, Gentileschi, Giorgione« – ohne jedes Charisma –, »Rubens, von Stuck, Klimt, Delacroix« – Morris strahlte – »und viele viele andere.«

Und wer ist hier jetzt der *idiota*, Mr Einziger Kurator. Wer ist jetzt der *buffone*, Mr Toter Mann!

Als er kurz nach unten schaute, bemerkte Morris einen ziemlich großen roten Spritzer auf seiner linken Schuhspitze. Er fühlte sich beschwingt. Und dass er diesen Koloss ekklesiastischer Vermessenheit auch noch weggeputzt hatte, mit genau der Waffe, die der pompöse Narr ihm in die Hand gelegt hatte!

»Ich freue mich sehr für dich«, plapperte Mimi. »Nur ...«

»*Signore e signori*, warum hatten diese großen Geister das Bedürfnis, zwei der unseligsten Aspekte des menschlichen Lebens zu malen, nämlich unsere Sterblichkeit und unsere Grausamkeit? Warum wollten sie uns das zeigen? Warum haben sie ihr unbeschreibliches Talent darauf verschwendet, darzustellen, wie Kain Abel erschlägt, wie Judith Holofernes den Hals durchtrennt, wie die Soldaten dem heiligen Bartholomäus die Haut abziehen oder wie Othello Desdemona erwürgt? Nur, weil diese Geschichten in der Bibel stehen, oder im Mittelpunkt unseres kulturellen Erbes? War das der einzige Grund?«

Es war seltsam. Morris hatte diese Rede kein bisschen vorbereitet. Und dennoch sprach er flüssig und mit großer Leichtigkeit. Vielleicht lag es daran, dass Mimi wieder da war. Er hatte beim Sprechen sogar noch Zeit, die Menge zu betrachten. Keine Spur, stellte er fest, von seinem vorgesehenen Opfer, Al Zuwaid, Samiras Vater? Oder ihr Onkel? Er hatte Wind von der Sache bekommen. Sie hatte ihn gewarnt. Aber Antonella war da, sie saß in der zweiten Reihe, mit Mauro zu ihrer Rechten und, ja, Stan zu ihrer Linken. Stan Albertini! Du lieber Himmel. Der aufdringliche Kalifornier war schon wieder da. Zweifellos hatte er gehört, dass ihre Ehe zu Ende war. Er wollte in Morris Duckworths wohlhabende Fußstapfen treten und das Vermögen der Trevisans übernehmen. Ganz kurz trafen sich Morris' und Antonellas Blicke. Ihr rundes, blasses Gesicht war absolut unergründlich.

»... nur wäre es schön, Morrie«, flüsterte Mimi, »wenn unsere ältere Schwester zu uns käme.«

Er durfte sich nicht ablenken lassen.

»Sie hasst dich, Morrie. Sie hat dich betrogen.«

»*Signore e signori*, wir leben in einem Land, das berühmt ist für seine Geheimnisse und Verschwörungen, für seine okkulten Machtstrukturen. Man denke an Aldo Moro, an Ustica, an die Piazza Fontana. So viele unaufgeklärte Todesfälle. Und wir leben in einer Zeit, in der alles getan wird, um unsere Sterblichkeit hinter Krankenhauswandschirmen zu verstecken, die hässliche Realität unserer Vorurteile hinter einer vorgespiegelten politischen Korrektheit zu verbergen. Derartige Heucheleien sind nichts Neues. Wenn Sie also durch die Ausstellung gehen, und ich möchte Sie jetzt auch gar nicht länger aufhalten ...«

Als er das sagte, lächelte Morris dem Bürgermeister zu, der in der ersten Reihe neben Bradburne saß, und erinnerte sich an den Moment, als der Lega-Nord-Mann es vor weniger als einem Jahr so eilig hatte, die arabische Delegation zu begrüßen (ob Al Zuwaid wohl dazugehört hatte? Warum hatte Samira ihm nie erzählt, wer ihr Vater war). Auch er, der Bürgermeister, wirkte erstaunt, Morris hinter dem Mikrofon zu sehen, war aber sichtlich angetan von seinem Talent für öffentliche Ansprachen. Bradburne, der eine ziemlich alberne, andererseits aber auch fabelhafte malvenfarbene Seidenweste trug, schien tief beeindruckt zu sein. Dann wurde Morris klar, dass der Mann mit dem aufgedunsenen, überheblichen Gesicht hinter ihm, der so gekünstelt und selbstgefällig lächelte, der Mann mit der kahlen Stelle auf dem Kopf und dem Truthahnnacken, Parkes sein musste. Dreißig Jahre in Verona, und endlich begegneten sie sich! Ich werde dem Dreckskerl schon zeigen, wer hier der wahre Künstler ist, dachte Morris.

»Du!«, versicherte ihm Mimi. »Nur du kannst drei Schwestern im Himmel zusammenführen. Tu es, Morries!«

»Wenn Sie also durch die Ausstellung gehen, *signore e signori*, und all die Darstellungen von Brudermord und Muttermord, all das Erstechen, Steinigen und Köpfen betrachten, lade ich Sie ein, über Folgendes nachzudenken: Was uns unsere Künstler zeigen, ist die dunkle Realität der Tatsache, der grundsätzlichen Tatsache der Existenz der *Gewalt*; Gewalt jenseits jeder Erklärung oder Mystifizierung, jenseits aller Motive und Techniken oder ausgefallenen Detektivgeschichten von der Art, die sonst unseren Geist beschäftigen und uns von dem Schrecken dessen ablenken, was tatsächlich auf der körperlichen Ebene geschehen ist. Für den Künstler spielt es kaum eine Rolle, *wie und warum* der einzelne Tod sich ereignet, was die Motive sind, die Verschwörungen oder die Techniken. Vielmehr wird eine schreckliche Brutalität für einen kurzen Moment schön, betrachtbar gemacht, um uns daran zu erinnern, was wir alle im Kern sind: *wilde Tiere.*«

An dieser Stelle ertönten Schreie: »*Aiuto, aiuto, o aiuto! Sono morti!*«

Jemand kam den Flur entlanggerannt.

»*Aiuto! Chiamate la polizia. Sono morti ammazzati!*«

Die Tür wurde aufgestoßen. Morris erkannte eine der jungen Frauen, die mit Mariella zusammen im Büro arbeiteten. Sie hielt sich an der Türklinke fest, als wolle sie gleich in Ohnmacht fallen. Die Leute standen nach und nach auf und schauten zur Tür.

»Anto«, sagte Mimi zu ihm. »Tu es jetzt! Schnell.«

Deshalb war sie also zurückgekommen, dachte Morris. Nicht um ihm zu helfen, sondern um ihre Schwester zu holen.

»Sie weiß Bescheid, Morri. Sie weiß alles über dich. Sie muss weg.«

»Aber ich habe die Pistole nicht mehr.«

In dem Durcheinander ging Antonella Arm in Arm mit Stan in Richtung Ausgang.

»Seit wann brauchst du eine Pistole, Morries?«

»Sie ist die Mutter meiner Kinder, Mimi.«

»Sie hat dich mit Don Lorenzo betrogen, Morris. Sie hat dich mit Stan betrogen.«

Unsinn. Morris schüttelte den Kopf. Ihm war seltsam flau im Magen, fast übel.

»Morris, du musst ...«

»Nein!«

Morris, der gegen die aufsteigende Übelkeit ankämpfte, legte das Mikrofon weg und lief in die entgegengesetzte Richtung, weg von der Menschenmenge, über das Podium, an der vorderen Wand entlang und dann durch den Korridor aus Wandschirmen, der zum Ausstellungseingang führte. Diesmal durfte er auf keinen Fall ohnmächtig werden. Wenn ich in Ohnmacht falle, bin ich tot. Er nickte einem uniformierten Aufseher zu und schritt schnell durch die Stellwände mit den Einführungstexten hindurch, vorbei an Kain und Abel, David und Goliath, Judith und Holofernes, Jaël und Sisera, vorbei an Salome und Johannes dem Täufer – meine berühmten Vorgänger, dachte er flüchtig, er fühlte sich schon wieder besser, Künstler, Killer und Opfer alle miteinander –, vorbei am heiligen Stephanus, Sebastian und Bartholomäus – Morris war selbst ein Märtyrer, vorbei am heiligen Petrus am Kreuz und der heiligen Chiara mit den ausgestochenen Augen. Aber jetzt blieb Morris kurz stehen, denn er hatte eine Leinwand mit einem Bild entdeckt, das er nicht kannte, ein bärtiger Mann mit einem Dutt, der aus einem großen schwarzen Kessel schaute, unter dem ein Feuer brannte. »Bhai Dayala Ji wird bei lebendigem Leibe gekocht«, erklärte die Texttafel, »auf Befehl des Mogul-Herrschers Aurangzeb im November 1675 A.D.« Morris schüttelte den Kopf. Was hatte sich Zolla nur dabei gedacht?

»Und was denkst *du* dir eigentlich?« Mimi wurde zickig. »Ich bin tief enttäuscht.«

Morris stand da und starrte das scheußliche Gemälde an. Da saß Dayali Ji in seinem Kochtopf, mit seinem Dutt auf dem Kopf und seinem äußerst bärtigen Lächeln.

»Es ist immer noch Zeit dafür«, beharrte sie.

»Genug jetzt, Mimi«, murmelte Morris. »Ich bin mein eigener Herr. Ich mache, was ich will.«

Wenn alles nach Plan lief, würde Samira schon auf ihn warten. Sein Kopf wurde langsam wieder klar.

»Geh zu deiner Hure und du wirst nie wieder von mir hören.«

»Ist mir recht«, sagte Morris barsch.

Jetzt hörte er Schritte. Verdammt. Morris drehte sich um und setzte seinen Weg fort, indem er schnell an Medea und Achilles und Perseus vorbeilief, dann an Sickerts traurigen Mördern und der wächsernen Nacktheit ihrer erbärmlichen Opfer. Die Schritte kamen näher.

»Fahr zur Hölle«, rief Mimi.

Seltsamerweise war es genau das, was Morris hören wollte. Er war fertig mit ihr.

Am Ende der Ausstellung stand mit Delacroix' *Sardanapal* genau wie am Anfang ein großes Gemälde mitten im Durchgang. Eine sehr gute Entscheidung. Morris blieb stehen und wartete. Er hatte erraten, wer sein Verfolger war. Er konnte ebenso gut noch einen Blick auf dieses großartige Bild werfen, es im Original bewundern. Die reiche Farbgebung, die außergewöhnliche Versöhnung von Chaos und Gewalt mit Form und Schönheit waren atemberaubend. Viel, viel schöner als Forbes' Kopie.

»Mariella«, sagte er, als die Schritte hinter ihm waren. Er drehte sich nicht um.

»Ein wundervolles Bild, nicht wahr?«

»Was um Gottes willen geht hier vor?« Ihre Stimme zitterte.

»Sie sind eine tolle Frau«, sagte Morris zu ihr. »Sie haben Besseres verdient als diesen frommen alten Heuchler.«

»Was haben Sie getan?«, kreischte sie.

Morris hörte Sirenen heulen. Immer noch ohne sich umzudrehen, sagte er: »Es ist in Ihrem eigenen Interesse, Mariella, wenn Sie aussagen, dass der Kardinal depressiv war und zuerst Zolla und danach sich selbst erschossen haben muss. Aus Schuldgefühlen, weil die beiden Volpi ermordet haben. Überlegen Sie es sich.«

Er ging um das Gemälde herum und eilte zum Ausgang.

»Wenn du in diesen Wagen einsteigst, ist es aus mit uns«, sagte Mimi zu ihm.

Morris antwortete noch nicht einmal. Draußen auf der Via Cavour stand Samiras Cinquecento auf dem gelben Doppelstreifen. Die Sirenen kamen von hinten. Morris öffnete die Tür mit betonter Ruhe. Es war nicht nötig, etwas zu sagen. Sie fuhr bereits an. Er betrachtete ihr Profil, als sie den Gang wechselte, konzentriert und pragmatisch, die Lippen um die Zungenspitze gekräuselt. Sie hatte ihr Haar hochgesteckt. Der Hals war lang und das Kinn fest. Was für eine wunderschöne junge Frau sie war. Es war Wahnsinn, dass sie sich darauf eingelassen hatte, mit Morris zu fliehen. Und wie lange konnte das gut gehen? Vierundzwanzig Stunden? Achtundvierzig? Was hatten sie schon für eine Chance? In einem Cinquecento! Aber dieser Wahnsinn war ihm so viel besser vorgekommen als die Rückkehr eines Auftragsmörders in das wohlanständige, erdrückende Eheleben in der Via Oberdan. Sein ganzes Leben hatte sich auf diesen wilden Augenblick der Freiheit hin zugespitzt, dachte Morris. Dieses Mal würde er die Frau an seiner Seite nicht enttäuschen.

»Ich liebe dich, Samira«, hauchte er. »Ich kann es nicht fassen, dass du das hier für mich tust.«

Sie lächelte, bog ab, lächelte noch herzlicher und fuhr weiter, durch San Zeno und dann auf die Ringstraße. In der Nähe des Stadions nahm sie die Ausfahrt.

»Was ist?«

Sie hielt kurz vor dem Stadionparkplatz. Direkt vor ihnen stand eine große schwarze Luxuslimousine. Wieder lächelte sie.

»Wir wechseln den Wagen, Mo.«

Morris war hellwach, nicht alarmiert, aber kurz davor.

»Und die Taschen?«

»Sind schon da drin.« Sie wies mit dem Kopf auf den großen Wagen, ein Mercedes. Die Scheiben waren getönt. Morris fiel das ungewöhnliche Kennzeichen auf. Ein blaues Gekritzel auf Arabisch.

»Beeil dich.«

»Aber …« Morris zögerte.

Samira lief schnell vor und öffnete die linke Hintertür des Wagens. Warum hinten? Wollte sie nicht fahren? Morris blieb nichts anderes übrig, als ihr zu folgen. Als er die hintere Tür auf der anderen Seite aufmachte, sah er zwei Männer, die vorne saßen. Ganz kurz dachte er daran, zu fliehen, aber er musste dem Mädchen vertrauen. Vom Steuer nach hinten schauend, sagte Tarik: »Willkommen in Libyen, Morris. Nächster Halt, Tripolis. Sie haben unserem Land soeben einen großen Dienst erwiesen.«

Obwohl er das Gesicht noch nicht gesehen hatte, wurde Morris klar, dass der ältere Mann auf dem Beifahrersitz sein vorgesehenes Opfer sein musste, Al Zuwaid. Er wandte den Kopf und schaute Samira an. Sie hob eine gezupfte Augenbraue und breitete die Arme aus. »Neue Familie, Morris«, sagte sie lächelnd. »Neues Land, neue Frau, neues Leben.«

Einige Wochen später fiel Morris, als er mit einem Gin Tonic in der rechten und einem Exemplar von *L'Étranger* in der linken Hand am Swimmingpool des Palastes lag, ein, dass er nie jemanden nach Volpis nächtlichem Anruf kurz vor seiner Ermordung gefragt hatte. Vielleicht war alles, was sie ihm erzählt hatten, nur ein Haufen Lügen gewesen. Während er das Buch weglegte, um seine Finger über den Bauch der schönen Frau neben ihm wandern zu lassen, ließ sich Morris von den libyschen Sonnenstrahlen auf dem hellen Wasser blenden und grübelte, überlegte und spekulierte, bis ihm aufging, dass er endlich Italien verlassen hatte. Er hatte das Land der Verschwörungen hinter sich gelassen, und mit ihm sein altes Doppelleben. Und Mimi. Der Geist war verschwunden. Sein narbiges Gesicht entspannte sich zu einem trägen Lächeln, und genau in dem Moment brach die Wasseroberfläche auf und eine geschmeidige Gestalt stieg aus dem Becken. Mit breiten Schultern und splitternackt grinste Tarik ihn an. Morris Duckworth schloss seine blauen Augen in sanftem Einverständnis. Vor ihm lag ein beschaulicher Lebensabend.

Tim Parks

THOMAS & MARY

Roman

Thomas und Mary – eine Liebesgeschichte, die mit einer Trennung beginnt: zärtlich und unsentimental, mal komisch, mal tragisch. Wie das Leben.

»Wenn die Vertrautheit in den Beziehungen erodiert, dann scheint sich auch die Vertrautheit mit sich selbst aufzulösen. Parks' Kunst liegt darin, Angebote zu machen. Die man kaum ausschlagen kann.«

Elke Schmitter, literaturSPIEGEL

Aus dem Englischen von Ulrike Becker
336 Seiten, gebunden, ISBN 978-3-95614-164-5

VERLAG ANTJE
KUNSTMANN

E. S.

Um die ganze Welt des
GOLDMANN Verlages
kennenzulernen, besuchen Sie uns doch
im Internet unter:

www.goldmann-verlag.de

Dort können Sie
nach weiteren interessanten Büchern ***stöbern***,
Näheres über unsere ***Autoren*** erfahren,
in ***Leseproben*** blättern, alle ***Termine*** zu Lesungen und
Events finden und den ***Newsletter*** mit interessanten
Neuigkeiten, Gewinnspielen etc. abonnieren.

Ein ***Gesamtverzeichnis*** aller Goldmann Bücher finden
Sie dort ebenfalls.

Sehen Sie sich auch unsere ***Videos*** auf YouTube an und
werden Sie ein ***Facebook***-Fan des Goldmann Verlags!

www.goldmann-verlag.de
www.facebook.com/goldmannverlag

GOLDMANN
Lesen erleben